三上詞話

馬同儒 著

中國書店

圖書在版編目（CIP）數據

三上詞話/馬同儒著. —北京：中國書店，2016. 10
ISBN 978-7-5149-1588-4

Ⅰ. ①三… Ⅱ. ①馬… Ⅲ. ①詞學-詩詞研究-中國
Ⅳ. ①I207. 23

中國版本圖書館 CIP 數據核字（2016）第 245801 號

三上詞話

著　　者：馬同儒

責任編輯：田　野
出　　版：中國書店
地　　址：北京市宣武區琉璃廠東街 115 號
郵　　編：100050
電　　話：010-63017857
印　　刷：北京楠萍印刷有限公司
開　　本：787mm×1092mm　1/16
版　　次：2016 年 10 月第 1 版　　2016 年 10 月第 1 次印刷
印　　張：33. 25 印張
書　　號：ISBN978-7-5149-1588-4
定　　價：175. 00 元

本版图书如有印、装错误，请联系出版社调换。

自　序

詞，長短句，倚聲起源。由漢迄南北朝制樂府而歌，唐初以詩破樂填詞入調，開元天寶中道而興焉，至兩宋而幾度興而衰，衰而興，或舊曲造新聲，或自度成新腔，可謂一波三折矣。元明本尚好詞，終究或蕃曲或小説彪章而不能自已，至清代又逢詞聲作響，既而成就一代詞盛，可謂千回百轉矣。方輪時運承平，詞雖不言之絶響，惟稱餘緒剩義耳。

夫今言詞話，莫不及變奏流行之曲，依聲踢踏興懷也。癡者揀起詞譜拍塵，喰然已爲陳迹。吾有何憂？如此瘋顛歟！吾有何思？如是迷戀歟！生于斯養于斯騫開絲路濫觴之地，予嘗睹鄉田耕忙穿梭之暇，聞庭堂農閑吟弄之聲，懵懵懂懂而問句矣。繼而軍旅二十六載，行于斯立于斯轉防邊陲逐鹿之間，遠離喧囂之鬧，盡享鐵音之響，閑暇鼓動而始有小作也。遥想大漠孤烟、長安宫闕、洮水流珠、黄浦江風、賀蘭高陽，朝夕與身影相伴，汗水融入已無際，故而定心消去浮躁，此爲開掘生活之源也；五湖四海皆兄弟，交臂相共泪蔓花，戰友喜怒哀樂，習以縈繞于夢寐之中，百感其結，欲撇而絲絲相繞，衹受情感之源也。靈乎？邪乎？猶少時揮毫曰“讀書不孤珠玉聲，金石猶酣欲布陣”，如是爾。蓋歷覽古今飽學之士，無不學人之長，深諳此道：一曰甘于青燈黄卷，翻閲斑斑駁駁之憶，以補學識捉襟見肘之窘，故思忖弱水三千，只飲一瓢，進而盤道沐浴陽光而一吐濁氣，欲與撥弄心弦之靈光，注入百會以醒焉。唯此悠悠我思“静者心多妙，超然思不群”耳。二曰所及之處，感悟一山一水之靈性，體察一草一木之榮枯，尋味一鳥一石之真實，聆聽八音之妙響耳。如斯寥寥心悟“大象無形”“大音希聲”之解哉。昔將如此疑問，記録于小小紙片之中，積少成多，而今游刃于鍵盤敲打之間，彙于成集矣。

夫心語相寄，人皆有之，奈何于喃喃自語，縱百感交集亦無責也。況問史溯源，乃執鞭夫子爲之，蒙學載典，縱横捭闔于朱箋哉，奈吾何者也？守于聞鼓而行、聞角而止之場，偏無力爲之而爲之乎？雖居偏隅，幾經躓行苑門，引以曲觴流水，琴瑟和調，其樂如喜啜茗也。然引頸四顧，惴惴然而唏嘘幾聲耶，抱竹諮問行人詞之何？曰之河邊柳上風！故而步亂方寸而不掩其形，饑腸刮肚而難訴其身。嗟乎！掂其行囊，當天涯浪蕩客也。夫逝者如斯，今察其風語，仍與搭車捎貨之嫌乎，且乘亦乘之，捎亦捎之矣，值此安求稀珍罕物，且爲貨架之品種而已，來者不妨百般挑剔矣！

詞，或風雅于席珍，或薰風于游園，或風騷于醉舞。擡其風而心隨瀚海，雁影蘆蕩，教吾作于邊塞者也。瞬間數十年有餘，于輾轉反側之時，嘗聞敦促之音不絶于耳。值此，惦念昔日出行間隙腿上得之、傍晚散步路上得之、三更靈感枕上得之，故爲本集起名《三上詞話》是也，諸如詞論如斯，詞例如斯，詞品亦如斯者也。詞之路，涉無邊，本歸于自然。唯此，足以瞭望其廣闊，感觸其純樸，傾聽其清音，衹可受享物外之趣。故若爲正聲，守之者爲法，念之者爲信焉！

馬同儒　于蘭州

2015 年 3 月 9 日

凡　例

▲本集正文分卷上、中、下，另有附録。卷上是填詞理論，即詞論；卷中詞譜（詞例）；卷下是詞的音樂歷程及品詞評詞，即詞品，按理應安排在卷上詞論部分，使得其成爲不可分割的一部分，鑒于篇幅和讀者閱讀興趣等原因，故將其列入于後，但并不説明它不重要；附録主要有附帶注釋、韵及其他。

▲章節按天干地支順序排列，即“章”由諸如甲乙丙丁等表示，“節”由諸如子丑寅卯等表示。卷上詞論有七個組成部分，加卷下詞品，共爲八章。附録一《貂蟬其人考略》一文，本爲卷中詞例《最高樓・貂蟬》一詞之注釋，因篇幅原因，另附于後。

▲凡填詞所用的詞譜，主要以《欽定詞譜》（簡稱《詞譜》，學苑出版社影印康熙五十四年内府本）爲依據，個别詞牌按商務印書館《詩詞曲賦知識手册・詞譜指要》及《詩詞曲賦知識手册・白香詞譜》爲參考，并在每首詞格條下有所注明，以便校勘。卷中詞作衹是例作，填詞可對照“詞格”一欄所注原作。本向心原聲填詞，礙于時之久遠，致于個别詞語可平可仄多處。此雖合詞譜，不合余意，故主張原聲填，雖難，心亦安。

▲詞調的長短及押韵的平仄格不分前後，大體上是按創作的時間，且對詞作的類型略加調整爲序，與詞調有無尊卑無關。運用之法在“詞的押韵”一節有説明。關鍵是填詞務必要嚴格遵循詞律。律者，規範、標準。填詞合律了，仿佛旋律盈耳，其美可謂繞梁三日不歇。凡不合律者，不相諧，不相聞。

▲所選詞格基本上是常見的，以兩宋詞家自製的詞牌爲主，兼有唐五代時期形成的詞牌，亦有元代少數名家填過的詞牌。詞格有正體，也有變體，目的是兼顧一些添字、减字、攤破、偷聲、促拍、近拍等調，不拘一格。

▲所録詞格的題考，以參考前人現有成果和致力于蒐集補充資料相結合，通過考證，亦糾正了一些以讹傳訛的習慣説法。凡詞格都有一定的作法，同一詞牌，體式不同，作法不盡一致。堅持寧嚴勿寬、寧有勿缺原則。除參考有關典籍外，主要是根據詞的句法、章法、字法要求，對照原作研讀，反復辨别分析得出結論。

▲ 關于所引條文或注釋的問題，畢竟是“三上”之作，没有固定的圖書館去閲讀，手頭也没有那麽多的藏書，以致于存在所引内容出于同一本書籍，版本却參差不一，但出處是明確的。

▲ 填詞依《詞譜》而定，即以各調相關要求去作，雖然詞已失去了音樂的内容，但其文體形式還是存在的。在尚未找回詞的固有面貌時，填詞必須依照格律，平仄、對仗、押韵，以及作法，諸如句式、句法、字法等，方爲填詞。唯此，若按詞調之正格，變格之正格填寫，即原聲調，無論其注何宫調，至少所填之詞不失律矣。正如萬樹在《詞律·發凡》中所云：“苟取順，便何必用譜，何必用舊名乎。”

▲ 詞之體裁本可與時俱進，但對于宋時的用樂之法，或更早形成用樂習慣，不可輕意持揚弃態度，因這涉及到宫調與詞調的搭配問題，無不影響詞的聲情表現。對此，堅持客觀的態度和理性的觀點，其意義大于追求其義理本身；若刨根問底，收成與否，總算是一種精神。

▲關于所填之詞用韵問題，基本上是遵循唐宋元明清一脉相承的用韵法則。就宋詞而論，衹是北宋押韵寬，南宋押韵嚴而已，故以《平水韵》爲依據。通覽宋詞，確有諸如元、寒、删、先四部通叶，四支、五微、八齊，古轉蟹、賄、泰、卦、隊等之例，故選《平水韵》爲基準，以《詞林正韵》之詞韵叶法爲參照，更爲清晰明瞭，知其然而又知其所以然。至于填詞中涉及到中古四聲與新韵的問題無涉。詞爲中國非物質文化遺産，衹能原汁探究，不可變通。

▲ 南宋前，詞有工尺譜，是音樂性的，現在留下的詞譜衹是文辭上的格式，但其平仄、押韵等用法的存在，音樂的抑揚符號還在跳躍。工尺譜，度曲協音，其聲有十：合、四、一、上、勾、尺、工、凡、六、五，與十二律吕相配：

六律

黄鐘　大吕　太簇　夾鐘　姑洗　仲吕　蕤賓　林鐘　夷則　南吕　無射　應鐘

六吕

十二律又以地支相配。子爲黄鐘→合；丑爲大吕、寅爲太簇→四；卯爲夾鐘、辰爲姑洗→一；巳爲中吕→上；午爲蕤賓→勾；未爲林鐘→尺；申爲夷則、酉爲南宫→工；戌爲無射、亥爲應鐘→凡。另外，黄鐘清時，即相對倍律，即低八度時→六；以大吕、太簇、夾鐘清時，相對倍律，即低八度時→五，此九者隨音高各分上下。其中中吕→上，蕤賓→勾，林鐘→尺，此三者隨音高不可上下。

▲一首曲子，即詞調，因宫調不同，所演奏出的音調各異，相應與其相聯系的所填實字之聲調要求亦有變化。對此，詞譜中斷定某一詞牌之某一句某一字或幾字可平可仄之結論，以及詞譜在詞牌下注明尚有正格變格之分，此種演繹和歸納之法，不可排除的是一種相對之推論，故在填詞實踐中還需以審慎的態度待之。

▲附録二《平水韵》，來自《佩文詩韵釋要》。“‖”前是屬于《佩文詩韵》，除個别生僻字未收録外，均按其韵字順序排列；“‖”後面的字是從《詩詞韵律合編·平水韵》補入的。其中“［］”中是其字的同義字，又對個别多音字進行了考證，其來源爲《康熙字典》和《王力古漢語字典》。另外全書應用文中“［］”者，均係作者校正或附加説明。

▲每一詞下列一圖：平聲用“○”表示；仄聲用“●”表示；字本仄而可平者，用“◎”表示；字本平而可仄者，用“⊙”表示。雖有可平可仄之説，但本人主張凡遇“⊙”的，儘量填平聲字，遇“◎”的，儘量填仄聲字。本集凡涉及平仄符號，以此爲準。

▲文中脚注或尾注中，又增加詳細説明，旨在精確應用和拓展内容。文中凡整句引用的，已經或脚注或尾注了的，“參考文獻”中不再一一列出；凡間接參考的，列于“參考文獻”。

目　録

卷上　詞論

卷中　詞譜

卷下　詞品

附録

卷上

詞論

甲、概 論

詞是曲子詞之簡稱，即有歌譜的歌詞。它是從樂府詩發展而來，以自己的特點，建立和發展了獨立于音樂、詩的一種文學樣式，被後人稱爲能與楚之騷、漢之賦、六朝之駢語①、唐之詩、元之曲并駕齊驅的時代文學，人們習慣稱之爲“宋詞”。

子、詞的名稱

詞，從字義上理解，《説文》云：“詞，意内而言外也，從司從言。”②《釋名》云：“詞，嗣也，令撰善言相續嗣也。”③ 詞作爲“填詞”之詞這種體裁的專稱，不同于句數、字數、平仄和用韵都相當固定的近體詩，而是每一首詞都有一個譜子，有着自己相對固定格式來按譜填詞的歌詩。那麽，到底何爲詞呢？具體地説，每個詞牌在形體上是音數一定，即有規定的句數，每句的字數、句式，平仄和押韵都有所不同。篇幅有簡短的如《十六字令》，最長的如二百四十字的《鶯啼序》，但不論長短，作者不可隨意取捨，衹能照譜而填寫。詞的名稱很多，但脱不開倚聲的實質。在唐五代時，這種新體裁原被稱爲“曲子詞”，後來在發展過程中又有了“詩餘”“樂府”和“長短句”等别稱。

---

① 駢（pián）語：即駢文。也叫駢儷文，是介于韵文和散文之間的一種文體，以對仗、駢偶、用典和有一定聲律爲主要特徵。駢，指兩馬相駕；儷，指夫妻成雙。“駢儷”的名稱正概括了這種文體的主要特色，如南北朝鮑照的《蕪城賦》孔稚珪的《北山移文》等。

② ［漢］許慎：《説文解字》，中華書局，1968 年，第 186 頁。

③ ［漢］劉熙：《釋名疏證補 · 釋曲藝第二十》卷六，中華書局，1985 年，第 102 頁。

一、曲子詞

詞，起初叫曲子詞，是配音樂的，與樂府詩屬于同一類文學體裁，即配樂的歌詞。王灼《碧鷄漫志》卷二云：

> 蓋隋以來，今之所謂曲子詞者漸興，至唐稍盛。①

在唐五代及宋初，還很少有把詞體單稱爲“詞”的，一般都根據它的歌詞性質稱之爲“曲”“曲子”“曲詞”或“曲子詞”。曲子詞這個名稱，確切地表明了詞體的性質，即詞與曲兩者的依存關係。詞與音樂的關係，可謂與生俱來，尤其是早期的詞，是在音樂的土壤中誕生的，其本身就是一種音樂文學，確切地説是一種新體歌詩。它的樂曲部分就是曲子，文字部分就是詞，故稱爲“曲子詞”。對此，劉熙載云：“辭即曲之辭，曲即辭之曲。”② 意思是説在樂曲歌辭中，詞與曲常是合二爲一、聲辭并存的。還有唐末五代的文人詞，歐陽炯在《花間集序》里稱之爲“詩客曲子詞”。③ 在詞前加上“詩客”字眼，似乎在説：此作不是民間的曲子詞，那是詩家的作品，不要小看它！宋人又稱詞爲“今曲子”，那是爲了與古樂府相對而言，和稱“近體樂府”是同樣的意思。詞調中還有一些調名帶有“子”字，如《采蓮子》《破陣子》等，“子”就是曲子的省稱。故所謂曲子詞，即配合演奏和歌唱的詩句。

二、詩餘

詞是把詩的句式略加改變，制定出固定的詞格，固定的句數和不同的押韵規則，人們便説它是詩體的衍生物，是詩餘。此説早在南宋時期已開始流行了，如廖行之《省齋詩餘》、吴潛《履齋詩餘》等。究其原因，那是因爲對詞的認知角度不同而帶來了不同的價值判斷，所以纔由此引發出一些争議。關于詩餘之説有兩種：

一種認爲詞是詩的降格。所謂降格，即“意欲其近，體欲其輕，色欲其妍，聲欲其脆”④，難免有輕視之嫌。集中觀點無非説詩莫古于《詩經》以合樂，到了東周末年，禮壞樂崩，後雖有《九歌》助樂，而實際與詩相异。經

---

① ［宋］王灼：《碧鷄漫志》卷二，《詞話叢編》，中華書局，2005 年，第 74 頁。
② ［清］劉熙載：《藝概 · 詞曲概》卷四，上海古籍出版社，1978 年，第 132 頁。
③ ［五代後蜀］趙崇祚編：《花間集》，貴州人民出版社，1997 年，第 18 頁。
④ ［明］陸時雍：《詩鏡總論》，《歷代史話續編》，中華書局，1983 年，第 1422 頁。

秦朝二世，古樂全都遺失了。自漢武帝設樂府，作《郊祀》十九章、《鐃歌》十八章以來，歷經魏晉六朝，雖其名稱不同，但仍然沿襲其歌法，實際上詩與樂分離了。尤其是到了漢末，像《薤露歌》《蒿里行》等，皆爲董卓之亂時作，失去了原味。此時的曹氏父子大膽地依清商三調的樂曲①重新作了新詞，尤以曹植作《鞞舞新歌》五章配歌，大有正本清源之勢。此後，仍然依樂府之題而發揮徒有其名者尚多，其實有聲無辭已相當普遍了。到了兩晉、南北朝時，諸家所作，可謂一味仿古，君臣上下，一時另翻新調，如梁武帝之《江南弄》、沈約的《六憶詩》等。同時，民間也在長謡短咏，寄情于纏綿之中，如東晉無名氏作《女兒子》《休洗紅》二曲。對此，爲了給詞的"詩餘"之説找到理論根據，先從北宋歐陽修《西湖念語》捕捉到影子：

> 因翻舊闋之辭，寫以新聲之調。敢陳薄伎，聊佐清歡。②

接着王灼在《碧鷄漫志》中迎合其説：

> 今則繁聲淫奏……古歌變爲古樂府，古樂府變爲今曲子。③

其實，二者都未説"詩餘"二字，但對詞"調侃"與"輕視"之言，却給後來人帶來了話語權。到了明代，俞彦《爰園詞話》下了"詞何以名詩餘？詩亡然後詞作，故曰餘"④ 的定義，直到晚清，這個問題還在争論。

另一種認爲詞是絶句的變格。所謂"變格"是對應"正格"而言，無非還是"體格卑而聲氣亦降"⑤ 的嫡庶之争。此説從明代到了清代也沒有停止，集中觀點在堅持詞起于唐人絶句之説，理由不過是太白的三首《清平調》，還保持着平調、清調、瑟調的樂府遺聲，自唐中葉以後，尤其是到了五代十國時樂府之體趨變，競相以長短句歌之爲美。儘管如此，仍然免不了詞爲"詩之餘"的説辭。

但也有爲"詩餘"之説鳴不平者，不承認詞是詩的降格，或是詩的剩歌

---

① 清商樂：它是在南方民歌"吴聲""西曲"基礎上，繼承了相和歌的傳統發展起來的新樂種。（吴釗，劉東昇：《中國音樂史略》，人民音樂出版社，1983 年，第 59 頁。）

② 唐圭璋：《全宋詞》第一册，中華書局，1999 年，第 153—154 頁。

③ ［宋］王灼：《碧鷄漫志》卷一，知不足齋叢書本，清乾隆己亥。

④ ［明］俞彦：《爰園詞話》，《詞話叢編》，中華書局，2005 年，第 399 頁。

⑤ ［明］陸時雍：《詩鏡總論》，中華書局，1983 年，第 1418 頁。

餘緒，也不承認詞是由詩變化而來的，堅持把後起的、從民間俗曲發展而來的詞列入詩歌的正統地位。王弈清《歷代詞話》卷二引《花間集序》云：

> 有謂詩降而爲詞，以詞爲詩之餘者，殆非通論。①

對此，李調元《雨村詞話》序言及“悔庵論詩餘”條下云：

> 樂府即長短句，長短句即古詞也。故曰詞非詩之餘，乃詩之源也。……尤悔庵侗序彭羡門《延露詞》云：“詩何以餘哉？‘小樓昨夜’，《哀江頭》之餘也；‘水殿風來’，《清平調》之餘也；‘紅藕香殘’，《古别離》之餘也；‘將軍白髮’，《從軍行》之餘也；‘今宵酒醒’，《子夜》《懊儂》之餘也；‘大江東去’，鼓角横吹之餘也。”②

所謂詞爲“詩餘”之説，實際上衹是當時没有形成時代文學的别稱罷了，就像每個人有乳名和學名一樣。不管叫乳名還是叫學名，人還是那個人，并没有改變。以此推之，言詞爲詩餘，即詞與詩是一脉相承的關係；言詩餘爲詞，即詩與詞是相生相伴的關係。

三、樂府

樂府本是一個音樂機構，秦時就有，漢承秦制，尤其到了漢武帝時改組樂府，組織龐大的從業人員進行創作，收集、整理和改編民間音樂，而入樂的歌詩也稱爲樂府。郭茂倩《樂府詩集》③ 共一百卷，該書把搜集到的漢魏六朝及隋唐五代樂府詩分爲郊廟歌辭、燕射歌辭、鼓吹曲辭、横吹曲辭、相和歌辭④、清商曲辭、舞曲歌辭、琴曲歌辭、雜曲歌辭、近代曲辭、雜歌謡辭、新樂府辭十二類，統稱爲樂府詩。這十二類歌辭，其中近代曲辭是屬于詞的範圍。于是詞爲“樂府”争論由是開始，理由是：上逆周時《頌》三十一篇，長短句就占十八篇；承接漢時《郊祀歌》十九篇，有五首是長短句。更能佐

---

① ［清］王弈清：《歷代詞話》，《詞話叢編》，中華書局，2005 年，第 1117 頁。

② ［清］毛奇齡：《雨村詞話》卷四，《詞話叢編》，中華書局，2005 年，第 1377—1436 頁。

③ ［宋］郭茂倩：《樂府詩集》，中華書局，1979 年，第 1—89 頁。

④ 相和歌：漢時在民歌的基礎上，繼承了周代“國風”和戰國“楚聲”傳統發展起來的。（吴釗、劉東昇：《中國音樂史略》，人民音樂出版社，1983 年，第 43 頁。）

證的是那時軍隊凱旋歸來所奏的鼓吹樂《短簫饒歌》十八篇，全是長短句。再説到唐代，新興的民間歌曲與西域音樂相結合，逐步發展形成的長短句，成爲配合燕樂的主流歌辭。俞彥《爰園詞話》云：

古人凡歌，必比之鐘鼓管弦，詩詞皆所以歌，故曰樂府。①

進而以李白《菩薩蠻》等爲證，説是當時被配樂，説明皆是古樂府。清初與兄毛萬齡并稱"江東二毛"的毛奇齡在他的《西河詞話》中的"古樂府語近詞"條下概括性地説：

白樂天《花非花》詩，唐人《醉公子》詞，長孫無忌《新曲》，楊太真《阿那曲》，自是詞格。他若《回鶻》《石州》《阿鞞回》《回波樂》《烏鹽角》《鷓濫堆》《水調歌頭》諸名，俱是樂府。②

這些推論似乎已經解決了詞起源于樂府的問題了。但争論并没有就此停止，直到近代學者王國維《戲曲考源》云："詩餘之興，齊梁小樂府先之。"③ 至此，關于詞是樂府的討論似乎就平息下來了。

關于詞爲"樂府"，北宋時把《花間集》《尊前集》中這一類的曲子詞統稱爲樂府，比如蘇軾的詞集名爲《東坡樂府》，歐陽修的詞集名爲《近體樂府》，賀鑄詞集叫《東山寓聲樂府》等。實際上，到了南宋時，纔用"近體樂府"稱謂專指詞的。概言之，所謂詞爲樂府，即詞的音樂性與辭賦性的結合體。

四、長短句

周代樂亡，一變漢代樂章興，二變魏晋之歌行，三變唐代長短句。然而，長短句又是從近體詩分離出來的，與之形式相區别，最顯著的地方就是它打破了舊有詩歌五、七言的基本句式而采用長短句，故而後來把長短句作爲詞的别名。晁謙之跋《花間集》云："皆唐末才士長短句。"④ 對此，朱彝尊講到其中

---

① ［明］俞彦：《愛園詞話》，《詞話叢編》，中華書局，2005年，第399頁。

② ［清］毛奇齡：《西河詞話》，《詞話叢編》，中華書局，2005年，第570頁。

③ 《王國維遺書》第十册，上海書店出版社，1983年，第75頁。

④ ［五代後蜀］趙崇祚編：《花間集·附録一》，貴州人民出版社，1997年，第758頁。

的原因：

自古詩變爲近體，而五七言絶句傳于伶官樂部，長短句無所依，則不得不更爲詞。①

王國維《宋元戲曲史·宋之樂曲》第四章云：

宋之歌曲，其最通行而爲人人所知者，是爲詞，亦謂之近體樂府，亦謂之長短句。其體始于唐之中葉，至晚唐五代，而作者漸多，及宋而大盛。②

原因是到了宋政和三年（1113）“舊樂悉禁”，新樂纔興盛起來，想是整齊劃一的詩句與參差多變的樂曲不能完全適應，使之詩的句式成爲長短句。這樣就突破了詩的齊言格局，向雜言轉變，爲調節詞體節奏尋求到了新的方法，從而使格律焕發了魅力。從唐五代到北宋，詞衹指一般的文詞（辭），無論是“曲子詞”的“詞”，還是蘇軾文中“頒發新詞”的“詞”，衹是歌詞的意思，到了南宋的初期，“詞”已是“詩詞”之“詞”了。據王明清《投轄録·賈生》載：

拱州賈氏子，正議大夫昌衡之孫，美風姿，讀書能作詩與長短句。③

由此可見，長短句已經成爲文學樣式的名詞了。另外，詞還有“樂章”“歌詞”“歌曲”“琴趣”“笛譜”等别名。

綜上所述，關于詞的名稱問題，争來争去，不管是長短句、曲子詞之説，還是樂府、詩餘之説，都没有改變它的音樂實質。説長短句爲詞的起源，似乎有些牽强，先秦時期的雜言也有長短句，不能説雜言是詞的。反過來講，長短句亦未必就是詞；把詞説成是曲子詞，衹是换了個説法而已；樂府起源之説，衹是巧立名目而已，難免底氣不足之嫌；詩餘之論，無非還是詩爲尊、詞爲從，這種觀點也不甚妥當。因爲詞中有詩，詩詞合一，就像以前喜歡騎自行車

① ［清］朱彝尊，杜森：《詞綜·序》，上海古籍出版社，1978 年，第 1 頁。

② ［清］王國維：《宋元戲曲史》，上海古籍出版社，1998 年，第 39 頁。

③ ［宋］王明清：《投轄録》，《宋元筆記小説大觀》第四册，上海古籍出版社，2001 年，第 3865 頁。

的人，現在有小轎車開了就不騎自行車一樣的道理。

丑、詞的起源

關于詞的起源有各種説法，它的産生與長短句、音樂，還有固定的字數和律化的平仄是息息相關的。這裏説的一個是文辭，另一個是音樂，都在説詞體的特徵和性質問題，同時也表明長短句與音樂的關係。

一、詞的内在特質説

詞體的形成過程，是詩與音樂緊密相隨，與之相隨的是詞的句式能更好地服務于音樂的衍變過程。從文學的實踐層面來講，管從選詞以配樂到由樂以定詞，從歌詩之法到歌詞之法，終究還是擺脱不了詞是演唱文學的内在特質。

（一）詞的長短句特徵

樂曲需要與詞相配，最初拿古詩、近體詩與樂相配，但繁複多變的燕樂曲調與整齊的五七言詩句式發生了矛盾，因此采取加和聲和襯字的辦法來填補節拍，後來有人把無意義的和聲（即泛聲，他人或衆人應和幫腔）、襯字寫上有意義的文詞，因此，長短句應運而生。張炎《詞源》卷下云：

> 粤自隋唐以來，聲詩間爲長短句。①

其實，宋郭茂倩《樂府詩集》之《近代曲辭》中首列隋煬帝和王胄所作的《紀遼東》，其句式、字聲和韵位與後來的詞没有什麽不同。相傳隋煬帝命樂工造新聲，創《鬥百草》《泛龍舟》的曲辭，與敦煌曲子中的作品在格律上很相近。古樂府衹是詩中間添了許多泛聲，後來人怕失了那些泛聲，填寫成詞句，遂成長短句。長短句在《詩經》、樂府里大量使用，和聲魏晋時就有。楊慎《詞品》云：

> 大率六朝人詩，風華情致，若作長短句，即是詞也。②

就詞之特徵，後來學者仍然不乏討論。集中起來，一般認爲長短句是從詩而生

① ［宋］《詞源》卷下，《詞話叢編》，中華書局，2005 年，第 255 頁。

② ［明］楊慎：《詞品》第一册，《詞話叢編》，中華書局，2005 年，第 425 頁。

的，像《南風操》《五子之歌》等就是例子，迄于六朝，像《江南》《采蓮》等曲，雖然也是倚聲的，但還没有解决好四聲的問題，因此還不能説它就是詞。自古詩變爲近體，而五七言絶句交于伶官樂部演奏，衹有長短句纔能發揮應有的效果，詞應運而生。這樣由詩到詞的演變過程，“蓋音律欲其協，不協則成長短之詩”①。實際上整齊的五、七言句式變爲長短不齊的句式過程，并非是人爲的句式改動，而是爲了適宜于抒情的需要，因爲詞在音節上不但論平仄，而且分陰陽，在押韵上比詩更要嚴格。如北宋魏夫人《菩薩蠻》：

東風已緑瀛洲草。畫樓簾捲清霜曉。清絶比湖梅。花開未滿枝。長天音信斷。又見南歸雁。何處是離愁。長安明月樓。②

此詞調全首八句，句句押韵。上闋首兩句七言押仄韵，分别用仄聲“筱”和“皓”韵；三、四句五言押平韵，用上平聲“支”和“灰”韵。下闋四句均爲五言，前兩句押仄韵，用仄聲去聲“翰”和“諫”韵；後兩句押平韵，用下平聲“尤”韵。通常，近體律詩有七言的有五言的，除首句有押韵的外，一般隔句押同部韵，而詞通過采用五、七言長短參差句式和平仄韵轉换來增强音樂的抑陽頓挫之感，較好地營造了情景交融的氛圍。另外，在一些詞調中，必須押入聲韵，它的功能在于音節上比詩更響亮，其内在的韵律、旋律和節奏更容易激起人的情緒，從而達到感染人、影響人的目的。

（二）詞的音樂性質

詞的起源，與音樂的變遷有關。在先秦時，樂曲形式由詩之抒寫情懷的需要和内在要求所决定，自漢到六朝，入樂歌詩都必須依據曲題、聲調、樂譜，協樂方可演唱，但樂府詩入樂，往往由樂工在文辭上進行分割拼凑以適應樂曲變化，辭曲并非完美結合，這種詩樂的情况與唐以來有意識地倚聲填詞是不同的。《詩經》三百篇，分《風》《雅》《頌》三部份，風是地方音樂，雅是朝庭之樂，頌是宗廟之樂。其中《風》傳播得更快更久，囊括當時官方不屑的“鄭衛之音”③ 在内。漢時樂府廣采民間音樂，以五言詩句入樂，極具代表性。無論是《詩經》，還是漢魏六朝樂府，乃至唐代的五七言絶句，詩樂的結合方

① ［宋］沈義父：《樂府指迷》，《詞話叢編》，中華書局，2005 年，第 277 頁。

② 唐圭璋：《全宋詞》第一册，中華書局，1999 年，第 347 頁。

③ 鄭衛之音：即鄭、衛兩國的民間音樂。春秋時，朝歌曾是衛國都城，鄭、衛兩國保存了豐富的民間音樂。《詩經・國風》凡 160 篇，鄭風、衛風合爲 31 篇，約占五分之一。各國“風”詩，多是短小歌謡。

式大多是“選詞以配樂”，爲了演唱，往往是在原詩加和聲、虛聲、泛聲，就像沈括在《夢溪筆談》中所説：

> 詩之外又有和聲，則所謂曲也。古樂府皆有聲有詞，連屬書之，如曰“賀賀賀”“何何何”之類，皆和聲也。今管弦之“中纏聲”，亦其遺法也。①

又如皇甫松《采蓮子》：

> 船行湖光灎灎秋舉棹，貪看年少信船流年少。無端隔水抛蓮子舉棹，遥被人知半日羞年少。②

還有皇甫松《竹枝》：

> 芙蓉并蒂竹枝一心蓮女兒。花侵槅子竹枝眼應穿女兒。③

《竹枝》本七言絶句，在詞中添加“竹枝”“女兒”，猶如《采蓮子》中有“舉棹”“年少”等字，是解决用音樂來配合歌辭難協的問題，爲了合曲趁拍而添加的泛聲。《竹枝》，本是唐教坊曲名，起于巴渝，起初是專門描述風景的體式。唐貞元中，劉禹錫在沅湘時，認爲當地歌曲不雅，就效仿《九歌》作《竹枝》新調教當地兒童歌唱。《竹枝》原無和聲，後來皇甫松、孫光憲始有“竹枝”“女兒”爲隨和之聲。後來人們競相模仿，風靡一時。

這説明唱詞是隨着自身的音樂性質要求而變化的，依調填詞勢必成爲一種趨勢或時尚。沈括《夢溪筆談》卷五云：

> 外國之聲，前世自别爲四夷樂。天寶十年三載，始詔法曲與胡部合奏，自此樂奏全失古法。以先王之樂爲“雅樂”，前世新聲爲“清樂”，

---

① ［宋］沈括：《夢溪筆談校證》，上海出版公司，1956 年，第 232 頁。

② ［五代後蜀］趙崇祚：《花間集·皇甫松》，貴州人民出版社，1997 年，第 112 頁。

③ ［清］萬樹：《詞律》，上海古籍出版社，1984 年，第 62 頁。

合胡部者爲“宴樂”。①

追尋前世，夢回千年的清樂，其嬗變爲何如此之快呢？漢武帝爲了聯合大月氏國共擊匈奴，派遣張騫出使西域，歸來時學到了《摩訶兜勒》曲子，李延年又根據這一曲子翻新曲二十八解，名爲武樂。到了晋代的吕光平出使西域，又得《龜兹樂》而變其聲。後來魏太武帝在征伐河西時獲得此曲，命名爲《西凉樂》，到了魏周時期遂成爲國伎。後魏時期傳入《龜兹樂》，胡樂盛極一時。因此，《隋書·音樂志》卷十四云：

後主唯賞胡戎樂，耽愛無已。于是繁手淫聲，争新哀怨。故曹妙達、安未弱、安馬駒之徒，至有封王開府者，遂服簪纓而爲伶人之事。後主亦自能度曲，親執樂器，悦玩無倦，倚弦而歌。别采新聲，爲《無愁曲》，音韵窈窕，極于哀思，使胡兒閹官之輩，齊唱和之。②

北周大抵也是這種情形，北周武帝娶突厥可汗女阿史那氏爲皇后，從北方少數民族獲得《龜兹》《疏勒》《康國》《安國》後，大司樂（官名）皆以習以爲常。對此，整個齊周時期，胡樂已經很普遍，古樂府的調法逐漸衰廢了。隋時所奏九部樂，除《清樂》《文康》兩部爲樂府民歌《江南》舊樂外，其餘七部皆爲胡樂。到了唐朝中後期，原保留下來的那十部清新直白的古樂府衹剩下《清商樂》的一部份，其餘的被法曲與胡部合奏成爲“宴樂”所替代。即便是保留下來部分，實際上衹是取了古樂府的題目而已，不能發揮像前世之樂的應有效能，所作的或五言或七言的新樂府，遂完全成爲古詩的一體了。初期，胡樂與雅樂的結合還是沿用絶句作爲歌辭的，如李白《清平調》三章等，但整、齊音數一定的絶句，吟誦起來朗朗上口，却在配樂上遇上了難以克服的問題。怎樣纔能處理好兩者關係，既要保持傳統的歌辭配樂，又不能束縛音樂的效能呢？這樣一來，解决梏桎音樂發展的構想，就會隨着音樂的天然性能來實現，

① ［宋］沈括：《夢溪筆談·樂律》，上海出版公司，1956 年，第 232 頁。［釋］雅樂：以唐爲例，隋文帝時用北周之樂（參晋之音樂），聲律不正，至滅陳，得宋齊舊樂，雅樂漸備。煬帝時選齊、周、梁、陳樂工付之大樂，雅樂隨亂。唐初由太常少卿祖孝孫斟酌南北，參考古今，至太宗時製成十二和樂：豫和、順和、永和、肅和、雍和、壽和、太和、舒和、昭和、休和、正和、章和等四十八曲。玄宗又作三和樂，并爲十五和。（參照孫俍工：《中國文藝辭典》，民智書局，上海書店影印，1931 年，第 446 頁。）

② ［唐］魏徵：《隋書》，中華書局，1973 年，第 331 頁。

常常會要求産生新腔調，即“由樂以定詞”，這樣“唐人乃以詞填入曲中，不復用和聲”。這種歌辭自然不會是音數整齊的絶句，而是長短不定的句子。詞人根據樂曲的旋律、節拍要求填上歌詞，這正是表明音樂發達的結果，可以説是胡樂傳來後形成的一種新的音樂，或爲一種新的文學了。到了宋代，以詞協律作歌，與音樂的聯係越發緊密。隨後，雖然詞成了案頭文學，但其句式、平仄和押韵關係，使人仍然能够體察到旋律的存在。

二、詞的外在時空説

根據詞的句式長短參差錯落的文體特徵和倚聲性質，詞的源頭自然不是已經形成了文學樣式的唐宋時期。詞是詩的發展，由樂府（古詩）變爲近體詩，由近體詩變爲詞，再由詞變爲曲。實際上文學具有内在和外在的雙重性：内在猶如山川，外在猶如渠道；内在是静態的，外在是動態的。外在的山川可隨着人們的意志而進行翻新和裝飾，但不能改變山川的内在性質。没有一成不變的文體，用得時間久了，自然想重新排列組合一下，變個花樣，更新穎一些，就像蠶在變成蛹之前吐絲做成的繭，然後破繭而出，有了一個新的形态，作爲文學將是一種新文體的誕生和升華。所謂時代文學，就是變遷的文學。詞雖然興盛于宋代，但其産生的過程是一個漸變的過程。詞之起源，有以下幾種説法：

（一）六朝已有詞

根據南朝樂府里的一些歌辭有固定格式，認爲其是詞的雛形。陳霆《渚山堂詞話·序》云：“北齊蘭陵王長恭及周戰而勝，于軍中作《蘭陵王》曲歌之。”① 楊慎《詞品·序》云：

> 詩詞同工而异曲，共源而分派。在六朝，若陶弘景之《寒夜怨》，梁武帝之《江南弄》，陸瓊之《飲酒樂》，隋煬帝之《望江南》，填詞之體已具矣。②

① ［明］陳霆：《渚山堂詞話》，中華書局，《詞話叢編》，2005 年，第 347 頁。《蘭陵王》謝朓所作。曲目有《元會》《郊祀》《鈞天》《入朝》《出藩》《校獵》《從戎》《送遠》《登山》《溪水》。謝朓山水詩成就頗高，如《晚登三山還望京邑》：“餘霞散成綺，澄江静如練。”《舌華録·韵語第十》載：“梁高祖重陳郡謝朓詩，常曰：‘不讀謝詩，三日覺口臭。’”（［明］曹臣：《舌華録》，岳麓書社，1985 年，第 97 頁。）

② ［明］楊慎：《詞品》，上海古籍出版社，2009 年，第 1 頁。

同時王世貞在《藝苑卮言》中稱："隋煬帝《望江南》爲詞祖。"① 以梁武帝蕭衍製《江南弄》七曲，即《江南》《龍笛》《采蓮》《鳳笙》《采菱》《游女》《朝雲》。其中《江南》：

衆花雜色滿上林，舒芳耀彩垂輕陰。聯手躞蹀舞春心。舞春心。臨歲腴。中人望，獨踟躕。②

同時的作家也有類似的作品，如沈約作《趙瑟曲》《秦箏曲》《陽春曲》《朝雲曲》四曲，亦稱《江南弄》。兩者字數句數全同，同有轉韵，并且格調相似。其中，沈約、梁僧法雲、徐勉都有詞作。③ 沈約有《六憶詩》之三：

憶眠時，人眠强未眠。解羅不待勸，就枕更須牽。復恐旁人見，嬌羞在燭前。

梁僧法雲《三洲歌》之一：

三洲。斷江口。水從窈窕河傍流。啼將别共來，長相思。

徐勉《迎客曲》：

絲管列，舞曲陳。含羞未奏待佳賓。羅絲管，陳舞席。斂袖嘿唇迎上客。

此詩已開隋煬帝《望江南》詞之先河。又據陳霆《渚山堂詞話·序》云：

隋煬帝築西苑，鑿五湖，上環十六院。帝嘗泛舟湖中，作《望江南》等闋，令宫人倚聲爲棹歌。④

以此説明《江南弄》一調已成定格。另外，又據楊慎《詞品》卷一云：

---

① ［明］王世貞：《藝苑卮言》，《詞話叢編》，中華書局，2005 年，第 385 頁。
② ［明］楊慎：《詞品》卷一，上海古籍出版社，2009 年，第 3 頁。
③ ［清］王奕清：《歷代詞話》，《詞話叢編》，中華書局，2005 年，第 1083 頁。
④ ［明］陳霆：《渚山堂詞話》，《詞話叢編》，中華書局，2005 年，第 347 頁。

予論填詞必溯于六朝，亦昔人窮探黄河之源也。①

如此等等，衹是從時間上認爲詞萌芽于齊、梁時期，理由是在一些作品的外貌中已經看到了詞的影子。從後來詞調的流行情況看，這些看法還是有一定的可信度。結論是這裏面還有個在當時參與的人群範圍多大及作品多寡，以及那時是否依聲填詞了的問題。衹有充分地掌握了這兩個方面的材料，纔是回答問題的關鍵所在。

（二）樂府變出詞

所謂詞起源于漢魏樂府，由樂府變出于詞，因樂府主聲，其詩已近小詞。長短不一爲歌調句式，聲多柔靡。如漢樂府《鐃歌十八曲》之一《戰城南》，按照句式是長短句特徵來看，已經具備了詞的“雛形”。

戰城南，死郭北。野死不葬烏可食。爲我謂烏，且爲客豪。野死諒不葬，腐肉安能去子逃？水深激激，蒲葦冥冥。梟騎戰鬥死，駑馬徘徊鳴。梁築室，何以南？何以北？禾黍不君何食？願爲忠臣安可得？思子良臣，良臣誠可思：朝行出攻，暮不夜歸！②

宋人胡寅認爲：“詞曲者，古樂府之末造也。”③ 漢魏南北朝樂府是入樂的詩歌，像魏時曹丕的《上留田行》六句詩，每句尾綴“上留行”三字，在南北朝樂府中有《江南弄》類似歌辭，如果説是詞源頭，那是因爲在形式風格上與詞有相似之處，是否“名相如，實不相如”暫且不管，本着采取“彼無忌，此亦無忌”的態度，歷代詞人都想在前人推論的基礎上闡述自己的觀點。楊慎在《詞品》卷一中進一步講到：

樂府有《穆護砂》，隋曲也。與《水調》《河傳》同時，皆隋開汴河時，詞人所制勞歌也。④

---

① ［明］楊慎：《詞品》卷一，上海古籍出版社，2009 年，第 8 頁。

② 《古詩三百首鑑賞辭典》，上海辭書出版社，2007 年，第 58 頁。

③ ［宋］胡寅：《題酒邊詞》，《宋六十名家詞》，毛氏汲古閣本，《中國歷代文論選》第二册，上海古籍出版社，2010 年，第 360 頁。《題酒邊詞》是胡寅爲向子諲《酒邊詞》序。

④ ［明］楊慎：《詞品》卷一，上海古籍出版社，2009 年，第 5—6 頁。

朱彝尊、汪森《詞綜·序》云：

古诗之于乐府，近體之于詞，分鑣并騁，非有先後。①

王國維《宋元戲曲史·宋之樂曲》云：

宋之歌曲……是爲詞……其體始于唐之中叶，至晚唐五代，而作者漸多，及宋而大盛。②

同時《戲曲考源》開篇又説詞是“齊梁小樂府先之”。對此，劉大杰在《中國文學發展史》③ 中説“詞是出于樂府與由于唐代近體變化而來”，運用了折中的説法。其説法與《詞綜》并無二致，都認爲詞與樂府是分不開的，是由唐代近體詩相携而來的。

其實，關于詞來源于樂府的説法，詞與其他文學樣式相携而來的觀點最爲可靠，儘管還是少了些詞之發源管道的考慮。文學式樣出現，并非截然以時間順序而來，原因在于文學樣式的形成非一日之功，況詩體以固定模式存在久矣，即使想變，也不是一時半會兒所能變得成的。依曲填詞的確在唐開元、天寶時期出現，相傳爲李白所作的《菩薩蠻》《憶秦娥》在當時甚爲流行，後來憑其名才不得不説詞是從樂府而來的，换言之，詞即樂府的説法，衹不過是爲詞正了名，找了個出身于名門的歸宿罷了。

（三）燕樂派生出詞

詞的音樂文學性質所持有的聲律特徵是在燕樂孕育下而派生出來的，是天賦造就了詞與音樂的自然關係，以致音樂的發展變化直接影響文學體裁的演變，這樣詞就成爲一種密切配合音樂用以歌唱的新興抒情詩體。關于燕樂的形成、發展和演變軌迹，唐代杜佑《通典·樂二》卷一百四十二云：

所傳南北之樂，梁、陳盡吴楚之聲，周、齊皆胡虜之音。④

在北魏、北周時期，西域音樂已陸續經絲綢之路傳入中原一帶，由于南北朝分

---

① ［清］朱彝尊，汪森：《詞綜》，上海古籍出版社，1978 年，第 1 頁。
② 王國維：《宋元戲曲史》第四章，上海古籍出版社，1998 年，第 32 頁。
③ 劉大杰：《中國文學發展史》中卷，復旦大學出版社，2006 年，第 114 頁。
④ ［唐］杜佑：《通典》，嘉靖十八年西樵方獻夫刊本，第 114 頁。

裂對峙，儘管在音樂的風格上表現有所不同，但并不影響音樂廣泛交流。到了在與宋朝共存的金朝，其統治的廣大中原地區的漢族傳統樂舞和西域胡樂相融合，并以胡樂爲主，逐步形成與南方清商樂不同的北樂體係。前秦吕光通西域，作爲戰利品得到了《龜兹樂》，同時也將篳篥、腰鼓、羯鼓等大量西域樂器帶到了涼州，變龜兹聲爲調，這樣客觀上爲涼州提供了歌舞交流的環境，漢樂與胡樂首先在這裏交流融合，從而産生了《西涼樂》。《西涼樂》開始傳來時，因有改變，雜以秦聲，被命名爲“秦漢伎”，到了魏、周時稱爲“國伎”。到了隋唐時代，由于商品貿易往來日益頻繁，《龜兹樂》成爲燕樂主要來源，并很快成爲主體音樂，當時在一些宴會上成爲必奏的音樂。樂器以琵琶爲主，琵琶四弦二十八調，音域寬廣，表現力豐富，故能以壓倒性優勢取代從容舒緩的雅樂和清樂，并吸引詩人們紛紛爲之填詞應歌，詞就是爲配合這種宴樂而創作的。據《舊唐書·音樂志》載：

自開元已來，歌者雜用胡夷里巷之曲。①

可見正是這種胡夷新聲和里巷俗曲之結合，促成了詞的真正興起和發展。如元稹《琵琶歌》、王翰《涼州詞》、王昌齡《從軍行》、顧況《劉禪奴彈琵琶歌》、李益《夜宴觀石將軍舞》、白居易《聽琵琶妓彈略略》、劉禹錫《泰娘歌》、李紳《悲善才》等，很多名曲傾動朝野，传唱經久不衰，并成爲人們歌咏的對象。

由此所説，盡管詞調與燕樂有着千絲萬縷的聯係，但不能因爲誰與誰聯係得緊密一些，就一定得非説他們是與生俱來的關係不可，持這種觀點講不通。詞調融入燕樂是過程，不是詞調形成的開端。正是燕乐的興起，爲詞調的發展起到了催化的作用。

（四）民間傳播出詞

宋王灼《碧鷄漫志》卷一云：“古樂府中有歌有謡。”② 這裏的“歌”指民歌，“謡”指民謡。如隋代民歌《水調》《河傳》，是隋煬帝巡幸江都時，廣采民間流行的歌調所制。其實，在先秦時期民間詩歌已經具備詞的一些基本符號和功能。據《樂府詩集》卷六十引《風俗通》云：“百里奚爲秦相，堂上樂作，所賃澣婦自言知音，因援琴撫弦而歌。問之，乃其故妻。”《秦百里奚妻》：

① ［後晋］劉昫告：《舊唐書》卷三十，中華書局，1997 年，第 294 頁。
② ［宋］王灼：《碧鷄漫志》，《詞話叢編》，中華書局，2005 年，第 73—105 頁。

百里奚，初娶我時五羊皮。臨當別時烹乳鷄，今適富貴忘我爲。①

從詩押韵看，與後來《平水韵》上平聲“四支”和“八齊”韵相合；從句式上看，富于抑揚頓挫之節奏感。在漢魏以來通西域，新舊創作思潮開始交替，南北文化合流，民間詩歌顯示出獨特的風格，如北齊民歌《敕勒歌》：

敕勒川，陰山下。天似穹廬，籠蓋四野。天蒼蒼，野茫茫。風吹草低見牛羊。②

作品悠揚質樸，從句式、押韵情况上看，已經顯現出詞的雛形。從《敦煌曲子詞集》部份詞調看，民間嘗試“倚聲填詞”普遍流行，經過唐末五代的發展，到了兩宋繁榮起來的。《敦煌曲子詞》大都是盛唐至唐末五代時期的作品，除少數幾篇是文人詞外，絕大多數作品來自民間。從形式上講，有小令、中調和慢詞，已具備了長歌和短歌之形式；從内容上講，其樸素無華、率真拙雅的風格，無不顯現出自然樸實之魅力。如《鳳歸雲》：

征夫數載，萍寄他邦。去便無消息，累换星霜。月下愁聽砧杵起，塞雁南行。孤眠鸞帳里，往（枉）勞魂夢，夜夜飛颺。　想君薄行，更不思量。誰爲傳書與，表妾衷腸。倚牖無言垂血泪。暗祝三光。萬般無奈處，一爐香盡，又更添香。③

儘管其詞顯得有些粗糙，但出語無忌，情真意切，生活氣息濃厚，反映現實生活深刻。從《教坊記》所載《牧羊怨》《送行人》《同心結》《下水船》等名稱來看，大都是來自民間的曲調、曲詞進入教坊，從而促使了文人詞的創作，为詩歌藝術的繁榮和發展争得了空間。正是经过民间曲调的传播與官方音乐机构的吸收采纳和推广，才形成了词调的发展。

此外，還有詞起源于《詩經》《楚辭》説，主要是南宋以後，由于蘇軾詞的影響與詞壇風氣的轉變，爲了使詞在正統文壇中得到“尊體”的地位，推

① ［宋］郭茂倩編：《樂府詩集·雜歌謡辭》卷八十六，中華書局，1979 年，第 1213 頁。

② ［宋］郭茂倩編：《樂府詩集·雜曲歌辭》卷七十九，中華書局，1979 年，第 1114 頁。

③ 《敦煌曲子詞》，商務印書館，1956 年，第 68 頁。

詞是從題材内容上傳承了《詩經》與《楚辭》比興幽隱、寄意深微的創作傳統，從“歌詩之法”，可溯源至《詩》與《騷》，諸如“詞導源于詩，詩言志，詞亦貴乎言志”“《國風》好色而不淫，《小雅》怨誹而不亂，《離騷》之旨即詞旨”①，以及“詞者，蓋出于唐之詩人，采樂府之音，以制新律，因係其詞，故曰‘詞’”② 等。還有起源于五代説，“詞源于五代，體備于宋人，極盛于宋之末”，理由是張志和的《漁歌子》原是唐教坊曲，韓翃的《章臺柳》是給寵姬柳氏所創作，雖然它們的句式像小令，實際上是別出心裁的別體，後來人因看它的體裁像詞，纔冠以詞名的。先著在他的《詞潔》中有類似的論述。其實這種觀點過于執着了，是經不起推敲的。甚至還有詞起源于唐五代時期的“娱樂場所”的説法。這種説法也有合理的因素，但也過于偏執了。市井酒肆之猜令，茶館之鬥唱，雖然也能形成一種通俗的藝術，但不是單一的詞文學的形式，如《花間集》，句句離歌，酒邊清漏，盡可展現了詞的絢爛文采，但不是市井文學所能涵盖的。還有起源于對平仄聲律運用自如的中唐詩客的説法等。

總之，詞的孕育、産生、演變和發展，與倚聲是分不開的。詞體源于賦予天然的民間，假借各種方式和途徑傳播到鐘鳴鼓喧的宫廷爲教坊采納，或流傳于秦樓楚館的雜遝之中。具體講是，詞在齊梁時，或更早時就與其他文學樣式相携而行，尤其詞在燕樂風行的初盛唐、中晚唐，直到五代時經過一些文人的創作逐步成熟和定型，至兩宋而興盛。

寅、詞的結構

詞是依曲譜而填，這樣就注定了詞有着與其他文學體裁不同的形式。詞的結構分明，特點突出。表現在詞有詞牌、詞分片數、句式特殊、詞善用字及詞的押韵方式幾個方面：

一、詞有詞牌

即詞是有名的，這是因爲每首樂曲都有名，且詞是倚聲而填的，詞人們依據樂曲填上詞後，原來的曲名便是所填的詞名，不另立題目。如《花間集》中有温庭筠《更漏子》詞六首，大都是咏“更漏”的，其内容與詞牌名稱相

① ［清］沈祥龍：《論詞隨筆》，《詞話叢編》，中華書局，2005 年，第 4047 頁。
② ［清］張惠言：《詞選·序》，清道光十年宛鄰書屋刻本。

一致，如《更漏子》之一：

柳絲長，春雨細。花外漏聲迢遞。驚塞雁，起城烏。畫屏金鷓鴣。香霧薄，透簾幕。惆悵謝家池閣。紅燭背，綉簾垂。夢長君不知。①

《更漏子》之二：

玉爐香，紅蠟泪。偏照畫堂秋思。眉翠薄，鬢雲殘。夜長衾枕寒。梧桐樹，三更雨。不道離情正苦。一葉葉，一聲聲。空階滴到明。②

另外幾首也有“山枕膩，錦衾寒。覺來更漏殘”與“銀燭盡，玉繩低。一聲村落鷄”等句，都是咏夜的。還有歌咏打漁的《漁歌子》和以歌伎念奴爲名的《念奴嬌》發展到後來按詞譜填詞，内容可以不與詞牌名發生關係，所以纔常常會有爲了點明詞義而另加标題、題序的。如張先《更漏子》：

錦筵紅，羅幕翠。侍宴美人姝麗。十五六，解憐才。勸人深酒杯。黛眉長，檀口小。耳畔向人輕道。柳陰曲，是兒家。門前紅杏花。③

這首《更漏子》，其詞調格式還是原來的，但所填詞的内容則與詞牌没有直接關係了。對此，每個詞調都有相對固定的格式要求，所謂“調有定句，句有定字，字有定聲”，在字數、句數、平仄、用韵、分片上有明確的規定，是不可隨意增減的。

二、詞分片數

“片”，也有叫“遍”“闋”“段”的，是音樂名詞。唐宋時把樂曲從頭到尾演奏一次叫一遍，音樂演奏完畢稱爲“樂闋”。一首詞分成幾片，取决于音樂的遍數。關于其稱謂，像張炎在《詞源・雜論》就談及過：

東坡次章質夫楊花《水龍吟》韵，機鋒相摩，起句便合讓東坡出一

---

① ［五代後蜀］趙崇祚編：《花間集》，貴州人民出版社，1997 年，第 24—31 頁。
② ［五代後蜀］趙崇祚編：《花間集》，貴州人民出版社，1997 年，第 24—31 頁。
③ 唐圭璋主編：《全宋詞》，中華書局，1965 年，第 66 頁。

頭地，後片愈出愈奇，真是壓倒今古。①

這裏所稱後片，即是後遍，所謂片數即遍數。或稱前遍、後遍；或稱前段、後段；或稱上片下片；或稱上闋下闋。如《越調蘭陵王》體式三段；《鶯啼序》四段二百四十字等。這些用“段”字，與遍、片、闋意思相同。上下闋開句字數一樣的稱“重頭”，即下疊頭一句與上疊頭一句重複，例如《采桑子》《卜算子》《蝶戀花》等。如李清照的《采桑子》：

窗前種得芭蕉樹，陰滿中庭。陰滿中庭。葉葉心心舒捲有餘情。傷心枕上三更雨，點滴凄清。點滴凄清。愁損離人不慣起來聽。②

此調上下闋第三句即疊上句，兩結句各添二字，就是《添字采桑子》。有上下片開頭句式不同的，即下遍開始處的句式與上遍開始處不同的，這叫作“換頭”，也叫過處，也叫過片。如朱敦儒《菩薩蠻》：

秋風乍起梧桐落。蛩吟唧唧添蕭索。荇枕背釘眠。月和殘夢圓。起來鈎翠箔。何處寒砧作。獨倚小闌杆。逼人風露寒。③

其詞是“換頭”詞，下闋頭一句改換了句式，換頭的地方在音樂上是過變的地方。還有樂曲三段而成一調的，有兩個前頭曲的，稱爲“雙拽頭”。如周邦彦《瑞龍吟》：

章臺路。還見褪粉梅梢，試花桃樹。愔愔坊陌人家，定巢燕子，歸來舊處。　黯凝佇。因念個人癡小，乍窺門户。侵晨淺約宫黄，障風映袖，盈盈笑語。　前度劉郎重到，訪鄰尋里，同時歌舞。惟有舊家秋娘，聲價如故。吟箋賦筆，猶記燕臺句。知誰伴、名園露飲，東城閑步。事與孤鴻去。探春儘是，傷離意緒。官柳低金縷。歸騎晚，纖纖池塘飛雨。斷腸院落，一簾風絮。④

① ［宋］張炎：《詞源》卷下，《詞話叢編》，中華書局，2005 年，第 265 頁。

② ［宋］李清照：《漱玉詞》卷三，《重輯李清照集》，齊魯書社，1981 年，第 34 頁。

③ ［清］王奕清：《欽定詞譜》卷五。

④ 唐圭璋：《全宋詞》第二册，中華書局，1965 年，第 595 頁。

自“章臺路”至“歸來舊處”是第一段，自“黯凝佇”至“盈盈笑語”，是第二段，兩段字數、形式完全一致，此謂之“雙拽頭”。但許多三疊詞并不是雙拽頭的，如《十二時》《戚氏》等。詞調有過變，即今之過門。下片開句處又稱爲“過片”“過變”“過拍”等，表示由一段樂曲轉入下段樂曲，都是指下遍起句而言。過片多是自叙，不可斷意，須承上啓下，達到氣脉貫通。歌詞從上遍過渡到下遍，也就是音樂奏到這裏，都要加些過門，使得曲首、曲尾相連接。

三、詞句特殊

詞的句式長短不一，“長”與“短”是相對而言的。古詩以五言居多，近體詩五言、七言平分秋色。詞的句式字數不定，長有十一字句，短僅一字句，使用長短句，既有樂調的曲度要求，也有人們審美情趣的影響，以至詞較詩的句式自由一些，也特殊一些。從句式結構上講，一首詞有上下闋句數、句式等的不同，如蘇軾《皂羅特髻》：

> 采菱拾翠，算似此佳名，阿誰消得。采菱拾翠，稱使君知客。千金買、采菱拾翠，更羅裙、滿把珍珠結。采菱拾翠，正髻鬟初合。　真個采菱拾翠，但深憐輕拍。一雙手、采菱拾翠，綉衾下、抱着俱香滑。采菱拾翠，待到京尋覓。(《詞譜》卷十九)

此詞基本上涵蓋了詞的一些特點。此詞上下闋八十一字，上闋九句四仄韵，下闋六句三仄韵。其中上闋四十六字，與下闋字數不同，又有换頭，即上下闋起句字數不同。上下闋音樂所“住”不同，且押入聲韵。句中連續運用“采菱拾翠”七處，不避同字重複。在句法上也有所不同，有上三下五、上三下四的不同，亦有“但深憐輕拍”五字句。而在詩句里，一般是上二下三，或上三下二句式，而在這裏就規定了是上一下四句式等。所有這些都是爲了符合樂曲内部要求變化，而非作者一定要把詞寫成這樣。詞的句式結構除領格句法外，還有折腰句，還有對仗，從兩字到十一字不等，且對仗方法多樣，有律句對、鼎足對和扇面對等。

另外，詞除了音律的“音”“聲”特殊要求外，與其“義”的伸張不無關係。“音”有四個最主要的基本性質，即音的高低、長短、强弱及音色。音的長短是由于音的延續時間的不同而決定的。句子長，音的延續時間則長，音則長；句子短，音的延續時間則短，音則短。這是一般規則，音的長短和强弱與七音、平仄發生決定性的關係。“聲”，物體振動時所産生的能引起聽覺的波。

聲音在介質中以聲波形式傳播，聲音在介質中的傳播速度與介質有關，即長短句之“介質”對聲音的傳播速度有關，或決定聲調的高低與强弱。“義”，非物質的，是中國古代一種含義極廣的道德範疇。本指公正、合理而應當做的。對此，“音”“聲”而産生出的樂，對“義”有着直接和間接的傳感作用，以及“義”對“音”“聲”而産生出樂的評判。《禮記·樂記》云：

> 感于物而動，故形于聲。……其哀心感者，其聲噍以殺；其樂心感者，其聲嘽以緩；其喜心感者，其聲發以散；其怒心感者，其聲粗以厲；其敬心感者，其聲直以廉；其愛心感者，其聲和以柔。六者非性也，感于物而後動。①

對于“音”“聲”“義”與長短句的親緣關係，如白居易在《琵琶引》中所咏：

> 轉軸撥弦三兩聲，未成曲調先有情。弦弦掩抑聲聲思，似訴平生不得志。低眉信手續續彈，説盡心中無限事。輕攏慢捻抹復挑，初爲霓裳後六幺。大弦嘈嘈如急雨，小弦切切如私語。嘈嘈切切錯雜彈，大珠小珠落玉盤。②

此正是對三者關係做了最形象的詮釋。詞句是由音樂的特質而定的。

四、詞善用字

詞之用字與一般行文不一樣，因爲詞是用來唱歌的，詞不僅和詩一樣講究平仄，而且在音樂吃緊的地方要“三仄應須分上去，兩平還要辨陰陽”審音用字，使之“合之管弦，付之歌喉”。最早見于張炎《詞源》卷下所引其父張樞《寄閑集》，次後要求頗嚴，其原因是多方面的。

首先，七音與四聲要合。王應麟《玉海》卷七引徐景安《樂書》云：

> 凡宫爲上平聲，商爲下平聲，角爲入，徵爲上，羽爲去聲。③

---

① 《國學名篇鑑賞辭典》，上海辭書出版社，2009年，第300頁。

② 《全唐詩》卷435—25，揚州詩局本，清康熙四十六年。

③ ［宋］王應麟：《玉海》，江蘇古籍出版社，上海書店，1987年，第137頁。

如此，方能與變宫之聲相諧。

其次，音譜與四聲要對應。文字的聲調來配合樂譜的聲調，衹有七音與四聲相配，纔能使得音樂協律。音譜與四聲的關係，就是字聲同樂譜的關係，具體地説是要求一字一音的對應，協音遣字要適應旋律的變化。

再次，去聲字最爲重要。一曲樂聲緊要處，用字特别重要。在詞轉折跌宕處，上聲、入聲可用平，而去聲則獨立使用。也就是説在旋律轉折高下表現得最爲明顯的地方，即用去聲的地方，不可用上聲或入聲代替。同時要注意避免疊用三個入聲字和一聲四用等問題。

依詞譜的規定而用字，句式中的字須深加鍛煉，最忌用字生硬。須字字敲打得響，歌誦纔能流暢。與詩相比，詞中多虚字，如“望”“又”“正”等字，除領字外，一首詞中適當運用是不影響文辭表達的，但用多了就便成了空頭字。沈義父《樂府指迷》云：

> 近時詞人，多不詳看古曲下句命意處，但隨俗念過便了。如柳詞《木蘭花慢》云：“拆桐花爛漫。”此正是第一句，不用空頭字在上，故用拆字，言開了桐花爛漫也。有人不曉此意，乃云此花名爲拆桐，于詞中雲開到拆桐花，開了又拆，此何意也。①

正如此例，如果要把“拆桐花爛漫”寫成“正桐花爛漫”，或“望桐花爛漫”的句式不是不行，衹是作者不想多用虚字。詞的用字，是有定格的，如一字的“正”“望”等，二字如“正是”“那堪”等，三字如“更那堪”“又却是”等，往往擔當領格的作用。這不僅是掌握領字用法的需要，而且更多地通過虚字的指示性連詞作用，把多句式聯係起來，使其語氣連續，但用多就俗了。

另外，關于詞要押韵問題，見本集卷上“詞的押韵”一節。

卯、詞的風格

一、起因

詞的風格，是指詞人在創作的作品中所表現出的格調特色。在詞還没有産生之前，對于騷賦、駢文及詩文等文學體裁的創作特色之論，緣于强調作者的

---

① ［宋］沈義父：《樂府指迷》，《詞話叢編》，中華書局，2005 年，第 282 頁。

心性對風格的影響，以此從文學體裁之形式、内容及思想多個層面進行探索和總結。如劉勰《文心雕龍·議對》云：

> 及陸機斷議，亦有鋒穎，而［諛］腴辭弗剪，頗累文骨，亦各有美，風格存焉。①

此爲文學風格學説的起源。唐代司空圖在《二十四詩品》中，亦把“豪放”與“委曲”（婉約）② 作爲兩種文學風格相比喻，到了宋代爲辨析和評論詞體風格所用。到了明清以後，以此爲標準，把詞分爲“婉約”“豪放”兩派，甚至多種派别，以致使文學風格學説變异走樣。其實，從總體上把握詞的風格流向要比界定派别的意義要大得多。文學是在情緒或情感支配下所進行的社會活動。或西風一簾身清冷，挑燈浸透筆尖凉；或淅淅秋雨獨自立，窗前心情風打濕；或對酒徘徊宛若聽，追尋芳年流水似；或筵席聞歌非自聲，落花無意爲誰憐。此時此情，一場身臨，一次感受，爲詞自然多婉約情調。當我乘風追春聲，遥思路上雁歸來；或昔日豪杰今猶來，征戰沙場揮戈去；或朝來金榜飛傳報，早行赴闕四面風。此時引以爲調，自然是歌處游宕，揮毫屬意，詞當豪放了。對此，從詞的風格表現上就有了諸如李煜的悲心感慟、細髮捋風，晏殊的格調清麗、明媚疏淡，柳永的纏綿悱惻、縱横開合，蘇軾的激朗豪放、引領風騷，秦觀的緣情婉轉、氣骨出群，賀鑄的高曠出塵、雍容妙麗，周邦彦的嚴謹縝密、典麗精雅，辛弃疾的雄壯豪邁、激蕩澎湃，陸游的雄渾慷慨、衷情知表，姜夔的空靈含蓄、精工天成，李清照的嫻雅婉轉、姿態横生，史達祖的奇秀清逸、興情探春等等。其實，詞衹有風格的不同，没有派係的區别。即便有派别，兩個派别的作品有時反映的風格或詞風一致；同一個人的作品，也許有多種風格的面貌出現。事實也是這樣的，如同屬于婉約詞人，温庭筠與韋莊、周邦彦與秦觀、晏殊與晏幾道、李清照與柳永、吴文英與周密向來并稱，而他們的作品叙情風格卻有所不同。主要表現在他們的作品所追求的趣味格調不同，所反映出的思想境界也不同。再如同屬于“豪放派”的蘇、辛詞，各有各的不同，往往兼備衆體。他們的作品固然多豪放，然其婉約之作亦不示弱于人。而蘇軾的《水調歌頭》（明月幾時有）、《江城子》（十年生死兩茫茫）等，辛弃疾的《永遇樂》（千古江山）、《摸魚兒》（更能消、幾番風雨）等，既陽剛，又幽柔，剛柔

① ［南朝梁］劉勰：《文心雕龍今釋》，中華書局，1996 年，第 222 頁。

② ［南朝梁］鍾嶸：《詩品今析》，江蘇人民出版社，1983 年，第 93—122 頁。

相濟，融豪放與婉約于一體，很難簡單地做出歸屬。可見以婉約、豪放二派相稱，是相對的。

既然有把詞分爲婉約、豪放的經歷，現在不妨把它作爲詞的風格來了解。

二、辨析

緣于起初對詞的“小道”之見，給唐宋詞分流劃派，宋代尚没有係統的詞派之説，但詞風的流行，風格面貌的不同，人們的喜好不同，隨之而來産生了對詞體的析派、辨體的出現。早期的如歐陽炯《花間集序》云：

> 則有綺筵公子，綉幌佳人。遞葉葉之花箋，文抽麗錦；舉纖纖之玉手，拍按香檀。不無清艷之詞，用助妖嬈之態。①

這裏衹是對詞的創作環境及風格進行了描述，也可以説衹是對詞的一種感受和評價。

到了宋代，王灼在《碧鷄漫志》② 中從詞體上勾勒了蘇軾、柳永兩大風格，或“高處出神入天，平處臨鏡笑春”，或“野狐艷之毒”。俞文豹在《吹劍録·續録》中這樣写道：

> 東坡在玉堂，有幕士善謳，因問：“我詞比柳詞何如?”對曰：“柳郎中詞，衹好十七八女孩兒，執紅牙拍板，唱‘楊柳外、曉風殘月’。學士詞，須關西大漢，執鐵板，唱‘大江東去’。”公爲之絶倒。③

大約在南北宋之交，許顗在《彦周詩話》中論及僧人洪覺范詞作時云：

> 又善作小詞，情思婉約，似少游。④

此三則對詞的風格論述，還處在模模糊糊的概念之中。到了南宋時，在詞

---

① ［五代後蜀］趙崇祚編，房開江注，崔黎民譯：《花間集全譯》，貴州人民出版社，1997 年，第 18 頁。

② ［宋］王灼：《碧鷄漫志》卷二，《詞話叢編》，中華書局，2005 年，第 83 頁。

③ ［宋］俞文豹撰，張宗祥校訂：《吹劍録全編》，古典文學出版社，1958 年，第 38 頁。

④ ［宋］許顗：《彦周詩話》，《歷代詩話》，中華書局，1981 年，第 381—382 頁。

壇上出現了對詞的創作風格進行分類，諸如“白樂天體”“花間體”“南唐體”“柳永體”“東坡體”“易安體”“朱希真體”“吴蔡體”“稼軒體”“介庵體”“白石體”等。

三、轉向

受南宋對詞的風格進行分類影響，明張綖《詩餘圖譜》三卷中選擇了唐宋詞一百四十九調，以黑、白圈標識平仄，注明前後闋、句數、韵數和字數，著圖譜（詞譜），并在凡例所附按語中首先把詞體風格分爲婉約與豪放兩種。此後，詞分婉約與豪放兩派之説由此傳開。到了清代，圍繞張綖的詞分派學説，王士禛在《花草蒙拾》中進一步做了闡述：

> 張南湖論詞派有二：一曰婉約，一曰豪放。僕謂婉約以易安爲宗，豪放惟幼安稱首，皆吾濟南人，難乎爲繼矣。①

從此，對詞分派學説基本形成，主要還有按時而分、以人而分和以風格而分。

按時分派法：把宋詞分爲四個時期。尤侗《詞苑叢談序》② 把五代至宋之小山（晏幾道）、安陸（張先）當作初期，淮海（秦觀）、清真（周邦彦）詞爲盛期，白石（姜夔）、夢窗（吴文英）詞爲中期，碧山（王沂孫）、玉田（張炎）詞爲晚期。

以人分派法：“唐人詞，風氣初開，已分二派。太白一派，傳爲東坡，諸家以氣格勝，于詩近西江。飛卿（温庭筠）一派，傳爲屯田（柳永），諸家以才華勝，于詩近西昆”。③ 孫麟趾在《詞逕》里以“詞分門户”做了分類：“欲高澹學太白、白石。欲婉約學清真、玉田。欲艷麗學飛卿、夢窗。欲蒼莽學蘋洲（周密）、花外（王沂孫）。”④

以風格分派法：謝章鋌《賭棋山莊詞話》卷九云：

---

① ［明］王士禛：《花草蒙拾》，《詞話叢編》，中華書局，2005 年，第 685 頁。
② ［清］徐釚：《詞苑叢談》，上海古籍出版社，1981 年，第 3 頁。
③ ［清］孫麟趾：《詞逕》，《詞話叢編》中華書局，2005 年，第 2557 頁。
④ ［清］沈祥龍：《論詞隨筆》，《詞話叢編》中華書局，2005 年，第 4049 頁。

> 詞分三派，曰婉麗，曰豪宕，曰醇雅。今則又益一派，曰餖飣。①

對詞以風格而論比較貼切的，還算王國維對三家詞之辨：

> 温飛卿之詞，句秀也。韋端己之詞，骨秀也。李重光之詞，神秀也。②

此語雖爲冰山一角，却無不道出事實。

四、流變

近現代係統的把詞分門別類，主要參照作品風格，也有地域流向、師承關係等方面加以對待的。事實上，詞衹有風格面貌的問題，没有師門户限、師法家法的問題。

（一）近代人對詞派的分法

把宋代自柳永以下分爲八派：

1. 真率明朗：以柳永爲代表。
2. 高曠清雄：以蘇軾爲代表。
3. 婉約清新：以秦觀、李清照爲代表。
4. 奇艶俊秀：以張先、賀鑄爲代表。
5. 典麗精工：以周邦彦爲代表。
6. 豪邁奔放：以辛弃疾爲代表。
7. 騷雅清勁：以姜夔爲代表。
8. 密麗險澀：以吴文英爲代表。

（二）現代學者對詞的分派

1. 胡雲翼對詞的分派

胡雲翼《宋詞研究》一書中把詞派分爲三個類型：豪放與婉約；平民與

---

① ［清］謝章鋌：《賭棋山莊詞話》，《詞話叢編》，中華書局，2005 年，第 3443 頁。［釋引］餖飣：比喻堆砌詞藻。李慈銘《越縵堂讀書記・史記》：“臧氏之學，頗嫌餖飣，繁而寡要。”（［清］李慈銘：《越縵堂讀書記》，上海書店出版社，2006 年，第 203 頁。）另，胡适《文學改良芻議》引江亢虎語：“餖飣獺祭，古人早懸爲厲禁。”（《胡石文集》卷一，北京大學出版社，1998 年，第 10 頁。）

② ［清］王國維：《人間詞話》卷上，上海古籍出版社，1998 年，第 4 頁。李重光：李煜，五代十國時南唐後主，字重光，初名從嘉，號鍾隱、蓮峰居士。

貴族；白話與古典。如下所示①：

宋詞分類
- 由作品分
  - 詞　人→貴族文學者→貴族文學（古典、白話）
  - 非詞人→平民作家⟶平民文學（白話、白話）
- 由作者分
  - 艷情閨情詞、鄉思愁別詞、悼亡嘆逝詞、寫景詠物詞（婉約類）
  - 祝頌詞……
  - 咏懷詞、懷古詞（豪放類）

2. 現代詞學界對詞分派

一種分爲婉約派、豪放派、雅正派、閑逸派，其中各派中又有分出不同的派係。另一種分爲花間派（温庭筠、韋莊），婉約派（李清照、秦觀），豪放派（蘇軾、辛弃疾），格律派（周邦彦、姜夔）。

以上這些對詞分派概念的産生及流行，是隨着人們對詞學的深入研究所引發，具體地説，是由于詞學考據的需要而派生的，還是脱離不了對詞做出風格評判的實質。究其本身，既與詞的内在特質無關，更與詞的自由創作關聯不大。究其影響，通過模式化流程，造成讓人先入爲主的錯覺，從而形成一個共同的特點是認人不認詞。實際上，這樣分派，是犯了邏輯錯誤的，至少是一種自相矛盾的説辭。比如，“花間派”“婉約派”“豪放派”的詞人，它們的作品都是講格律的。不講格律，何以爲詞？既然如此，又何以另分出“格律派”？兩者本不屬于同一範疇，故填詞大可不必囿于成見，能抒發心情足矣。

五、例説

從浩瀚的詞作來看，不同時代不同人群的詞人所創作的作品展現出不同的格調特色，即風格。有説是“婉約”的，有説是“豪放”的，還有用其他相

① 胡雲翼：《宋詞研究》，中華書局，民國十七年（1928），第70頁。

近詞語命名的，但還是脱離不了詞的創作方式範圍。實際上，説婉約，即含蓄，措辭言説隱喻一些；説豪放，即雄奇，内容含量强盛一些。

（一）含蓄

所謂含蓄，就是不直言其事，説話時采用打個比方或换個説法的方式把意思表達出來，就是委婉的表達，善巧説法，耐人尋味。韓愈《題炭谷湫祠堂》云："森沉固含蓄，本以儲陰奸。"《朱子語類》云："至于上大夫之前，則雖有所諍，必須有含蓄不盡底意思，不知侃侃之髮露得盡也。"① 比如説，趙高給秦二世建言"陛下富于春秋，未必盡通諸事"②，要比説"皇帝尚還年輕，未必知道很多事"委婉得多，容易使人接受。因爲説"年輕"往往含有"嘴上無毛，辦事不牢"的輕蔑意思。事實上，現實中説話辦事也是如此，如果采用婉轉的方式，往往比直白的效果更好。如陸游《卜算子·咏梅》：

> 驛外斷橋邊，寂寞開無主。已是黄昏獨自愁，更着風和雨。
> 無意苦争春，一任群芳妒。零落成泥碾作塵，祇有香如故。③

上闋寫梅花處在"驛外斷橋邊"，在"已是黄昏"，遭受"風和雨"的洗禮而獨立開放。下闋寫梅花的高貴品格，任憑百花嫉妒，無意與之争春鬥艷，即使是凋零成泥，也不與其同流合污，把自己的内心世界通過"祇有香如故"這短短的五個字，簡練而又含蓄地表達出來了。此詞托物言志，言簡意賅。所謂言簡意賅，就是要言不煩，簡明扼要。唐代權德輿《醉説》把"尚氣、尚理、有簡、有通"作爲"能者"，并進一步解釋"好簡者則瑣碎以譎怪，或如讖緯"④。對此，作者在駕馭詞的創作過程中，遺貌取神，并未對梅花做枝葉蕪雜的描繪，祇寫了它的一種神韵，一種品格，表達了詞人面對困境而不沮喪，彰顯出對理想矢志不移的追求。還有毛文錫《醉花間》：

---

① ［宋］朱熹、黎靖德：《朱子語類·論語二十·鄉黨篇·總論》卷三十八，中華書局，1986 年，第 999 頁。

② ［漢］司馬遷：《史記·李斯列傳第二十七》卷十七，中華書局，1991 年，第 1990 頁。

③ 唐圭璋：《全宋詞》，中華書局，1999 年，第 2053 頁。

④ ［唐］權德輿：《醉説》，《中國歷代文論》第二册，上海古籍出版社，2001 年，第 170—171 頁。讖緯：漢代流行的神學迷信。"讖"是巫師或方士製作的一種隱語或預言，作爲吉凶的符驗或徵兆。"緯"指方士化的儒生編集附會儒家經典的各種著作。

休相問。怕相問。相問還添恨。春水滿塘生，鸂鶒還相趁。　昨夜雨霏霏，臨明寒一陣。偏憶戍樓人，久絶邊庭信。①

此詞開頭三句，以“休相問。怕相問。相問還添恨”，寫對話或自言自語，接着以“春水滿塘生，鸂鶒還相趁”兩句着手表現爲何“休相問。怕相問。相問還添恨”之緣故，并讓人看到了其動作與神態。從表面上看是寫景，實際是從側面描寫出人的曲折探微的心理活動，比“我心裏好煩”這樣直白要好得多。所謂側面描寫，就是對于所描寫的物件，從一個側面間接地下筆，通過烘托環境，表現人物形態，轉换爲所要描寫的物件，使其鮮明突出。側面描寫，具體地説，即説甲指乙、説此指彼的方式。形象地説，即不直説春風摇曳的柳條，而是描寫映照在湖面上的影子，不説夕陽晚墜的景色，而説西山餘暉的晚凉。總之，好的含蓄表達方式，以“意激而言質”“以質合迂”② 爲上，“睹其容覽其詞者，知其心不待境静而静”③，其目的或是爲了追求審美效果。惟如此，方顯得意淡然，否則，讓人捉摸不透。

（二）雄奇

所谓雄奇，往往是通過豐富的想象取景，經對詞句取捨後，加以精心組合和搭配，營造出一種意境，一種深沉肅穆而壯闊的氛圍，使人感受到意境美和聲韵美。司空圖在《詩品》④ 就把“雄渾”作爲二十品之一，謝章鋌在《賭棋山莊詞話》中亦把“雄放”⑤ 作爲詞的二十四品的内容。所謂雄奇闊大的意境，就像“天蒼蒼，野茫茫”一樣，呈現出一派蒼茫、空曠的景象。雄奇創作手法，詩句里廣泛運用，趙翼在《甌北詩話》講到：

有題中未必有此義，而冥心刻骨，奇險至十二三分者：如《望岳》之“蕩胸生層雲，决眥入歸鳥”，《登慈恩寺塔》之“七星在北户，河漢

---

① ［五代後蜀］趙崇祚编：《花間集》，貴州人民出版社，1997 年，第 336 頁。鸂鶒（xī chì）：水鳥名。形大于鴛鴦，而多紫色，好并游。俗稱紫鴛鴦。

② ［唐］白居易：《與元九書》，《中國歷代文論》第二册，上海古籍出版社，2001 年，第 101 頁。

③ ［唐］權德輿：《送靈澈上人廬山回歸沃洲序》，《中國歷代文論》第二册，上海古籍出版社，2001 年，第 89 頁。

④ ［唐］司空圖著，郭紹虞集解：《詩品集解》，人民文學出版社，1963 年，第 3 頁。

⑤ ［清］謝章鋌：《賭棋山莊詞話》卷十二，《詞話叢編》，中華書局，2005 年，第 3467 頁。

聲西流”，《三水觀漲》之“聲吹鬼神下，勢閲人代速”，《送韋評事》之“鳥驚出死樹，龍怒拔老湫”，《劉少府畫山水幛》之“反思前夜風雨急，乃是蒲城鬼神入。元氣淋漓幛猶濕，真宰上訴天應泣”，《韋偃畫松》之“白摧朽骨龍虎死，黑入太陰雷雨垂”，《鐵堂峽》之“徑摩蒼穹蟠，石與厚地裂”，《木皮嶺》之“仰干塞大明，俯入裂厚坤”，《桃竹杖》之“路幽必爲鬼神奪，拔劍或與蛟龍争”，《登白帝城樓》之“扶桑西枝對斷石，弱水東影隨長流”。①

詞中運用“雄奇”手法也是常見的，上乘之作往往表現在用力而又不費力在之間，并非像“力拔山兮”那樣費勁。如蘇軾之《念奴嬌·赤壁懷古》就是典範：

大江東去，浪淘盡、千古風流人物。故壘西邊，人道是、三國周郎赤壁。亂石穿空，驚濤拍岸，捲起千堆雪。江山如畫，一時多少豪杰。遥想公瑾當年，小喬初嫁了，雄姿英發。羽扇綸巾，談笑間、强虜［檣櫓］灰飛烟滅。故國神游，多情應笑我，早生華髮。人生如夢，一樽還酹江月。②

“大江東去，浪淘盡，千古風流人物”，開頭三句首先讓人頓覺開朗，具有盪氣回腸的效果。“亂石穿空，驚濤拍岸，捲起千堆雪”，寫景雄奇壯美，氣勢雄渾。“羽扇綸巾，談笑間，强虜灰飛烟滅”，抒情長歌當唱，長路當行。整體語言則渲染誇張，驚心動魄，表現出詞人廣闊的胸懷和高遠的境界。運用雄奇手法的還有岳飛的《滿江紅》、辛弃疾的《破陣子·爲陳同甫賦壯詞以寄之》、陳亮的《水調歌頭·送章德茂大卿使虜》，以及陸游的《訴衷情》（當年萬里覓封侯）等，都是典範之作。

雄奇之法，并非鋒芒畢露，而是善于錘煉那些表現幻想和比興的語言，

① ［清］趙翼：《甌北詩話·杜少陵詩》卷二，人民文學出版社，1963 年，第 17 頁。

② 朱東潤：《中國歷代文學作品選》中編，第二册，上海古籍出版社，2002 年，第 31 頁。周郎：周瑜，字公瑾，爲吴建威中郎將，時年二十四歲，吴中皆呼爲“周郎”。羽扇綸巾：魏、晋時人的裝束。綸巾，青絲帶做的頭巾。 强虜：一作“狂虜”或“檣櫓”。檣櫓，指曹操的水軍戰船。 酹：把酒灑在地上表示祭奠或起誓。

“揮灑出之，全不見其錘煉之迹”①。運用得好了，宏大之勢躍然于紙上，運用得不好，勢必造成力竭聲嘶般的高唱，如果一味標新立异，就會出現像元好問在《論詩三十首》之十二中所説“真書不入今人眼，兒輩從教鬼畫符”②一樣，“流入叫囂一派”③，無法讓人從中感到暢快的氣息。所以寫到用力而不費力之間，恰到好處就行了。

① ［清］趙翼：《甌北詩話》卷二，人民文學出版社，1963年，第4頁。

② ［金］元好問著、郭紹虞注：《元好問論詩三十首小箋》，人民文學出版社，1978年，第68頁。

③ ［清］陳廷焯：《白雨齋詞話》卷一，人民文學出版社，1959年，第20頁。

乙、詞　牌

詞牌，就是詞的格式的名稱。每一詞牌由幾個關鍵的要素組成，即：調有定格，句有定數，字有定聲，韵有定位，以及句式結構。詞牌的種類分可分爲小令、中調、長調。一般以五十八個字以内爲小令，五十九至九十字爲中調，而長調在九十一字以上。詞牌有單調、雙調、三疊、四疊的分别，又有押韵的分别。依照詞牌規定的句數、字數、平仄、韵脚等格式去寫，叫“填詞”。這些都是詞牌的外觀樣式。進一步探究，還需知道詞牌的來歷等知識，雖然詞牌與所寫的内容關係不甚緊密，但與審美情趣有關，爲此在這方面的知識還不可缺少。反映在詞牌内在的是與宫調的關係，也是曲調聲情配合的關係。在了解了這些的基礎上，纔能幫助理解不同的詞牌，有着不同的音樂表現力，更好地體現腔調與文情的一致性。

子、詞牌的來歷

詞牌同時是詞題，但絶大多數情况下，詞牌不代表“本意”的，詞牌之外還可以有詞題。在詞牌下面或後面注明詞題，這種情况下，一般來説詞題和詞牌就没有太大關係了。如《浪淘沙》可以完全不提到浪和沙，一首《憶江南》可以完全不提到江南，一首《蝶戀花》也可以不提蝴蝶和花草，這裏的詞牌衹不過是詞譜的代號罷了。康熙五十四年（1715）編訂的《欽定詞譜》①，收八百二十六調二千三百零六體，這些還不包括金、元時期的。現摘其有代表性的詞牌説明來歷，概括起來主要有以下情况：

一、來自樂府機構的

自西漢以來，官方對于樂府的工作十分重視，漢武帝曾委派擅長音樂的李

① ［清］王奕清：《欽定詞譜》首頁“校點説明”，學苑出版社，2008 年。

延年爲“協律都尉”，把製作樂曲規定爲樂府的任務之一。此後，唐、宋成立了官方的音樂機構，專門整理古樂，并創製新曲。唐朝設立教坊。沈雄《古今詞話·詞話》卷上云：

《教坊記》曰：開元十一年，初制《聖壽樂》（令諸女衣五方色衣）以歌舞之。所司先進曲名，以墨點者舞，舞有曲，教坊惟得舞《伊州》《五天》，重來疊去，不離此兩曲，餘悉讓内家也。内家舞曲有二：《垂手羅》《回波樂》《蘭陵王》《春鶯囀》《半社》《渠借席》《烏夜啼》之屬，謂之軟舞；《阿遼曲》《柘枝》《黄麞》《拂林》《大渭州》《達摩》之屬，謂之健舞。此崔令欽所編曲名三百餘調始此。①

如《破陣子》，原爲《秦王破陣樂》，即太宗所作的七德舞②，主要是歌頌太宗的英勇戰績，樂工穿上鎧甲持戟演習。奏樂起舞時“擂大鼓，雜以龜茲之樂，聲震百里，動盪山岳。”太宗每每看到這里，都會離席與衆人共舞。後來有人把其中的樂段填上詞演唱，開始是長調，名《破陣樂》，後來取其中一章名爲《破陣子》。

到了宋朝，徽宗設立大晟府。關于大晟府還有一段故事。《獨醒雜志》卷一載：

蔡元長嘗論薦毛友龍，召對。上問曰：“龍者君之象，卿何得而友之？”友龍不能對，遂不稱旨。退語元長，元長曰：“是不難對，何不曰堯舜在上，臣願與夔、龍爲友？”他日再薦之，復召對，上問大晟府，友龍曰：“訛”上不諭其何謂也。已而元長入見，上以問答語之，對曰：“江南人喚‘和’爲‘訛’，友龍謂大晟樂主和爾。”上頷之，友龍乃得美除。③

---

① ［清］沈雄：《古今詞話》，上海古籍出版社，2009年，第4頁。［注］從《教坊記》統計，曲名共計325首。見［唐］崔令欽：《教坊記》卷一，《中國古典戲曲論著集成》，中國戲劇出版社，1959年，第14—17頁。

② 七德舞：即取《左傳》所記的七德：禁暴、戢兵、保大、定功、安民、和衆豐財之義。（孫俍工：《中國文藝辭典》，民智書局，上海書店影印，1931年，第446頁。）

③ ［宋］曾敏行：《獨醒雜志》，上海古籍出版社，1986年，第2—3頁。

宋徽宗崇寧間（1102—1106），下令大晟府“依月用律，月進一曲”。① 王灼《碧鷄漫志》卷二：

至于《尊前》《花間》，迄于崇寧，立大晟府，命周邦彦諸人討論古昔，由此八十四調始傳。其後万俟雅言輩增衍慢、曲、引、近，或移宫换羽，爲三犯、四犯，按月令爲之，其曲遂繁。②

如《并蒂芙蓉》詞，據《能改齋漫録》云：“政和癸巳，大晟樂成。嘉瑞既至，蔡元長以晁端禮次膺薦于徽宗。詔乘驛赴闕。次膺至都，曾禁中嘉蓮生。分苞合趺，夐出天造，人意有不能形容者。次膺效樂府體屬詞以進，名《并蒂芙蓉》。”③ 還有《燭影摇紅》，爲北宋詞人周邦彦所改編，原意是描繪帝王將相之家的歌舞場景，具有優雅、輝煌的氣派，表現奢華、靡麗的風尚。

二、摘自大曲、法曲的

依大曲、法曲④製成。大曲、法曲是唐代大型的歌舞劇曲，用許多的樂曲組成，結構複雜，全部演奏很不容易。王灼《碧鷄漫志》卷三云：

凡大曲有散序、靸、排遍、攧、正攧、入破、虚催、實催、衮、遍、歇指、殺衮，始成一曲，謂之“大遍”。而《凉州》排遍，予曾見一本，

---

① ［宋］王灼：《碧鷄漫志》卷二，《詞話叢編》，中華書局，2005 年，第 87 頁。

② ［清］沈雄：《古今詞話》，上海古籍出版社，2009 年，第 103 頁。

③ ［宋］吴曾：《能改齋漫録》，上海古籍出版社，1979 年，第 479 頁。

④ 大曲：簡言之，是繼漢魏以來清樂，融民歌、曲子于一體的歌舞曲。“兼歌舞之伎，則爲大曲。大曲自南北朝已有此名。則清商三調中之大曲《宋書・樂志》所載者是也北朝大曲，則《魏書・樂志》言之不詳。至唐而雅樂、清樂、燕樂、西凉、龜兹、安國、天竺、疏勒、高昌，樂中均有大曲。然傳于後世者，唯胡樂大曲耳。”見王國維：《宋元戲曲史・宋之樂曲》第四章，上海古籍出版社，1998 年，第 36 頁。《輟耕録》：“近世所謂大曲，蘇小小《蝶戀花》；蘇東坡《念奴嬌》；晏叔原《鷓鴣天》；柳耆卿《雨霖鈴》；辛稼軒《摸魚兒》；吴彦高《春草碧》；蔡伯堅《石州慢》；張子野《天仙子》；朱淑真《生查子》；鄧千江《望海潮》。《詞品》‘金人樂府’稱鄧千江《望海潮》爲第一。”見［清］張宗橚：《詞林紀事》卷二十，成都古籍書店，1982 年，第 545 頁。法曲是歌舞大曲中的一部份，又名法樂，始見于東晋《法顯傳》，因用于佛教法會而得名，至隋稱爲法曲。白居易《法曲美列聖，正華聲也》詩：“法曲法曲歌大定，積德重熙有餘慶。”見《全唐詩》卷 426-2，揚州詩局本，清康熙四十六年。

有二十四段。後世就大曲制詞者，類從簡省，而管弦家又不肯從首至尾吹彈，甚者學不能盡。①

詞調中有“摘遍”一類，就是從大曲、法曲中摘取其美聽而又可獨立的一遍來單譜單唱而作爲調名的。如《梁州令》出于大曲《凉州》，《伊州令》出自大曲《伊州》，《水調歌頭》出自大曲《新水調》，《齊天樂》出自大曲《齊天樂》，《法曲獻音》《法曲第二》《霓裳中序第一》出自法曲《霓裳羽衣曲》。還有《徵招調中腔》《鈿帶長中腔》《氐州第一》《薄媚摘遍》《泛清波摘遍》《六州歌頭》《萬年歡》《夢行雲》等，都是出自大曲、法曲的。但大多數就大曲、法曲制詞者，衹是摘取某遍爲本，加以增損變化，製成引、序、慢、近、令等各類曲調，這樣一來，所有句法曲度就和原遍不盡相同。王國維《宋元戲曲考・宋之樂曲》引用宋代史浩、鄮峰《真隱漫録・劍舞》卷四十六云：

二舞者對廳立茵上，（下略）樂部唱《劍器曲破》，作舞一段了，二舞者同唱《霜天曉角》。

瑩瑩巨闕，左右凝霜雪；且向玉階掀舞，終當有用時節。唱徹，人盡説，寶此剛不折，内使奸雄落膽，外須遣豺狼滅。

樂部唱曲子，作舞《劍器曲破》一段。舞罷，二人分立兩邊，别二人漢裝者出，對坐，桌上設酒桌，竹竿子念：

伏以斷蛇大澤，逐鹿中原，佩赤帝之真符，接蒼姬之正統。

皇威既振，天命有歸，量勢雖盛于重瞳，度德難勝于隆准。鴻門設會，亞父輸謀，徒矜起舞之雄姿，厥有解紛之壯士。想當時之賈勇，激烈飛揚，宜後世之效顰，迴翔宛轉。雙鸞奏技，四座騰歡。

……

王國維并云：“由此觀之，其樂有聲無詞，且于舞踏之中，寓以故事，頗與唐之歌舞相似，而其中有“破”有“徹”，蓋截大曲入破後用之也。”②

① ［宋］王灼：《碧鷄漫志》，中國戲劇出版，1959 年，第 131 頁。

② ［清］王國維：《宋元戲曲史》第四章，上海古籍出版社，1998 年，第 34—36 頁。

大曲的特點在于歌、舞、樂的配合；法曲的特點是承襲漢樂的精華，樂調清淡。

三、取自原詞題目的

詞作者按照樂理和咏唱規則進行獨立創作，按現在的說法是作者的首創作品，詞牌名即詞的題目。比如，《踏歌詞》咏的是舞蹈，《舞馬詞》咏的是舞馬，《欸乃曲》咏的是泛舟，《漁歌子》咏的是打魚，《浪淘沙》是咏淘金人的勞動生活的，《踏歌詞》是一種合着脚步歌唱的曲調，《抛球樂》咏的是抛綉球，《更漏子》咏的是夜晚，等等。凡是詞牌下面注明“本意”的，詞牌同時也是詞題，不另有題目了。

四、摘曲中語爲調名的

詩有詩眼①，自然詞也有詞眼②。所謂詩眼、詞眼，就是詩詞的點睛傳神之筆。它是依靠詩詞句中最精練傳神的某個字，也就是以一字爲工，囊括着精氣神，以全篇最精彩和關鍵性的句子爲主。如：《青玉案》取名于張衡《四愁詩》之“美人贈我錦綉段，何以報之青玉案”句；《伴雲來》又名《天香》，取名于宋之問《靈隱寺》之“桂子月中落，天香雲外飄”句；《滿庭芳》取名于柳宗元《贈江華長老》之“偶此即安居，滿庭芳草積”句；《踏莎行》詩取名于陳羽《過櫟陽山溪》之“衆草穿沙芳色齊，踏莎行草過春溪”句等。裴思謙在唐文宗開成三年（838）及第，其《及第後宿平康里》詩有“從此不知蘭麝貴，夜來新惹桂枝香”③句，《桂枝香》詞名就來源于此。再如《念奴嬌》，因爲蘇軾的《念奴嬌》詞第一句是“大江東去”，故又叫《大江東去》，又因最後一句有“一樽還酹江月”的句子，故取末三字得名《酹江月》。一首詞的美妙句子，即使不成爲詞牌名，也可以成爲詞眼。如李清照《如夢令》：

---

① 詩眼：“詩眼”一詞，最早見于北宋。蘇軾《僧清順新作垂雲亭》詩云：“天公［功］忽向背，詩眼巧增損。”見傅璇琮：《全宋詩》卷七九二，第十四册，北京大學出版社，1993年，第9177頁。南宋中葉的曾豐在《吉之南門外見木芙蓉爛開》亦云：“詩眼驚紅狂欲呼，熟看似細又似粗。”見傅璇琮：《全宋詩》卷二五九八，第四十八册，北京大學出版社，1993年，第30183頁。

② 詞眼“詞眼”一詞，首見于宋陸韶輔之《詞旨·詞眼》專論“詞眼”，舉例之五：“醉雲醒雨”，此即“詞眼”。吴夢窗《解蹀躞·别情》：“醉雲又兼醒雨，楚夢時來往。”見［清］張宗橚：《詞林紀事·詞旨》附録，成都古籍書店，1982年，第7頁。

③ 《全唐詩》卷542-4，中華書局，1660年，第6257—6258頁。

昨夜雨疏風驟。濃睡不消殘酒。試問捲簾人，却道海棠依舊。知否。知否。應是緑肥紅瘦。①

其末句“應是緑肥紅瘦”，表現了特定的生活情景，真切地表達了對春光的留戀與惜別。由于有了這樣的句子，纔使得所表現的形象鮮活，意味深長，富于藝術魅力，此句也堪稱爲該詞的眼目。

五、來自外域或邊地的

漢代以來，西域和邊地的音樂不斷傳入内地，那些地方的某些曲調也隨之流行，有的就被采用爲詞調。來自外域的、最著名的如《菩薩蠻》，據唐代以至明代一些文人的考證，儘管説法有所不同，但都肯定這個詞牌來自西域。唐代最有名的《霓裳羽衣曲》，也是吸收了從西北傳入的印度《婆羅門》，其名爲梵語音譯，義爲“净行”“净裔”。鄭嵎《津陽門詩》之“宸聰聽覽未終曲，却到人間迷是非”句下注：

叶法善引上入月宫，時秋已深，上苦凄冷，不能久留，歸。于天半尚聞仙樂，及上歸，且記憶其半，遂于笛中寫之。會西凉都督楊敬述進《婆羅門曲》，與其聲調相符，遂以月中所聞爲之散序，用敬述所進曲作其腔，而名《霓裳羽衣法曲》。②

敦煌曲子辭亦有《望月婆羅門》，後來柳永有《婆羅門令》，吴文英有《婆羅門引》。來自邊地的曲調，如《凉州》《六州歌頭》《八聲甘州》等。凉州、甘州都是唐代邊地的州名，這些曲調一種爲流行歌曲傳入内地，後來也被采爲詞牌的名稱。如《蘇幕遮》，唐玄宗時教坊曲名，原曲源自西域龜兹國。“蘇幕遮”爲西戎胡語。據説，跳舞時舞者用油囊裝水，互相潑灑，唐人稱之爲“潑寒胡戲”。表演者爲了不使冷水澆到頭上、臉上，就戴上一種塗了油的帽子，高昌語叫“蘇幕遮”，名本此。楊慎《詞品》卷一云：

唐書吕元濟上書，比見方邑，相率爲渾脱隊，駿馬胡服，名曰“蘇幕遮”，曲名亦取此。李太白詩“公孫大娘渾脱舞”，即此際之事也。③

① 唐圭璋：《全宋詞》第二册，中華書局，1999 年，第 1202 頁。
② 《全唐詩》卷 567-01，中華書局，1960 年，第 6563 頁。
③ ［明］楊慎：《詞品》，上海古籍出版社，2009 年，第 12 頁。

還如《六州歌頭》，是軍事邊防要地流行的軍歌，也是皇帝舉行大型的檢閲軍隊活動的專用曲目。據楊慎《詞品》卷一云：

《六州歌頭》，本鼓吹曲也，音調悲壯。又以古興亡事實之，聞之使人慷慨，良不與艷詞同科，誠可喜也。《六州》得名，蓋唐人西邊之州：伊州、梁［凉］州、甘州、石州、渭州、氐州也。此詞宋人大祀、大恤，皆用此調。①

像《漁歌子》《傾杯樂》《天仙子》等，在《任半塘文集》之敦煌歌辭中列爲邊塞詞調。另外，《搗練子》《憶漢月》等，在《敦煌寫卷》中，多表現爲戍邊將士相關聯的生活、情感爲内容的曲調。

六、詞人自製的

早在漢元帝時就有“自度曲，被歌聲”② 的記載，到了魏晋南北朝時期，“善訓雅樂”者頗多，到了唐宋兩代，不少詞人通曉音律樂理，以創制新的詞調爲能事。據張德瀛《詞徵》卷一云：

《謫仙怨》，劉文房所創調也。竇私餘云“天寶十五載正月，安禄山反，陷没洛陽。……途次馬嵬驛，六軍不發，賜貴妃自盡，然後駕行。次駱谷，上登高，下馬望秦川，遥辭陵廟，再拜嗚咽流涕，左右皆泣。謂力士曰：‘吾聽九齡之言，不到于此。’乃命中使往韶州，乙太牢祭之。因上馬索長笛吹，笛曲成，潸然流涕，佇立久之。時有司旋録成譜，及鑾駕至成都，乃進此譜請名曲，帝謂‘吾因思九齡，亦别有意，可名此曲爲《謫仙怨》。’其旨屬馬嵬之事，厥後以亂離隔絶，有人自西川傳得者，無由知，但呼爲《劍南神曲》，其音怨切，諸曲莫比。③

① ［明］楊慎：《詞品》，上海古籍出版社，2009 年，第 14 頁。

② ［漢］班固：《漢書·元帝紀第九》，漢語大詞典出版社，2004 年，第 121 頁。

③ ［清］張德瀛：《詞徵》，《詞話叢編》，中華書局，2005 年，第 4087 頁。劉文房即劉長卿，唐代著名詩人，擅五律，工五言。官至監察御史。與詩仙李白交厚，有《唐劉隨州詩集》傳世，其詩五卷入《全唐詩》。九齡即張九齡，唐代有名的賢相，舉止優雅，風度不凡。自張九齡去世後，唐玄宗對宰相推薦之士，總要問：“風度得如九齡否？”因此，一直爲後世人所崇敬、仰慕。

宋時的柳永、周邦彦、姜夔等人，既是詞人，又是音樂家，他們的詞集中就有不少是自製新調。詞人自製的詞調，叫作“自度曲”或“自製曲”。一般情況下，詞人在詞牌下面加注“自度曲”字樣，或加小序。如《白石道人歌曲》中，《長亭怨慢》《淡黄柳》《石湖仙》等十七調，都自注爲“自製曲”，且分别注明宫調，旁綴工尺譜，此爲詞樂出自一人之手，也是唯一保存完好工尺譜的宋代樂譜。如《長亭怨慢》：

長亭怨慢（中吕調）　　姜夔

合上一　六凡工尺　上尺工尺　上合上一　凡六凡尺　合一
漸吹盡、枝頭香絮。是處人家，緑深門户。遠浦縈回，暮帆

尺上尺凡尺　合上一尺　凡六一　上一合　合上一工尺　凡合尺
零亂向何許。閲人多矣，誰得似、長亭樹。樹若有情時，不會得、

一　一　　　一　　　　　　一
上五上五　　上五　上工尺上合　尺上合工上五　六凡工六
青青如此。　日暮。望高城不見，衹見亂山無數。韋郎去也，

合一上　工合凡尺　上工尺　上凡凡六　凡六一　尺上一合　合
怎忘得、玉環分付。第一是、早早歸來，怕紅萼、無人爲主。算

一　一
上一工尺　六尺上五上五
空有并刀，難剪離愁千縷。①

據沈雄《古今詞話》云：

《太平樂府》曰：柳永曲調傳播四方，嘗候榜作《鶴冲天》詞云：“忍把浮名，换了淺斟低唱。”仁宗聞之曰：“此人風前月下，淺斟低唱，

① ［宋］姜夔：《白石道人歌曲》，四川人民出版社，1987年影印。詞據《欽定詞譜》卷二十五校。注：此姜夔《長亭怨慢》譜，係作者譯製。

好填詞去。”柳永下第，自此詞名益振。①

再如姜夔《翠樓吟》，係宋孝宗淳熙年間，武昌安遠樓建成，其與友人同登此樓而創制。詞中有“層樓高峙，看檻曲縈紅，檐牙飛翠”句，故名《翠樓吟》。

七、以人名命名的

人是以自然符號而出現，以策劃者和實踐者的身份，通過文化形式建立人與人之間的聯係，無疑會賦予更爲廣泛的生活主題。這樣，把人作爲詞的創作對象，對于風靡于詞的時代來説是自然不過的事情，尤其是或作爲皇宫、權貴和風雅儒士階層的樂聲不絶于耳，或是民間籬笆、樹蔭下和茶餘飯後踴踏，都會在自覺與不自覺之間對詞進行了傳播。故以人名爲詞名更具形象性和真實性。如《師師令》，據楊慎《詞品·詞品拾遺》云：

李師師，汴京名妓。張子野爲制新詞，名《師師令》。略云：“蜀彩衣長勝未起。縱亂雲垂地。正值殘英和月墜。寄此情千里。’秦少游亦贈之詞云：‘看遍潁川花，不似師師好。”後徽宗微行幸之，見《宣和遺事》。《甕天脞語》又載，宋江至李師師家，題一詞于壁云：“天南地北。問乾坤何處，可容狂客。借得山東烟水寨，來買鳳城春色。翠袖圍香，鮫綃籠玉，一笑千金值。神仙體態，薄幸如何銷得。　想蘆葉灘頭，蓼花汀畔，皓月空凝碧。六六雁行連八九，衹待金鷄消息。義膽包天，忠肝蓋地，四海無人識。閑愁萬種，醉鄉一夜頭白。”小詞盛于宋，而劇賊亦工如此。②

還有《戚氏》《謝秋娘》《何滿子》《念奴嬌》《昭君怨》等。

另外，還有以人的的美醜形象命名的，據宋代周密《浩然齋詞話》云：

宣和中，李師師以能歌舞稱。時周邦彦爲太學生，每游其家。一夕值佑陵臨幸，倉猝隱去。既而賦小詞，所謂“并刀如水，吴鹽勝雪”者，蓋紀此夕事也。未幾，李被宣唤，遂歌于上前。問誰所爲，則以邦彦對。于是遂與解褐，自此通顯。既而朝廷賜酺，師師又歌《大酺》《六丑》二

① ［清］沈雄：《古今詞話》，上海古籍出版社，2009年，第46頁。

② ［明］楊慎：《詞品》，《詞話叢編》中華書局，2005年，第539頁。

解，上顧教坊使袁綯問，綯曰："此起居舍人新知潞州周邦彦作也。"問六丑之義，莫能對，急召邦彦問之。對曰："此犯六調，皆聲之美者，然絶難歌。昔高陽氏有子六人，才而醜，故以比之。"上喜，意將留行。且以近者祥瑞遝至，將使播之樂府，命蔡元長微叩之。①

以人名而命名，或以人的美醜形象爲調名，從外在表現形式上看，是發揮了語言符號的隨意性，其内在的原因是人名與語義相關聯，賦予了一種文化習慣或習性，就像以人命名産品或起外號一樣。

八、借物取景命名的

詞與其他文學形式一樣，其創作往往是即興的，有些詞牌名是根據觀察到的景色、景象或感觸到的情景而隨機創作後流行而定名的。如《霜天曉角》，又名《長橋月》《踏月》，是時人取林逋其詞意境用爲詞牌名的。即："水清霜潔。昨夜梅花發。甚處玉龍三弄，聲摇動、枝頭月。夢絶。金獸熱。曉寒蘭燼滅。更卷珠簾清賞，且莫掃、階前雪。"② 還有《雨霖鈴》，一作《雨淋鈴》，唐教坊曲名，後用于詞牌。據沈雄《古今詞話》載："《楊妃外傳》曰：玄宗幸蜀，霖雨彌旬，棧道中聞鈴聲。玄宗悼念貴妃，爲制《雨霖鈴》曲。"③ 還有《搗練子》，以擣衣而名。

九、根据故事命名的

詞牌的來歷有些從歷史故事、生活片段，以及神話傳説、民間傳奇等采擷來的。上自三皇五帝，下至山野逸人，涉及到的内容非常廣泛。如：

《塞翁吟》：出自《淮南子·人間訓》里"塞翁失馬"的故事。《欽定詞譜》注："調見《清真樂府》，取《淮南子》塞上叟事爲調名。"④

《阮郎歸》：出自東漢劉晨、阮肇天台山采藥遇仙女的典故。

十、創自樂工、歌伎的

樂工歌伎從事聲樂活動，受命于制調作曲，而他們填制的詞曲更爲便于歌唱。據《太平御覽》卷五六八載：

---

① ［宋］周密：《浩然齋詞話》，中華書局，2005 年，第 232 頁。

② ［清］王奕清等：《欽定詞譜》卷四。

③ ［清］沈雄：《古今詞話·詞話》上卷，上海古籍出版社，2009 年，第 15 頁。

④ ［清］王奕清等：《欽定詞譜》卷二十一。

《樂府雜録》云："《雨霖鈴》者，因唐明皇駕回，至駱谷，聞雨淋鑾鈴，因令張野狐撰爲風名。"又云："《夜半樂》者，因唐玄宗自潞州入定内難，進軍斬長樂門關。時正當夜半，平章遮人後，乃命樂人撰此曲。"又云："《黄驄疊者》，唐太宗初定中原時，所策黄驄馬。後因征遼北，馬忽斃，上嘆惜久之，因命樂人製此曲。"又曰："《得寶子》者，唐明皇初納太真妃，喜甚，謂諸嬪御云：'朕得楊氏，如獲至寶也。'因撰此曲。"又曰："《文溆子》者，唐長慶初，有俗講僧文溆善吟經，兼念四聲觀世音菩薩，其音諧暢，感動時人。樂工黄米飯依其念菩薩四聲，乃撰成曲也。"又曰："《楊柳枝》曲者，白傳［傅］典杭州時所撰，尋進入教坊也。"①

可見這些曲子都是樂工所爲。《碧鷄漫志·樂部六》云："江南某氏者解音律，時時度曲，周美成與有瓜葛，每得一解，即爲制詞，故周集中多新聲。"② 另外，《念奴嬌》得名于天寶時歌伎念奴。

十一、來自民間的

詞亦與《詩經》一樣，最初是從民歌中采擷而來，一些詞牌是由一些民歌、俗語和方言等演變而來的。民間曲是對民歌經過選擇、加工後確定下來的。唐、宋兩代，民間曲調相當多，《太平廣記》引《五氏見聞録》云：

洎封至蜀，置設。弄參（參原作三，據明抄本改）軍後，長吹《麥秀兩歧》于殿前，施芟麥之具，引數十輩貧兒，襤縷衣裳，携男抱女，挈筐籠而拾麥。仍合聲唱，其詞凄楚，及其貧苦之意，不喜人聞。③

《掃市舞》亦是民間曲，白居易《哭師皋（楊虞卿）》詩："何日重聞掃市歌，誰家收得琵琶伎。"④ 有些曲調爲文人所愛好，因而據此填制新詞，後來就得到了廣泛流傳。如唐代的《竹枝》和《楊柳枝》，原來就是長江中上游一帶的民間歌曲，後來白居易、劉禹錫等詩人從中汲取了營養，譜寫了不少的新詞。柳永《樂章集》中的新調，有些就是市井曲子。

① ［宋］李昉：《太平廣記》第五册，河北教育出版社，1994 年，第 487 頁。
② ［宋］王灼：《碧鷄漫志》，《詞話叢編》，中華書局，2005 年，第 86 頁。
③ ［宋］李昉：《太平廣記·嘲誚五·封舜卿》。
④ 《全唐詩》卷 453-35 ，揚州詩局本，清康熙四十六年本。

十二、取自酒令的

以酒令作爲曲調，出于隋唐筵席間所行的酒令，又稱令曲、歌令、小令。酒令是筵宴上助興取樂的飲酒游戲，最早誕生于西周，前承秦漢，完備于隋唐。所謂酒令，就是在筵宴上行令，違令者罰酒，即爲酒令。唐代的酒令名目已經十分繁多，如歷日令、罨頭令、瞻相令、巢雲令、手勢令、旗幡令、拆字令、不語令、急口令、四字令、言小字令、雅令、招手令、骰子令、鞍馬令、抛打令等。陳元靚《事林廣記・癸集》卷十二“玳筵行樂，舉令飲酒”條下録有《卜算子令》《浪淘沙令》《調笑令》《花酒令》四首詞體酒令、詩句酒令、書句酒令和誰家女酒令。録其中三首詞體酒令：①

卜算子令

先取花一枝，然花行令，口唱其詞，逐句指點，舉動稍誤，即予罰酒。

我有一枝花（指自身，復指花），斟我些兒酒（指自，令斟酒）。唯願花心似我心（指花，指自身頭），歲歲長相守（放下花枝，叉手）。　滿滿泛金杯（指酒盞），重把花來嗅（把花以鼻嗅）。不願花枝在我旁（把花向下座人），付與他人手（把花付下座，接去）。

浪淘沙令

今日□筵中（指席上）。酒侶相逢（指同飲人）。大家滿滿泛金鍾（指衆賓指酒盞）。自起自酌還自飲（自起身，自酌酒，舉盞），一笑春風（止可一笑）。　傳語主人翁（執盞向主人）。你且饒儂（指主人，指自身）。儂今沉醉眼朦朧（指自身，復拭目），此酒可憐無伴飲（指酒），付與諸公（指酒，付鄰座）。

---

① ［宋］陳元靚：《事林廣記》第一輯，《和刻本類書集成》，上海古籍出版社，1990年，第460頁。據《舌華録・韵語第十》載：“吴巽之坐畸莊亭看桃花，忽風起花落，輒嘆曰：‘萬點愁人，咄咄不已。’郝公瑛語臣曰：‘巽之可憐，慘澹不啻花心。’”見［明］曹臣：《舌華録》，岳麓書社，1985年，第99頁。

調笑令

花酒（指花，指酒）滿筵有（指席上）。酒滿金杯花在手（指酒，指花）。頭上戴花方飲酒（以花插頭上，舉杯飲）。飲罷了（放下杯），高叉手（叉手）。琵琶撥盡相思調（作彈琵琶手勢），更向當筵舞袖（起身舉，兩袖舞）。

宴會生活，既是生活方式，也是文化行爲，不論官方接待，還是私人交往，必然是生活的組成部分。故而酒令爲詞，或者説詞爲酒令，可以説是令與歌的結合體。唐范攄《雲溪友議》卷十載：

> 裴郎中誠，晋國公次子也。足情調，善談諧，與舉子温岐爲友。好作歌曲，迄今飲席，多是其詞焉……二人又爲新添聲《楊柳枝》詞，飲筵競唱其詞而打令也。①

從這一段記録來分析，詞爲酒令看似存在。另外，花蕊夫人《宫詞》所咏，也證明詞作酒令的事實，即："新翻酒令著詞章，侍宴初聞憶却忘。宣使近臣傳賜本，書家院里遍抄將。"②

十三、以其他方式命名的

有以花爲名的。如《紅芍藥》《山花子》《菊花新》《杏花天》《梅花引》等，尤以帶"花"字爲名的更多，如《花犯》《醉花間》《後庭花》《鬥百花》等五十多個，在詞牌中所占比例非常高，説明詞是以花而名，以花喻人，嚮往美好生活不言而喻。還有的以數字命名的。如《一叢花》《二色蓮》《三字令》

---

① ［唐］范攄：《雲溪友議》第一册，《筆記小説大觀》，江蘇廣陵古籍刻印社，1983年，第83頁。

② 《全唐詩》卷798-1，揚州詩局本，清康熙四十六年。花蕊夫人爲後蜀主孟昶的費貴妃，五代十國女詩人，青城（今都江堰市東南）人，號花蕊夫人。幼能文，尤長于宫詞。得幸蜀主孟昶，賜號花蕊夫人。據明代楊慎《詞品》卷二載："花蕊夫人，宫詞之外，尤工樂府。蜀亡入汴，書葭萌釋壁云：'初離蜀道心將碎，離恨綿綿。春日如年，馬上時時聞杜鵑。'書未畢，爲軍騎催行。後人續之云：'三千宫女皆花貌，妾最嬋娟。此去朝天，衹恐君王寵愛偏。'"見［明］楊慎：《詞品》，《詞話叢編》，中華書局，2005年，第450頁。）

《四欄花》《五彩結同心》《六花飛》《七娘子》《八六子》《九張機》《十樣花》，以及《百尺樓》《千秋節》《萬年歡》等。還有綜合兩個詞牌定的，如《江城梅花引》。有的同一詞調分平仄兩體，如《浣溪紗》，平韵始于唐代韓偓詞，仄韵體始于南唐李煜詞。還有同一詞調有另名的，如《滿庭芳》又名《滿庭霜》《滿庭花》等。還有調异名同的，如《菩薩蠻》又名《子夜歌》，實屬另調。還有調异句同的，如《解紅》《赤棗子》《搗練子》三調，雖句式、字數相同，但每句的平仄不盡相同，不能視爲同調。

五、宫調與詞調

詞最初産生時，是由樂以定詞或因聲以度詞的，即填詞事先要創制或選用一個詞調，字句聲韵要協音合律，故“填詞”稱爲“倚聲”。到了南宋以後，填詞者已不在完全按照審音規範來作了，詞也就漸漸地成了押韵的詩體。雖然詞的樂音消失了，但仍有音樂的標志，如常常見到的詞調、宫調、犯調、拍、遍等。

一、宫調的由來

宫調的名稱，由律名和俗名組成。律名例用三字，上二字言均，下一字言調，如夾鐘商，“夾鐘”二字表明均，“商”字爲結聲，即爲調；俗名者，如無射商，俗名即越調。古有旋相爲宫之法，以律爲經，以聲爲緯，每律相乘得十二調，以七聲相乘得八十四調。因繁又在七聲中減去徵聲和變宫、變徵，僅剩四聲乘十二律爲四十八調。凡以宫聲乘律稱爲宫，以商、角、羽三聲乘律稱爲調。隋唐以來，由前世清樂加上俗樂稱爲新樂，即在十二律中，以黄鐘、大吕、夾鐘、中吕、林鐘、夷則、無射作各調之宫確定調高得七個調域，在每一個調域的七聲音階中選四個音當主音，即燕樂二十八調。它是在平聲羽，上聲角，去聲宫，入聲商四均上各分配七調而成的。宫聲七調加上二十一調總稱爲宫調，宫調就是律調，主導樂器主音的高度，以此創製詞調是由宫調决定的。

中國上古音樂分宫、商、角、徵、羽五音。五音，又叫五聲。它們大體上相當于西樂簡譜上的 1（do）、2（re）、3（mi）、5（so）、6（la）。五音與西樂簡譜的對應關係如下：

五音	宫	商	角	徵	羽
簡譜	1	2	3	5	6

在五音的基礎上，後來再加上變宫、變徵兩個音，即相當于西樂簡譜的 7（xi）和升 4（#fa）。爲什麽要把這兩個音單獨列出呢？原因有二：一是我們的先民享受清樂已成習慣，若加上這兩個音調就覺得是悲凉調了不好聽；二是隋唐之前樂器通常以琴、瑟、筝、竽、簫、管和鐘等爲主，演奏樂曲很少用兩個變調，這種樂曲稱爲清商樂，也叫清平調。之後，“七音之傳，肇自西域”①，社會上用燕樂替代清商樂，樂器以琵琶爲主，常以兩個變調夾雜其中，于是就有七種調式。它們的對應關係如下：

七音	宫	商	角	變徵	徵	羽	變宫
簡譜	1	2	3	#4	5	6	7

宫、商、角、徵、羽五音，再加二變就是七音。七音以任何居于一個核心位置的音爲主，就能構成一個調式。它們之間，經緯相成，構成完整的音調；五音是前提，二變是對五音的補充。通過二變美聲輔助作用，使五音更具表現力。下面以黄鐘宫爲始，按半音關係從低音到高音排列，將十二律吕與西樂對照如下：

中西律音對照表②

中律名	黄鐘	大吕	太簇	夾鐘	姑洗	中吕
西律名	G	#C ♭D	D	A	#A ♭B	B
中音名	宫		商		角	變徵
普通音名	1		2		3	4
俗音名	上		尺		工	凡
中律名	蕤賓	林鐘	夷則	南吕	無射	應鐘
西律名	#F ♭G	G	#G ♭A	#D ♭E	E	F
中音名		徵		羽		變宫
普通音名		5		6		7
俗音名		六		五		乙

從此表中可以得知工尺譜的記法，及從低到高依次相對應，十二律相當于西洋樂的十二級。

① 《康熙字典·序》，中華書局影印，1958 年，第 1 頁。

② ［清］吴梅：《詞學通論·論音律》，上海古籍出版社，2010 年，第 37 頁。

二、宫調的構成

宫調由七音十二律構成的。七音即宫、商、角、徵、羽、變宫、變徵；十二律即黄鐘、大吕、太簇、夾鐘、姑洗（xiǎn）、中吕、蕤（ruí）賓、林鐘、夷則、南吕、無射（yì）、應鐘。十二律分陰陽，屬奇數的稱陽律，屬偶數的稱陰律。奇爲“律”，偶爲“吕”，故十二律又簡稱“律吕”。即：

六　律

01		03		05		07		09		11	
黄鐘	大吕	太簇	夾鐘	姑洗	中吕	蕤賓	林鐘	夷則	南吕	無射	應鐘
	02		04		06		08		10		12

六　吕

十二律的定音方法，用三分損益法將一個八度分爲十二個不完全相同的半音。在宫、商、角、徵、羽五音中，下一音階爲上一音階的三分之二，故稱爲三分損益法。

以七音配十二律，每律皆可作爲宫音，即宫音的位置就有十二種，那麽七音也就相應的變化位置，故稱爲“旋相爲宫法”，簡稱爲“旋宫”，見下圖所示。

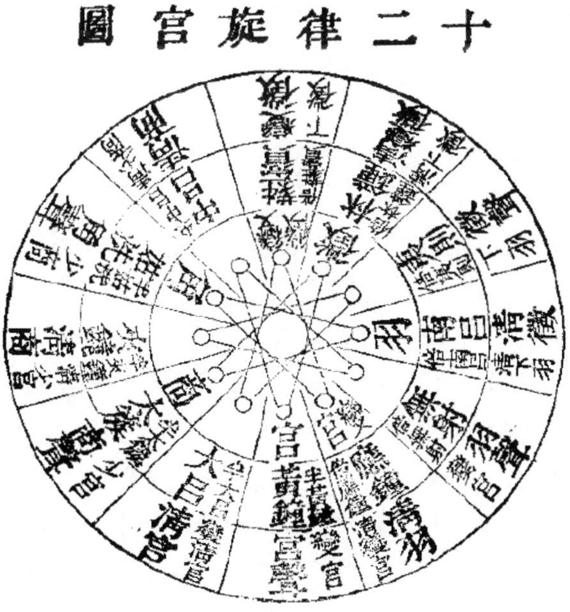

十二律旋宫圖

十二律隔八相生、七音隔五相生，每均有七調，十二均得八十四調。在宫調與詞調中所講的旋宫轉調，就是在十二律和七音位置上相應進行移動位置，實現調式的轉换。這樣各律爲宫所建的音階，稱爲“均”（韵），在十二律中假設我們以黄鐘爲第一個音，以黄鐘宫爲宫的音階成爲“黄鐘均”，依此類推。

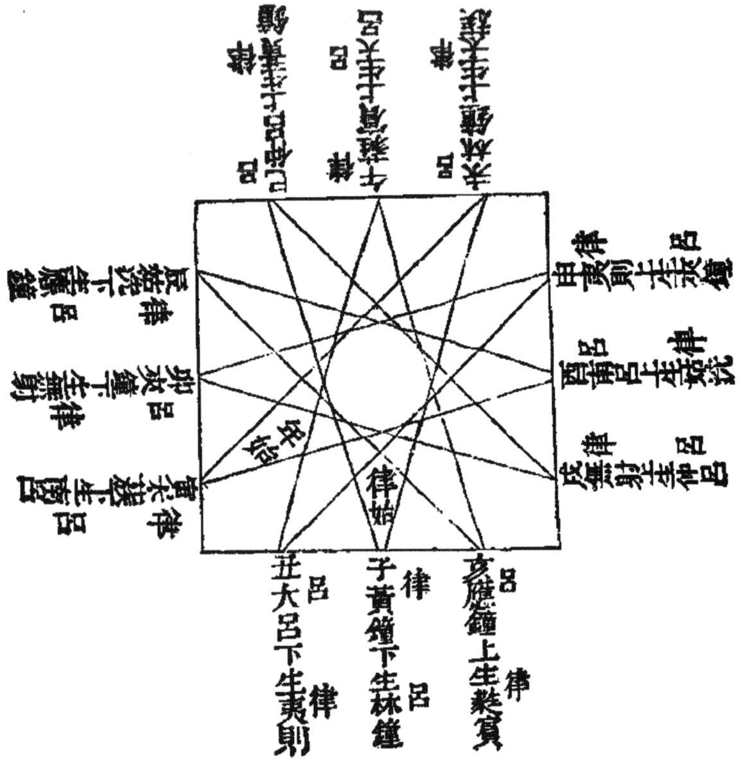

十二律相生圖

依據宫調的構成，七音各司其“職”。“宫”音爲音階的起點，居于核心主導地位的主音；“商”音爲五音第二級，居“宫”之次；“角”爲五音之第三級，居“商”之次；“徵”爲五音之第四級，居“角”之次；“羽”爲五音之第五級，居“徵”之次。“變徵”位于角音與徵音之間，比徵低半音；“變宫”居于羽音與宫音之間，比“宫”低半音。十二律的自身關係是怎樣的呢？沈括《夢溪筆談·樂律一》卷五：“《漢志》：陰陽相生，自黄鐘始，而左旋，八八爲伍。八八爲伍者，謂一上生與一下生相間。”胡道静在其條下注云：“講到十二律的演算法，應用《吕氏春秋》：‘黄鐘生林鐘，林鐘生太簇，太簇生南吕，南吕生姑洗，姑洗生應鐘，應鐘生蕤賓，蕤賓生大吕，大吕生夷則，夷則生夾鐘，夾鐘生無射，無射生仲吕。三分所生，益之一分以上生；三分所生，去其一分以下生。’黄鐘、太簇、夾鐘、姑洗、仲吕、蕤賓爲上；夷則、南吕、無射、應鐘爲下。按：所謂某律等‘爲上’，就是説某律等是由上生而得；‘爲下’就是説某律等是由下生而得。十二律上下相生的次序。”根據圖示，并説：“這種演算法，正與古代希臘哲學家彼塔哥拉斯（Pythagoras 約公元前 6 世紀）的演算法相仿。但東西洋同樣的律算，彼此之間，有何淵源關係在，則至今并無確證，要不過臆測而已。”①

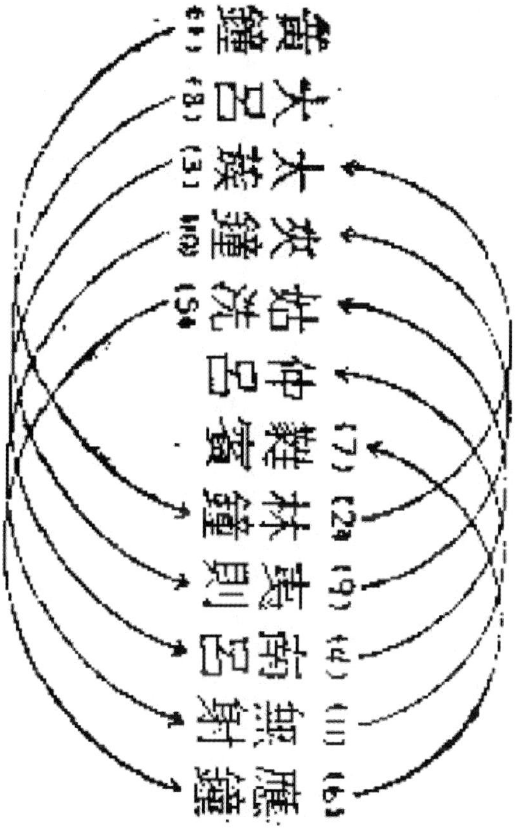

十二律上下相生圖

三、宫調與詞調的關係

隋唐時已有管色譜、琵琶譜和琴減字譜，廣泛運用犯調、旋宫（調高）與轉調（調式）方法，當時以蘇袛婆琵琶爲基礎，以宫、商、角、羽四弦來定律，即以四弦乘十二律得四十八宫調作爲韵律的次第，因繁復不可盡用，實際上演奏的時候衹剩下了二十八個宫調，其宫調乃應夾鐘之律，即所謂清商律。唐代燕樂二十八宫調的律吕及俗名列表如下：

① ［宋］沈括：《夢溪筆談校證》，上海出版公司，1956 年，第 216—218 頁。

	律	調　名
宮七調	黄鐘宫	俗名正黄鐘宫
	大吕宫	高　宫
	夾鐘宫	中吕宫
	仲吕宫	道　宫
	林鐘宫	南吕宫
	夷則宫	仙吕宫
	無射宫	黄鐘宫
商七調	無射商	俗名越調
	黄鐘商	大石調
	大吕商	高大石調
	夾鐘商	雙　調
	仲吕商	小石調
	林鐘商	歇指調
	夷則商	商　調
角七調	無射閏（閏即變宫）	俗名越角
	黄鐘閏	大石角
	大吕閏	高大石角
	夾鐘閏	雙　角
	仲吕閏	小石角
	林鐘閏	歇指角
	夷則閏	商角
羽七調	夾鐘羽	俗名中吕調
	仲吕羽	正平調
	林鐘羽	高平調
	夷則羽	仙吕調
	無射羽	羽　調
	黄鐘羽	般涉調
	大吕羽	高般涉調①

以琵琶爲例，一般認爲：宫七調屬第一弦，聲音大而濁；羽七調屬第四弦，音調細而清；商七調屬第二弦；角屬第三弦。樂音的大細清濁，依照其

① 吴熊和：《唐宋詞通論》，浙江古籍出版社，1985 年，第 398—399 頁。

與宮七調位置的遠近而定的。燕樂二十八宮調，到了南宋時期，由于燕樂所用樂器的變化，徵與二變不用，角亦早廢，羽爲宮半，實用上衹有宫商二均，即衹剩下十九宮調（宮七調、商六調、羽六調），被當時稱爲“七宫十二調”，即：

七宫：黄鐘宫、仙宫吕、正宫、高宫、南吕宫、中吕宫、道宫。

十二調：大石調、小石調、般涉調、歇指調、越調、仙吕調、中吕調、正平調、高平調、雙調、黄鐘羽、商調。①

不同的調式就會産生出不同的音樂效果，從而也會渲染出不同的情感氣氛。因在唐宋製詞填詞與宮調的關係是直接的，所謂選調以配詞，既要符合樂調的要求，又要更好地表達叙情的需要。據杜文瀾《憩園詞話》卷一引《雍熙樂府》載：

> 十六調，黄鐘宮宜富貴纏綿，正宮宜惆悵雄壯，大石調宜風流蘊藉，小石調宜旖旎嫵媚，仙吕宮宜清新綿邈，中吕宮宜高下閃賺，南吕宮宜感嘆傷惋，雙調宜健捷激裊，越調宜陶寫冷笑，商調宜凄愴怨慕，林鐘商宜悲傷宛轉，般涉調宜拾掇坑塹，歇指調宜急并虚揭，高平調宜滌蕩滉漾，道宮宜飄逸清幽，角調宜典雅沉重。②

另外，《中原音韵十七宮調》亦有“商角調，悲傷宛轉”之説。這些論述，能更好地了解“倚聲制詞”，就是依照諸宮調的節奏、旋律與聲情相配合，將對填詞選調叙情發揮提示性作用。

四、工尺譜與十二律吕

工尺（chě）譜，是種記譜方法，因用“工”“尺”等字記寫唱名而命名的。它的記法有多種，就其宫音位置、字體及用法等，各個時期對符號的應用有所不同，就地區之間也不盡相同，符號的寫法也有很大的差别。民間常見的工尺譜記法，若以黄鐘宮爲F，于譜字爲“上”，如前所附《中西律音對照表》所示音高，相當于西樂簡譜記法，在此列表如下：

① ［宋］张炎：《詞源》卷上，《詞話叢編》，中華書局，2005年，第251頁。
② ［清］杜文瀾：《憩園詞話》卷一，《詞話叢編》，中華書局，2005年，第2861頁。

譜字	上	尺	工	凡	六	五	乙
簡譜	1	2	3	4	5	6	7
調號	♭B	C	小工調 D	♭E	F	正宮調 G	A

宋以黃鐘之高度，以“合”配之，即：“合、四、一、上、尺、工、凡、六、五、乙”等字樣，表示音高的基本符號。其中，“合、四、一”相當于西樂譜的5、6、7，其餘同上表所示。如表示比“乙”高八度，在譜字上加偏旁“亻”作“仩”等；如表示比“合”字更低的音，在譜字末筆向下撇（乀）；如加兩個八度，在譜字加偏旁“彳”，若低兩個八度在末筆加雙撇。在譜法中，有“勾”無“四”，據説“勾”字是鄭譯所增，宋後南北曲中又不見用了。其用法，以燕樂爲例，據《宋史》卷一百四十二《志第九十五・樂十七》載：

> 黃鐘用“合”（huó）字，大呂、太簇用“四”字，夾鐘、姑洗用“一”字，夷則、南呂用“工”字，無射、應鐘用“凡”字，各以上、下分清濁。其中呂、蕤賓、林鐘不可以上、下分，中呂用“上”字，蕤賓用“勾”字，林鐘用“尺”字。其黃鐘清用“六”字，大呂、太簇、夾鐘清各用“五”字，而以上、下、緊别之。緊“五”者，夾鐘清聲，俗樂以爲宫。①

這些衹是取律寸、律數、用字紀聲的簡略論述。即：

合	四		一		上	勾	尺	工		凡	
黃鐘	大呂	太簇	夾鐘	姑洗	中呂	蕤賓	林鐘	夷則	南呂	無射	應鐘
（清）六	（緊）五				不可上下						

① ［元］脱脱等：《宋史》，中華書局，1977 年，第 3346 頁。工尺：江順詒《詞學集成》卷三云：“近世俗傳度曲七調，‘一’字最低，‘上’字調次之。‘五’字調最高，‘六’字調次之。惟‘工’字調便于高下。遇曲音過抗，則用‘尺’字或‘上’字調。曲音過衰，則‘凡’字調。”見［清］江順詒：《詞學集成》，《詞話叢編》，中華書局，2005 年，第 3242 頁。

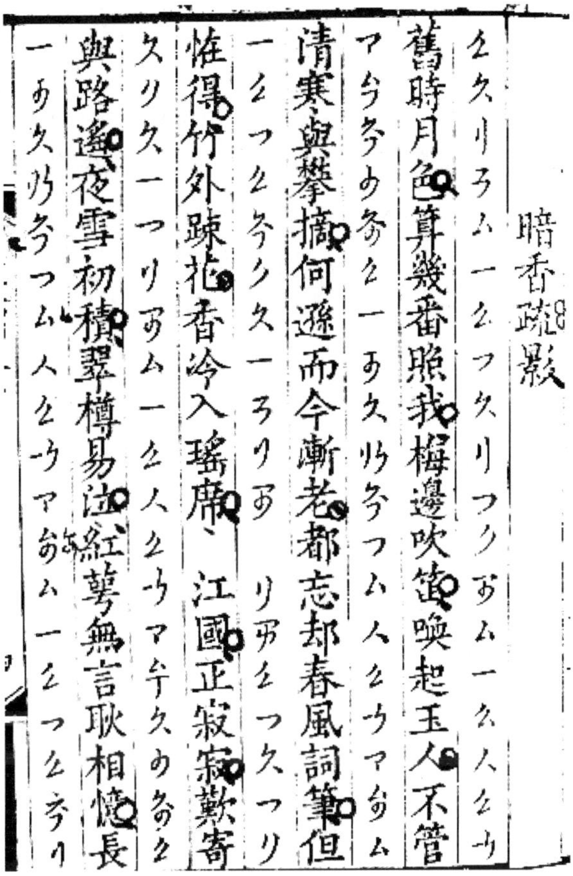

附《白石道人歌曲》選録①

此爲十二律與工尺譜字的關係，明確了黄鐘清對應工尺譜“六”字，大吕、太簇、清對應工尺譜“緊五”字。同時規定了中吕、蕤賓、林鐘不可以上、下分。其中大吕爲下四，夾鐘爲下一，夷則爲下工，無射爲下凡，清大吕爲下五，清太簇爲五，清夾鐘爲一五。此爲古今譜法，從中折射出詞調與宫調的關係。

詞失去了樂譜，現在衹有字譜。《白石道人歌曲》② 十七首曲子，附有燕樂半字譜，爲聲樂譜（見附《白石道人歌曲》選録）。因用遲速記號制而不點板眼，即用“字單位”制，一字一聲，每聲各占有等長的時間。姜譜中音節記號有六種：折號（ㄣ）、反號（ノ）均記于譜字的右旁，時間無增減，衹一

① 《白石道人歌曲》，四川人民出版社，1987 年，元陶宗頤抄本。

② 丘瓊蓀：《白石道人歌曲通考》，音樂出版社，1959 年。

個字單位，爲裝飾音；小住（リ）記號于譜字原有時間外應增加的一個字單位時間；打號（フ）與小住同，增加一拍，合共爲兩拍；大住（の）增兩拍，合共爲三拍。此三者均爲增時，唯掣號（′）減時，（掣者，拉或拽），是譜中唯一的減時記號。對此，丘瓊蓀明確指出："論時間之久暫，則掣號與大住相對；論進行之方向，則掣號與折號相對。折與掣實爲裝飾音，折自基音而向上，掣自基音掣之向下，故折爲'豁'而掣爲'落'（亦稱爲霍或頓）。折，豁而不落；掣，落而不豁。又設一反號而兼之，先豁而後落。"輀詘輂《事林廣記》卷九《總序訣》云：

折聲上生四位，掣聲下隔一宫。
反聲宫閏相頂，丁聲上下相同。

這裏的折法指高度非時間，丁聲意同打號。折聲上生四位，凡用上行音階，即"變宫生徵"，如宫聲用"合"字，上生四位後就成了"上"字爲宫聲。丘先生認爲："宋燕樂用正黄鐘宫音階爲基調，其中大四度變徵，今人認爲刺耳，然宋人用之，古雅樂用之，我人未可以爲刺耳而改之也。"姜夔製詞，用律嚴謹，以宫調音階爲基礎，不出宫調，没有調外音，把音域限于十二律四清之内。姜譜用字，采用正體字减筆，猶如草字記譜，與常見的工尺譜有所不同。現列出《白石道人歌曲》譜字與常見譜字對照表：

譜字		其他寫法
ㄙ	合	即合字之亼，速寫之爲ㄙ，或作人。
マ	四	四字草書爲の，變爲マ、爲ろ，拖下爲ろ。
一	一	或作"、"。
ㄓ	上	上字草書或作ㄓ，化爲ㄓ、爲ㄓ，變爲ㄙ、么。
ㄴ	勾	或用其一部分爲ㄙ，簡爲く　、ㄴ、ㄥ，或勺。
人	尺	此取尺字末兩筆爲人，或用其首兩筆爲ユ。
フ	工	取其上一筆爲フ，變爲フ，簡爲丨。
リ	凡	用其兩旁爲リ，變爲リ、ハ，斜書爲ソ，連之爲り。
夂	六	六字簡寫爲夂，化之爲夂。
ㄅ	五	五字草書爲ゟ，簡化爲ㄅ，亦簡化爲ㄅ。
丂	一五	ㄅ上加一横。

據此以正黄鐘宫爲 F，于譜字爲“上”，從徵調音階定音，仙吕調以#G 調的譜子，即：

仙吕宫用　字	合	四	下一	上結聲	尺	下工均	下凡	六	五	一五
#G 調	6	7	1	2	3	4	5	6	7	1

在此以《詞譜》卷二十五之姜夔《暗香》及對照上文爲例，將姜譜用字轉化成常見工尺譜，説明宫調與詞調的關係：

<table>
<tr><td>標號
用字
詞句
平仄</td><td colspan="2">一　ㄣ フフ の
上六凡四　合一上工六　凡工凡五　合一上尺　上一四合六五六
舊時月色　算幾番照我　梅邊吹笛　喚起玉人　不管清寒與攀摘
◎○◎●　●◎○◎●　⊙○○●　●●◎○　◎●○○●○●</td></tr>
<tr><td>同上</td><td colspan="2">ㄣフ　ㄣの　フ　×
上一五六凡六　工合尺　上一四合　合一上　工上六凡　六一四
何遜而今漸老　都忘却｜春風詞筆　但怪得｜竹外疏花　香冷入
⊙●⊙○●●　⊙⊙◎　⊙○○●　◎◎◎　◎●○○　⊙●●</td></tr>
<tr><td>同上</td><td colspan="2">一　一
凡五　凡五　上工六　工凡六凡六　一工凡五　合一上尺
瑶席。　江國　正寂寂　嘆寄與路遥　夜雪初積　翠尊易泣
○●　⊙●　●◎●　●●◎◎○　◎◎○●　●○●●</td></tr>
<tr><td>同上</td><td colspan="2">ㄣ フ の　ㄣフ　ㄣ の
上一四合六五六　上一五六凡六　工合尺　上一四合　合一上
紅萼無言耿相憶　長記曾携手處　千樹壓｜西湖寒碧　又片片
○●⊙○●○●　⊙●○○◎●　⊙◎◎　⊙○○●　●◎◎</td></tr>
<tr><td>同上</td><td>フ　ノノ一
工上六　凡六一五
吹盡也　幾時見得
○●●　●○◎●</td><td>注：舉例上闋第一、二、三句簡譜：
上六凡四　合一上工六　凡工凡五
2 6 5 4　6 1 2 4 6　5 4 5 1</td></tr>
</table>

《暗香》一調，係雙調，九十七字，上闋九句五仄韵，下闋十句七仄韵。丘瓊蓀《通考》在上闋結句“香冷入瑶席”，將“入”字加“×”號解釋爲鼓號，謂打前拍。在此調曲譜中，按譜“四”字本對應西樂譜之“7”，却譯爲“4”，另外有五處“一五”處譯爲“4”。從《暗香》樂譜來看，對詞的要求，或需詞配合的問題，從統計幾個標號情況來看，標號與詞本身發生着直接的關係：

一是此調有四處用“ㄣ”折聲折字型大小。一般多用于韵前一字或二字處，也有句中間用的。句首句中用折號，意在分拍，韵前、結句前用之，除了兼有延長時間之功外，還有美聽效果。上行倚音最高到四律，實際上折號達不到一律，實占一字地位與時間，故而微高移至下一個音的裝飾唱法。此調折號落在“管”“漸”“萼”“手”仄聲字四處，落在“風”“湖”平聲字兩處，雖然對四聲無區别，但隨着字聲陰陽而配合倚音的上行，其輔助音式作用得到充分的運用。

二是此調結句連用兩次掣號“ノ”。其功能是“反掣用時須急過”，一掣減一字，于基音上加兩個裝飾音，唱一字帶二腔，雖不是整拍樂音，但起加速作用，時間較短，同樣與折號有倚音之功能。兩個掣號分别落在平聲“時”，仄聲“見”字上。下行倚聲爲“時”平聲字，爲陽聲，上行倚聲爲“見”去聲字，爲陰聲。正如“反掣用時須急過，折拽悠悠帶漢音。”“漢”字，可理解爲“嘆”。通過此種一低一高兩個不同的頻率，確切地表現出詞中所反映的“思而不見”的心緒。

三是打號（フ）。打亦小頓，一般是頓處之“停聲待拍”之需，平直而微高，其時間最多爲一拍。凡有折號處，須加一掯。《詞源·拍眼》云：“一均有一均之拍，若停聲待拍，方合樂之節。”① 掯者，眼以鼓爲拍，故爲掯。此調用打號七處，有四處在句尾，其餘三處分别落在句中，其中落在仄聲字五處，平聲字兩處。這樣對字聲配合還是有要求的，仄聲字明顯多于平聲字。另外句中打號三處，平仄字兼有。一般句中用打號，是指在音樂進行中不用停頓，衹用一掯。相對來説，對字聲要求似乎没有限制。

四是用大住（の）號。大住當兩字，即延長二拍。此調上闋結句用大住五處，其餘分布在其他韵上。這一點是明確的，即對句式來説，是落在句尾，具體地説是落在韵字上。調有“起調畢曲”之論，即起首第一聲爲起調；畢曲，就是或叫結聲，或叫煞聲，或説是“住”字，即一曲的最後一音，用調式音結束。

另外，此詞平仄十分嚴密，按原譜未見平仄有一字出入，可譜中上闋“何遜而今漸老，都忘却、春風詞筆”句，與下闋“長記曾携手處，千樹壓、西湖寒碧”句處，從表中樂譜記號來看，正是音樂旋律大幅度忽上忽下，即音節突變處，却何“都忘却”“千樹壓”豆句處三字可平可仄，若三字皆平或皆仄，與詞譜皆諧，與樂譜諧乎？原創如此，後來詞譜的編者因不同作者的詞在此處平仄有异而設定的。殊不知，所填同一詞牌之詞，因注宫調不同，諸如“變宫生徵”而致不同詞句，非某一樂段可以隨意配詞。如柳永《女冠子》（淡烟飄薄）詞，注仙吕調。一百十一字，上闋十句六仄韵，下闋十一句四仄韵；《女冠子》（斷烟殘雨）詞，注大石調。一百十三字，上闋十二句七仄韵，

① ［宋］張炎：《詞源》卷下，《話話叢編》，中華書局，2005 年，第 257 頁。

下闋十一句五仄韵。兩者字數、韵位不同，整體句式亦不同。雖然有個別句式相同，但平仄相反。(見《詞譜》卷四）再如“《浪淘沙令》，《樂章集》注歇指調。蔣氏《九宫譜目》越調。按，《唐書・禮樂志》：歇指調，乃林鐘律之商聲；越調，乃無射律之商聲也。”(《詞譜》卷十）從附録六首詞體來看，字數有五十二、五十三、五十四、五十五不等。以杜世安兩首同爲五十五字詞對比，除上闋第三句押韵有异外，其餘句式完全相同，平仄却相差甚遠。以兩首詞之起二句爲例：

簾外微風（平韵）。雲雨回蹤（平韵）。
○●○○　　○●○○

又是春暮（仄韵）。落花飛絮（仄韵）。
●●○●　　●○○●

以此説明，同詞牌的作品，其平仄不同，是因宫調不同所致，非平仄可以可平可仄填寫所致。對此，所謂按譜填詞，應按原創譜式所填，即以音譜爲準（没有音譜的，以平仄爲準)，否則“善歌者融化某字則無庛。殊不知詳製轉折，用或不當，即失律”。① 以此説明審字用韵與聲調的關係是直接的，樂譜中“一字配一聲”，即從音律上講用字不合，意味出宫，結聲不合謂之犯調。對于填詞來講，以此説明按譜填詞與樂譜有着密切的關係，四聲陰陽不合意味失律。

寅、詞調與叙情

詞是照譜填詞的，填詞先要選調，選調是爲了更好地叙情，叙情也叫文情。楊守齋“作詞五要”，把擇腔作爲首要任務，這關乎腔調的聲情問題，因填詞的過程，也是叙情的過程，衹有兩者結合好，把自己的喜、怒、哀、樂表達出來引起共鳴。看來詞是一種叙情的文體，填詞擇調還得顧及其腔調聲情。

---

①［宋］張炎：《詞源》附楊纘《作詞五要》，《詞話叢書》，中華書局，2005 年，第 368 頁。

一、選調的一般方法

（一）選調要顧及聲調

選調，也叫擇腔、擇曲，或稱選聲。

每個詞牌都有不同的聲情。首先，要選擇調須顧及調名。散文的題目，即是一篇文章内容的概括和總結，詞則不同，有的調名本意，有的與調名無涉。因此，填詞擇調，還不能想當然的衹看詞牌名就行的。其次，要看詞牌所屬的宫調。每個詞牌都有自己的樂調，如《疏影》爲姜夔自度“仙吕宫”曲，那麽它有何特點？杜文瀾《憩園詞話》卷一引《雍熙樂府》説“仙吕宫宜清新綿邈”，這樣就能理解了，“清新”好理解，“綿邈”是指“延續久遠”的意思，再加上對詞牌的考證，這樣就知道它的聲情了。再如：《夜半樂》，柳永《樂章集》注“中吕調”；《淡黄柳》，姜夔《白石道人歌曲》注“正平調”。如果還無法知道它的聲情，那就需進一步地查找它的來源。

（二）選調從典籍記載分析

舉本集卷中“詞例”所録詞調進行了考證：如《陌上花》一詞的來歷，據《全宋詩》卷七九三《陌上花三首》引云：“游九仙山，聞里中兒歌《陌上花》。父老云：‘吴越王妃每歲春必歸臨安，王以書遺妃曰：陌上花開，可緩緩歸矣。’吴人用其語爲歌，含思宛轉，聽之凄然。”再如《雨霖鈴》一詞，據《碧鷄漫志》卷五載：“今雙調《雨淋鈴慢》，頗極哀怨，真本曲遺聲。”

由于詞調在聲情上的差异，宋時各家詞風的不同，往往選聲擇詞調有所不同。婉約派常常選用諸如《訴衷情》《蝶戀花》《長相思》等婉轉纏綿之調；豪放派同樣也常常選用諸如《滿江紅》《水調歌頭》《賀新郎》等慷慨之調。以《六州歌頭》爲例，其調本爲鼓吹曲，“聞之使人慷慨”，不然“聲與意不相諧”。由此看來不同的詞調有着不同的聲情。另外，在查閲典籍時，要注意一些版本存在脱字、衍字現象，免得做出誤判。

（三）選調從句式平仄分析

詞調的句式及平仄因詞調的不同而不同。凡句式字數長短不一，平仄均匀，聲情就委婉一些，如《少年游》，句式有七字、五字和四字不等，平仄相間；如果句式或平或仄，連續三個以上的會構成拗句，聲情就激越一些，如《賀新郎》，上下闋第四句“平仄平平平平仄”，平聲相間過疏；如果押韵位置疏密均匀的，一般聲情較爲平和，如《綺羅香》，上下闋各九句四韵，有隔句押韵的，有三句押韵的；如果句式之間押韵位置過疏過密的，聲情不是緩慢，便是急促，如《氐州第一》，有三句一韵，二句一韵的且有豆句，而《菩薩鑾》則句句押韵。凡對偶句，一般字數相同、平仄相反，這樣的句式在詞調里是常見的，與選調没有必然關係。

（四）選調從韵脚的聲調中分析

詞調押韵分平聲和仄聲，仄聲又分上、去、入聲。平仄韵的不同，其聲情也是有區别的。如果是抒發情懷的，不妨在選韵上，盡可能選用聲色比較清亮的，如“江”“陽”韵等，如薛昭蘊《浣溪沙》（紅蓼渡頭秋正雨）一詞，押下平聲“七陽”韵，表達的就是一種纏綿之情。蘇軾《水龍吟》（霜寒烟冷蒹葭老）一詞，押“晚”“米”“起”等韵字，加之句式構成拗怒音節，將所表達的“有盈盈泪”之情躍然紙上。柳永《定風波》（自春來）一詞上去聲韵，充分發揮了去聲韵的“分明哀遠道”特點，道出了“光陰虚過”的苦衷。如果欲表達“讀之使人慷慨”的效果，不妨選用押入聲韵的《念奴嬌》《滿江紅》等調，聲情就顯得激越一些。

在填詞過程中，儘量做到填詞擇調選韵，使其聲詞相從，達到聲情與叙情一致的效果。

二、擇腔選調與用律

填詞選擇腔調，緣于宫調不同，旋律也有所不同，所謂聲詞相從。填詞不管是選小令，還是選中調或長調，關鍵是要顧及腔調與聲情是否一致。唐宋時很講究填詞選調的，因爲他們生活在“新聲巧笑于柳陌花衢，按管調弦于茶坊酒肆”的環境中，對選調以配聲情，不比我們現在人人會唱流行小曲差。那時，填詞不但要擇腔調，還要擇宫調、依月令等。

（一）關于擇腔選調的問題

擇腔選調與用韵，即詞的押韵與調式主音有著密切的關係。楊守齋《作詞五要》卷下云：

> 第四要隨律押韵。如越調《水龍吟》、商調《二郎神》，皆合平、入聲韵。古詞俱押去聲，所以轉摺怪异，成不祥之音。昧律者反稱賞之，是真可解頤而啓齒也。①

按其“隨律押韵”的要求，越調《水龍吟》、商調《二郎神》二調押平、入聲韵協合音律，押去聲則不協，難以入樂歌唱。其因是每個宫調有着自己的

① ［宋］張炎《詞源》卷下，《詞話叢編》，中華書局，2005 年，第 268 頁。

調式主音，即“起止音”“殺聲”和“結聲”，都是各自處于中心位置而又有相對穩定的音。對此，五音與五聲的關係要求調式主音與韵字相應，否則，失之和諧。張炎《詞源》卷上“結聲正訛”條①下列舉了一些宫調結聲發音特點：商調是“凡”字結聲，用折而下，若聲直而高，不折或成“上”字，則犯越調；仙吕宫是“下工”字結聲，用平直而微高，若微折而下，則成“凡”字，犯黄鐘宫；正平調是“四”字結聲，用平直而去，若微折而下，則犯仙吕調等。同時强調這些宫調“腔調相近，若結聲轉入别宫調，謂之走調。若高下不拘，乃是諸宫别調矣。”可以這樣理解：商調主是“凡”，其音以“折而下”爲特點，即“短促急收藏”，宜押入聲韵；仙吕宫，“平直而微高”即“平道莫低昂”，宜押平聲韵；正平調，主音在“四”，“平直而去”，亦宜押平聲韵；高宫，主音在“一五”，“要清高”，即“分明哀遠道”，宜押去聲韵，非入聲韵等。當然，如仙吕宫之“平直而微高”，亦可理解押上聲韵。宫調與四聲，衹是相對而言，没有絶對之説。

（二）關于“依月用律”的問題

“依月用律”的概念，始見于《周禮·春官·大宗伯下》卷二十二②載：“乃奏黄鐘，歌大吕，舞《雲門》，以祀天神。”鄭玄注：

> 黄鐘，子之氣也。十一月建焉，而辰在星紀。大吕，丑之氣也，十二月建焉，而辰在玄枵。大簇，寅之氣也，正月建焉，而辰在娵訾。應鐘，亥之氣也，十月建焉，而辰在析木。

“乃奏大簇，歌應鐘，舞《咸池》，以祭地示。”釋曰：

> 太簇，寅之氣也，正月建焉，而辰在娵訾。應鐘亥之氣也，十月建焉，而辰在析木，是應鐘爲之合也。

“乃奏姑洗，歌南吕，舞《大磬》，以祀四望。”釋曰：

> 姑洗，辰之氣也，三月建焉，而辰在大梁。南吕，酉之氣也，八月建焉，而辰在壽星。

① ［宋］張炎：《詞源》卷上，《詞話叢編》，中華書局，2005年，第253頁。

② ［漢］鄭玄注，［唐］賈公彦疏：《周禮注疏》，北京大學出版社，1999年，第581—583頁。太簇，《釋文》作“大簇”，音太，下七豆反。

“乃奏蕤賓，歌函鐘，舞《大夏》，以祭山川。”釋曰：

> 蕤賓，午之氣也，五月建焉，而辰在鶉首。函鐘，未之氣也，六月建焉，而辰在鶉火，是函鐘爲之合也。

“乃奏夷則，歌小吕，舞《大濩》，以享先妣。”釋曰：

> 云“小吕爲之合”者，以其小吕，巳之氣也，四月建焉，而辰在實沈。夷則，申之氣也，七月建焉，而辰在鶉尾，是其合也。

這裏没有明確的“依月用律”的概念，但宋代據以立説，形成了用樂的制度。其實，是僅僅繼承了其“形”而已，至于大晟樂府諸人制詞與“依月用律”不屬同一個概念，它們是兩個範疇的事，一個説的是用樂制度，一個指用樂制詞。何謂“依月用律”？王灼《碧鷄漫志》卷二云：

> 崇寧間，建大晟樂府，周美成作提舉官，而制撰官又有七。万俟咏雅言……有旨依月用律，月進一曲，自此新譜稍傳。楊纘《作詞五要》①：“第二要擇律，律不應月則不美。如十一月調需用正宫，元宵詞必用仙吕宫爲宜也。”②

“依月用律”問題，現在看來过于抽象，到底是一種準繩，還是一種拘泥？還需我們進行探索。張炎《詞源·五音宫調配屬圖》③ 以八十四調分屬十二月，并詳細地進行了分解。無獨有偶，《史記·律書第三》④ 同樣記載了這方面的内容。將兩者列表對照如下：

---

① ［宋］張炎：《詞源》附楊纘《作詞五要》，《詞話叢編》，中華書局，2005 年，第 268 頁。

② ［宋］王灼：《碧鷄漫志》卷二，《詞話叢編》，中華書局，2005 年，第 87 頁。

③ ［宋］張炎：《詞源》卷上，《詞話叢編》，中華書局，2005 年，第 245—251 頁。

④ ［漢］司馬遷：《史記》卷二十，中華書局，1999 年，第 1058—1087 頁。

依月用律文獻對照表

月	《五音宮調配屬圖》	《史記・律書第三》
宫十一月	陽律冬至，正聲，黄鐘羽，般涉調。	十一月也，律中黄鐘。黄鐘者，陽氣踵黄泉而出也。其于十二子爲子。子者，滋也；滋者，言萬物滋于下也。其于十母爲壬癸。壬之爲言任也，言陽氣任養萬物于下也。癸之爲言揆也，言萬物可揆度，故曰癸。東至牽牛。牽牛者，言陽氣牽引萬物出之也。牛者，冒也，言地雖凍，能冒而生也。牛者，耕植種萬物也。東至于建星。建星者，建諸生也。
宫十二月	大寒，陰律正聲，大吕羽，高般涉調。	十二月也，律中大吕。大吕者，其于十二子爲丑。條風居東北，主出萬物。條之言條治萬物而出之，故曰條風。南至于箕。箕者，言萬物根棋，故曰箕。
正月	雨水，陽律正聲，太簇羽，中管高般涉調。	正月也，律中泰蔟。泰蔟者，言萬物蔟生也，故曰泰蔟。其于十二子爲寅。寅言萬物始生螾然也，故曰寅。南至于尾，言萬物始生如尾也。南至于心，言萬物始生有華心也。南至于房。房者，言萬物門户也，至于門則出矣。明庶風居東方。明庶者，明衆物盡出也。
宫二月	春風，陰律正聲，夾鐘羽，中吕調。	二月也，律中夾鐘。夾鐘者，言陰陽相夾厠（側）也。其于十二子爲卯。卯之爲言茂也，言萬物茂也。其于十母爲甲乙。甲者，言萬物剖符甲而出也；乙者，言萬物生軋軋也。南至于氐。氐者，言萬物皆至也。南至于亢。亢者，言萬物亢見也。南至于角。角者，言萬物皆有枝格如角也。
宫三月	雨水，陽律正聲，太簇羽，中管高般涉調雨水，陽律正聲，太簇羽，中管高般涉調。	三月也，律中姑洗。姑洗者，言萬物洗生。其于十二子爲辰。辰者，言萬物之蜄也。
宫四月	小滿，陰律正聲，仲吕羽，正平調。	四月也，律中中吕。中吕者，言萬物盡旅而西行也。其于十二子爲巳。巳者，言陽氣之已盡也。西至于七星。七星者，陽數成于七，故曰七星。西至于張。張者，言萬物皆張也。西至于注。注者，言萬物之始衰，陽氣下注，故曰注。
宫五月	夏至，陽律正聲，蕤賓羽，中管正平調。	五月也，律中蕤賓。蕤賓者，言陰氣幼少，故曰蕤；痿陽不用事，故曰賓。景風居南方。景者，言陽氣道竟，故曰景風。其于十二子爲午。午者，陰陽交，故曰午。其于十母爲丙丁。丙者，言陽道著明，故曰丙；丁者，言萬物之丁壯也，故曰丁。西至于弧。弧者，言萬物之吴落且就死也。西至于狼。狼者，言萬物可度量，斷萬物，故曰狼。凉風居西南維，主地。地者，沉奪萬物氣也。
宫六月	大暑，陰律正聲，林鐘羽，高平調。	六月也，律中林鐘。林鐘者，言萬物就死，氣林林然。其于十二子爲未。未者，言萬物皆成，有滋味也。北至于罰。罰者，言萬物氣奪可伐也。北至于參。參言萬物可參也，故曰參。
宫七月	處暑，陽律正聲，夷則羽，仙吕調。	七月也，律中夷則。夷則，言陰氣之賊萬物也。其于十二子爲申。申者，言陰用事，申賊萬物，故曰申。北至于濁。濁者，觸也，言萬物皆觸死也，故曰濁。北至于留。留者，言陽氣之稽留也，故曰留。

续表

月	《五音宮調配屬圖》	《史記·律書第三》
宮八月	秋風，陰吕正聲，南吕羽，中管仙吕調。	八月也，律中南吕。南吕者，言陽氣之旅入藏也。其于十二子爲酉。酉者，萬物之老也，故曰酉。閶闔風居西方。閶者，倡也；闔者，藏也。言陽氣道萬物，闔黄泉也。其于十母爲庚辛。庚者，言陰氣庚萬物，故曰庚；辛者，言萬物之辛生，故曰辛。北至于胃。胃者，言陽氣就藏，皆胃胃也。北至于婁。婁者，呼萬物且内之也。北至于奎。奎者，主毒螫殺萬物也，奎而藏之。
宮九月	霜降，陽律正聲，無射羽，羽調。	九月也，律中無射。無射者，陰氣盛用事，陽氣無餘也，故曰無射。其于十二子爲戌。戌者，言萬物盡滅，故曰戌。
宮十月	小雪，陰律正聲，應鐘羽，中管羽調等。	
立春	中聲寅之氣，用太簇商、中管高大石調。	
立冬	中聲亥之氣，用應鐘商、中管越調。	

我國傳統的陰陽曆，節氣和月份的關係不是固定的，如秦时用顓頊曆，以十月爲歲首，武帝时改曆，以建寅爲歲首，王莽时以夏正十二月爲正月作爲歲首，到了北宋、南宋三百多年中多次頒行曆法。這里以《史記》記載曆法與《五音宮調配属圖》相較，不是比較歲首的，而是對應月份的。看了“依月用律”表，本着寧可信其有的態度，從《五音宮調配屬圖》選十一月爲例，不妨做些簡單的解析：

十一月，黄鐘羽，般涉調。即舊曆十一月所奏曲子的腔調，按照《雍熙樂府》解釋爲：

> 般涉羽調，宜拾掇坑塹。①

經查辭典，“拾掇”有“整理或修理”之意，進一步可以理解爲“準備”的意思；“坑塹”有“溝壑或山谷”之意，進一步可以理解爲“田地”的意思。以此，解釋可如《史記·律書第三》中所言：

> 十一月，子者，滋也；滋者，言萬物滋于下也。……牽牛者，言陽氣牽引萬物出之……地雖凍，能冒而生也……耕植種萬物。

---

①［清］杜文瀾：《憩園詞話》卷一，《雍熙樂府》，《詞話叢編》，中華書局，2005年，第2861頁。

這樣是不是可以理解爲準備耕種田地的意思呢？是不是這就是十一月填詞選調所需要的聲情呢？這衹是字面的，對“拾掇坑塹”到底是什麼調還是不清楚。楊纘云：

> 十一月調需用正宫爲宜。

對此，段安節《樂府雜録·去聲·宫七調》云：

> 宫七調，第一運正宫調。

《宋史·律曆志四》亦云：

> 黄鐘之宫爲子、爲神后、爲土、爲鶉緩、爲正宫調。

張炎《詞源·五音相生》卷上亦曰：

> 宫屬土，君之象……其聲濁。

并注：“宫，中也，居中央，暢四方，唱始施生，爲四聲之綱。”《管子·地員》亦載之爲“凡聽宫，如牛鳴窌（jiào）中。”對此，正宫調如果是相當于現在的C大調的話，那麼其聲調是便屬于低沉粗重一類的。假如這個推斷成立，不妨在填詞選調時可以選擇與自己叙情相似的詞調，如果想表達滿懷希望的心緒，可選擇詞調下注黄鐘宫的《人月圓》《玉漏遲》等。張炎《詞源》卷下云：

> 迄于崇寧，立大晟府，命周美人成諸人討論古音，審定古調，淪落之後，少得存者。由此八十四調之聲稍傳；而美成諸人又復增演慢曲、引、近，或移宫换羽爲三犯、四犯之曲，按月律爲之，其曲遂繁。①

依月用律，在北宋時還是遵循照辦的，雖然南宋時没有傳下來，但并不否認在更早的時候是一個約定俗成的事，正如《列子·湯問》卷五所載：鄭國師文捨弃家業隨從師襄學琴，三年竟彈不成一首曲子，師者讓他回家。三年後，師

① ［宋］张炎：《詞源》卷下，《詞話叢編》，中華書局，2005年，第267頁。

文又來見師襄，便分別彈奏了有違四時節令和匯奏四時的曲子：

> 當春而叩商弦，以召南吕，凉風忽至，草木成實。及秋而叩角弦，以激夾鐘，温風徐回，草木發榮。當夏而叩羽弦，以召黄鐘，霜雪交下，川池暴沍。及冬而叩徵弦，以激蕤賓，陽光熾烈，堅冰立散。將終，命宫而總四弦，則景風翔，慶雲浮，甘露降，澧泉湧。師襄乃撫心高蹈曰："微矣子之彈也！"雖師曠之清角，（張湛注：師曠爲晋平公奏清角，一奏之有白雲從西北起；再奏之，大風至而雨隨之；三奏之，裂幃幕破，破俎豆，飛廊瓦，左右皆奔走，平公恐伏，晋國大旱，赤地三年。平公得聲者或吉或凶也。）鄒衍之吹律，（張湛注：齊人爲燕昭王師，居稷下，號談天衍……北方有地，美而寒，不生五穀。鄒子吹律暖之，而禾黍滋也。）亡（wú）以加之。①

師文在春天彈奏秋日的商弦，奏出八月的樂律，凉爽吹來，草木都成熟了（商，五音之一，作爲音級對應于五行中的金，與秋天相應；南吕，爲十二律之一，屬八月律，爲秋聲，與商弦相配合）。到了秋天，彈奏春天的角弦，奏出的是二月的樂律，温和之風回旋，草木發芽開花（角，五音之一，木音，屬春天；夾鐘，爲十二律之一，屬二月律，爲春聲，與角弦相配合）。到了夏天，彈奏冬天的羽弦，奏出的十一月的樂律，霜雪交加，山川池塘突然凍結成冰（羽，五音之一，水音，屬冬天；黄鐘，爲十二律之一，屬十一月律，與羽弦相配合）。到了冬天，彈春夏日的徵弦，奏出五月的樂律，陽光熾烈，堅冰融化（徵，五音之一，火音，屬夏天；蕤賓，爲十二律之一，屬五月律，與徵弦相配合）。當師文彈春快要結束時，彈起了宫調，匯奏春夏秋冬四季的音律，于是風和日麗，祥雲浮現，甘露降臨，泉水湧出（運用七音，彈奏春夏秋冬四時之弦律）。

從一些記載和推斷，對于依月用律的認識還處于一種猜想而已，但我仍然堅持認爲依月用律的問題，不僅僅是一種人爲强加的説辭而已，是由于詞樂的失傳而没有被認識的問題。這樣給我們的課題是按照科學探索的精神，通過采用詞内看詞與詞外看詞的方法，真僞問題的探討總會有結題的一天。

三、詞的吟誦與歌唱

詞創作出來是要"讀"和"念"的，過去一直叫"吟"和"誦"，好的

① ［晋］張湛：《列子譯注》卷五，上海書店出版社，1986年，第60頁。

詞還要“歌”和“唱”。其實，不管是“讀”和“念”，還是“吟”和“誦”，已經涉及到詞的叙情，或是詞的聲情的問題，“歌”和“唱”，更是如此。因古法失傳，但吟誦詞與詩一樣。首先，要通過了解詞句所反映的情境及詞義增加印象；其次，要按抑揚頓挫的節奏，體會一些音樂性的感受。吟誦與歌唱，按其内在特質，再加上約定俗成的傳統習慣，它們之間關係應是遞進式的，即：

吟——→誦——→歌——→唱

如果按這樣的順序，“吟”畢竟是“讀”或“念”的，“誦”介于“念”與“歌”之間，“誦”包括誦文、誦詩、誦詞和誦經等。“歌”，最早没有琴瑟伴奏，即所謂徒歌，就是没有樂器伴奏的原聲唱法，猶如原始的甘肅河州、洮岷的“花兒”，也像陝北的勞動號子或信天游一樣；“唱”，屬于樂曲一類，就是有樂器伴奏來襯托歌唱的。這樣“吟誦”與“歌唱”相比，却大有不同，也好尺度和量化。如果大體這樣認爲，不外乎吟誦與歌唱兩種。

（一）吟誦及方法應用

吟誦，又稱吟詩腔、吟腔、吟唱腔等。把“吟”和“誦”并稱，説明它們之間的關係緊密，故而人們往往把作詩作詞籠統地稱作吟詩或誦詩，好像没有區别，怎麽叫都行。其實，它們是有區别的，但比較細微，古人也没有留下一個譜子來參照界定。若要區分，我們衹好這樣認識，事物有兩個方面，就像扔硬幣一樣，不是正面就是反面，正如我們對“吟”與“誦”不好分辨，也像硬幣正面與反而之間有個側面。這個側面，就是它們之間相互聯係，相係依存的一面，同時也是相互區别的地方。據此，“吟”和“誦”成爲“吟誦”，我們再聯想與之“理論”“情感”“美好”等相似的短語，就知道它們之間到底有没有區分。這些短語，雖其屬性是一樣的，但還是有區别的，各有各的概念。同時它們又屬于偏正結構的短語，有修飾和被修飾的關係，像“吟”是修飾詞語，“誦”是中心詞語，説明“吟”比“誦”更富于音樂性和節奏感。

先講“吟”。“吟”與“呻”互文，本義呻吟。若特定指念書、念詩，應該不是嘆息的那種聲調。《素問·寶命全形論》云：“呿吟至微。”注：“呿吟：謂吟嘆。”① 所謂吟嘆，是指聲調抑揚，猶如憂痛狀而呼出長氣地念。《戰國

① ［唐］王冰：《黄帝内經·素問》第二十五，日本：早稻田大學藏本影印本，總三卷。

策・秦策二》："臣不知其思與不思，誠思則將吴吟。" 高誘注："吟，歌吟也。"①《詩經・周南・關雎序》云："吟咏情性，以風其上。" 孔穎達疏："動聲曰吟，長言曰咏，作詩必歌，故'吟咏悟性'也。"② 在這些論述中，唯"長言曰咏"，可以理解爲吟誦之言與平常説話不盡相同，調式宛轉悠揚，且以自作自吟居多，就像杜甫在《解悶》詩中所言："陶冶性靈存底物，新詩改罷自長吟"。(《全唐詩》卷 230-9）想像詩人或坐或立，誇張一點説，或許運作丹田之氣，"清者高而亢，濁者下而遺"③，一字一頓，且思且吟，或尚在且行且吟之中，意猶未盡時還則"嘯"（有聲無詞)。對此，《明刻話本四種》之一《女翰林》中有比較詳細的描寫：

東坡笑道："此必小姐故意難他，我不去解圍，誰爲撮合?" 悄步來到小妹房前，衹見少游在庭中團團而步，口裏衹管吟哦"閉門推出窗前月"七個字，把手做推窗之勢，側頭擺腦的在那里思量。東坡暗笑道："慚愧！好個新中制科的才子，我衹道是甚麼難題目，原來不過義個七字對兒，有甚難處？待我替他代筆便了"。④

從明代小説的場景描寫中可以看出，詩人吟詩"團團而步"，繼而"手做推窗之勢"，且"側頭擺腦"，説明吟詩是配以肢體動作的。另外，五代孫光憲《北夢瑣言》卷七載：

唐高相國崇文，本薊州將校也，因討劉辟有功，授西川節度使。一旦大雪，諸從事吟賞有詩。(《高崇文相國咏雪》)

詩僧齊已駐錫巴陵，欲吟一詩，竟未得意。……押衙抑揚朗吟曰："可憐洞庭湖，恰到三冬無髭須。"……顧況著作披道服在茅山，有一秀才行吟曰："駐馬上山阿。" 久思不得。……學吟之流，得不以斯爲戒也。(《洞庭湖詩》)⑤

---

① ［漢］劉向：《戰國策》卷四，商務印書館，1958 年，第 29 頁。

② ［漢］毛亨傳，［漢］鄭玄箋，［唐］孔穎達疏：《毛詩正義・周南關雎詁訓傳第一》卷一，北京大學出版社，1999 年，第 15 頁。

③ 姜夔《徵招》詞序。轉引自［清］張宗橚：《詞林紀事》卷十三，成都古籍書店，1982 年，第 381 頁。

④ 《古本平話小説集》上册，人民文學出版社，1984 年，第 84 頁。

⑤ ［五代］孫光憲：《北夢瑣言》，中華書局，2002 年，第 162—164 頁。

兩則故事七百多字，有五處交代吟詩的過程，都所指作詩的人。又據宋代吴自牧《夢粱録》卷六云：

> 都人瞻仰天表，御街遠望如錦。向有朝臣吟二十八字曰："景靈行駕到和寧"……又有恭謝一二詞咏之，名《滿庭芳》。①

宋代羅大經《鶴林玉露·甲編》卷一載：

> 澶淵之役，畢士安有相公交取鶻侖官家之説，高瓊有好唤宰相來吟兩首詩之説，則當時策略，亦自可見。②

明代曹臣《舌華録·狂語第四》云：

> 郝公琰好吟，每得一妙句，輒躍起大叫，謂人曰："《書》言，文、武五百歲而有孔子，孔子五百歲而有孟軻。"③

凡此等等，每閲唐人傳奇、宋元話本和明清小説，在一些人物的對話中，常常出現某某"吟詩"，或"吟詩一首"等字眼，往往與作詩相連，猶如盧延讓在《苦吟》詩里這樣描述，即："吟安一個字，撚斷數莖須。"（《全唐詩》卷 715-1。）這些不僅僅是"吟"的表象，而是體現"吟"是特定作詩作詞而不排除朗誦自己的作品。

再説"誦"。"誦"字，從"甬（yǒng）"得聲。即朗讀、背誦的意思。《周禮·春官宗伯第三·大司樂》云："以樂語教國子興、道、諷、誦、言、語。"鄭玄注："以聲節之曰誦。"④ 所謂聲節，是指吟誦詩詞，要講究聲調的高低。據此，誦不是自言自語，而是朗誦。過去在私塾讀過書的老先生們，或盤腿而坐，或站立踱步，朗讀詩文像且讀且唱似的，聲調與現在人念課文不一樣，勝似戲文里的獨白，但没有那樣誇張。由此可想到誦經，佛教是在中古的隋唐時期傳入中國的，以講唱故事的形式傳教布道，至今在一些道場活動中，聽和尚們念經似念似唱，時而沉吟，時而振揚，也許這就是特定的"誦"。其

---

① ［宋］吴自牧：《夢粱録》，浙江人民出版社，1980 年，第 48 頁。

② ［宋］羅大經：《鶴林玉露》，中華書局，1983 年，第 7 頁。

③ ［明］曹臣：《舌華録》，岳麓書社，1985 年，第 32 頁。

④ ［西周］周公旦：《周禮譯注》，上海古籍出版社，2004 年，第 326 頁。

實，南北朝時經唄聲法中就有“平調”“側調”，如“贊大師德”和“誦三啓經”等，都説明“誦”相對于“吟”是朗讀，是讀現成的或讀别人的作品。《北夢瑣言》卷七載：

唐襄陽孟浩然，與李太白交游。玄宗徵李入翰林，孟以故人之分，有彈冠之望，久無消息，乃入京謁之。一日，玄宗召李入對，因從容説及孟浩然，李奏曰：“臣故人也，見在臣私第。”上令急召賜對，俾口進佳句，孟浩然誦詩曰：“北闕休上書，南山歸敝廬。不才明主弃，多病故人疏。”上意不悦。①

孟浩然所誦《歲暮歸南山》詩，是歸隱南山時所作。當時“上令急召”，孟浩然念了一首自己的舊作，可稱爲誦詩。又《北夢瑣言》卷九云：

韋終不覺，蓋持經之力也。成都府廣都縣人，陳微自少年常誦《金剛經》。②

宋代羅大經《鶴林玉露・甲編》卷二載：

唐人柳詩云：“水邊楊柳緑烟絲，立馬煩君折一枝。惟有春風最相惜，殷勤更向手中吹。”朱文公每喜誦之，取其興也。（《柳詩》）

自程蘇相攻，其徒各右其師。孝宗最重大蘇之文，御製序贊，特贈太師，學者翕然誦讀。（《二蘇》）③

又《鶴林玉露・丙編》卷二載：

姜堯章學詩于蕭千岩，琢句精工。有詩云：“夜暗歸雲繞柁牙，江涵星影雁團沙。行人悵望蘇臺柳，曾與吴王掃落花。”楊誠齋喜誦之。（《姜白石》）④

---

① ［五代］孫光憲：《北夢瑣言》，中華書局，1960 年，第 57 頁。
② ［五代］孫光憲：《北夢瑣言》，中華書局，1960 年，第 73 頁。
③ ［宋］羅大經：《鶴林玉露》，中華書局，1983 年，第 26—33 頁。
④ ［宋］羅大經：《鶴林玉露》，中華書局，1983 年，第 267 頁。

明代曹臣所著《舌華録》云：

> 黄蘖祖師曰："不是一番寒徹骨，争得梅花撲鼻香。"念頭稍緩時，便宜莊誦一遍。（《慧語第一》）
>
> 沈嘉則游行金陵，日醉胡姬肆中，片語一出，人争誦不已。沈向人語曰："我天上歲星也。"（《狂語第四》）①

從這些記載看，凡讀既有的詩詞，大都稱作"誦"。不過，也有將讀現成的詩詞稱作"吟"的，這衹是因爲"吟誦"是短語，本説"誦"而借"吟"替代而已，其實質"誦"自有門户，不可逾越。

"吟"和"誦"雖有區别，僅從概念上講是一類的，如果一定要爲它們之間標個尺度或量化的話，從表現效果上來看，還遠遠没有超越出"歌唱"的範圍。怎樣吟誦？吟誦之前與唱歌伴奏一樣，唱前應有一個過門。吟誦的"過門"，即思想、定神和心理準備過程，也就是先"哼"的過程。可采默默醖釀節奏，運用擊節方法，或抑揚，或長短，或縱横，或徐疾，之後根據所吟誦内容，在情緒上調整到最佳狀態。從字句或句式上講，詞是有平仄的，一般平長仄短，就是凡平聲字音調長，凡仄聲字音調相應短一些。句式尾聲，平聲拖長，仄聲緩慢。如果遇到入聲字韵，更爲短促。假借以平聲爲一拍（—）表示，仄聲爲半拍（-）表示，入聲爲終止線（‖）表示；若遇領格字，在格律上作爲停頓，故均在原拍子上再加一倍。假如規定的速度是每分鐘六十拍，每拍占一秒，半拍爲二分之一秒，是仄聲字者，等于半拍加半拍。當然可在句式當中，還根據自己的吟誦習慣在平仄上相應加長拍子。平聲字拍子弱，仄聲字拍子强，衹要基本符合有板有眼即可。這衹是個籠統的方法，也算是個比方吧。"吟"者，其聲長，聲調悠揚；"誦"者，其聲短，聲調清脆。試從《欽定詞譜》選幾調説明。

平聲韵句式，如黄庭堅《好女兒》：

春—去-幾-時—還—　　問-桃—李-無—言—
○ ● ● ○ ○（韵）　　● ○ ● ○ ○（韵）

燕-子-歸—栖—無—風—急‖　　梨—雪‖亂-西—園—
● ● ○ ○ ○ ○ ●（句）　　○ ● ● ○ ○（韵）

① ［明］曹臣：《舌華録》，岳麓書社，1985 年，第 7—35 頁。

仄聲韵句式，如王衍《醉妝詞》：

者-邊—走-　　那-邊—走-　　祇-是-尋—花—柳-
●　○　●（韵）●　○　●（疊）●　●　○　○　●（韵）

那-邊—走-　　者-邊—走-　　莫‖厭-金—杯—酒-
●　○　●（韵）●　○　●（疊）●　●　○　○　●（韵）

句式韵爲入聲的，如柳永《滿江紅》上闋起句：

暮-雨-初—收—　　長—川—静-　　征—帆—夜-落‖
●　●　○　○（句）○　○　●（豆）○　○　●　●（韵）

總之，“吟”的聲調弱，節奏慢且緩；“誦”的聲調强，節奏快且疾。“吟”與“誦”，都受情緒支配，心情鬱悶時多吟，心情舒暢時好誦。吟誦之法，各地有所不同，不管采用普通話，還是采用方言吟誦，發聲和腔調最重要，句子的押韵，最好按《平水韵》發音，祇要能體會到詞的韵味，達到自娱自樂目的即可。

（二）歌唱的演變及流程

“歌”和“唱”，既有區别，又互相依存，不可分割。所謂“歌”，《説文》云：“歌，咏也。”又《詩經·魏風·園有桃》云：“我歌我謡。”朱熹注：“合曲曰歌，徒歌曰謡。”① 依其義，這樣就一目了然了。“徒歌”類似現在所説的清唱；“合曲”則屬于“唱”的歸屬和範疇，依照樂律發聲，特指旋律。律者，六律六吕，即古樂的十二調，以器樂的伴奏與演唱的聲樂的配合，如獨唱、合唱等。《荀子·樂論》云：“唱和有應。”② 這裏不是指和詩，而應指歌唱時此唱彼和，如《詩·鄭風·蘀兮》的“叔兮伯兮，倡予和女”之句。中國自古就是詩的國度，“歌”與“唱”的内容很多，如最早流傳的上古時期的《彈歌》：

斷竹，續竹，飛土，逐宍（肉）。③

① 宋元人：《四書五經》中册，北京市中國書店，1985年，第43頁。

② ［戰國］荀况：《荀子·樂論》，中華書局，2007年，第202頁。

③ ［宋］陳仁子：《文選補遺·謡歌操》卷三十五，上海古籍出版社，1993年，第560頁。

這是吟唱彈弓的歌謡，反映了先民生活的自然形態：砍竹做成弓架→安弦→彈丸→打獵。但據《吴越春秋》卷九載："古者，人民樸質，飢食鳥獸，渴飲霧露，死則裹以白茅，投于中野。孝子不忍見父母爲禽獸所食，故作彈以守之，絶鳥獸之害。"這些記載，同時反映了彈弓的起源。還有堯時代的民歌《擊壤歌》：

日出而作，日入而息，鑿井而飲，帝力于我何有哉。①

這是一首淳樸的贊頌勞動的民謡。往後，《詩經》、漢樂府辭，以至近體樂府詩，再到宋詞、元曲等，隨着時代而嬗變發展，且各具特色而標本。以元曲爲例，元曲雖是雜劇和散曲，但也是用以歌唱的。元代燕南芝庵《唱論》載：

歌之格調：抑揚頓挫，頂疊垛換，縈紆牽結，敦拖嗚咽，推題丸轉，捶欠遏透。

歌之節奏：停聲，待拍，偷吹，拽棒，字真，句篤，依腔，貼調。

凡歌一聲，聲有四節：起末，過度，揾簪，顛落。

凡歌一句，聲韵有一聲平，一聲背，一聲圓，聲要圓熟，腔要徹满。

凡一曲中，各有其聲：變聲，敦聲，杌聲，啀聲，困聲，三過聲；有偷氣，取氣，换氣，歇氣，就氣；愛者有一口氣。②

還有歌唱的類别，有慢，滚，序，引等；歌而成文的，有尾聲名"套數"，時行小令唤"葉兒"；唱曲的名稱、有小唱、寸唱、慢唱、壇唱、步虚、道情等；唱曲的題目，有曲情、鐵騎、故事、采蓮、擊壤等；歌之所，有桃花扇、竹葉樽、柳枝詞、桃葉怨、堯民鼓腹、壯士擊節等，凡此種種，從格調、節奏、聲調、運氣、名目和類型等，每每有方法，歌唱有套數。《明刻話本四種》之一《李亞仙》中，對賽歌場景有具體的描寫，説是長安有東肆、西肆舉行歌賽，兩邊肆長各忙着準備轝輦威儀之具，衆人説西肆的没有東肆的好，于是西肆長令十來個歌郎，執着幡幢，登臺唱《白馬》詞，大家又議論説，西肆歌郎挺好。衆人話音未落，衹看：

這東肆長于北隅臺上設連榻，有烏巾少年，左右五六人秉翣而至，即

---

① ［漢］趙曄，［元］徐天祜音注：《吴越春秋》，江蘇古籍出版社，1999年，第149頁。

② ［元］燕南芝庵：《論唱》，中國戲劇出版社，1959年，第159—160頁。

元和也。整其衣服，俯仰甚徐，伸喉發調，容若不勝，乃歌《薤露》之章，舉聲清越，響振林木。①

這些描寫，祇是説明了明代時期運用新腔的賽歌會，而詞的原聲原調唱法，南宋以後就失傳了，唯一留下的是十七首姜夔的自度曲的工尺譜，但是祇有音没有拍。我們現在祇能像在上一節“宫調與詞調”講過的，比如“中吕宫”注解“宜高下閃賺”，再查哪個詞調所注是中吕宫。像《揚州慢》《長亭怨慢》注中吕宫，高拭詞注中吕調，如果中吕調相當于現在的 F 调的話，再加上對“高下閃賺”詞義的理解，大致能想像出《滿庭芳》的聲調。目前祇能做到這樣，還不能聽到細微的原聲原調。現在有一首《水調歌頭·明月幾時有》歌，詞是蘇軾的《水調歌頭》，由當代陳建國作曲，是否原來的那個調，已經無關緊要了，祇要證明古詞用新腔來唱也是很好聽的就足够了。

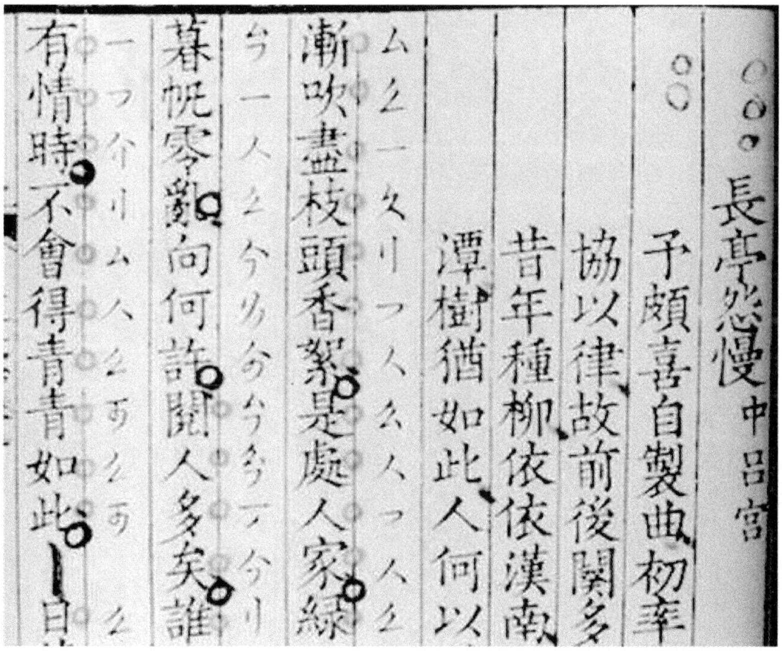

附《白石道人歌曲》選録②

吟誦與歌唱，既有聯係，又有區别。吟誦一般没有節拍，没有均分律動，是根據自己的理解進行的，隨着感情起伏而變化，“情動于中而形于言。

① 《古本平話小説集》上册，人民文學出版社，1984 年，第 69 頁。

② 《白石道人歌曲》，四川人民出版社，1987 年，元陶宗頤抄本。

言之不足，故嗟嘆之。嗟嘆之不足，故咏歌之、咏歌之不足，不知手之舞之、足之蹈之也”①，它是融入中國文化的一種永不衰竭的情結。歌唱，没有時空和地區的限制，也没有場所和人群的區分，莫道匆匆山野静，歌聲嘹亮傳人家。

① ［漢］毛亨傳，［漢］鄭玄箋，［唐］孔穎達疏：《毛詩正義·周南關雎詁訓傳第一》卷一，北京大學出版社，1999年，第6頁。

丙、詞的聲律

子、詞的聲調

聲調，即音調，對于發聲説話，即吟誦詩文時的腔調。字音是由聲母和韵構成，韵包括我們今天説的韵母和聲調。如以 ju 爲例，由于音節高低變化形成了“居（平）、舉（上）、鋸（去）、菊（入）”等不同的音調。成爲四聲，達成語言節奏的和諧性，同时展現出生活抒情言志的語言藝術效能。尤其是初唐晚期，作詩講究格律，聲韵和對仗等方面的嚴格要求，使得後來作詩填詞必講聲調。其實，對聲調的區分，早在齊、梁時期就有了。到了北宋時，晏殊漸辨去聲，嚴于結句，柳永細分上、去聲和入聲，用法謹慎，周邦彦詞格律嚴謹，四聲的用法更趨于精密，爲後來格律派詞人所推崇。到了南宋，詞人們還是嚴格遵守詞的四聲要求，像方千里、楊澤民、陳允平等便是忠實的維護者和實踐者。南宋末年，張樞、楊纘等人著書立言，提倡辨五音，分陰陽，信守嚴格。爲什麽這樣呢？這些衹是填詞守四聲、五音是詞的屬性要求，也是增强文字本身的音樂性和表達情感效果的需要。

一、四聲

隋代劉善經《四聲論》中記載了這樣一則故事：“經數間江表人士説，梁王蕭衍不知四聲，嘗從容謂中領軍朱异曰：‘何爲四聲？’异答云：‘天子萬福即是四聲。’”① 其四字，突現出了音節的高低變化，讀起來依次爲平、上、去、入四聲。在中古四聲里，平聲的聲調是長的，聲調悠長，不升不降；上聲直昂，有輕無重；去聲稍引，無輕無重；入聲的聲調是短的，聲調險仄。有一

① ［隋］劉善經：《四聲論》，《中國歷代文論》，上海古籍出版社，2001 年，第 225 頁。

種說法是，仄就是側，就是不平的意思，發聲里除了平，就是不平，即仄。通俗地講，即：平者平，上者升，去者降，入者短。附《四聲歌》如下：

平聲平道莫低昂，上聲高呼猛烈强。
去聲分明哀遠道，入聲短促急收藏。①

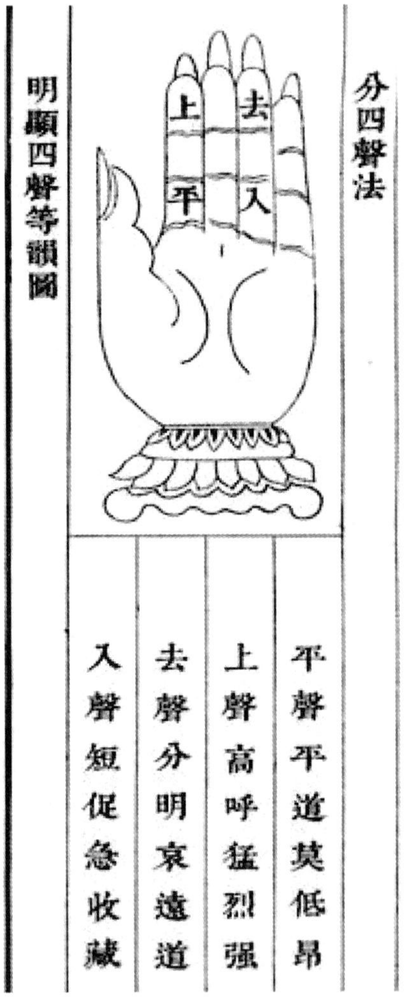

分四聲法圖

四聲與每個人都很近。正因爲當時人們對四聲是熟悉的，所以纔發生了韵律文

① 《康熙字典·明顯四聲等韵圖》，中華書局，1958 年，第 16 頁。

化現象。南北朝時期詩歌講究聲律，以駢文爲例，當時人們掌握了反切①的注音方法，利用聲調的長短交錯、平仄相反和高低搭配的關係來實現的。這樣，四聲要辨五音及四聲與五音的關係，無不體現在字與音的關聯上。五聲、五音②分配，各個時期的版本説法不一，大致對照如下：

宫	商	角	徵	羽
喉	舌	牙	齒	唇
陽平	陰平	入聲	上聲	去聲

知道了五音與五聲相配的關係，尚知音有清濁、輕重之分，樂有協和、悦耳之求。掌握四聲是基礎，練習的方法很多，現結合傳統方法總結如下：

以站姿或坐姿均可，伸出右手，小臂帶動大臂伸向前方，以右手食指作勢，擺動幅度以兩臂相距爲宜，亦可稍出兩臂相距約一米亦可。讀平聲時，從左邊慢移動到右邊爲止，發聲相應也將停頓；讀上聲時，以伸出右臂與肩同高向上一挑，約與頭頂同高而止，發聲也將停頓；讀去聲時，以伸出右臂與肩同高，然後向下重重一劃，約一尺處發聲停頓；讀入聲時，先前收回手臂貼胸，指向前時，小臂帶動大臂約半彎屈時發聲停頓。

練習四聲發音簡明的方法列表如下：

---

① 反切：清代李佳《左庵詞話》卷上云："反切者，牙舌唇齒喉之分，以上下兩字相合而成音。上字主起音，求之别韵，辨其呼音之清濁，而以入聲翻起。先類其字，繼歸其母，後合其紐，所謂雙聲是也。下字主收音，求之本韵，清濁互用。"見［清］李佳：《左庵詞話》，《詞話叢書》，中華書局，2005 年，第 3024—3125 頁。反切有時單稱反或切。也有代反爲翻，或代反爲紐的叫法。用作反切的兩個字，前一個字叫反切上字，簡稱切上字或上字，後一個字叫反切下字，簡稱切下字或下字。反切的基本原則是上字與被切字的聲母相同，下字與被切字的韵相同，上下拼合就是被切字的讀音。如《廣韵》"冬，都宗切"，就是用"都"字的聲母，即切上字，"宗"字的韵，即切下字。再如"玉，于句切"，"于"字爲切上字，"句"字爲切下字等。

② 五音："陽平，商聲也；陰平，角聲也；上聲，宫聲也；去聲，徵聲也；入聲，羽聲也。""東方喉聲，西方舌聲，南方齒聲，北方唇聲，中央牙聲。"見徐敬修：《音韵常識・四聲》第三章，上海大東書局，民國二十二年（1933），第 35—42 頁。五音："宫商徵羽角，即四聲也。""言五處者：宫，舌中音即喉；商，開口張即齶；角，舌角落即牙；徵，舌柱齒即齒；羽，撮口聚即唇。"見［日本］遍照金剛，王利器：《文鏡秘府論・四聲論》及注引《悉曇藏》二，中國社會科學出版社，1983 年，第 104—110 頁。五聲：陳暘《樂書・辨四聲》卷一百七云："宫爲上平聲，商爲下平聲，角爲入聲，徵爲上聲，羽爲去聲。"見［宋］陳暘：《樂書》，臺北商務印書館影印，1986 年。

聲 别	讀 法	發 聲	尾 聲
平	隨口平讀	聲和平	尾音長
上	向上高讀	聲響亮	尾音無
去	向下重讀	聲哀遠	尾音短
入	向直急讀	聲木實	輔音韵尾

（一）平聲

平聲發音不高不低，尾音略有延長，猶如木槌輕敲鼓心，其聲爲“東”。這個聲調到後來分化爲陰平和陽平。陽聲較陰聲是加上了鼻音尾韵，陰聲較陽聲是失去了鼻音尾韵。入聲字用作平聲字的在宋詞中很多。上聲字用作平聲字在宋詞當中也有例子。如姜夔《鶯聲繞紅樓》之“近前舞絲絲”句，“近”字下自注“平聲”；又《解連環》之“又見在、曲屏近底”句，“近”字，也注“平聲”。上聲字代平聲字用者很少，儘量避而勿用；入聲字代平聲字用者不多，除非因辭害意者謹慎用之。

（二）上聲

上聲發音響亮，没有尾音，讀升調，猶如木槌擊鼓面的四周，其聲爲“董”。這個聲調到後來有一部份變爲去聲。詞中上聲詞除可替代平聲字外，陽上聲字還可作去聲字用（陽聲就是濁聲）。例如晏殊的詞，結句都嚴辨去聲，其中就有些是陽上作去的，如《采桑子》（春風不負東君信）兩結句末第二字用去聲。

依舊銜泥入杏梁。
夢里浮生足斷腸。

其中“杏”“斷”二字就是陽上作去。

（三）去聲

去聲發音哀遠，尾音較短，讀降調，猶如木槌重擊鼓心，其聲爲“凍”。這個聲調到後來仍是去聲。《詞律》云：

有一要訣曰：“各詞轉折跌宕處，多用去聲。”何也？三聲之中，上、入二者可以作平，去則獨异。故餘嘗竊謂論聲雖以一平對三仄，論歌則當以去對平、上、入也。當用去者，非去則激不起，用入且不可，斷斷勿用平、上也。①

詞中的去聲字常和上聲連用，作去上或上去，大都指詞中换韵處、承上啓下的領句或上下相呼應的字。如姜夔《揚州慢》之領字，“過”“自”“漸”“算”“縱”“念”都是去聲。在這些地方用去聲，方能振奮有力。

(四) 入聲

入聲發音短促，没有尾音。一種是以塞音-t，-p，-k 收尾，另一種是以喉塞音收尾。讀急調，猶如一手捫鼓面，一手重擊之，其聲爲“篤”。還如“卜”“穀”字，“玉”“篦”字，“一”“國”字，原來都是入聲字，聲調短促。如今“卜”“穀”字讀上聲，“玉”“篦”字讀去聲，“一”“國”字讀平聲。怎樣用好入聲字？清代陳匪石在《聲執》中做了説明：

例如《憶舊游》《紅林檎近》末句第四字，如《霜葉飛》清真之“颯颯玉匣”，皆非用入聲不可。《八聲甘州》屯田“物華休”之“物”字，“識歸舟”之“識”字，《憶舊游》清真“燭花摇”“拂河橋”之“燭”字、“拂”字，《齊天樂》清真“暮雨”“勸織”“深閣”“重拂(後遍準此)”之“雨”字、“織”字、“閣”字、“拂”字，均應用入。但可以上聲代，此類甚多。②

此論不僅從技術層次上講明了四聲在字音上有開齊撮合之别，而且更需注意詞中嚴守四聲最關鍵的地方，字聲與歌腔要嚴密配合，這樣纔能發揮好入聲的聲情作用。

二、五音與字聲陰陽

詞是合樂文學，嚴分字聲的五音、陰陽，是用文字的聲調來加强音樂的聲調，目的是配合音樂的律度。詞中辨五音，分陰陽，宋時已有。李清照《論詞》云：

蓋詩文分平側，而歌詞分五音，又分五聲，又分六律，又分清濁輕重。③

① ［清］萬樹：《詞律・發凡》，上海古籍出版社，1984 年，第 15 頁。
② ［清］陳匪石：《聲執》，《詞話叢編》，中華書局，2005 年，4941 頁。
③ ［宋］李清照：《論詞》，《歷代文論選》，上海古籍出版社，2001 年，第 350 頁。

五音及陰陽之説，平聲分陰平、陽平，分清濁；陰聲字清，陽聲字濁。如：“東”“同”二字，同爲平聲，“東”字讀音清幽，陰聲；“同”字讀音濁沉，陽聲。略舉例列表如下①：

<table>
<tr><td rowspan="5">陰聲</td><td>平上去入</td><td rowspan="5">陽聲</td><td>平上去入</td><td rowspan="5">陰聲</td><td>平上去入</td><td rowspan="5">陽聲</td><td>平上去入</td></tr>
<tr><td>東董凍篤</td><td>同動洞獨</td><td>江講絳覺</td><td>陽養漾藥</td></tr>
<tr><td>居舉鋸菊</td><td>魚雨御玉</td><td>真軫震織</td><td>人忍潤入</td></tr>
<tr><td>歌哿個穀</td><td>羅裸邏陸</td><td>家假價甲</td><td>麻馬罵襪</td></tr>
<tr><td>鳩九救擊</td><td>尤有宥亦</td><td>侵寢寖戚</td><td>尋静浄寂</td></tr>
</table>

在詞的發聲上，陰聲字多則激越，陽聲字多則沉頓。在辨别陰陽，仄分上、去、入時，張炎《詞源》卷下引張樞（張炎父親）《寄閑集》曰：

> 先人曉暢音律，有《寄閑集》，旁綴音譜，刊行于世。每作一詞，必使歌聲按之，稍有不協，隨即改正。曾賦《瑞鶴仙》一詞云：“捲簾人睡起。放燕子歸來，商量春事。芳菲又無幾。减芳菲、都在賣花聲里。吟邊眼底。被嫩緑、移紅換紫。甚等閑、半委東風，半委小橋流水。　還是苔痕湔雨，竹影留雲，待晴猶未。繁華迤邐。西湖上、多少歌吹。粉蝶兒、撲定花心不去，閑了尋香兩翅。那知人、一點新愁，寸心萬里。”此詞按之歌譜，聲字皆協，唯“撲”字稍不協，遂改爲“守”字乃協。始知雅詞協音，雖一字亦不放過，信乎協音之不易也。又作《惜花春起早》云“瑣窗深”，“深”字音不協，改爲“幽”字，又不協，再改爲“明”字，歌之始協。此三字皆平聲，胡爲如是。蓋五聲有唇、齒、喉、舌、鼻，所以有輕清重濁之分。②

這個故事説明咬准字音對發音起到直接關係的，對于填詞分清四聲陰陽，這些無疑能起到舉一反三的作用。

三、音與韵互爲關係

古音學上按三十六字母發音部位的不同，分爲唇、舌、齒、牙、喉五類，其中唇音又分爲重唇音和輕唇音，舌音分爲舌頭音和舌上音，齒音分爲齒頭音

① 劉公坡：《學詞百法》，上海古籍出版社，1982年，第5頁。

② ［宋］張炎：《詞源》，《詞話叢編》，中華書局，2005年，第256頁。

和正齒音。宋元等又在“五音”基礎上，從來母舌音中分出一個半舌音，從日母齒音中分出一個半齒音，因有“七音”之説。音與韵是韵律文學的產物，其關係是隨着文字形體和讀聲變化而建立的。

隋代陸法言的《切韵》，是在漢末李登《聲類》和晋代吕静《韵集》的基礎上而來的，到了孫愐又增修而成《唐韵》。北宋在此基礎上又編成了《大宋重修廣韵》，可謂是歷代韵書的集大成者。按四聲把漢字分爲206個韵部。其中平聲韵57個，又分爲上平聲和下平聲；上聲韵55個，去聲韵60個，入聲韵34個。後來宋仁宗又嫌其“多用舊文”，丁度等人奉命編寫成《集韵》，以至到金代王文鬱《新刊韵略》，南宋劉淵《禮部韵略》，到元初陰時夫《韵府群玉》，形成了平上去入聲調各個同韵字群的“韵目”，猶如上平聲之“東”“冬”“江”等代表各自的同韵字。

中古的聲母，爲三十六聲紐組成，聲紐就是聲母的代表字。即：

幫滂並明，非敷奉微，端透定泥，知徹澄娘，精清從心邪，照穿床審禪，見溪群疑，影喻曉匣，來日。

三十六字母分類，如下表所示：

清濁		全清	次清	全濁	次濁	清	濁
牙音		見	溪	群	疑		
舌音	舌頭音	端	透	定	泥		
	舌上音	知	徹	澄	娘		
脣音	重脣音	幫	滂	並	明		
	輕脣音	非	敷	奉	微		
齒音	齒頭音	精	清	從		心	邪
	正齒音	照	穿	床		審	禪
喉音		影			喻	曉	匣
半舌音					來		
半齒音					日		

三十六聲紐，大致可以代表中古後期的聲母系統。中古前期是根據《切韵》反切上字歸納出來的，其以所反映的語音系統在《廣韵》中也有所反映。前人研究成果表明，上古聲母與三十六聲紐特點主要體現在重唇、輕唇不分，照組分爲莊、章兩組，喻母分雲、以兩母的不同。《守温韵學殘卷》注解：

“牙音”對應于現代語音學中的軟齶塞音；“舌頭”爲齒齦塞音；“舌上”爲齦-齶塞音；“重唇”爲雙唇音；“輕唇”爲唇齒音；“齒頭”爲齒齦塞擦音與擦音；“正齒”爲齦-齶塞擦音與擦音；“喉音”則包含喉塞音與軟齶擦音、舌面通音；“半舌”爲齒齦邊通音；“半齒”爲捲舌閃音；“清濁”概念與今同。其中，全清表示不送氣清音及清擦音，次清表示送氣清音，全濁表示送氣濁音(擦音、塞音、塞擦音)，次濁表示鼻化塞濁音及其他濁音。三十六聲細，通常采用，諸如“喉牙足以衍百聲”而反切的方法。中古四聲與北京話四聲舉例對照如下：①

中古四聲			北京話四声			
			陰平	陽平	上聲	去聲
平	清		東風吹衣			
	濁	全濁		唐時傳奇		
		次濁		牛迷難來		
上	清				好打小虎	
	濁	全濁				父坐弟跪
		次濁			老李有米	
去	清				要去應試	
	濁	全濁				大病盜汗
		次				議論浪漫
入	清		七鴿八鴨	啄折竹菊	百尺鐵筆	不必作色
	濁	全濁		獨服猾賊		
		次濁				月落日躍

這裏，就以三十六字母②作爲聲母的代表字與現代漢語聲母的區別和差异，旨在説明五音及韵的關係以及應用。對此，爲了區分中古四聲與現代四聲，以寇准《秋風清》爲例：

① 胡安順：《音韵學通論》，中華書局，2003年，第172頁。

② 三十六字母：《文鏡秘府論·四聲論》“竪談爲組”注：“《玉海》一卷，僧守温撰。吕介孺曰：‘大唐舍利創字母三十，後守温首座益以孃床幫滂微奉六母。’然則字母三十六，定于守温，在珙後者也。”見［日本］遍照金剛编纂，王利器校注：《文鏡秘府論》，中國社會科學出版社，1983年，第34頁。現有《守温韵學殘卷》巴黎國家圖書館敦煌寫本殘卷。

波渺渺，柳依依。孤村芳草遠，斜日杏花飛。江南春盡離腸斷，蘋滿汀洲人未歸。(《欽定詞譜》卷二)

此詞韵脚“依”“飛”“歸”字，屬《平水韵》上平聲“五微”韵部，但在現代四聲里却爲兩個韵母，并且聲調也分爲兩類了。再如周邦彦《蘭陵王·柳》：

柳陰直。烟里絲絲弄碧。隋堤上，曾見幾番，拂水飄綿送行色。登臨望故國。誰惜。京華倦客。長亭路，年去歲來，應折柔條過千尺。

閑尋舊蹤迹。又酒趁哀弦，燈照離席。梨花榆火催寒食。愁一箭風快，半篙波暖，回頭迢遞便數驛。望人在天北。

凄惻。恨堆積。漸别浦縈回，津堠岑寂。斜陽冉冉春無極。念月榭携手，露橋聞笛。沉思前事，似夢里，泪暗滴。①

此詞押入聲韵。第一段十一句七仄韵，第二段八句五仄韵，第三段十句六仄韵。其韵脚“碧”“惜”“客”“尺”“迹”“席”“驛”“積”字，屬《平水韵》入聲十一陌部；其韵脚“寂”“笛”“滴”字，屬《平水韵》入聲十二錫部；其韵脚“直”“色”“國”“食”“北”“側”“極”字，屬《平水韵》入聲十三職部。這些字在現代四聲里不可能成爲同部韵的，有些派到平聲，有些派到上、去聲了。傳統填詞用韵，有取沈謙《詩韵》、戈載《詞林正韵》及沈氏之《詞韵略》不等。以《詞林正韵》爲例，它是在《平水韵》的基礎上，加之總結唐宋詞人的實際用韵习慣得出的，即運用通、轉、借叶等方法，把平上去分爲十四部，入聲分爲五部，共十九部。

关于入聲的問題，人們大都比較陌生了，有些是熟悉的陌生。儘管南北差别較大，但入聲字在各個地方還不同程度的存在着，并非“幾百年來，北方人早就不知道有入聲了”② 的現象。據此，下面就蘭州及周邊部分地區與北京的語音聲調舉例對照進行討論，雖然所列還不是嚴格意義上的“入聲”，但確有這個讀音的存在。

---

① [清] 王奕清：《欽定詞譜》卷三十七。此詞第一段第八句又作“誰識。京華倦客。”見 [清] 朱彝尊、汪森編：《詞綜》，上海古籍出版社，1978 年，第 185 頁。

② 鄭林曦：《論語説文》，商務印書館，1983 年，第 118 頁。

入聲字	北京話	蘭州及周邊地區方言		組 詞
		蘭州話	靖遠話	
白	bái	bè [pɣ^{51}]		白生生的（皮膚很白），白米飯。
黑	hēi	hè [xɣ^{51}]	（武威）	黑乎乎的，黑煤球兒（è）。
國	guó		guì [kuei^{51}]	中國，國家。
佛	fó	fò [fo^{51}]		大佛，像佛爺一（yì）樣的心腸。
直	zhí	zhì [tʂʅ^{51}]	zhì [tʂʅ^{51}]	直直的路，烟冒的直直的。
竹	zhú	zhù [tʂu^{51}]	zhù [tʂu^{51}]	竹子，竹簾子。
節	jié		jiè [tɕiɛ^{51}]	過節了，這個節氣該插秧了。
學	xué	xuè [ɕyɛ^{51}]		學習（xì），我（ò）要好好學。
舌	shé	shè [ʂɣ^{51}]		舌頭，舌兒（è）根子軟。

其實，表中僅僅是舉了幾個具有代表性的字，說明在蘭州及周邊地區不同於普通話的讀音還是存在的。

四、辨别中古入聲的方法

根據郭芹納所著《詩律》引用李榮《四聲問答》一文中辨别古入聲字的方法進行了整理①，個别地方還進行了添補，分别介紹如下：

（一）運用拼音來辨别入聲字的方法

1. 凡聲母是 zh、z、g、j 和 b、d，與今讀作陽平的字相拼，除個别字外，都是中古入聲字。（選常用字 282 字）

zh：紮鍘閘（牐）炸（煠）喋（唼喋）摘（擿采）宅擇翟著折哲蜇晢摺褶謫嫡（同謫）磔轍讋直值埴植殖職執縶侄（姪）跖蹠（躑躅）躑（蹢躅）摭（摭采，義爲拾取）軸妯舳术（白术）竹逐燭蠋躅灼酌拙茁卓斫（斲）濁鐲浞諑啄琢涿椓濯鷟禚（姓）（61）

z：雜鑿則責嘖幘簀賾迮笮舴擇澤賊鰂足卒崒（崪）族鏃昨（21）

g：革合蛤頜閣格骼鬲（河名）隔膈葛國摑幗虢馘（17）

j：及岌汲級極笈急吉佶詰即亟殛疾蒺嫉棘集楫輯戢脊瘠鶺（鶺鴒）蹐藉籍夾（裌、袷）郟莢鋏頰蛺恝戛嚼孑節訐劫杰桀枺刦詰潔（絜）結袺鮚捷婕睫偈（勇武貌）碣竭羯截局焗桔橘菊鶪孓决訣抉玦駃鴂角（角色）桷玨覺絶倔掘崛厥劂橛蕨蹶獗傕（人名）譎鐍爵嚼矍攫钁（102）

① 郭芹納：《詩律》，商務印書館，2004 年，第 138—141 頁。

b：拔茇胈跋魃白雹薄别蹩伯帛泊柏（柏林）鉑舶箔駁勃渤浡餑脖鵓鈸亳博搏餺（餺飥）鎛膊礴醭（例外：鼻）（33）

d：達韃怛妲炟笪（竹席）靼答得德狄荻迪笛糴敵（敵）嫡鏑翟覿滌迭眣瓞垤咥絰耋諜堞喋牒碟蝶蹀（蹀躞）嵽（嵽嵲）疊毒獨讀瀆櫝犢黷髑奪鐸（48）

2. 凡聲母是 zh、ch、sh、r 加上 k，同韵母 uo 相拼的字，都是入聲字。如：桌、戳、説、若、闊等。

3. 凡聲母是 d、t、n、l、b、p、m 和同韵母 ie 相拼除去“爹”字外，都是入聲字。如：牒、帖、捏、列、别、撇、滅等。

4. 凡是韵母爲 üe 的字，除了嗟（今讀 jiē）、靴、瘸以外，都是入聲字。如：决、掠、虐、缺、學、約等。

5. 凡聲母是 d、t、n、l、和 z、c、s 同韵母 e 相拼，都是入聲字。如：得、特、訥、樂、澤、策、色等。

6. 讀音爲 fa、fo、fu 的字，都是入聲字。如發、佛、福等。

另外，屬于以下情况的，都不是入聲字：

鼻音韵尾 m、n、ng 非入。如：陽光、廣場、平安等；

uei 韵非入。如：危、畏、微、吹等；

zi、ci、si 非入。如：咨、兹、資、詞，絲、私等；

m、n、l、r 的陰、陽、上聲非入。如：媽、麻、馬、哪，羅、裸、惹等。

（二）利用諧音偏旁記憶入聲字

利用諧音偏旁記憶入聲字，即運用類推的辦法。例如已經知道了“白”是入聲字（陌部），則可推及伯、泊、柏、舶、拍、迫、珀、帛、魄等字也是入聲字（陌部）。而“百”從白聲、“陌”又從百聲、“箔”從泊聲，因此它們也是同部（所謂不同部，即五音不同，簡言聲調不同）的入聲字。又如，已知“及”爲入聲字，則可類推級、伋、汲、岌、芨、吸等字也是古入聲字。已知“析”爲入聲字，則淅、晰、晳也爲入聲。利用諧聲偏旁記憶中古入聲字，并不是絶對可靠的，因爲聲符相同的字，在中古并不一定屬于同一韵部。例如：讀、犢、牘、櫝、黷等字均爲入聲屋部，但它們的聲符賣却在去聲卦部，而續、贖等字又在入聲沃部。鑑于此，利用偏旁類推時要格外注意一些例外的情况。復如，“辟”以及從“辟”得聲的字壁、薜、璧、劈、僻、霹、擗、癖、檗、擘等字都是入聲字，但是“避”字却不是入聲字。再如億、憶、臆、噫、薏、癔等字是入聲字，而“意”字却不是入聲字；昨、作、炸、蚱等字是入聲字，但是“乍”不是入聲字；“窄”是入聲字，而“榨”不是入聲字。

（三）利用現成的詞語掌握入聲字

在我們日常使用的詞語中，就有不少的入聲字。例如，“八月節”“獨立國”“吸鐵石”，就全是入聲字。又如，“黑燈瞎火”和“黑瞎子”中的“黑”和“瞎”“膝蓋骨”中的“膝”和“骨”“節衣縮食”中的“節”“縮”和“食”“十冬臘月”中的“十”“臘”“月”“八九不離十”中的“八”“不”“十”、榆林市的名勝“紅石峽”中的“石”“峽”等等，都是入聲字。

下面所列的詞語，都是入聲字，其中的兩個字今讀都是平聲（包括陰平和陽平）：

八節 拔白 拔節 拔擢 白搭 白吃 白鴿 白芨 白食 白石
白説 白芍 白皙 白术 白族 別集 剝奪 剝蝕 剝削 剝啄
勃發 博得 博識 博學 搏擊 搏殺 插菊 出發 出伏 出服
出格 出閣 出國 出擊 出局 出脱 出息 出席 嗒嗒 達達
德國 得食 滴答 敵國 嫡出 跌足 迭迭 喋喋 督學 獨白
獨出 獨絶 瀆職 咄咄 發達 發福 發急 發覺 發掘 伐竹
佛國 佛學 伏擊 伏服 伏帖 伏貼 服毒 服帖 格格 割漆
割席 革出 革職 格局 隔閡 隔絶 國格 國籍 國學 國賊
虢國 喝粥 合格 合閘 合轍 核發 核實 黑白 黑瞎 黑鴨
黑竹 活佛 活結 活潑 活脱 活捉 擊發 擊節 唧唧 積德
積極 積食 積習 積壓 激發 啓動 及格 吉德 岌岌 即席
急急 集合 集結 集約 蛺蝶 嚼舌 接合 接活 揭發 節級
節拍 節食 節約 劫奪 杰出 潔白 潔菊 結實 結合 結核
結集 結節 結局 結石 結識 結穴 結紮 捷達 捷足 截擊
竭澤 訣別 覺得 拉雜 拉閘 邋遢 捏合 拍發 七絶 七夕
七一 漆黑 掐訣 切割 切合 切削 曲折 曲直 屈服 屈節
屈膝 缺德 缺乏 缺席 殺伐 失節 失實 失學 失約 失職
失足 十八 十六 十七 十一 十足 石窟 石匣 石竹 識別
實説 實習 實學 實則 實足 拾掇 食積 食屋 叔伯 倏忽
熟食 熟悉 熟習 説白 説服 説合 塌實 突出 突發 突擊
托福 托熟 脱出 脱服 脱節 脱俗 挖出 挖掘 吸毒 吸食
惜別 錫箔 習讀 習俗 習習 襲擊 瞎哭 瞎説 歇乏 歇伏
歇息 學閥 學籍 學級 學舌 學識 學塾 學説 學習 壓服
壓縮 一席 一夕 雜食 雜説 擇吉 賊諜 賊滑 賊窟

賊秃 擇席 鬧盒 折疊 折服 折福 折合 折殺 折實 哲學
蟄伏 直裰 直接 直覺 直轄 職别 職責 竹笛 竹筏 竹帛
捉賊 灼灼 茁實 卓絶 卓識 濯濯

下面所列的詞語，也都是入聲字，祗是其中一個字今讀爲陰平或者陽平另一個則爲仄聲調，或兩字都讀仄聲：

八角 八字 拔步 拔脚 跋涉 白熾 白髮 白骨 白鶴 白蠟
白熱 白肉 白色 白鐵 白雪 白藥 白玉 白質 百尺 百十
百物 百葉 别業 伯樂 博洽 博物 薄弱 不白 不得 不乏
不服 不合 不及 不覺 不屈 不惜 不一 不足 尺牘 斥革
斥責 斥逐 赤足 出列 出獵 出納 出色 出月 促膝 的確
敵特 喋血 督促 毒辣 毒藥 獨立 獨力 獨木 獨特 讀物
發迹 發落 發墨 發熱 發物 伐木 佛法 伏法 服色 服藥
割裂 割肉 格物 隔熱 隔日 國策 國脚 國力 國立 國色
黑話 黑麥 黑色 黑帖 黑血 獲得 激烈 激切 激越 吉日
極力 極目 即刻 即日 即若 急促 急迫 急切 急速 集録
脚鐲 接觸 接骨 接力 接木 接納 接洽 節烈 節録 節略
節目 節日 劫獄 結束 截略 截獲 竭力 克服 克復 刻薄
刻毒 臘八 蠟白 蠟燭 勒逼 力學 立決 立足 列席 掠奪
路局 拍攝 霹靂 撇脱 撲克 撲滅 撲朔 乞食 日食 日夕
肉搏 肉食 入伏 入閣 入托 殺戮 涉足 攝食 濕熱 失落
失密 失竊 失物 失血 失業 十月 石筆 石墨 實績 實録
實業 實質 食物 蝕刻 熟客 熟肉 熟鐵 屬國 説法 説客
貼切 脱髮 脱落 吸力 吸墨 吸血 昔日 息肉 熄滅 習作
俠客 峽谷 歇脚 歇業 學力 學歷 學業 壓力 一切 一日
雜遝 執筆 直角 直立 直屬 直譯 值日 職業 植物 竹刻
竹葉 逐客 逐鹿 逐日 囑托 拙筆 拙劣 卓礫 卓越 啄木
昨日

丑、詞的平仄

中古字聲分平、上、去、入四聲，是經過五音加上兩個半音發出的音度長短和高低來區分平仄的，以此組合到每一個句子中。中古四聲以平聲（上平聲、下平聲）爲平聲，上、去聲及入聲爲仄聲。現代四聲以陰平、陽平爲平聲，上、去爲仄聲。古今四聲，聲調不同，平仄有异。

一、詞的平仄應用及辨析

詞的平仄與詩的平仄相似，都富有抑揚頓挫的聲調和音樂節奏感。詞是由詩變化而來，也是一種詩體。以五言律詩爲例，本有四種類型，實際衹有兩種格式，其餘兩種是在基本格式上變化而來的。五律有仄起的，有平起的，以平起的格式之一爲例：

⊙平平仄仄，◎仄仄平平。◎仄平平仄，平平仄仄平。
⊙平平仄仄，◎仄仄平平。◎仄平平仄，平平仄仄平。

以平聲起頭的格式，舉李白《送友人》① 詩爲例：

青山横北郭，白水繞東城。此地一爲别，孤蓬萬里征。
浮雲游子意，落日故人情。揮手自兹去，蕭蕭班馬鳴。

從五律平起的格式來看，上下句平仄對立，有六句首字可平可仄。對照李白詩是合乎格律的。如果單從平仄來看，有些句子似乎與格律不合，如第三句的"一"字，第七句的"自"字本是仄聲，因律詩有"一三五不論，二四六分明"之説（五言爲一三、二四），加之前者是入聲字，後者是上聲字可以代平，又是合的。其實，律句可平可仄，衹是一種相對的説法，衹指七言仄脚句而言，平脚句衹兩字不論；五言仄脚句兩字不論，平脚句衹一字不論；五言"平平仄平仄"、七言"仄仄平平仄平仄"特定格中，分别第一、三字不得不論。詞的句式有些是從律詩轉化而來的，像《浣溪沙》四十四字，即由五、七言律句組成，下闋首二句對仗是定格，就像律詩頸聯用對仗一樣，衹不過詞句常常是不粘對的，像李白《菩薩蠻》格式：

⊙平◎仄平平仄（仄韵）。⊙平◎仄平平仄（叶仄）。◎仄仄平平（换平）。◎平⊙仄平（叶平）　◎平平仄仄（换仄）。◎仄⊙平仄（叶仄）。⊙仄仄平平（换平）。⊙平⊙仄平（平叶）。

此格下闋第一、二句有三字可平可仄。如果可平，即"平平平仄仄，平仄

① 《全唐詩》卷177-3，揚州詩局本，清康熙四十六年。

平平仄”格式；如果可仄，即“仄平平仄仄，仄仄仄平仄”格式，不管是平還是仄，兩句的平仄并不是相反的。首二句雖爲對句，但它們的平仄并不要求相反。詞從三字句至十一字句都有對句，不受像詩一樣平仄相反纔能對仗的規則限制。

二、詞的平仄要求

詞的平仄分陰陽，平聲分上平聲、下平聲，仄聲分上、去、入。

第一，一句當中，分辨五音。以五言句爲例，不能出現多字同音，如“爐旺方望暖”，這樣的句子，從語法上講并沒有多大毛病，就是讀起來有點生硬的感覺，還有點像“口吃”似的，既不朗朗上口，也不符合音律的要求。另外，還要分陰陽，還是以五言句爲例，不能全是陰聲字或全是陽聲字，如“静寂如洞庭”，此五字全是陽聲字，讀出來使人感覺有點沉悶，也不上口，當然也不合音律。

第二，同爲仄聲，必有定格。在一些詞牌中，句式中同爲仄聲，但要求不盡相同。《詞譜》卷三在《醉太平》詞下引《樂府指迷》云：

> 論詞中有用去聲字者，不可以别聲替，蓋調貴抑揚，去聲字，取其激越也。

1. 遇仄聲必用去聲字

領格字必用去聲字。除一字豆句（常見是三字）外，還有上一下三、上一下四句式等，第一字是領格字，就是一句話停頓之處，第一字是仄聲，必是去聲。如：姜夔《滿江紅》第二句“正一望、千頃翠瀾”的“正”字；賀鑄《沁園春》第二句“向落花香里”，“向”字是領格字。句式中遇仄聲字必去聲字。大凡仄聲領格字，均爲去聲。《詞譜》卷三劉過《醉太平》詞譜下注曰：“寄沈伯時《樂府指迷》，論詞中有去聲者，不可以别聲替，蓋調貴抑揚，去聲字，取其激越也。”如劉過《醉太平》（情高意真）一詞上下闋第二句，分别即“平平仄平”“平平仄仄”格式，第三字，必是去聲字，不可用上、入聲字替代等。

2. 遇仄聲必用上聲字

如宋祁《浪淘沙令》（少年不管）一詞上闋結句爲“仄仄仄仄平仄仄仄”格式，第四、六、八字，下闋結句爲“仄仄仄平仄平仄”格式，第三、五、七字，均爲上聲，不可用去聲字替等。

3. 押韵對仄聲字的要求

遇仄聲，或上聲韵，或去聲韵，或入聲韵。這三種情況在本章“詞的押韵”一節中介紹了，在此不再贅述。

三、詞的平仄特種格式

（一）詞的平仄特種律

主要是仄脚句式。仄脚的有四字和六字句。仄脚四字律句爲“平平仄仄”格式，而特種律“仄平平仄”格式，且第三字必平，如晏幾道《滿庭芳》（南苑吹花）一詞第四句“憑闌秋思”句等；仄脚六字律句爲“仄仄平平仄仄”格式，而特種律爲“仄仄仄平平仄”格式，第五字必平。如李清照《如夢令》（昨夜雨疏風驟）一詞第四句“却道海棠依舊”句等。

（二）不符合常規平仄格律的拗句

它的特點是打破了五言格律詩中第三字和七言律句中第五字的平仄格式。如蘇軾《沁園春》“孤館燈青，野店鷄號，旅枕夢殘”，起三句都是四言，前兩句爲“平仄平平，仄仄平平”格式，屬規範平仄格式，唯第三句是“仄仄仄平”格式而就不同尋常了。還有一種句子連續出現拗句，如吕渭老《握金釵》[①] 從“風日困花枝”開句後，接着便是三句拗句，其平仄交換之緊密，與常句確有不同。即：

> 平平仄平仄，仄平平仄平仄，◎仄平平仄平仄。
> 晴峰自相趁，晚來紅淺香盡，整頓腰肢暈殘粉。

像這樣的拗句比較少見。遇到這種拗句，衹能按譜照填，是不可擅自更改平仄的，也用不着像近體詩遇拗句須補救的辦法。對此，謝元淮《填詞淺説》云：

> 查程垓《江城梅花引》詞“睡也睡也睡不穩”，又王觀詞“恐極恨極嗅玉蕊”，又蔣捷詞“夢也夢也夢不到”，均連用七仄字，乃此調定格，斷不可易。[②]

之所以會出現這樣的現象，是由樂譜所决定的。同時，當平則仄，當仄則平，衹有以上、入代平，去聲不可代平。所謂代平，除非萬不得已。另外還有一種

---

① 見［清］王奕清：《欽定詞譜》卷十四。

② ［清］謝元淮：《填詞淺説》，《詞話叢編》，中華書局，1986 年，第 2516 頁。

是作品出現平仄相反現象，或因字多音，其義不同，還有因辭害意①之説有關。

四、附平仄通用和不通用的字②

（一）平仄通用者

衷 平聲一東，去聲一送。義同，中心也。
供 平聲二冬，去聲二宋。義同，供奉也。
撞 平聲三江，去聲三絳。義同，擣也。
欷 平聲五微，去聲五未。義同，嘘氣聲。
貽 平聲四支，去聲四寘。義同，饋遺也。
慮 平聲六魚，去聲六御。義同，憂思也。
驅 平聲七虞，去聲七遇。義同，賓士也。
締 平聲八齊，去聲八霽。義同，結也。
楷 平聲九佳，上聲九蟹。義同，楷模也。
晦 平聲十灰，去聲十一隊。義同，不明也。
諄 平聲十一真，去聲十二震。義同，誠懇貌。
嘆 平聲十四寒，去聲十五翰。義同，慨嘆也。
患 平聲十五删，去聲十六諫。義同，憂也。
纏 平聲一先，去聲十七霰。義同，繞也。
燒 平聲二蕭，去聲十八嘯。義同，焚也。
敲 平聲三肴，去聲十九效。義同，叩也。
撓 平聲四豪，上聲十八巧。義同，擾也。
拕 平聲五歌，上聲二十哿。義同，曳也。
颺 平聲七陽，去聲二十三漾。義同，揚也。
瑩 平聲八庚，去聲二十五徑。義同。玉色光潔也。
廷 平聲九青，去聲二十五徑。義同，朝廷也。
憑 平聲十蒸，去聲二十五徑。義同，倚也。
瀏 平聲十一尤，上聲二十五有。義同，水清也。
吟 平聲十二侵，去聲二十七沁。義同，呻吟也。
砭 平聲十四鹽，去聲二十九豔。義同，以石針病曰砭。

① 因辭害意：就是説作詩填詞要以“意”（内容）爲先，文辭格律次之，不要因過分注重辭采形式而損害了内容。

② 劉坡公：《學詩百法學詞百法》，中國華僑出版公司，1991 年，第 5—7 頁。

巉 平聲十五咸，上聲二十九豏。義同，險峻貌。

（二）平仄不可通者

風 平聲一東，空氣相激而成謂之風；去聲一送，諷刺也。

縫 平聲二冬，彌補也；去聲二宋，隙也。

降 平聲三江，讀如杭，伏也；去聲三絳，音絳，自上而下謂之降。

爲 平聲四支，作也；去聲四寘，因也。

衣 平聲五微，衣服；去聲五未，着衣也。

予 平聲六魚，我也；上聲六語，與也。

鋪 平聲七虞，鋪張也；去聲七遇，店鋪也。

妻 平聲八齊，夫妻；去聲八霽，以女與人曰妻。

填 平聲十一真，壓也；去聲十二震，撫也。

聞 平聲十二文，聽也；去聲十二問，名譽也。

難 平聲十四寒，易之反；去聲十五翰，患難也。

燕 平聲一先，地名；去聲十七霰，鳥名。

調 平聲二蕭，調和也；去聲十八嘯，曲調也。

鈔 平聲三肴，繕寫也；去聲十九效，錢幣名。

號 平聲四豪，有聲無淚曰號；去聲二十號，名號也。

過 平聲五歌，經過也；去聲二十一個，過失也。

華 平聲六麻，美麗也；去聲二十二禡，山名。

長 平聲七陽，短之反；上聲二十二養，音掌，尊長也；去聲二十三漾，音尚，度長短也。

更 平聲八庚，改也；去聲二十四敬，再也。

屏 平聲九青，圍屏也；上聲二十三梗，除也，去也。

興 平聲十蒸，起也；去聲二十五徑，趣味也。

任 平聲十二侵，負擔責任曰任；去聲二十七沁，責任也。

擔 平聲十三覃，肩負曰擔；去聲二十八勘，負擔也。

占 平聲十四鹽，卜也；去聲二十九豔，占據也。

監 平聲十五咸，察也；去聲三十陷，覯也。

寅、詞的對仗

所謂對仗，又稱隊仗、偶句、對子。即按照一定範圍内的句式，在字數相等、平仄對立、語境相像等條件下的嚴格對偶。從形式上講，有句式上的相互照應；從內容上講，有詞義上的互爲關聯。關于對仗，在中國古典文學中可謂俯首可拾，更不要説詩句中比比皆是，就是散文中的偶句也是屢見不鮮的，如韓愈《進學解》："業精于勤，荒于嬉，行成于思，毁于隨"。① 以此説明，語句對仗，無不烙印着中國語言的特有符號。律詩格式一致，對仗有固定的位置，頷聯、頸聯必須對仗，還必須平仄相對。詞的對仗與律詩不一樣，句式千變萬化，平仄不要求相反，對仗比較自由，形式多樣。

一、詞的句式變化及對仗

詞的對仗與詩有着千絲萬縷的聯係。以杜甫《春日憶李白》爲例：

仄仄平平仄，平平仄仄平。
白也詩無敵，飄然思不群。
平平仄平仄，仄仄仄平平。
清新庾開府，俊逸鮑參軍。
仄仄平平仄，平平仄仄平。
渭北春天樹，江東日暮雲。
平平仄平仄，仄仄仄平平。
何時一尊酒，重與細論文。②

此詩是仄起式五律，第三、四句爲頷聯，必須對仗，即"清新——俊逸"，"庾開府——鮑參軍"；第五、六句爲頸聯，必須對仗，即"渭北——江東"，"春天樹——日暮雲"。而且粘對，即第三句"新"字與第二句"然"字同爲平聲，以次第五句與第四句相粘，第七句與第六句相粘。詩還不能犯孤平，如：五言"平平仄仄平"格式，第一字必須用平聲；七律"仄仄平平仄仄平"句式，第三字不能用仄聲。詞就没有這樣的要求，如果將此五言、七言格式變爲"仄平仄仄平""仄仄仄平仄仄平"句式形成拗句，作爲詩要後面進行補救。但作爲有些詞調還是屬于定格，如：葉夢得《念奴嬌》（故山漸近）一詞上闋第二句爲"平平平平"格式；劉過《祝英臺近》（笑天涯）一詞上闋第五句爲"仄仄仄仄仄"格式；柳永《夢還京》一詞中段第三句爲"仄仄仄仄仄平仄"格式等。

---

① ［清］高步瀛：《唐宋文舉要》卷三，上海古籍出版社，1963 年，第 419 頁。
② 《全唐詩》卷 224-30，揚州詩局本。

詞的平仄是以譜爲准的，由于詞格不同，即使同一格體，也有正格、變格之分。對此，詞的對仗没有規定位置。如周邦彦《滿庭芳》上闋起句格式爲：

平仄平平，仄平平仄。
風老鶯雛，雨肥梅子。

有的衹要相鄰的句子，字數相等，亦可對仗。如辛弃疾《滿江紅》（點火櫻桃）一詞，下闋第七、八句格式：

平仄仄平平仄仄，仄平仄仄平平仄。
蝴蝶不傳千里夢，子規叫斷三更月。

二、詞的對仗形式多樣

詞的對仗，既廣泛又靈活。説廣泛，凡是相鄰句字數相同，一般可以對仗，有的像律詩那樣要求平仄相對，有的則是平與平，仄與仄相對；説靈活，同一詞牌，正格與變格的作法亦不一致。

（一）平仄不相反亦對仗

如陸游的《訴衷情》："心在天山，身老滄洲。"其中"心"與"身"是平對平，"在"對"老"是仄對仄，"天山"對"滄洲"是"平平"對"平平"。

（二）不避同字對仗

詞中的對仗也可以同字相對。如蔣捷《一剪梅·舟過吴江》：

一片春愁待酒澆。江上舟摇。樓上簾招。秋娘度與泰娘嬌。風又飄飄。雨又瀟瀟。　何日歸家洗客袍。銀字笙調。心字香燒。流光容易把人抛。紅了櫻桃。緑了芭蕉。①

上闋出現"江上"對"樓上"，"風又飄飄"對"雨又瀟瀟"；下闋出現"銀

① 唐圭璋：《全宋詞》，中華書局，1965 年，第 3441—3442 頁。心字香，據楊慎《詞品》卷二云："所謂心字香者，以香末縈篆成心字也。心字羅衣，則謂心字香熏之爾。或謂女人衣曲領如心字，又與此别。"見［明］楊慎：《詞品》，《詞話叢編》，中華書局，2005 年，第 464 頁。

字”對“心字”，“紅了櫻桃”對“綠了芭蕉”。還有遥相對仗的，如張先《惜瓊花》上下闋開句形成“汀蘋白”對“汴河流”对仗。劉克莊《卜算子》之“朝見樹頭繁，暮見枝頭少”句，其中允许在对仗中出现同字相对出现。“見”與“見”“頭”與“頭”都是同字相對。還有李清照《聲聲慢》十四個疊字，亦有金人王特起《喜遷鶯》二十個“三”字相疊等。

（三）凡豆句對仗

即領字外相對。如《沁園春》一格，上下闋第四、五句領格兩句四字對句是定格，而有的詞格在相同位置，有的詞對仗，有的却没有對仗。如《桂枝香》一格，陳亮《桂枝香》（天高氣肅）一詞上闋第二句首字領兩句四字對句：

正 ‖ 月色分明，秋容新沐。

《桂枝香》一調，張炎、黄裳的詞就没有對仗。一豆句後兩句四字對的格式比較常見，像首字領三句三字對仗，首字領三句四字對仗，還有首兩字領三句六字對仗的，就比較特殊一些。分别列舉如下：

有 ‖ 湖中月，江邊柳，隴頭雲。（蘇軾《行香子》）
記 ‖ 掩扇傳歌，剪燈留語，月約星期。（吴文英《玉漏遲》）
正 ‖ 魏紫衣染天香，蜀紅妝破春睡。（劉子寰《花發沁園春》）

這是定格，不管正格、變格，此處各家皆是如此。還有一種是兩字處作頓，形成兩句四字對，如：

奈何 ‖ 好景難留，舊歡頻弃。（柳永《内家嬌》）
便覺 ‖ 韓娥價减，飛燕聲銷。（柳永《合歡帶》）

《合歡帶》此格，杜安世詞連句式都變化了，更不要説對仗了。兩字處作頓，形成五字對句，如楊無咎《倒垂柳》（南州初會遇）一詞下闋第二、三句，且第二句押韵，應該爲停頓，但還與下句意思連接成偶句，實爲少見：

縱有 ‖ 離愁休怨訴。客里忒凄凉。

（四）扇面對

猶如儀仗，相對而立，隔句而對。因詞格不同，對仗位置也有所不同。此類句法特殊，吟誦時亦可按所對順序，書寫時除外。

三言扇面對，如葛長庚《瑶臺月》：

露華冷，蟾光白。雲影净，天籟息。

四言扇面對，如蘇軾《沁園春》（孤館燈青）上闋：

月華收練，晨霜耿耿；雲山摛錦，朝露漙漙。

七言扇面對，此類雖是七言句，却三字豆句作頓，即上三下四結構，如史達祖《東風第一枝》：

今夜覓、夢池秀句。明日動、探花芳緒。

像《瑶臺月》一調，各家各有不同；《紅林檎近》開句五言四句，擬是五絶，屬定格；《東風第一枝》下闋開句如此作法，屬于定格。

（五）鼎足對

所謂鼎足對，指詞中形成三句連續句式，且互爲對仗，其形式猶鼎之三足，故稱爲鼎足對。

三言鼎足對：

杏燒紅，桃剪錦，草拖藍。（無名氏《喜春來》）
攀弱柳，折寒梅，上高臺。（温庭筠《定西番》）
潮寂寞，浸孤壘，漲平川。（周紫芝《水調歌頭》）

四言鼎足對，亦叫聯珠對，名多相對：

昨夜濃歡，今朝別酒，明日行客。（謝逸《柳梢青》）
門外鞦韆，牆頭紅粉，深院誰家。（秦觀《柳梢青》）
別後愁顔，鎮斂眉峰，可惜當年。（柳永《雪梅香》）

詞句的普通對仗，既是定格，也有靈活性。如韓偓《浣溪沙》（宿醉離愁慢髻鬟）過片“羅襪況兼金菡萏，雪肌仍是玉琅玕”是對句，像薛昭蕴《浣溪沙》（紅蓼渡頭秋正雨）、孫光憲《浣溪沙》（風撼芳菲滿院香）詞就没有對仗。

另外還有上下闋句式遥相呼應式的對仗，即上下闋相同句式對應位置上的對仗。總之，詞的對仗除了定格外，句式對仗都是相對的，没有硬性規定那一首詞的那處一定要對仗，但如果按照那一個詞牌的那一體進行填詞，既然有詞律一説，應當遵循其作法，該對仗的地方應當去對仗。

三、附《樂笑翁奇對凡二十三則》①

△ 隨花甃石，就泉通沼。△ 斷碧分山，空簾剩月。
△ 沙净草枯，水平天遠。△ 接葉巢鶯，平波捲絮。
△ 晴光轉樹，曉氣分嵐。△ 鶴響天高，水流花净。
△ 料理琴書，夷猶今古。△ 款竹門深，移花檻小。
△ 掃苔尋徑，撥葉通池。△ 亂雨敲春，深烟帶晚。
△ 開簾過雨，隔水呼燈。△ 浪捲天浮，山邀雲去。
△ 岸角冲波，籬根聚葉。△ 波蕩蘭觴，鄰分杏酪。
△ 雲映山輝，柳分溪影。△ 荷衣消翠，蕙帶餘香。
△ 淺草猶霜，融泥未燕。△ 香尋古字，譜掐新聲。
△ 行歌趁月，喚酒延秋。△ 穿花省路，傍柳尋鄰。
△ 門當竹徑，鷺管臺磯。△ 鬢絲濕霧，扇錦翻桃。
△ 因花整帽，借柳維舟。

卯、詞的押韵

填詞要押韵。何爲韵？劉勰《文心雕龍·聲律》卷三十三云：

異音相從謂之和，同聲相應謂之韵。②

---

① ［元］陸輔之：《詞旨》卷上，《詞話叢編》，中華書局，2005 年，第 311—317 頁。

② ［南朝梁］劉勰著，周振甫譯注：《文心雕龍今譯》，中華書局，1986 年，第 302 頁。

詞的押韵與詩不同。因詞的調式不同而各异，押平聲韵，就不能押仄聲韵，押仄聲韵，就不得押平聲韵。還有韵部與聲情的問題，一般選用平聲韵的詞調，表達的情緒相對舒緩一些，押短促的入聲韵部的詞，情感盡可流露和發洩。押韵不得借韵，即兼押旁韵，如押一韵到底之“東、冬”，就不得押“江、支”，除一些可以通、轉、古、今和借叶韵外①。不得犯韵，即尽量避免押韵句子中的字与脚韵字同音，如“冬”犯“東”等。此外，詞中還可以重韵、疊韵、句中韵等。總之，押韵、叶韵，就是押同韵部的字，而叶韵之法，有“商角同用，宫逐羽音”之説。詞的押韵，從總體上講有平聲格和仄聲格兩種，此外還有平仄韵轉换格、平仄韵通叶格和平仄韵錯叶格三種形式。這三種情况與下列介紹的押韵方法稱謂有所不盡相同，但互爲關聯。有下列十一類情况：

第一，一首一韵。有平聲格、仄聲格兩種，這在詞中占大多數。平聲格的有《憶江南》《一剪梅》和《沁園春》等。如《十六字令》四句十六字，一韵到底，和近體詩的押韵方式大體相同。一首一韵的詞當中，唯此調一字起韵者。如周玉晨《十六字令》：

眠。月影穿窗白玉錢。無人弄，移過枕函邊。②

仄韵格的如《蝶戀花》六十字，上下闋各五句四仄韵。還有《如夢令》《卜算子》《永遇樂》等。

---

① 通、轉、今、古和借叶韵：出入不拘者曰通，如“歌”古通“麻”韵，如張可久《折桂令》（寫黄庭）詞之“歌”與“麽”相押韵等。因所通而兼及者曰轉，如范仲淹《蘇幕遮》（碧雲天）詞之“地”“外”二字相叶，謂之古轉。何謂今，詞家沿用者，如“震”“問”今通“梗”“迥”“敬”“徑”等，如趙師俠《霜天曉角》（雨餘風勁）詞之“勁”“信”“景”互押，决非諸如現代的《中華新韵》及戲曲中慣用的十三轍。合于唐詩者，謂之古，即詞押唐詩韵，這個概念比較明確。借叶，如蔣捷《探春令》（玉窗蠅字記春寒）詞之“處”“翅”“住”“指”四字相叶，謂之借叶。無獨有偶，胡適在1959年3月11日的日記裏，在論及毛澤東《蝶戀花·答李淑一》詞云：“我請趙元任看此詞押的‘舞’‘虎’‘雨’，如何能與‘有’韵字相押。他也説湖南也無如此通韵法。”（曹伯言整理：《胡適日記全編》八，安徽教育出版社，2001年，第569頁。）其爲“二五有”借叶“七麌”韵。然其叶法，最早可推《詩經·陳風·月出》之“月出皓兮，佼人懰兮。舒憂受兮，勞心慅兮。”句，“皓”與“懰”相叶，“受”與“慅”相叶。亦如《詩經·豳風·七月》之“四之日其蚤，獻羔祭韭”句，“蚤”與“韭”相叶。

② ［清］謝章鋌：《賭棋山莊詞話》卷十二，《詞話叢編》，中華書局，2005年，第3473頁。

第二，一首多韵。是指詞的押韵變化。一種形式是平仄韵轉换格，即一首詞當中，上下闋分别或前面句式押平聲韵，後面句式押仄聲韵，或反之。如《清平樂》《更漏子》《菩薩蠻》《虞美人》等。以《菩薩蠻》爲例，上下闋各兩仄韵和兩平韵，如相傳爲李白所作《菩薩蠻》上闋前兩句押“織”“碧”字爲仄聲韵。後兩句“樓”“愁”字爲平聲韵。另一種是平仄韵通叶格，即平仄韵通押。以歐陽炯《西江月》爲例：

月映長江秋水。分明冷浸星河。淺沙汀上白雲多。雪散幾叢蘆葦。扁舟倒映寒潭裏。烟光遠罩輕波。笛聲何處響漁歌。兩岸蘋香暗起。①

此詞“河”“多”“波”“歌”，押下平聲“五歌”韵，“水”“葦”“裏”“起”，押上聲“四紙”和“五尾”韵。張德瀛《詞徵》云：

詞之平側通叶者，《西江月》《换巢鸞鳳》《少年心》《渡江雲》《戚氏》《大聖樂》《哨遍》《玉碾萼》《兩心同》《江城梅花引》《古陽關》，凡十一調。它詞如賀方回《水調歌頭》，杜壽域《漁家傲》，周公謹《露華》，亦有通叶。然皆借韵爲之，非若數詞有定格也。②

還有一種是平仄韵錯叶格，即平聲韵與仄聲韵交替，隔句或幾句押韵。如《相見歡》《定風波》《最高樓》和《荷葉杯》等。以韋莊的《荷葉杯》爲例：

記得那年花下。深夜。出識謝娘時。水堂西面畫簾垂。携手暗相期。惆悵曉鶯殘月。相别。從此隔音塵。如今俱是异鄉人。相見更無因。③

“下”“夜”爲一部，屬去聲“二十二禡”韵；“時”“垂”“期”爲一部，屬上平聲“四支”韵；“月”“别”爲一部，屬入聲；“塵”“人”“因”爲一部，屬上平聲“十一真”韵。

説到一詞多韵，用韵最多的大概要算薛昭藴的《離别難》：

---

① ［清］王奕清：《欽定詞譜》卷八。

② ［宋］沈義父，郭紹虞：《樂府指迷箋釋·注釋》，人民文學出版社，1963 年，第 82 頁。

③ ［五代後蜀］趙崇祚：《花間集》卷二，貴州人民出版社，1997 年，第 139 頁。

寶馬曉韝雕鞍。羅帷乍別情難。那堪春景媚。送君千萬里。半妝珠翠落，露華寒。紅蠟燭。青絲曲。偏能鈎引泪闌干。　良夜促。香塵緑。魂欲迷。檀眉半斂愁低。未别心先咽。欲語情難説。出芳草、路東西。摇袖立。春風急。櫻花楊柳雨凄凄。①

其中，“鞍”“難”“寒”“干”爲一部，“媚”“里”爲一部，“燭”“曲”爲一部，“促”“緑”爲一部，“迷”“低”“西”“凄”爲一部，“咽”“説”爲一部，“立”“急”爲一部。共七部韵，且以平聲韵、仄聲韵相間，尤其仄聲韵中，又有入聲韵，相互交替，亦屬平仄韵錯叶格，最爲複雜少見。

第三，以一韵爲主，間叶仄韵。此種體格也叫“夾韵”，指所轉之韵，不屬同部的韵可以相押，且上、去、入也無限制。如李煜的《烏夜啼》：

無言獨上西樓。月如鈎。寂寞梧桐深院鎖清秋。　剪不斷。理還亂。是離愁。别是一般滋味在心頭。②

其中“樓”“鈎”“秋”“愁”“頭”五平韵，間入“斷”“亂”二仄韵。又如蘇軾《水調歌頭》（明月幾時有）下闋：

轉朱閣，低綺户，照無眠。不應有恨，何事長向别時圓。人有悲歡離合。月有陰晴圓缺。此事古難全。但願人長久，千里共嬋娟。③

此詞上闋間有“去”“宇”字，分别是去聲“六御”韵和上聲“七麌”韵，下闋間有“合”“缺”入聲韵，分派二仄韵爲賓。

第四，不同部韵同押。即一首詞數部韵交叶，緣于體現詞律之字聲特點，依永和聲，聲文諧會。如陸游《釵頭鳳》：

紅酥手。黄縢酒。滿城春色宫牆柳。東風惡。歡情薄。一懷愁緒，幾年離索。錯。錯。錯。　春如舊。人空瘦。泪痕紅浥鮫綃透。桃花落。閑池閣。山盟雖在，錦書難托。莫。莫。莫。④

---

① ［清］王奕清：《欽定詞譜》卷二十一。

② 季鎮淮：《歷代詩歌選》，中國青年出版社，1980 年，第 709 頁。

③ ［清］王奕清：《欽定詞譜》卷二十三。

④ 唐圭璋：《全宋詞》，中華書局，1965 年，第 1585 頁。

此詞屬上闋上聲“二五有”韵之“手”“酒”“柳”字與下闋去聲“二六宥”韵之“舊”“瘦”“透”字相，分别又與入聲“十藥”韵部之上闋“惡”“薄”“索”“錯”和下闋“落”“閣”“托”“莫”相叶。

第五，疊韵。謂疊上一句的韵，有疊幾字的，有疊全句的。疊上一句的，如王衍的《醉妝詞》“者邊走，那邊走”句，疊“走”字；疊幾字的，如白居易《長相思·别情》：

汴水流。泗水流。流到瓜洲古渡頭。吴山點點愁。　思悠悠。恨悠悠。恨到歸時方始休。月明人倚樓。①

疊二“流”、二“悠”字。關于疊韵，南朝梁時期，由蕭衍、劉孝綽、沈約、庾肩吾、徐摛、何遜五人以次各吟一句而成的《五字疊韵詩》可謂是運用疊韵的經典：

後牖有榴柳，梁王長康强。偏眠船舷邊，載載每礙埭。六斛熟鹿肉，膜蘇姑枯盧。②

蕭衍的“後牖有榴柳”五字全屬上聲“有”韵，劉孝綽的“梁王長康强”五字，用平聲“陽”韵，沈約的“偏眠船舷邊”五字，是用了平聲“先”韵，庾肩吾的“載載每礙埭”五字爲去聲“代”韵，徐摛的“六斛熟鹿肉”五字，用的是入聲“屋”韵，何遜的“膜蘇姑枯盧”五字，是平聲“模”韵。對此，王國維《人間詞話》删稿云：

兩字同一母音者，謂之疊韵。③

第六，句中韵。句中韵就是暗韵。又稱藏韵、短韵等。詞中有不少句中韵，它源于詩的句中韵而更加复雜，一些還成爲所謂詞調中的一種約定俗成的定格。句中叶韵，《詩經·邶風》中已經有了，與後來的《平水韵》押韵法相

---

① ［清］舒夢蘭輯，謝朝微箋：《白香詞譜箋》，文學古籍刊行社，1957年，第6頁。

② 《古詩三百首鑑賞辭典》，上海辭書出版社，2007年，第462頁。

③ ［清］王國維：《人間詞話》附二，上海古籍出版社，1998年，第33—34頁。

一致，如《柏舟》的“日居月諸”① 句，其“居”“諸”字，是屬上聲六魚韵相叶；又如《燕燕》的“伫立以泣”句，其“立”“泣”字，是屬入聲十四輯韵相叶。宋沈義父《樂府指迷》云：

> 不惟讀之可聽，而歌時最要叶韵應拍，不可以爲閑字而不押。如《木蘭花》云：“傾城。盡尋勝去。”“城”字是韵。又《滿庭芳》過處“年年，如社燕”，“年”字是韵。②

毛滂的《惜分飛》上下闋末句：“更無言語空相覷”“斷魂份付潮回去”。“語”“覷”，“付”“去”相叶。又如蘇軾《醉翁操》：“琅然。清圓。誰彈。響空山。無言。”“然”“圓”“彈”“山”“言”相叶。還有秦觀的自製曲《夢揚州》：“望翠樓、簾捲金鈎。”“樓”與“鈎”相叶。

關于句中韵，如《西江月》，起頭押平聲韵，第二、第四就平聲切去，押仄聲韵。如平聲“東”字，仄聲須押“董”字、“凍”字韵。

第七，同部平仄韵夾叶。此種體格，即平仄韵通叶格。在此例説“三聲通叶”問題，即平上去三聲通押，必爲同部之字，不含入聲。所謂同部平仄韵，如“東”叶“董”“送”，“支”叶“紙”“寘”，“麻”叶“馬”“禡”等。如蘇軾《西江月》：

> 照野彌彌淺浪，横空曖曖微霄。障泥未解玉驄驕，我欲醉眠芳草。
> 可惜一溪明月，莫教踏破瓊瑶。解鞍欹枕緑楊橋，杜宇一聲春曉。③

其中，平韵“霄”“驕”“瑶”“橋”字，與同部“草”“曉”二仄韵相叶。蘇軾還有一首《西江月》，上下闋結句换同部仄韵：

---

① 程俊英：《詩經譯注》，上海古籍出版社，2004 年，第 38—41 頁。

② ［宋］沈義父：《樂府指迷》，《詞話叢編》，中華書局，2005 年，第 283 頁。叶(xié) 韵：一作“諧韵”“協韵”。詩韵術語。謂有些韵字如讀本音，便與同詩其他韵脚不和，須改讀某音，以協調聲韵，故稱。比如三聲互叶，清代吴衡照《蓮子居詞話》卷之一載：“《詩·野有蔓草》，首章漙婉願叶。《民勞》末章，安殘綣反諫叶。《江漢》末章，首休壽叶。”見［清］吴衡照：《蓮子居詞話》，《詞話叢編》，中華書局，2005 年，第 2409 頁。

③ 唐圭璋：《全宋詞》，中華書局，1965 年，第 284—285 頁。

點點樓頭細雨。重重江外平湖。當年戲馬會東徐。今日淒涼南浦。莫恨黄花未吐。且教紅粉相扶。酒闌不必看茱萸。俯仰人間今古。①

平韵“湖”“徐”“扶”“萸”字與仄韵“雨”“浦”“吐”“古”字同部相叶。還如柳永《戚氏》第三段夾入兩句仄韵：

帝里風光好，當年少日，暮宴朝歡。况有狂朋怪侣，遇當歌對酒競留連。别來迅景如梭，舊游似夢，烟水程何限。念利名、憔悴長縈絆。追往事、空慘愁顔。漏箭移、稍覺輕寒。聽嗚咽、畫角數聲殘。對閑窗畔，停燈向曉，抱影無眠。②

此詞押平聲韵，間叶“限”“絆”字，分别屬上聲“十五潸”和去聲“十五翰”。還有《采桑子慢》第二韵起换平，《渡江雲》换頭第四句叶仄韵。《换巢鸞鳳》上闋九句五平韵，結句一叶仄韵，下闋十一句六叶仄韵。平仄韵通叶的詞調，以平韵與上、去韵通叶者居多，平聲韵與入韵通叶者甚少。這是因爲入聲韵一般單獨使用，不與他韵通用。

第八，四聲通叶。除了同部平仄韵夾叶，即平仄通叶，衹限與上、去叶平的，還有入叶上、去之例。王國維《人間詞話》云：

稼軒《賀新郎》詞：“柳暗凌波路。送春歸、狂風暴雨，一番新緑。”又，《定風波》詞：“從此酒酣明月夜。耳熱。”“緑”“熱”二字，皆作上去用，與韓玉《東浦詞·賀新郎》以“玉”“曲”叶“注”“女”，《卜算子》以“夜”“謝”叶“食”“月”，已開北曲四聲通押之祖。③

此外，還有一種爲轉韵，不屬本部，平聲與上去入相叶的，如薛昭藴《離别難》（寶馬曉鞴雕鞍）上闋，“鞍”“難”“媚”“里”“寒”“燭”“曲”“干”相叶，此類一般很是少見。

第九，平仄韵互改。改韵主要有兩種：一種是本調原無定格，可以隨意押平押仄。有改平韵爲上、去韵的，如五代毛熙震有平韵《何滿子》，北宋毛滂則改爲上、去。有改上、去韵爲平韵的，如陳允平《永遇樂》自注：“舊上聲

① ［清］王奕清：《欽定詞譜》卷八。
② ［清］王奕清：《欽定詞譜》卷三十九。
③ ［清］王國維：《人間詞話》卷下，上海古籍出版社，1998年，第20頁。

韵，今移入平韵。”① 此外如吴文英的平韵《如夢令》、平韵《惜黄花慢》，陳允平的平韵《祝英臺近》，晁補之的平韵《尉遲杯》等，正如李清照《論詞》云：

> 且如近世所謂《聲聲慢》《雨中花》《喜遷鶯》，既押平聲韵，又押入聲韵。《玉春樓》本押平聲韵，又押上、去聲，又押入聲。本押仄聲韵如押上聲則叶，如押入聲，則不可歌矣。②

另一種則是原有定格，後來爲了諧和聲律而改動舊韵的。如《滿江紅》，本押入聲韵，姜夔以爲不協律，另創平韵《滿江紅》。《霜天曉角》，本叶入聲，辛弃疾、葛長庚、趙師俠三人却作上、去。姜夔的《疏影》本叶入聲，彭元遜改名《解佩環》，則改爲上、去。改韵是詞調增多异體變格的常用方法。

第十，平仄韵不得通融。有些詞調是不可通融的。戈載《詞林正韵·發凡》③ 舉出幾種情况：

> 凡仄韵必須押入聲的二十六調：
>
> （一）越調之《丹鳳吟》《大酺》。
>
> （二）越調犯正宫之《蘭陵王》。
>
> （三）商調之《鳳凰閣》《三部樂》《霓裳中序第一》《應天長慢》《西湖月》《解連環》。
>
> （四）黄鐘宫之《侍香金童》《曲江秋》。
>
> （五）黄鐘商之《琵琶仙》。
>
> （六）雙調之《雨霖鈴》。
>
> （七）仙吕宫之《好事近》《蕙蘭芳引》《六幺令》《暗香》《疏影》。
>
> （八）仙吕犯商調之《凄凉犯》。
>
> （九）正平調近之《淡黄柳》。
>
> （十）無射宫之《惜紅衣》。

---

① 陳允平《永遇樂》詞附：“此詞用平韵，其句讀與蘇軾仄韵詞同。此見《日湖漁晚》，自注舊上聲，今移平聲，蓋是允平創作，其平仄當從之。”（［清］王奕清：《欽定詞譜》卷三十二。）

② ［宋］李清照：《論詞》，《中國歷代文論選》，上海古籍出版社，2001 年，第 350—351 頁。

③ ［清］戈載：《詞林正韵》，上海古籍出版社，2009 年，第 68—70 頁。

（十一）正宫、中吕宫之《尾犯》。
（十二）中吕商之《白苎》。
（十三）夾鐘羽之《玉京秋》。
（十四）林鐘商之《一寸金》。
（十五）南吕商之《浪淘沙慢》。

凡押仄韵宜用入聲的十一調：
（一）越調之《霜天曉角》《慶春宫》。
（二）商調之《憶秦娥》。
（三）雙調之《慶佳節》。
（四）高平調之《江城子》。
（五）中吕宫之《柳稍青》。
（六）仙吕宫之《望梅花》《聲聲慢》。
（七）大石調之《看花回》《兩同心》。
（八）小石調之《南歌子》。

凡仄韵宜單押上聲的三調：
（一）黄鐘商之《秋宵吟》。
（二）林鐘商之《清商怨》。
（三）無射商之《魚游春水》。

凡仄韵宜單押去聲的三調：
（一）仙吕調之《玉樓春》。
（二）中吕調之《菊花新》。
（三）雙調之《翠樓吟》。

另外，選《滿江紅》一调填詞押韵應慎重，柳永《樂章集》注仙吕宫，即本押入聲韵，絶大多數詞家皆爲類似，唯姜夔自度曲入南吕宫，押平聲韵。

第十一，叶韵變例。即"長尾韵"。如辛弃疾有《水龍吟》每句韵脚用一"些"字，歐陽修的《醉翁亭記》，通首韵脚都用"也"字，這是獨木橋體的一種變體（使用同一個字作爲全篇或一半以上韵脚的詞，叫作"獨木橋體"）。還有方岳、趙長卿都有全押"也"字的一首《瑞鶴仙》；石孝友有全押"你"字的一首《惜奴嬌》；蔣捷有全押"聲"字的一首《聲聲慢》；辛弃疾有全押"難"字的一首《柳梢青》；劉克莊有全押"省"字的六首《轉調二郎神》等。

丁、詞調的體式

子、詞調的分類

詞調分令、引、近、慢等，對于演奏來講，是屬于同一大曲里的各個階段的樂章。通俗地講，猶如一本書是由若干篇章組成的一樣。宋時稱爲小曲或小唱，以與大曲相對而言，按詞中的均（韵）來分的，因均的多少區别歌拍的節奏。沈義父《樂府指迷·詞腔》云：

不少六均之調明稱爲令，八均之調明稱爲引、近者；至于八均以上之慢，又不勝數矣。①

但也有觀點認爲令一般以四均爲正，引、近以六均爲正，慢以八均爲正。其實，從一些詞調看，也有超出這個範圍的。另外，詞的分類，還依樂調的長短不同，分爲小令、中調、長調三類。按照每一調的分段情况看，還有分單調、雙調、三疊、四疊的不同。

一、令

令，又稱爲令曲、小令、歌令等。一般是字少調短的詞，起于唐代的酒令，因唐人在宴會中歌與令相隨，通常會以小調短曲作爲酒令，遂稱爲令曲，又稱小令。令詞一般字少詞短，字數少的如《十六字令》，僅十六字；字數最多的如《六幺令》，有九十六字。又有《百字令》，一百字。據王定寶《唐摭言·矛盾》卷十三載：

① ［宋］沈義父著，蔡嵩雲注：《樂府指迷箋釋》，人民文學出版社，1963 年，第 83 頁。

令狐趙公鎮維揚，處士張祜嘗與狎宴。公因視祜改令曰："上水船，風又急。帆下人，須好立。"祜應聲答曰："上水船，船底破，好看客，莫倚拖。"①

唐詩中也有簡短的歌曲或歌舞曲子，《全唐詩》有十五首，如《打令口號》之一：

送摇招，由三方。一圓分成四片，送在摇前。②

之二《沈亞之》：

伐木丁丁，鳥鳴嚶嚶。東行西行，遇飯遇羹（人）。
如切如磋，如琢如磨。欺客打婦，不當婁羅（沈亞之）。③

令詞還有《雲謡集雜曲子》三十首中的《浼沙溪》：

髻綰湘雲淡淡妝。早春花向臉邊芳。玉腕慢（漫）從羅袖出，捧杯觴。　　纖手令行匀翠柳。素咽哥發繞凋（雕）梁。但是五陵争忍得。不疏狂。④

《花間集》中也有此類詞，如張泌《浣溪沙》等。以小調短曲形式出現的還有韋莊《應天長》，周邦彦《鵲橋仙令》和秦觀《海棠春》等。

二、引

引，是樂曲的一種名稱，與序的意義相近，就是曲中的前奏曲或序曲的意思。猶如一曲當中有三節，引在序之前，歌聲響起，謂之引。它的作用猶如大曲的"序"，也是屬于大曲的先頭部份。引詞應大都來自大曲，是裁截大曲中前段部份的某遍製成，引以爲調子，游聲。以此與令、近、慢一樣，作爲通用

① ［五代］王定寶：《唐摭言》卷十三，上海古籍出版社，2012 年，第 97 頁。
② 《全唐詩》卷 879-2，揚州詩局本，清康熙四十六年。
③ 《全唐詩》卷 879-4，揚州詩局本，清康熙四十六年。
④ 王重民：《敦煌曲子詞集》，商務印書館，1956 年，第 76 頁。《浼沙溪》即《浣溪沙》。

的詞調。如《清波引》《望雲涯引》《柘枝引》等。一般詞調中有“引”字的多屬中調，比小令要長而比長調要短。比如《華清引》《陽關引》《青門引》《江城梅花引》等，都不足一百字。“引”與“近”詞通常爲六均，上下闋各三均，每均二拍。有時也有在一均二拍之前，增加一拍或數拍的情況。以蘇軾《華清引・感舊》六均的爲例：

平時十月幸蘭湯。玉甃瓊梁。五家車馬如水，珠璣滿路旁。　翠華一去掩方床。獨留烟樹蒼蒼。至今清夜月，依前過繚牆。①

還有《青門引》《相思引》《秋蕊香引》等也是如此。引也有特例，最長的有一百十四字。如向子諲《梅花引・戲代李師明作》，上下闋各十一均：

花如頰。梅如葉。小時笑弄階前月。最盈盈。最惺惺。鬧愁未識、無計定深情。十年空省春風面。花落花開不相見。要相逢。得相逢。須信靈犀，中自有心通。　同杯勺。同斟酌。千愁一醉都推却。花陰邊。柳陰邊。幾回擬待、偷憐不成憐。傷春玉瘦慵梳掠。抛擲琵琶閑處着。莫猜疑。莫嫌遲。鴛鴦翡翠，終是一雙飛。②

兩拍爲一均（韵）。如果把“引”限于八均範圍，八均即“十六拍”。此調二十二均，這樣就大大超出了近詞本來的限量。以此來看，詞調的長短由字數劃分，或由多少拍多少均固定的方法决定曲子的快慢是不成立的。由此引伸爲令、引、近、慢之間的區别，是由曲子的節奏决定，而非其他。

三、近

近，又稱爲“近拍”，長于小令而短于慢詞。如《快活年近拍》《斗百花近拍》等。從大曲制調的範圍來講，近介于慢曲用慢拍，曲破用快拍、促拍兩者之間；從樂曲的結構形式上來講，因曲式不同，音節和節奏也有所變化。對此，《詞譜》卷十八周邦彦《荔枝香近》（夜來寒侵酒席）詞注云：

近者，其腔調相近也。

① 唐圭璋：《全宋詞》第一册，中華書局，1965年，第309頁。
② 唐圭璋：《全宋詞》第二册，中華書局，1965年，第969頁。

這裏特指與柳永《荔枝香》相比，雖句式有些不同，但與其注“歇指調”是相同的。還有周邦彦《隔浦蓮近拍》，吴文英《隔浦蓮近》，其句式、音節相同。隔浦蓮是古令曲，如白居易《隔浦蓮》詩：

隔浦愛紅蓮，昨日看猶在。夜來風吹落，祇得一回采。花開雖有明年期，復愁明年還暫時。①

此詩五言四句，七言二句，或許是唐代隔浦蓮令曲的腔調句式。近詞中最短的，如《郭郎兒近拍》《隔浦蓮近拍》，都是雙調七十三字。最長的爲袁去華《劍器近》，雙調九十六字。但也有四十五字的，如辛弃疾《好事近·西湖》：

日日過西湖，冷浸一天寒玉。山色雖言如畫，想畫時難邈。
前弦後管夾歌鐘，纔斷又重續。相次藕花開也，幾蘭舟飛逐。②

此詞僅從字數上講是個特例，从曲调上讲，还是属于大曲的一个乐段，即脱離不了與其他引詞“腔調相近”的性質。

四、慢

慢，是慢曲子的簡稱，與急曲子相對而言，以“重起輕殺”爲特點而富有抒情之效。《詞譜》卷十《浪淘沙令》注云：

柳永、周彦邦作慢詞……蓋調長拍緩，即古曼聲之意也。

詞調中“慢”字與“曼”字相通，是慢曲子，與急曲相對，歌聲延長而遲緩，即慢詞。其大部份是長調，比如《聲聲慢》《木蘭花慢》《拜星月慢》等。白居易《早發赴洞庭舟中作》詩中“出郭已行十五里，唯消一曲慢霓裳”兩句③，就是寫聽唱慢曲的。慢曲通常爲八均拍，上下闋各四均，如《永遇樂》《水龍吟》《水調歌頭》等，當然也有超出八均的慢詞。據《能改齋漫録》卷十六載：

① 《全唐詩》卷 435-23，揚州詩局本，清康熙四十六年。

② ［宋］辛弃疾著，鄧廣銘注：《稼軒詞編箋注》，上海古籍出版社，1978 年，第 17 頁。

③ 《全唐詩》卷 447-31，揚州詩局本，清康熙四十六年。

翰林學士聶冠卿，嘗于李良定公席上賦《多麗》詞云："想人生，美景良辰堪惜。問其間賞心樂事，就中難是并得。况東城鳳臺沁苑，泛晴波淺照金碧。露洗華桐，烟霏絲柳，緑陰摇曳，蕩春一色。畫堂迥，玉簪瓊佩，高會盡辭客。清歡久，重燃絳蠟，别就瑶席。　有翩若驚鴻體態，暮爲行雨標格。逞朱唇，緩歌妖麗，似聽流鶯亂花隔。慢舞縈回，嬌鬟低軃，腰肢纖細困無力。忍分散、彩雲歸後，何處更尋覓。休辭醉，明月好花，莫漫輕擲。"

蔡君謨時知泉州，寄定公書云："新傳《多麗》詞，述宴游之娱，使病夫舉首增嘆耳。又近者有客至自京師，言諸公春日多會于元伯園池，因念昔游，輒形篇咏：'緑渠春水走潺湲，畫閣峰巒映碧鮮。酒令已行金盞側，樂聲初認翠裙圓。清游盛事傳都下，《多麗》新詞到海邊。曾是尊前沉醉客，天涯回首重依然。'"① 當時人説北宋慢詞就始于聶冠卿《多麗》詞。其實，敦煌曲子詞有《内家嬌》二首就是慢詞了，如其一：

絲碧羅冠，搔頭墜髻鬟，寶裝玉鳳金蟬。輕輕浮［傅］粉，深深長畫眉渌，雪散胸前。嫩臉紅唇。明如刀割，口似朱丹。渾身掛异種羅裳。更薰龍瑙香煙［烟］。　屐子齒高，高慵移步兩足恐行難。天然有靈性，不娉凡間。招事無不會，解烹水銀，練［煉］玉燒金，别盡歌篇。除非却應奉君王，時人未可趨顔。②

《内家嬌》二首，各一百零四字，源于《内家歌》的慢遍之一。《尊前集》有晚唐鍾輻《卜算子慢》，是標明慢詞的最早詞調，柳永《樂章集》自度曲，大都是慢詞。作爲慢詞，大都是長調，但也有例外，如《太平年慢》，雙調，僅四十五字。論字數應爲小令，論曲拍則是慢曲。《詞譜》卷三十一周邦彦《雙頭蓮》詞下注云：

此詞《清真集》不載……不知宋人以韵少者爲慢曲子，韵多者爲急曲子。

用韵多少來區分音樂節拍的緩與慢，這樣以來樂曲的節奏放慢之後一般是曲調

---

① ［宋］吴曾：《能改齋漫録》，上海古籍出版社，1979年，第470頁。
② 王重民：《敦煌曲子詞集》，商務印書館，1956年，第78頁。

要變長、字數要變多，但字數少的曲調如何實現慢調呢？也許像唱《陽關三疊》一樣，采取疊唱的形式來實現的。

令、引、近、慢的區別，是因“古人歌詞，長者曰慢，短者曰令，初無中調、長調、小令之目。自顧從敬《草堂詞》，以臆見分之”①，這樣就遂相沿襲，按小令、中調、長調而分，以五十八字以内爲小令，五十九字至九十字爲中調，九十一字以外爲長調。

丑、詞調的其他體式

曲調的體式，除令、引、近、慢外，另外還有其他曲體曲式，如：品、踏歌、促拍、序、中腔、三臺、破子等。這些曲體曲式，是與“唐宋樂曲蕃盛，曲體豐富多彩”分不開的，它們曾經與令、引、近、慢相隨，作爲曲體被廣泛的應用。現摘幾調介紹，目的在于了解。

一、品

品，有大品、小品。大品即大曲無拍散序。小品短于大品，有譜有詞，是詞調。王灼《碧鷄漫志》卷三載：“霓裳第一至第六疊無拍者，皆散序故也。類音家所行大品，安得有拍。”② 楊無咎《解連環》下闋有句：“怎似得、斜擁檀槽，看小品吟商，玉纖推却，”提到了小品。另外還有一首《品令》：

水寒江静。浸一抹、青山影。樓外指點漁村近。笛聲誰噴。驚起賓鴻陣。　　往事總歸眉際恨。這相思、□□誰問。泪痕空把羅襟印。泪應盡。争奈情無盡。③

姜夔亦有《醉吟商小品》：

又正是春歸，細柳暗黄千縷。暮鴉啼處。夢逐金鞍去。一點芳心休訴。琵琶解語。④

① ［清］陳廷焯：《詞壇叢話》，《詞話叢編》，中華書局，2005年，第3739頁。
② ［宋］王灼：《碧鷄漫志》，《詞話叢編》，中華書局，2005年，第98頁。
③ 唐圭璋：《全宋詞》第二册，中華書局，1999年，第1528頁。
④ 唐圭璋：《全宋詞》第三册，中華書局，1999年，第2798頁。

此詞序云："石湖老人謂予云：琵琶有四曲，今不傳矣。曰濩索（一曰濩弦）梁州、轉關緑腰、醉吟商湖渭州、歷弦薄媚也。予每念之。辛亥之夏，予謁楊廷秀丈于金陵邸中，遇琵琶工，解作醉吟商湖渭州，因求得品弦法，譯成此譜，實雙聲耳。"

二、踏歌

踏歌，唐代隊舞曲，用于一部樂的結束之前。從唐詩中反映踏歌曲子的在當時已經很普遍了，如李白《贈汪倫》有"李白乘舟將欲行，忽聞岸上踏歌聲"句，顧况《聽山鷓鴣》有"夜宿桃花村，踏歌接天曉"句等。崔液有《踏歌詞》有五言六句二首：

彩女迎金屋，仙姬出畫堂。鴛鴦裁錦袖，翡翠貼花黄。歌響舞分行。艷色動流光。

庭際花微落，樓前漢已横。金壺催夜盡，羅袖佛寒輕。樂笑暢歡情。未半着天明。①

宋朱敦儒《樵歌》卷上有《踏歌》一首，三段，八十三字。沈括《夢溪筆談》卷五所載的大曲各遍名中也有踏歌。另據《夢梁録》卷三云：太后聖節，宰執親王南班百官入内上壽賜宴，"次列簫、笙、塤、篪、觱篥、龍笛之類兩對列，杖鼓皆長脚襆頭、紫綉抹額，皆係紫寬袍、黄窄袖、結帶黄義襴……第八盞進御酒，歌板色唱踏歌。"② 接着是第九盞進御酒，并慢曲子，宴罷。

三、促拍

促拍，即催拍，節奏很快，是急曲子的一種。朱敦儒《促拍采桑子》，一名《促拍丑奴兒》，雙調，五十三字：

清露濕幽香。想瑶臺、無語凄凉。飄然欲去，依然如夢，雲度銀潢。又是天風吹澹月，佩丁東、携手西廂。泠泠玉磬，沉沉素瑟，舞遍霓裳。③

---

① 《全唐詩》卷 54-33，揚州詩局本，清康熙四十六年。

② ［宋］吴自牧：《夢梁録》，浙江人民出版社，1980 年，第 16—19 頁。

③ 唐圭璋：《全宋詞》第四册，中華書局，1999 年，第 3403 頁。

《詞譜》卷八在該調的題考注：

> 促拍者，即促節繁聲之意，《中原音韵》所謂“急曲子”。

另外，《詞譜》卷二十有《促拍花滿路》十一體，題考注：

> 此調有平韵、仄韵二體。平韵者自柳永《樂章集》，注“仙吕調”。仄韵者，始自秦觀，或名《滿路花》，無“促拍”二字。……《太平樂府》注“南宫調”。

平韵的六體，仄韵五體。平韵的有柳永是八十三字，趙師俠是八十六字，曹勛是八十七字等；仄韵的有秦觀八十字，辛弃疾是九十字等。不管是添字、添聲、減字，衹要是“促拍”，便是急曲子，音樂節奏急促與否，取决于唱腔，而不在于字數多寡。促拍詞調在南宋也有反映，趙以夫的《桂枝香・四明中秋》下段中就有“聽曲曲、仙韶促拍。趁畫舸飛空，雪浪翻激。行樂風流”①句，就是形容節奏急促的舞姿。

四、序

序，大曲的序曲。張炎《詞源・拍眼》卷下云：②

> 法曲大曲慢曲之次，引近輔之，皆定拍眼。蓋一曲有一曲之譜，一均有一均之拍，若停聲待拍，方合樂曲之節。所以衆部樂中用拍板，名曰齊樂，又曰樂句，即此論也。《南唐書》云：“王感化善歌謳，聲振林木，係之樂部爲歌板色。”……引近則用六均拍，外有序子，與法曲散序中序不同。法曲之序一片，正合均拍。俗傳序子四片，其拍頗碎，故纏令多用之。③

《霓裳羽衣曲》十二疊，没有拍子，至七疊中序始有拍子，亦名拍序，自始配舞。故以第七疊爲中序第一，即《霓裳羽衣曲》中序的舞曲第一遍。陳元靚《歲時廣記》卷三十五所載《傾杯序》，有四疊，二百零七字，是纏令所用的

① 唐圭璋編：《全宋詞》第4册，中華書局，1999年，第3403頁。
② 唐圭璋編：《詞話叢編・詞源》，中華書局，2005年，第257頁。
③ ［宋］張炎：《詞源》，《詞話叢編》，中華書局，2005年，第257頁。

四片序子。元鎮《琵琶歌》詞有“綠腰散序多攏撚”句，其“綠腰”即《綠腰》大曲。《梁州序》詞調，《喻世明言·史弘肇龍虎君臣會》第十五卷載有洪内翰在宴會上所作《虞美人》：

忽聞碧玉樓頭笛，聲透晴空碧。宫商角羽任西東，映我奇觀驚起碧潭龍。　數聲嗚咽青霄去，不舍《梁州序》。穿去裂石響無蹤，驚動梅花初謝玉玲瓏。①

還有《紫花兒序》《鶯啼序》《六幺序》等。

五、中腔

凡曲有歌頭，就有中腔。如《徵招調中腔》，《鈿帶長中腔》，都是摘遍于大曲的。沈括《夢溪筆談》卷五云：

元稹《連昌宫詞》有“逡巡大遍凉州徹”。所謂大遍者，有序、引、歌、歙、嗺、哨、催、攧、衮、破、行、中腔、踏歌之類，凡數十解，每解有數疊者。②

由此看來，中腔也被囊括在大曲的各遍疊之中，進一步説，大遍之一的中腔也可從中而“摘遍”出來。如王安中《徵招調中腔·天寧節》：

紅雲茜霧籠金闕。聖運葉、星虹佳節。紫禁曉風馥天香，奏九韶、帝心悦。　瑶階萬歲蟠桃結。睿算永、壺天風月。日觀幾時六龍來，金縷玉牒告功業。③

還有万俟咏有《鈿帶長中腔》一闋，《詞譜》卷十五注：“調見《大聲集》，即咏細帶香囊鏡。”另外，《壽延長》調下有《中腔令》。據《東京夢華録》卷九載：宰執親王宗室百官入内上壽，徽宗生日賜宴，教坊樂部奏樂：

① ［明］馮夢龍：《喻世明言》，北京文藝出版社，1994 年，第 231 頁。

② ［宋］沈括：《元刊夢溪筆談》影印，古迂陳氏家藏本，文物出版社，1979 年，第 16 頁。

③ 唐圭璋：《全宋詞》第二册，中華書局，1999 年，第 971 頁。

第一盞，御酒。歌板色一名，唱中腔一遍訖。……第七盞……樂部斷送《采蓮》訖曲終。復群舞，唱中腔畢，女童進致語，勾雜戲入場。①

由此看出，中腔在一部樂中用于第一盞曲，它應該在大曲中的中序位置。

六、三臺

《三臺》，羽調曲。其調的長短，隨時變易。單調二十四字，三疊一百七十一字。名有《急三臺》《宮中三臺》《上皇三臺》《怨陵三臺》《突厥三臺》等。《三臺》爲大曲，屬于唐代催酒的歌舞曲，一曲三段，前二側面爲慢拍，第三段快，類似小型的大曲。《欽定詞譜》卷一、三十九《三臺》題考分別云：

宋李濟翁《資暇録》云："《三臺》，今之啐酒三十拍促曲。啐，送酒聲也。"

馮鑑《續事始》曰："漢蔡邕三日之間，周歷三臺，樂府以邕曉音律，爲制此曲。"《劉禹錫嘉話録》曰："鄴中有曹公銅雀、金虎、冰井三臺，北齊高洋毀之，更築金鳳、聖應、崇光三臺，宮人拍手呼上臺送酒，因名其曲爲《三臺》。李氏《資暇録》曰："三臺，三十拍促曲名，昔鄴中有三臺，石季龍常爲宴游之所，而造此曲以促飲。"

《詞林紀事》卷一亦有蔡邕由御史升遷尚書後"遍歷三臺"之記載。《東京夢華録》卷九"宰執親王宗室百官入内上壽"云：

第二盞御酒。歌板色，唱如前。宰臣酒，慢曲子。百官酒，三臺舞如前。……第五盞御酒，獨彈琵琶。宰臣酒，獨打方響。凡獨奏樂，并樂人謝恩訖，上殿奏之。百官酒，樂部起三臺舞，如前畢。……第六盞御酒，笙起慢曲子，宰臣酒慢曲子，百官酒三臺舞。……第五盞御酒慢曲子，宰臣酒皆慢曲子，百官酒三臺舞訖，參軍色作語，勾女童隊入場。……第九盞御酒慢曲子，宰臣酒慢曲子，百官酒三臺舞。②

---

① ［宋］孟元老著，姜漢椿譯：《東京夢華録全譯》，貴州人民出版社，2009年，第164—166頁。

② ［宋］孟元老著：《東京夢華録》，古典文學出版社，1956年，第53—55頁。

此調還有傳爲北宋澤州孔三傳首創，屬瓦舍的説唱伎藝之一，有説有唱，以唱爲主。它用琵琶等樂器伴奏，故又稱“彈詞”或“弦索”。在《花舞》套曲中選用《蝶戀花》詞調作爲主調，而《三臺》從勾隊（引子），以至放隊（尾聲）亦反復出現，如“後行吹《三臺》”。①

七、諸宫調

諸宫調，多宫調的若干樂曲組成的多調性聯合套曲。諸宫調，又稱爲“諸宫調”或“諸般宫調”。王灼《碧鷄漫志》卷二云：“澤州孔三傳者，首創諸宫調古傳，士大夫皆能誦之。”② 從樂理上講，它是一種多調性聯合套曲，因集多種宫調的曲子輪遞，用于説唱伎藝；從功能上講，諸宫調將大曲、纏令、纏達、唱賺等在曲調、曲式和奏法上進行創新，融入民間樂曲，用以説唱故事，如諸宫調現留最早的作品《劉知遠諸宫調》十二則，第一則《仙吕調·勝葫蘆》講的是關于納税的事；《西厢記諸宫調》，世稱《董西厢》。講述的是崔鶯鶯與張生的事，共用諸如商調、中吕調、大石調等十四個宫調，一百五十一曲，其中纏令四十三套；《天寶遺事諸宫調》共六十套，講述的是李隆基與楊玉環的愛情故事。諸宫調的發展過程，也是衍變過程，猶如樂器伴奏，北宋時諸宫調主要是琵琶和箏，南渡後諸宫調則以笛子爲主。後來發展成爲北方雜劇和南方戲文，演奏過程中，各曲之間插有説白。如南戲《張協狀元》開頭所插的諸宫調就用五個不同宫調而聯曲。

另外，還有“破子”，即《破子》，是大曲或聯章的尾聲結曲，如在《番禺調笑》轉踏詞末以《破子》爲尾聲；木笪，唐《教坊記》有《木笪》大曲，《太平樂府》有白朴《喬木笪》詞一套，雙調，五十一字，上下闋各五句，四仄韵。這些曲調，它們的功能或許是短制的而分派到小令去了，長調者而被并入到了慢詞。

寅、詞調的變格

一、犯調

犯調是移宫换羽的方式之一。宫調相犯，以三犯、四犯居多。舊曲造新聲

① ［清］王國維：《王國維戲曲論文集》，中國戲曲出版社，1984年，第156頁。
② ［宋］王灼：《碧鷄漫志》卷二，《詞話叢編》，中華書局，1985年，第84頁。

和自度新腔，通常是詞調創制的主要方法。由于詞調的不斷增多和繁殖，就采用了犯調、轉調、攤破、減字、偷聲、疊韵等作爲輔助的方法。犯調是調域或調式的變换，也叫轉調，即一首曲子内兩次以上轉調或用多個宫調，如本宫爲黄鐘均宫音，本無大吕、蕤賓二律，然采用變奏大吕、夾鐘、中吕、蕤賓、夷則、無射、應鐘七律的方法，則可轉入大吕均宫調。不同宫調之間，因律高、調高、調式不同，演奏時會出現主副調間的衝突而稱之爲犯調。如本宫調爲黄鐘均宫音，大吕、蕤賓二律不在其内，却奏大吕、夾鐘、仲吕、蕤賓、夷則、無射、應鐘七律，則就轉入大吕均宫調。如此循環往復，祇爲增加樂調之變化。

關于犯調，唐代元稹詩："能唱犯聲歌，偏精變籌義。"詩中"變籌"，也許是一種推斷的方法，類似在相對音高的音階升降一律（全音或半音）的變化。姜夔在《凄凉犯》詞序云：

> 凡曲言犯者，謂以宫犯商、商犯宫之類。如道調宫"上"字住，雙調亦"上"字住，所住字同，故道調曲中犯雙調，或于雙調曲中犯道調。其他準此。①

所謂"上"字住，即詞調工尺譜的最後一個字位置停頓，也就是一個相對完整的樂曲進行到尾聲所停頓之處。如姜夔《凄凉犯》結句"誤後約"之"約"字；柳永《尾犯》結句"肯把金玉珍珠博"之"博"字；周邦彦《花犯・梅花》結句"黄昏斜照水"之"水"字，這些字都對應在該調工尺譜的"上"字。在樂律中，其"上"字又名殺聲、結聲或畢曲。每個宫調的住字都有一定。住字相同，方可相犯，如黄鐘宫犯無射商、夷則角、夾鐘羽，因四者同住"合字"；住字不同，不可相犯，如黄鐘宫住"合"字，大吕宫住"下四"，無射宫住"下凡"，應鐘宫住"凡"字，此四者無一相同，故不能相犯。柳永有《尾犯》《小鎮西犯》，周邦彦犯調更多，如《玲瓏四犯》《花犯》等也是犯調。舉例兩首詞如下：

> 夜雨滴空階，孤館夢回，情緒蕭索。一片閑愁，想丹青難貌。秋漸老、蛩聲正苦，夜將闌、燈花旋落。最無端處，總把良宵，祇恁孤眠却。
> 佳人應怪我，别後寡信輕諾。記得當初，剪香雲爲約。甚時向、幽閨深

① ［宋］姜夔，夏承燾：《姜白石詞校注》，廣東人民出版社，1983年，第78頁。

處，按新詞、流霞共酌。再同歡笑。肯把金玉珍珠博。（柳永《尾犯》）①

粉牆低，梅花照眼，依然舊風味。露痕輕綴，疑淨洗鉛華，無限清麗。去年勝賞曾孤倚，冰盤同燕喜。更可惜雪中高士，香篝熏素被。　今年對花太匆匆，相逢似有恨，依依憔悴。吟望久，青苔上旋看飛墜。相將見脆圓薦酒，人正在空江烟浪里。但夢想一枝瀟灑，黄昏斜照水。（周邦彦《花犯·梅花》）②

因此，犯調是特指宫調相犯，是詞調内在的音律變化，往往是熟諳音律的詞人所制。

二、轉調

轉調今稱之爲移調，是與本調相對而言。轉調即移宫换羽，轉入别調，本調一經轉調，如同轉入新調。轉調會出現三種情形：

一是轉换宫調後，有的字句還和原調相同。如：《蝶戀花》與《轉調蝶戀花》，字句全同，僅上片第四句及其换頭處兩調平仄不同。對此《詞譜》卷十三沈會宗《轉調蝶戀花》調下注：

轉調者，移宫换羽，轉入别調也。字句雖同，音律自异。

姜夔轉入雙調的《念奴嬌》與蘇軾的《念奴嬌》字句亦全同，僅二句句讀不同。

二是是轉换宫調後，字句與原調不同。如《踏莎行》詞原來祇有五十八字，《轉調踏莎行》則有六十六字。對此《詞譜》卷十三曾覿《轉調踏莎行》調下注：

轉調者，攤破句法，添入襯字，轉换宫調，自成新聲耳。

張先《轉調虞美人》、黄庭堅《轉調丑奴兒》等，字句與原調都有所變動。

三是轉調後叶韵變動。如：《賀聖朝》本押叶仄韵，《轉調賀聖朝》則改平韵；《滿庭芳》本押叶平韵，《轉調滿庭芳》即改仄韵。這是因爲宋人好新聲變律，以致于柳永《樂章集》、張先《張子野詞》中，同名詞調往往分隸不

---

① 唐圭璋：《全宋詞》第一册，中華書局，1999 年，第 17—18 頁。

② ［清］朱彝尊、汪森編：《詞綜》，上海古籍出版社，1978 年，第 195—196 頁。

同宫調。

總之，轉調體現了音的組織形式在樂曲運行中的轉换變化。因調有了轉换，其聲更加豐富多彩。

三、偷聲、減字

一首詞的曲調雖有定格，但可以對音節韵度略加增減，也就是對本調在音樂上進行減化節奏，或像文辭修飾形式一樣節短樂句，稍改原調的句法字數，另成新調。采用偷聲、減字聲的辦法，其二者意義相同。題名偷聲的詞調，如《木蘭花》本名《玉樓春》，爲八句七言，若將《木蘭花》變調爲《偷聲木蘭花》，則將上下闋第三句由七言改爲四言，并且兩句一换韵，用兩仄韵、兩平韵。《詞譜》卷八在《偷聲木蘭花》題考云：

> 此調亦本于《木蘭花令》，前後段第三句減去三字，另偷平聲，故云"偷聲"。

此可謂既偷聲，又減字。減字主旨是減省聲譜之字，但爲了減省節奏，自然也會相應地減省文辭，加之將末句兩韵换成平聲，以適應倚聲弦歌和抒發情感。如晏幾道《木蘭花》：

> 鞦韆院落重簾暮，彩筆閑來題綉户。牆頭丹杏雨餘花，門外緑楊風後絮。　朝雲信斷知何處。應作襄王春夢去。紫騮認得舊游蹤，嘶過畫橋東畔路。①

將上下闋第三句由七言改爲四言的，如張先的《偷聲木蘭花》：

> 雲籠瓊苑梅花瘦。外院重扉聯寶獸。海月新生。上得高樓無［没］奈情。　簾波不動凝［銀］釭小。今夜夜長争得曉。欲夢荒唐。祇恐覺來添斷腸。②

將上下闋第一、三句由七言改爲四言的，如晏幾道的《減字木蘭花》：

---

① ［清］朱彝尊、汪森：《詞綜》，上海古籍出版社，1978 年，第 93 頁。
② 唐圭璋：《全宋詞》第一册，中華書局，1999 年，第 91 頁。

長亭晚送。都似綠窗前日夢。小字還家。恰應紅燈昨夜花。　良時易過。半鏡流年春欲破。往事難忘。一枕高樓到夕陽。①

不管是張先的《偷聲木蘭花》，還是晏幾道的《減字木蘭花》，衹是句式上的減法不同而已，其實質所偷所減，即在聲而不在字。

四、添聲、添字、攤聲、攤破

添聲、添字、攤聲、攤破，與偷聲、減字相反，是在原調的基礎上增加樂句、節拍或字數，創制新調，故詞體隨着樂律的變化而變化。添聲、添字、攤聲、攤破，四者的意義相同。就"攤破"二字而言，就是將某一個曲調，攤破一二句，增字衍聲變成一個新的曲調，但其調名依然如故，以示區别而加"攤破"二字。説"攤破"兼有文字和音樂雙重因素，如果單從文字而言，"攤破"即是"添字"。如歐陽修的《浣溪沙》：

堤上游人逐畫船。拍堤春水四垂天。綠楊樓［梢］外出鞦韆。白髮戴花君莫笑，六幺催拍盞頻傳，人生何處似樽前。②

本調上下闋各七言三句，在上下闋末各增添三言一句便成爲，或《添字浣溪沙》，或《攤聲浣溪沙》，或《攤破浣溪沙》。其三者音節、句法全同。如李清照《攤破浣溪沙》：

揉破黄金萬點輕。剪成碧玉葉層層。風度精神如彦輔，太鮮明。　梅蕊重重何俗甚，丁香千結苦粗生。熏透愁人千里夢，却無情。③

添聲是增加樂句或節拍。如《采蓮子》每句後以"舉棹""年少""女兒"交替爲和聲。在和聲部份填入實字，就成了《添字》或《攤破》的新調。再如温庭筠《楊柳枝》爲例：

金縷毵毵碧瓦溝。六宫眉黛惹香愁。晚來更帶龍池雨，半拂闌杆半

① 唐圭璋：《全宋詞》第一册，中華書局，1999年，第302頁。
② ［清］朱彝尊、汪森：《詞綜》，上海古籍出版社，1978年，第82頁。
③ 唐圭璋：《全宋詞》第二册，中華書局，1999年，第1210頁。

入樓。①

本是七言四句，以“柳枝”爲和聲，後將每句末的和聲部分添加三言一句，這樣就成了分上下闋的《添聲楊柳枝》，如顧敻詞：

> 秋夜香閨思寂寥。漏迢迢。鴛幃羅幌麝香銷。燭光摇。　正憶王郎游蕩去。無尋處。更聞簾外雨瀟瀟。滴芭蕉。②

添聲的《楊柳枝》，有唐宋兩體。唐詞换頭句押仄韵，宋詞换頭句即押平韵。如賀鑄《添聲楊柳枝》押平聲韵。

五、疊韵、改韵

疊韵是詞調增多變格，通常的方法是使本調再重疊一遍，即由小令疊爲長調。如《梁州令疊韵》一百字，就是將五十字的《梁州令》加倍疊成，還有周邦彦疊用王銑《憶故人》，又名《燭影摇紅》；賀鑄疊用五十七字《梅花引》，另名是一百一十四字《小梅花》等。不過，它們并不改變樂律與腔調，與轉調、犯調、偷聲、添聲等不同。

所謂改韵，就是出于協律的需要，改動詞調原韵。有兩種情形：一是本調原無定格，可隨意押平押仄。如：《聲聲慢》《雨中花》《喜遷鶯》，既押平聲韵，又押入聲韵；《霜天曉角》《慶春宫》《憶秦娥》，既可押平聲，又可押仄聲，僅限于入聲；《玉樓春》本押平聲韵，又押上去聲，又押入聲。二是詞調原有定格，出于協律改動原韵者。如《滿江紅》原爲入聲韵，姜夔以爲不協律而改爲平聲韵。其在《滿江紅》序中云：

> 《滿江紅》舊調用仄韵，多不協律。如末句云“無心撲”三字，歌者將“心”字融入去聲，方諧音律。予欲以平韵爲之，久不能成。因泛巢湖，聞遠岸簫鼓聲，問之舟師，云：“居人爲此湖神姥壽也。”予因祝曰：“得一席風徑至居巢，當以平韵《滿江紅》爲迎送神曲。”言訖，風與筆

---

① ［清］王奕清等：《欽定詞譜》卷一。

② ［清］王奕清：《欽定詞譜》卷三。

俱馳，頃刻而成。末句云“聞佩環”，則協律矣。書以緑箋，沉于白浪……①

將《滿江紅》平仄韵兩體對照如下：

晝日移陰，攬衣起、春帷睡足。臨寶鑑、緑雲撩亂，未忺妝束。蝶粉蜂黄都褪了，枕痕一線紅生肉。背畫欄、脉脉悄無言，尋棋局。　重會面，猶未卜。無限事，縈心曲。想秦箏依舊，尚鳴金屋。芳草連天迷遠望，寶香薰被成孤宿。最苦是、蝴蝶滿園飛，無心撲。（周邦彦《滿江紅》）②

仙姥來時，正一望、千頃翠瀾。旌旗共、亂雲俱下，依約前山。命駕群龍金作軛，相從諸娣玉爲冠（廟中列坐如夫人者十三人）。向夜深、風定悄無人，聞佩環。　神奇處，君試看。奠淮右，阻江南。遣六丁雷電，別守東關。却笑英雄無好手，一篙春水走曹瞞。又怎知、人在小紅樓，簾影間。（姜夔《滿江紅》）③

六、聯章

令、引、近、慢等調都是普通雜曲，是尋常散詞。如果把二首以上同調或不同調的詞按照一定方式聯合起來，組成一個套曲，歌咏的題材比較相似，稱之爲聯章。唐宋詞中的聯章體有普通聯章、鼓子詞和轉踏三種。從所吟的題材有一題聯章和分題聯章兩種。一題聯章，如歐陽修有《采桑子》十首，咏潁州西湖，前面冠以《西湖念語》爲總序：

昔者王子猷之愛竹，造門不問于主人；陶淵明之卧輿，遇酒便留于道

---

① 唐圭璋：《全宋詞》第三册，中華書局，1999年，第2801頁。[釋引] 入平韵互改：“唐宋人詞，常以平聲、入聲獨押，上去通押，因上去皆向上而平入向下故也。入聲亦向下，與平聲相類，故凡平韵之調可以易仄韵者，其仄類爲入聲；凡仄韵之調可以易平聲韵者，其仄亦爲入聲；蓋平入皆宜下行，其所以可以互改之故，與不能與上去易之故。”（丘瓊蓀：《白石老人歌曲通考·聲律考索》，音樂出版社，1959年，第150頁。）

② 唐圭璋：《全宋詞》第一册，中華書局，1999年，第153—156頁。

③ 唐圭璋：《全宋詞》第三册，中華書局，1999年，第770頁。

上。况西湖之勝概，擅東潁之佳名。雖美景良辰，固多于高會；而清風明月，幸屬于閑人。并游或結于良朋，乘興有時而獨往。鳴蛙暫聽，安問屬官而屬私；曲水臨流，自可一觴而一咏。至歡然而會意，亦傍若于無人。乃知偶來常勝于特來，前言可信；所有雖非于己有，其得已多。因翻舊闋之辭，寫以新聲之調，敢陳薄伎，聊佐清歡。①

分題聯章，如無名氏有《九張機》九首，分咏不同景觀和人事；歐陽修《漁家傲》十二首，分咏十二月。

詞的變格還有調同名异與調异名同、調同句异與調异句同等形式的變化。

① 唐圭璋：《全宋詞》第三册，中華書局，1999年，第2801頁。

戊、詞譜例説

詞譜是詞牌樂調規定的格式。多數詞牌衹有一個譜子，由于詞有一定的靈活性，以致有些詞牌有多種别體。如《念奴嬌》就有平韵和仄韵十二體，其中以仄韵居多。

詞譜是經唐宋兩代不斷創造和積累出來的結果。因此，詞譜的數目很多，總數在一千以上。每個詞譜都規定了各自的字數、句數、平仄和韵脚。

子、選詞例説

詞譜，是總體而言的，詞牌是單個而言的，每個詞牌代表着一個曲調。填詞需要依照詞牌所規定的字數、句數、平仄、韵脚，以及句式作法的格式去寫，故而叫作"填詞"。"填詞"不叫"作詞""寫詞"，其名由來已久，據《能改齋詞話》卷二載：

> 王荆公（王安石）築草堂于半山……爲集句填《菩薩蠻》云："數間茅屋閑臨水……黄鸝兩三聲。"
>
> 東坡、山谷（黄庭堅）、徐師川（蘇俯），既以張志和《漁父》詞填爲《浣溪沙》《鷓鴣天》，其好事者相繼而作。①

一、後唐莊宗《如夢令》：

⊙仄⊙平⊙仄（韵）。◎仄◎平⊙仄（韵）。⊙仄仄平平（句），
曾宴桃源深洞。　一曲舞鸞歌鳳。　長記别伊時，

① ［宋］吴曾：《能改齋詞話》，《詞話叢編》，中華書局，2005年，第145—152頁。

⊙仄◎平⊙仄（韵）。⊙仄（韵）。⊙仄（疊）。⊙仄◎平⊙仄（韵）。

和泪出門相送。　如夢。　如夢。　殘月落花烟重。（《詞譜》卷一）

二、南宋張孝祥《歸字謡》

平（韵）。⊙仄平平仄仄平（韵）。平平仄（句），⊙仄仄平平（韵）。

歸。　獵獵薰風颭綉旗。　闌教住，　重舉送行杯。

（《詞譜》卷一）

三、南唐馮延巳《搗練子》

⊙仄仄（句），仄平平（韵）。◎仄平平◎仄平（韵）。⊙仄◎

深院静，　小庭空。　斷續寒砧斷續風。　無奈夜

平平仄仄（句），仄平⊙仄仄平平（韵）。

長人不寐，　數聲和月到簾櫳。（《詞譜》卷一）

本集卷中《詞例》舉例一百三十九調，在此不一一列舉。詞牌有正格、變格之別。所謂正格，即原創作品，如《憶秦娥》創自李白，四十六字，至馮延巳三十八字，毛滂三十七字，張先四十一字，皆李白詞之變格；像《十六字令》《紇那曲》《蝴蝶兒》《一叢花》等調，衹有一個體式；像《千秋歲》四體，《永遇樂》七體，《青玉案》十二體，《水龍吟》二十五體，《河傳》二十七體，《洞仙歌》四十體等。一般選填正體，如果喜歡句式靈活的，變體也是可以的，没有哪個該填，哪個不該填的限制。

丑、句式例説

詞的句式，即詞格集字數、句數和韵位，以及句式作法的結合體。雖然詞的句式靈活多樣，但它因不同詞格而句法不同，即使相同的句法，又有不同的作法。《欽定詞譜・凡例》云：

詞中句讀，不可不辨，有四字句而上一下一中兩字相連者，有五字句而上一下四者，有六字句而上三下三者，有七字句而上三下四者，有八字句而上一下七或上五下三、上三下五者，有九字句而上四下五或上六下二、上三下六者，此等句法不可枚舉。

同時指出讀句的方法：

以整句爲句，半句爲讀；直截者爲句，蟬聯不斷者爲讀……至詞有拗句，尤關音律，如温庭筠之“斷腸瀟湘春雁飛，萬枝香雪開已遍”，皆是。又有一句五字皆平聲者，如史達祖《壽樓春》詞之“夭桃花清晨”句；一句五字皆仄聲者，如周邦彦《浣溪沙慢》之“水竹舊院落”句，俱一定不可易。

詞的句法是依存樂句的節拍而調整變動的，須知：

音節之要處，在平仄及四聲，在句豆，如一領二、二領一、一領三等等。又凡文義二字相連者，不可離而爲二。一領二，不可連而爲三，諸如此類是也。平上去入四聲，自有分別，音須分清。①

填詞過程中，必須按照詞譜來填，句法不能隨意變更。下面分别舉例説明。

一、一字句的平仄

一字句式，一般很少，惟《十六令》首字是一字，其他皆用作領字。實際上領字不能算作一句，如：秦觀《沁園春》上闋“正蘭臯泥潤，誰家燕喜，蜜脾香少，觸處蜂忙”句，其“正”字就是領字，且爲一字領四字四句。一字有平仄兩種：

1. 虚詞。如：“方”“難”“于”“纔”“尤”“夫”“故”“但”“正”“又”“漸”“更”“甚”“乍”“尚”“况”“且”“縱”“莫”“奈”“任”“共”“在”等。

2. 動詞。如：“教”“傳”“隨”“尋”“占”“把”“向”“指”“對”“望”“着”“看”“念”“嘆”“標”“料”“想”“問”“唱”“作”“過”“報”“笑”等。

① ［清］况周頤：《蕙風詞話》，上海古籍出版社，2009 年，第 241—242 頁。

二、二字句平仄

二字句，一般用于换頭首句，“平仄”句式較多，或用句中暗韵處。如：柳永《木蘭花慢》（倚危樓伫立）開句“皇都。暗想歡游”；蘇軾《醉翁操》開句“琅然。清圓。誰彈。響空山”；周邦彦《塞翁吟》下闋開句“忡忡。嗟憔悴、新寬頻”等。另外，還有平常兩式：

1. 平平。如：“年年”“琴弦”“明圓”句等。
2. 仄仄。如：“拂煦”“轉午”“向晚”句等。

三、三字句平仄

三字句法，有“仄仄平”格式，如岳飛《滿江紅》下闋“莫等閑”句。“仄仄仄”格式，如吴文英《玉京謡》下闋“待對景”句等。這兩種句式，大都是領頭句式。平常句式有“仄平仄”，如張台卿《鳳凰臺上憶吹簫》下闋“嘆塵迹”句等，又有張炎《暗香》下闋起句“翠屏側”等；“仄平平”格式，如晏殊《鳳銜杯》下闋開句“錦書細”句等。另外，還有幾種平常格式：

1. 平平仄。如：“方 | 消息”“清風 | 逐”句等。
2. 平仄仄。如：“纔 | 曉得”“横笛 | 曲”句等。
3. 平平平。如：“迎 | 春來”“當年 | 游”句等。
4. 平仄平。如：“人 | 未眠”“還念 | 人”句等。

此幾種句法，有上一下二、上二下一句式，其中上一下二句式，一般爲領格之處。雖然字數少，但將發揮詞的整體語氣遞送之效。

四、四字句的平仄

四字句式，一般爲“平平仄仄”或“仄仄平平”上二下二句法，所謂折腰句式。如張雨《水龍吟》上闋第四、五句“楊枝解唱，花枝解笑”句；楊澤民《西平樂》下闋“似此施爲，縱解封侯”句。亦有一種复合句法，“仄平平仄”（第三字必平）格式，如張先《喜朝天》上闋第五句“對青林近”；蘇軾《水龍吟》下闋結句“有盈盈泪”；《古今詞話》無名氏《迷仙引》上闋“忍厭厭地”句等，或可説是上一下三句法，或可説是一二一句法，或可説上三下一句法。另外，還有多種平常格式：

1. 平仄平仄。如：“曾 | 與 | 評説”“堪笑 | 風寂”句等。
2. 平平仄平。如：“吴霜 | 漸稠”“從今 | 又添”句等。
3. 平仄仄平。如：“春睡 | 醉妝”“回首 | 一枝”句等。
4. 仄仄仄平。如：“望 | 隱隱 | 峰”“獨上 | 畫樓”句等。

5. 平仄平平。如："誰｜弄琵琶""留住｜東君"句等。
6. 仄平仄仄。如："軟紅｜影里""鳳幃｜未暖"句等。
7. 仄仄平仄。如："却｜悔相妒""緩引｜春酌"句等。
8. 仄平平平。如："照｜山斜陽""寫秋｜高臺"句等。
9. 平平平仄。如："亭台｜欹側""金陵｜興廢"句等

在這些平常句式裏，像"平仄仄平""仄平仄仄"等格式，一般爲上二下二句法居多，"平平仄平"格式一般不多見。此外，四字句還有四字全平或全仄句式，是長調中特定之格。四字全平的如葉夢得《念奴嬌》上闋"蕭然誰論"句，史達祖《壽樓春》下闋"猶逢韋郎"句等，爲"平平平平"句式；四字全仄的如陳亮《彩鳳飛》下闋結句"不了判斷"，程大昌《萬年歡》下闋"每演九後"句，李清照《聲聲慢》下闋"點點滴滴"句，爲"仄仄仄仄"句式。

五、五字句平仄

五字句式，上一下四句法，多指領格句式：如"仄平平仄仄"格式，如史達祖《壽樓春》下闋第三句"有｜絲闌舊曲"句；如"仄仄仄仄仄"格式，如陸游《綉停針》下闋"却｜自恐説着"句等。常見的有"平仄仄平平"上二下三句法，如史達祖《壽樓春》下闋結句"多夢｜睡時妝"句等。拗句格式，一種像"平仄仄平仄"格式，如蘇軾《水调歌头》起句"明月｜幾時｜有"句；另一種像"仄平平平仄"格式，如薛夢桂《三姝媚》下闋"悵｜青樓｜何處"句等。此外，還有像"平平仄仄仄"格式，其結構屬于复合式句法，如周邦彦《繞佛閣》上闋第六句"簽聲動書幔"句，或"簽聲動｜書幔"；或"簽聲｜動書幔"；或"簽聲｜動｜書幔"等多種斷法，其義皆通。怎樣斷句？方法可以靈活，没有硬性的規定。另外，還有五字律句句式，既有首字領句法，也有其他句法：

1. 仄仄平平仄。如："正｜柳塘花塢""夜悄｜花無語"句等。
2. 平平仄仄平。如："方｜歌舞停歇""東風｜抖落｜寒"句等。
3. 平平平仄仄。如："觀｜池塘倒影""殘蟬｜聲｜斷絶"句等。
4. 仄仄仄平平。如："念｜燕子銜春""古樹｜噪｜寒鴉"句等。
5. 仄平平平仄。如："怕｜蛾儿街柳""妒郎｜誇｜春草"句等。

六、六字句平仄

六字句式，一種爲普通對仗，像"仄平平仄平平，仄仄仄平仄仄"格式，如史達祖《東風第一枝》上闋第四、五句"舊歌｜空憶｜珠簾，彩筆｜倦題

｜綉户”；另一種是折腰句式，像“仄平仄平平仄”格式，如黄庭堅《品令》上闋第二句“恨分破｜教孤另”句，晏几道《留春令》下闋結句“有當日｜憑高泪”等。還有常見拗句式，像“仄仄平平仄仄”格式，如柳永《佳人醉》下闋第四句“窅隔｜音塵｜何處”，結句“漸曉｜雕闌｜獨倚”等；像“平平仄仄平平”格式，如張先《漢宫春》下闋起句“仙姿｜自稱｜霓裳”等。另外，拗句還有幾種形式：

1. 仄平平仄平仄。如：“四時｜風月｜桃李”“不妨｜時作｜顛草”句等。
2. 平平仄平平仄。如：“犹疑｜送消寄息”“因君｜合修花史”句等。
3. 平仄仄仄仄平。如：“長愛｜越水｜泛舟”句等。
4. 仄仄仄平仄仄。如：“畫棟｜曉開｜壽域”句等。
5. 平平仄仄平仄。如：“傳｜柑記｜陪｜佳宴”句等，屬特别句法。

七、七字句平仄

七字句式多爲律句，像“平平仄仄平平仄”上二下五句法，如李白《菩薩蠻》開句“平林｜漠漠烟如織”，像“仄仄平平仄仄平”上四下三句法，如朱淑真《采桑子》上闋“粉面羞搽｜泪滿腮”句等；有常式的，如“平仄平平仄仄平”上四下三句法，如孫光憲《浣溪沙》開句“風撼芳菲｜滿院香”句等。還有“平平仄平仄平平”和“仄仄仄仄平平仄”上三下四句法，分别如蘇軾《三部樂》上闋第六句“嬌羞甚｜空只成愁”及下闋結句“且惜取｜少年花發”句等。亦有“仄平仄仄仄平平”格式，屬于不常見的拗句，如陳鳳儀《一落索》上闋第三句“海棠｜也似｜别君難”等。另外，還有其他特殊格式：

1. 仄仄仄平仄仄仄。如“贊｜木父金母至樂”句等。
2. 仄仄仄平平平仄。如“但｜一似唐昌宫裏”句等。

此兩式，從句式結構上講是上三下四句法，而從句讀上講實爲上一下六句法。

其實，詞中句法，七字之外，大都是加一字豆而成八字句，三字作頓加六字而成九字句，以此類推，成十句、十一句。

八、八字句平仄

八字句法，通常有上一下七句法，如柳永《木蘭花慢》下闋第八句“信｜金罍罄竭玉山傾”句，朱敦儒《踏歌》上闋第四句“便｜山遥水遠分吴越”等；上二下六句法，如周邦彦《塞垣春》上闋第七句“漸别｜離氣味難禁也”等；上三下五句法，如周邦彦《風流子》上闋第八句“酒醒後｜泪花銷鳳蠟”；上五下三句法，如李元膺《洞仙歌》下闋第七句“早占取韵光｜共追游”等。還有复合句法，如張炎《八聲甘州》開句“記｜玉關踏雪事｜清游”，楊纘《被花惱》下闋第六句“正｜千紅萬紫｜競芳妍”等；辛弃疾《哨遍》下闋“使｜海上｜人人｜厭｜腥味”句，均屬特别句式。另外，還有三字句和五字句组合（第三字平则第五字必仄，第三字仄则第五字必平）的格式：

1. 仄平平平仄仄平平。如：“對｜三山｜相倚｜滿｜山陰”句等。
2. 仄仄仄平平仄平仄。如：“念｜解佩｜輕盈｜在｜何處”句等。

九、九字句平仄

上三下六句法，如晁補子《下水船》上闋第五句“尚記得｜月里仙人來賞”及下闋第六句“似夢覺｜曉出瑶臺千里”等；上四下五句法，如周邦彦《解蹀躞》上闋第三句“夜寒霜月｜飛來伴孤旅”及下闋第四句“泪珠都作｜秋宵枕前雨”等；上六下三句法，如張泌《南歌子》結句“簾幕晝垂無事｜鬱金香”等。還有九字拗句法，如曹勛《金盞倒垂蓮》下闋“遮麗日｜更｜著輕羅｜深護”句，韋彦温《倚西樓》下闋結句“教我｜獨自上來｜獨自下”，楊澤民《還京樂》上闋第二句“欲訪｜清歌妙舞｜重爲理”句等。

十、十字句平仄

十字句既有上三下七句法，此種句法較多，如柳永《祭天神》上闋“背孤城｜幾舍烟村停畫舸”句等，又有上六下四句法，如吴文英《解蹀躞》下闋結句“可憐殘照西風｜半妝樓上”，周邦彦《南歌子》下闋結句“何事不教雲雨｜略下巫峰”等；上四下六句法，如柳永《鳳凰閣》上下闋開句“匆匆相見｜懊惱恩情太薄”“相思成病｜那更瀟瀟雨落”句等；上七下三句法，如韋莊《訴衷情》開句“碧沼紅芳烟雨静｜倚蘭橈”句等。其實，這些句法的斷定是相對的，多數呈复合式句法，如柳永《鳳凰閣》之“匆匆相見｜懊惱｜恩情太薄”“相思成病｜那更｜瀟瀟雨落”句等，句讀斷法多樣。

十一、十一字句平仄

十一字句法，一般有上六下五句法，如王之道《水調歌頭》下闋第七句“助我清才逸氣｜穩步上瀛洲”句等；上四下七句法，如蘇軾《水調歌頭》有“不應有恨｜何事常向别時圓”句，還有《梅苑》無名氏《泛蘭舟》下闋“携酒共看｜新詩承醉更堪作”句等。

這些衹是詞的外在句法，還有内在的特殊句法，如：句法多義，不無與詞有關。所謂句法多義，就是幾種句子格式結構意思相同或相近。如“雨花欲與吹打芭蕉；欲與雨花吹打芭蕉；芭蕉雨花欲與吹打；吹打芭蕉雨花欲與。”還有一種是詞有“内抱、外抱”之説。張德瀛《詞徵》云：

詞有内抱、外抱二法。内抱如姜堯章《齊天樂》“曲曲屏山，夜凉獨自甚情緒”是也。外抱如史梅溪《東風第一枝》“想鳳靴挑菜歸來，萬一灞橋重見”是也。元代以後，鮮有通此理者。①

此所謂的内抱、外抱，實與書法中之内抱、外抱有相通之處。劉熙載《書概》云：

字形有内抱，有外抱。如上下兩横，左右兩竪，其有若弓之背向外弦向内者，内抱也；背向内弦向外者，外抱也。②

兩者一個説的是詞中的詞句間關係，一個説的是書法中的點畫間關係，但闡述的道理是一樣的：内抱，即相向，似合而可分；外抱，即相背，似分而可合。由此可以理解詞的内抱和外抱的關係是：姜夔咏物詞，特點是遺貌取神，追求清空境界。如《念奴嬌》(鬧紅一舸)，是一首咏荷詞，通篇咏荷，却正面没有一句描寫荷的形態。全詞整體語氣連貫，前後句比對，可解爲皆指物（荷葉)，物自有情。也可解爲分指物與人，各有獨存之勢，而情緒相通；史達祖《東風第一枝・咏春雪》一詞，通篇雖未提一個“雪”字，却各句似指不同事物，且句意相關，均有通咏雪之意。

寅、怎樣記譜

何謂詞譜？每一詞牌的平仄、句式、押韵及作法的格式，叫作詞譜。詞譜有《欽定詞譜》《碎金詞譜》《白香詞譜》與《填詞圖譜》《詞律》等。詞譜一般由七個要素組成。一是韵。即詞譜中注有韵字的。如柳永《長相思慢》第三句“皎月初照嚴城”句脚韵“城”字，即韵字。二是叶。即押韵句與上句所押同部韵。如柳永《雨霖鈴》第三句“驟雨初歇”，“歇”字與第一句韵

① ［清］張德瀛：《詞徵》卷一，《詞話叢編》中華書局，2005年，第4081頁。
② ［清］劉熙載：《藝概・書概》卷五，上海古籍出版社，1978年，第165頁。

“切”字同屬一部，即爲叶。三是句。即詞調中長短句式。四是豆。即“讀”，一句中的頓逗之處。如柳永《雨霖鈴》下闋第二句“更那堪、冷落清秋節”。五是韵。即换韵。不管是《清平樂》的平仄韵轉换格、《西江月》的平仄韵通叶格，還是《相見歡》的平仄錯叶格，押韵衹能在同部韵。六是疊。即重疊前句。

填詞之前，要精選例作，也就是選調，根據自己的喜好而選。選好了詞牌，依照詞譜的七個要素精心準備，然後進入良好的精神狀態進行創作。以蘇軾《念奴嬌·中秋》詞上闋爲例，常見的記譜方法有四種：

一、漢字記譜

⊙平◎仄（句），	憑高眺遠，
仄平⊙◎仄（句），	見長空萬里，
⊙⊙平仄（韵）。	雲無留迹。
◎仄◎平平仄仄（句），	桂魄飛來光射處，
◎仄◎平平仄（韵）。	冷浸一天秋碧。
◎仄平平（句），	玉宇瓊樓，
⊙平⊙仄（句），	乘鸞來去，
⊙仄平平仄（韵）。	人在清凉國。
⊙平平仄（句），	江山如畫，
仄平平仄◎仄（韵）。	望中烟樹歷歷。

二、塗圈記譜

⊙○◎●（句），	憑高眺遠，
●○○◎●（句），	見長空萬里，
⊙⊙○▲（韵）。	雲無留迹。
◎●◎○○●●（句），	桂魄飛來光射處，
◎●◎○○▲（韵）。	冷浸一天秋碧。
◎●○○（句），	玉宇瓊樓，
⊙○⊙●（句），	乘鸞來去，
⊙●○○▲（韵）。	人在清凉國。
⊙○○●（句），	江山如畫，
●○○●◎▲（韵）。	望中烟樹歷歷。

三、符號記譜

⊙－◎丨（句），　　凴高眺遠，
丨⊙－◎丨（句），　　見長空萬里，
⊙⊙－－丨（韵）。　　雲無留迹。
◎丨◎－－丨丨（句），　　桂魄飛來光射處，
◎丨◎－－丨（韵）。　　冷浸一天秋碧。
◎丨－－（句），　　玉宇瓊樓，
⊙－⊙丨（句），　　乘鸞來去，
⊙丨－－丨（韵）。　　人在清凉國。
⊙－－丨（句），　　江山如畫，
+－－丨◎丨（韵）。　　望中烟樹歷歷。

四、簡易記譜

所謂簡易記譜，就是根據詞牌句式結構，用數位的形式記下某一個詞調的譜子。如到了春天，看到楊絮漫天飛舞落到人家，人們歡天喜地，于是即興賦句：

風飄絮，花霧撲簾衣。手捋頭斜墜，彎腰心緒飛。

此調句式是“3、5、5、5”結構，查譜正好是《閑中好》一闋。下面從《詞譜》中選出有代表性的小令、中調和長調詞，舉例簡易記譜法，僅供參考。

詞牌名稱	字數	句式上下闋	脚韵韵數	詞例
十六字令	16	1735	3 平	歸。獵獵薰風颭綉旗。闌教住，重舉送行杯。（張孝祥）
南歌子	23	55553	3 平	手裏金鸚鵡，胸前鏽鳳凰。偷眼暗形相。不如從嫁與，作鴛鴦。（温庭筠）
西江月	50	6676/6676	2 平/2 仄 平叶仄	點點樓頭細雨，重重江外平湖。當年戲馬會東徐，今日凄凉南浦。　莫恨黄花未吐，且教紅粉相扶。酒闌不必看茱萸，俯仰人間今古。（蘇軾）
滿江紅	93	473447783/ 3333547783	9 仄入聲 上 4 下 5	暮雨初收，長川静、征帆夜落。臨島嶼，蓼烟疏淡，葦風蕭索。幾許漁人橫短艇，盡將鐙火歸村落。遣行客、當此念回程，傷漂泊。　桐江好，烟漠漠。波似染，山如削。繞嚴陵灘畔，鷺飛魚躍。游宦區區成底事，平生况有雲泉約。歸去來、一曲仲宣吟，從軍樂。（柳永）

续表

詞牌名稱	字數	句式上下闋	脚韵韵數	詞例
沁園春	114	4445444447354/ 685444447354	9平 上4下5	孤館燈青，野店鷄號，旅枕夢殘。漸月華收練，晨霜耿耿，雲山摛錦，朝露漙漙。世路無窮，勞生有限，似此區區長鮮歡。微吟罷，憑征鞍無語，往事千端。當時共客長安，似二陸、初來俱少年。有筆頭千字，胸中萬卷，致君堯舜，此事何難。用舍由時，行藏在我，袖手何妨閑處看。身長健，但優游卒歲，且鬥樽前。（蘇軾）

本集準備了一百三十九首常見的詞牌。初學填詞，不妨先選小令，在積累了一定經驗後，可試用長調進行練習，方法爲：

> 小令如部置庭園一角，無多結構，奇花异石，些少點綴，便生佳致。慢詞則不同，如建大厦然，其中屈折層次甚多，入手必慘澹經營，方能從事土木。①

總之不管是填小令，還是填慢詞，第一步求得字穩、句穩、韵穩、章穩，運用之妙，存乎一心，細微而要持重，使趨純妙，達到聲情、意藴渾然一體。第二步求精警，運用好詞眼，精妙犀利，令人醒目。第三步意在煉字、煉句，使通篇氣韵生動，恰到好處。衹要掌握了由簡到繁，由易到難的循序漸進原則，長期堅持，認真比較，體察琢磨，經過一段時間便可掌握“宋詞”這一優美的古典藝術形式了。

① ［清］蔡嵩雲：《柯亭詞論》，《詞話叢編》，中華書局，2005年，第4904頁。

己、詞的創作手法

子、詞的賦比興

賦、比、興是《詩經》主要采用的三種表現手法。賦就是陳述鋪叙的意思；比就是譬喻；興是借助其他事物作爲詩歌的開頭以引起所咏之詞。“賦”“比”“興”與“風”“雅”“頌”合稱“六義”。“賦”“比”“興”作爲藝術思維和表現手法，同樣符合詞體的藝術特性，從而詞人們也在創作過程中自覺接受和應用。沈祥龍《論詞隨筆》云：

> 詩有賦比興，詞則比興多于賦。或借景以引其情，興也。或借物以寓其意，比也。蓋心中幽約怨悱，不能直言，必低徊要眇以出之，而後可感動人。①

賦、比、興，在具體創作中往往交錯使用，難以明辨，賦中有比，比中有興，興中有比，特别是比興難辨，後人纔多以“比興”連稱的。

一、“賦”的手法在詞中的應用

劉勰《文心雕龍·詮賦》云：“賦者，鋪也；鋪采摛文，體物寫志也。”②按照“賦”被解釋爲“賦陳”“鋪陳”“鋪排”的含義，在實際應用當中，通常采用以描寫客觀物象爲襯托，加以直陳和鋪叙手法，使其依賴于直陳其事，意盡于言、引以叙述和寄托于物的特點。另外，既要酣暢淋漓地把情感的紐帶凝聚起來，又要活靈活現地描寫客觀物象。對此，毛澤東主席曾致陳毅的一封

① ［清］沈祥龍：《論詞隨筆》，《詞話叢編》，中華書局，2005 年，第 4048 頁。
② ［南朝梁］劉勰：《文心雕龍·詮賦》，中華書局，1986 年，第 76 頁。

信中云：

> 詩要用形象思維，不能如散文那樣直説，所以比、興兩法是不能不用的。賦也可以用，如杜甫之《北征》，“可謂敷陳其事而直言之也”，然其中亦有比、興。①

“賦”作爲一種修辭手法或表現技法，運用在詞的創作中，通常又有陳述景觀、叙寫事態、描繪人物等“鋪排”手法。比如柳永的《望海潮》：

> 東南形勝，三吴都會，錢塘自古繁華。烟柳畫橋，風簾翠幕，參差十萬人家。雲樹繞堤沙。怒濤捲霜雪，天塹無涯。市列珠璣，户盈羅綺，競豪奢。 重湖疊巘清嘉。有三秋桂子，十里荷花。羌管弄晴，菱歌泛夜，嬉嬉釣叟蓮娃。千騎擁高牙。乘醉聽簫鼓，吟賞烟霞。异日圖將好景，歸去鳳池誇。②

這首咏物詞，把“賦”的敷陳性作爲基調。開句以“東南形勝，三吴都會，錢塘自古繁華”三句着手入題，起筆落墨，直起直落。“烟柳畫橋，風簾翠幕，參差十萬人家”直書其景。“雲樹繞堤沙。怒濤捲霜雪，天塹無涯”，由大都市轉寫到郊外，接下描寫錢塘江水的氣勢浩大。然後寫到“市列珠璣，户盈羅綺，競豪奢”，寫出了杭州的繁華和人民生活的富庶。下闋重點描寫杭州西湖之“重湖疊巘清嘉。有三秋桂子，十里荷花”的景色，接着是“羌管弄晴，菱歌泛夜，嬉嬉釣叟蓮娃”場景，説的是湖邊釣魚的老翁怡然自得，湖中采蓮的孩童喧鬧嬉戲的場景。景中還有“千騎擁高牙。乘醉聽簫鼓，吟賞烟霞”，一位身份尊貴的人在此游玩，成群結隊人馬行，醒目牙旗高高飄，讓人好不羡慕。結句“异日圖將好景，歸去鳳池誇”，點明了詞人想起與當年好友相見的情境。詞人以清新的筆墨，運用鋪排的手法，從不同角度把杭州富麗富庶的景象描繪得淋漓盡致。可見，鋪排是與含蓄是截然不同的一種藝術手法，它的美學特徵是淋漓盡致、暢酣達意。

二、“比”的手法在詞中的應用

“比”即比喻。比喻的妙處在于詞中運用“比”能使詞句深入淺出、生動

① 《毛澤東詩詞選》，人民文學出版社，1991 年，第 167 頁。

② ［清］王奕清：《欽定詞譜》卷三十四。

形象、發人聯想。劉勰《文心雕龍》云：

比之爲義，取類不常。或喻于聲，或方于貌，或譬于事。①

比喻的種類很多，通常又有直喻、隱喻、借喻、倒喻、迂喻等手法。應用“直喻”手法的，如張先《千秋歲》之“心似雙絲網，中有千千結”句；應用“隱喻”手法的，如王觀《卜算子·送鮑浩然之浙東》之“水是眼波橫，山是眉峰聚”句；應用“借喻”手法的，如李煜《浪淘沙》之“流水落花春去也，天上人間”句，“流水”是天，“落花”是地，這種運用形象地自然現象變化來抒發自己對人生感受的手法，可謂妙語如珠；應用“倒喻”手法的；李煜《虞美人》之“問君能有幾多愁，恰似一江春水向東流”句，自己有愁，倒是“春水”帶着花瓣，把“愁”字帶走了；應用“迂喻”手法的，如賀鑄《青玉案》（凌波不過橫塘路）之“試問閑愁都幾許。一川烟草，滿城風絮，梅子黄時雨”句，詞中應用迂迴的手法打比方，所表達的情感更切，意味更長。

三、“興”的手法在詞中的應用

劉勰《文心雕龍·比興》云：“興者，起也。”② “興”即運用“取譬引類”由彼及此的手法引發所咏之辭。通俗地講就是采用某一事件或事物作爲由頭爲正題所描述的事物達到傳遞情感而鋪墊的技法。“興”有興中含比、直接起興和興起興結三種手法：一是興中含比。這裏的“比”是類比，在運用興時輔以由此及彼的推理方法，但仍然起着“托物”的作用。這種手法一般在詞的開頭居多，如李白《菩薩蠻》開句“平林漠漠烟如織，寒山一帶傷心碧”，就是托物起興，經過場景對比，引結句“有人樓上愁”的合理性。二是直接起興。運用這種手法的如黄庭堅的《好女兒》開句“春去幾時還，問桃李無言”句起興，以引下句。三是興起興結。運用這種手法的如蘇軾《水龍吟·次韵章質夫楊花詞》：

似花還似非花，也無人惜從教墜。拋家傍路，思量却似，無情有思。縈損柔腸，困酣嬌眼，欲開還閉。夢隨風萬里，尋郎去處，又還被、鶯呼起。　不恨此花飛盡，恨西園、落紅難綴。曉來雨過，遺蹤何在，一池萍

---

① ［南朝梁］劉勰：《文心雕龍·比興》，中華書局，1986 年，第 327 頁

② ［南朝梁］劉勰：《文心雕龍·比興》，中華書局，1986 年，第 324 頁。

碎。春色三分，二分塵土，一分流水。細看來不是楊花，點點是、離人泪。①

此詞一開始以“似花還似非花”六字爲托興，接着告訴人，不是什麽名貴之花，它是“抛家傍路”之花，儘管“夢隨風萬里，尋郎去處”，還是被“鶯呼起”，感嘆世風不過如此。過片叙述此花的命運“曉來雨過，遺蹤何在?”接着告訴“一池萍碎”以致落得“春色三分，二分塵土，一分流水”的歸宿。結句説出此花是“細看來、不是楊花，點點是離人泪”，點出題旨。全詞由開句的“興起”到結句的“興結”，前後遥相呼應，結構嚴謹，全篇始終貫穿興起興結。

其實，賦、比、興，這三種表現手法的區别是相對的，往往相互穿插其中，一般大都采用綜合運用互爲補充，靈活多變。不管采用何種手法都離不開想像，豐富的想像既是詞的一大特點，也是詞的最重要的一種表現手法。

五、詞的用典

典故，劉勰在《文心雕龍》詮釋爲“援古證今”，實際上是一種修辭手法。凡詩文中引用過去之有關人、地、事、物之史實，或語言文字，以爲比喻，而增加詞句之含蓄與典雅者，即稱“用典”。目的在于避免詞句直白無趣，給讀者留下聯想和思索的空間。

詞之初，具有民歌的特點，帶着花的芬芳和粉蝶的迷離而來，抒發情懷不甚用典。五代及入宋以後文人們填詞的多了，且詞的體裁擴大了，于是要求詞的内容也就典雅一些，這樣運用典故的事情就水到渠成。清張德瀛《詞徵》卷一云：

洪忠宣自製《江梅引》四闋，北人稱爲《四笑江梅引》，以每篇皆有笑字也。其一曰《憶江梅》，二曰《訪寒梅》，三曰《憐落梅》，而第四篇闕焉。今見于鄱陽者，僅存其一，詞之自注所出，繇忠宣始也。（洪容齋筆記謂紹興初，又有傅洪秀才洪坡詞，鏤板錢塘。至于“不知天上宫闕，今夕是何年”，不能引“共道人間惆悵事，不知今夕是何年”之句。“笑怕薔薇罥，學畫鴉黄

---

① ［清］朱彝尊，枉森：《詞綜》，上海古籍出版社，1978年，第116頁。

未就”，不能引南部烟花録。如此甚多。)①

隨後填詞用典故一直延用至今，并成爲一種習慣。好的用典的確能够給詞帶來厚重感和文采張揚。按照用典是“明理引乎成辭，徵義舉乎人事”② 的説法，使之可分爲“用事”和“用辭”兩種。“用事”包括“直用”“活用”和“反用”三種；“用辭”包括“借用”“化用”和“反用”三種。現將最具代表性的借事用典、借物用典、精句用典和故事用典四種情況及注意的事項介紹如下：

一、借事用典

與過去某一具體地點、事件、人物和物件發生關連關係進而觸發感想和想像力，通過立意謀篇、煉字遣句，用形象的語言反映在詞中。借事用典有一個顯明的特徵，即必須有“典”，而且還是過去發生過的事。如果不弄清楚它的特徵，往往會把一般性的抒情、抒懷或在特定時間即興創作的詞當作是借事用典範圍内的。宋詞反映現實主義體裁的作品，通常選取典實的某一個側面，采用以曲求直的手法，達到借事起興的作用。蘇軾、辛弃疾是在詞作中比較善于運用借事用典的。如蘇軾《念奴嬌・赤壁懷古》,③ 是游至赤壁時觸景生情而寫的。從起筆“大江東去，浪淘盡、千古風流人物”説開，到聯想“遥想公瑾當年，小喬初嫁了，雄姿英發”後，自嘆“故國神游，多情應笑我，早生華髮”。詞中從懷古歸到傷己，抒發了英雄無用武之地的感慨。還有他的《江城子・密州出獵》，從“老夫聊發少年狂，左牽黄，右擎蒼”狩獵，到“親射虎，看孫郎”，由此聯想自己與當年孫權一樣，英姿勃發，意氣豪放。接着表述“何日遣馮唐”“射天狼”的願望。其典出自《史記・馮唐列傳》④ 所記載的雲中太守魏尚治軍有方的事，“是以匈奴遠避，不近雲中之塞”，一旦入侵，必所殺甚衆。後因報功時“虜差六級”多報了六顆首級，被漢文帝“下之吏，削其爵”。對此，馮唐認爲文帝“法太明，賞太輕，罰太重”，竭力爲魏尚辯

① ［清］張德瀛：《詞徵》，中華書局，《詞話叢編》，2005 年，第 4082—4083 頁。

② ［南朝梁］劉勰著，詹瑛注：《文心雕龍義證》下册，上海古籍出版，1989 年，第 1411 頁。

③ ［清］王奕清：《欽定詞譜》卷二十八。此詞又作“大江東去，浪聲沉千古風流人物。”“故國神游，多情應是笑我生華髮。”見朱彝尊、汪森：《詞綜》，中華書局，1978 年，第 118 頁。

④ ［漢］司馬遷：《史記》卷一百二，中華書局，1982 年，第 2758—2759 頁。

白，使得文帝幡然醒悟，當日便讓馮唐持詔放了魏尚，官復原職，還獎賞了馮唐。蘇軾在詞中借狩獵典故，婉轉地表達了自己對外禦敵的政治主張，同時傳達出了實現自身價值的主觀願望，抒寫了一腔熱血報效國家的情懷。辛弃疾的《菩薩蠻·書江西造口壁》，以他在江西贛州任職常經之地造口有感于四十多年前金兵侵擾贛西而作。姜夔《琵琶仙·吴興》，正如該詞小序所講“《吴都賦》云：‘户藏烟浦，家具畫船。’惟吴興爲然，春游之盛，西湖未能過也。己酉歲，予與蕭時父載酒南郭，感遇成歌”，① 也是屬于借事用典的作品。還有辛弃疾《永遇樂·京口北固亭懷古》詞，也是借事用典的杰作。

二、借物用典

觸及某一環境中的特殊景物，由此而産生聯想，通過精心設置布局，形成美妙的句子滲透到詞句中，從而達到抒情的效果。采取這種形式的詞人比較多，涉及的作品也最多。在詞作中運用借物用典的現實主義作品，元好問《摸魚兒》就是一例。作者在詞前有小序云：

> 太和五年乙丑歲，赴試并州，道逢捕雁者云：“今旦獲一雁，殺之矣。其脱網者悲鳴不能去，竟自投地死。”予因買得之，葬之汾水之上，累石爲識，號曰雁丘。時同行者多爲賦詩，予亦有《雁丘詞》。②

這是一首咏物詞，作者通過“天南地北雙飛客，老翅幾回寒暑”句，比興托物大雁殉情的事情，寓情于景，情景交融，用事實回答了什麽是至情，達到了自然之物與人格化身的契合。屬于其他應景式的借物用典作品就更多一些。如史達祖《雙雙燕·咏燕》詞，從“過春社了”，燕子飛回來“差池欲住，試入舊巢相并”，到“競誇輕俊，紅樓歸晚，看足柳昏花暝。應自栖香正穩，便忘了天涯芳信”，詞人以擬人化的筆調，形象地把燕子描繪成爲富有感情的、有靈性的可愛形象，從而抒發了對美好生活的嚮往。再從柳永的《雨霖鈴》詞看，也是借景抒情的例子。作者從看到“寒蟬凄切，對長亭晚，驟雨初歇”，到“都門帳飲無緒”話别，接着講述“蘭舟催發”的經過，由此聯想到“多情自古傷離别”的感慨：“便縱有千種風情，更與何人説？”這首詞托物言情，借離别之苦，由此感慨自己在人生旅程中的不如意，抒發了自己前途的渺茫和無奈。

---

① ［清］上彊村民：《宋詞三百首》，崇文書局，2007 年，第 245 頁。

② 《元明清詞三百首鑑賞辭典》，上海古籍出版社，2008 年，第 1 頁。

三、警句用典

包括文句、詩名、詞句和成語等。指把前人文句借用或簡化爲一個詞出現在句子里，產生新的句式，既提煉了語言，又创造了新的意境。通常采用的辦法是，或原句借用，可稍加改字，或取其意境。兩宋詞人引用唐、五代及宋初著名詩人的詩句、詞句等就比較廣泛。蘇軾、周邦彥、辛弃疾、吴文英等不同流派的詞人都很善于引用唐詩入詞。例如：周邦彥《瑞龍吟》的“前度劉郎重到”句，改字借用唐劉禹錫《再游玄都觀》的“前度劉郎今又來”句之意境，字面也很吻合；辛弃疾《水調歌頭·醉吟》的“池塘春草未歇，高樹變鳴禽”句，改字借用南朝宋謝靈運《登池上樓》之“池塘生春草，園柳變鳴禽”句等。通過引用名言警句使得説理有據，這樣既注入了詞人的情緒，又使作品呈現出不同的風格面貌，遂以一種温婉深曲之感。

四、故事用典

即從歷史故事和現實中發生的事件中提煉出來的句子鑲嵌詞中，起到借古喻今的作用，表達自己的思想觀點，抒發自己的真實感情。所謂“水中着鹽，飲水乃知鹽味”就是這個道理。如辛弃疾《永遇樂·京口北固亭懷古》一詞結句“憑誰問、廉頗老矣，尚能飯否?”是出自《史記·廉頗藺相如列傳》①中的故事而來。廉頗爲趙國名將，趙王聽信讒言不信任他而到了魏國，後秦攻趙，趙王想重新啓用廉頗，“趙王使者視廉頗可用否?”郭開嫉妒廉頗而去賄賂使者，使者看到廉頗一飯斗米，肉十斤，披甲上馬，明知尚可用，却趙使者回來報告趙王説：“廉頗將軍雖老，尚善飯，然與臣坐，頃之三遺矢矣。”趙王隨以爲信，遂不用廉頗。詞里借以表達自己報國無門的悲憤之情。晁補之《鳳凰臺上憶吹簫》之“誰信輕鞍射虎，清世里，曾有人閑”句，是出自《史記·李將軍列傳》之“廣出獵，見草中石，以爲虎而射之，中石没鏃，視之石也”② 中而來，抒發了自己雖有濟世之志，但才華却不能施展，政治抱負不能實現的感慨。再如吴文英《賀新郎·陪履齋先生滄浪看梅》一詞，“喬木生雲氣，訪中興、英雄陳迹，暗追前事”句，借用韓世忠的故事，從他的滄浪亭舊居説開，目的不僅僅是寫故家舊院如今的光景如何，而是善于用巧語暗示説

① ［漢］司馬遷：《史記》卷八十一，中華書局，2006 年，第 495 頁。

② ［漢］司馬遷：《史記》卷一百九十，中華書局，2006 年，第 631 頁。亦見《博物志·補史》卷八載：“楚熊渠子夜行，射窮石以爲伏虎，矢爲没羽。”見［晋］張華：《博物志》，中華書局，1980 年，第 97 頁。

現在樹木的繁盛衹是一種孤獨，過去的赫赫英雄人物已經成了久遠的事了；“戰艦東風慳借便”，是借用三國赤壁之戰的典型戰例作爲典故，明里説周瑜借東風打敗曹軍，從另一層抒發的是天不佑人的感嘆；“華表月明歸夜鶴”句，用的是丁令威化鶴重歸遼東的典故（陶淵明《搜神後記》丁令威學道成仙化鶴歸來的傳説）；“後不如今今非昔”① 句是化用王羲之《蘭亭序》的“後之視今，亦猶今之視昔”② 句。此詞通篇借古喻今，抒發了愛國主義情懷。

五、填詞用典應注意的事項

首先，最忌望文生義。運用典故是爲了表達自己的思想，如果對典故理解不透不深，反而造成用錯用偏。準確地理解掌握有關典故的含義和使用方法，會避免一些笑話的發生。如“春風風人，夏雨雨人”是春秋時期管仲對自己的感言。意思是説，“我不能像春風一樣吹拂人心，也不能像夏雨一樣滋潤人們。”如果錯用典就會變成：如“她是我鄰居的女兒，考上重點大學了，她的心情别提有多高興了。”于是，想當然地借典故寫成“相鄰里、人家兒女，春風風人，學府路上已匆匆，笑似桃花”。再如“莘莘學子知多少，寒窗秉燭，杏林庭前不負好華年”句，“莘莘學子”出自《詩經·大雅·桑柔》之“瞻彼林中，甡甡其鹿。”（“甡甡”通“莘莘”。莘莘即衆多的樣子。）在現代漢語書面語言中，衹用于形容學生。詞表達的意思不錯，但“莘莘”本來是衆多的意思了，不能接着還問是多少人。還有如“披星戴月家常事，更猶嘆、七月流火，炎炎難消”。“七月流火”出自《詩經·豳風·七月》之“七月流火，九月授衣。一之日觱發，二之日栗烈。無衣無褐，何以卒歲!”由此看來，是説在夏曆七月天氣轉凉的時節，要準備衣物了，却常常被誤用來形容酷熱。發生這樣的現象，都是望文生義的緣故。

第二，不明之處多留神。爲了便于比况和寄意，儘量減少一些語辭的繁雜，免得把人拖累，既要充實作品内容，又要顯得優美一些，這樣借用典故是可以理解的，也是必要的，但立論要有根據，在弄不清其典的原意時，最好查一下典籍或請教于人。在引用人物、事件等典故時要了解其是何年代發生的事，不要張冠李戴。如“幾載相膝，一室同寢，今去南北，兄弟琴心寄朝夕。”兄弟一場分别敘説心情十份可貴，但“琴心”一詞源于漢司馬相如和卓文君的愛情故事，應用在男女相愛中比較貼切，應用到其他親情，友情，交情上就會造成不當或過于牽强了。如某電視連續劇，劇情反映的是西漢宣帝、元

---

① ［晋］陶潛：《搜神後記》卷一，中華書局，1981 年，第 1 頁。

② 楊金鼎：《古文觀止釋譯》，安徽教育出版社，1984 年，第 576 頁。

帝和成帝的事，“宫娥”們却相互誇贊對方如何如何像沉魚、落雁、閉月、羞花一樣，這豈不就貽笑大方了。古代四大美人，他們分别是指：春秋戰國時期的西施，西漢的昭君，東漢未年的貂蟬，唐代的楊妃。填詞不能犯常識性的錯誤。還有像“高山流水”的典故，提法很多，如“子期”“知音”“弦斷”“高山一弄”等，但“伯牙”“鍾子期”是故事的主人公，不能换爲别的字。

第三，詞以自然爲美。老子《道德經》云：“道法自然。”李白《經亂離後天恩流夜郎憶舊游書懷贈江夏韋太守良宰》有“清水出芙蓉，天然去雕飾”的句子。唐代詩人李賀《高軒過》篇有一句名言“筆補造化天無功”等，無不説個“自然”二字。詞出來是要讓别人看的，典故運用是爲了傳達思想。因此，用典須十分謹慎，多用廣爲人知的，一些過于冷僻的典故最好不用，要用就用得自然一些的好，這樣纔有助于作品達到通俗明了。如“《宴清都・送馬林屋赴南宫》上闋末句‘唯潮’，用中吴紀聞夷亭潮訊，引諺‘潮到夷亭出狀元’……字意用晦”①。本來用典是借事言理的，如果像隔了一層似的，反而欲説不成。對此，在填詞創作過程中，用典應視文情而定，用多了會成爲堆砌，意思變得晦澀，使人難以理解。

第四，要善于應用新生事物。歷史典故成爲引用的對象，時代一日千里，即將和正在發生的事件是新聞，但過去了的事物則成爲典故，從而體現時代特點的事物，即已經發生過了的事物或事件，同樣可以作爲詞創作的内容。如“改革開放”“西部開發”“北京奥運會”“載人航天飛船”“英模人員”“普通民衆”，以及新興的辭彙，如“斷網恐懼症”“驢友”“跑酷”等等，都可以成爲新的典故。如果能够聯係自己地學習、生活、工作實際，把捕捉到的好人好事寫進詞里，更能體現時代精神。

寅、詞的修辭

文章雖貴“辭尚體要，不惟好异”，但經過修辭後，“雖精義曲隱，無傷其正言；微辭婉晦，不害其體要”②，最富有成效的功能是把詞義轉换成情境，使人從中感受其美，領略其景。在詞的創作中，爲了使語言得到提煉和改造，加之由于人們不同的創作個性，以及達到審美的需要，决定了詞的風格多樣化。這樣風格的多樣化必須依托于詞的章法之中去實現，通常采用“相摩相

① ［清］鄭文焯：《大鶴山人詞話》，《詞話叢編》，中華書局，2005年，第4336頁。
② ［南朝梁］劉勰：《文心雕龍・徵聖》，鳳凰出版社，2011年，第6頁。

蕩，如奇正、空實、抑揚、開合、工易、寬緊之類”① 的修辭手法，諸如誇張與比喻，含蓄與婉轉，直率與自然，沉着與沉鬱等方法。雖然它們之間并非那樣涇渭分明，但還需注意區别和分辨，達到正確運用的目的。下面側重從常見的修辭方法——誇張、襯托、頓挫、比擬和借代等加以説明：

一、誇張

誇張是事物在一定範圍内具備表像特徵情況下，促使人的主觀能動性，通過想像力加大或縮小其在現實中的存在，以增强表達效果的手法，也叫誇飾或鋪張。誇張是出于烘托氣氛、聯絡感情的需要，以引起讀者認知上的共鳴。依此，誇張的修辭方法是詞人們普遍采用的，通常有三種形式：

（一）擴大誇張

擴大誇張，即有意把所描述的客觀事物進行放大、增强、加深和拔高等。如“桃花香飄十里外”“黄河之水天上來”等。在詞作上，如李煜《虞美人》：

> 春花秋月何時了，往事知多少。小樓昨夜又東風，故國不堪回首月明中。
>
> 雕欄玉砌應猶在，衹是朱顏改。問君能有幾多愁，恰似一江春水向東流。②

此詞下闋“問君能有幾多愁，恰似一江春水向東流”句，按照李白在《古風》所講“楚山邈千重”來計算，誰也没有見過其“愁”有萬里長江那麽長。愁，是一種抽象的衹可意會不可言説的情感，詞人以實擬虚，以“春水”喻愁，把隱隱于心的情愫化爲俯視可探的實物，使人有親臨其境之感。一江之水，大浪滔天，滚滚東流，不捨晝夜，猶如新愁壓舊愁，無休無止。詞人身世巨變，運用誇張的還有晏殊的《訴衷情令》所叙説的“回綉袂，展香茵。叙情親。此時拚作，千尺游絲，惹住朝雲”句，到底是一種什麽樣的“情親”，能讓詞人猶作“千尺游絲”而“惹住朝雲”呢？原來在上闋鋪景交待是因爲“東城南陌花下，逢着意中人”的緣故。照事實説，“意中人”再讓人牽腸挂肚，也不會絆住雲彩的，但詞人把“思”比作“絲”，并與“雲”相聯係，恰如其分地運用誇張的手法，强烈地表達了真摯的思想感情。

① ［清］劉熙載：《藝概・詞曲概》卷四，上海古籍出版社，1978 年，第 113 頁。

② ［南唐］李煜著，王兆鵬導讀：《李煜詞選》，上海古籍出版社，2009 年，第 3 頁。

（二）縮小誇張

縮小誇張，即有意把所描述的客觀事物進行縮小、減少、示弱和貶低等。如“那房子像巴掌大的一塊”“那人的心眼像針眼一般大小”等。在詞作上，如石孝友《蝶戀花》：

別後相思無限憶。欲説相思，要見終無計。擬寫相思持送似。如何盡得相思意。　　眼底相思心裏事。縱把相思，寫盡憑誰寄。多少相思都做泪。一齊泪損相思字。①

此詞從開句“別來相思無限期。欲説相思”説相思，可謂相思之切之深，却是“要見終無計”的結局。其實，這是采用了把客觀事物縮小的手法，即這裏所指的相思并非苦于“無計”，而是“如何盡得相思意”的問題。下闋把“多少相思都做泪”，且要“一齊泪損”都歸結于“相思”二字。表面上是把相思縮小了，減弱了，其實，言猶未盡，情顯更深。還如周邦彦《燭影摇紅》上闋：

芳臉匀紅，黛眉巧畫宫妝淡。風流天付與精神，全在嬌波轉。早是縈心可慣。向尊前、頻頻顧眄。幾回相見，見了還休，争如不見。②

詞中運用縮小的誇張手法，將人的眉目清秀、裝束得體和精神焕發，得宜于“嬌波轉”，且從“幾回得見”的設問，到“争如不見”的斷語，同樣也是采用了隱性的縮小誇張的手法。還有辛弃疾《鵲橋仙》之“嘆折腰、五斗賦歸來，走下了、羊腸幾遍”句，“羊腸”，指羊腸小道。這裏采用了縮小的手法，泛指艱難和不容易。

（三）跨越誇張

跨越誇張，即有意把所描述的客觀事物不受時空的限制。如“窗外一片燈火，温暖的感覺襲上心頭”“望着那清澈的泉水，仿佛就品嘗到甘洌的滋味了”等。在詞作上，如張炎《洞仙歌》上闋：

---

① 唐圭璋編：《全宋詞》，中華書局，1999 年，第 2647 頁。此詞上闋見《欽定詞譜》卷十三前四句爲：“別來相思無限期。欲説相思，要見終無計。擬寫相思持送伊。”

② 唐圭璋編：《全宋詞》，中華書局，1999 年，第 810 頁。此詞上闋見《欽定詞譜》卷十三第一句爲：“香臉輕匀。”第六句爲：“那更堪、頻頻顧盼。”第七句爲：“幾回得見。”

> 野鵑啼月，便角巾還第。輕擲詩瓢趁流水。最無端、小院寂歷春空，門自掩，柳發離離如此。①

作者伴隨杜鵑啼鳴，頭上戴着角巾冠飾夜歸，在空曠的院子裏將詩稿拋在池水中，然後徑直回屋關門休息。然而由此引發了作者産生“柳發離離”感覺的出現。還有晁補之《洞仙歌·梅》下闋：

> 誰拋傾國艷。昨夜前村，都恐東皇未曾見。正倚牆紅杏，芳意濃時，驚千片。何許飄零仙館。待冰雪叢中看奇姿，乍一笑能回，上林冬暖。②

詞中從“倚牆紅杏、芳意濃時，驚千片”看到的，希望經“乍一笑”，使“上林”回到“冬暖”。還有毛滂《遍地錦》之“甚芳菲、綉得成團，砌合出、韶華好處”句；辛弃疾《鵲橋仙》之“問東湖、帶得幾多春，且看取、凌雲筆健”句，都是采用了跨越時空的誇张手法。另外，姜夔《催雪》一闋，將三種手法寄于一身：

> 風急還收，雲凍未解，海闊無人剪水。算六出工夫，怎教容易。剛被郢歌楚舞，鎮獨向、尊前飄輕細。謝庭詩咏，梁園宴賞，未成歡計。天意。是則是。便下得控持，柳梢梅蕊。又争奈、看看漸回春意。好趁東君未覺，便先把、園林都裝綴。看是處、玉樹瓊枝，勝却萬紅千紫。③

此詞上闋“風急還收，雲凍未解，海闊無人剪水”句，將雲能“凍”，水能“剪”可謂擴大誇張；“算六出工夫④，怎教容易。剛被郢歌楚舞”句，提出用“六出”的時間，即就雪花初結那麼一點時間，都統統被“郢歌楚舞”所佔用的問題，下句回答出，哪有時間在“謝庭詩咏，梁園宴賞”，使得這一切“未

---

① ［清］陳廷敬、王奕清等編：《欽定詞譜》卷二十。

② 唐圭璋編：《全宋詞》，中華書局，1999 年，第 720 頁。

③ ［清］陳廷敬、王奕清等編：《欽定詞譜》卷二十七。

④ 六出：花分瓣叫出，雪花六角，因以爲雪的别名。《韓詩外傳》云：“凡草木花多五出，雪花獨六出。雪花曰霙。”见［宋］李昉編：《太平御覽·天部十二》卷十二，河北教育出版社，1994 年，第 105 頁。另《藝文類聚》卷二天部下，“雪”一條引有“《韓詩外傳》曰：“凡草木花多五出，雪花獨六出。雪花曰霙，雪雲曰同雲。”今本《外傳》不見。［唐］元稹《賦得春雪映早梅》詩：“飛舞先春雪，因依上番梅。一枝方漸秀，六出已同開。”見《全唐詩》卷 409-4，揚州詩局本。

成歡計”的事實順理成章。此爲是典型地采用了縮小誇張的手法。下闋“好趁東君未覺，便先把、園林都裝綴。”彷佛是“看是處、玉樹瓊枝，勝却萬紅千紫。”從所設想到的，到聯想到後面的美景，讓人頓生心情歡愉，提了心氣。這是采用了跨越時空的誇張手法。

總之，運用誇張手法，不可拘泥字面理解，貴在用鏡子取形，用燈光取影來作比。鏡子照人，五官皆現，毫髮畢露；燈光照人，輪廓逼真，形神俱備。不管怎樣運用誇張的手法，如，是照鏡子“貌嬌如花”也好，還是燈光下“神采如仙”也罷，都要正確地把握客觀形象與主觀領會相一致，使其主體和客體都以生活的原材料爲基礎，既要有“理”作根據，又要達到本無其事，但有其理的效果，不然就會讓人感到有些過了。

二、襯托

襯托是在有意設置的某種條件和場景下，將相同或相似的事物比較分出主次、高低和大小等所需的效果，使反映的主題思想更加深刻明確。像國畫采用渲染襯托的技法，使物象鮮明，給人以深刻的藝術感受效果，這種“烘雲托月”的修辭手法叫襯托。形象地講，就是寫樹不描寫形體，而描寫它的影子，通過影子來展現形體；通俗地講，就是牡丹雖好，也要緑葉扶持。運用襯托手法，能够達到欲説甲好不排斥乙而相形之下分出不同的效果，給人以深刻的印象。襯托可分爲正襯與反襯，是詞中最常見的表現手法之一。在具體的運用中，或寫景、或狀物、或抒情，詞人根據自己抒發感情和排遣情緒的需要，采用翻轉的手法，形成或明顯或强烈的事物和色彩對照關係。如以情景相襯、動静相襯、明暗相襯、冷暖相襯、悲喜相襯等。

（一）正襯

所謂正襯，就是從同一屬性的事物處在同一條件下，通過襯托比較出相互間的差异性或不同性。如用“小溪”襯托“大河”，用“高坡”襯托“峻峰”。如張泌《酒泉子》：

紫陌青門，三十六宫春色，禦溝輦路暗相通。杏園風。　　咸陽沽酒寶釵空。笑指未央歸去，插花走馬落殘紅。月明中。①

① ［五代後蜀］趙崇祚：《花間集》，貴州人民出版社，1997年，第290頁。未央宫即西漢皇家宫殿。

“三十六宫”，是極言宫殿之多，雖然經過“禦溝輦路暗相通”，爲登科及第而喻的“杏園風”高興，而“未央”，是指“未央宫”，就這樣一個地方，經“插花走馬落殘紅”後，好似在“月明中”更爲得意。詞人通過采用正襯，以對比説明“杏園風”雖然愜意，但不及“月明中”温馨。運用正襯的詞很多，如柳永的《卜算子慢》上闋，以蕭條之景襯寫情懷，又將凄怨之情寄于景物之中，從開句“江楓漸老”到結句“新愁舊恨相繼”，以悲寫悲，極度渲染烘托出一幅秋天寒冷凄颯氣氛。

（二）反襯

所謂反襯，就是在同屬性的條件下，用劣勢的一方來襯托優勢的一方。如用“醜陋的”襯托“俊美的”等。如蘇軾《點絳唇》：

> 不用悲秋，今年身健還高宴。江村海甸。總作空花觀。　　尚想横汾，蘭菊紛相半。樓船遠。白雲飛亂。空有年年雁。①

此詞上下闋采用反襯。詞人還是比較樂觀的，上闋表明“不用悲秋”，且身體還那麽健朗，不時舉杯貪歡，可是到了“江村海甸”，“總作空花觀”；下闋仍然采用反襯手法，進一步交待着意咏“横汾”，且“蘭菊紛相半”，誰知又是“空有年年雁”。成功運用反襯手法的例子中，還有柳永《婆羅門令》一詞，從“昨宵”寫到“今宵”的“初更”“中夜後”，叙述的是不同時間睡夢，在下闋運用反襯的手法，在“空床輾轉重追想，雲雨夢、任攲枕難繼”句子里，訴説了夢境越美，失望愈多這樣一種感受。

運用襯托的手法，細分還有一些方法。

1. 景物相襯

就是景隨情出，情因景生。胡仔《苕溪漁隱叢話》後集卷一引《藝苑雌黄》云：

> 宋玉《九辯》云：“悲哉，秋之爲氣也，蕭瑟兮，草木摇落而變衰。憭栗兮若在遠行，登山臨水兮送將歸。”潘安仁《秋興賦》引此語，而曰：“送歸懷慕徒之戀兮，遠行有羈旅之憤。臨川感流以嘆逝兮，登山懷遠而悼近，彼四戚之疚心兮，遭一途而難忍。”安仁以登山、臨水、遠行、

① ［清］王奕清：《欽定詞譜》卷四［釋引］横汾：據《漢武故事》，漢武帝嘗巡幸河東郡，在汾水樓船上與群臣宴飲，自作《秋風辭》中有“泛樓舡兮濟汾河，横中流兮揚素波”句。

送歸爲四戚。①

這裏講的就是寫情用景物來烘托的手法，用景物描寫來反映人的所思所想所感。如李煜《浣溪沙》：

紅日已高三丈透。金爐次第添香獸。紅錦地衣隨步皺。　　佳人舞點金釵溜。酒惡時拈花蕊嗅。别殿遥聞簫鼓奏。②

從開句寫“紅日已高”，再到獸形的香爐“添香”，以致地毯被“隨步皺”，接着在過片中形象地介紹了“佳人舞點金釵溜”，酒醉“拈花蕊”且“嗅”，以及離開“遥聞簫鼓奏”。把不同時間、不同場景和不同情況互襯，情景交融。尤其是場景描寫，觀察之細，叙述如溪，使人如臨其境，從中也窺探出了詞人的惜時情懷。又如韋莊《思帝鄉》詞：

春日游。杏花吹滿頭。陌上誰家年少，足風流。妾擬將身嫁與，一生休。縱被無情弃，不能羞。③

以杏花襯出芳齡，且憐杏花獨放之“羞”亦有竟時，以及聯想自己怎樣度過美好時光，同時表明了詞人對美好生活的贊美之情。

2. 動静相襯

就是以静寫動，或以動襯静。即在景物的内在、外形和色彩處在一個静態狀况下，而景物表現出的傳神、生動和鮮活的效果由動態描寫來完成。如温庭筠《酒泉子》：

楚女不歸，樓枕小河春水。月孤明，風又起，杏花稀。　　玉釵斜簪雲鬟髻，裙上金縷鳳。八行書，千里夢，雁南飛。④

“樓”是静的，“小河春水”是動的；“月孤明”是静的，“杏花稀”是動的；“玉釵斜簪”是静的，“鬟髻”是動的；“金縷鳳”是静的，“雁南飛”是動

① ［宋］胡仔：《苕溪漁隱叢話·後集》，人民文學出版社，1962年，第2頁。
② ［清］王奕清：《欽定詞譜》卷二。
③ ［清］王奕清：《欽定詞譜》卷二。
④ ［五代後蜀］趙崇祚：《花間集》，貴州人民出版社，1997年，第39頁。

的。通篇没有交待人是動的，然而行行字句洋溢着一幅美麗的動景，通過動與靜的交叉安排，把離情與相思賦予實與虚之間。

3. 明暗相襯

就是色彩明暗對比强，思想感情起伏大。如蘇軾《望江南・暮春》：

春未老，風細柳斜斜。試上超然臺上看，半壕春水一城花。烟雨暗千家。　　寒食後，酒醒却咨嗟。休對故人思故國，且將新火試新茶。詩酒趁年華。①

此詞上闋以“柳斜”“春水”“烟雨”等，寫的是“暗千家”暮春景象。下闋“新火”“試新茶”等，寫的是明快景象。上下兩段，一暗一明，每段之間，明暗分明。在不同時間、空間和顔色的搭配下，運用明暗相襯形成反差，顯示出詞人文思巧妙的天賦個性，同時也傳達出思鄉之情。

4. 泠暖相襯

所謂“泠”，就是泠色調的，給人以深沉、泠静和成熟之感；所謂“暖”，就是暖色調的，給人以熱烈、歡快和向上之感。如馮延巳《金錯刀》：

雙玉斗，百瓊壺。佳人歡飲笑喧呼。麒麟欲畫時難偶，鷗鷺何猜興不孤。　　歌婉轉，醉模糊。高燒銀燭卧流蘇。衹銷幾覺懵騰睡，身外功名任有無。（《詞譜》卷十）

詞人鋪陳歡快、熱鬧的人與自然的和諧場面，然而筆鋒一轉，又是一幅場景：“歌婉轉”的聲響和“高燒銀燭卧流蘇”昏暗恍惚的色彩，從聽覺到視覺兩個方面勾畫出“衹銷幾覺懵騰睡”的清閑和孤寂。上下闋泠暖對比鮮明，上闋“鷗鷺何猜興不孤”爲明爲興爲暖，到下闋“身外功名任有無”爲暗爲郁爲泠。通過泠暖相襯，在色彩的對比中，使詞的氣息形成了一種波瀾，使人體察到了詞人的從容心態，同時又讓人感覺到了一種沉鬱之氣。

5. 悲喜相襯

就是形成情節、過程和場面，以及其搭配關係的强烈反差。悲喜相襯，不僅僅局限于是否歡笑，是否哭啼，表現形式多樣：情緒反差相襯的，如喜怒哀樂等；色彩搭配相襯的，如黑白紅緑等；視覺效果相襯的，如明與暗，動與静等；聲音效果相襯的，如歡快與沉悶等。如辛弃疾《河傳》：

---

① 唐圭璋：《全宋詞》第一册，中華書局，1999 年，第 380—381 頁。

春水。千里。孤舟浪起。夢携西子。覺來村巷夕陽斜。幾家。短牆紅杏花。　　晚雲做造些兒雨。折花去。岸上誰家女。太狂顛。笑那邊。柳綿。被風吹上天。(《詞譜》卷十一)

上下兩闋描繪了兩幅不同的風景。一幅是“夢携西子。覺來村巷夕陽斜”，其感情基調是凄清悲涼的；另一幅是“岸上誰家女”笑着折柳，其絮“被風吹上天”，其感情基調是歡快的。由上闋結句的凄涼之景，到下闋結句的蓄勢張揚，形成强烈的冷暖反差，藴含着詞人對生活的樂觀態度，達到了王夫之所説的“以樂景寫哀，以哀景寫樂，一倍增其哀樂”① 之效。

三、頓挫

所謂頓挫，是指語氣、語意的間歇起伏，形成一種波瀾，猶如書法上的提頓一樣。頓挫與抑揚聯係在一起，朗誦講究陰陽頓挫，唱戲講究一板一眼，就是講究有個起伏、急緩，因爲這樣纔好聽，纔有韵味。詞也一樣，不能流于平鋪直叙，要有起承轉合，采取以取景反襯，頻相逆轉的手法，纔能使其造勢達到回旋激蕩之目的。杜甫在天寶十三年向玄宗進獻《進雕賦表》云：

倘使執先祖之故事，拔泥塗之久辱，則臣之述作，雖不能鼓吹六經，先鳴數子，至于沉鬱頓挫，隨時敏捷，［而］揚雄、枚皋之徒，庶可企及也。②

自後人們常用“沉鬱頓挫”來概括杜詩的總體藝術風格。論到詞，則稱周邦彦的詞稱其有“沉鬱頓挫”之氣，摘録陳廷焯《白雨齋詞話》卷一中幾條：

美成詞極其感慨，而無處不鬱，令人不能遽窺其旨。如《蘭陵王》云：“登臨望故國。誰識京華倦客”二語，是一篇之主。上有“隋堤上，曾見幾番，拂水飄綿送行色”之句，暗伏倦客之根，是其法密處。故下接云：“長亭路，年去歲來，應折柔條過千尺。”久客淹留之感，和盤托出。他手至此，以下便直抒憤懣矣，美成則不然。“閑尋舊蹤迹”二疊，無一語不吞吐。衹就眼前景物，約略點綴，更不寫淹留之故，却無處非淹留之

① ［明］王夫之：《薑齋詩話·詩譯》卷一，人民文學出版社，1981 年，第 10 頁。

② ［唐］杜甫，［清］仇兆鼇：《杜詩詳注·進三大禮賦表·進雕賦表》卷二十四，中華書局，1979 年，第 2172 頁。

苦。直至收筆云："沉思前事，似夢里、泪暗滴。"遥遥挽合，妙在纔欲説破，便自咽住，其味正自無窮……

美成詞有前後若不相蒙者，正是頓挫之妙。如《滿庭芳》上半闋云："人静烏鳶自樂。小橋外、新緑濺濺。憑欄久，黄蘆苦竹，擬泛九江船。"正擬縱樂矣，下忽接云："年年。如社燕。飄流瀚海，來寄修椽。且莫思身外，長近樽前。憔悴江南倦客，不堪聽、急管繁弦。歌筵畔，先安枕簟，容我醉時眠。"是烏鳶雖樂，社燕自苦。九江之船，卒未嘗泛。此中有多少説不出處，或是依人之苦，或有患失之心。但説得雖哀怨，却不激烈。沈鬱頓挫中，别饒蕴藉。①

頓挫，就是行文不是直截了當地宣洩，"惟頓時不可作呆相"②，稍加停頓，方能上下貫通。如周邦彦《滿庭芳》上闋："風老鶯雛，雨肥梅子，午陰嘉樹清圓。地卑山近，衣潤費爐烟。"③ 前兩句分别化用杜牧《赴京初入汴口曉景即事先寄兵部李郎中》中"風蒲燕雛老"句及《陪鄭廣文游何將軍山林》中"紅綻雨肥梅"句詩意，第三句化用劉禹錫《晝居池上亭獨吟》中"日午樹陰正"句寫景，并在第三句作小頓。下面兩句來了個急轉彎，猛然看到山高地陡潮濕，連衣服都被打濕了，到第四句作一小頓。接着説"人静烏鳶自樂"，到了小橋邊，又來個轉折，且到後半句作小頓。寫到"憑欄久"句轉折，到了"擬泛九江船"結句作頓。下闋從"年年。如社燕"句始，到第四句作小頓。接着到"且莫思身外"處轉折，到第八句"不堪聽急管繁弦"作小頓。最後從"歌筵畔"處轉折，到結句作頓。其實，頓挫之處，實際含有承上啓下之意，也是詞作顯示張力的地方。運用頓挫手法的詞很多，如嚴仁《賀新郎》一詞，不僅明言"頓挫"，且全詞富于抑揚頓挫之感。

蘭芷湘東國。正愁予、一江紅葉，水程孤驛。欲寫瀟湘無限意，那得如椽彩筆。但滿眼、西風蕭瑟。我所思兮何處所，在鐔津、津上滄灣側。誰氏子，閬風客。　閬風仙客才無敵。賦悲秋、抑揚頓挫，流離沉鬱。百賦千詩朝復暮，解道波濤春力。憶共爾、乘槎吹笛。八表神游吾夢見，

① ［清］陳廷焯：《白雨齋詞話》卷一，《詞話叢編》，中華書局，2005 年，第 3787 頁。

② 周振甫：《詩詞例話》，中國青年出版社，1979 年，第 274 頁。

③ ［清］朱彝尊，汪森：《詞綜》卷上，上海古籍出版社，1978 年，第 188 頁。

渺洞庭、青草烟波隔。空悵望，楚天碧。①

“蘭芷湘東國”進入情節，“正愁予”采用先抑，“水程孤驛”作小頓，下兩句轉折，交待有這麽一個好地方，“那得如椽彩筆”相頌，接着“在鐔津、津上滄灣側”第二個轉折小頓，看到“誰氏子，閬風客”而感慨揚起。此詞上闋可謂一唱三嘆。下闋抑中有揚，揚中有抑，就像其詞所講“抑揚頓挫”一樣，感情層層遞進，把心情賦予波瀾壯闊的“解道波濤春力”之中，然而又由實入虛，感情步步回落，雖有嘆其懷才不遇，但“遁于世而不怨，發于詞而不怒”。② 如此把自己想到的看到的躍然紙上，仿佛讓人看到作者心潮起伏的神情。從其熟練駕馭頓挫手法，讓作品增添了情韵之美。對此，我們可不可以這樣認爲：疾行如風觀其人，汩汩岸邊觀其影，輕快激昂辨其音，千回百轉道其情，這些僅僅是從字面修辭上來解釋頓挫的，更要緊的是從風格面貌上去感悟頓挫。

四、比擬

所謂比擬，抽象地説，就是借助想像力把某一事物模擬作爲另一事物的寫作修辭手法。即把“甲”當作“乙”，或説“此”指“彼”的方式。概括地説，就是把物當作人來寫，也可以把人當作物來寫。前者稱爲擬人，後者稱爲擬物。具體地説，就是不直言其事，説話時采用打個比方，或换個説法的方式把意思表達出來，就是委婉的表達，善巧説法，耐人尋味。

（一）擬人的手法

擬人的手法，就是把人的生活細節或肢體語言，通過想像與事物聯係起來，并賦予思想情感，也就是指把事物擬人化、人格化。這樣的修辭手法，既能達到所描述的語言生動、形象，又能更好地體現出所要表達的思想。

1. 以物擬人。即用某一種事物的特徵面貌與某種人相對應相比。比如“那道山峰像一坐卧佛”“那棵挺拔的白楊樹像偉岸的男子漢一樣”等。具體到寫作手法的，如朱敦儒《沙塞子》：

---

① 唐圭璋：《全宋詞》第四册，中華書局，1999 年，第 3252—3253 頁。蘭芷（zhǐ）：蘭草與白芷。皆香草。閬（làng）風：即閬風巔。槎（chá）：木筏。八表：八方之外，指極遠的地方。

② ［清］何文焕，丁福保：《歷代詩話續篇·江西詩派小序》，中華書局，1983 年，第 482 頁。此爲宋代喻汝礪爲晁冲之撰《晁具茨先生詩集·序》。

萬里飄零南越，山引泪，酒催愁。不見鳳樓龍闕，又經秋。　九日江亭閑望，蠻樹遠，瘴烟浮。腸斷紅蕉花晚，水西流。①

詞的上闋，作者將自己對“萬里飄零南越”的經歷，以“山引泪”“酒催愁”替代。下闋在叙述面對惡劣的“瘴烟浮”生活環境下的感受，以“腸斷紅蕉”相喻。詞中雖未見一個“苦”字，但讓人體察到了其艱難困苦之情。還如晏幾道《浣溪沙》：

二月和風到碧城。萬條千縷緑相迎。舞烟眠雨過清明。　妝鏡巧眉偷葉樣，歌樓妍曲借枝名。晚秋霜霰莫無情。②

此詞上闋之“萬條千縷緑相迎”句，借柳喻人，反映出春天的氣息及生活中人的年輕形象。下闋之“妝鏡巧眉偷葉樣”句，同樣借柳喻人，巧妙地以“眉”和“葉”將物與人聯係起來。詞中借咏柳枝喻人，既有贊揚，又有憐惜，作者無不感慨身世之感。另外，晏幾道《鷓鴣天》之“明朝萬一西風動，争奈朱顔不耐秋”句中的“朱顔”，也是用花比擬人。

2. 以事理擬人。即把抽象的事物與人的社會活動或生活習慣相聯係。比如“世界潮流浩浩蕩蕩，順之者昌，逆之者亡”③ 等。運用到詞作上，如歐陽修《憶漢月》：

紅艷幾枝輕裊。早被東風開了。倚烟啼露爲誰嬌，故惹蝶戀蜂惱。　多情游賞處，留戀向、緑叢千繞。酒闌歡罷不成歸，腸斷月斜人老。④

此詞上闋“紅艷幾枝輕裊。早被東風開了”句，《説文》：“開，張也。”《資治通鑒·唐紀》云：“遂開門納衆。”紅艷的花被春風接納，如此有動作和行爲。“倚烟啼露爲誰嬌”句，本是驚人之語，“故惹蝶戀蜂惱”句，更讓人嘆羡。下闋“腸斷月斜人老”句，其情其景，何堪立其木而顧其影呢。還有李芸子《木蘭花慢》上闋：

① ［清］陳廷敬、王奕清等編：《欽定詞譜》卷四。

② 唐圭璋編纂：《全宋詞》，中華書局，1999 年，308 頁。

③ 孫文提詞之句。出自《莊子·盗跖》：“丘來前，若所言，順吾意則生，逆吾心則死。”見陳鼓應注譯：《莊子今注今譯》，中華書局，1983 年，第 777 頁。

④ ［宋］歐陽修著：《歐陽修詞集》，上海古籍出版社，2010 年，第 101 頁。

占西風早處，一番雨、一番秋。記故國斜陽，去年今日，落葉林幽。悲歌幾回激烈，寄疏狂、酒令與詩籌。遺恨清商易改，多情紫燕難留。①

其“遺恨清商易改，多情紫燕難留”句，將音樂給予了動作，將飛鳥賦予了情態。還如蔣捷《木蘭花慢》之“傍池闌倚遍，問山影、是誰偷”句，都是以事理擬人的典範例子。

（二）擬物的手法

擬物的手法，就是把喻體當作本體，即把人當作物來寫，或把此物當作彼物來寫，即“甲”爲“乙”。

1. 將人作物。即把人比喻成事物的某一特徵和形態。比如“站如松”“坐如鐘”“行如風”“卧如弓”等。運用到詞作上，如趙長卿《水龍吟》上闋：

韶華迤邐三春暮。飛盡繁紅無數。多情爲與，牡丹長約，年年爲主。曉露凝香，柔條千縷，輕盈清素。最堪憐、玉質冰肌婀娜，江梅漫休争妒。②

此詞分别叙述了四季不同之色，“繁紅無數”是春，儘管是“飛盡”了。夏日的牡丹，“多情爲與”，“年年爲主”。接着是秋日的竹子“柔條千縷”，“輕盈清素”。最堪憐的是冬日裹的江梅“玉質冰肌婀娜”。此詞幾乎是句句把人當物來寫，使“物”具有人一樣的喜怒哀樂。還有陸游《卜算子·咏梅》：

驛外斷橋邊，寂寞開無主。已是黄昏獨自愁，更着風和雨。
無意苦争春，一任群芳妒。零落成泥碾作塵，衹有香如故。③

上闋寫梅花處在“驛外斷橋邊”，在“已是黄昏”，遭受“風和雨”的洗禮而獨立開放，也没有“獨自愁”。下闋寫梅花任憑百花嫉妒，無意與之争春鬥艷，即使是凋零成泥，也不與其同流合污，把自己的内心世界通過“衹有香如故”這短短的五個字，簡練而又含蓄地表達出來了。還有張炎《淡黄柳》之“暗托鶯聲細説，愁蹙眉心鬥雙葉”句，此詞作者采用把人作物的修辭手法，遺貌取神，刻畫逼真，比喻貼切。

① ［清］陳廷敬、王奕清等編：《欽定詞譜》卷二十九。
② ［清］陳廷敬、王奕清等編：《欽定詞譜》卷三十。
③ 唐圭璋編纂：《全宋詞》，中華書局，1999 年，第 2053 頁。

2. 此物作彼物。此種方式即“甲”作“乙”。如“山路像盤龍一般彎曲”“風吹得像狼一樣地哀嚎”等。

> 屈曲新堤，占斷滿林佳氣。畫帘兩行連雲際。亂山疊翠水回環，岸邊樓閣，金碧遥相倚。　　柳陰低映，穠艷花光洵美。好長升平、爲誰初起。大都風物不由人，舊時荒壘，今日香烟地。①（江衍《錦纏道》）

此詞上下闋通篇采用以此物作彼物的寫作修辭方式，從上闋“屈曲新堤，占斷滿林佳氣”“畫帘兩行連雲際，亂山疊翠水回環”“岸邊樓閣，金碧遥相倚”句，到下闋“柳陰低映，穠艷花光洵美”“舊時荒壘，今日香烟地”句，一物比作另一物，語句聯係緊密，不可另作解説。這些句子，從表面上看是寫景，實際是從側面描寫出人的曲折探微的心理活動。

> 蕙風初散輕暖，霽景澄潔。秀蕊乍開乍斂，带雨態烟痕，春思紆結。危弦弄響，來去驚人鶯語滑。無賴處、麗日樓臺，亂絲岐路總奇絶。何計解、黏花繫月。嘆冷落、頓辜佳節。猶有當時氣味，挂一縷相思，不斷如髮。雲飛帝國，人在雲邊心暗折。語東風、共流轉，漫作匆匆别。②（周邦彦《看花回》）

此詞上闋“秀蕊乍開乍斂，带雨態烟痕，春思紆結”句，把花的開放與收攏歸于春天的鬱積不暢，可謂構思精妙，花筒傳語，其景其情，盡在其中。下闋“猶有當時氣味，挂一縷相思，不斷如髮”句，感嘆“佳節”的氣味，不及絲絲髮香，把相思之意抒發得淋漓致盡。還有梁寅《緱山月》之“急雨響岩阿，陰晴暗薜蘿”句，姜夔《淡黄柳》之“空城晓角，吹入垂楊陌”句，葉清臣《鳳凰閣》之“遍園林緑暗，渾如翠幄”句等，都是采用典型的以甲説乙的修辭方式。

此物作彼物的修辭手法，采用對于所描寫的物件，從一個側面間接地進行筆觸這樣一個過程，猶如把春風摇曳的柳條説成映照在湖面上的影子，把夕陽晚墜的景色説成是西山餘暉的晚凉。通過由此及彼的聯想映襯轉换出另一種物件，使之比喻符合常理，色彩鮮明，形象突出。

---

① ［清］陳廷敬、王奕清等編：《欽定詞譜》卷十四。

② ［宋］周邦彦著：《周邦彦詞集》，上海古籍出版社，2010 年，第 194 頁。

五、借代

借代，即不直接寫出所描述的人和事物的本名，而是借用與其相關的事物特徵、標志而替代和命名的修辭手法。通俗地説就是借一物來代替另一物。被替代的叫“本體”，替代的叫“借體”，通常采用“本體”不出現時用“借體”來代替的作法。一般地講，在詞的創作中，采取借代的修辭手法而改換事物的名稱，既有滿足詞的格律和諧，音韵流暢的要求，又有爲了使語言富于變化，句式充滿張力的需求，同時也有避免用詞重複的考量，更重要的是起到“言近而旨遠，辭淺而義深”的效果。具體地講，就是通過運用藝術化的手段，使事物之間形成連帶的關係引人聯想，達到語言精練、特點鮮明、形象生動、特徵突出的效果。采用借代的修辭手法很多，一般常用的有三種類型：特徵替代事物、具體替代抽象、部分替代整體。

（一）特徵替代事物

所謂特徵替代表事物，即以所描寫的事物特徵、標志替代本體。這樣做的目的是突出特徵，强調重點，可以達到語言形象生動的效果。如“婚紗”替代“新娘”，“白衣天使”替代“護士”等。在詞的創作應用上，如顧敻《玉樓春》：

拂水雙飛來去燕。曲檻小屏山六扇。春愁凝思結眉心，緑綺懶調紅錦薦。　話别多情聲欲戰。玉箸痕留紅粉面。鎮長獨立到黄昏，卻怕良宵頻夢見。①

此詞上闋“凝思”“結眉心”及下闋之“痕留”均代指人的動作和表情。“緑綺”代指琴，因緑綺原是古琴的名稱。這些都是通過表象特徵來襯托所描述的事物的本名。還如皇甫松《怨回紇》：

祖席駐征棹，開帆候信潮。隔筵桃葉泣，吹管杏花飄。　船去鷗飛閣，人歸塵上橋。别離惆悵泪，江路濕紅蕉。②

① ［清］陳廷敬，王奕清等編：《欽定詞譜》卷十二。緑綺：琴名。據晋傅玄《琴賦序》云：“司馬相如有琴曰緑綺。”引《正字通》云：“琴名奇雅者……兄勃琴曰應穀。柳文暢琴曰春風。此數名可與號鍾、露越、緑綺、焦尾同備藻繪也。”見［清］張玉書、陳廷敬等編：《康熙字典》，康熙四十九年（1710），第 735 頁。

② ［清］陳廷敬，王奕清等編：《欽定詞譜》卷三。

此詞上闋之“棹”字，即划船的一種工具；“帆”字，即利用風力使船前進的布篷。兩者都是用船的一部分“棹”“帆”指代船或划船。“桃葉泣”，“桃葉”本是晋王獻之妾名，這裏代指歌伎所唱的歌聲凄婉；“吹管”代指人；“杏花飄”代指情緒。通過上闋的鋪墊和映襯，對應出下闋“别離惆悵泪，江路濕紅蕉”的場景，不禁讓人酸楚。還有晏殊《蝶戀花》之“明月不諳離别苦，斜光到曉穿朱户”句，“朱户”代指富貴人家；李煜《虞美人》之“雕欄玉砌應猶在，只是朱颜改”句，“雕欄玉砌”代指宫殿等。

（二）具體替代抽象

所謂具體替代抽象，即用具體的事物代替抽象的事物。這樣做的好處是既可更好地反映事物的本質，又可以使表達更具體、形象和風趣。如“管”“弦”代指音樂、“白鴿”代指和平；“點頭”代指同意和接受等。如曹祖《望月婆羅門引》：

> 漲雲暮卷，漏聲不到小帘櫳。銀河淡掃澄空。皓月當軒高掛，秋入廣寒宫。正金波不動，桂影朦朧。　　佳人未逢。嘆此夕、與誰同。望遠傷懷對景，霜滿愁紅。南樓何處，想人在、長笛一聲中。凝泪眼、泣盡西風。①

此詞上闋“銀河”代指苦惱；“皓月”代指向往美滿生活；“廣寒宫”代指凄涼；“桂影”代指虚幻。下闋“霜滿”代指憂傷；“南樓”代指登高懷遠；“長笛”代指冷清的生活；“凝泪眼”代指惆悵和傷痛；“西風”代指凋零和敗落。同時此詞還采用了特徵替代事物的手法，如“漏聲”代指時間，“金波”代指月亮。全詞應用借代的寫作手法，目的是達到情景交融的藝術境界，使所描寫的羈旅生活更富于真實感。還有王彧《西河》第三段：

> 只今袖手野色裏。望長淮、猶二千里。總有英心誰寄。近新來、又報烽烟起。絶域張騫歸來未。②

詞中的“烽烟”代指戰争。烽烟，古代邊境通常用以報警的手段，這裏用“烽烟”二字，把戰争這個抽象的概念具體化、形象化了，從而使人感受到了所面臨戰争的緊張氣氛，同時使人體察到了呼喚象西漢張騫那樣的名將來抗擊

① ［清］朱彝尊、汪森編：《詞綜》，上海古籍出版社，1978 年，第 201 頁。

② ［清］陳廷敬，王奕清等編：《欽定詞譜》卷三十四。

犯敵之情。

還如辛弃疾《永遇樂·京口北固亭懷古》之“想當年，金戈鐵馬，氣吞萬里如虎”句，“金戈”“鐵馬”“如虎”代指無堅不摧的精鋭之師。如此巧用借代，表明了作者英雄不老的氣概。如劉禹錫《瀟湘神》之“斑竹枝。斑竹枝”，“斑竹”代指泪水，爲開設“泪痕點點寄相思”句子作了鋪墊。還如陳允平《綺寮怨》“記曉月、緑水橋邊，東風又、折柳旗亭”句，“折柳”代指“留”，取其“柳”與“留”同音，以表達“挽留”之意。漢代送客到灞橋折柳贈别，到唐代送旅人至長亭折柳以贈别。

（三）部分替代整體

所謂部分替代整體，以局部的事物替代整體的事物。這樣可達到言簡意賅，形象鮮明，突出主題的目的。如“槍支”代指武裝力量；“教鞭”代指教師等。在詞的創作應用上，如蘇軾《念奴嬌·赤壁懷古》下闋：

> 遥想公瑾當年，小喬初嫁了，雄姿英發。羽扇綸巾，談笑間，强虜［檣櫓］灰飛烟滅。故國神游，多情應笑我，早生華髮。人生如夢，一尊還酹江月。①

此詞中“雄姿英發”代指“周瑜；“羽扇綸巾”代指諸葛亮；“檣櫓”代指曹操號稱的百萬水軍。此段詞所描寫的闊大水上戰争場面，通過借代人物模擬形象，讓人浮想聯翩，從而激發了面臨危難所表現出的果敢和鬥志。又如蘇軾《水龍吟》：

> 霜寒烟冷蒹葭老，天外征鴻嘹唳。銀河秋晚，長門燈悄，一聲初至。應念瀟湘，岸遥人静，水多菰米。乍望極平田，徘徊欲下，依前被、風驚起。　　須信衡陽萬里。有誰家、錦書遥寄。萬重雲外，斜行横陣，才疏又綴。仙掌月明，石頭城下，影摇寒水。念征衣未搗，佳人拂杵，有盈盈泪。②

此詞上闋“征鴻”代指軍隊；下闋“征衣”代指邊塞、征戰。此詞還借用了具體替代抽象的寫作手法，如“銀河”、“瀟湘”、“錦書”、“月明”、“影摇”等，這樣的借代修辭寫作手法，使反映的征夫、思婦的情感如訴如泣，較好地

① 朱東潤：《中國歷代文學作品選》，第二册，上海古籍出版社，2002 年，第 17 頁。
② ［清］陳廷敬，王奕清等編：《欽定詞譜》卷三十。

達到了讓讀者産生思想共鳴的效果。

還如張翥《陌上花》（關山夢裏歸來）之“馬影雞聲”代指家園，爲下句“一看一回腸斷”作了鋪墊；周邦彦《西河》之“夜深月過女墻來，賞心東望淮水”句，“女墻”代指城墻。雖然女墻本义是城墻上的矮墻，往往代指一座城堡或城墻。

另外，采用借代的修辭手法，有以颜色替代本體的，如蘇軾《江城子·密州出獵》之“老夫聊發少年狂，左牽黄，右擎蒼，錦帽貂裘，千騎卷平岡”句，其中“黄”代指“黄狗”，“蒼”代指“蒼鷹”；李清照《如夢令》之“知否，知否，應是緑肥紅瘦”句，用“緑”和“紅”兩種颜色分别代替葉和花；歐陽修《蝶戀花》之“泪眼問花花不語，亂紅飛過秋千去”句，“亂紅”代指深秋。這些詞句，通過鮮明的對比，可以起到簡潔含蓄的效果。還有以工具代本體的，如秦觀《踏莎行》之“驛寄梅花，魚傳尺素”句，“尺素”代指書信。原因是漢代通常用一尺大小的素絹寫信，稱書信爲“尺素”。還有以專名代本體的，如黄裳《宴瓊林》之“長安一夜，少年郎、兩兩桃花面，有餘光相借”句，“長安”代指都城。張孝祥《水調歌頭》之“關塞如今風景，剪燭看吴鈎”句，“吴鈎”代指刀劍。原來吴國所制的刀是彎形的，故稱刀劍爲吴鈎。

庚、填詞的門徑

子、填詞的應用程式

一、立意造境

情與物在想象過程中的結合，是藝術構思的必然途徑。首先重立意。這是遵循的一個原則，所謂意在筆先。要弄明白自己正在處于什麽樣的情緒之中，要抒發何種情感。深諳事物之理是基礎，走到哪里，“山川之秀美，風俗之樸陋，賢人君子之遺迹，與凡耳目之所接，雜然有觸于中，而發于咏嘆”①，在有這樣一個主體的感受的基礎上，確定主題後再動筆。最好選取生活中的特定場景，醞釀好最佳的創作情緒，記録下最深刻的印象、最真實的感覺。其次巧構思。就是造境，“以鳥鳴春，以蟲鳴秋，此造物之藉端托寓”②，營造美好的氛圍，賦予靈感，讓它活靈活現起來。一定的場景設計是必需的，但設計出來的意境又必須是來源于生活，使之貼近自然，以所咏之物，反映自己的情懷，儘管场景有時是虛擬的，但必須是真實的，讓人感到真實可信。再是選好調。選擇適宜的詞調，考慮所表達之意與詞調聲情的吻合，而且要考慮内容的份量，看適合小令、中調或長調，然後纔能按照詞牌格式要求填詞。

二、安排句子

創作以煉句爲秀，以字穩爲上。尋找最精彩的、最能充分表現意象的句

① ［宋］蘇軾：《南行前集叙》，《蘇軾文集》卷十，中華書局，1984 年，第 323 頁。
② ［清］劉熙載：《藝概・詩概》卷二，上海古籍出版社，1978 年，第 74 頁。

子，填詞構思就得“傾群言之瀝液，漱六藝之芳潤”①，方能達到“浮天淵以安流，濯下泉而潛浸”② 的藝術想象。有了好的句子，還要巧做安排。詞的句法比詩更富于變化，表現力豐富。如辛弃疾《水龍吟·登建康賞心亭》之“落日樓頭，斷鴻聲裏，江南游子。把吴鈎看了，闌杆拍遍，無人會、登臨意。”這六句話，是一個很完整的句子，并且句子成分完整，所表達的思想没有半點遺漏。一般來説詞的句意是以韵爲單位的，如李清照的《聲聲慢》：“守着窗兒，獨自怎生得黑。梧桐更兼細雨，到黄昏、點點滴滴。這次第，怎一個、愁字了得。”通過運用了疊字的修辭手法，使一韵，也就是一個完整的句子生成一個意象，然後由幾個意象合成一個意群，從面上形成一首詞的整體結構。

三、謀篇布局

詞的體量雖小，却涵蓋萬物。如小令，篇幅短小，但若要新意，非輕易可得的。劉熙載《藝概》云：

> 詞或前景後情，或前情後景，或情景齊到，相間相融，各得其妙。③

以雙調爲例，應大致確定上片與下片表現什麽，如：上片寫景，下片抒情；上片叙事，下片抒情；上片憶舊，下片描述現實。那麽，由四段組成的《鶯啼序》，有 240 字，又該如何設置呢？在填寫這樣的詞之前，應先立好框架，規劃好語言，使之物與情，皆有所着落。因詞調容量增大，有了整體的布局和規劃，方顯作品結構謹嚴，脉絡清晰。

四、富于創意

詞要講究意境、格調、色調、神骨、趣味等。怎樣纔能把握好，應用好呢？吴衡照《蓮子居詞話》云：

> 飛卿《菩薩蠻》云：“江上柳如烟。雁飛殘月天。”《更漏子》云：

---

① ［晋］陸機《文賦》，《中華活頁文選》第五期，上海古籍出版社，1962 年，第 36 頁。

② ［晋］陸機《文賦》，《中華活頁文選》第五期，上海古籍出版社，1962 年，第 36 頁。

③ ［清］劉熙載：《藝概·詩概》卷二，上海古籍出版社，1978 年，第 114 頁。

“銀燭背。綉帘垂。夢長君不知。”《酒泉子》云：“月孤明，風又起，杏花稀。”作小令，若不似此着色取致，便覺寡味。①

這裏講了些修飾的問題，盡可采取一些修辭方法，但不可臆造詞句。加工要不留斧鑿痕迹，需經從粗糙無形到精雕細磨、從不熟練到信手拈來的過程。總之，衹要填寫出來的詞有着生動的語言、鮮明的形象，且富于時代感，都是好詞。

五、修改潤色

詞的修改，并非一蹴而就，有個反反復復的過程。清孫麟趾在《詞逕》中“詞須修改”條下云：

> 詞成録出，粘于壁，隔一二日讀之，不妥處自見。改去仍録出粘于壁，隔一二日再讀之，不妥處又見，又改之。如是數次，淺者深之，直者曲之，松者煉之，實者空之。然後録呈精于此者，求其評定，審其弃取之所由，便知五百年後，此作之傳不傳矣。②

鑑于此：首先，按譜檢查。初稿寫成後，平仄、脚韵，最關鍵的是句式作法，應領句的都要細細比照詞譜核對辨認清楚，凡不合譜之處必須改動，不能因爲改字，有時需改整個句子嫌麻煩而留下“隱患”。其次，檢查字句。檢查是有否丢字漏字現象，檢查有無重複的字和詞語，雖然詞可以重字，但盡可能换掉重複的字爲好。如果某些詞語顯得粗糙、俗氣、生硬的話，須斟酌改動，修飾潤色。再次，調整内容。檢查結構句式是否統一，表情達意是否恰當，着意檢查諸如起句、過片與結句，是否相互呼應，盡可能使自己創作的作品完美一些。

丑、填詞的句式結構及章法優化

掌握了填詞的押韵、平仄、詞調等要素後，目的還是填詞。怎樣填詞？除

① ［清］吴衡照：《蓮子居詞話》，《詞話叢編》，中華書局，2005年，第2401頁。
② ［清］孫麟趾：《詞逕》，《詞話叢編》，中華書局，2005年，第2557頁。

有“清、輕、新、雅、靈、脆、婉、轉、留、托、澹、空、皺、韵、超、渾”① 十六字訣外，詞還有奇正、實空、抑揚、開合、工易和寬緊等具體章法的，由于詞是要緊密配合音樂，有着與詩不同的的特點，所謂“粗不得，細不得，硬不得，軟不得”②。一首詞可形象的比喻爲鳳頭、猪肚、豹尾，即由起句、過片和結句三部曲構成。這些是詞的核心章法，唯如此，詞纔能恰到好處。

一、詞的起句發揮着通篇蓄勢和發端的作用

萬事皆有開頭。詞的起句貴突兀籠罩，從容整煉，也就是起步要引人入勝，就象剛剛進入一個景點，眼前衹是一個表象而已，不可能一下子一覽無餘。好的景色會使人産生隨着導游走進去、看下去的興趣，即所謂筆未到而氣已吞的效果。沈義父《樂府指迷》云：

> 大抵起句便見所咏之意，不可泛入閑事，方入主意。咏物尤不可泛。③

即一首詞，起句不能泛泛衹寫些瑣碎之事。從大格局而講：

> 起句言景者多，言情者少，叙事者更少。質實則苦生澀，清空則流寬易。换頭起句更難……從頭起句，照管全章及下文，换頭起句，聯合上文及下段也。④

詞之起句，猶如人之衣冠，雖不華麗裝飾，但若整潔簡約，氣宇軒昴，便能反映出一個人的精神風貌，故而詞之起句是詞之綱領，引領全篇。

（一）不偏着色，注重物象

一起句就要緊扣主題，從一個側面做出姿態，如太原公子裼裘而來，道出詞的主旨或概括詞的内容。如史達祖《换巢鸞鳳》之“人若梅嬌，正愁横斷塢，夢繞溪橋”句，起句没有進行一番鋪設景色，而是直入話題，以夢説人，若到“相思因甚到纖腰”的程度，衹爲“换巢鸞鳳教偕老”的歸宿。其起句

---

① ［清］孫麟趾：《詞逕》，《詞話叢編》，中華書局，2005 年，第 2555 頁。
② ［清］劉熙載：《藝概・詞曲概》，上海古籍出版社，1978 年，第 120 頁。
③ ［宋］沈義父：《樂府指迷》，《詞話叢編》，中華書局，2005 年，第 279 頁。
④ ［清］沈雄：《古今詞話・詞品》卷上，上海古籍出版社，2009 年，第 123 頁。

雖然没有大場景，但正是詞人埋下伏筆的激蕩之處。又如劉過《祝英臺近》之“笑天涯，還倦客”句，好似逢熟人聊天，講述自己期待病卧“一日近一日”的好轉，爲的是“腰劍上、隴西平策”。又如汪元量《鶯啼序》之“金陵故都最好”句，似乎平淡無奇，當下句寫到“有朱樓迢遞，嗟倦客又此憑高”，直到“慨商女、不知興廢，隔江猶唱庭花，餘音亹亹”句時，猛然覺得是爲後面的語言進行了鋪墊，達到由平坦到曲折、由平常到新奇的效果。

（二）觸景生情，借景叙情

由寫景入手，先營造出一個切合主題的氛圍，使詞的主體部份凸顯出來。如蘇軾《念奴嬌·赤壁懷古》之“大江東去，浪淘盡、千古風流人物”句，《水調歌頭·中秋》之“明月幾時有，把酒問青天”句，《永遇樂》之“明月如霜，好風如水，清景無限”句等，被稱作是“皆絶去筆墨畦逕間，直造古人不到處，真可使人一唱三嘆”①。又如秦觀《解語花》之“窗涵月影，瓦冷霜華，深院重門悄”句，經過濃筆鋪設場景，透過裏面“畫樓雪杪。誰家笛、弄徹梅花新調。寒燈凝照。見錦帳、雙鸞飛繞”的新奇熱鬧。作者通過鮮明的場景對比，來反映後面嫉妒成惱的原因。又如毛文錫《訴衷情》之“桃花流水漾縱横”句，并不是單純地爲寫景而寫景，而是實爲結句“訴衷情”而“造境”等。

（三）點明題意，留下懸念

采用引人入思，引人入勝的手法，最後引出所要表現的主題。如辛弃疾《最高樓》之“花知否，花一似何郎，又似沈東陽”句，并非衹是一種不食人間烟火的氣象，却給人一種不由自主往下讀的感受，不單靠好言語所能達到的語境。又如趙長卿《洞仙歌》之“黄花滿地”句，用涵義豐富的意象點明了秋季的來臨，也意味着離情别緒的煎熬，同時也爲整篇作品定了調子，在結句中得到“橘绿橙黄時候”是歸期的驗證。起句設問式的，如柳永《黄鶯兒》之“園林晴晝誰爲主”句，運用一個反問句子，明退暗進，隨即婉轉的把正題推出，達到如“驕馬弄銜而欲行，粲女窺簾而未出”② 的“造思”效果。又如程大昌《韵令》之“是男是女，都有官稱”句等。還有一問一答式的，如劉過《八聲甘州》之“問紫岩去後漢公卿，不知幾貂蟬”句，姜夔《暗香》之“舊時月色，算幾番照我，梅邊吹笛”句等。開句固然重要，而前結亦着

① ［宋］魏慶之：《魏慶之詞話》，《詞話叢編》，中華書局，2005年，第203頁。

② ［清］徐釚：《詞苑叢談》卷二《體制》，上海古籍出版社，1981年，第13頁。

實不易，往往是爲下闋蓄勢，其狀如“奔馬收韁，尚存後面地步，有往而不住之勢”①，收束有力。

二、詞的過片承載着上下闋銜接和連貫之功能

一首詞（除小令外）上下闋當中，下闋的開頭，即换頭部分稱之爲過片或過遍。過處多是自叙，“須辭意斷而仍續，合而仍分。前虛則後實，前實則後虛”②，即一個主題的兩個層次，使其保持不可分割的密切關聯，達到承上啓下的目的。也就是始終貫穿主題的一個主線，就像用繩子把珠子串起來一樣。對此，首先，詞之過片，是詞之“陰晴”的分水嶺，猶如上闋説千里桃園，一場風吹，盡是白雪莽莽，不管你的心緒如何飄泊，是感傷也好，還是欣慰也罷，不管是抒寫的衹是一種暗許情愫，還是暢説天下的宏偉志向，但必須經過過片的轉達話語，緊緊圍繞有關桃園或桃樹説事，不能游離其主題太遠，否則就是信馬由韁，讓人不知所云。其次，詞之過片，是衡量詞之“天平”的砝碼，猶如上闋描述的新雨後的七彩鋪景，還是秋深的梳洗心腸，不管道的是絲絲如雨的情思，還是百感交際的愁緒，不管是柔情萬千，還是衷情不悔，但需經過過片的疏導作用，做到有感而發，而不可衹是强作姿態，説伊非得陌上樹，空使花來無人待，給人留下無以歸宿的感覺。過片雖然没有要求像起句那樣把人引入盛景，像結句那樣讓人流連忘返的效果，但如果過片交待不明，會使詞作白白費了一場心思。另外，换頭詞更要注意上下闋詞義、意境相合，如蘇軾《賀新郎》上闋起句之“乳燕飛華屋”句，换頭即過片“石榴半吐”句，皆爲咏石榴之意。宋祁《好事近》上闋起句之“睡起玉屏風”句，過片成“珠簾約住海棠風”句，皆爲咏窗簾之意。以此看，换頭處萬不可與起句相脱離，“若另作頭緒，不成章矣”③。

（一）“藕斷絲連”式

即在手法上蓄藏頓宕，但筆斷意不斷，使之上下形成一個整體。如秦觀《夢揚州》之“長記曾陪燕游”句，把上下闋詞人思故鄉、思佳人緊緊維繫在一個準點上。雖然此時正在“酬妙舞清歌”，却回家路上“望翠樓，簾捲金鈎”，依然揚州夢，反映詞人遭受人生失意後更爲善待人生。又如蘇軾《水龍吟》之“須信衡陽萬里，有誰家、錦書遥寄”句，把上闋“應念瀟湘，岸遥

① ［清］江順詒：《詞學集成》卷六，《詞話叢編》，中華書局，2005年，第3276頁。

② ［清］沈祥龍：《論詞隨筆》，《詞話叢編》，中華書局，2005年，第4051頁。

③ ［清］劉體仁：《七頌堂詞繹》，《詞話叢編》，中華書局，2005年，第623頁。

人静”，與下闋結句“念征衣未搗，佳人拂杵，有盈盈泪”緊密牽連在一起，回應了上闋起句“霜寒烟冷蒹葭老，天外征鴻嘹唳”那一番情景。又如周邦彦《丹鳳引》上闋結句“殘照猶在庭角”，接着下片的過片回答出“况是別離氣味”，到底是什麽滋味呢？是“痛引澆愁酒，奈愁濃如酒”之味，并且結句道出了“殘照猶在庭角”的原因，是“長怕人道着”。這樣的過片處理，較好地做到了上下意思銜接的作用。

（二）“出人意料”式

即看似是兩回事，但整個的意境、感情、氣脉是完整貫通的。如柳永《迎新春》之“漸天如水”句，天衣無縫地呼應了上闋結句“喧喧簫鼓”之場景，并爲上闋起句“嶰管變青律”做了應聲。又如柳永《尾犯》之“佳人應怪我”句，與上闋結句“祇恁孤眠却”相合。這樣的應對，不管是安排也好，還是巧合也罷，其藝術性無法置疑。又如黄裳《霜葉飛》之“休道行且分飛”句，巧妙地回答了上闋結句“柳腰人舞”所面臨的問題。又如歐陽炯《三字令》詞，從上闋結句“兩心知”句，到下闋的過片講“人不在”句，兩者看似矛盾，却是合理的。因爲，上闋起句已經交待是“春欲盡”的季節了。采取這樣的過片，目的是達到异峰突起的境界。

（三）“分久必合”式

即采取或一正一反，或一此一彼，通過過片橋的作用，達到上下闋貫通一氣，首尾呼應。如辛弃疾《滿江紅》之“層樓望，春山疊。家何在，烟波隔”句，承接上闋結句“不肯帶愁歸，腸千結”的傷春情緒，使得已是“點火櫻桃”的春天黯然失色。詞人通過一明一暗手法，使得北方金人統治的家鄉而不能歸，敦促加無奈集于一身，祇能在“子規叫斷三更月”中“聽聲聲”感嘆了。又如陳允平《荔枝香》之“錦屏夢回”句，對應上闋結句“王孫漸遠”。又如《梅苑》中無名氏《早梅芳》詞，上闋寫冰花，下闋寫歌吟。上闋結句交待“長是寄芳信”，經過片説“此情閑”，用結句“吟未盡”來證實曾經“長是寄芳信”的預料，使之上下闋文意連貫，不可分割。

（四）“有問必答”式

即通過上闋留下懸念，使其下闋所表達的思想、情感符合情理，力避唐突。如張炎《長亭怨慢》之“同去”句，回答了上闋結句“應笑我、飄零如羽”之所問。又如周邦彦《霜葉飛》之“迢遞望極關山”句，回答了對上闋結句“特地留照”的吩咐。這樣既是對上闋起句所鋪設的“露迷衰草”場景的再現，又是對下闋結句“泪流多少”（被牽挂的人）情感上的顧及和擔待，故而使上下闋整體形成整體。又如吴文英《齊天樂》上闋結句交待“怕驚紋簟夜深冷”，過片緊接着回答了“當時湖上載酒”的原因。這樣，能够較好地起到上下片銜接之效。又如柳永《擊梧桐》之“近日書來”句，回應上闋結句“未免千般思慮”之考量。

三、詞的結句藴藏着詞意歸攏和拾掇之本旨

一篇好的文章，最忌貂尾。一首好詞，結句勢如“泉流歸海，迴環通首，源流有盡而不盡之意”① 方稱好處，鬆緊有度，收放緊密，用語切題，“或拍合，或宕開，或醒明本旨，或轉出別意，或就眼前指點，或于題外借形，不外《白石詩説》所云‘辭意俱盡’‘辭盡意不盡’意盡辭不盡’”②，以動盪見奇，以稱雋爲佳。一首詞好的結句是“豹尾”，就能給人以力量和啓示。結句“須要放開，含有餘不盡之意，以景結尾最好”③，方能起到不種芊澤花，却在不經意之間，開遍山野是美麗的效果。

（一）“杯盤皆空”式

即“詞意俱盡”。如柳永《雨霖鈴》之“便總有千種風情，更與何人説”句，意旨不是徘徊，也不是一味借酒消愁，而是回答起句“對長亭晚”的感嘆，不以遮掩，反以癡情傷痕不嫌其多，博得更多人的青睞。又如周邦彦《瑞鶴仙》之“猶喜洞天自樂”句，没有過多設置，好似平淡無奇，若與起句“悄郊園帶郭”，到上闋結句“緩引春酌”，再到過片“不記歸時早暮”，聯係起來看，却把所設計好的内容，包括出游的時間、行程、地點及經歷，在起承轉合當中運行，賦予了極强的表現力，使得整體内容環環相扣，讓人無法覓到縫隙。又如《花草粹編》中無名氏《撥棹子》一詞，當寫到“烟姿媚，冰容薄。芳蘂嫩，隱映新萍池閣。自擷英人去後，清香微綻，透真珠簾幕。似無語含情垂彩佩，戲芳蔭，漸許纖鱗相托。西風直須愛惜。看看濃艶”時，似乎詞意俱盡了。然而，到了“伴秋光零落”結句時，纔點明主題，使前十五句有了着落。

（二）“瓶底留香”式

即“意盡詞不盡”。如朱敦儒《醉落魄·泊舟津頭有感》之“曾識劉郎，唯有半彎月”句，正欲解愁，愁欲還休，句子不落窠臼，正應起句“海山翠疊。夕陽殿雨雲堆雪”情景，頓時撩人情緒。又如周邦彦《憶舊游》之“東風竟日吹露桃”句，把全篇祇是權作回憶的事情歸于現實，但不爲夭桃所動，

---

① ［清］江順詒：《詞學集成》卷六，《詞話叢編》，中華書局，2005 年，第 3276 頁。

② ［清］沈祥龍：《詞論隨筆》，《詞話叢編》，中華書局，2005 年，第 4051 頁。

③ ［宋］沈義父：《樂府指迷》，《詞話叢編》，中華書局，2005 年，第 279 頁。

對自己所屬寄于了一種無限的深情。又如劉僎《繫裙腰》一詞寫道，“山兒矗矗水兒清。船兒似、葉兒輕。風兒更没人情。月兒明。厮合造，送人行。眼兒蔌蔌泪兒傾。燈兒更、冷青青。遭逢着、雁兒又没前程。一聲聲”，詞到這裏，一直獨白“意外遭遇”的故事，到了結句，纔筆鋒一轉，“怎生得、夢兒成”而點破了題旨，使得前面没有空耗筆墨，而留下讓人咀嚼之味。

（三）“香草熏衣”式

即“詞盡意不盡”。如蘇軾《踏青游》之“樓臺萬家清曉”句，涵蓋了春游的主旨。從起句“改火初晴，緑遍禁池芳草”始，沿結句“行過上林春好”，到過片“今困天涯，何限舊情相惱，念摇落、玉京寒早”一路下來，最後看到正如結句描述的那樣一種景色，看似景色已寫，其意思已表，實爲錯過良宵而嘆。又如張先《百媚娘》之“花外東風起”句，是寄于對起句“珠閣五雲仙子”的青睞。又如吴文英《花心動》之“羞眉畫應未就”句，竟從這一單句來看，顯然是女子化妝未好，但順前句“今年恨、依然纖手，斷腸也”的即將分離的情况來看，是不是變成“妝痕”了，故纔“羞眉畫應未就”。又如孫光憲《八拍蠻》：“孔雀尾拖金綫長。怕人飛起入丁香。越女沙頭争拾翠，相呼歸去背斜陽。”看似寫一景一物，其實，景中有景，物中有物，尤以結句“相呼歸去背斜陽”最妙，人也歸，鳥也栖，耐人尋味。

（四）“春風化雨”式

即“詞意俱不盡”。如辛弃疾《永遇樂·京口北固亭懷古》之“憑誰問、廉頗老矣，尚能飯否”句，不迂迴，不隱諱，以典説典，巧妙地回答了起句“千古江山，英雄無覓，孫仲謀處”的懷古之情，而如今英雄猶在蹉跎歲月中，讓人堪嘆不已。又如柳永《歸朝歡》之“有個人相憶”句，從上闋寫出行所見所聞，諸如“别岸扁舟三兩隻……往來人，只輪雙槳，盡是利名客”，轉到下闋抒寫思鄉念人，由此想到了誰呢？雖然詞人没有交待，可從“問歸期，玉樓深處”流露出來的情緒來看，那一定是親人，或許是妻子吧。又如張炎《春從天上來》一詞寫什麽人、什麽樂，到什麽景、什麽花？到結句纔知“是山中杜宇，不是楊花”，并與起句“海上回槎，認舊時鷗鷺，猶戀蒹葭”相呼應。這樣的結句，寓意更深邃，意味更幽遠。

寅、填詞的焦點透視

填詞是講究章法、句法、字法的，即填詞技術方面的要求。這裏討論更多的是填詞要有中心思想的統一，即詞作在内容題材上的整體把握。

一、論“熟”字

這裏不指“瓜熟蒂落”之“熟”，此“熟”非彼“熟”。是“熟”好還是“新”好？明清之際李漁《窺詞管見》云：

> 文字莫不貴新，而詞爲尤甚。不新可以不作，意新爲上，語新次之，字句之新又次之。所謂意新者，非于尋常聞見之外，别有所聞所見，而後謂之新也。①

此番話的旨意，應該講是特指詞的創作方向层面的，即告誡人們，詞的創作不能在典籍裏繞圈圈，應從他人的影子中走出來，另辟蹊徑，再造新意。在這方面，蘇軾的詞就是成功的例子，他的詞猶如清瀾碧波、深谷幽鳴，不求新而自然新奇，如《水調歌頭·中秋》之“明月幾時有，把酒問青天”句，雖與屈原《天問》之“遂古之初，誰傳道之”和李白《把酒問月》之“青天有月來幾時，我今停杯一問之”句有相似之處，但所“問”不同。蘇軾問的是“人有悲歡離合，月有陰晴圓缺”，其思其情，深深地植根于最廣泛的人情倫理之中，故而新。又如辛弃疾開辟了詞的題材，把詞從尊前月下，進入波瀾壯闊的大視野中，不可謂不新，如《永遇樂·京口北固亭懷古》一詞，從起句“千古江山，英雄無覓，孫仲謀處”，到過片“元嘉草草，封狼居胥，贏得倉皇北顧”，尤其結句“憑誰問、廉頗老矣，尚能飯否”，令人深思，啓示後人。又如歐陽修《蝶戀花》之“泪眼問花花不語，亂紅飛過秋千去”句，發于内而表于外，坦然而出，可謂新語。故所謂“熟”字，不是不要傳承，不要已經有的東西，而是要從熟悉的裏面賦予新的内涵，變化出鮮活的東西，讓人耳目一新。

二、論“氣”字

這裏不單指行文中的氣息問題，更多地是指如何在填詞創作中運用題材，發揮技巧及應變能力的問題。詞有靈氣、才氣和正氣，固然值得稱道。但同時也存在以什麼樣的標準評判的問題，像陳廷焯在《白雨齋詞話》卷七所論：

> 無論作詩作詞，不可有腐儒氣，不可有俗人氣，不可有才子氣。人第

① ［宋］李漁：《窺詞管見》第五則，《詞話叢編》，中華書局，2005年，第551頁。

> 知腐儒氣、俗人氣之不可有，而不知才子氣亦不可有也。
>
> 尖巧新穎，病在輕薄，發揚暴露，病在淺盡。腐儒氣、俗人氣，人猶望而厭之，若才子氣，則無不望而悦之矣，故得病最深。[①]

所謂“腐儒氣”，從爲人處事上講，就是循规蹈矩，按現在人的説法就是做事没有前瞻性，守成見，思想不前衛。表現在填詞上，就是一味地模仿前人的句子而生搬硬套，説些不符合現代人生活的話，當然借引化詩就另當别論了。從這個層面上講，填詞還是要緊緊地把握時代脉搏，通過古老的體裁，客觀地反映現實生活，來體現一種與時俱進的精神。所謂“俗人氣”，按現在人們通常的理解，就是市井之氣。其實，詞的雅與俗，不可截然分開説，《詩經》三百篇，其中“里巷歌謡”[②]，包涵“男女相與咏歌，各言其情”内容之十五國風一百六十篇就占了過半。猶如有的人認爲柳永詞俗，可偏偏“凡井水處，皆能歌柳詞”。以此來説，填詞説些“樂而不過于淫，哀而不及于傷”的話，非但不是俗了，反而是雅了。當然“俗”還得講分寸，如果俗得“淫哇”[③] 之聲疊起，就不是這裏所講“俗”的所指了，那可真的就俗了。所谓“才子氣”，如果按照矯揉造作、自作聰明的意思來理解的話，就像陳廷焯在《白雨齋詞話》卷二[④]中指出的那樣，他批評了吴文英的兩首詞，一首是《唐多令》（何處合成愁），另一首是《憶舊游》（送人猶未苦），説這兩首詞幾乎是油腔滑調，在他的詞集中屬于下乘之作，并想不通爲什麽張惠言的外孫董毅在《續選》中還選取了這兩首詞。如果是張惠言的意思，那就大錯特錯了！其實，正因爲有如此的“才子氣”，纔有“葵麥迷烟處，問離巢孤燕，飛過誰家”這樣富有才氣的句子。當然也有該吸取的地方，至少也要思量一番，儘量把詞填得好看一些，客觀地反映自己的思想還是好的。

三、論“澀”字

澀，即晦澀。“晦”，即詞意晦澀，物語不明。這些與行雲流水是相對的。

---

① ［清］陳廷焯：《白雨齋詞話》卷七，上海古籍出版社，2009 年，第 169 頁。

② “里巷歌”及下兩句引言均見于［宋］朱熹：《詩集傳・序》，中華書局，2011 年，第 2 頁。

③ ［南朝梁］蕭统编，［唐］李善注：《昭明文選・嵇康〈養生論〉論三》卷五十三：“目惑玄黄，耳務淫哇。”李善注：“《法言》曰：‘哇則鄭。’李軌曰：‘哇，邪也。’”清乾隆三十七年葉氏海録軒本。

④ ［清］陳廷焯：《白雨齋詞話》，人民文學出版社，1959 年，第 34 頁。

詞的主題要明確，所造的意境要清晰明了，即縱橫開闔之間，意在筆先，不可倉促磨槍上陣。“澀”，就是生硬、滯疑，不流暢。填詞就象舞蹈，基本功扎實，表現得就嫺熟，看起來也吸引人。如果功底不深，拗來拗去，搞點花架子，最後還是搏不來掌聲的。清李佳在《左庵詞話》中講，詞“以白描爲妙手”①。填詞最忌拿腔拿調，有意堆砌一些生硬的句子，把作品弄得澀滯晦暗、枯燥乏味。即便是借用典故，也要出自内容、抒情的需要，從内心出發，這樣才能使作品簡潔含蓄，餘韵盎然；如果用得不好，難免給人留下以典故遮掩内容單薄的印象。沈雄《古今詞話·詞品》卷下云：

> 張炎曰：詞要清空，不宜質實。清空則古雅峭拔，質實則凝滯晦澀。看白石（姜夔）如野雲孤飛，去留無迹。夢窗（吴文英）如七寶樓臺，眩人眼目，碎拆下來，不成片段。此清、空質實之論。②

并且列舉了吴文英《聲聲慢》之“檀欒金碧，婀娜蓬萊，浮雲不蘸芳洲”句，論及前八字生澀僵滯，論及《唐多令·惜别》之“何處合成愁。離人心上秋。縱芭蕉、不雨也颼颼”三句時，譏其爲空疏簡陋一路。其實，從作文最忌“晦澀”的角度講，像“縱芭蕉、不雨也颼颼”句，反而讓人覺得很有靈性，有一種清爽的感覺。填詞與做文章一樣，通俗易懂就是大美，就像衣領露出的“補丁”，要學會欣賞到它的樸實之美，而不是擔心被人窺見而遮遮掩掩。如果一味隱晦，那麽就失去了應有的審美情趣。刻意追求什麽，反而留下人爲的痕迹，這是詞中用字的最大障礙。當然，填詞需要體現一種境界的，含蓄地表述，那就另當别論了。

四、論“疊”字

疊，即重疊。寫文章需要一些背景材料的，哪些是有用的，哪些是不能用的，是要經過精心遴選出來爲中心内容服務，填詞也是要經過這些手續的。吴衡照《蓮子居詞話》云：

> 詞忌堆積，堆積近縟，縟則傷意。③

① ［清］李佳：《左庵詞話》卷下，《詞話叢編》，中華書局，2005年，第3163頁。

② ［清］沈雄：《古今詞話》，上海古籍出版社，2009年，第139頁。

③ ［清］吴衡照：《蓮子居詞話》卷一，《詞話叢編》，中華書局，2005年，第2403頁。

這裏面含意更多是删繁就簡，主要有兩層意思：一則特指詞的結構，即一首詞的上下兩片當中，上片寫得很漂亮，但下片却牽强附會。按現在人的習慣，將其稱之爲“合掌”，意即兩隻手合在一起；二則特指詞的素材，即要對素材進行提煉加工，避免内容重複。像沈雄在《古今詞話·詞品》卷下所舉，單指詞句：

蔣一葵曰：王特起《賀生第三子》，疊用三字，作《喜遷鶯》云：“古今三絶。惟鄭國三良，漢家三杰。三俊才名，三儒文學。更有三君清節。争似一門三秀，三子三孫奇崛。人總道，賽蜀郡三蘇，河東三薛。歡愜。况正是三月風光，好傾杯三百。子并三賢，孫齊三少，俱篤三餘事業。文既三冬足用，名即三元高揭。親朋慶，看寵加三錫，禮膺三接。”如此語意，亦即福唐惡習也。案：《翰墨全書》收目此詞，不著名氏。①

其實，詞是不避字的重複，原因是詞是唱的。爲甚還如此批評呢？主要是忘記了詞是唱的，只顧是文辭了的緣故。應該在文辭重複上多留心，如“尋月度在何處”句，“尋”字和“度”字，不分主賓，其意思就重疊了。寫文章最忌拖沓冗長，填詞大都是百字左右，珍惜字數的“資源”，涉及内容含量的問題，尤其是小令，對語言的濃縮能力提出更高的要求。慢詞的字數看似寬裕，實際上也非常緊張，能够做到合并詞句，巧用豆句而非虚字，是衡量作者駕馭文字能力的關鍵所在。故内容重複，猶如絮絮叨叨一類，被詞家列爲“無帥之兵”，應多加以權衡考慮才是。

五、論“雕”字

雕有有種：一種是不經心的“雕”，像山水之美，美在“天然去雕飾”；西子之美，美在自然，不是濃妝淡抹。對此，清吴衡照在《蓮子居詞話》中談到關于詞的修飾問題時，曾引用過一個例子做了説明：

詞愈淡愈妙。頻伽《翠樓吟》云：“似儂曾到。只三兩人家，看來都好。柴門小。芙蓉無數，一時紅了。”惟其不着色，所以爲高。②

① ［清］沈雄：《古今詞話·詞品》，上海古籍出版社，2009年，第176頁。
② ［清］吴衡照：《蓮子居詞話》卷三，《詞話叢編》，中華書局，2005年，第2475頁。

這裏所指的“着色”，是指無意而爲之，猶如“日當午”不是“着色夕陽”，“新雨後”不是“朦朧樹色”，“滿園春”不能“另塗顔色”。另一種是一定得雕刻的，像木匠雕花、泥瓦匠塑人一樣，不但要精雕細刻，還要精打細磨。正如填詞，偶來得句還要經過琢磨推敲、去粗取精的過程，這樣才能達到通順暢達，咀嚼有味。像陳與義《臨江仙·夜登小樓記洛中舊游》之“杏花疏影裏，吹笛到天明”句，曹冠《使牛子》之“四座沸歡聲，喜我投壺全中的”句，《古今詞話》無名氏《應天長》之“一步紅塵，一步回顧”句等，都是屬于經過精心打磨後才顯得“霜林着色皆成畫”效果的。

六、論“虚”字

虚的相反，即形神合一的“實”。詞是有精、氣、神的，也就是拈韵要有務頭①，字里行間見于隱顯，充滿趣味，用韵響亮。如果缺乏它，就會造成虚頓，虚者則離。要麼反映的主題虚弱無力，造成“似病女懨懨之呻吟”，要麼反映的思想游離于主題之外，造成貌合神離的現象。《詩經》三百首，反映各式人物，人各一面，而且刻畫得形神兼備。如《詩·鄭風·褰裳》：“于惠思我，褰裳涉溱。子不成思，豈無他人？狂童之狂也且！”這是一對熱戀的男女的喊話：你如果想我的話，就提起衣裳淌過河來見我。你不思念我，難道你有其他中意的人了嗎？你這個壞小子！詞也一樣，也需要年輕，需要激情，詞雖然没有生理上的年輕，但它有精神上的年輕。如：趙彦端《隔浦蓮近拍》下闋之“黄花香滿烏帽”句，不是虚，是鋪墊“些兒心事還惱”的理由；晏殊《長生樂》上闋之“處處天花撩亂”句，不是虚，是暗襯“賜與流霞滿瑶觥”之實；李清照《鳳凰臺上憶吹簫》上闋之“起來慵自梳頭”句，不是虚，是回答“新來瘦”的原因。對此，况周頤《蕙風詞話》卷一講到：

> 無詞境，即無詞心。矯揉而强爲之，非合作也。②

詞心來自詞境，詞境來自人心。人心，即有感而發。陳廷焯在《白雨齋詞話》卷二舉例説，姜夔《石湖仙》（松江烟浦）一詞，從整體上講是有感而發，超

① 務頭：就是詞中最緊要或最精彩、動聽之句。清代謝章鋌《賭棋山莊詞話》卷七引《九宫譜定》云：“凡曲遇揭起其音，而宛轉其調，如俗之所謂做腔處，即是務頭。”見［清］谢章铤：《賭棋山莊詞話》，《詞話叢編》，中華書局，2005年，第3407頁。

② ［清］况周頤：《蕙風詞話》卷一，上海古籍出版社，2009年，第5頁。

妙入神，唯“玉人金蕉，玉人金縷”纖弱俗氣，與通篇基調不相符合。① 其實，所謂“纖弱俗氣”，是對應“實”而“虛”的，猶如大河中凸顯的石頭下面是柔弱的水一樣，衹有對比，才能有美的發現。

七、論“怪”字

所謂“怪”，即不合乎常理的事。“怪”有兩層：一種是彆扭的“怪”。比如明明看見天空飛着的是一隻鳥，非要説成“流螢”什麽的；明明是雲霧圍繞，非要當作“驚濤”來寫。這樣自己的心境非但不可表達，重要的是弄錯了物語了。正如清代賀裳在《皺水軒詞筌》指出的那樣：

> 詞須風流蘊藉，作者當知三忌：一不可入漁鼓中語言，二不可涉演義家腔調，三不可象優伶開場時敘述。②

嚴有翼在《藝苑雌黄》③ 中講到歐陽修《朝中措·送劉貢父守維揚作長短句》一詞，其“平山欄檻倚晴空，山色有無中”句，是化王維《漢江臨眺》之“江流天地外，山色有無中”詩句入詞的，説“平山堂望江左諸山甚近，或以謂永叔短視”。對此，蘇軾賦《水調歌頭·快哉亭》云：“長記平山堂上，攲枕江南烟雨，杳杳没孤鴻。認得醉翁語，山色有無中，”認爲非烟雨不能山色。另外，胡仔《苕溪漁隱詞話》卷二講到聶冠卿《多麗·歐陽修李良定公席上賦》一詞，上闋寫到“露洗華桐，烟霏絲柳”④ 句，此時已經表明是仲春天氣了，還没有緑陰，爲何下句接着是“緑陰摇曳，蕩春一色”呢？誠如此，在現實中，比如“冰影三折楊柳飛”這樣的句子，初看似乎不錯，細品又覺得不符合常理，寒天裂石的季節，哪里來得楊柳“飛”呢？此正所謂過于用事，便成了堆積，無事可用，便成了孤寂。另一種是有特點的“怪”。正如李漁在《窺詞管見》所云：

> 琢句煉字，雖貴新奇，亦須新而妥，奇而確。妥與確，總不越一理字，欲望句之驚人，先求理之服衆。⑤

① ［清］陳廷焯：《白雨詞話》卷二，人民文學出版社，1959 年，第 30 頁。
② ［清］賀裳：《皺水軒詞筌》，《詞話叢編》，中華書局，2005 年，第 711 頁。
③ ［宋］嚴有翼：《藝苑雌黄》卷下，中華書局，1980 年，第 569 頁。
④ ［宋］胡仔：《苕溪漁隱詞話》，《詞話叢編》，中華書局，2005 年，第 173 頁。
⑤ ［清］李漁：《窺詞管見》，《詞話叢編》，中華書局，2005 年，第 553 頁。

這裏指的“服衆”，即不是不讓“怪”，而是“怪”得像傳説的張果老倒騎毛驢那樣的“怪”，“倒着騎”不是目的，而是爲了“往後瞧”。對于填詞來説，“往後瞧”，就是要顧忌一首詞所表達的整體意思，即琢句煉字要符合常規，合情合理。所謂“理”，就是理性，凡事首先從概念上弄清楚，其次加以判斷和推理，至少少犯些常識性錯誤就好了。

八、論“瘦”字

一般地説“瘦”，相對“肥”和“胖”而言，肥胖與瘦俏，要相得益彰。這裏所説的“瘦”，猶如“楚王好細腰，宫中多餓死”① 那樣的絶對標準。原因是太“瘦”了，往往會給人留下不牢固不結實的感覺，甚至留下不健康的印象。聯係到詞的寫作上就是反對病態的“瘦”，諸如無精打采的敷衍之説，就像一堆乾癟的枯槁，没有生氣，猶如瘦骨嶙峋的駱駝，其狀可憐。陳廷焯《白雨齋詞話》卷八云：

> 詞貴渾涵，刻摯不能渾涵，終屬下乘。②

并舉例説，晁補之《鹽角兒・咏梅》一詞之“開時似雪。謝時似雪。花中奇絶。香非在蕊，香非在萼。骨中香徹。”意思是，此句看似費盡了氣力，但終究還是不好看的。填詞是一種精神，追求不是循襲，也不是揣摩，堅持取法乎上的原則，才是不二法門。話説回來，不能因爲抑制“瘦”而溢肥，不是凡“瘦”就排斥。作詞纖巧并非壞事，但要做到靈動而渾厚就不易了，猶如竹子臨風，雖纖細但若能硬朗，就是一種結實，結實便成了渾厚。正如戈載在《宋七家詞選・序》中評價周邦彦的詞時所云：

> 清真之詞，其意澹遠，其氣渾厚，其音節又清妍和雅，最爲詞家之正宗。③

① 《資治通鑒・漢紀三十八》卷四六：“馬廖慮美業難終，上疏勸成德政曰：……《傳》曰：‘吴王好劍客，百姓多創瘢；楚王好細腰，宫中多餓死。’長安語曰：‘城中好高結，四方高一尺。城中好廣眉，四方且半額。城中好大袖，四方全匹帛。’斯言如戲，有切事實。”［宋］司馬光：《資治通鑒》，中華書局，2009 年，第 528 頁。

② ［清］陳廷焯：《白雨齋詞話》，人民文學出版社，1959 年，第 162 頁。

③ ［清］戈載：《宋七家詞》，宣統三年石印本。

這裏所説周詞的"其氣渾厚"，又不失"清妍和雅"。一個講的是詞體（形體），一個講的是神貌。以此看，神貌俊俏，不掩詞"渾厚"，關鍵是在説明內在的精神可使外在形象强大起來的。這不僅是一個創作的過程，而是一個思維的過程。掌握了這個過程，反映到作品里，就像一位體豐而又潤澤的美女，踏着青草姍姍而來。

九、論"斷"字

山有氣脉，水有迂回。詞中藏着意脉，意脉决定全篇是否貫通流暢自然。説"斷"字，既有意境上的不連貫，也有内容上的不連續，反映在填詞上，是指行文半道戛然而止，或兼説其他，讓人無所適從。這些都是作品思想感情表達的大礙。説"斷"字，從意境上説，陳廷焯《白雨齋詞話》卷七云：

> 作詞氣體要渾厚，而血脉貴貫通。血脉要關，而發揮忌刻露。[①]

對此，沈雄在《古今詞話·詞品》卷下[②]舉例説：黄庭堅《西江月》之開句"斷送一生惟有，破除萬事無過"句，好似歇後語句；接句"遠山橫黛蘸秋波"句，與上句不甚聯屬；又接句"不飲旁人笑我"句，全然不知在説什麽。并説："南宋人謂其突兀之句，翻成語病"。又如陳廷焯《白雨齋詞話》[③]卷一舉例蔣捷詞多有不接之處，如《賀新郎·秋曉》一詞上闋"渺渺啼鴉了。互魚天，寒生峭嶼，五湖秋曉。竹幾一燈人做夢，嘶馬誰行古道。起搔首、窺星多少"，前七句多有警句，可接句"月有微黄籬無影，掛牽牛數朵青花小。秋太淡，添紅棗"，此三句與通首詞意不合，并説"古人脱結處，不接而接也，竹山（蔣捷）不接處，乃真不接也。"説"斷"字，從内容上講，一首作品有兩個主題，也是一種隱性的斷意。這種現象，明王驥德在《曲律》中，把它命名爲"請客"，并作爲曲禁之一，如咏春而及秋夏，題柳而及花草；言兄弟之情，順便帶上連襟及七大姑八大姨等。意旨一首詞不能出現多個主題，同一主題，宜多風格呈現。另外，説"斷"字，主題是一篇文章所表達的中心意思不能斷。比如説一件事，采用分開去説的方法，但意不能斷。在這方面，李煜在《長相思》中就是正面的例子：

---

① ［清］陳廷焯：《白雨詞話》卷七，人民文學出版社，1959 年，第 159 頁。

② ［清］沈雄：《古今詞話》，上海古籍出版社，2009 年，第 177 頁。

③ ［清］陈廷焯：《白雨齋词话》卷一，人民文学出版社，1959 年，第 25 页。

雲一緺。玉一梭。淡淡衫兒薄薄羅。輕顰雙黛螺。　秋風多。雨相和。簾外芭蕉三兩窠。夜長人奈何。①

此詞的主題是一位女子的“秋思”，借“雲一緺。玉一梭”，敘説所思所想的數量，“秋風多。雨相和”，表達相思的程度。通過運用襯托的手法，使兩者不同的比擬，巧妙地結合在一起，緊密配合了中心思想，證實了不靠單純敘述更能達到藝術效果的事實。另外，李漳《多麗》（好人人）一詞，如“知他何處，一重山盡一重雲，暮天杳，梗蹤萍迹，還是寄孤村”句，同樣也起到了意境與意象融合的作用。

文章意脉、情脉、語脉，三者相輔相成，不能截然割裂，詞也一樣，如果處理不好，讓人讀起來感覺是一段一段的，從氣息上更讓人上氣不接下氣。其實，只要從細小的觀察入手，比如看看山川的連綿，河流的舒暢，自然悟到美妙的靈犀飄忽而至，就像只要小心翼翼地就會從花叢中捕捉到蝴蝶的。

① 梅边吹笛：《人生最爱李煜词》，首都经济贸易大学出版社，2012 年，第 18 页。

卷中

詞譜

滿江紅

西部雄鷹

大漠荒烟，聽河嘯[①]、長空任越。于塞外、倚闕雲鎖，劍懸如雪。一笑清狂乘碧漢，萬重争逐驚雲闕[②]。樹豐碑、高矗酹雲臺[③]，英名列。

硝烟起[④]，鏖战激。烽火熄，妖魔滅[⑤]。與飛天遥對，客回憑説。宵雨釀杯征戰酒，風雲捲甲沙場鐵[⑥]。當執戈、百戰總關情，邀明月。

【題考】《滿江紅》，柳永《樂章集》、吴文英《夢窗詞》注仙吕調；高栻詞注南吕調。此調據唐佚名《冥音録》載："曲有《上江虹》，正商調，二十八疊。……此皆宫闈中新翻曲。"（中國文聯出版社，2002 年。）又據楊慎《詞品》卷三引《湘山野録》云："範文正公謫睦州，過嚴陵釣臺。會吴俗歲祀裏巫迎神，但歌《滿江紅》，有'湘江好，洲漠漠。波似染，山如削。繞嚴陵灘畔，鷺飛魚躍'之句。公云：'吾不善音律。'撰一絶送神曰：'漢包六合網英豪。一個冥鴻惜羽毛。世祖功臣三十六，雲臺争似釣臺高。'吴俗至今歌之。……《冥音録》録于《太平廣記》卷四八九，爲傳奇小説，作者姓名已佚。小説叙述中唐時廬江尉李侃之外婦崔氏，本廣陵倡家，生二女，長女不甚聰慧，未能繼承其母之音樂才華，但一日，夢見其姨母亡魂，傳授新曲給她。此女一日居然學會了十曲。'"（［明］楊慎：《詞品》，《詞話叢編》第一册，中華書局，1986 年。）又名《念良游》《傷春曲》。

此調有仄韵、平韵兩體。仄韵始于柳永，平調始于姜夔。

【詞格】《滿江紅》，據宋岳飛《滿江紅》（怒髮衝冠）。此格自《詞譜指要》可校。亦參照《詞譜》卷二十二柳永《滿江紅》（暮雨初收）詞。此調雖《詞譜》以柳永詞爲此體而定格，然按岳飛詞填詞者居多。

◎●○○（句），⊙⊙●（豆）、⊙○◎●（韵）。⊙◎●（豆）、◎○⊙●（句），◎○○●（韵）。◎●⊙○○●●（句），◎○⊙●○○●（韵）。●⊙◎（豆）、⊙●●○○（句），○○●（韵）。

○⊙●（句），○◎●（韵）。○◎●（句），○○●（韵）。◎⊙⊙⊙◎（句），◎⊙○●（韵）。⊙●◎○○●●（句），⊙○◎●○○●（韵）。⊙◎⊙（豆）、◎●●○○（句），○○●（韵）。

【作法】此格九十三字。雙調。上闋八句四仄韵，下闋十句五仄韵。宜用入聲。上闋逢第二、四、六、八句押韵，下闋逢第二、四、六、八、十句押韵，均用仄聲韵。上闋第二、三句均爲上三下四句式。第五、六句對仗，爲“仄仄平平平仄仄，仄平平仄平平仄”格式。第七句用上三下五句式，首字領格，結句三字爲“平平仄”格式，乃定格。下闋第一、二句和三、四句均爲三字四句扇面對，爲“平平仄，平仄仄。平仄仄，平平仄”格式，即隔句對，第二句與第四句對。第五句首字領四字兩句，七字兩句。第七、八句對仗，爲“平仄仄平平仄仄，平平仄仄平平仄”格式。第九句爲八言字句，用上三下五句式。

【注釋】①聽河嘯：泛指河流。該師自 1950 年 11 月成立以來，先後轉戰于朝鮮、雲南等地，換防于東北、西北之間。　②雲闕：唐武則天《唐大饗拜洛樂章・歸和》：“調雲闕兮神座興，駿雲駕兮儼將升。”（《全唐詩》卷5-39，揚州詩局本。）　③雲臺：漢明帝時圖畫鄧禹等二十八將之像于南宫雲臺，以示紀功的樓閣。引指師史館。　④硝烟起：1950 年 6 月 25 日，朝鮮人民軍開始南進，朝鮮戰争爆發。　⑤妖魔滅：指蘭空某師奉命兩次進行抗美援朝作戰，擊落敵機 26 架、擊傷 5 架的輝煌戰例（見蘭空某師成立 55 周年《賀蘭雄師》紀念册。）　⑥“宵雨釀杯征戰酒，風雲捲甲沙場鐵”兩句：用該師師魂“不畏强敵，敢打硬仗，英勇頑强，戰則必勝”來概括。征戰酒：唐王翰《凉州詞》：“醉卧沙場君莫笑。”（許明善主編：《唐宋邊塞詩詞選粹》，甘肅人民出版社，1986 年，第 14 頁。）酒：據《世本八種・茆泮林輯本・作篇》載：“儀狄造酒。”宋衷注：“《尚書・酒誥》正義”。“儀狄始作酒醪，辨五味。”宋衷注：“《初學記》二十六、《御覽》八百四十三。”沙場鐵：唐李白《從軍行》：“百戰沙場碎鐵衣”句。卷甲：《孫子兵法・軍争》：“是故卷甲而趨，日夜不處，倍道兼行，百里而争利，則擒三將軍。”（吴九龍主編：《孫子校釋》，軍事科學出版社，1991 年，第 112—113 頁。）據《世本八種・茆泮林輯本・作篇》：“杼作甲。”宋衷注：“《書・費哲》正義、《詩經・叔于田》正義、《御覽》三百五十五、《初學記》二十二引‘輿作甲。’《史記・夏本紀》索引‘杼作甲。’《路史・後記》索引‘杼作甲。’《玉海》一百五十一引‘輿作甲。’”（［漢］宋衷注，［清］秦嘉謨等輯：《世本八種》，上海：商務印書館，1957 年，第 119 頁。）

傾杯樂

夜　航

夜色飛螢，影蹤流動[①]，風標鎮静凴托[②]。矯燕列陣[③]，數路正待，待駕雲爲客。凝眸處處千關過[④]，值起飛時刻。離弦信號，方發出、總是風摇雲翼。

競躍。呼天動地，蟄龍驚醒，應笑無雲雀[⑤]。伴頂摩蒼穹，巡天星斗轉[⑥]，披霜如約。朗朗星流，茫茫雲收，照我窗前月[⑦]。但飛越。燈火照、萬家安歇。

【題考】《傾杯樂》，柳永《樂章集》“禁漏花深”詞注仙吕宫，“皓月初圓”詞注大石調，“樓鎖青烟”詞注散水調。《詞林紀事》卷十一姜夔詞注黄鐘宫。此調爲唐教坊曲名。據毛先舒《填詞名解·長調》卷三載：“《宋樂志》云：置教坊，凡四部（雅樂、宴樂、清樂、散樂），每春秋聖節三大宴：其第一，皇帝升坐，賜群臣酒，皆就坐，宰相飲，作《傾杯樂》。案，《詞譜》：‘唐太宗宴長孫無忌造《傾杯曲》。’注：‘《鄭樵樂略》云：‘《傾杯樂》，宫調。太宗内宴詔長孫無忌作之，與《詞譜》小异，疑是郭誤。’《唐書》謂玄宗嘗以馬舞《傾杯》數十曲。又《樂府雜録》云：‘宣宗喜吹蘆管自製《傾杯樂》，知此名起自唐代遠矣。’”（木石居校本。）又據張德瀛撰《詞徵》卷一云：“《傾杯曲》，一云唐太宗時長孫無忌所撰。一云宣宗喜吹蘆管，自製此曲，蓋宫調也。今詞調《傾杯令》《傾杯樂》，猶言此稱。”（［清］張德瀛：《詞徵》，唐圭璋編：《詞話叢編》第五册，中華書局，1986 年。）此調見于《任半塘文集》敦煌歌辭中，列爲邊塞詞調。

【詞格】《傾杯樂》，此調據《詞譜》卷三十二宋柳永《傾杯樂》（木落霜洲）可校。此調柳永《樂章集》中有八首，一百四字至一百十六字，各注宫調，即使同一宫調，而字句又有所不同。張先、程珌詞與柳詞句韵不同。

●●○○（句），●○○●（句），○○●●○●（韵）。●●●●（句），●●●●（句），●●○○●（韵）。○○●●○○●（句），●●○○●（韵）。○○●●（句），○●●（豆）、●●○○○●（韵）。

●●（韵）。○○●●（句），●○○●（句），○●○○●（韵）。●●●○○（句），○○○●●（句），○○○●（韵）。●●○○（句），○○○●（句），●●○○●（韵）。●○●（韵）。○●●（豆）、●○○●（韵）。

【作法】此格一百零四字。雙調。上闋十句四仄韵，下闋十二句六仄韵。宜用入聲。上闋逢第三、六、八、十句押韵，下闋逢第一、四、七、十、十一、十二句押韵，均爲仄聲韵。上闋首兩句對仗。第六句、八句爲五字句，用上一下四句式。結句爲上三下六句式。下闋首句爲换頭藏短韵。第五句首字領格。第六句爲複合句法（上二下三、一三一、二二一）。第八、九句對仗。第十一句爲三字句押韵句，用上一下二句式。第十二句爲七言字句，用上三下四句式，前三字爲上二下一句法。

【注釋】①飛螢：指夜航機場燈光迷幻。 影蹤流動：指飛行前的一切準備工作緊張而有秩序地展開。 ②風標：指機場塔臺一種用于測風的氣象裝置。 ③矯燕：這裏指殲擊機。 ④凝眸處處千關過：泛指後勤、地勤、空勤飛行前的錯、忘、漏的排查和各種準備工作。 ⑤雲雀：屬雀形目，是一類鳴鳥。夜間盲眼。借指敵對勢力。 ⑥星斗：泛指星空。斗：北斗。大熊座中排成勺形的七顆星。據《鶡冠子・環流第五》説："斗柄東指，天下皆春；斗柄南指，天下皆夏；斗柄西指，天下皆秋；斗柄北指，天下皆冬。"（黄懷信撰：《鶡冠子彙校集注》，中華書局，2004 年，第 76 頁。）另《雲笈七籤》卷二十四《日月星辰部・總説星》載："首也，名曰天樞，魂神斗次；第二星名曰天璇，魂神斗次行；第三星名曰天幾，魄精斗次行；第四星名曰天權，魄精斗次行；第五星名曰玉衡，魄靈斗次行；第六星名曰闓陽，魄靈斗次行；第七星名曰摇光。"同時又稱"北斗九星，七見二隱。"即在《雲笈七籤》卷二十四《北斗九星職位總主》云："《黄老經》曰：北斗第一天樞星，則陽明星之魂神也；第二天璇星，則陰精星之魂神也；第三天機星，則真人星之魄精也；第四天權星，則玄冥星之魄精也；第五玉衡星，則丹元星之魄靈也；第六闓陽星，則北極星之魄靈也；第七摇光星，則天關星之魂大明也；第八洞明星，則輔星之魂精陽明也；第九隱元星，則弼星之魂明空靈也。"（［宋］張君房輯：《雲笈七籤》，齊魯書社，1988 年，第 143—144 頁。） ⑦窗前月：唐李白《静夜思》："床前明月光，疑是地上霜。"這裏借指山河依舊的意思。

瑞龍吟

四渡赤水[①]

長江險。横斷北上紅軍，洗兵争點[②]。征塵川與黔滇，在于赤水，依甘據陜[3]。

向風變。三萬勇兒閑步，戲三十萬。今來笑指長河，石郎早去，還聽舊怨[4]。

風嘯雲傾鳴鏑，撤離遵義[5]，星移旗展。環望急流狂濤，風拍驚霰。初來競渡，應我還摇扇[6]。行難卜、揮戈過遍，陳師方現。渡到仁懷縣[7]。問詢再渡，茅臺照見。何計行川曼[8]。佯渡迫，驚呼收兵東岸[9]。此時算得，望中飛雁[10]。

【題考】《瑞龍吟》，吴文英《夢窗詞》注黄鐘商，俗名大石調，犯正平調。此調前兩段，雙拽頭，屬正平調，後一段犯大石調，第三段第十四句以下，仍屬正平調。此調始見于周邦彦《清真集》。一種説法認爲是周邦彦于北宋紹聖四年（1097）四十二歲時還京之作；另一種説法是周邦彦於北宋政和六年（1116）六十一歲時三度被召入京所作。

【詞格】《瑞龍吟》，此調據《詞譜》卷三十七宋周邦彦《瑞龍吟》（章臺路）可校。此調以此詞爲正體。諸詞家如此填，唯吴文英詞句式、用韵不同；翁元龍詞减字、用韵不同。此二者應爲變格。

⊙○●（韵）。○●●●○○（句），●○⊙●（韵）。○○⊙●⊙○（句），◎○●●（句），○○●●（韵）。

●○●（韵）。⊙●●○○●（句），●○⊙●（韵）。○○◎●○○（句），◎○◎●（句），○○●●（韵）。

○●○○○●（句），●○⊙●（句），⊙○○●（韵），⊙●●⊙○○（句），○●○●（韵）。○⊙◎●（句），⊙●○○●（韵）。○○●（豆）、○○◎●（句），○○⊙●（韵）。●●○○●（韵）。●○●●（句），○○●●（韵）。⊙●○○●（韵）。○●●（句），○○⊙○○●（韵）。◎○●●（句），◎○⊙●（韵）。

【作法】此調一百三十三字。三疊。上闋逢第一、三、六句押韵。上中闋各六句三仄韵，下闋十七句九仄韵。此格前兩段爲雙拽頭。第一段、第二段前三句爲一組句，後三句爲一組句。第三段前三句爲一組句，第四、第五句爲一組句，本兩句或作前四後六或作前六後四。第六、第七句爲一組句。第八句爲上三下四句式，第八、第九句爲一組句，其中第八句下四字與第九句四字對仗，爲“平平仄仄，平平平仄”格式。第十、十一、十二句爲一組句。十三、十四、十五句爲一組句。第十六、十七句爲一組句。第三段第四句爲“平仄仄平平平”格式，第十五句爲“平平平平平仄”格式，此兩句均爲拗句。

【注釋】①四渡赤水：是中國紅軍以少勝多的著名戰例。　②洗兵：李白《戰城南》：“洗兵條支海上波，放馬天山雪中草。”（《全唐詩》卷162-7，揚州詩局本。）漢劉向《説苑・權謀》卷十三：“風霽而乘以大雨，水準地而嗇。散宜生又諫曰：‘此其妖歟？’武王曰：‘非也，天灑兵也。’”武王認爲天下大雨是洗刷兵器。（［漢］劉向著，盧元駿注譯，陳貽鈺訂正：《説苑今注今譯》，臺灣商務印書館，1957年，第447頁。）　争點：争論的中心。這裏指兵家必争之地。　③依甘據陝：陝甘邊根據地。　④石郎：指石達開。太平天國時石達開于1861年9月自桂南北上，轉戰川黔滇三省，先後四進四川，于1863年4月兵不血刃渡過金沙江，突破長江防線。爲過大渡河，四萬餘人渡河，與四川總督駱秉章遣使談判，自行遣散四千人，兩千人隨石達開進入清營投降，到達成都後，被清軍殲灭。　⑤撤离遵义：紅軍長征進至遵義，面對30萬兵力圍截而進行戰略轉移。　車：《世本八種・茆泮林輯本・作篇》：“奚作車。”宋衷注：“《山海經・内經注》、《續後書・奥服志》注、《後漢書・蔡邕傳》注、《文選・演連珠》注、《玉海》七十八引《山海經》注同。”（［漢］宋衷注，［清］秦嘉謨等輯：《世本八種》，上海：商務印書館，1957年，第118頁。）　⑥應我還摇扇：紅軍于1935年1月20日左右，陸續由遵義經婁山關、桐梓、鰼水，向西挺進，在土城擊潰貴州軍閥，于29日渡過赤水河，進入四川南部。”（蔣耀德：《長征中的紅色幹部團》，《文史資料選編》第七十二輯，中華書局，1980年，第111頁。）⑦渡到仁懷縣：當追軍重兵逼近綦西時，紅軍乘黔北比較空虚，揮戈向東，重返四川南部，于1935年2月18日、19日在太平渡、二郎灘二渡赤水河，重入貴州，乘虚搶占仁懷縣，將圍堵之軍甩在後面。（蔣耀德：《長征中的紅色幹部團》，《文史資料選編》第七十二輯，中華書局，1980年12月，第112頁。）紅軍向東二渡後，蔣介石向追軍將領薛岳所發的電文稱此次是“國軍追擊以來的奇恥大辱。”（晏道剛：《蔣介石追堵紅軍的部署及其失敗》，《文史資料選輯》第六十二輯，中華書局，1979年，第17頁。）　⑧何計行川曼：蔣耀德在《長征中的紅色幹部團》一文中説：“紅軍占領遵義後，國民黨蔣介石急忙調兵遣將，向紅軍進逼，妄圖壓迫我軍于遵義鴨溪地區消滅之……故意在遵義地區徘徊……以一部兵力利用桐梓、婁山關一線有利地形，節節阻擊北進之敵，而主力在鴨溪、魯班場地區尋求與周渾元縱隊作戰。爲了進一步迷惑敵人，我軍突然于（1935年）3月16日、17日在茅臺三渡赤水河，重進川南古藺地區。”（將耀德：《長征中的紅色幹部團》，《文史資料選編》第七十二輯，中華書局，1980 年，第 113 頁。）　曼：曼曼。屈原《離騷》：“路曼曼其修遠兮。”朱熹注：“曼曼，遠貌。”（《楚辭集注》第一册，人民文學影印宋端平刻本，1953 年。）　⑨“佯渡迫，驚呼收兵東岸”兩句：當紅軍進入川南古藺地區後。此時國軍以爲紅軍又要北渡長江，又調整部署圍截。紅軍將計就計，以一個團僞裝主力作出北渡長江的姿態，吸引國軍西追。當國軍重兵奔集川南時，紅軍向東回師，突然又折回貴州，于 3 月 21、22 日經二郎灘、九溪口、太平渡四渡赤水，然後調頭向南，經楓香壩、沙土直指烏江南下”，將幾十萬大軍甩在烏江以北。（將耀德：《長征中的紅色幹部團》，《文史資料選編》第七十二輯，中華書局，1980 年，第 113 頁。）　兵：據《世本八種·茆泮林輯本·作篇》：“蚩尤作兵。”宋衷注：“《御覽》二百七十。”“蚩尤以金作兵器。”宋衷注：“《廣韵》十二庚注。”“蚩尤作五兵：戈、矛、戟、酋矛、夷矛。黄帝誅之涿鹿之野。《路史·後記四》注、“宋衷公注曰：‘蚩尤，神農臣也。’仝上。”（［漢］宋衷注，［清］秦嘉謨等輯：《世本八種》，上海：商務印書館，1957 年，第 109 頁。）　⑩望中飛雁：1935 年 5 月上旬，紅軍在皎平渡勝利渡過金沙江。至此，紅軍跳出了數十萬國軍圍追堵截的圈子。對此，雲龍給南京上峰的電文中說：紅軍“已過江無疑，聞訊之後心中如焚。”（譚智勇著：《四渡赤水》，人民出版社，2000 年，第 189 頁。）

慶春澤

楚漢之戰①

西蜀天高，關中在望，大風歌起游巡②。皆道咸陽，都人無隙相鄰③。曾時邀宴尋常事，去鴻門④、叢里抽身。等來人。粉墨登場，迎面君臣。

江山錯點秋風意⑤，道千回剪燭，一劍心塵⑥。前怨成愁，楚歌衹管相聞⑦。鴻溝約莫逍遥夢⑧，似羞人、堪笑離秦⑨。但恨身⑩。怎奈游鄉⑪，享受天倫。

【題考】《慶春澤》，又名《慶宫春》。此調始見于周邦彦詞，爲平聲調。萬樹《詞律》卷十七云，所選《慶春宫》例詞爲陳允平之平韵體、王沂孫之仄韵體。舒夢蘭《白香詞譜》云：“本調即《高陽臺》，萬氏考之綦詳。按《高陽臺》，據毛先舒云：‘取宋玉賦神女事’，蓋即宋玉《高唐賦》序：‘旦爲朝雲，暮爲行雨，朝朝暮暮，陽臺之下’也。毛氏又云：‘漢習郁于峴南作養魚池，中築釣臺，是燕游名處。山簡爲荆州，每臨此池，輒大醉，曰：‘此吾高陽臺池也。'（見《填詞名解》。）"（［清］舒夢蘭、胡山源編：《詞準》，世界書局，民國二十年。）

此調又名《高陽臺》《慶春澤慢》，然《詞譜》卷十四《梅苑》無名氏《慶春澤》詞下云："至《詞律》所收劉鎮詞一百八字者（《慶春澤慢》），係《高陽臺》，與此無涉。"

【詞格】《慶春澤》，此調據清朱彝尊《慶春澤·紀恨》（橋影流虹）。此格自《白香詞譜》可校。此調此詞爲一體，另有《詞譜》張先與無名氏三體。

⊙●○○（句），○○●●（句），⊙○⊙●○○（韵）。⊙●○○（句），⊙○⊙●○○（叶）。⊙○⊙●○○●（句），●○○（豆）、⊙●○○（叶）。●○○（叶）。⊙●○○（句），⊙●○○（叶）。

○○●●○○●（句），●○○⊙●（句），⊙●○○（叶）。⊙●○○（句），⊙○⊙●○○（叶）。⊙○⊙●○○●（句），●○○（豆）、⊙●○○（叶）。●○○（叶）。⊙●○○（句），⊙●○○（叶）。

【作法】此格一百字。雙調。上闋十句五平韵，下闋十句五平韵。上闋逢第三、五、七、八、十句押韵，下闋逢第三、五、七、八、十句押韵，均爲平聲韵；上下闋第七句爲七字句，均用上三下四句式。上闋首二句對句，爲"平仄平平，平平仄仄"格式。下闋第二句首字領格，并形成兩句四字對句，爲"仄平平仄仄，仄仄平平"格式。第七、八、九句形成扇面對，即隔句對仗，爲"仄平平、仄仄平平。仄平平。仄仄平平"格式。

【注釋】①楚漢之戰：漢高帝元年（公元前206年）八月至五年（公元前202年）十二月，項羽、劉邦爲争奪政權進行的一場大規模戰争。②大風歌：即漢劉邦《大風歌》："大風起兮雲飛揚。威加海内兮歸故鄉。安得猛士兮守四方。" 歌：唐代段安節《樂府雜録·歌》云："歌者，樂之聲也，故絲不如竹，竹不如肉，回居諸樂之上。"（［唐］段安節：《樂府雜録》，中國戲劇出版社，1959年，第46頁。） ③都人無隙相鄰：劉邦攻取關中（指函谷關以西地區）頒布的法令，即"殺人者死，傷人及盗抵罪。"（［漢］班固撰：許嘉璐等主編，《二十四史·漢書·高祖本紀第一（上）》卷一，漢語大詞典出版社，2004年，第8頁。） ④鴻門：即鴻門宴，項羽設置欲除劉邦的的宴會。據《史記·項羽本紀》卷七載：

“沛公旦日從百餘騎來見項王，至鴻門……項王即日因留沛公與飲。……範增起，出召項莊，謂曰：‘君王與沛公飲，軍中無以爲樂，請以劍舞。’……坐須臾，沛公起如廁，因招樊噲出。”（［漢］司馬遷撰：《史記》，中華書局，1999年，第221—222頁。）　⑤江山錯點秋風意：引《漢書·高祖本紀》卷一：“大破漢軍，多殺士卒，睢水爲之不流。”（［漢］班固撰，許嘉璐等主編：《二十四史·漢書》，漢語大詞典出版社，2004年，第12頁。）《史記·項羽本紀》載：“項羽乃召黥布、蒲將軍計曰：‘秦吏卒尚衆，其心不服，至關中不聽，事必危，不如擊殺之，而獨與章邯、長史欣、都尉翳入秦。’于是楚軍夜擊坑秦卒二十餘萬人新安城南。”（［漢］司馬遷撰：《史記》，中華書局，1999年，第220頁。）　⑥剪燭：李商隱《夜雨寄北》：“何當共剪西窗燭，却話巴山夜雨時。”（《全唐詩》卷539-39，揚州詩局本。）後以“剪燭”爲促膝夜談之典。　心塵：據《史記·項羽本紀》載：“漢之二年冬，項羽遂北至城陽，田榮亦將兵會戰。田榮不勝，走至平原，平原民殺之。遂北燒夷齊城郭室屋，皆坑田榮降卒，係虜其老弱婦女。徇齊至北海，多所殘滅。”（［漢］司馬遷撰：《史記》，中華書局，1999年，第227頁。）　⑦楚歌：引《漢書·高祖本紀》：“十二月，圍羽垓下。羽夜聞漢軍四面皆楚歌，知盡得楚地，羽與數百騎走，是以兵大敗。”（［漢］班固撰，許嘉璐等主編：《二十四史·漢書》，漢語大詞典出版社，2004年，第19頁。）　⑧鴻溝：引《史記·項羽本紀第七》卷七：“漢王復使侯公往說項王，項王乃與漢約，中分天下，割鴻溝以西者爲漢，鴻溝而東者爲楚。”（［漢］司馬遷撰：《史記》，中華書局，1999年，第234頁。）　⑨堪笑離秦：引《史記·項羽本紀》：“項王乃欲東渡烏江。烏江亭長艤船待……項王笑曰：‘天之亡我，我何渡爲！且籍與江東子弟八千人渡江而西，今無一人還……項王身亦被十餘創，顧見漢騎司馬吕馬童，曰：‘若非吾故人乎？’馬童面之，指王翳曰：‘此項王也。’項王乃曰：‘吾聞漢購我頭千金，邑萬户，吾爲若德。’乃自刎而死。”（［漢］司馬遷撰：《史記》，中華書局，1999年，第237頁。）　⑩但恨身。唐吴兢《貞觀政要·求諫》載：“貞觀元年，（太宗）嘗謂公卿曰：‘人欲自照，必須明鏡；主欲知過，必藉忠誠。’”（［唐］吴竞：《貞觀政要》，上海古籍，1978年，第46頁。）　⑪怎奈遊鄉：引《樂府詩集·琴曲歌辭二》卷五十八《力拔山操》條下云：“（項羽）歌數曲，美人和之。……力拔山兮氣蓋世，时不利兮騅不逝。騅不逝兮可奈何，虞兮虞兮奈若何？”（［宋］郭茂倩：《樂府詩集》，中華書局，1979年，第850頁。）

木蘭花慢

念彎彎月亮，憶長髮[1]、夢風華。正號角連營，旌旗滿挂，滚打摸爬。朝霞。告操練緊，看英姿颯爽女娃娃。昂首隨行勁旅，挺身走遍天涯。

雲斜[2]。握緊長槍，刀照處、響嚓嚓[3]。看打靶歸營，歌聲響宇，歡笑如花。閑些。望飛雁過，唱心中那個好羞呀。吹雨千山越嶺，颳風四海爲家。

【題考】《木蘭花慢》，柳永《樂章集》注南吕調。此調爲宋教坊曲，始創于柳永。《木蘭花》，係木蘭此人，最早出現于北朝民歌《木蘭詩》，宋郭茂倩《樂府詩集》歸入《横吹曲辭・梁鼓角横吹曲》第二十五卷中。陸侃如《樂府古辭考》："《古今樂府》木蘭不知名。浙江西道觀察使兼御史中丞韋元甫續附入。程大昌樂府有《木蘭》，乃女子代父征戍十年而歸，不受爵賞，人爲作詩。然不著何代人或疑寓言。然白天樂題《木蘭花》云：'怪得獨饒脂粉態，木蘭曾作女郎來。'又杜牧有《題木蘭廟詩》云：'彎弓征戰作男兒，夢里曾經與畫眉。'"（商務印書館，民國十五年。）又據宋代范成大《吴郡志》卷六："《嵐齋録》云：唐張搏自湖州刺史移蘇州，于堂前大植木蘭花。當盛開時，燕郡中詩客，即席賦之。陸龜蒙後至，張聯酌浮之，龜蒙徑醉，强執筆題兩句云：'洞庭波浪渺無津，日日征帆遠送人。'頽然醉倒。搏命他客續之，皆莫能詳其意。既而龜蒙稍醒，援筆卒其章曰：'幾度木蘭船上望，不知元是此花身。'遂爲一時絶唱。"（江蘇古籍出版社，1999年。）

此調又作爲慢詞。據明代楊慎《詞品》卷三載："《木蘭花慢》，柳耆卿《清明詞》，得音調之正。蓋傾城、盈盈、歡情，于第二字中有韵。……然吴詞後段起句，又异常體，柳爲正。"（［明］楊慎：《詞品》，唐圭璋編：《詞話叢編》第一册，中華書局，1986年。）此調單調名《木蘭花》《减字木蘭花》。

【詞格】《木蘭花慢》，此調據《詞譜》卷二十九宋柳永《木蘭花慢》（倚危樓佇立）。此調以此詞與别首（拆桐花爛漫）爲正體。此調有蔣捷詞下闋第二、三句，俱作五字句；曹勛詞上闋第九、十句，攤破六字兩句，作四字三句。此二者即爲變格。

●○○●●（句），●○●（豆）、●○○（韵）。●●●○○（句），○○●●（句），○●○○（韵）。○○（韵）。●○●●（句），●○○●●●○○（韵）。○●○○●●（句），●○●●○○（韵）。

○○（韵）。●●○○（句），○●●（豆）、●○○（韵）。●●●○○（句），○○●●（句），○●○○（韵）。○○（韵）。●○●●（句），●○○●●●●○○（韵）。○●○○●●（句），○○●●○○（韵）。

【作法】此格一百零一字。雙調。上闋十句五平韵，下闋十一句六平韵。上闋逢二、五、六、八、十句押韵，下闋逢一、三、六、七、九、十一句押韵，均爲平聲韵。上闋第一句上爲一下四句式，下闋第一句係换頭藏韵。上闋第二句，下闋第三句爲“六字折腰”句式。上闋第三句，下闋第四句，爲首字領三句，前兩句四字對。上闋第六、七句，下闋第七、八句，實爲六字句，前兩字均藏短韵，下四字均爲上一下三句式。上闋第八句，下闋九句首字領格而成拗句。上闋第九、十句，下闋第十、十一句，均爲對仗。

【注釋】①憶長髮：按《中國人民解放軍内務條令》規定，軍人不得蓄長髮。關于解放軍稱號的來歷，據載自 1927 年的“八一”南昌起義以來“曾使用‘中國工農紅軍’、‘國民革命第八路軍’、‘新四軍’等稱號。朱德總司令在 1945 年 8 月 11 日，連續發布了二號……六項命令，在延安《解放日報》第 1543 號（1945 年 8 月 12 日）第一版公布了命令全文，總目標題爲‘延安總部命令各路解放軍向遼吉熱察綏等省挺進’，這是我軍第一次使用解放軍的名稱”。（王守勛主編：《萬事由來》，黑龍江科學技術出版社，1989 年，第12—13 頁。）　②雲斜（xiá）：這裏指時間持久，雲彩變换。唐温庭筠《題盧處士山居》（一作處士盧岵山居）：“千峰隨雨暗，一徑入雲斜。”③嚓嚓：象聲詞。

御街行

空城計[①]

街亭决戰旌旗异[②]。論馬謖、沾衿泪。衹爲天下比雌雄，成敗千秋争地。連營城外，大軍潮湧，來勢紛蝗至。

城門灑掃忙生智。怎待見、彈琴戲。横行司馬任平生，今却驚慌丢弃。皆成舊事，人人皆道，無計相迴避。

【題考】《御街行》，柳永《樂章集》注雙調。此調爲御街之名，始于宋代。宋代孟元老《東京夢華録》卷二：“坊巷御街，自宣德樓一直南去，約闊二百餘步，兩邊刀御廊，舊許市人買賣于其間。自政和間官司禁止，各安立黑漆杈子，路心又安朱漆杈子兩行，中心御道，不得人馬行往，行人皆在廊下朱杈子之外。杈子裏有磚石甃砌御溝水兩道，宣和間盡植蓮荷，近岸植桃李梨杏，雜花相間，春夏之間，望之如綉。”（商務印書館，民國二十五年。）此北宋汴都之御街。又南宋吴自牧《夢梁録·立冬·孟冬行朝饗禮遇明禋歲行恭謝禮》云：“都人瞻仰天表，御街遠望如錦。向有朝臣吟二十八字……又有恭謝一二詞咏之……《御街行》：‘綉衣花帽挨排砌，錦仗天街里。’”（知不足齋本。）此南宋行都之御街。此調創始于北宋，至南宋則遍傳朝野。此調又名《孤雁兒》。

【詞格】《御街行》，此調據《詞譜》卷十八宋范仲淹《御街行》（紛紛墜葉飄香砌）可校。此調以此詞及柳永（燔柴烟斷星河曙）詞爲正體。然此詞較柳詞上下闋第二句各添一字，俱作六字折腰句法，應爲另一體。

○○●●○○●（韵）。◎◎●（豆）、○◎●（韵）。○○○●●○○（句），○●○○○●（韵）。○○○●（句），●○○●（句），○●○○●（韵）。

○○●●○○●（韵）。●◎●（豆）、○○●（韵）。○○○●●○○（句），○●○○○●（韵）。○○●●（句），○○○●（句），○●○○●（韵）。

【作法】此格七十八字。雙詞。上下闋各七句四仄韵。首句爲平起仄收七言句。次句爲六字折腰句式。上三字均宜仄，下三字叶韵。第三句七字，平起平收，不用韵。第四句六字，叶韵。第五、六句均爲四字句，不用韵。結句五字叶韵。下闋句法與上闋同。

【注釋】①空城計：《三國演義》第九十五回《馬謖拒諫失街亭，武侯彈琴退仲達》故事。城郭：“城”指内城牆，“郭”指外城牆。《世本八種·茆泮林輯本·作篇》：“鯀作城。”宋衷注：《玉篇·土部》《妙法蓮花經·音義三》《水經·河水三》”。“鯀作城郭。”宋衷注：“《禮記·祭法》正義。”（［漢］宋衷注，［清］秦嘉謨等輯：《世本八種》，上海：商務印書館，1957 年，第 118 頁。） ②街亭：三國歷史上重要的軍事關隘。現甘肅秦安縣城東北四十五公里的隴城與張家川縣城西北三十五公里的龍山鎮之間的地域。

江城梅花引

笛聲拂夜落晶瑩。是心情。是生情。情比聲柔，心事落無聲。風接半腰渾是醉，暗浮動，任悠扬、粉蝶輕。

粉蝶輕。進門香滿庭。階上行。院外迎。找也找了，找不見、紅點眉清[①]。拍遍欄杆，夜里比天晴。皆道無花難比俏，行得早，柳梢鶯、正弄聲。

【題考】《江城梅花引》，謝元淮《碎金詞譜》注高大石調。據明代朱權《神奇秘譜·梅花三弄》卷下載："《梅花三弄》，又名《梅花引》《玉妃引》。臞仙按：《琴傳》曰：'是曲也，昔桓伊與王子猷聞其名而未識。一日遇諸途，傾蓋下車共論。子猷曰："聞君善于笛。"桓伊出笛作《梅花三弄》之調，後人以琴爲三弄焉。'"（姜鵬藏本。）也就是説桓伊所奏的是笛曲，後改編爲古琴曲。《詞林紀事》卷八洪浩《江城梅花引》三首詞下云："《容齋五筆》：紹興丁巳，所在始歌《江梅引》，不知爲誰人所作。己未、庚申年，北庭亦傳之。至于壬戌，先忠宣公在燕，赴張愻［揔］侍御家宴，侍妾歌之，感其'念此情，家萬里'之句，愴然曰：'此詞殆爲我作！'既歸不寐，遂用韵賦四闋。時在拘囚中，無書可檢，但有《初學記》、韓杜蘇白樂天集，所引用句語，一一有來處。北方不識梅花，士人罕有知梅事者，故皆注所出。其一《憶江梅》；其二《訪寒梅》；其三《憐落梅》；第四篇失其稿。每首有一'笑'字，北人謂之《四笑梅花引》，爭傳寫焉。"（［清］張宗橚輯：《詞林紀事》，成都古籍書店，1982 年复印。）又萬樹《詞律》卷三云："此調相傳前半用《江城子》，後半用《梅花引》，故合名爲《江城梅花引》。"（上海古籍出版社，1994 年。）又《詞譜》卷二十一："万俟咏《梅花引》，句讀與《江城子》相近，故可合爲一調。此調程垓詞，换頭句藏短韵者，名《攤破江城子》；江皓詞，三聲叶者四首，每首有一'笑'字，名《四笑江梅引》；周密詞，三聲叶韵者，名《梅花引》，全押平韵者，名《明月引》；陳允平詞，名《西湖明月引》。"然對照韋莊、歐陽炯等《江城子》與賀鑄、万俟咏等《梅花引》，其句式和字數與《江城梅花引》上下闋各不相同。

【詞格】《江城梅花引》，此調自《詞譜》卷二十一宋蔣捷《江城梅花引》（白鷗問我泊孤舟）可校。此調爲换頭句藏短韵（疊上闋結句韵脚）者，以程垓（娟娟霜月冷侵門）詞爲正體，此詞亦與程詞同，唯换頭添一襯字，但藏一短韵异。不藏短韵者，以吴文英（江頭何處帶春歸）詞爲正體；下関第一句，第三、四句叶三仄韵者，以王觀（年年江上見寒梅）詞爲正體。

●○●●●○○（韵），●○○（韵）。●○○（疊韵）。○●○○（句），○●●○○（韵）。○●●○○●●（句），●○●（句），●○○（豆）、●●○（韵）。

●●○（疊韵）。●○○●○（韵）。○●○（韵）。●●○（韵）。●●●●（句），●●●（豆）、○●○○（韵）。●●○○（句），●●●○○（韵）。○●○○○●●（句），○●●（句），●○○（豆）、●●○（韵）。

【作法】此格八十八字。雙調。上関八句四平韵一疊韵，下関十一句六平韵一疊韵。上関第一句爲平起平收七言句韵，第二句三字押平聲韵，第三句疊上句韵。第五、八句押平聲韵。下関换頭句藏韵，即疊上関結句韵脚，不可截然分句。第二、三、四、六、八、十一句均押平聲韵。上関第八句，下関十一句爲六字折腰句式。下関第六句爲七字句，用上三下四句式。

【注釋】①紅點眉清：引唐·盧仝《人日立春》："顔與梅花俱自新。"（《全唐詩》卷387-16，揚州詩局本。）《太平御覽·時序部十五·人日》卷三十："《雜五行書》曰：宋武帝女壽陽公主，人日卧于含章殿檐下，梅花落公主額上，成五出花，拂之不去。皇后留之，看得幾時，經三日，洗之乃落。宫女奇其异，（竟）［競］效之，今梅花妝是也。"（［宋］李昉撰，夏劍欽校點：《太平御覽》，河北教育出版社，1994年，第256頁。）

天仙子

蘭花吟[①]

花影滿天時説好[②]。説到月明能伴老。問人逢着醉歸來，花易擾。風勁草。别有種蘭清氣繞。

携酒折花才俗套。流水落花休莫惱。蘭香游處但遲遲，知道了。和春要。依舊小屏飛蝶到。

【題考】《天仙子》，謝元淮《碎金詞譜》注黄鐘宫。屬龜兹部舞曲，唐教坊曲。此調始見于張先《張子野詞》。段安節《樂府雜録·龜兹部》云："《萬斯年曲》，是朱崖李太尉進此曲名，即《天仙子》是也。”（《樂府雜録》，守山本。）任半塘《教坊記箋訂・曲名》：“與《樂府雜録》内，李德裕所進《萬年斯》即《天仙子》者應無關。因《萬斯年》乃宰相所進之‘頌聖’大曲，不應有小曲之别名。皇甫松作，及敦煌寫卷所見之《天仙子》、無不咏調名本意，辭内各有‘天仙’‘仙子’‘仙娥’等字，尤不合宰相進樂之體。《新唐書・禮樂志》亦載其事，但并無‘即《天仙子》’説。”（中華書局，1962年。）又毛先舒《填詞名解・小令》卷一：“（天仙子）韋莊詞：‘劉郎此日别天仙’云云，采以名。”（木石居校本。）沈雄《古今詞話・詞辨》下卷：“《詞統》曰：“《天仙子》止以張子野‘雲破月來花弄影’爲妙句，又謂其心與景會，落筆即是，着意即非者，正在可解不可解之間。子野曾對人曰：‘雲破月來花弄影。’‘嬌柔懶起，簾壓捲花影。’‘柳徑無人，墜飛絮無影。’人稱‘三影’，此餘所愜意者。”（清康熙二十八年澄暉堂刻本。）此調見于《任半塘文集》敦煌歌辭中列爲邊塞詞調。

【詞格】《天仙子》，此調自宋・張先《天仙子・送春》（水調數聲持酒聽）。此格自《詞譜指要》可校。此詞爲和凝“柳色披衫”詞體。和詞單調，此則加一段爲雙調，且第四句用韵。雙調以此詞爲正體。

⊙●◎○○●●（韵）。◎●◎○○●●（叶）。◎○⊙●●○○（句），⊙◎●（叶）。⊙◎●（叶）。◎●◎○○●●（叶）。

⊙●◎○○●●（叶）。⊙●◎○○●●（叶）。⊙○⊙●●○○（句），⊙◎●（叶）。⊙⊙●（叶）。⊙●◎○○●●（叶）。

【作法】此格六十八字。雙調。上下闋各六句五仄韵。此調爲全仄韵，爲七言仄韵詩兩首合并而成，僅上下闋第四、五句嵌入三字句兩句。此處對仗，爲“平仄仄，平仄仄”格式。下闋與上闋無异，第四、五句亦爲對仗，爲“平仄仄，平平仄”格式。

【注釋】①蘭花：梅、蘭、竹、菊稱爲“四君子”之一。引《詩經・衛風・芄蘭》：“容兮遂兮，垂帶悸兮。”鄭玄箋：“言惠公佩容刀與瑞及垂紳帶三尺，則悸悸然行止有節度，然其德不稱服。”（［漢］毛亨傳，［漢］鄭玄箋，［唐］孔穎達疏：《毛詩正義》卷第三（三之三），北京大學出版社，1999年，第238頁。）　②時説：唐貫休《贈景和尚院》：“時説秋歸夢，峰頭雪滿床。”（《全唐詩》卷830-44，揚州詩局本。）

玉漏遲

賞　菊

舞裙投月影，輕妝拂面，微齉依照。駐賞明眸，待醉鬢釵摇掉。時點長亭影轉，見拾翠、彎腰輕釣。尤俊俏。圃中踏遍，時行惟妙。

小閣坐久微凉，顧倚案低吟，把樽凝眺①。陡覺臨窗，冷沏不堪消惱。暖律幡然擁處，向園里、采茶咀嚼。能自料。噙香不期憂少。

【題考】《玉漏遲》，吴文英《夢窗詞》注夷則商；蔣孝《舊編南九宫譜》注黄鐘宫。此調據《琴曲譜録》載，古琴曲有《玉漏遲》宋僧居月《琴書類集》列于下古琴弄名中。《宋史・志九十三・樂十五・鼓吹上》："真宗封禪四首："《導引》……《六州》：'良夜永，玉漏正遲遲。'"此調係取當代廟堂樂章新義，合諸古代琴曲而創其調名。

【詞格】《玉漏遲》，此調據《詞譜》卷二十一宋宋祁《玉漏遲》（杏香飄禁苑）可校。此調以此詞爲正體。南宋人詞，按吴文英（絮花寒食路）詞照填。

◎○○●●（句），⊙○◎●（句），⊙○○●（韵）。◎●⊙○（句），◎●◎○○●（韵）。⊙●○○◎●（句），◎◎◎（豆）、⊙○○●（韵）。○●●（韵）。◎⊙◎◎（句），⊙○○●（韵）。

◎◎◎●○○（句），◎◎●○○（句），●○○●（韵）。◎●⊙○（句），◎●◎○○●（韵）。◎●⊙○◎●（句），◎⊙●（豆）、◎○○●（韵）。○●●（韵）。⊙⊙●○○●（韵）。

【作法】此格九十四字。雙調。上闋十句五仄韵，下闋九句五仄韵。上闋首句起五字句，第七句爲七字句，用上三下四句式，結兩四字句。下闋起六字句，第二、三句必作"仄仄仄平平，仄平平仄"格式，爲四字對句上加一字豆。第四句到第八句與上片相同。第五、六句雖爲隔句，然猶有對仗之意，爲"仄仄仄平平仄。仄仄平平仄仄"格式。結六字句。

【注釋】①樽：晋陶淵明《歸去來兮辭》："携幼入室，有酒盈樽。"（馮其庸等選注：《歷代文選》上册，中國青年出版社，1962年，第338頁。）

滿庭芳

吟　竹

付與花身，行時春色，骨清瘦葉新描。試聽敲夜，窗影说風摇。不覺無端雨打，斑痕處，興致難消。于霜月、眉峰千態，高朗照青條[①]。

憑遥。千古事，詩人吟賞，騷客閑聊。贊琴心相挑[②]，持節承昭[③]。共惜年年杜宇[④]，朔風起，堪笑彎腰。憑闌意，一株當種，園圃弄新苗。

【題考】《滿庭芳》，《太平樂府》《太和正音譜》注中吕宫。此調因柳宗元《贈江華長老》詩“偶此即安居，滿庭芳草積”句得名。（《全唐詩》卷351-8，揚州詩局本。）亦有説是出自吴融《廢宅》詩：“幾樹好花閑白晝，滿庭荒草易黄昏”句。（《全唐詩》卷686-45。）沈雄《古今詞話·詞辨》下卷：“《鐵圍山叢談》云：‘寒鴉飛數點，流水繞孤村’，隋煬帝語也，少游《滿庭芳》引用之云：‘斜陽外，寒鴉數點，流水繞孤村。’《樂府紀聞》曰：秦少游婿範元即時在席，妓問曰：‘公解詞否？’範曰：‘吾乃山抹微雲女婿也。’可見當時盛傳太虚此詞爲絶唱。”此調平韵調名《鎖陽臺》《滿庭霜》《瀟湘夜雨》《話桐鄉》《江南好》。仄韵調名《轉調滿庭芳》。

【詞格】《滿庭芳》，此調據宋秦觀《滿庭芳·春游》（曉色雲開）。此格自《白香詞譜》可校。此調以晏幾道（南苑吹花）詞及周邦彦（風老鶯雛）詞爲正體。此詞係周詞體。

⊙●○○（句），⊙○⊙●（句），●⊙⊙●⊙○（韵）。⊙○○●（句），⊙●●○○（叶）。⊙●⊙○⊙●（句），○⊙●（句），⊙●○○（叶）。○○●（豆）、○○○●（句），⊙●●○○（叶）。

○○（叶）。⊙●●（句），⊙○⊙●（句），⊙●○○（叶）。●⊙○⊙●（句），⊙●○○（叶）。⊙●⊙○⊙●（句），⊙⊙●（句），⊙●○○（叶）。⊙○●（句），⊙○⊙●（句），⊙●●○○（叶）。

【作法】此格九十五字。雙調。上闋十句四平韵，下闋十二句五平韵。上闋逢第三、五、八、十句押韵，下闋逢第一、四、六、九、十二句押韵，均爲平聲韵。上闋首二句對仗，爲“仄仄平平，平平平仄”格式，係定格。第九句爲七字句，用上三下四句式。下闋前兩字句與下三字句，可結爲一個五字句，不用韵。第三、四句爲“平平仄仄，仄仄平平”格式，形成對句。第五句首字領兩句四字對句，爲“仄平平平仄，平仄平平”格式。

【注釋】①高朗：《詩·大雅·既醉》：“高朗令終。”（程俊英撰：《詩經譯注》，上海古籍出版社，2004 年，第 443 頁。） ②琴心相挑：引《史記·司馬相如列傳》云：“是時，卓王孫有女文君新寡，好音，故相如繆與令相重，而以琴心挑之。”（［漢］司馬遷撰：《史記·列傳》卷 117-57，中華書局，1982 年，第 3000 頁。） 贊：這裏是領格字。“贊”却爲一種文體。與本條釋義無涉。據《太平御覽·文部四》卷五百八十八載：“《釋名》曰：稱人之美曰贊。贊，纂也，纂集其美而叙之也。《文心雕龍》曰：贊者，明也，助也。昔虞舜之祀，樂正重贊，蓋唱發之詞也。及益贊于禹，伊陟贊于巫咸，并颺言以明事，嗟嘆以助詞者也。……太康元年，汲縣人盗發魏襄王塚，得策書十餘萬言，其一卷論楚者最爲工妙。恒悦之，故竭思，以贊其美。《世説》曰：羊孚作《雪贊》曰：‘資清以化，乘氣以霏，遇象能鮮，即潔成輝。’桓尹遂以書扇。”（［宋］李昉撰：《太平御覽》，河北教育出版社，1994 年，第 630—631 頁。） ③持節：引李白《蘇武》：“蘇武在匈奴，十年持漢節。”（《全唐詩》卷 181-29，揚州詩局本。）公元前 100 年，蘇武奉漢武帝命出使匈奴，在準備回國的路上，因其手下犯錯被牽連，但他拒不歸降于匈奴，在北海持節牧羊十九年，晚年方歸。（［漢］班固：《漢書·蘇武傳》，漢語大詞典出版社，2004 年，第 1170 頁。） ④杜宇：《太平御覽·州郡部十二·劍南道·益州》：“當七國稱王，獨杜宇稱帝于蜀。……時有荆地有一死者鱉冷，其尸至汶山，却更生，見望帝。帝以爲蜀相。時巫山壅江，蜀地洪水，望帝使鱉冷鑿巫山，治水有功。望帝自以德薄，乃委國禪鱉冷，號曰開明。遂自亡去，化爲子規，故蜀人聞鳴曰‘我望帝也。’”（［宋］李昉撰：《太平御覽》第二册，河北教育出版社，1994 年，第 574—575 頁。）

洞仙歌

白　菜

春泥擁秀，道園圃將見。擬寫清名不争倩。念容華、更没花惱争誇，常顾影，携賞一挑自便①。

遠行留不住，風拍輕塵，衹識雲頭正飛燕。看過了山崗、落在誰家，銜泥濕、有巢迎面。見説起、黄昏向東籬②，對月晃、敲凉井邊清宴③。

【題考】《洞仙歌》，《宋史 · 樂志》注林鐘商調，又歇指調；《金詞》注大石調；柳永《樂章集》（嘉景留心慣）詞，注中吕調，又“嘉景”詞，注般涉調。此調爲唐教坊曲名。黄昇《花庵詞選 · 唐宋諸賢絶妙詞選》卷二：“（蘇軾）公自序云：‘僕七歲時，見眉州老尼姓朱，忘其名，年九十歲。自言嘗隨其師入蜀主孟昶宫中。一日大熱，主與花蕊夫人夜起避暑摩訶池上，作一詞，朱具能記之。今四十年，朱已死矣，人無知此詞者，獨記其首兩句，暇日尋味，豈《洞仙歌令》乎？乃爲足之云。’”（中華書局，1958 年。）又毛先舒《填詞名解 · 中調》：“先舒審《楊元素本事曲》，稱見一士誦昶避暑詞，全篇‘冰肌玉骨清無汗’云云，與蘇氏填詞不同。且如楊氏所稱，則此調似創自昶矣，而《苕溪漁隱》云，當以蘇序爲正，疑昶故有是詞，蘇後稍爲更定之耳。”（木石居校本。）此調又名《洞仙歌令》《洞中仙》。

【詞格】《洞仙歌》，此調據《詞譜》卷二十宋蘇軾《洞仙歌》（冰肌玉骨）可校。此調以此詞與辛弃疾（婆娑欲舞）詞爲初體。此調諸家詞或起句、句中押韵不同，或句法有异，或减字、添字、攤破句法等的不同。

⊙○◎●（句），◎⊙○○●（韵）。◎●○○●○●（韵）。●○○（豆）、◎●⊙●○○（句），⊙◎●（句），⊙●⊙○◎●（韵）。

◎⊙○◎●（句），⊙●○○（句），⊙●○○●○●（韵）。●◎◎⊙⊙（豆）、◎●○○（句），⊙⊙●（豆）、◎○⊙●（韵）。◎◎◎（豆）、⊙⊙●○○（句），◎◎●（豆）、○○●○○●（韵）。

【詞格】此格八十三字。雙調。上闋六句三仄韵，下闋七句三仄韵。上闋第二句爲上一下四領格句式。第三句爲七字句拗句。第四句用上三下六句式，首字領格。第五、六句用前三後六句式，第六句爲拗句，第三字若用仄，第五字須用平，方得相稱。下闋第二句四字，實即下七字之豆。第三句七字，與上闋第三句同，宜拗。第四句用上五下四句式，首字領格。第五句用上三下四句式，第六句用上三下五句式，實係仄起平收之七言律句。結句九字，用上三下六句式。

此調林外亦有一首《洞仙歌》，押韵以次爲“曉、草、老、帽、我、過、鎖、掃”字。對此，《詞譜》卷二十此調林外詞下按：“宋楊湜《古今詞話》云，昔有人題此詞……傳入禁中，孝宗笑曰：以鎖字押老字，則鎖當音掃，乃閩音也。訪之，果係閩人林外所作。但此詞後段第二、三句‘四海誰知我。一劍横空幾番過’，亦哿、箇二韵中字，不獨一鎖字也，蓋古以魚、虞、蕭、肴、豪、歌、麻、尤八韵爲角聲，皆可通轉，故《淮南招隱士》首章：‘山氣巃嵷兮石嵯峨，猿狖群笑兮虎豹嗥’，四豪與五歌同叶，則知此詞我字、過字、鎖字，亦以十九皓與二十哿叶，難曰方言，實古韵也。”清張宗橚輯《詞林紀事》卷十亦載其事。

【注釋】①一挑：一挑兒白菜。　　②東籬：李清照《醉花陰》：“東籬把酒黄昏後。有暗香盈袖。”（黄墨穀：《重輯李清照集》，齊魯書社，1981年，第21頁。）　　③井邊：指故里。《世本八種·茆泮林輯本·作篇》載：“化益作井。”宋衷注：“《周易·釋文》《初學記》七引‘伯夷作進’、《御覽》一百八十九引‘伯夷作井。’”（［漢］宋衷注，［清］秦嘉謨等輯：《世本八種》，商務印書館，1957年，第116頁。）

尉遲杯

杜鵑吟[①]

花間聚。似有妒、李鬧桃花怒。都因選得佳人，羞色春分凡五[②]。千郎彩佩，聞笑語、留連問誰主。見流鶯、教唆染了，一山風水香土。

移時折取花梢，隨吟遍、良宵遇寵庭户。好個栽花人相似，描影亂、眉尖後補。憂秋老、春容易老，説人醜、猶嫫母是主[③]。道西鄰、却説東風，捻時堪折横竪。

【題考】《尉遲杯》，柳永《樂章集》（寵佳麗）詞、吴文英《夢窗詞》注雙調。此調始見于柳永詞。毛先舒《填詞名解·長調》卷三：“（唐）尉遲敬德（恭）飲酒必用大杯也。”（木石居校本。）以此爲名。

此調平韵者，見晁補之《琴趣外篇》。仄韵者，見柳永《樂章集》。

【詞格】《尉遲杯》，此調據《詞譜》卷三十三宋周邦彦《尉遲杯》（隋堤路）可校。此調押仄韵者，以此詞、柳永（寵嘉麗）詞、《梅苑》無名氏（歲雲暮）詞爲正體。此調與柳詞同，唯上下闋第五句俱不押韵，又下闋第三、四、五攤破句法，作七字兩句异，句式更顯自由。

○○●（韵）。●●●（豆）、●●○○●（韵）。○○●●○○（句），○●○○○●（韵）。○○●●（句），○●●（豆）、○○●○●（韵）。●○○（豆）、○○●●（句），●○○●○●（韵）。

○○●●○○（句），○○●（豆）、○○●●○●（韵）。●●○○○○●（句），○●●（豆）、○○●●（韵）。○○●（豆）、○○●●（句），●○●（豆）、○○●●●（韵）。●○○（豆）、●●○○（句），●○○●○●（韵）。

【作法】此格一百零五字。雙調。上闋八句五仄韵，下闋八句四仄韵。此調與柳詞同，唯前後段第五句俱不押韵，又後段第三、四、五攤破句法，作七字兩句异。上闋逢第一、二、四、六、八句押韵，下闋逢二、四、六、八句押韵，均爲仄聲韵。上闋第二句首字領格，第三、四句爲拗句，第六句用上三下五句式，第七句用上三下四句式。下闋首句與上闋第三句同，第二句首字領格，用上三下六句式，第四、五、七句用上三下四句式。

【注釋】①杜鵑：指杜鵑花。　　②羞色春分凡五：指杜鵑花開五瓣，花是葉上長葉。　　③嫫（mó）母：傳説中的醜婦，黄帝之妻。白居易《山石榴寄元九》詩："花中此物是西施，芙蓉芍藥皆嫫母。"自注："山石榴，一名山躑躅，一名杜鵑花，杜鵑啼時花撲撲。"（《全唐詩》卷 435-16，揚州詩局本。）

荷葉杯

雨送碧紗回首。知否。清影水中投。擁波香動岸隨流[①]。幽徑對高丘。
風起拂襟雲走。難負。凉意伴輕舟。揚波簾隱閣從游。斜月近西樓。

【題考】《荷葉杯》，此調爲唐教坊曲。隋殷英童《采蓮曲》："藕絲牽作縷，蓮葉捧成杯。"（［宋］郭茂倩：《樂府詩集·清商曲辭七》卷五十，中華書局，1979 年。）蘇軾《中山松醪寄雄州守王引進》："流芳不待龜巢葉"句，自注："唐人以荷葉爲酒杯，謂之碧筒酒。"（［宋］蘇軾：《蘇軾詩集》卷二二，中華書局，1982 年。）調名由此而來。

此詞單調者有温庭筠、顧敻二體；雙調者衹韋莊一體。俱見《花間集》。

【詞格】《荷葉杯》，此調據《詞譜》卷一五代韋莊《荷葉杯》（記得那年花下）可校。此調有温庭筠二十三字詞，顧敻有二十六字詞。此詞爲顧敻體，又加一段，唯結句五字不疊韵，更減去一字，兩段各自换韵。

●●◎○○●（韵）。○●（韵）。○●●○○（换平韵）。◎○○●●○○（韵）。⊙●●○○（韵）。

⊙●●○○●（换仄韵）。○●（韵）。⊙●●○○（换平韵）。⊙○○●●○○（韵）。○●●○○（韵）。

【作法】此格五十字。雙調。平仄韵錯叶格。上下闋各五句二仄韵三平韵。上闋首句爲六字句押韵。第二句二字叶仄，第三句换平韵，第四、五句叶平。下闋首句换仄韵，第二句叶仄，第三句换平韵，第四、五句叶平。

【注釋】①擁波：《太平御覽·地部·水上》："水别流曰派，風吹水湧曰波，大波曰濤，小波曰淪，平波曰瀾，直波曰涇。水朝夕而至曰潮，風行水成文曰漣。水波如錦文曰漪。水行曰涉。逆流而上曰泝洄，順流而下曰泝游，亦曰沿流。絶流而渡曰亂。以衣涉水曰厲，由膝以下曰揭，由膝以上曰涉。渡水處曰津濟。潛行水下曰泳。"（［宋］李昉撰：《太平御覽》，河北教育出版社，1994年，第519頁。）

憶舊游

觀　海

望天茫闊野，浪急滔天，風捲寒潮。憒汛掀翻岸，看雲飛瀑布，倒打雲霄。霧烟醉了天際，掀浪競天遥。數岸上鷗聲，堤邊雨意，半晌寒消。

雲迢。漸風緊，勸繫好蘭舟，扁葉成漂。念遠人凝立，遇潮流無緒，心上閑聊。一波隱約雲散，何處怎生描。願景致千千[①]，長虹久駐猶作橋。

【題考】《憶舊游》，此調始見于周邦彦《清真樂府》入越調。先著、程洪《詞潔輯評》卷五：《憶舊游》"'舊巢'下，如琴曲泛音，盡而不盡。美成詞是此等筆意處最難到，玉田亦似十分模擬者。"（河北大學出版社，2007年。）俞平伯《清真詞釋》卷下云："此闋乃上半回憶，下半想象，本意始終含蓄格。"（人民文學出版社，2000年。）此調又名《憶舊游慢》。

【詞格】《憶舊游》，此調據《詞譜》卷三十宋周邦彦《憶舊游》（記愁横淺黛）可校。此調以此詞爲正體，諸家俱如此填。雖與周詞同，誠如吴文英詞之減字，周密詞、劉將孫詞之添字者，歸爲變格。

●⊙○◎●（句），◎●○○（句），⊙●○○（韵）。◎◎○○●（句），●⊙○◎●（句），◎●○○（韵）。◎⊙●◎○●（句），⊙●●○○（韵）。●◎●○○（句），⊙○◎●（句），◎●○○（韵）。

○○（韵）。●○●（句），●◎◎⊙⊙（句），⊙●○○（韵）。◎◎○⊙●（句），●⊙○⊙●（句），⊙●○○（韵）。◎⊙◎◎○●（句），⊙●●○○（韵）。●◎●○○（句），⊙○◎●○●○（韵）。

【作法】此格一百零二字。雙調。上闋十一句四平韵，下闋十一句五平韵。上闋逢第三、六、八、十一句押韵，下闋逢第一、四、七、九、十一句押韵，均爲平聲韵；上闋第一句首字領四字三句對，爲“仄平平仄仄，仄仄平平，平仄平平”格式。第九句首字領兩句四字對爲“仄仄仄平平，平平仄仄”格式；上闋第五句，下闋第二、三、五、六、十句均首字領格，並宜用去聲。下闋結句用作拗句，爲“平平仄仄平仄平”格式。

【注釋】①千千：張先《千秋歲》：“心似雙絲網，中有千千結。”（［清］上彊村民編：《宋詞三百首》，崇文書局，2007年，第8頁。）

一落索

觀　湖

蘸盡柳條争指。葉芽剪水。起波不覺劃圈圓，恰好是、都歡喜。

梳落彩雲遥視。波紋盡起①。穿花蛺蝶避人知，低頭看、花追美。

【題考】《一落索》，周邦彦《片玉詞》注雙調。此調是宋時俗語，猶言一大串。沈雄《古今詞話》卷上：“《耆舊續聞》曰：‘周美成至汴京，主角妓李師師家，爲作《洛陽春》（一落索），師師欲委身而未能也，與同起止。’”（中華書局，1986年。）調以此爲名。

此調又名《洛陽春》《玉連環》《一絡索》。

【詞格】《一落索》，此調據《詞譜》卷五宋毛滂《一落索》（月下花前風畔）可校。此調以此詞及秦觀（楊花終日飛舞）詞、歐陽修（紅紗未曉黄鸝語）詞爲正體。

◎◎⊙⊙⊙●（韵）。◎○◎●（韵）。●○⊙●●○○（句），◎◎●（豆）、○○●（韵）。

⊙●●○⊙●（韵）。⊙○◎●（韵）。⊙○◎●●○○（句），◎⊙●（豆）、○○●（韵）。

【作法】此格四十六字。雙調。上下闋各四句三仄韵。上下闋平仄格式同。結句均爲豆分句，即三三句式。

【注釋】①波紋盡起：唐白居易《府西池》："柳無氣力枝先動，池有波紋冰盡開。"（《全唐詩》卷451-9，揚州詩局本。）

宴清都

隴南山色[①]

大浪欺花軟。雲裹盡，直流山下飛捲。開叢選勝，新涼日薄，舊蹤風淺。迎前小閣危棧。尚待飲、茶翁細算。遥指行、仄徑山轉。風轉。水轉。人轉。

先遣。那處穿雲，這邊避霧，天氣能辨。東崗正熱，西原下雨，一路陘峴[②]。當時此身新款。但笑拍、風迴不倦。任側耳、索道如橋[③]，迢迢隨輦[④]。

【題考】《宴清都》，周邦彦《片玉詞》、吴文英《夢窗詞》注中吕調。此調始見于周邦彦《清真集》。沈雄《古今詞話・詞品・疏名》："都穆曰：《宴清都》，取沈隱侯（沈約）'朝上閶闔宫，夜宴清都闕。'"詞調本此。（中華書局，1986年。）又名《清都宴》《四代好》。

【詞格】《宴清都》，此調據《詞譜》卷三十宋何籀《宴清都》（細草沿階軟）可校。此調以周邦彦（地僻無鐘鼓）詞爲正體。此詞前結迭用四韵，自成一體。盧祖皋詞多押兩韵，曹勛、吴文英詞多押三韵，袁去華、陳允平詞之减字，皆爲變格。

●●○○●（韵）。○◎●（句），●⊙○◎○●（韵）。⊙○◎●（句），○○●●（句），●○○●（韵）。○○●◎○●（韵）。●●●（豆）、○○◎●（韵）。⊙●○（豆）、◎●⊙●（韵）。○●（疊韵）。●●（疊韵）。○●（疊韵）。

○●（韵）。●●○○（句），◎○●●（句），⊙◎○●（韵）。⊙⊙●◎（句），○○●●（句），●◎○●（韵）。○○●○⊙●（韵）。●◎●（豆）、○○●●（韵）。●●◎（豆）、◎●○○（句），○○◎●（韵）。

【作法】此格一百零二字。雙調。上闋十二句六仄韵三疊韵，下闋十一句六仄韵。上闋逢第一、三、六、七、八、九句押仄聲韵，第十、十一、十二句疊韵。下闋逢第一、四、七、八、九、十一句押韵，均爲仄聲韵。上闋第五、六句爲“平平仄仄，仄平平仄”格式，構成兩句四字對句。下闋第二、三句爲“仄仄平平，仄平仄仄”格式，兩句四字對句。第五、六句爲“平平仄仄，平平仄仄”格式，兩句四字對句。上闋第八、九句，下闋第九、十句爲七字句，用上三下四句式。

【注釋】①隴南：甘肅隴南地區以獨具“舉頭峻峭嵯峨，側耳波濤洶湧”的錯綜复雜地形地貌特徵而著稱。　②陘峴：山谷與山嶺。謝靈運《從斤竹澗越嶺溪行》：“逶迤傍隈隩，苕遞陟陘峴。”（郞國平選注：《漢魏六朝詩選》，上海古籍出版社，2005 年，第 367 頁。）　③索道：這裏指用于旅游乘用的欄車。　④輦：車子。引《太平御覽·車部三》卷七百七十四：“《（左）傳》曰：猛獲奔衛。南宫萬奔陳，以乘車輦其母，一日而至。《鄴中記》曰：石虎大駕有金銀輦、雲母輦、武剛輦數百乘。虎皇后出，乘嵩路輦。文或玉路，輦或朱漆。卧輦純以雲母代紗，中外四望皆通徹。又曰：石虎少游獵，體轉壯大，不復乘馬。作獵輦，使二十人擔之，如今之步輦。上安徘徊曲蓋，坐處轉關床。若射鳥獸，宜有所向，關隨身而轉。”（［宋］李昉撰：《太平御覽》，河北教育出版社，1994 年，第 239—241 頁。）

一斛珠

石頭吟①

山涯隔落。鄰花冷坐歡情薄。草齊猶厭拋聲掠。笑我千般，縱有情難托。

有情賴有還魂魄。無情還是情來作。雕成佛爺倉皇諾。多少樓臺，總是風塵惡。

【題考】《一斛珠》，《宋史·樂志》注中吕調，《尊前集》注商調，《金詞》注仙吕調，蔣孝《舊編南九宫譜》注入仙吕引子。此調爲唐樂府曲。據唐曹鄴《梅妃傳》，梅妃爲太真逼遷上陽，“上在花萼樓，會夷使至，至命封珍珠一斛密賜妃。妃不受，以詩付使者曰：‘爲我進御前也。’曰：‘柳葉雙眉久不描，殘妝和泪污紅綃。長門自是無梳洗，何必珍珠慰寂寥。’明皇覽詩悵然，令樂府以新聲度之，號《一斛珠》。”（陽山顧氏本。）本調由此得名。

此調又名《一斛夜明珠》《醉落魄》《怨春風》《醉落拓》。

【詞格】《一斛珠》，此調據《詞譜》卷十二宋張先《一斛珠》（山圍畫障）可校。此詞爲此調之一，與李煜（晚妝初過）詞同，唯换頭平仄异。宋詞如此填者甚多。

⊙⊙◎●（韵）。⊙○◎●○○●（韵）。◎⊙⊙◎○○●（韵）。◎●○○（句），◎●⊙⊙●（韵）。

◎○◎●○⊙●（韵）。⊙○⊙●○○●（韵）。⊙⊙◎◎○○●（韵）。⊙●○○（句），◎●⊙⊙●（韵）。

【作法】此格五十七字。雙調。上下闋各五句四仄韵。宜用入聲韵。首句四字，平起仄韵，次句爲平起仄韵之七言句，第三句同次句，末句九字，于第四字略豆。下闋换頭，爲平起仄韵之七言句。以下與上闋同。

【注釋】①石頭：《太平御覽・地部十六》：“《釋名》曰：山體爲石，石硌硌也（硌，音落），堅捍硌也。山多大石曰礐（口學切），礐，學也，大石之形學學然。山多小石曰磝，磝（五交切），墝也，每石墝墝獨處而出也。礫，小石也。磊（雷罪切），衆石也。碭（壯浪切），丈石也。琅玕，石似珠也。（出《尚書》注。）碔砆，石似玉也。（出《廣雅》。）”又“《畢萬術》曰：“埋石四隅，家無鬼。［注］取蒼石四枚桃七枚，以桃弧射之，乃取并埋弓矢四隅，故無鬼殃。”（［宋］李昉撰：《太平御覽》，河北教育出版社，1994 年，第 464—468 頁。）唐・寒山《詩三百》云：“飢餐一粒伽陀藥，心地調和倚石頭。”（《全唐詩》卷 806-1，揚州詩局本。）按：石之用，可謂大矣。昔者東坡曰：“石之鏗然有聲者，所在皆是也，而此獨以鐘名。”（《石鐘山記》）于時覽閑書者喟然嘆息云：“石之鳴借鐘之名，托名也。”

蝴蝶兒

花様牽。落花懸。作花思緒度飛天。對花接水連。

花是心中夢，穿花伴月眠。幽花閑冷等嬋娟。酷争花可憐[①]。

【題考】《蝴蝶兒》，此調始見于後蜀人趙崇祚編輯《花間集》。取張泌《蝴蝶兒》詞："蝴蝶兒。晚春時。阿嬌初首淡黄衣"起句爲名。毛先舒《填詞名解·小令》："《羯鼓録》云：明皇愛羯鼓玉笛，云八音之領袖，時春雨始晴，景色明麗，帝曰：'對此豈可不爲判斷。'命取羯鼓，臨軒縱擊，曲名《春光好》。回顧柳杏，皆已微拆。今夾鐘宫《春光好》，唐以來多有此曲。或問王灼曰：'夾鐘宫屬二月，明皇依月用律，故能判斷如神。'灼曰：'二月柳杏拆久矣，此必正月用二月律催之也。'案，此説見《碧鷄漫志》：'今《羯鼓録》載《春光好》，或易名《愁倚欄》。'案，今詞有《愁倚欄令》，一名《春光好》，又名《鶴冲天》。"（木石居校本。）

【詞格】《蝴蝶兒》，此調自《詞譜》卷三唐張泌《蝴蝶兒》（蝴蝶兒）。此調無唐宋别詞可校。

○●○（韵）。●○○（韵）。●○○●●○○（韵）。●○●●○（韵）。

○●○○●（句），○○●●○（韵）。○○○●●○○（韵），●○○●○（韵）。

【作法】此格四十字。雙調。上闋四句四平韵，下闋四句三平韵。上闋四句全押韵，第三句爲平起平收之七言句。下闋首句不押韵，第二句五字句，押平韵。第三句爲拗。上下闋第四句同爲5字句。

【注釋】①酷争花可憐：唐李商隱《驕兒詩》："欲争蛺蝶輕，未謝柳絮疾。"

清平樂

胡　楊[①]

西風又轉。塞外無春遣。望斷東風多少遍。亂踏黄沙不淺。

盘根不老千年。吹風不倒千年。但見仙翁飲醉，惟聞枕睡千年。

【題考】《清平樂》，《宋史·樂志》注大石調；柳永《樂章集》及《金奩集》注越調；王灼《碧鷄漫志》注稱李白有應制《清平樂》四首，一首越調，又有黄鐘宫、黄鐘商兩音。此調爲唐教坊曲。王灼《碧鷄漫志》卷五："《清平樂》，《松窗録》云：‘開元中，禁中初種木芍藥，得四本，紅、紫、淺紅通白繁開，上乘照夜白，太真妃以步輦從。李龜年手捧檀板，押衆樂前，將令人欲歌之。上曰：‘焉用舊詞爲。’命龜年宣翰林學士李白，立進《清平調》詞三章。白承詔賦詞，龜年以進，上命梨園子弟約格調，撫絲竹，促龜年歌。太真妃笑領歌意甚厚。’張君房《脞説》指此爲清平樂曲。”（［宋］王灼：《碧雞漫志》，《詞話叢編》第一册，中華書局，1986 年。）

此調又名《清平樂令》《憶蘿月》《醉東風》。

【詞格】《清平樂》，此調據宋黄庭堅《清平樂·晚春》（春歸何處）。此格《詞譜指要》可校。此調以李白“禁闈清夜”詞爲正體，此詞爲李詞體，較之字句原聲，平仄小异，若較字句之可平可仄無异。

⊙○◎仄（韵）。◎●○○●（叶仄）。●●⊙○○●●（叶仄）。◎●⊙○◎●（叶仄）。

⊙○◎●○○（换平韵）。⊙○◎●○○（叶平）。◎●⊙○◎●（句），⊙○◎●○○（叶平）。

【作法】此格四十六字。雙調。平仄韵轉换格。上闋四句四仄韵，下闋四句三平韵。凡兩韵，上闋叶仄，下闋叶平。上闋第三句爲“仄仄平平平仄仄”格式，形成拗句。下闋换叶平韵。

【注釋】①胡楊：楊柳科落葉喬木，有“生而一千年不死，死而一千年不倒，倒而一千年不朽”的説法。據《水經注·河水》卷二載：“大田三年，積粟百萬，威服外國。其水東注澤，澤在樓蘭國北扜泥城，其俗謂之東故城，去陽關于六百里……國出玉，多葭葦、檉柳、胡桐、白草。國在東垂，當白龍堆，乏水草，常主發導，負水擔糧，迎送漢使。”“胡桐”即“胡揚”。

相見歡

山　魂

春来灔灔雲游[①]。繞山頭。不奈風高、颯颯已清秋[②]。
暮雪鬥。曉風湊。水争流。所向大河、掀浪遠悠悠。

【題考】《相見歡》，此調爲唐教坊曲。南唐李煜詞，有“無言獨上西樓，月如鉤”句，更名《秋夜月》《上西樓》《西樓子》。

此調又名《憶真妃》《月上瓜州》《烏夜啼》。

【詞格】《相見歡》，此調據南唐李煜《相見歡》（無言獨上西樓）。此格《詞譜指要》可校。此調以此詞爲正體。此詞换頭間入兩仄韵，如李詞“剪不斷，理還亂”等，如不間入仄韵者，是另一體。

⊙○◎●○○（平韵）。●○○（叶平）。◎●⊙○（豆）、●●●○○（叶平）。

◎◎●（仄韵）。◎⊙●（叶仄）。●○○（换平韵）。◎●◎○（豆）、○◎●○○（叶平）。

【作法】此格三十六字。雙調。平仄韵錯叶格。上闋三句三平韵，下闋四句二仄韵二平韵。上阕第三句上四下五句式。下闋换頭起二句换仄韵，作對句，爲“仄仄仄。仄平仄”格式。第三句叶平韵，與上闋二句同，末句亦爲九字句，句法與上闋句無异。原譜下闋第三句第二字爲仄，應爲平。

【注釋】①灔灔：指飄動貌。　　②颯颯：擬聲詞。

蝶戀花

高山流水[①]

獨望高山臨鶴渚[②]。連水天清，未抵移情緒[③]。長抱撫彈猶問旅。邀來月下常凝伫。

七遍琴弦何所許。凝望迢迢，總是離人苦[④]。將惜倒山流水處。何堪醉影聽私語。

【題考】《蝶戀花》，柳永《樂章集》注小石調，趙令時詞注商調，《太平樂府》注雙調。此調唐教坊曲。《詞譜》卷十三云：“《蝶戀花》本名《鵲踏枝》，宋晏殊詞改今名。”毛先舒《填詞名解・中調》：“蝶戀花，商調曲也，采梁簡文帝樂府‘翻階蛺蝶戀花情’爲名。其詞始于宋。司馬槱在洛下晝夢美姝牽帷歌‘妾本錢塘江上住’五句，詢其曲名，云是《黄金縷》。槱後赴錢塘幕官，爲秦少章言之，少章續其段。槱復夢美姝每夕同寢。同寀云：‘公廨後有蘇小小墓，得無妖乎？’不逾歲，槱病，舟人見其携一麗人走，報家人，已慟哭矣。”（木石居校本。）

此調又名《黃金縷》《捲珠簾》《明月生南浦》《細雨吹池沼》《鳳栖梧》《一籮金》《魚水同歡》《轉調蝶戀花》。

【詞格】《蝶戀花》，此調自《詞譜》卷十三南唐馮延巳《蝶戀花》（六曲闌杆偎碧樹）可校。此調以此詞爲正體。沈會宗詞與此詞同，唯上下闋第四句及换頭平仄异。石孝友詞亦與此詞同，唯上闋平仄韵互叶异。

◎●⊙○○●●（韵）。⊙●○○（句），◎●○○●（韵）。⊙●◎○○●●（韵）。⊙○◎●○○●（韵）。

◎●⊙○○●●（韵）。⊙●○○（句），◎●○○●（韵）。⊙●◎○○●●（叶）。⊙○◎●○○●（韵）。

【作法】此格六十字。雙調。上下闋各五句四仄韵。此格爲仄韵七絶兩首相合而成，于第二句添兩字，而第三句亦用韵。首句與《臨江仙》同。第四句同第一句。末句平起叶仄，又與《踏莎行》末句同。下闋全同上闋。

【注釋】①高山流水：亦爲詞牌名。吴文英《夢窗詞》注黃鐘商。出自《列子·湯問》：“伯牙鼓琴，志在登高山。鍾子期曰：‘善哉！峨峨兮若泰山！’志在流水。鍾子期曰：‘善哉，洋洋兮若江河！’”［引文釋］“志在登高山”條：王波岷《列子補正》：“‘登’字疑衍，‘志在高山’與下‘志在流水’相對。”（［戰國］列禦寇著，王力波注：《列子譯注》，黑龍江人民出版社，2003年，第131頁。） ②渚：水中小洲或水邊平地。 ③移情：伯牙的老師成連祇能教他彈琴，而不能教他“移情”，故將他介紹到自己的老師方子春那里，到了東海蓬萊山上并未見到人，祇聽到“海水汩没漰澌之聲”，于是發出了“先生將移我情”的感嘆，于是創作出了《水仙操》一曲。（［東漢］蔡邕，吉聯抗輯：《琴操》，人民音樂出版社，1990年，第6—7頁。） ④離人：指樵夫鍾子期。傳説他極能欣賞音樂，與俞伯牙是同時代人。《樂府題解》：“伯牙學琴于成連先生，三年不成。後隨成連與蓬萊山，聞海水澎湃，群鳥悲號，心有所感，援琴而歌，從此琴藝大進。”（［戰國］列禦冠著，王力波譯注：《列子譯注》，黑龍江人民出版社，2003年，第131頁。）

西江月

雛鷄戲秋[①]

細雨顧花阿娜，驟風教樹婆娑[②]。短籬樁上叫哥哥[③]。尋處都來包伙。
落葉趁游村畔，吹風旋遍山坡。栅欄翻過笑呵呵。誰染深秋似火。

【題考】《西江月》，唐教坊曲。柳永《樂章集》及《張子野詞》注中吕宫，謝元淮《碎金詞譜》注仙吕宫。始見于《前尊集》之後蜀歐陽炯詞。李白《蘇臺覽古》詩："衹今惟有西江月，曾照吴王宫里人。"（《全唐詩》卷181-21，揚州詩局本。）又衛萬《吴宫怨》詩："衹今惟有西江月，曾照吴王宫里人。"（《全唐詩》卷773-15，揚州詩局本。）又張祜《江西道中作三首》詩："西江江上月，遠遠照征衣。"（《全唐詩》卷510-87，揚州詩局本。）對此，清代鄒祇謨在《遠志齋詞衷》中認爲："《西江月》，取衛萬詩'衹今惟有西江月。'"（中華書局，1986年。）按，關于此調名，唐三位詩人作品都提及過，從他們的生平來看，張祜是唐宣宗較晚時期人，李白生于武后時期，基本活躍于唐玄宗開元、天寶時期。衛萬生平不詳，推測是唐玄宗天寶前人，可能與李白同時。《西江月》來自誰人？按當時空前的名星效應初斷，調名或許來自李白詩句。據毛先舒《填詞名解》卷一《西江月》注："吴任臣云：'《步虚詞》，乃道家法曲，如佛家梵唄屬。且庾子山諸君所作與《西江月》全不類，恐是昔人之誤。'予謂此是詞人假古題以名其調，取新耳目，非是誤也。"（木石居校本。）另據沈雄《古今詞話·詞辨》："《古今詞譜》曰：調始于歐陽炯中吕宫曲，以隔韵叶者。後則漸濫而無紀極矣，惟東坡重陽詞近之。歐陽詞'月映長江秋水。……扁舟倒影寒潭里……'此又以七字句爲换頭者。東坡詞云：'點點樓前細雨，重重江外平湖……'恐又是平仄一韵，然已合調耳。"（［清］沈雄：《古今詞話》，《詞話叢編》第一册，中華書局，1986年。）

此調又名《白蘋香》《江月令》《秋夜月》《上西樓》《西樓子》。

【詞格】《西江月》，此調據《詞譜》卷八宋柳永《西江月》（鳳額綉帘高卷）可校。此調以此詞爲正體。此調司馬光詞與此詞同，唯平仄小异。蘇軾詞兩起句葉仄。吴文英詞前後段各韵异。其他各家添字。後三者屬變格。

◎●◎○⊙●（句），◎○⊙●○○（平韵）。◎○⊙●●○○（叶平）。⊙●⊙○⊙●（换仄韵）。

◎●◎○⊙●（句），⊙○⊙●○○（换平韵）。◎○◎●●○○（叶平）。◎●⊙○◎●（换仄韵）。

【作法】此格五十字。雙調。平仄韵通叶格。上下闋各四句二平韵一仄韵。上闋第一、二句對仗，爲“仄仄仄平平仄，仄平平仄平平”格式。第三句叶平韵，爲平起平收之七言句。第四句换仄韵，而句法全與第一句同，不同的是平聲切去押仄韵，如平聲押東韵，仄聲須押董送韵，不可隨意押入他韵。下闋作法與上闋無异，唯第一、二句對仗，爲“仄仄仄平平仄，平平平仄平平”格式。

【注釋】①雛：《説文解字》：“雛，鷄子也。從隹，芻聲。”（漢・許慎撰：《説文解字》，中華書局，1966 年，第 76 頁。） ②婆娑：舞貌。引《詩經・陳風・東門之枌》：“子仲之子，婆娑其下。”毛傳：“婆娑，舞也。”孔穎達疏：“李巡曰：‘婆娑，盤辟舞也。’”孫炎曰：“舞者之容婆娑然。”（［漢］毛亨傳，［漢］鄭玄箋，［唐］孔穎達疏：《毛詩正義》上册，北京大學出版社，1999 年，第 441 頁。） ③哥：古同“歌”。這裏“叫哥哥”亦爲“唱歌歌”。

謁金門

歸

飛來繞。窺鵲樹枝摇了。無盡聲聲花落惱。竊言消息早[①]。
燈影打風斜挑。半惱半嗔還好。未料夜空星斗轉，烏鳴催拂曉。

【題考】《謁金門》，唐教坊曲。元高拭詞注商調，《古今詞譜》注雙調。此調始見于《花間集》韋莊詞。舒夢蘭《白香詞譜》之《謁金門》條下云：“漢武帝使學士待詔金馬門，備顧問。金馬門亦省稱金門，用喻天子宫門。《樂府古歌》即有‘延貴客，入金門’之咏。後與‘玉堂’并稱，沿爲掇取金紫，列位公卿之詞。如揚雄《解嘲》：‘今吾子幸得應金門，上玉堂有日矣。’元載《杜鴻漸碑》：‘入則并金門，躋玉堂。’本調爲唐詞，其取義爲儒生朝謁天子。”（胡山源編：《詞准》，世界書局，民國二十年。）［注：所謂“金馬門”，漢未央宫前有銅馬，故稱；所謂“玉堂”，宋太宗趙匡義爲翰林賜“玉堂之署”四字，自此“玉堂”之稱專屬翰林。］毛先舒《詞學全書》卷一：

“唐樂名有‘儒士謁金門’，詞沿其名。”（［清］查培繼：《詞學全書》，北京中國書店，1984 年，第 6 頁。）又任半塘《教坊記箋訂・曲名表》：“敦煌曲辭有‘得謁金門朝帝庭’名，乃羽士之謁金門。”（中華書局，1962 年。）《詞林紀事》卷十在范成大《謁金門・宜春道中，野塘春水可喜，有懷舊隱》詞下云：“《吴郡志》：越來溪在横山下，與石湖連，相傳越兵入吴時，自此來，故名。溪上有越城，雉堞宛然。”（［清］張宗橚輯：《詞林紀事》，成都古籍書店，1982 年。）此外，此調亦見于《任半塘文集》敦煌歌辭中列爲邊塞詞調。

此調又名《空相憶》《花自落》《垂楊碧》《楊花落》《出塞》《東風吹酒面》《不怕醉》《醉花春》《春早湖山》。

【詞格】《謁金門》，此調據《詞譜》卷五五代韋莊《謁金門・春閨》（空相憶）可校。此調以此詞爲正體。若孫光憲（留不得）詞，將换頭攤破句法，即换頭作三字兩句之折腰句者。若程過（江上路）詞添字，即换頭句由六字變爲七字者。皆爲變格。

⊙⊙●（韵）。⊙●◎○⊙●（韵）。⊙●⊙○○●●（韵）。◎⊙○◎●（韵）。

⊙●◎○⊙●（韵）。◎●◎○⊙●（韵）。◎●◎○○●●（韵）。◎⊙○◎●（韵）。

【作法】此格四十五字。雙調。上下闋各四句四仄韵。首起爲三字句，爲“平仄仄”句式，上一下二句法。第二句六字，爲叶韵。第三句爲仄起仄收之七言句。第四句與《菩薩蠻》下闋第一句法同。下闋换頭爲六字句外，其餘與上闋同。上下闋句句用仄韵，下闋押韵應注意聲調搭配。

【注釋】①竊言：私下裏談論。

芳草渡

牧　謠

白雲朵，碧藍天。烟光闊，草原寬。天空鷹翅蕩無邊[①]。還望去，羊走遠，是雲遷。

風隨馬，塵逐犬。響徹鞭梢遂遣[②]。霞光落，月牙還。撑燈盞。吹短管。向尊前。

【題考】《芳草渡》，此調有兩體。五代馮延巳即填此調，慢詞始自周邦彦。南宋李昴英《摸魚兒・送王子文知太平州》詞，有“芳草渡。似叫住東君，滿樹黄鸝語”句。宋末元初陳允平《芳草渡》詞，首句有“芳草渡，漸迤邐分飛，鴛儔鳳侶”句。另外，程過《謁金門》詞，過片有“夢過江南芳草渡”句。宋媛魏氏《係裙腰》詞名《芳草渡》。

【詞格】《芳草渡》，此調據《詞譜》卷十一宋歐陽修《芳草渡》（梧桐落）可校。此調以此詞爲正體。此調全仄聲韵的有周邦彦、陳允平詞各爲八十九字慢詞，又爲一體。

○○●（句），●○○（韵）。○○●（句），●○○（韵）。○○○●●○○（韵）。○●●（句），○●●（句），●○○（韵）。

○○●（句），○●●（仄韵）。●●○○●●（叶仄）。○○●（句），●○○（叶平）。○○●（仄韵）。○●●（叶仄）。●○○（叶平）。

【作法】此格五十五字。雙調。上闋八句四平韵，下闋八句四仄韵二平韵。上闋第三、四句對仗。下闋第二、三句及第六、七句，俱間入仄韵，結處仍押前段平韵。首二句，第四、五句及第六、七句，分別對仗。

【注釋】①鷹翅：宋員興宗《李巽岩四望樓》：“有如短尾航，又如束翅鷹。”（傅璇琮等編：《全宋詩》卷 2009，北京大學出版社，1998 年，第 22536 頁。） ②遂遣：驅趕羊群回家。引《史記・廉頗藺相如列傳》云：“趙王于是遂遣相如奉璧西入秦。”（［漢］司馬遷撰：《史記》，中華書局，1982 年，第 2440 頁。）

江南春

塞　上

風瑟瑟，雪茫茫。溝坡聽鵲起，山頂看黄羊[1]。頻相回首知其背，衹此憑高同望鄉。

【題考】《江南春》，吴文英《夢窗詞》注中吕商調。古樂府有《江南》曲調。以“江南春”作爲詞牌的詞現存衹有寇準一首。南朝梁柳惲《江南曲》

曰：“汀洲采白蘋，日落江南春。洞庭有歸客，瀟湘逢故人。故人何不返，春華復應晚。不道新知樂，衹言行路遠。”（［宋］郭茂倩：《樂府詩集·江南曲》卷二十六，上海古籍出版社，1993 年。）這個詞牌名可能是從“日落江南春”一句，擇取而名。

此調又名《新安路》《秋風引》。

【詞格】《江南春》，此調據《詞譜》卷二宋寇準《江南春》（波渺渺）可校。此調爲李白“秋風清”詞體，但首句不用韵，又爲一體。

○●●（句），●○○（韵）。○○○●●（句），○●●○○（韵）。○○○●○○●（句），○●○○○●○（韵）。

【作法】此格三十字。單調。六句三平韵。此即李白“秋風清”詞體，但首句不用韵，且聲調亦較諧婉。逢第二、四、六句押韵，均爲平聲韵；首二句爲三字對仗，第三、四句爲五字對仗，第五、六句爲七字對仗。

【注釋】①黄羊：屈大均《雲州秋望》詩：“白草黄羊外，空聞觱篥哀。”［注］（二）“白草爲西北地方的一種草名。黄羊亦稱“蒙古羚”，産于内蒙甘肅等地，無角，色如獐鹿，《新唐書·回鶻傳》卷二百一十七下：‘黠戛斯，古堅昆國也……其獸有野馬、骨咄、黄羊。’”（黄壽祺，陳祥耀主編：《清詩選》，人民文學出版社，1982 年，第 189 頁。）唐段安節《樂府雜録·觱篥》：“觱篥者，本龜兹國樂也，亦曰‘悲栗’，有類于笳。”（［唐］唐安節：《樂府雜録》，中國戲劇出版社，1959 年，第 55 頁。）　骨瘦：宋徐安國《驀山溪·早梅》：“青梅骨瘦，已有生春意。”（唐圭璋編：《全宋詞》，中華書局，1965 年，第 2015 頁。）

采桑子

頭巾吟

霜天塞上西風烈①，問道行人。村落頭巾②。旋暖回春想作鄰。
吹寒飛雪群芳盡，催織絲綸。紅袖游巡③。妝點逢花似弄春。

【題考】《采桑子》，《尊前集》注羽調；《樂府雅詞》注中吕宮。此調始見于《尊前集》。《詞譜》卷五云："唐教坊曲有《楊下采桑》，調名本此。"崔令欽《教坊記》有大曲《采桑曲》。任半塘《教坊記箋訂·大曲名》："唐大曲之《采桑》，可能與古相和曲《陌上桑》之内容有關……《楊下采桑》，乃胡樂。"（中華書局，1962年。）萬樹《詞律》注："《全唐詩》作《采桑子》。此調爲唐教坊大曲，一名《采桑》，一名《楊下采桑》。南卓《羯鼓録》作《凉下采桑》，屬太簇角。馮正中（延巳）詞，名《羅敷艷歌》，南唐李後主詞，名《采桑子令》。宋初皆名《采桑子》。陳無己名《羅敷媚》，惟黄山谷名《丑奴兒》。"同時指出："萬氏以《丑奴兒》爲正格，似誤。"（上海古籍出版社，1994年。）

此調黄山谷《丑奴兒》詞"得意許多時"一首，全調六十二字，與本調别名《丑奴兒》差别較大，不應混爲一調。另外，此調日本樂《采桑老》，一名《采桑子》，主題重在嘆老，與此無涉。又名《苗而秀》《醉迷信》。

【詞格】《采桑子》，此調自《詞譜》卷五五代和凝《采桑子》（蝤蠐領上訶梨子）可校。此調以此詞爲正體。此調有李清照（窗前誰種芭蕉樹）詞將上下闋結句各添兩字，并形成上四下五句式，朱淑真（王孫去後無芳草）詞上下闋各添五字一句。此二者皆爲變格。

⊙○◎●○○●（句），◎●○○（韵）。⊙●○○（韵）。◎●○○◎●○（韵）。

⊙○⊙●○○●（句），⊙●○○（韵）。⊙●○○（韵）。⊙●○○◎●○（韵）。

【作法】此格四十四字。雙調。上下闋各四句三平韵。首句與《菩薩蠻》首句同，唯不用韵。第二、三句均四字協，平仄相同，與《減字木蘭花》第三句同。第四句即仄起平韵之七言句，亦與《減字木蘭花》第四句同。下闋概同上闋。

【注釋】①塞上：《淮南子·人間訓》："近塞上之人，有善術者，馬無故亡而入胡，人皆吊之。其父曰：'此何遽不爲福乎！'居數月，其馬將胡駿馬而歸，人皆賀之。"（［西漢］劉安，張雙棣：《淮南子校譯》上册，北京大學出版社，1997年，第1858頁。）杜甫《秋興》："江間波浪兼天湧，塞上風雲接地陰。"（《全唐詩》卷230-2，揚州詩局本。）宋曾鞏《西湖》其一："塞上馬歸終反復，泰山鴟飽正飛揚。"（傅璇琮等主編：《全宋詩》卷460，北京大學出版社，1992年，第5581頁。）據《萬歷野獲編·河漕·宣大二鎮漕河》：

“宣府大同二鎮，糧餉運道最苦……會衆水而東入京師之蘆溝橋，凡一千里至塞上。”（［明］沉德符撰：《萬歷野獲編》，中華書局，1959 年，第 325 頁。）②村落頭巾：指銀川郊區農村婦女爲了防止風沙，頭戴花巾。　③紅袖：泛指穿着花花緑緑衣裳的婦女。白居易《對酒吟》：“今夜還先醉，應煩紅袖挾。”（《全唐詩》卷 447-29，揚州詩局本。）游巡：這裏指行程。

一剪梅

枸　杞①

半壟春來送暖時。浮動雲梢，淡拂青枝。新齊匀小惹人留，依約芳菲，遍賞幽姿。

一點紅妝怎怯疑。已許逢迎，擬約游離。春嬌真個嫩垂條，堪賞花間，恐折花欺。

【題考】《一剪梅》，元高拭詞注南吕宮。此調始見于周邦彦《片玉詞》。因周邦彦詞有“一剪梅花萬樣嬌”句得名。劉克莊《别敖器之》詩有“輕烟小雪孤行路，折賸剩梅花寄一枝”句。（傅璇琮：《全宋詩》卷 3033-1，北京大學出版社，1993 年。）對此，舒夢蘭《白香詞譜》云：“宋人稱一枝曰一剪，元好問《牡丹》詩：‘金刀一剪腸堪斷，緑鬢劉郎半白生’，是一剪梅者，即一枝梅也。古時遠地贈人，輒以梅花一枝，表相思。”（［清］舒夢蘭、胡山源編：《詞準》，世界書局，民國二十年。）《太平御覽・果部七》：“《荆州記》：陸凱與范曄相善，自江南寄梅花一枝詣長安與曄，并寄花詩，曰：‘折花逢驛使，寄與隴頭人。江南無所有，聊贈一枝春。’”詞名取義而成《一剪梅》。（河北教育出版社，1994 年。）《詞林紀事》卷十九在李清照《一剪梅》（紅藕香殘玉簟秋）詞下云：“《琅環記》：趙明誠幼時，其父將爲擇婦。明誠晝寢，夢誦一書，覺來惟記三句云：‘言與司合，安上已脱，芝芙草拔’，已告其父。其父爲解曰：‘汝待得能文詞婦也。言與司合，是詞字；安上已脱，是女字；芝芙草拔是‘之夫’二字，非謂汝爲詞女之夫乎。後李翁以女妻之，即易安也，果有文章。易安結褵未久，明誠即負笈遠游，易安殊不忍别，覓錦帕書《一剪梅》詞以送之。”（［清］張宗橚輯：《詞林紀事》，成都古籍書店，1982 年复印。）

另沈雄《古今詞話・詞辨》卷下：“《柳塘詞話》曰：《一剪梅》爲南劇引子，起句‘仄仄平平仄仄’平是也，諸闋如劉克莊、蔣捷盡然。有用福唐體者，弇州效山谷爲之，其旨趣尚遜前人。何況今日，偶一游戲爲之可也。但第二字全用平粘則誤。王弇州道場山詞：‘小籃輿踏道場山。坐里青山。……更有何山。’近代吴惕菴《東湖雜感》云：‘紅染青楓白露霏。江上鴻栖……惱殺鴟夷。’以此證之。”（［清］沈雄《古今詞話》，《詞話叢編》第一册，中華書局，1986 年。）此調又名《臘梅香》《玉簟秋》。

【詞格】《一剪梅》，此調据《詞譜》卷十三宋周邦彦《一剪梅》（一剪梅花萬樣嬌）可校。此調以此詞及吴文英（遠目傷心樓上山）詞爲正體。此調凡遇添韵、減字者，皆變體。

◎●○○◎●○（韵）。⊙◎⊙⊙（句），◎●○○（韵）。⊙○⊙●●○○（句），⊙●○○（句），◎●○○（韵）。

◎●⊙○◎●○（韵）。◎◎○⊙（句），◎●○○（韵）。⊙○⊙●●○○（句），⊙●○○（句），◎●○○（韵）。

【作法】此格六十字。雙調。上下闋各六句三平韵。此調句句押韵。上闋第二、三句對仗，爲“平仄平平，仄仄平平”格式。下闋第二、三句對仗，爲“仄仄平平，仄仄平平”格式。上下闋第五、六句多用對仗。

【注釋】①枸杞：甘肅靖遠、寧夏中寧等地盛産枸杞，馳名中華。《辭海》：“枸杞子性平、味甘、功能補腎益精，養肝明目，主治目眩昏暗、腎虚腰疼等症。”（《辭海》，上海辭書出版社，1980 年，第 1288 頁。）杜甫《惡樹》：“枸杞因吾有，鷄栖奈汝何。”（《全唐詩》卷226-53，揚州詩局書本。）蘇軾《枸杞》：“神藥不自閟，羅生滿山澤。日有牛羊憂，歲有少火厄。”（傅璇琮等編：《全宋詩》卷 822-39，北京大學出版社，1993 年，第 9424 頁。）

巫山一段雲

紅　豆①

種下春風意，收成盼到秋。見人羞口總彎頭。摘下幾顆留。
兩地相思苦②，鄉風夢不休。孤燈獨步念温柔。可抵夜來愁。

【題考】《巫山一段雲》，柳永《樂章集》注雙調。此調爲唐教坊曲名。沈雄《古今詞話·詞辨》上卷：“《樂府解題》曰：漢鐃歌《巫山高》爲思婦詞，一曰狀巫峽。按《太平廣記》，王母第二十三女名瑶姬，號雲華夫人，居巫山，詩家所謂神女也。峽下有神女祠，過此爲無我灘矣。詞盛于花間李、毛文錫諸人。又唐昭宗宫人題于寶鷄驛壁者，换頭用六字句，叶仄韵，與柳郎中之咏游仙相類。昭宗宫人云：‘青鳥不來愁絶，忍看鴛鴦雙結。春風一等少年心。閑情恨不禁。’柳郎中云：‘一曲云謡爲壽，倒盡玉壺春酒。微醺争撼白榆花，踏碎九光霞。’箋體中應備之。”（［清］沈雄：《古今词话》，編：《詞話叢編》第一册，中華書局，1986 年。）

【詞格】《巫山一段雲》，此調据《詞譜》卷六後唐毛文錫《巫山一段雲》（雨霽巫山上）可校。此調以此詞爲宗，歐陽炯、李珣詞，趙孟頫詞，俱如此填。另有唐昭宗四十六字兩體。

◎●○○●（句），○○●●○（韵）。◎○⊙●●○○（韵）。◎●●○○（韵）。

◎●○○●（句），○○◎●○（韵）。⊙○◎●●○○（韵）。◎●●○○（韵）。

【作法】此格四十四字。上下闋各四句三平韵。雙調。上下闋平仄格式同。上下闋各四句，逢第二、三、四句押平韵。上下闋首二句均爲五言句。第三句爲平起平收七言句，其他句式均同。

【注釋】①紅豆：唐王維《相思》：“紅豆生南國，秋來發故枝，願君多采擷，此物最相思。”（《全唐詩》卷 128-63，揚州詩局本。）［釋］此詩第二句第四字是“幾”字。另此詩第二句第一字是“春”字。（見李保初、許柏霞主編：《小學生必背優秀詩文》，人民日報出版社，2003 年，第 68 頁。）②相思：《搜神記·相思樹》：“宋康王舍人韓憑娶妻何氏，美，康王奪之。憑怨，王囚之，論爲城旦。妻密遺憑書，繆其辭曰：‘其雨淫淫，河大水深，日出當心。’既而王得其書，以示左右，左右莫解其意。臣蘇賀對曰：‘其雨淫淫，言愁且思也。河大水深，不得往來也。日出當心，心有死志也。’俄而憑乃自殺，其妻乃陰腐其衣。王與之登臺，妻遂自投臺，左右攬之，衣不中手而死。遺書于帶曰：‘王利其生，妾利其死。願以尸骨，賜憑合葬。’王怒，弗聽。使里人埋之，塚相望也。王曰：‘爾夫婦相愛不已，若能使塚合，則吾弗阻也。’宿昔之間，便有大梓木，生于二塚之端，旬日而大盈抱，屈體相就，根交于下，枝錯于上。又有鴛鴦，雌雄各一，恒栖樹上，晨夕不去，交頸悲鳴，音聲感人。宋人哀之，遂號其木曰‘相思樹’。‘相思’之名，起于此也。”（［晋］干寶撰：《搜神記》，中華書局，2009 年，第 210 頁。）［釋引］宋康王：戰國時宋國的國君。城旦：古代刑罰名。一種築城四年的勞役。

如夢令

大　雁[1]

經歷香風游處。最苦落花情緒。雲雁叫咕嚕[2]，人字隊形同旅。飛去。飛去。衹有勸春留住。

【題考】《如夢令》，周邦彦《片玉詞》注中吕調，謝元淮《碎金詞譜》注越調。此調創始于五代。據蘇軾詞“水垢何曾相受”序：“元豐七年十二月十八日，浴泗州雍熙塔下，戲作如夢令闋。此曲本唐莊宗制，名《憶仙姿》，嫌其名不雅，故改爲《如夢令》。蓋莊宗作此詞，卒章云：‘如夢，如夢，和泪出門相送。’因取以爲名云。”（《全宋詞》第一册，中華書局，1999 年。）楊慎《詞品》卷一：“唐莊宗詞云：‘曾宴桃源深洞。一曲舞鸞歌鳳。長記别伊時，和泪出門相送。如夢。如夢。殘月落花烟重。’此莊宗自製曲也。”（［明］杨慎：《词品》，《詞話叢編》第一册，中華書局，1986 年。）因曲中有“如夢。如夢。殘月落花烟重”一語而得名。

此調又名《憶仙姿》《宴桃源》《不見》《比梅》《古記》《無夢令》《如意令》。

【詞格】《如夢令》，此調自《詞譜》卷二後唐莊宗《如夢令》（曾宴桃源深洞）可校。此調以此詞爲正體。凡或第五、六句不疊句韵者，或疊韵而不疊句者，或第五、六句作四字一句即疊上句下四字者，或押平韵者，此四者皆爲變格。

⊙●⊙○○⊙●（韵）。◎●◎○⊙●（韵）。⊙●●○○（句），⊙●◎○⊙●（韵）。⊙●（韵）。⊙●（疊叶）。⊙●◎○⊙●（韵）。

【作法】此格三十三字。單調。七句五仄韵一疊韵。通體以六言句爲主。第一、二句爲“平仄平平平仄，仄仄仄平平仄”格式。第三句仄起平收五言句，不押韵。第四句及末句與第一、二句同。唯第三字宜用仄聲字，第一字宜平聲字。第五、第六句爲二字疊句，叶韵，爲通篇扼要之句。

【注釋】①大雁：又稱野鵝。《説文》："雁，鳥也。從隹從人。"（[漢] 許慎撰：《説文解字》，上海古籍出版社，1968 年，第 76 頁。）又《詩經・鄭風・大叔于田》："兩服上襄，兩驂雁行。"（程俊英：《詩經譯注》，上海古籍出版社，2004 年，第 121 頁。）杜甫《遣興》："朔風飄胡雁，慘澹帶砂礫。"（《全唐詩》卷218-12，揚州詩局本。）　②咕嚕：咕噥。雁叫的聲音。

陌上花

母　親

圓圓月亮，嘩嘩樹響，北風吹後。凍醒枝頭，清冷夢回年幼。都緣燭下飛絲縷，一抹曉陽揮袖。恐鷄聲誤曉，三星參照①，夢回星宿②。

道庭前月倦，迎門翹望，執意歸來時候。窗月來添，花髮不堪回首。膝前囑咐隨留意，衹許心思職守。待横斜北斗，夜闌摇樹，捻風依舊。

【題考】《陌上花》，此調淵源于民間俚歌。苏轼《陌上花三首》引云："游九仙山，聞里中兒歌《陌上花》。父老云吴越王妃每歲春必歸臨安，王以書遺妃曰：'陌上花開，可緩緩歸矣。'吴人用其語爲歌，含思宛轉，聽之凄然。"其詩云："陌上山花無數開，路人争看翠輦來。若爲留得堂堂在，且更從教緩緩歸。"（傅璇琮：《全宋詩》十三，北京大學出版社，1993 年。）對此，舒夢蘭《白香詞譜》云："越俗遂以'陌上花開'爲游子歸來之詞。里謡巷軟，浸成曲調。"

【詞格】《陌上花》，此調据元張翥《陌上花・有懷》（關山夢里）。此格自《白香詞譜》可校。此調衹此一詞，無别首可校。

⊙○●●（句），⊙○⊙●（句），⊙○○●（韵）。⊙●○○（句），○●●○○●（叶）。⊙○⊙●○○●（句），⊙●●○○●（叶）。●⊙○●●（句），⊙○○●（句），●○○●（叶）。

●○○●●（句），⊙○⊙●（句），⊙●⊙○○●（叶）。⊙●○○（句），⊙●●○○●（叶）。⊙○⊙●○○●（句），○●⊙○○●（叶）。●⊙○●●（句），⊙○○●（句），●○○●（叶）。

【作法】此格九十九字。雙調。上下闋各十句四仄韵。上下闋逢第三、五、七、十句押韵，均爲仄聲。上闋第八句，下闋第一、八句首字領格。下闋首句五字爲“仄平平仄仄”格式，屬定格。

【注釋】①三星參照：大哥在20世紀60年代初期，我與弟大都是70年代初期上學的，改革開放前家裏買不起鬧鐘。 三星：指心宿，中國古代二十八宿之一。蒼龍七宿的第五宿，有星三顆。其中的心宿二亦稱商星、大火、大辰。 參照：天黑後，天空之三顆排列成等距離從東方向西移動，子時垂直，以此類推來參照時間。 ②夢回星宿：反復出屋仰望三星的運轉來判斷時間。母親陳氏（1925—2013），名國秀，娘家祖籍據傳係山西大槐樹下。

訴衷情近

父　親

遠山望闊，岸立威儀自始。從前談笑言聽，無故泪彈不利。窺見共燈花瘦，幾夜蒼華，隱隱沾襟泪。

游天地。血湧胸中趄意。淡然情緒，面背相迴避。尋常事。托心客意，行吟壟上①，佇聞鄉里。筆走秋風醉②。

【題考】《訴衷情近》，柳永《樂章集》注林鐘商。此調爲唐教坊曲名，後用爲詞牌。本調爲温庭筠所創，義取《離騷》：“衆不可户説兮，孰云察餘之中情”而曰《訴衷情》。（［西漢］劉向：《楚辭集注》，上海古籍出版社，2001年。）毛文錫詞有“桃花流水漾縱横”句，得名《桃花水》，後演爲《訴衷情近》。

【詞格】《訴衷情近》，此調據《詞譜》卷十七宋柳永《訴衷情近》（雨晴氣爽）可校。此調衹有柳永詞二首及晁補之詞一首。

●○●●（句），●●○○●●（韵）。○○◎●○○（句），○●●○●●（韵）。○●●○○●（句），◎●○○（句），●●○○●（韵）。

⊙○●（韵）。●●○○●●（韵）。●○○●（句），●●○○●（韵）。○○●（韵）。●○●●（句），○○●●（句），●○⊙●（韵）。●●○○●（韵）。

【作法】此格七十五字。雙調。上闋七句三仄韵，下闋九句六仄韵。上闋逢第二、四、七句押韵，下闋逢第一、二、四、五、八、九句押韵，均爲仄聲韵。下闋第六、七、八句爲三句對仗，其中第八句爲“仄平平仄”格式。第九句用上二下三句式。

【注釋】①行吟：吟誦。父親，名玉慶（1923—2010），字雲亭。臨終前還能熟練背誦“四書”“五經”等。　②筆走：這裏指揮毫。父親書法聞名鄉里。

水調歌頭

從軍行

聞到角声急[①]，不捨是高堂[②]。自從爲我披甲，敲雪到西凉[③]。護放雲鷹巡影。掠過重關夜静。連地月明光。塞北望飛雁，衹抵鬓生霜。

任徒手，從遠道，向前方。闊天雁蕩，心往雲嶺過東岡。弓射鳴空飛落[④]。獵户巡山何説[⑤]。放箭莫彷徨[⑥]。不讓豺狼走，隨後逐黄羊。

【題考】《水調歌頭》，《碧鷄漫志》屬中吕調。此調唐朝大曲有《水調》。劉餗、李肇《隋唐嘉話·補遺》云：“煬帝鑿汴河，自製《水調》歌。”《脞説》：“《水調》《河傳》，煬帝將幸江都時所製。”（中華書局，1979 年。）唐代鄭處誨、裴庭裕《明皇雜録·逸文》：“禄山犯順，乘遽以聞，議欲遷幸，置酒樓上，命作樂，有進《水調》歌者曰：‘山川滿月泪沾衣，富貴榮華能幾時。不見只今汾上水，惟有年年秋雁飛。’上問誰爲此詞，曰：‘李嶠。’上曰：‘真才子也。’遂不終而去。”（中華書局，1994 年。）又宋鄭文寶《南唐近事》載：“元宗嗣位之初，春秋鼎盛，留心内寵，宴私擊鞠，略無虚日。常乘醉命樂工楊花飛奏《水調》曲，進酒，花飛惟唱‘南朝天子真風流’一句。如是者數日，上既悟，覆杯大懌，厚賜金帛，以旌敢言。”（中華書局，1985 年。）又王灼《碧鷄漫志》卷三：“《水調》歌爲煬帝自製，今曲乃中吕調。”俞彦《爰園詞話》：“宋真宗召王岐公賞月，令宫嬪解金珠乞詩，帝王此等舉動殊不俗。子瞻生平備歷危險，而神宗讀其‘瓊樓玉宇，高處不勝寒’之句，曰：‘蘇軾終是愛君。’”（［宋］王灼：《碧雞漫志》，《詞話叢編》第一册，中華書局，1986 年。）

綜上所述，此調始創于隋唐間嬗至五代，入宋演變新腔而成今調。此調又名《江南好》《花犯念奴》《元會曲》《凱歌》。

【詞格】《水調歌頭》，此調據《詞譜》卷二十三宋蘇軾《水調歌頭・中秋》(明月幾時有) 可校。此調以此詞及毛滂詞、周紫芝詞爲正體。賀鑄詞之偷聲，王之道詞、劉因詞之添字，傅公謀詞之減字，皆爲變體。

○●●○● (句)，●●●○○ (韵)。●○○●○● (句)，○●●○○ (韵)。●●○○○● (换仄韵)。●●○○●● (仄韵)。○●●○○ (换平韵)。●●●○● (句)，○●●○○ (韵)。

●○● (句)，○●● (句)，●○○ (韵)。●○●● (句)，○●○●●○○ (韵)。○●○○○● (轉仄韵)。●●○○○● (仄韵)。●●●○○ (换平韵)。●●○○● (句)，○●●○○ (韵)。

【作法】此格九十五字。雙調。平仄韵錯叶格。上闋九句四平韵二仄韵，下闋十句四平韵二仄韵。上闋首兩句其他體用對仗，亦可不用。下闋三字句多用對仗，有前兩句對，亦有後兩句對。亦有三句均對；上闋第三、四兩句格式“仄平平仄平仄，平仄仄平平”，可重組成“仄平平仄，平仄平仄仄平平”格式，見蘇軾“快哉亭”與陳亮“不見南師久”。蘇舜欽“瀟灑太湖岸”是上變下不變，而蘇軾“明月幾時有”是下變上不變。該處句式調整變化，是此調之特點，不必視爲另格。上闋第五、六句，下闋第六、七句，間入兩仄韵，均可形成對句。上闋第三句，下闋第五句作拗體。下闋第三句定須作“仄平平”格式。

【注釋】①角：《太平御覽・樂部二十二》：“《通禮義纂》曰：‘長鳴，角也。按：蚩尤師魍魎（古同‘魍魎’）與黄帝戰于涿鹿。帝命吹角爲龍鳴以禦之。魏武帝征烏桓，軍士思歸，乃減角爲中鳴，其聲尤悲，以應胡笳。晋、宋以降，沿襲用之，有長鳴。唐禮大駕陳一百二十具，是承晋、魏之制也。’《宋・樂志》曰：‘西戎有吹金者，銅角長可二尺，形如牛角。書記所不載。或云出羌胡，以驚中國馬。又曰：角長五尺，形如竹筒。本細，末稍大，未詳所起。今鹵部及軍中用之。或以竹木，或以皮爲之，無定制。按古軍法有吹角也。此器俗名拔邏迴，蓋胡虜驚軍之音，所以書傳無之。海内亂離，至侯景圍臺城，方用之也。’”（［宋］李昉撰：《太平御覽》，河北教育出版社，1994年，第604—605頁。）　②高堂：李白《送張秀才從軍》：“抱劍辭高堂，將投崔冠軍。”　③西凉：是古代凉州别稱。十六國時在凉州有西凉政權，爲李暠所建。都酒泉（今屬甘肅）。盛時有今甘肅西部酒泉、敦煌一帶，西抵新疆葱嶺。　④弓：《世本八種・茆泮林輯本・作篇》載：

"揮作弓。"宋衷注："《禮記·射義》正義、《山海經·海内經》注、《北堂書鈔·武功部》引'揮作弓。'《藝文類聚》六十、《初學記》二十二、《一切經善見律》八音義、《御覽》三百四十七、《玉海》七十五、一百五十、《廣韵》一東、《三禮圖》引'黄帝臣揮作弓。'"（［漢］宋衷注，［清］秦嘉謨等輯：《世本八種》，上海：商務印書館，1957 年，第 114 頁。）關于弓的歌詩，《詩經·大雅·行葦》："敦弓既堅，四鍭既鈞。"（程俊英撰：《詩經譯注》，上海古籍出版社，2004 年，第 441 頁。）　　⑤獵户：亦叫獵人。宋范成大：《戲題索橋》："染人高曬帛，獵户遠張罝。"（傅璇琮等主編：《全宋詩》卷 2259-18，北京大學出版社，1998 年，第 25917 頁。）　　⑥箭：又名矢，《世本八種·茆泮林輯本·作篇》："夷牟作矢。"宋衷注："《禮記·射義》正義、《北堂書鈔》引'夷牟作矢。'、《藝文類聚》六十、《荀子解蔽篇》注、《御覽》三百四十九、《三禮圖》《玉海》七十五、一百五十。"（［漢］宋衷注，［清］秦嘉謨等輯：《世本八種》，上海：商務印書館，1957 年，第 115 頁。）箭的歷史伴隨著弓的産生，遠在石器時代就作爲人們狩獵的工具。《周禮·夏官·司弓矢》："掌六弓四弩八矢之法，辨其名物，而掌其守藏與其出入……凡矢，枉矢、絜矢利火射，用諸守城、車戰，殺矢、鍭矢用諸近射、田獵，矰矢、茀矢用諸弋射，恒矢、庳矢用諸散射。"鄭玄注："此八矢者，弓弩各有四焉。枉矢、殺矢、矰矢、恒矢，弓所用也。絜矢、鍭矢、茀矢、庳矢，弩所用也。"（［漢］鄭玄注，［唐］賈公彦疏：《周禮注疏》卷三十一，北京大學出版社，1999 年，第 842—845 頁。）關于箭制，《唐六典·兩京武庫·武庫令》："箭之制有四：一曰竹箭，二曰木箭，三曰兵箭，四曰弩箭。"（［唐］李林甫等撰，陳仲夫點校：《唐六典》卷十六，中華書局，1992 年，第 461 頁。）關于箭的歌詩，唐杜甫《丹青引贈曹將軍霸》詩："良相頭上進賢冠，猛將腰間太習箭。"（《全唐詩》卷 220-29，揚州詩局本。）

醉花間

聽　琴[①]

乙酉年季春，從賀蘭山營房回到蘭州休假，時值女兒上小學五年級，節假日、空閑時間習琴不輟。一早被女兒的琴聲叫醒。拉開窗簾，看到有幾隻鳥盤旋在窗臺上戲逐鳴唱。身臨其境，頗爲觸動心弦。

清早伴琴催夢醒。掀簾深院静。窗隔近闌干，飛鳥來鳴競。

神思游自騁。欲問誰添景。撫琴簾掛影。何妨幾首恰如風，曲聲聲，歌永永[2]。

【題考】《醉花間》，唐教坊曲。五代即有此調流傳至今，如毛文錫、馮延已各一體。《宋史·樂志》載雙調。宋代毛滂《東堂詞》。因其詞中有“人在翠陰中，欲覓殘春，春在屏風曲。勸君對客杯須覆，燈照瀛洲緑。”（《四庫全書·集部·詞曲類》，商務印書館，民國二十四年。）調名取義于此。又名《九月》。

【詞格】《醉花間》，此調據《詞譜》卷四南唐馮延巳《醉花間》（晴雪小園春未到）可校。此詞爲此調一體，另有毛文錫兩首詞爲兩體。

⊙●◎○○●●（韵）。⊙○○●●（韵）。○●●○○（句），○●○○●（韵）。

⊙○○●●（韵）。●●○○●（韵）。◎○○●●（韵）。⊙○◎●●○○（句），●○○（句），○●●（韵）。

【作法】此格五十字。雙調。上闋四句三仄韵，下闋六句四仄韵。上闋第二、三、四句，與五代毛文錫詞同，唯起句作七字异。下闋第一、二句，與毛詞同，以下句讀全异。上闋逢一、二、四句，下闋逢一、二、三、六句押韵，均爲仄聲韵。上闋第三、四句五字爲二一二句法。下闋第四句七字爲拗句，爲“平平仄仄仄平平”格式。第五、六句對仗。

【注釋】①琴：《説文》：“琴，禁也。神農所作，洞越練朱五弦，周加二弦，象形。古文從金。”（［漢］許慎撰：《説文解字》，上海古籍出版社，1968年，第267頁。）又據《世本八種·茆泮林輯本·作篇》載：“伏羲作琴。”宋衷注：“《禮記·月令》正義。”（［漢］宋衷注，［清］秦嘉謨等輯：《世本八種》，上海：商務印書館，1957年，第108頁。）《詩經·周南·關雎》：“窈窕淑女，琴瑟友之。”（程俊英撰：《詩經譯注》，上海古籍出版社，2004年，第4頁。）唐段安節《樂府雜録·琴》：“琴，古者，能士固多矣。貞元中，成都雷生善斫琴，至今尚有孫息，不墜其業，精妙天下無比也。彈者亦衆焉。大和中有賀若夷尤能，後爲待詔，對文宗彈一調，上嘉賞之，仍賜朱衣，至今爲《賜緋調》。後有甘黨，亦爲上手。”（［唐］段安節：《樂府雜録》，中國戲劇出版社，1959年，第55頁。） ②永永：謂長遠，長久。《大戴禮記·公符七十九》：“陛下永永與天無極。”（［西漢］戴德，黄懷信主撰：《大戴禮記彙校集注》，三秦出版社，2005 年，第 1358 頁。）魯迅《中山大學開學致語》：“這精神則如日光，永永放射，無遠弗到。”（《魯迅全集·集外集拾遺補編》第八卷，人民文學出版社，2005 年，第 194 頁。）

少年游

探　親

回家隨步恐來遲。雲裏燕相知。聽檐猶候，迎門相見，方問探如期。

游子去往聲相似①，人到問無疑。守候娘親，伴隨家父，猶比少年時。

【題考】《少年游》，柳永《樂章集》注林鐘商調。沈雄《古今詞話·詞辨》卷上載：“《古今詞譜》曰：黃鐘宮曲，林君復、蘇東坡俱有之，亦不一體，其更變俱在換頭也。東坡詞換頭云：‘捲簾對酒邀明月。’非。對酒捲簾也，刻誤。落句云：‘恰似姮娥憐雙燕，分明照、畫梁斜。’异矣。耆卿換頭云：‘薄情慢有歸消息，鴛鴦被，半香消。’异矣。小山換頭云：‘可憐人意，薄于雲水，佳會更難重。’則又异矣。餘則俱同，當以美成詞爲正。”又云：“《樂府紀聞》曰：美成在汴日，主角妓李師師家。道君幸之，美成避匿其左右。遂賦《少年游》云：‘并刀如水，吳鹽勝雪，纖手破新橙。錦幄初温，獸烟不斷，相對坐調笙。　低聲問向誰行宿，城上已三更。馬滑霜濃，不如歸去，直自少人行。’直寫其事，流傳于外。道君怒，以課吏謫之。”（清康熙二十八年澄暉堂刻本。）又據《詞林紀事》卷七載，周邦彦“職事廢馳”後，引云：“《貴耳録》：‘隔一二日，道君復幸李師師家，不見李師師，問其家，知送周監税，坐久至初更。李始歸，愁眉泪睫，憔悴可掬。道君大怒云：‘爾往那里去？’李奏：‘臣妾萬死，知周邦彦得罪，押出國門，略致一杯相别，不知官家來。’道君問：‘曾有詞否？’李奏云‘有《蘭陵王》詞。’即‘柳陰直’者是也。道君云：‘唱一遍看。’李奏云：‘容臣妾奉一杯，歌此詞爲官家壽。’曲終，道君大喜，復召爲大晟樂正。’”（［清］張宗橚輯：《詞林紀事》，成都古籍書店，1982 年。）

此調又名《玉蠟梅枝》《小闌杆》。

【詞格】《少年游》，此調據《詞譜》卷八宋晏殊《少年游》（芙蓉花發去年枝）可校。此調以此詞爲正體，另有别體。

⊙○⊙●●○○（韵），⊙●●○○（韵）。⊙⊙⊙◎（句），⊙○⊙●

（句），○●●○○（韵）。

⊙⊙◎◎○⊙●（句），⊙●●○○（韵）。◎◎⊙⊙（句），●○⊙●（句），○●●○○（韵）。

【作法】此格五十字。雙調。上闋五句三平韵，下闋五句二平韵。此格除上闋首句押韵外，上下闋句式均同。上闋第三、四句對仗，爲“平平平仄，平平平仄”格式。下闋第三、四句對仗，爲“仄仄平平，仄平平仄”格式。

【注釋】①聲相似：漢馬融《長笛賦》：“龍鳴水中不見已，截竹吹之聲相似。”（［南朝梁］蕭統編撰：《昭明文選》，吉林文史出版社，1988 年，第 952 頁。）

搗練子

跳　繩

飛浪捲，踩雲升。樂得三人在跳繩。猶似摘星頭頂月[①]，比如划水踏舟乘。

【題考】《搗練子》，《太和正音譜》注雙調。此調是唐五代流行的邊塞樂曲，多表現爲戍邊將士相關聯的生活、情感爲内容的曲調。（見《敦煌寫卷》伯 3718 卷）據楊慎《詞品》卷一：“李後主《搗練子》云：‘深院静，小庭空。斷續寒砧斷續風。無奈夜長人不寐，數聲和月到簾櫳。’詞名《搗練子》，即咏搗練，乃唐詞本體也。”（此詞一説爲馮延已作）（［明］楊慎：《詞品》，《詞話叢編》第一册，中華書局，1986 年。）（［注］《詞譜》卷一載《搗練子》之“深院静”詞係馮延巳作。）又沈雄《古今詞話》卷上：“《物外清音》曰：曲名《解紅》，相傳爲吕仙作。余考《解紅》爲和魯公歌童，其詞：‘百戲罷，五音清。《解紅》一曲新教成。兩個瑶池小仙子，此時奪却柘枝名。’魯公自製曲也。按《解紅》，舞衣紫緋，綉襦銀帶，戴花鳳冠，五代時飾。焉有吕仙在唐季，預爲此腔耶。”又云：“劉禹錫作《瀟湘神》，起即疊三字一句便是，亦即《搗練子》，但爲迎神送神之詞。”（清康熙二十八年澄暉堂刻本。）

此調單調二十七字，雙調有三十八字和五十二字。又名《搗練子令》《深院月》。

【詞格】《搗練子》，此調據《詞譜》卷一南唐馮延巳《搗練子》（深院静）可校。此調以此詞爲正體。

⊙●●（句），●○○（韵）。◎●○○◎●○（韵）。⊙●◎○○●●（句），●○⊙●●○○（韵）。

【作法】此格二十七字。單調。五句三平韵。起爲三字對句，句法均上二下一，且爲對仗，爲“平仄仄，仄平平”格式。第三、四、五句與七絶詩句無异。又有别格，結句二句改爲兩個三字句，且疊爲雙調。

【注釋】①摘星：《北夢瑣言・李商隱草進劍表》：“天静則星辰可摘。”（［五代］孫光憲撰：《北夢瑣言》，中華書局，2002年，第161頁。）

新雁過妝樓

賀新娘[①]

蝶戀花紅。和絲管[②]、風遲步繞芳叢。禮花光射，人在并照朦朧。佩戴紅紗相比瘦，髻螺弄影似秋逢[③]。把清尊，一場客贊，兩者相融。

從教輕呼夜定，料一庭月照，半路花蹤。小窗清影，留香竟在簾櫳。今宵玉鈎綉帶，怎禁得、摇燈前作風。收釵後，待夜闌人静，燈籠照中。

【題考】《新雁過妝樓》，吴文英《夢窗詞》注夾鐘羽。清陳洵《海綃説詞》，在吴文英之《齊天樂》（烟波桃葉）條下云：“送客者，送妾也。柳渾侍兒名琴客，故以客稱妾，《新雁過妝樓》之宜城當時放客。”并在《解連環》（暮檐凉薄）條下亦云：“海綃翁曰：起三句興與《新雁過妝樓》“風檐近、渾疑玉佩丁東”同意，蓋亦思去妾而作也。”（［清］陳洵：《海綃説詞》，《詞話叢編》第五册，中華書局，1986年。）以此，把新娘喻爲“新雁”，故來往于妝樓之間。詞名或許由此而來。

此調又名《雁過妝樓》《瑶臺聚八仙》《八寶妝》《百寶妝》。

【詞格】《新雁過妝樓》，此調據《詞譜》卷二十七宋吴文英《新雁過妝樓》（夢醒芙蓉）可校。此調以吴文英另首（閬苑高寒）詞爲正體。此詞與另首词句式同，唯上闋第七句不押韵异。

●●○○（韵）。○○●（豆）、○○●●○○（韵）。●○○●（句），○●●●○○（韵）。●●○○○●●（句），●○●●●○○（韵）。●

○○（句），●○●●（句），●●○○（韵）。

○○○○●●（句），●●○●●（句），●●○○（韵）。●○○●（句），○○●●○○（韵）。○○●○●●（句），●○●（豆）、○○○●○（韵）。○○●（句），●●○○●（句），○○●○（韵）。

【作法】此格九十九字。雙調。上闋九句五平韵，下闋十句四平韵。上闋首句四字起平韵，次句九字，上三下六字叶韵，第五、六句七言對句。結句皆四字句，上仄收下平叶。下闋首句六字宜上四下二句法，第二、三句四字句，上加一字豆作對句，語氣須貫，仿佛上五下四之九字句。第七句八字上三下五句法，且下五字爲上一下四句法。結尾十二字，分爲三句，首爲三字。次爲五字，用上一下四句法。末爲四字。

【注釋】①新娘：據《世本八種·茆泮林輯本·作篇》載："伏犧制儷皮嫁娶之禮。"（宋衷注："《禮記·月令》正義。"（［漢］宋衷注，［清］秦嘉謨等輯：《世本八種》，上海：商務印書館，1957 年，第 107 頁。） ②絲管：［南朝］梁徐勉《迎客曲》："絲管列，舞曲陳。"（［清］王奕清：《历代詞話》，《詞話叢編·歷代詞話》，中華書局，2005 年，第 1083 頁。） 管：吹奏的樂器。如篪：《爾雅·釋樂》："篪，以竹爲之，長尺四寸，圍三寸，一孔上出，一寸三分，名翹，橫吹之。"（［晋］郭璞注，［宋］邢昺疏：《爾雅注疏》，北京大學出版社，1999 年，第 157 頁。） ③髻螺：盤施如螺的髮髻。

彩鳳飛

北　燕

天似玉，雲如絮，一抹薰風轉[①]。海邊來、檐上築巢飛旋。乘天晴，對新裁、化作游鄉，猶回首、踏訪晚來新燕。

搏雲畔。裹雨隨風雙影，堪争東風面。更幾番、清泪依稀眼見。這傳聲、打樹上，新翠歸院。凌波剩下了，掛了彩練。

【題考】《彩鳳飛》，此調始見于宋代陳亮《龍川詞》，又名《彩鳳舞》。唐李商隱《無題》詩："身無彩鳳雙飛翼，心有靈犀一點通。"（《全唐詩》卷539-103，揚州詩局本。）調名由此而來。

【詞格】《彩鳳飛》，此調據《詞譜》卷十九宋陳亮《彩鳳飛·十月十六日壽錢伯同》（人立玉）可校。

○●●（句），○○●（句），●●○○●（韵）。●○○（豆）、○●●○○●（韵）。●○○（句），●○●（豆）、●●○○（句），○○●（豆）、●●●○○●（韵）。

●○●（韵）。●●○○○●（句），○○○○●（韵）。●●○（豆）、○●○○●●（韵）。●○○（豆）、●●●（句），○●○●（韵）。○○●●●（句），●●●●（韵）。

【作法】此格八十一字。雙調。上闋七句三仄韵，下闋八句五仄韵。上闋逢第三、四、七句押韵，下闋逢第一、三、四、六、八押韵，均爲仄聲韵。上闋第四、七句，下闋第四句爲九字句，用上三下六句式。上闋六句爲七字句，用上三下四句式，下闋第五句爲六字折腰句式。上闋第一、二句對句；上闋第五句，下闋第四句首字領格。下闋第五、六句，一氣呵成，第七、八句，音節頓挫疏宕。

【注釋】①薰風：唐白居易《首夏南池獨酌》："薰風自南至，吹我池上林。"（《全唐詩》卷459-21，揚州詩局本。）

踏莎行

百尺樓

鏡面初擦[1]，風音撫罷。梳雲掠月依亭榭。夕陽偏照影兒長，風敲夜永憑闌舍。

月亮爬高，紗帘落下。燈光疊影依臺寫。推窗不覺布星稀，雲游月隱依山野。

【題考】《踏莎行》，《金詞》注中吕調，《太和正音譜》注商角調。唐代陳羽《過櫟陽山谿》詩："衆草穿沙芳色齊，踏莎行草過春溪。"（《全唐詩》卷348-36，揚州詩局本。）調名或取于此。釋文瑩《湘山野録》卷下："萊公因早春宴客，自撰樂府詞，俾工歌之。"（中華書局，1981年。）［注：因寇准被封爲萊國公，故稱。］又，萬樹《詞律》中《江南春》詞注曰：“或曰：此萊公自度曲，他無作者。”（上海古籍出版社，1994 年。）對此，舒夢蘭《白香詞譜》云：“可知萊公于當時能自創詞調。此詞所咏，于暮春時，莎草離披，踐踏尋芳，寫景抒叙情，正相切合，則是本調之創始，殆由萊公。按《藝林伐山》：韓翃詩‘踏莎行草過春溪’，詞名《踏莎行》，本此。又可知萊公實取韓詩以名詞也。”（［清］舒夢蘭，胡山源編：《詞准》，民國二十六年。）

《詞林紀事》卷二十一在賈雲華《踏莎行》詞下云：“［字］雲華［名娉娉］，似道女。”并引《詞苑叢談》曰：“云華母刑氏，與魏鵬母有指腹約。鵬謁刑，刑命女結爲兄妹，不及前盟，兩人遂相與私。未幾，鵬以母喪歸，云華賦《踏莎行》與訣别。（隨水落花，離弦飛箭。今生無處能相見。長江縱使向西流，也應不盡千年怨。　　盟誓無憑，情緣有限。願魂化作銜泥燕。一年一度一歸來，孤雌獨入郎庭院。）遂鬱鬱死。二年後，有長安丞宋子璧女，暴卒復蘇，自言雲華借尸還魂。丞以告賈，遂歸鵬焉。”（［清］張宗橚輯：《詞林紀事》，成都古籍書店，1982 年复印。）

此調又名《喜朝天》《柳長春》《踏雪行》。

【詞格】《踏莎行》，此調據《詞譜》卷十三宋晏殊《踏莎行》（細草愁烟）可校。此調以此詞爲正體。此調曾覯詞攤破句法，添入襯字，轉换宫調，爲轉調。陳亮有《轉調踏莎行》。

◎●○○（句），⊙○◎●（韵）。⊙○◎●○○●（韵）。◎○⊙●●○○（句），⊙○◎●○○●（韵）。

◎●○○（句），⊙○◎●（韵）。⊙○◎●○○●（韵）。⊙○◎●●○○（句），⊙○◎●○○●（韵）。

【作法】此格五十八字。雙調。上下闋各五句三仄韵。此調例用對偶，實爲七言仄韵詩兩絶合成。上下闋首二句四字兩對句，爲“仄仄平平，平平仄仄”格式。此句實爲是七言句，采用攤破句法，添入襯字形成四字對仗。

【注釋】①曉鏡剛擦：《南齊書·東昏侯紀》：“帝有膂力，能擔白虎橦，自製雜色錦伎衣，綴以金花玉鏡衆寶，逞諸意態。”（［梁］蕭子顯撰：《南齊書》，中華書局，1972 年，第 104 頁。）

菩薩蠻

行　旅

山迷雨打雲頭落。波光草亂風無縛。路杳夜初長[①]。望中流水凉。
計當何處宿。勸説酒兒熟。相認但傾壺。高燈低火爐[②]。

【題考】《菩薩蠻》，《尊前集》注中吕宫，《宋史·樂志》載中吕宫，《太和正音譜》注正宫。另外還有詞家或注中吕調，或注正平調不等。此調爲唐教坊曲名。《宋史·樂志》："女弟子舞隊名。唐時俗稱美女爲菩薩，菩薩蠻酋稱女蠻。" 王灼《碧鷄漫志》卷五："《菩薩蠻》，《南部新書》及《杜陽雜編》云：'大中初，女蠻國入貢，危髻金冠，纓絡被體，號菩薩蠻隊，遂制此曲。當時倡優李可及作菩薩蠻隊舞，文士亦往往聲其詞……《北夢瑣言》云：'宣宗愛唱菩薩蠻詞，令狐相國假温飛卿新撰密進之，戒以勿泄，而遽言于人，由是疏之。'"（［宋］王灼：《碧雞漫志》，《詞話叢編》第一册，中華書局，1986 年。）另據沈雄《古今詞話·詞辨》上卷："《丹鉛録》曰：開元時南詔入貢，危髻金冠，瓔珞被體，號菩薩蠻，因以制曲。楊慎改蠻爲鬘，以戒經華鬘被首爲據。胡元瑞駁之，非真正婦女入貢，蓋皆婦女髻也。"（［清］沈雄：《古今詞話》，《詞話叢編》第一册，中華書局，1986 年。）另《詞林紀事》卷一引《湘山野録》云："此詞寫于鼎州滄水驛，不知何人所作，魏道輔泰見而愛之。後至長沙，得《古風集》于曾子宣内翰家，乃知太白所撰。" 張宗橚按："《菩薩蠻》《憶秦娥》）此二闋《莊岳委談》謂非太白作，明胡孝轅先生亦云。"（［清］張宗橚輯：《詞林紀事》，成都古籍書店，1982 年复印。）上述考證有兩種説法，那麽《菩薩蠻》到底産生于何時？就從唐開元元年到唐大中元年時間上算起，跨度一百三十多年之久，兩種説法必有一誤。清徐釚《詞苑叢談·辯證》卷十云："今詩餘名《望江南》外，《菩薩蠻》《憶秦娥》稱最古，以《草堂》二詞出太白也。" 同時又"予謂太白在當時，直以風雅自任，即近體盛行七言律，鄙不肯爲，寧屑事此？……詳其意調，絶類温方城輩，蓋晚唐詞嫁名太白耳。"（［清］徐釚：《詞苑叢詮》，《詞苑叢談》，上海古籍出版社，1981 年。）對此，胡适《詞選》亦有同樣的説法。其實，《詞苑叢談》之説自相矛盾有二：一是既然《菩薩蠻》最古，不可能到盛行于中晚唐時期；二是"盛行七言律"説過于牽强，與唐開元時清樂變爲燕樂後，詞曲相應變化事實不符。任半塘在《教坊記箋訂・曲名》之《菩薩蠻》條下亦云：“近人楊憲益説，三字（菩薩蠻）乃《驃苴蠻》或《符詔蠻》之异譯，其調乃古緬甸樂，開（元）、天（寶）間傳入中國，李白有辭。此説可取。”（中華書局，1962 年。）故《菩薩蠻》産生于唐玄宗時代可能性較大。

此調又名《子夜歌》《重疊金》。另名有《菩薩蠻慢》《菩薩蠻引》。

【詞格】《菩薩蠻》，此調據《詞譜》卷五唐李白《菩薩蠻》（平林漠漠烟如織）可校。此調以此詞爲正體。朱敦儒詞與李詞同，唯下闋仄韵、平韵，即押前段原韵；樓扶詞仄韵即葉平韵，名三聲叶。此二者各爲一體。

⊙○◎●○○●（仄韵）。⊙○◎●○○●（叶仄）。◎●●○○（换平韵）。◎○⊙●○（叶平）。

◎○○●●（再换仄韵）。◎●⊙○●（叶仄）。⊙●●○○（三换平韵）。⊙○⊙●○（叶平）。

【作法】此格四十四字。雙調。平仄韵轉换格。上下闋各四句二仄韵二平韵。此調一般認爲是詞調中之最古者，多以五七言組成，調之情調由緊促轉低沉；上闋第一、二句即爲七言仄句，第三句爲仄起之五言句，换用平韵。第四句實爲由律句“平平仄仄平”改爲五言拗句的，故“仄平平仄平”格式不宜移。下闋第一句爲平起仄韵之五言句。第二句爲仄起仄韵之五言句，第三句與上闋同，第四句爲“平平平仄平”拗句格式爲宜。

【注釋】①夜初長：《紅樓夢》第十八回賈寶玉爲瀟湘館所題《有鳳來儀》：“莫摇青碎影，好夢晝初長。” ②火爐：據《世本八種・茆泮林輯本・作篇》載：“燧人出火。”宋衷注：“《禮記・禮運》正義。”（［漢］宋衷注，［清］秦嘉謨等輯：《世本八種》，上海：商務印書館，1957 年，第 107 頁。）

淡黄柳

沙　漠

春來蘸碧。金艷教人拾。滿眼醺醺猶未及。日轉狂翻烟浪，平野遮歸看人立①。

漫天默。偏頭看身側。始相望、徑通直。競雙行②、走過留痕迹③，響徹駝鈴，舉頭遥望，誰過天長漠北。

【題考】《淡黄柳》，此調爲姜夔自度曲。《白石道人歌曲》注正平調近，謝元淮《碎金詞譜》注羽調。所咏調名本意。詞前有小序云："客居合肥南城赤闌橋之西，巷陌凄凉，與江左异，惟柳色夾道，依依可憐。因度此闋，以紓客懷。"調名取于此。（人民文學出版社，1959 年。）

【詞格】《淡黄柳》，此調據《詞譜》卷十四宋王沂孫《淡黄柳》（花邊短笛）可校。此詞爲此調一體，另有姜夔、張炎各一體。

○○●●（韵）。○●○○●（韵）。●●○○○●●（韵）。●●○○○●（句），○●○○●○●（韵）。

●○●（韵）。○○●○●（韵）。●○●（豆）、●○●（韵）。●○○（豆）、●●○○●（句），●●○○（句），●○○●（句），○●○○●●（韵）。

【作法】此格六十五字。雙調。上闋五句四仄韵，下闋七句四仄韵。例用入聲部韵。上闋逢第一、二、三、五句押韵，下闋逢第一、二、三、七句押韵，均爲仄聲韵。下闋第三句爲六字折腰句式，第四句爲八字句，用上三下五句式。第三、四句首字領格。

【注釋】①看人立：引五代毛滂《調笑令》："簾前歸燕看人立。"（清·王奕清等《欽定詞譜》卷四十附編。）　②競雙行（háng）：《説文》："行，人之步趨也。從彳從亍。"（［東漢］許慎撰：《説文解字》，中華書局，1966 年，第 44 頁。）　③留痕迹：宋陳淳《北溪字義》："人所通行方謂之路，一人獨行不得謂之路……衆人所共由底方謂之道。"（［宋］陳淳著：《北溪字義》，中華書局，1983 年，第 38 頁。）

摸魚兒

農　家

倚東風、霧寒微罩，籬牆疏影重數。當窗雨滴教閑却，贏得煮茶傾慕[①]。唯小聚。愛説道、西家瓜蔓東家妒。牽情不語。莫袖手清閑，低頭躲閃，説與肯相顧。

提燈夜，携酒喧荒每遇[2]。聽檐來燕如故。初晴晨起知何物，麻雀進家來住。方見羽。去何處、田邊汗水山中雨。誰能告訴。一笑不言愁，清風化作，眉色與春度。

【題考】《摸魚兒》，此調爲唐教坊曲名。“摸魚”即捕魚，爲當時俚語，加“兒”或“子”字，是摹仿樂府曲名。又名《摸魚子》。王弈清《歷代詞話》卷八引羅大經云：“淳熙己亥，幼安自湖北漕移湖南，同官王正之置酒小山亭，辛賦《摸魚兒》一闋，詞意頗怨，使在漢唐，寧不賈種豆種桃之禍。聞壽皇見此詞頗不悦，然終不加罪，可謂有君人之度。”（中華書局，1986年。）姜夔此調小序云：“辛亥秋期，予寓合肥。小雨初霽，偃卧窗下，心事悠然。起與趙君猷露坐月飲，戲吟此曲，蓋欲一洗鈿合金釵之塵。他日野處見之，甚爲予擊節也。”調名本此。（［宋］姜夔：《白石詩詞集·歌曲》卷三，人民文學出版社，1959年。）

此調又名《山鬼謡》《買陂塘》《邁陂塘》《陂塘柳》《雙蕖怨》。

【詞格】《摸魚兒》，此調據《詞譜》卷三十六宋晁補之《摸魚兒》（買陂塘）可校。此調以此詞及辛弃疾（更能消）詞、張炎（愛吾廬）詞爲正體。此調有歐陽修“卷綉帘”詞、《梅苑》無名氏“歲華向晚”詞，又各自成一體，其餘諸家詞多變格。

●○○（豆）、◎○○●（句），⊙○⊙●○●（韵）。⊙○◎●○○●（句），⊙●◎○○●（韵）。○●●（韵）。◎●●（豆）、◎○◎●○○●（韵）。⊙○◎●（韵）。●◎●○○（句），⊙○◎●（句），◎●◎○●（韵）。

○○●（句），⊙●○○◎●（韵）。⊙○⊙●○●（韵）。⊙○⊙●○○●（句），⊙●◎○○●（韵）。○●●（韵）。◎⊙●（豆）、⊙○◎●○○●（韵），⊙○◎●（韵）。◎◎●○○（句），⊙○◎●（句），⊙●●○●（韵）。

【作法】此格一百一十六字。雙調。上闋十句六仄韵，下闋各十一句七仄韵。上闋首起句七字上三下四不用韵，第五句三字協韵，爲“平仄仄”定格。第六句十字或作上五下五、或作上三下七均可。如作上五下五，則上五句法爲上一下四，下五句法爲上二下三，第八、九句爲“仄仄仄平平，平平仄仄”格式，係四字對句而加一豆，且領格字宜用去聲。下闋起爲三字句不叶韵平仄一定，第三句以下與上片第二句以下類同。

【注釋】①煮茶：引《太平御覽·飲食部二十五·茗》“《爾雅》曰：檟，苦茶。”注：“矮小者似梔子，冬至生葉，可煮作羹飯。今早采者爲茶，晚采者爲茗。一名荈，蜀人名爲苦茶。《吴志》曰：孫皓每宴，［坐］席無不能酒，率以七升爲限，雖不悉入口，澆灌取盡。韋曜飲酒不過二升，初見禮异，密賜茶茗以當酒。”（［宋］李昉撰，夏劍欽校點：《太平御覽》，河北教育出版社，1994 年，第 978 頁。） ②喧荒：是民間的一種文化活動，内容繁多。泛指聊天、拉家常。具體講，可包容講故事、説异聞、説猜話（連環謎語）、念歌谣和溜雜話等。

風流子

秋　吟

天下毛毛細雨。地上花花吐露。留轉影，派牽縈①，漫染有人停住。移步。方賦。景色婆娑詩句。

【題考】《風流子》，吴文英《夢窗詞》注黄鐘商。此調爲唐教坊曲名。據清代馮金伯《詞苑翠編》卷之二十引《詞衷》載：“《風流子》出《文選》。劉良《文選》注曰：‘風流言其風美之聲流于天下。子者，男子之通稱也。’”（［清］馮金伯：《詞苑翠編》，《詞話叢編》，中華書局，1986 年。）又沈雄《古今詞話·詞辨》上卷載：“《揮麈録》曰：周美成爲溧水令，主簿之妾有色而慧，美成每款洽于樽俎間。世所傳《風流子》蓋寓意云。‘新緑小池塘。……應自待月西厢。……天便教人，霎時相見何妨。’新緑、待月，主簿廳軒也。”（［清］沈雄：《古今詞話》，《詞話叢編》第一册，中華書局，1986 年。）《詞林紀事》卷六張耒《風流子》（亭皋木葉下）云：“《堯山堂外紀》：張文潛十七歲，作《函關賦》，從東坡游。元祐中，在秘閣，上巳日集西池，張咏云：‘翠浪有聲黄傘動，春風無力彩旌垂。’少游云：‘帘幕千家錦綉垂。’同人笑曰：‘又將入小石調也。’因文潛作大石調《風流子》，故云。”（［清］張宗橚輯：《詞林紀事》，成都古籍書店，1982 年复印。）

此調有兩體。單調者，唐詞一體；雙調者，宋詞三體。有前後段兩起句不用韵者，有前段起句用韵、後段起句不用韵者，有前後段起句俱用韵者，諸體中有句讀异同，各依其體類列。

【詞格】《風流子》，此調據《詞譜》卷二五代孫光憲《風流子》（樓依長衢欲暮）可校。此調此詞爲首體，另有八體。

○●⊙○◎●（韵）。◎●⊙○◎●（韵）。○●●（句），●○○（句），◎●◎○⊙●（韵）。○●（韵）。○●（韵）。◎●⊙○○●（韵）。

【作法】此格三十四字。單調。八句六仄韵。第六、七句，俱用兩韵。第一、二句對仗，爲“平仄平平仄仄，仄仄平平仄仄”格式，第三、四句對仗。

【注釋】①牽縈：纏綿。

撼庭秋

聞　笛

幾聲羌笛邊地[1]。道燕回猶記。映窗燈照，遮檐樹發，夜蟬聲裏。

篷中對影，風中行客，夢中來使。念長城關外，飛鴻一隊，兩行清泪。

【題考】《撼庭秋》，唐教坊曲名。始見于晏殊《珠玉詞》，僅一首，故萬樹《詞律》卷五、《詞譜》卷七俱列爲正格。此調又名《感庭秋》。

【詞格】《撼庭秋》，此調自《詞譜》卷七宋晏殊《撼庭秋》（别來音信千里）可校。此調無别首可校。

●○○●○●（韵）。●●○○●（韵）。●○○●（句），○○●●（句），●○○●（韵）。

○○●●（句），○○○●（句），●○○●（韵）。●○○○●（句），○○●●（句），●○○●（韵）。

【作法】此格四十八字。雙調。上闋五句三仄韵，下闋六句二仄韵。上闋逢第一、二、五句押韵，下闋逢第三、六句押韵，均爲仄聲韵。上闋第二句，下闋第四句首字領格。上闋第三、四句對仗，爲“仄平平仄，平平仄仄”格式。

【注釋】①笛：據《史記·樂書第二》卷二十四載：“竹聲濫，濫以立會，會以聚衆。”（［漢］司馬遷撰：《史記》，北京：中華書局，1999年，第1072頁。）《説文》：“笛，七孔筩也，從竹由聲。羌笛三孔。”（［漢］許慎撰：《説文解字》，中華書局，1968年，第98頁。）　羌笛：王之渙《凉州詞》：“羌笛何須怨楊柳。”

醉妝詞

望明月①。盼明月。月是彎彎月。盼明月。望明月。月是圓圓月。

【題考】《醉妝詞》，此調據清代徐釚《詞苑叢談·紀事一》卷六引孫光憲《北夢瑣言》：“蜀主衍，裹小巾，其尖如錐。宫妓多衣道服，簪蓮花冠，施胭脂夾臉，號醉妝。衍作《醉妝詞》云：“者邊走。那邊走。衹是尋花柳。那邊走。者邊走。莫厭金杯酒。”（［清］徐釚：《詞苑叢談》，《詞苑叢談》，上海古籍出版社，1981年。）

【詞格】《醉妝詞》，此調自《詞譜》卷一五代王衍《醉妝詞》（者邊走，那邊走）可校。此調只此一詞。

●○●（韵）。●○●（疊上句後二字）。●●○○●（韵）。●○●（疊第二句）。●○●（疊第一句）。●●○○●（韵）。

【作法】此格二十二字。單調。六句三仄韵三疊韵。第一、二句與第四、五句順序務必相反。

【注釋】①月：《説文》：“月，闕也。大陰之精，象形。”（［漢］許慎撰：《説文解字》，中華書局，1968年，第141頁。）《詩經·小雅·天保》：“如月之恒，如日之升。”（程俊英撰：《詩經譯注》，上海古籍出版社，2004年，第257頁。）李白《把酒問月》：“青天有月來幾時，我今停杯一問之。人攀明月不可得，月行却與人相隨。皎如飛鏡臨丹闕，緑烟滅盡清輝發。但見宵從海上來，寧知曉向雲間没。白兔搗藥秋復春，嫦娥孤栖與誰鄰。今人不見古時月，今月曾經照古人。古人今人若流水，共看明月皆如此。唯願當歌對酒時，月光長照金樽里。”（《全唐詩》卷179-21，揚州詩局本。）

人月圓

春　訊

小梅時節初來摘，堪惱染紅衣。吹風不掉，纔將手捻①，衹恐鶯窺。

一行來雁，雲多一片，相一來時。半杆花影，梨花兩壟，雙燕相隨。

【題考】《人月圓》，《中原音韵》《太和正音譜》注黄鐘宫。楊慎《詞品》卷一：“宋駙馬王晋卿元宵詞云：‘小桃枝上春來早，初試羅衣。年年此夜，華燈盛照，人月圓時。　禁街簫鼓，寒輕夜永，纖手重携。更闌人静，千門笑語，聲在帘幃。’此曲晋卿自製，名《人月圓》，即咏元宵，猶是唐人之意。”（嘉靖辛亥仲春刻本。）又沈雄《古今詞話·詞辨》卷上：“宋玉詵詞云：‘年年此夜，華燈盛照，人月圓時。’名之《人月圓》。《詞譜》曰：‘大石調曲。北劇多收爲引子。’《金源樂府》曰：‘吴激赴金人張總家集，侍兒侑觴。故宋宫姬也。時宇文叔通賦《念奴嬌》將成，見激作《人月圓》云：‘南朝千古傷心事，還唱後庭花。舊時王謝，堂前燕子，飛向誰家。　恍然一夢，仙肌勝雪，宫鬢堆鴉。江州司馬，青衫泪濕，同是天涯。’叔通遂閣筆，退而語人曰：‘吴郎近以樂府高天下。’”（清康熙二十八年澄暉堂刻本。）對此，《詞林紀事》卷八在李持正《人月圓》（小桃枝上春風早）詞下引《能改齋漫録》云：“持正《人月圓》詞，膾炙人口，近時以爲小王都尉作，非也。”（［清］張宗橚輯：《詞林紀事》，成都古籍書店，1982 年复印。）此調又名《青衫濕》。

【詞格】《人月圓》，此調據《詞譜》卷七宋王詵《人月圓》（小桃枝上春來早）可校。（此詞一説李持正詩）此調以此詞爲正體。此詞有楊無咎詞下闋第四、五、六句，攤破句法，作七字一句、五字一句者；還有楊無咎詞上闋起句用韵者。此兩者各爲一體。

◎○⊙●○○●（句），⊙●●○○（韵）。⊙○◎●（句），○○◎●（句），⊙●○○（韵）。

◎○⊙●（句），⊙○◎●（句），⊙●○○（韵）。◎○⊙●（句），○○◎●（句），⊙●○○（韵）。

【作法】此格四十八字。雙調。上闋五句二平韵，下闋六句二平韵。此調中三言三句爲一組句，上闋一組三言句，下闋兩組三言句。每組句，須有開有合，且句意順暢自然。上闋結兩句對仗，爲“平平仄仄，平仄平平”格式。

【注釋】①手捻：用手指搓轉。

暗香

葉　子

自春點劃。念幾番潑染，風揺重碧。細認萬重，緑扇風騷派無隙。踵見流鶯唤友，方相覷、和風蹤迹。正舒袖、舞向誰邊，花意競開陌[1]。

風激。不惜力。見岸草任吹，盡落沉寂。漫嗟夜覓。空滿銀鈎不堪摘。祇夾霜天背景，猶展卷、行香游歷。見語句、藏幾片，但聽筆滴[2]。

【題考】《暗香》，此調爲姜夔自度仙吕宫曲。吴文英《夢窗詞》注夷則宫。姜夔在其小序中云：“辛亥之冬，予載雪詣石湖。止既月，授簡索句，且徵新聲。作此兩曲，石湖把玩不已，使二妓肄習之，音節諧婉，乃名之曰《暗香》《疏影》。”（［宋］姜夔：《白石詩詞集·歌曲》卷四，人民文學出版社，1959 年。）對此，《張惠言論詞》姜堯章《暗香》（舊時明月）條下載：“題曰石湖咏梅，此爲石湖作也。時石湖蓋有隱遁之志，故作此二詞以沮之。白石《石湖仙》云：‘須信石湖仙，似鴟夷飄然引去。’末云：‘聞好語。明年定在槐府。’此與同意。首章言己嘗有用世之志，今老無能，但望之石湖也。”（中華書局，1986 年。）

此調後張炎用以咏荷花荷葉，更名《紅情》《緑意》。

【詞格】《暗香》，此調據《詞譜》卷二十五宋姜夔《暗香》（舊時月色）可校。此調始自此詞，词家俱如此填。此調張炎詞下闋第七句作折腰句法，没有添字、减字，平仄小异，與此詞同體。

◎○◎●（韵）。●◎○◎●（句），⊙○○●（韵）。●●◎○（句），◎●○○●○●（韵）。⊙●⊙○●●（句），⊙⊙◎（豆）、⊙○○●（韵）。◎◎◎（豆）、◎●○○（句），⊙●●○●（韵）。

⊙●（韵）。●◎●（韵）。●●◎◎○（句），◎◎○●（韵）。●○●●（韵）。○●⊙○●○●（韵）。⊙●○○◎●（句），⊙◎◎（豆）、⊙○○●（韵）。●◎◎（豆）、○●●（句），●○◎●（韵）。

【作法】此格九十七字。雙調。上闋九句五仄韵，下闋十句七仄韵。例用入聲部韵。首句四字起韵，换頭用短韵，爲此調定格。上闋逢第一、三、五、七、九句押韵，下闋逢第一、二、四、五、六、八、十句押韵，均爲仄聲韵。上闋第二句，下闋第三句均用上一下四句法，首字領格，宜用去聲。上闋第七句、八句，下闋第八句均爲七言字句，用上三下四句式。下闋第九句爲六字折腰句式。

【注釋】①開陌：宋王阮《館娃宫》："緩緩花開陌，彎彎月照州。"（傅璇琮等主編：《全宋詩》卷 2656，北京大學出版社，1998 年，第 21119 頁。）②筆：《博物記・佚文・〈藝文類聚〉引》載："蒙恬造筆。"周日用注："卷五十八，亦見《北户録》卷二、《白孔六帖》卷十四、《太平御覽》卷六百五、《倭名類聚鈔》卷五。案《學齋占畢》卷二云：'傳記小説多失實，祇如《事始》謂蒙恬造筆，蔡倫造紙，皆未必然。'今《説郛》本留存《事始》作舜造筆，與此异。又葛立方《韵語陽秋》卷十七引作'蒙恬造筆，以狐狸毛爲心，兔毛爲副。心柱遒勁，筆鋒調和，故難乏而易使。'"（［晋］張華撰，［宋］周日用等注：《博物志》，中華書局，1980 年，第 123 頁。）

疏影

巢

清風接觸。見樹梢照影，銜草尤速。把淺行泥，衹到黄昏，人家早點銀燭①。行常并翅殷勤意，但入夜、雲崖同宿②。漸覚来、夢到花梢，醉醒月籠新绿。

今夕星窗月户，守紅葉不去，争得栖木③。可慣天涯，任爾紛飛，總是相期相逐④。隨雲淅淅飛千匝⑤，數點點、展屏往復。又却尋、幽興歸來，已是一園幽竹。

【題考】《疏影》，此調爲姜夔自度仙吕宫曲，吴文英《夢窗詞》注夾鐘宫。題考與《暗香》同。據舒夢蘭《白香詞譜》云："林逋《山園小梅》詩：'疏影横斜水清淺，暗香浮動月黄昏。'後遂以'疏影'、'暗香'爲梅之故實。"《詞林紀事》卷十一："《硯北雜志》：小紅，順陽公青衣也，有色藝。順陽公之請老，姜堯章詣之。一日，受簡徵新聲，堯章制《暗香》《疏影》兩曲，公使二妓習之，音節清婉。堯章歸吴興，公尋以小紅贈之，其夕大雪，過垂虹賦詩曰：‘自作新詞韵最嬌，小紅低唱我吹簫。曲終過盡松陵路，回首烟波十四橋。’堯章每喜自度曲，吹洞簫，小紅輒歌而和之。堯章後以疾歿，故蘇石挽之云：‘所幸小紅方嫁了，不然啼損馬塍花。’按：順陽公，范石湖也。”（［清］張宗橚輯：《詞林紀事》，成都古籍書店，1982 年复印。）

【詞格】《疏影》，此調自《詞譜》卷三十五宋姜夔《疏影》（苔枝綴玉）可校。此調始自此詞。

⊙○●●（韵）。●◎○●●（句），⊙◎○●（韵）。◎●○○（句），⊙●○○（句），⊙⊙◎◎○●（韵）。⊙○◎●○○●（句），◎◎◎（豆）、⊙○○●（韵）。●◎○（豆）、◎●○○（句），◎●◎○○●（韵）。

○●○○●●（句），●⊙◎●●（句），○●○●（韵）。●●○○（句），◎●○○（句），◎●⊙○⊙●（韵）。⊙○◎●○○●（句），◎◎●（豆）、◎○○●（韵）。●◎⊙（豆）、⊙●○○（句），◎●●○○●（韵）。

【作法】此格一百一十字。雙調。上闋十句五仄韵，下闋十句四仄韵。例用入聲部韵。首句四字起韵，上下闋同部相叶。上闋逢第一、三、六、八、十句押韵，下闋逢第三、六、八、十句押韵，均爲仄聲韵。上闋第二句，用上一下四句法，首字領格。上下闋第八句、九句，均爲七言字句，用上三下四句式，其中第八句上三字爲“仄仄仄”格式，係定格。下闋多用連詞，語句之間承接，注意語氣轉换。

【注釋】①銀燭：比喻燈光。唐杜牧《秋夕》：“銀燭秋光冷畫屏，輕羅小扇撲流螢”句。（金性堯注：《唐詩三百首新注》卷八，上海古籍出版社，1980 年，第 351 頁。）　②雲崖同宿：喜鵲非桑榆不落，非高大樹木不栖。　安足：立足，存身。兒時自家院子門前是山崖，崖上有一棵很古老的榆樹，據傳是我的祖上奇渥温・鐵禮棉、奇渥温・鐵禮秀等五兄弟元未鎮守蘭州保保城、駐守，兵敗後北上靖遠渡黄河紮營，後來沿川到山上過着游牧生活時所種的。這棵樹後來被生産隊伐了蓋庫房用了。伐樹那天，有幾十號人，繩索交加，傾覆之時，鵲巢正墜落在我家的院子里，十分碩大，完好無損。③栖木：巢。引《莊子・盗跖》卷八：“古之禽獸多而人少，于是皆巢居以避之，晝拾橡栗，暮栖木上，故命之曰有巢氏之民。”（［清］王先謙著：《莊子集解》；［漢］劉武撰，沈嘯寰點校：《莊子集解内篇補正》，中華書局，1987年，314頁。）宋陸游《書巢記》："栖木若巢，是爲隱居之巢。"（苗洪選注：《陸放翁小品》，文化藝術出版社，1997年，第77頁。） ④相期：相約。唐李白《月下獨酌》："永結無情游，相期邈雲漢。"（《全唐詩》卷182-22，揚州詩局本。） ⑤淅淅：象聲詞。物體擦動聲。 千匝：宋元絳《映山紅慢》："千匝繞、紅玉闌杆。"（唐圭璋編：《全宋詞》，中華書局，1965年，第189頁。）

漁歌子

茶　道

流水孤村月色明。新風滿樓緑波清[①]。摇月影，把尊聲。多情作病没由生。

【題考】《漁歌子》，唐教坊曲，入黄鐘宫。《新唐書·張志和傳》："善圖山水，酒酣，或擊鼓吹笛，舐筆輒成。嘗撰《漁歌》，憲宗圖真求其歌，不能致。李德裕稱志和'隱而有名，顯而無事，不窮不達，嚴光之比'云。"又沈雄《古今詞話·詞評》卷下："《樂府紀聞》曰：'張志和自稱烟波釣徒，常謁顔真卿于湖州爲浮家宅，往來苕霅間，撰《漁歌子》詞。'《竹坡叢話》曰：'唐肅宗賜張志和奴名漁童，使捧釣收綸蘆中鼓枻，婢名樵青，使蘇蘭薪桂竹里煎茶，賜號玄真子，屬和《漁歌子》者無算。'"（清康熙二十八年澄暉堂刻本。）此調見于《任半塘文集》敦煌歌辭中列爲邊塞詞調。

此調又名《漁父》《漁父樂》《漁父引》。

【詞格】《漁歌子》，此調據唐張志和《漁父》（西塞山前白鷺飛）。此格自《詞譜指要》可校。此調張志和另有一體，另有李煜、蘇軾、顧敻各一體。

⊙●○○●●○（韵）。⊙○●⊙●○○（韵）。○●●（句），●○○（韵）。⊙○◎●●○○（韵）。

【作法】此格二十七字。單調。五句四平韵。第一、二、四、五句押韵，均爲平聲，第一句爲仄起平收律句，第二、五句爲平起平收律句。第三、四句對仗。

【注釋】①緑波：唐朱休《春水緑波》詩："芳時淑氣和，春水澹烟波。

滉漾滋蘭杜，淪漣長芰荷。晚光扶翠瀲，潭影寫青莎。歸雁追飛盡，纖鱗游泳多。朝宗終到海，潤下每盈科。願假中流便，從兹發棹歌。”（《全唐詩》卷780-8，揚州詩局本。）

换巢鸞鳳

牛郎織女①

迎盞分宵。正燈花月暈，竹裏風摇。照窗人倚重，坐月影輕描。相逢誰在鼓初敲。斷雲漸疏、天邊客遥。羅衣累，小語遣、倚欄猶表。

燈挑。圓月少。烟水未央，時冷清娥姣。舞袖争心，拂紗偎愛②，天上何曾芳草。天若知情架長橋，牛郎織女同偕老。銀河灣，坐思量、看到天曉。

【題考】《换巢鸞鳳》，此調爲史達祖自製曲。因詞中有“换巢鸞鳳教偕老”句，取以爲名。舒夢蘭《白香詞譜》：“鳳皇非梧桐不栖。《後漢書・仇覽傳》：‘枳棘非鸞鳳所栖。’李商隱《鸞鳳》詩：‘舊鏡鸞何處，衰桐鳳不栖。’是鸞鳳須擇巢而處也。又昔人每以‘鸞鳳’喻新婦，如盧儲《催妝》詩：‘今日辛爲秦晋會，早教鸞鳳下妝樓’，是所謂‘换巢鸞鳳’者，即喻女子嫁得其所也。本詞有‘换巢鸞鳳教偕老’句，當即爲調名所本。”（［清］舒夢蘭，胡山源編：《詞准》，世界書局，民國二十年。）沈雄《古今詞話・詞辨》下卷：“沈雄曰：史梅溪春情一闋，通首是簫韶韵，但前半是簫韶之平聲，而落句是簫韶之仄聲，後遂相沿，盡爲仄聲，則曲韵亦不可不知也。中句‘花外語香，時透郎懷抱。暗握荑苗，乍嘗櫻顆，猶恨侵階芳草。’《詞統》謂醉心蘇魄之語，恐非生人所安也。”（清康熙二十八年澄暉堂刻本。）

【詞格】《换巢鸞鳳》，此調據《詞譜》卷二十八自宋史達祖《换巢鸞鳳》（人若梅嬌）。此詞無别首宋詞可校。

○●○○（韵）。●○○●●（句），●●○○（叶）。●○○●●（句），●●●○○（叶）。○○○●●○○（叶）。●○●○（豆）、○○●○（叶）。○○●（句），●●●（豆）、●○○●（换仄韵）。

○●（韵）。○●●（叶）。○●●○（句），○●○○●（叶）。●●○○（句），●○○●（句），○●○○○●（叶）。○●○○●○○（句），●○○●○○●（叶）。○○○（句），●○○（豆）、●●○●（叶）。

【作法】此格一百字。雙調。平仄韵錯叶格。上闋九句五平韵一仄韵，下闋十一句六仄韵。《詞譜》注："此詞前段用平韵，結句叶仄韵，後段全叶仄韵，蓋本部三聲叶也。"上闋首句四字起平韵。第二、三句作"仄平平仄仄，仄仄平平"格式，爲九字分句，首字領兩句四字對。第四、五句必作"仄平平仄仄，仄仄仄平平"格式，爲平起平收之五言對句。第七句八字可于四字分豆。末句七字，句法爲上一下六或上三下四并换仄韵（須同部韵）；下闋起二字叶仄韵，次句三字叶韵，第四句爲上一下四句法。第五、六句爲必作"仄仄平平，仄平平仄"格式，形成四字對句，第八句七字拗句，必作"平仄平平仄平平"格式，第十句三字，均用平聲。末句爲七字句，用上三下四句式。

【注釋】①牛郎織女：《詩經・小雅・大東》："跂彼織女，終日七襄……睆彼牽牛，不以服箱。"（程俊英撰：《詩經譯注》，上海古籍出版社，2004 年，第 344 頁。）《古詩十九首》："迢迢牽牛星，皎皎河漢女。纖纖擢素手，札札弄機杼。終日不成章，泣涕零如雨。河漢清且淺，相去復幾許。盈盈一水間，脉脉不得語。"（曹旭：《古詩十九首與樂府詩選評》，上海古籍出版社，2002 年，第 22 頁。）李商隱《七夕》："鸞扇斜分鳳幄開，星橋横過鵲飛回。争將世上無期别，换得年年一度來。"（《全唐詩》卷 539-179，揚州詩局本。）另《中國文藝辭典》載："七月七日牽牛織女二星度架（假）于天河的鵲橋以舒（叙）一年來的懷戀的神話。織女是天帝底（的）宫姬，其容美麗，居于銀河之東，年年勞役爲機織之業，使織雲霧紫色綃縑之衣。天帝以伊勞苦特甚，歡樂無時，憐之，使嫁河西的牽牛星。嫁後因姬停止機工，只管貪歡，故帝怒之，爾後衹命牽牛織女二星每年一度相會，定七月七日爲相會之期云。"（孫俍工編：《中國文藝辭典》，上海書店影印出版，1985 年，第 1 頁。）②偎愛：《列子・黄帝》："不偎不愛。"（［戰國］列禦寇：《列子》，上海辭書出版社，2003 年，第 22 頁。）

錦堂春慢

西　園

斜照昏黄，回巢倦鳥，依依案上紅箋。此隔千行香冷，老賦新篇①。滿紙盈盈燈照②，弄影高掛窗邊。奈拂聲淅淅，總放西風，猶厭鋪寒。

最堪雲收依舊，任疏星照户，皓月懸天。茶淡端凉紅影，半攏衣寬。踏曉連雲凍了，促細履③、還到亭前。倚遍遥空萬縷，來了東風，暖了西園。

【題考】《錦堂春慢》，《錦堂春》柳永《樂章集》注林鐘商。此調爲唐教坊曲名。此調始見于宋代吴處厚《青箱雜記》，其卷八載：“《東皋雜録》云：“世傳温公（司馬光）有《西江月》一詞，今復得《錦堂春》云：‘紅日遲遲，虛廊轉影……怎不教人老，多少離愁，散在天涯。’”《梅苑》另詞名《錦堂春》，與此調無涉。

【詞格】《錦堂春慢》，此調據《詞譜》卷二十九宋司馬光《錦堂春慢》（紅日遲遲）可校。此調始自此詞，宋人減字、添字者，俱始于此詞。黄裳詞上闋第八句添一字，下闋第七句減一字；葛立方詞上下闋第四句，各減一字；王夢應詞上下闋第八句，各減一字。此三者爲正格。《梅苑》無名氏詞上闋第七句添一字，下闋第八句減一字，且句式不同，爲變格。

⊙●○○（句），○○●●（句），○○◎●○○（韻）。◎●○○⊙●（句），●●○○（韻）。◎●○○⊙●（句），◎◎⊙●○○（韻）。●◎○◎●（句），◎●○○（句），⊙●○○（韻）。

◎⊙○⊙⊙●（句），●○○●●（句），◎●○○（韻）。⊙●⊙○⊙●（句），◎●○○（韻）。●●○○◎●（句），●●◎（豆）、⊙●○○（韻）。●●○○◎●（句），⊙●○○（句），●●○○（韻）。

【作法】此格一百零一字。雙調。上下闋各十句四平韵。上下闋逢第三、五、七、十句押韵，均爲平聲。上闋首起兩句宜用對句，爲“平仄平平，平平仄仄”格式。第八句首字領格。下闋第二句作“仄平平仄仄，仄仄平平”格式，爲首字領兩句四字對。第七句爲七字句，用上三下四句式。

【注釋】①賦：《太平御覽·文部三》：“《詩序》曰：詩有六義焉，一曰風，二曰賦。《釋名》曰：賦，敷也。敷布其義，謂之賦也。《漢書》曰：不歌而誦謂之賦，登高能賦可以爲大夫。言感物造端，材智深美，可以與圖政事，故可以列爲大夫也。春秋之後，周道浸壞，聘問歌咏不行于列國，（歌咏）［學《詩》］之士逸在布衣，賢人失志之賦作矣。孫卿及楚臣屈原，離讒憂國，皆作賦以風諭，咸以惻隱古（訓）［詩］之義也。其後宋玉、唐勒，漢興枚乘、司馬相如下及揚子雲，競爲侈麗閎（廣）［衍］之（語）［詞］，没其風諭之義，是以揚子（稱）［悔］之曰：‘詩人之賦麗以則，辭人之賦麗以淫。如孔氏之門用賦也，則賈誼登堂，相如入室矣。”（［宋］李昉撰：《太平御覽》，河北教育出版社，1994年，第620頁。）　②紙：《博物志·佚文·初學記引》："漢桓帝桂陽人蔡倫始擣故魚 網造紙。"周日用注："《北堂書鈔》卷一百四引作'煮樹皮。'案游潛《博物志補》卷下云：'蔡倫造紙者，本梁周興嗣恬筆倫紙之句也。'據此，知游氏固未見張華《博物志》原書也。又《後漢·蔡倫傳》云倫卒于安帝時，非桓帝時人。"（［晉］張華撰，宋·周日用等注：《博物志》，中華書局，1980 年，第 125 頁。）　③履：鞋。據《世本八種·茆泮林輯本·作篇》載："于則作扉履。"宋衷注："《初學記》二十六、《御覽》六百九十七、《路史·後記五》引'黄帝臣于則作扉履。'"（［漢］宋衷注，［清］秦嘉謨等輯：《世本八種》，上海：商務印書館，1957 年，第 112 頁。）

柳梢青

夢

勺水泱泱。遥天限量，便許時常。化羽迢嶢，浮花遼遠，紅葉徜徉。
飄然夢蝶銀潢①。側喚醒、多情感傷。何奈啼妝②，休教愁鬓，還繫平陽。

【題考】《柳梢青》，謝元淮《碎金詞譜》注雙調。調名來源，有杜甫《題新津北橋樓得郊字》詩："白花檐外朵，青柳檻前梢。"（《全唐詩》卷 226-59，揚州詩局本。）李白《勞勞亭》詩："春風知別苦，不遣柳條青。"（《全唐詩》卷 184-6，揚州詩局本。）調名或取于此。馮金伯《詞苑翠編》卷二十一引《草堂詞話》："《柳梢青》'岸草平沙'一首，僧仲殊也。今刻本往往失其名，故特著之。宋人小詞僧徒惟二人最佳，覺範之作類山谷，仲殊之作似花間。祖可、如晦俱不及也。"（［清］馮金伯：《詞苑翠編》，《詞話叢編》第二册，中華書局，1986 年。）又據毛先舒《填詞名解·中調》卷二云："宋秦觀謫嶺南，一日飲于海棠橋野老家，遂醉卧。次早題詞于柱而去，末句云：'醉鄉廣大人間小'，此調遂名《醉鄉春》。晏殊詞：'天還有意，不違人願，與個團圓'。"（木石居校本。）

此調平韵六叶見于秦觀詞，名《雲淡秋空》《雨洗元宵》《玉水明沙》《早春怨》。叶四仄韵或五仄韵見賀鑄詞，名《隴頭月》。

【詞格】《柳梢青》，此調據《詞譜》卷七宋秦觀《柳梢青》（岸草平沙）可校。押平韵者，以此詞及劉鎮（乾鵲收聲）詞爲正體。此調張雨詞下闋第二句添字，爲變格。

◎●○○（韵），⊙○◎●（句），◎●○○（韵）。◎●○○（句），⊙○⊙●（句），⊙●○○（韵）。

⊙○◎●○○（韵）。◎◎●（豆），○○●○（韵）。⊙●○○（句），⊙○⊙●（句），⊙●○○（韵）。

【作法】此格四十九字。雙調。本調上闋六句三平韵，下闋五句三平韵。上闋逢第一、三、六句押韵，下闋逢第一、二、五句押韵，均用平聲韵。上闋六句，皆四字句。第四、五句不押韵，作“仄仄平平，平平平仄”格式，爲對偶格。下闋第一句闋换頭。首句六字，平起平收。第二句爲七字句，上三下四句式，第三、四句作“平仄平平，平平平仄”格式，形成對偶句，并與末句形成關聯句。

【注釋】①蝶夢：引《莊子・内篇・齊物論第二》：“昔者莊周夢爲蝴蝶，栩栩然蝴蝶也，自喻適志與，不知周也。俄然覺則蘧蘧然周也。不知周之夢爲蝴蝶與，蝴蝶之夢爲周與？周與蝴蝶則必有分矣。此之謂‘物化’。”（陳鼓應：《莊子今注今譯》，中華書局，1983 年，第 92 頁。）　②啼妝：稍擦去目下的粉飾以作啼痕。這裏指泪痕。《太平御覽・人事部二十二・美婦人上》：“華嶠《後漢書》：梁冀妻孫壽，色美而善爲妖態，作愁眉、啼妝、墮馬髻、折腰步、齲齒笑以爲媚惑。”（夏劍欽點校，［宋］李昉撰：《太平御覽》，河北教育出版社，1994 年，第 182 頁。）

聲聲慢

葉　蹤

蘋風欲熱[①]。遞暖枝頭，心神肯是歡悦。夜話天倫，思近月光無缺。星稀夜永却醒，派來風、攏身擁蔽。方想起，正輕衣偃寢，隱聽還説。

縱使悠揚雲迫。觀波動、西堂打檐驚客。燕子聽窗，方曉似飛天碧。争如鵲來再唤，遇低窗、送走綉陌[②]。過徑處，見樹添、多少筆劃。

【題考】《聲聲慢》，蔣孝《舊編南九宫譜》注仙吕調。此調始見于宋代晁補之《琴趣外篇》。舒夢蘭《白香詞譜》云：“《填詞名解》：‘宋蔣捷賦《秋聲》，俱用‘聲’字收韵，故名。案詞以‘慢’名者，慢曲也。拖音裊娜，不欲輒盡。’據張炎云：‘有法曲，有大曲，有慢曲。若曰法曲，則以倍四頭管（即篳篥）品之，大曲則以倍六頭管品之，惟慢曲，引、近，名曰小唱。’是此爲慢曲，蓋别有《聲聲令》也。”（［清］舒夢蘭，胡山源編：《詞準》，世界書局，民國二十年。）又沈雄《古今詞話·詞辨》下卷：“《貴耳集》曰：李易安詞，首下十四個疊字，乃公孫大娘舞劍法。本朝非乏能詞之士，未有下此十四個疊字者。蓋用文選諸賦格也，後‘到黄昏點點滴滴’，又疊四字，而無斧鑿痕，婦人中有此，殆間氣也。”（清康熙二十八年澄暉堂刻本。）

此調有平韵、仄韵兩體。又名《勝勝慢》《人在樓上》《寒松嘆》《鳳求凰》。

【詞格】《聲聲慢》，此調自《詞譜》卷二十七［元］張翥《聲聲慢》（西風墜緑）可校。此調押仄韵詞六首，以高觀國（壺天不夜）詞爲正體，此詞與高詞同，唯上下闋起句用韵异。

○○●●（韵）。●●○○（句），○○●●○●（韵）。●●○○（句），○●●○○●（韵）。○○●●●●（句），●○○（豆）、●○○●（韵）。○●●（句），●○○●●（句），●○○●（韵）。

●●○○○●（韵）。○○●（豆）、○○●○○●（韵）。●●○○（句），○●●○○●（韵）。○○●○●●（句），●○○（豆）、●●●●（韵）。●●●（句），●●○（豆）、○●●●（韵）。

【作法】此格九十七字。雙調。上闋十句五仄韵，下闋八句五仄韵。宜用入聲部韵。上闋逢第一、三、五、七、十句押韵，下闋逢第一、二、四、六、八句押韵，均爲仄聲韵。上闋第七句、下闋第六、八句爲七字句，用上三下四句式。下闋第二句爲九字句，用上三下六句式。上闋第九句首字領格，下闋結句後四字爲“平仄仄仄”格式，不可移易。

【注釋】①蘋風：掠過蘋草之風。　　②綉陌：［宋］朱敦儒《鷓鴣天》：“穿綉陌，踏香塵。”（唐圭璋編：《全宋詞》第二册，中華書局，1999年，第1093頁。）

更漏子

約

畫箋描，摹字寫。消渴載舟游也[①]。掌短盞，飲新茶。客行山影斜。
游輕舸。拈花朵。在水留春怎麽[②]。雨作曲，酒當歌。相逢不肯拖。

【題考】《更漏子》，《尊前集》注大石調，又屬商調，《金奩集》注林鐘商調。關于咏更漏的詩，有許渾《韵州驛樓宴罷》："主人不醉下樓去，月在南軒更漏長。"（《全唐詩》卷 535-13，揚州詩局本。）舒夢蘭《白香詞譜·詞名》："《苕溪漁隱叢話》："庭筠工于造語，極爲綺靡，《花間集》可見矣。《更漏子》一詞尤佳。其云：玉爐香，紅蠟泪……" 是本調飛卿傳者已有兩首，而所咏有具本意，調名創作，或即爲温氏本人耳。"（胡山源編：《詞准》，世界書局，民國二十年。）又毛先舒《填詞名解·小令》："唐温庭筠作《秋思詞》中咏更漏，後以名調。"（木石居校本。）

此調有兩體。四十六字始于温庭筠，一百零四字有杜安世詞。

【詞格】《更漏子》，此調據《詞譜》卷六唐温庭筠《更漏子》（玉爐香）可校。此調以温庭筠、韋莊詞爲正體。

◎⊙○，⊙◎●（韵）。⊙●◎○○●（韵）。⊙◎●（句），●○○（换平韵）。◎○⊙●○（叶平韵）。

○⊙●（换仄韵）。⊙⊙●（叶仄韵）。◎●⊙○◎●（叶仄韵）。◎◎●（句），●○○（换平韵）。⊙○◎●○（叶平韵）。

【詞格】此格四十六字。雙調。平仄韵轉换格。本調上闋六句二仄韵二平韵，下闋六句三仄韵二平韵。上闋起爲三字對句，爲"仄平平，平仄仄"格式。第三、四句對仗，爲"平仄仄，仄平平"格式；下闋首二句對仗，爲"平平仄，平平仄"格式。第三句以下，均與前同，惟第四、五句對仗，爲"仄仄仄，仄平平"格式。

【注釋】①消渴：引《詩經·小雅·采薇》："載飢載渴。"（周振甫譯注：《詩經譯注》，中華書局，2002 年，第 242 頁。）　②在水留春：《詩經·秦風·蒹葭》："所謂伊人，在水一方。"（周振甫譯注：《詩經譯注》，中華書局，2002 年，第 180 頁。）

薄　幸

向窗娥黛[①]。笑一點、披霞可采。乍似睹、嬌兒還覓，伴白雪頻青睞[②]。伴耳邊、翻曲霓裳，交杯醉意催無奈。待曉月方休，輕風吹醒，已罷歌筵停籟[③]。

勸柳住、如新剪，挑一葉、寄香門外。又逢升平日，筵開何訴，喚來踪迹相思債。任時鐘擺。久消愁未慣，遲遲等待猶人在。香巾浸漏，總是晨昏等待。

【題考】《薄幸》此調始見于金朝吴激《東山樂府》。賀鑄《薄幸》（淡妝多態）是懷念舊情的詞，而杜牧《遣懷》詩就有“十年一覺揚州夢，贏得青樓薄幸名”句。（《全唐詩》卷 524-52，揚州詩局本。）因此，舒夢蘭《白香詞譜》云：“‘薄幸’二字演爲游冶界之口頭語。《能改齋漫録》載琴操改韵《滿庭芳》詞，有‘輕分羅帶，暗解香衷，謾得薄幸狂名’句。本詞［賀鑄《薄幸・春情》］‘羞把香羅偷解’，似襲其語。作者與琴操同時，本詞名，或創即自作者也。”（［清］舒夢蘭，胡山源編：《詞準》，世界書局，民國二十年。）關于琴操，《詞林紀事》卷十九載：“琴操，杭州伎，後爲尼。”并引《青泥蓮花記》：“蘇子瞻守杭日，有伎琴操，頗通佛書，解言辭，子瞻喜之。一日游西湖，戲語琴操曰：‘我作長老，汝試參禪。’琴操敬諾。子瞻問曰：‘何謂湖中景？’對曰：‘落霞與孤鶩齊飛，秋水共長天一色。’‘何謂景中人？’對曰：‘裙拖六幅瀟湘水，鬢鎖巫山一段雲。’‘何謂人中意？”對曰：‘隨他楊學士，鱉殺鮑參軍。’操問：‘如此究竟如何？’子瞻曰：‘門前冷落車馬稀，老大嫁作商人婦。’操于言下大悟，遂削髮爲尼。”（［清］張宗橚輯：《詞林紀事》，成都古籍書店，1982 年复印。）

【詞格】《薄幸》，此調據《詞譜》卷三十五宋賀鑄《薄幸・春情》（淡妝多態）可校。此調以此詞爲正體。另有二詞與此詞同，唯沈端節詞下闋第四句押韵，第七、八句作七字一句、五字一句异。韓元吉詞下闋第二句減一字异。

●○○●（韵）。●◎●（豆）、○○●●（韵）。●◎●（豆）、○○○●（句）◎●◎○⊙●（韵）。●◎○（豆）、○●○○（句），○○●●○○●（韵）。●●●○○（句），⊙○⊙●（句），⊙●○○⊙●（韵）。

◎◎●（豆）、○○●（句），⊙●●（豆）、◎○⊙●（韵）。◎○⊙⊙●（句），○○⊙●（句），◎○⊙●○○●（韵）。●○○●（韵）。●○○◎●（句），○○●●○○●（韵）。○○●●（句），⊙●○○●●（韵）。

【作法】此格一百零八字。雙調。本調上闋九句五仄韵，下闋十句五仄韵。上闋逢第一、二、四、六、九句押韵，下闋逢第二、五、六、八、十句押韵，均爲仄聲韵。上闋第二、三、五句，下闋第二句爲七字句，用上三下四句式。上闋第四句六字，首字領格，爲“仄仄仄平平仄”格式。第六句爲叶韵之七言詩句，唯平仄規律精嚴，衹能作“平平仄仄平平仄”格式，第七句首字領兩句四字對句，爲“仄仄仄平平，平平平仄”格式。下闋第一句爲六字折腰句式，第七句首字領格，第五、八句與上闋第四、六句同，尤第七、八句十二字須一氣呵成，句法或上五下七，或上七下五，均不拘。末二句 10 字，上四下六，與上闋末二句同。

【注釋】①娥黛：唐白居易《長恨歌》：“回眸一笑百媚生，六宮粉黛無顔色。”（［清］蘅塘退士編，陳婉俊補注，宋慧點校：《唐詩三百首》，中華書局，2003 年，第 104 頁。）　②“嬌兒還覓，伴白雪頻青睞”兩句：引杜甫《北征》：“平生所嬌兒，顔色白勝雪。”（季鎮淮等選注：《歷代詩歌選》，中國青年出版社，1980 年，第 458 頁。）白雪亦指《白雪》曲。《博物志·佚文·〈太平御覽〉引》載：“《白雪》是天帝使素女鼓五十弦曲名，以其調高，人和遂寡。”周日用注：“卷五百九十一，亦見《唐會要》卷三十三。”（［晋］張華撰，［宋］周日用等注：《博物志》，中華書局，1980 年，第 130 頁。）　③籟：［唐］王勃《滕王閣序并詩》：“爽籟發而清風生。”并章節附注：“爽籟：指簫管齊作，樂聲參差相伴。殷仲文《南州桓公九井作詩》：‘爽籟警幽律’。李善注：《爾雅》曰：‘爽，差也，簫管非一，故言爽焉。’簫：人籟爲簫。”（馮其庸等選注：《歷代文選》，中國青年出版社，1963 年，第 8 頁。）《莊子·齊物論》：“地籟則衆竅是已，人籟則比竹是已。敢問天籟。”（陳鼓應注譯：《莊子今注今譯》，中華書局，1983 年，第 33 頁。）

長相思慢

黄河謠

日落捎霞，月闌掛樹，相隨燕子歸遲。檐花候久，院落稱慌，風聲疏竹多時。倚盡窗臺。望炊烟倚暖，燈晃搖帷。隱約看雙飛。算心平、偶誤心期。

值橋落烟波，岸撒蹤影，風浪蕩盡連漪。稍奔流過後，到山坡、蒿草風吹。看樹霜欺。唯駐念、來年一枝。擁私心、來尋瘦影，到時衹恐春窺。

【題考】《長相思慢》，柳永《樂章集》注商調。此調爲唐教坊曲名。沈雄《古今詞話·詞辨》：“《樂府解題》曰：《長相思》，古怨思二十五曲之一。本古詩‘上言長相思，下言久離別’。又‘著以長相思，緣以結不解’。又著以長相思緣以結不結以纏綿之意。”（清康熙二十八年澄暉堂刻本。）《詞林紀事》卷三在林逋《長相思》詞下云：“彭羨門云：‘處士妻梅子鶴，可稱千古高風。乃其《長相思》惜別詞云云，何等風致。閑情一賦，詎必玉瑕珠纇耶。’”（［清］張宗橚輯：《詞林紀事》，成都古籍書店，1982 年复印。）

此調作爲慢詞，始于《樂章集》。

【詞格】《長相思慢》，此調據《詞譜》卷三十一宋秦觀《長相思慢》（鐵甕城高）可校。此調以此詞及柳永（畫鼓喧街）詞爲正體。此詞爲柳詞體，唯上闋第十句添一字，作五字句异。

●●○○（句），●○●●（句），⊙⊙◎●○○（韵）。○○●●（句），●●○○（句），⊙○○●○○（韵）。●●○○（韵）。●○○◎●（句），⊙●○○（韵）。◎●●○○（韵）。●○○（豆）、⊙●○○（韵）。●⊙●○○（句），●○○●（句），○◎●●○○（韵）。○○○◎●（句），●○○（豆）、⊙●○○（韵）。◎●○○（韵），○●●（豆）、○○●○（韵）。●○○（豆）、○○●●（句），◎○⊙●○○（韵）。

【作法】此格一百零四字。雙調。上闋十一句六平韵，下闋九句五平韵。上闋逢第三、六、七、九、十、十一句押韵，下闋逢第三、五、六、七、九句押韵，均爲平聲韵。上闋首起兩句和第四、五句爲四字對句。上闋第八、九句爲“仄平平仄仄，平仄平平”格式及下闋第一句爲“仄平仄平平，仄平平仄”格式，分别爲首字領四字對句。上闋第十一句，下闋五、七、八爲七言字句，均上三下四句式。

何滿子

人　家

曳影凝晴落雪，揭簾驚起飛鴉。擺蕩拍空花落索[①]，樹頭前度紅葩。緑徑黄昏浮動，柳摇和月人家。

多少摇風暗解，一場飄桂庭階。選得床頭詩卷意，手翻花色新排[②]。安肯皺痕輕撫，恰當溪水雲涯。

【題考】《何滿子》，此調爲唐教坊曲名。謝元淮《碎金詞譜》注小石調。白居易《雜曲歌辭·何滿子》："世傳滿子是人名，臨就刑時曲始成。一曲四詞歌八疊，從頭便是斷腸聲。"自注："開元中，滄州歌者姓名，臨刑進此曲，以贖死，上竟不免。"（《全唐詩》卷27-107，揚州詩局本。）元稹《何滿子歌·張湖南座爲唐有態作》云："便將何滿爲曲名，御府親題樂府纂。"（《全唐詩》卷421-15，揚州詩局本。）唐代張祜《何滿子》："故國三千里，深宫二十年。一聲何滿子，雙泪落君前。"（［唐］張祜：《張祜詩集校注·雜題》卷六，甘肅文化出版社，1997年。）又王灼《碧鷄漫志·何滿子》："（唐人盧言）《盧氏雜説》云：'甘露事後，文宗便殿觀牡丹，誦舒元輿《牡丹賦》，嘆息泣下，命樂適情。宫人沈翹翹舞《何滿子》，詞云：'浮雲蔽白日。'上曰：'汝知書耶！'乃賜金臂環。"故又屬舞曲。（［清］王灼：《碧雞漫志》，《詞話叢編》第一册，中華書局，1986年。）

此調有單調、雙調兩體。宋時多爲雙調。又名《河滿子》。

【詞格】《河滿子》，此調據《詞譜》卷三十一五代毛熙震《河滿子》（寂寞芳菲暗度）可校。此詞雙調爲一體，另有尹鶚、毛滂詞各一體。

●●○○●●（句），●○○●○○（韵）。●◎◎⊙○◎●（句），●○○●○○（韵）。●●○○○●（句），●○○●○○（韵）。

○●○○●●（句），●○○●○○（韵）。◎◎○⊙○◎●（句），●○○●○○（韵）。○●●○○●（句），●○○●○○（韵）。

【作法】此格七十四字。雙調。上下闋各六句三平韵。上下闋平仄格式同。上下闋逢二、四、六句押韵，均爲平聲韵。上下闋第一、二句，第五、六句多用對仗。

【注釋】①落索：《顔氏家訓・治家》引諺語云："落索阿姑餐。"注脚"落索"：冷落蕭索之意。（［北齊］顔之推著，程小銘譯注：《顔氏家訓全譯》，貴州人民出版社，1993 年，第 39 頁。） ②花色：宋秦觀《促拍滿路花》："露顆添花色。"（唐圭璋編：《全宋詞》，中華書局，1965 年，第 457 頁。）

惜分飛

尋

相約檐花和春許①。先探燕、依欄底語②。山徑對繞難阻。恍如還識鄰香處。

念到成蔭郭外樹。風滿袖、凝塵漸顧。摇落不減烟路。白雲都在新村住。

【題考】《惜分飛》，謝元淮《碎金詞譜》注小石調。梁武帝蕭衍《東飛伯勞歌》詩云："東飛伯勞西飛燕，黄姑織女時相見。"（［宋］郭茂倩：《樂府詩集・雜曲歌辭》卷 67-7，中華書局，1979 年。）後來遂以"勞燕分飛"爲離别之詞。自南北朝庾信《周故大將軍趙公墓志銘》有"秦川直望，隴水分飛。山河滿目，容衛靈歸"之文，（［清］嚴可均：《金後周文》卷 17-10 引《文苑英華》卷九四八）即簡稱"分飛"。入唐，引用更多，如孟浩然《送從弟邕下第後尋會稽》詩云："向來共歡娱，日夕成楚越。落羽更分飛，誰能不驚骨。"（《全唐詩》卷 159-20，揚州詩局本。）于是臨歧惜别，黯然魂銷者，以"惜分飛"入詞，而浸成曲調名。

此調又名《惜雙雙》《惜雙雙令》《惜芳菲》。

【詞格】《惜分飛》，此調據《詞譜》卷八宋張先《惜分飛》（城上層樓天邊路）可校。此調以毛滂（泪濕闌干花着露）詞爲正體。此詞爲毛體，唯上下闋第二句各添一字、作七字句，爲上三下四句式，第三句又各添一字作六字句异。

○●○○○○●（韵）。○●●（豆）、○○●●（韵）。○●●●○●（韵）。●○○●○○●（韵）。

●●○○○●●（韵）。○●●（豆）、○○●●（韵）。○●●●○●（韵）。●○○●○○●（韵）。

【作法】此格 54 字。雙調。上下闋各 4 句 4 仄韵。此調本是兩首七言絶句，祇是于第二句 3 字處停頓作豆而已。上下闋平仄格式同，句句用韵。

【注釋】①檐花：引白居易《傷春詞》："深淺檐花千萬枝，碧紗窗外囀黄鸝。"（《全唐詩》卷 441-97，揚州詩局本。）　②底語：猶謎底。

思遠人

笙弄天風吹骨瘦①，妝匣寄絲髪②。任纖纖灑落，飄香池畔，相比與霜月。

塞風旅動聽天黑。捲到半簾默。待點了燭光，累留窗影，回頭已秋色。

【題考】《思遠人》，此調始見于宋代晏幾道《小山詞》，因此詞有"千里念行客"句，取其意以爲名。《詞譜》卷九言"晏幾道《小山樂府》"有誤，是後人爲張可久所編散曲集。

【詞格】此調自《詞譜》卷九宋晏幾道《思遠人》（紅葉黄花秋意晚）可校。此調無别首宋詞可校。

○●○○○●●（句），○●●○●（韵）。●○○●●（句），○○○●（句），○●●○●（韵）。

●○●●○○●（韵）。●●●○●（韵）。●●●●○（句），●○○●（句），○○●○●（韵）。

【作法】《思遠人》，此格五十二字。雙調。上闋五句二仄韵，下闋五句三仄韵。宜用入聲部韵。上下闋除上闋首句不押韵外，其餘句式均同。上闋逢二、五句押韵，下闋逢一、二、五句押韵，均仄聲韵。上下闋第三句均首字領格。

【注釋】①笙：《説文》："笙，十三簧，象鳳之身也。笙，正月之音，物生，故謂之笙。大者謂之巢，小者謂之和。從竹生聲，古者隨作笙。"（［漢］許慎撰：《説文解字》，中華書局，1968 年，第 98 頁。）《世本八種·茆泮林輯本·作篇》："隋作笙。長四寸，十二簧，像鳳之身。"宋衷注："《漢書·律曆志》注應劭説、《北堂書鈔·樂部》《藝文類聚》四十、釋玄應《大哀經》六音義、《通典·樂十四》。”（［漢］宋衷注，［清］秦嘉謨等輯：《世本八種》，上海：商務印書館，1957 年，第 114 頁。）唐段安節《樂府雜録·笙》：“笙者，女媧造也。仙人王子晋于緱氏山月下吹之。象鳳翼，亦名‘參差’。自古能者固多矣。大和中有尉遲章，尤妙。宣宗已降，有范漢恭有子名寶師，盡傳父藝，今在陝州。”（［唐］段安節：《樂府雜録》，中國戲劇出版社，1959 年，第 54 頁。） ②妝匣寄絲髮：引劉長卿《聽笛歌留别鄭協律》：“明發與君離别後，馬上一聲堪白首。”（《全唐詩》卷 151-69，揚州詩局本。）

十樣花

蘭山曲

翠隱蘭山依序①。數點人家烟渚②。送嶺頭雲杳，田園近，過溪女。岸邊花綴處。

【題考】《十樣花》，此調始見于宋代李彌遜《筠溪集》。李彌遜詞十首，分咏梅花、杏花、櫻花、桃花、海棠、花王（牡丹）、紅藥等十樣花，故名。

【詞格】《十樣花》，此調自《詞譜》卷一宋·李彌遜《十樣花》（陌上風光濃處）可校。此詞爲此調一體，另有一體，即李彌遜詞第四句多押一韵。

●●○○○●（韵）。◎●⊙○○●（韵）。●●⊙○◎（句），○⊙●（句），●○●（韵）●○○●●（韵）。

【作法】《十樣花》，此格二十八字。單調。五句四仄韵。逢第一、二、四、五句押韵，均仄聲韵。第三句首字領格，後三句喻意一氣呵成。

【注釋】①蘭山：地處蘭州市南端，即皋蘭山，是蘭州城南的天然屏嶂和第一高峰。 ②烟渚：唐孟浩然《宿建德江》：“移舟泊烟渚，日暮客愁新。”（《全唐詩》卷 160-175，揚州詩局本。）

念奴嬌

結[1]

千絲萬縷，竟纖繩漫引，描花還赤。這裏勝如紅徑裹，不管銷磨風拍。舞徹黄昏，鈎牽離緒，催發應難摘。閑宵回顧，客懷燈照暖席。

牽挂佩上紅纓，妒郎争誇，更引新愁易。念雁蘆花誰與度，追踩碧雲還迫。望遍迷樓，憑依酥酒，縱是紅芳射[2]。此時何夕，總催天外雲客。

【題考】《念奴嬌》，《碧鷄漫志》載大石調，姜夔詞注雙調，元高拭詞注大石調，又大吕調，《太和正音譜》注大石調。此調始見于《東坡樂府》。據元稹《連昌宮詞》："夜半月高弦索鳴，賀老琵琶定場屋。力士傳呼覓念奴，念奴潛伴諸郎宿。須臾覓得又連催，特敕街中許然燭。春嬌滿眼睡紅綃，掠削雲鬟旋裝束。飛上九天歌一聲，二十五郎吹管逐。"自注："念奴，天寶中名倡，善歌。每歲樓下酺宴，累日之後，萬衆喧隘。嚴安之、韋黄裳輩辟易不能禁，衆樂爲之罷奏。明皇遣高力士大呼于樓上曰：'欲遣念奴唱歌，邠二十五郎小管逐，看人能聽否？'未嘗不悄然奉詔。其爲當時所重也如此。然而明皇不欲奪俠游之盛，未嘗置在宮禁；或歲幸湯泉，時巡東洛，有司潛遣從行而已。"（《唐詩鉴賞辭典》，上海辭書出版社，2004 年。）又王仁裕輯《開元天寶遺事·眼色迷人》："念奴者，有姿色，善歌唱，未常一日離帝左右。每執板當席顧眄，帝謂妃子曰：'此女妖麗，眼色迷人。'每囀聲歌喉，則聲出于朝霞之上，雖鐘鼓笙竽嘈雜而莫能遏。宮妓中帝之鍾愛也。"調名取義于此。（上海古籍出版社，1985 年。）

此調又名《大江東去》《酹江月》《赤壁詞》《酹月》《壺中天慢》《大江西上曲》《太平歡》《壽南枝》《古梅曲》《百字謡》《無俗念》《慶長春》《杏花天》。

【詞格】《念奴嬌》，此調自《詞譜》卷二十八宋蘇軾《念奴嬌·中秋》（憑高眺遠）可校。此調爲仄韵詞，以此詞爲正體。此調押平聲韵者，以陳允平詞爲正體，一般少用。

⊙○◎●（句），●⊙○◎●（句），⊙⊙○●（韵）。◎●◎○○●●（句），◎●◎○○●（韵）。◎●○○（句），⊙○⊙●（句），⊙●○○●（韵）。⊙○○●（句），●○○●◎●（韵）。

◎●◎●○○（句），◎○⊙●（句），◎◎○○●（韵）。◎●⊙○○●●（句），⊙●◎○○●（韵）。◎●○○（句），⊙○⊙●（句），⊙●○○●（韵）。◎○○●（句），◎○○●○●（韵）。

【作法】此格一百字。雙調。上下闋各十句四仄韵。宜用入聲部韵。上下闋逢第三、五、八、十句押韵，均爲仄聲韵。上闋首句不用韵。第二、三句相加爲9字，用上三下六句式，亦可用上五下四句式。上闋第二句首字領格，下闋第六、七、八句形成關聯句。

【注釋】①結：《管子・樞言》："誠信者，天下之結也。"（王鳳琴主編，孫中原等詮釋：《中國韜略大全・管子》，中國國際廣播出版社，1997年，第67頁。）《楚辭・招魂》："激楚之結，獨秀先些。"（［宋］朱熹集注：《楚辭集注》卷七，上海古籍出版社，1979年，第142頁。）另據《漢書・李陵傳》載："後陵、律持牛酒勞漢使，博飲，兩人皆胡服椎結。"（［唐］顏師古注，［漢］班固撰：《漢書》卷五十四，中華書局，1962年，第2458頁。）②紅芳：［唐］陳子昂《感遇詩三十八首》："但恨紅芳歇，凋傷感所思。"（《全唐詩》卷82-2，揚州詩局本。）

粉蝶兒

皮影戲①

宛若真容，喜怒哀樂走作。照敲窗、影子摇落。擁笙歌，來唱夜，渾言無縛。笑陪人，南調北腔應諾。

半窗恍如，堪憐賞心曾托。縱然知、戲兒義薄。唱多情，何不是，尋常共約。好比方，不厭樹稍飛鵲。

【題考】《粉蝶兒》，《金詞》注中吕調，《太和正音譜》注中吕宫。此調來源有兩説：一是據毛先舒《填詞名解・補遺》卷四："毛澤民詞：'粉蝶兒，共花同話後。'遂以名詞。"（木石居校本。）二是此調始見于宋代毛滂《東堂詞》，因詞有"粉蝶兒，這回共花同活"句，取以爲名。另有長調《粉蝶兒慢》。

【詞格】《粉蝶兒》，此調據《詞譜》卷十六宋毛滂《粉蝶兒》（雪遍梅花）可校。此調以此詞爲正體。若詞之攤破句法，屬變格。

◎●○○（句），◎⊙⊙◎⊙●（韵）。●○○（豆）、●○○●（韵）。●○○（句），⊙●●（句），⊙○○●（韵）。●○○（句），○◎●○○●（韵）。

◎⊙◎⊙（句），⊙⊙●⊙○●（韵）。●○○（豆）、●○◎●（韵）。●○○（句），○●●（句），⊙○◎●（韵）。●◎○（句），◎⊙●○○●（韵）。

【作法】此格七十二字。雙調。本調上下闋各八句四仄韵。宜用入聲韵，亦可不用，如曹冠《粉蝶兒》（繞舍清陰，遍是暮春天氣）詞。上下闋逢第二、三、六、八句押韵，均爲仄聲韵。上下闋第三句爲七言字句，用上三下四句式。下闋第四句一字逗句領三句。

【注釋】①皮影戲：即牛皮燈影戲。詩云："一口道盡千年事，雙手對舞百萬兵。"班固《漢書·外戚傳第六十七》載："上（武帝）思念李夫人不已。方士齊人少翁能致其神，乃夜張燈燭，設帷帳，陳酒肉，而令上居他帳，遥望見好女如李夫人之貌，還幄坐而步。又不得就視，上愈益相思悲感，爲作詩詞：'是邪，非邪？立而望之，偏何姗姗其來遲。'令樂府諸音家弦歌之。"（［漢］班固《漢書》卷九十七。）《東京夢華録·民俗·京瓦伎藝》："董十五、趙七、曹保義、朱婆兒、没困駝、風僧哥、俎六姐，影戲。丁儀、瘦吉等，弄喬影戲。"（［宋］孟元老等：《東京夢華録》，中國商業出版社，1982年，第32頁。）姜夔《燈詞》："燈已闌珊月色寒，舞兒往往夜深還。衹應不盡婆娑意，更向街心弄影看。"（傅璇琮等主編：《全宋詩》卷二七二四，北京大學出版社，1998年，第32059頁。）

解語花

剪　紙①

風酣起舞，月暈争花，花裏猶春派。倚闌夜話。才傳看、巧在尋芳垂睞。新翻姿態。漸筆觸、初時衹解。方剪成、托手含情，向曉東窗晝。

牽念天邊霞彩。取月宫百様②，親手若改。落花相配。憑誰是、赢得階前等待。簾内坐對。算費盡、這回新裁。照剪輕、聲在房櫳，賞佩聽人在。

【題考】《解語花》，吴文英《夢窗詞》注林鐘羽（一作高平調）。此調始見于秦觀《淮海居士長短句》。據五代後周王仁裕《開元天寶遺事·解語花》：“明皇秋八月，太液池有千葉白蓮數枝盛開，帝與貴戚晏賞焉，左右皆歡羡。久之，帝指貴妃示于左右曰：‘争如我解語花。’”（上海古籍出版社，1985年。）

【詞格】《解語花》，此調據《詞譜》卷二十八宋秦觀《解語花》（窗涵月影）可校。此調以此詞爲正體。諸家如此填，周密詞添字，爲變格。

○○●●（句），●●○○（句），○◎⊙○●（韵）。●○◎●（叶）。⊙○◎（豆）、◎●⊙○⊙●（叶）。⊙○⊙●（叶）。◎◎●（豆）、⊙○⊙●（叶）。⊙●○（豆）、◎●○○（句），◎●○○●（叶）。

⊙◎⊙⊙⊙●（叶）。●◎○◎●（句），⊙⊙◎●（叶）。⊙○○●（叶）。⊙○◎（豆）、⊙●⊙○◎●（叶）。○○●●（叶）。◎◎●（豆）、◎○⊙●（叶）。◎●○（豆）、⊙●○○（句），◎◎○○●（叶）。

【作法】此格一百字。雙調。上闋九句六仄韵，下闋各九句七仄韵。上闋逢第第三、四、五、六、七、九句押韵，下闋逢一、三、四、五、六、七、九句押韵，均爲仄聲韵。上下闋第五句爲九字句，均用上三下六句式，其中下六字爲上二下四句式，并與第六句形成兩句四字對仗，其中上闋爲“平平平仄。平平平仄”格式，下闋爲“平平仄仄，平平仄仄”格式。第七、八句爲七言字句，均用上三下四句式。上闋首二句對仗，下闋第二句首字領格。上下闋結句上二下三句式。

【注釋】①剪紙：據載：“七日勝于人。董勛曰：‘人勝者，或剪彩或鏤金箔爲之，貼于屏風；或戴之，像人入新年，形容改從新也。’”（杜公瞻注，［南朝梁］宗懔著：《荆楚歲時記·寶顔堂秘笈（八）》）李商隱《人日即事》：“鏤金作勝傳荆俗，剪彩爲人起晋風。”剪彩即爲剪紙。（《全唐詩》卷541-56，揚州詩局本。） ②月宫百樣：［唐］白居易《繚綾》：“去年中使宣口敕，天上取樣人間織。”（《全唐詩》卷427-11，揚州詩局本。）

青玉案

刺　綉①

穿針引綫如相訴。問幾縷、渾無數。蝶鬧喧喧争羨慕。女紅憑樣，筆端添句。纖手迎花處。

院連燕子聞私語。綉羽添花有鄰女②。巧説歸人新擬賦。石榴回映，杏梅游顧。風揭紅兜露。

【題考】《青玉案》，《中原音韵》和《太和正音譜》注雙調，蔣孝《舊編南九宫譜》注中吕引子。此調因張衡《四愁詩》中有"美人贈我錦綉段，何以報之青玉案"句（《昭明文選·雜詩上》卷二十九。）及李白《南奔書懷》"侍筆黄金臺，傳觴青玉案"句，（《全唐詩》卷 183-39，揚州詩局本。）對此，舒夢蘭《白香詞譜》題考云："按'案'同'椀'，盛酒之具也。唐人詩多引用之。本調調名即取以創始焉。"（［清］舒夢蘭，胡山源編：《詞準》，世界書局，民國二十年。）此調又名《西湖路》《一年春》。

【詞格】《青玉案》，此調據《詞譜》卷十五宋賀鑄《青玉案》（凌波不過横塘路）可校。此調以此詞，蘇軾、毛滂及史達祖詞爲正體。凡諸詞家用疊韵、添字、减字及攤破句法者，皆爲變格。

⊙○◎●○○●（韵）。●◎●（豆）、○○●（韵）。◎●⊙○○●●（韵）。◎○⊙●（句），◎○⊙●（韵）。⊙●○○●（韵）。

◎○◎●○○●（韵）。◎●○○●○●（韵）。◎●⊙○○●●（韵）。◎○⊙●（句），◎○⊙●（韵）。⊙●○○●（韵）。

【作法】此格六十七字。雙調。上下闋各六句五仄韵。起首爲七言平起仄收句，起仄韵。第二句"六字折腰"句式。上下闋第四、五句對仗，爲"仄平平仄，仄平平仄"格式。下闋第二句爲七言拗句，以"仄仄平平仄平仄"格式，此爲定格。

【注釋】①刺綉：《尚書·周書·顧命》："王麻冕黼裳（王：周康王。麻冕：麻制的禮帽。黼裳：綉著斧形花紋的衣服），由賓階隮。"（［春秋］孔丘，周秉鈞注譯：《尚書》，岳麓書社，2001 年，第 223 頁。）另《宋史·職官志》：

“文綉院，掌纂綉，以供乘輿服御及賓客祭祀之用。（注：崇寧三年置，招綉工三百人。”）（［元］脱脱等撰：《宋史》卷一六一，中華書局，1977 年，第 3918 頁。）冕：中國古代帝王及地位在大夫以上的官員們戴的禮帽，後專指帝王的皇冠。《世本八種・茆泮林輯本・作篇》：“胡曹作冕。”宋衷注：“《路史・後紀五》注。”（［漢］宋衷注，［清］秦嘉謨等輯：《世本八種》，商務印書館，1957 年，第 112 頁。） ②綉羽添花：［唐］杜甫《清明》：“綉羽銜花他自得，紅顔騎行我無緣。”（《全唐詩》卷 233-48，揚州詩局本。）

伴雲來

龍[1]

雲接瀟瀟，天連杳杳，銜燭重重東去[2]。曠日潛淵，清霄應約，怎奈西池游駐。苦含朝露。千古意、總隨無故。堪對羊裘未老，春風幾回曾誤。

風華少年問句。對人前、喜聽托付。方説游離弄水，踏歌情趣。一浪龍舟遠渡。見風雨、雲開問鷗鷺。淥水波瀾，難及海颶。

【題考】《伴雲來》，本名《天香》。此調始見于王觀詞。關于調名，一説是因宋之問《靈隱寺》：“桂子月中落，天香雲外飄”句而得名（《全唐詩》卷 53-30，揚州詩局本。），另一説是因釋道世《法苑珠林・第二諸天部・受生部第四》卷二“善知天法。髭須短細。天香甚香”而得名。（［唐］釋道世，周叔迦，蘇晋仁：《法苑珠林校注》，中華書局，2003 年。）對此，毛先舒《填詞名解・長調》卷二：“《天香》，采宋之問詩‘天香雲外飄’。徵招取齊景公事，然此調或是徵聲。”（木石居校本。）此調或許是因香料而得名，亦未必不成立。據《詞林紀事》卷十四陳允平《天香・龍涎香》（搗麝成塵）詞下云：“《鐵圍山叢談》：奉宸庫者，祖宗之珍藏也……因號曰‘古龍涎’，爲貴也。諸大璫争取一餅，可直百緡，金玉穴而以青絲貫之，掛于頸，時于衣領間摩挲以相示。坐此遂作‘佩香’焉。今佩香蓋因古龍涎始也。《齊東野語》：宣和時，嘗造香于睿思東閣。南渡後，如其法制之。所謂‘東閣雲頭香’也。”同時，《詞林紀事》卷十六張炎《天香・龍涎香》詞下：“蒿蘆師（許昂霄）云：大洋海中，龍在其下，湧出其涎，爲日所爍，成片，風漂至岸，人得取之。”（［清］張宗橚輯：《詞林紀事》，成都古籍出版社，1982 年复印。）此調又名《樓下柳》。

【詞格】《伴雲來》，名《天香》。此調據《詞譜》卷二十四宋賀鑄《伴雲來》（烟絡横林）可校。此調以此詞及王觀、毛滂、吴文英四詞爲正體。劉儗詞之減字，吴文英别首（蟬葉黏霜）、景覃詞二首之句讀不同，皆變體。

⊙●○○（句），⊙○◎●（句），⊙◎⊙⊙○●（韵）。◎●○○（句），⊙○⊙●（句），●●⊙○○●（韵）。◎○⊙●（韵）。⊙◎●（豆）、◎○⊙●（韵）。⊙●⊙○◎●（句），○⊙◎⊙○●（韵）。

⊙⊙◎○◎●（韵），●○○（豆）、◎⊙○●（韵）。⊙●⊙○◎●（句），●○○●（韵）。⊙●○○●●（韵）。●⊙●（豆）、○○◎⊙●（韵），◎●○○（句），○○●●（韵）。

【作法】此格九十六字。雙調。上闋十句五仄韵，下闋八句六仄韵。上闋逢第三、六、七、八、十句押韵，下闋逢第一、二、四、五、六、八句押韵，均爲仄聲韵。上闋首二句對仗，爲“平仄平平，平平仄仄”格式。第四、五句對仗，爲“仄仄平平，平平平仄”格式，第六句爲上二下四句式。上闋第八句，下闋第二句爲七字句，用上三下四句式；下闋第六句用上三下五句式。

【注釋】①龍：“古代傳説中的一種有鱗有須能興雲作雨的神异動物。”（《辭海》，上海辭書出版社，1980 年，第 1656 頁。）《禮記・禮運》：“麟、鳳、龜、龍，謂之四靈。”（宋元人注：《四書五經》中册，中國書店出版社，1985 年，第 128 頁。）《本草綱目》卷四十九：“‘集解’［時珍曰］按羅願爾雅翼云：龍者，鱗蟲之長。王符言其形有九似：頭似駝，角似鹿，眼似鬼，耳似牛，項似蛇，腹似蜃，鱗似鯉，爪似鷹，掌似虎是也。”（［明］李時珍著，錢超塵等校：《本草綱目》下册，上海科學技術出版社，2008 年，第 1507 頁。）　　②銜燭：唐代李嶠《龍》：“銜燭耀幽都，含章擬鳳雛。”（《全唐詩》卷 61-53，揚州詩局本。）

桂枝香

鳳[①]

憑臺若谷。正曲頸引歌[②]，摇翼傳燭。將老容顔直待，彩虹新浴。丰儀欣可飛天過，舍梧桐、罷栖凡木。幾經尋覓，慕名百鳥[③]，闕闕相逐[④]。

尚帳飲、三千踏足[⑤]。見冲破陳規，新立風俗。猶記吹簫，可嘆鳳鳴相續[⑥]。入情未了留情味，讓翻情懸繞新曲。遏雲難禁[⑦]，聽聞隔院，琴聲新录。

【題考】《桂枝香》，謝元淮《碎金詞譜》注仙吕宫。此調始見于王安石《臨川先生歌曲》。五代王定寶《全唐詩話·裴思謙》卷四："思謙及第後，作紅箋名紙十數，詣平康里，因宿于里中。詰且賦詩云：'銀釭斜背解鳴鐺，小語低聲賀玉郎。從此不知蘭麝貴，夜來新染桂枝香。'"（《全唐詩話》，享和本。）又計有功《唐詩紀事·袁皓》："皓初登第，過岳陽，悦妓蕊珠，以詩寄嚴使君曰："得意東歸過岳陽，桂枝香惹蕊珠香。'"（上海古籍出版社，1965年。）又趙師岃吕渭老《聖求詞》跋："世謂少游詩似曲，子瞻曲似詩，其然乎？至荆公《桂枝香》詞，子瞻稱之，此老真野狐精也。"（商務印書館，1959年。）此調又名《疏簾淡月》。

【詞格】《桂枝香》，此調自《詞譜》卷二十九宋王安石《桂枝香》（登臨送目）可校。此調以此詞及陳亮詞爲正體。張輯詞之多押兩韵，張炎詞之句讀小异，周密詞之减字，黄裳詞之句讀不同，皆爲變格。

⊙○◎●（韵）。●◎●◎○（句），⊙◎○●（韵）。⊙●○○●●（句），●○○●（韵）。⊙○◎●○○●（句），●○○（豆）、◎⊙○●（韵）。●○○●（句），⊙○◎●（句），◎○○●（韵）。

●◎◎（豆）、○○●●（韵）。●⊙●○⊙（句），⊙◎○●（韵）。⊙●○○（句），◎●●○○●（韵）。◎○◎●○○●（句），●○○⊙◎○●（韵）。◎○⊙●（句），⊙○⊙◎（句），●○○●（韵）。

【作法】此格一百零一字。雙調。上下闋各十句五仄韵。宜用入聲部韵。上下闋第四、五句，均可以是"前四後六"或"前六後四"結構。上闋第二句常用首字領兩句四字對句，爲"仄仄仄仄平，平仄平仄"格式。上闋第七句，下闋第一句爲七言字句，用上三下四句式，前三字爲上一下二句式。下闋第二句常用首字領两句四字对句，为"仄平仄平平，平仄平仄"格式。第五句爲上二下四句式。第七句爲上一下六句式。末三句須一氣呵成。

【注釋】①鳳：雄的爲鳳，雌的爲凰。《説文》："鳳，神鳥也。天老曰：'鳳之象也，鴻前麟後，蛇頸魚尾，鸛顙鴛思（腮），龍文虎背，燕頷鶏喙，五色備舉。'"（［漢］許慎撰：《説文解字》，中華書局，1966年，第79頁。）②曲頸引歌：鏘鏘之音。《左傳·莊公二十二年》："是謂'鳳皇于飛，和鳴鏘鏘'。"（［春秋］左丘明，［晋］杜預注，［唐］孔穎達正義：《春秋左傳正義》下册，北京大學出版社，1999年，第269頁。） ③慕名百鳥：《尚書·益稷》："鳳皇來儀。"（周秉鈞注譯：《尚書》，岳麓書社，2001 年，第 32 頁。）　　④闢闢：鳳凰鳴聲。　　⑤"尚帳飲、三千踏足"句：據《博物志·補史》載："武王伐殷，舍于幾，逢大雨焉。衰輿三百乘，甲三千，一日一夜，行三百里以戰于牧野。"（［宋］周日用等注，［晋］張華撰：《博物志》，中華書局，1980 年，第 94 頁。）《博物志·异聞》："武王伐紂，至盟津，渡河，大風波。武王操鉞秉旄麾之，風波立霽。"（［晋］張華著，祝鴻杰譯注：《博物志全譯》，貴州人民出版社，1992 年，第 169 頁。）《藝文類聚·帝王二》卷十二引《帝王世紀》："王乃釋旄鉞而係之，與紂戰，紂師敗績，禽費仲惡來，紂赴于京，自燔于宣室而死，二嬖妾與妲己亦自殺。乃以大白髦麾諸侯入殷商都，百姓咸待于郊，王使告曰：'上天降休。'商人皆拜，王亦答拜。以兵入，造紂及妲己尸。王親射之，三發，然後下車，以劍擊之。周公爲司徒，使以黄鉞斬紂頭，懸于大白之旗，召公爲司空。又使以玄鉞斬妲己頸，懸之小白旗。"（［唐］歐陽詢等撰：《藝文類聚》，上海古籍出版社，1999 年，第 224—225 頁。）　　⑥"猶記吹簫，可嘆鳳鳴相續"兩句：《列仙傳·蕭史》："簫史者，秦穆公時人也。善吹簫，能致孔雀白鶴于庭。穆公有女，字弄玉，好之，公遂以女妻焉。日教弄玉作鳳鳴，居數年，吹似鳳聲，鳳凰來止其屋。公爲作鳳臺，夫婦止其上，不下數年。一旦，皆隨鳳凰飛去。故秦人爲作鳳女祠于雍宫中，時有簫聲而已。"（［漢］劉向《列仙傳》，明正統道藏本。）另《太平御覽·道部四·天仙》："又曰：秦繆（同'穆'）公時人，善吹（蕭）［簫］，能致孔雀白鵠。公女字弄玉，好之，以妻焉。遂教弄玉作鳳鳴，居十數年，鳳凰來止，公爲作鳳臺，夫婦止其上，數年仙去。故秦人爲作鳳女祠雍宫，世有（蕭）［簫］聲。"（［宋］李昉等撰：《太平御覽》，河北教育出版社，1994 年，第 197 頁。）　　簫：據《世本八種·茆泮林輯本·作篇》載："簫，舜所造。其形參差鳳翼，十管，長二尺。"宋衷注："《路史·後紀十二》注。"（［漢］宋衷注，［清］秦嘉謨等輯：《世本八種》，商務印書館，1957 年，第 117 頁。）　　⑦遏雲：引《列子·湯問》卷五云：（歌唱家秦青）"餞于郊衢，撫節悲歌，聲振林木，響遏行雲。"（［戰國］列禦寇著，［晋］張湛注：《列子譯注》，上海書店出版社，1986 年，第 60 頁。）

華清引

泥　人①

藏花欲寄四時還。四喜難全②。暗將模樣修改，娉婷但笑嫣。

擇鄰小住有三遷。問來三變纔安[3]。爲誰依樣去，清影在花邊。

【題考】《華清引》，此調係蘇軾自創雙調。謝元淮《碎金詞譜》注小石調。蘇軾在宋英宗治平元年末被罷鳳翔府簽判之職，赴京開封途中，游歷驪山觸情而作。因詞中賦華清池舊事，以此爲名。

【詞格】《華清引》，此調據《詞譜》卷五宋蘇軾《華清引・感舊》（平時十月幸蓮湯）可校。此調衹此一詞，無别首宋詞可校。

○○●●●○○（韵）。●●○○（韵）。●○○●○●（句），○○●●○（韵）。

●○●●●○○（韵）。●○○●○○（韵）。●○○●●（句），○●●○○（韵）。

【作法】此格四十五字。雙調。上下闋各四句三平韵。上下闋逢第一、二、四句押韵，均爲平聲韵。上闋首句爲七言句用韵，第二句四字用韵，第三句六字句不用韵，第四句爲五字句用韵。下闋除第二句爲六字句，第三句五字外，其他與上闋同。

【注釋】①泥人："泥塑的宫娥兩兩，帛裝的阿監雙雙。"（［清］洪昇著：《長生殿・哭像》，人民文學出版社，1983 年，第 145 頁。）《藝文類聚》卷六十三："有仙駕雀，其形蚴虯，騎驢馳射，狐兔驚走，侏儒巨人，戲謔爲偶。"（［唐］歐陽詢撰，汪紹楹校：《藝文類聚・居處部三・觀》，上海古籍出版社，1999 年，第 1134 頁。） ②四喜：即舊傳四句人生得意詩："久旱逢甘雨，他鄉遇故知。洞房花燭夜，金榜題名時。" ③三變：《論語・子張》："君子有三變。望之儼然，即之也温，聽其言也厲。"（金良年撰：《論語譯注》，上海古籍出版社，2004 年，第 231 頁。）又《韓詩外傳》卷七："孔子曰：'昔者周公事文王，行無專制，事無由己……可謂子矣。武王崩，成王幼，周公承文武之業，履天子之位，聽天子之政，征夷狄之亂……可謂能武矣。成王壯，周公致政，北面而事之，請然後行，無伐矜之色，可謂臣矣。故一人之身，能三變者，所以應時也。"（［漢］韓嬰撰，許維遹校譯：《韓詩外傳集釋》，中華書局，1980 年，第 241 頁。）

江城子

年畫門神[①]

歷經寒暑守門旁。穿戎裝。氣軒昂。説與銅鐧，渾是露寒光。但有金錘方暗許，無驚涕，勸啼郎。

開門來喜避年荒。掛門廊。不彷徨。夜已三更，且做夢懷鄉。享受時光奢望少，安静夜，降吉祥。

【題考】《江城子》，謝元淮《碎金詞譜》注仙吕宫。此調始見于《花間集》。《詞譜》卷二："唐詞單調，以韋莊詞爲主，余俱照韋詞添字。至宋人始作雙調，晁補之改名《江神子》。"又據毛先舒《填詞名解・小令》卷一云："《江城子》，始于歐陽炯詞：'空有姑蘇臺上月，如西子鏡，照江城。'其第二體，凡七十字者，又名《江神子》。"（木石居校本。）此調又名《村意遠》。

【詞格】《江城子》，此調據宋蘇軾《江城子・乙卯正月二十日夜記夢》（十年生死兩茫茫）。此格據《詞譜指要》可校。此詞爲此調一體，另有韋莊、歐陽炯、牛嶠、尹鶚各一體。

◎○⊙●●○○（韵）。●○○（叶）。●○○（叶）。◎◎⊙⊙（句），○●●○○（叶）。◎●⊙○○●●（句），○○●（句），●○○（叶）。

○○○●●○○（叶）。●○○（叶）。●○○（叶）。◎●○○（句），○●●○○（叶）。●●○○○●●（句），○●●（句），●○○（叶）。

【作法】此格七十字。雙調。上下闋各八句五叶平韵。上下闋逢一、二、三、五、八句押韵，均爲平聲韵。上下闋第三、四句上一下二句式，第五句上二下三句式，第六句上二下五句式成拗句，其中上闋句爲"仄仄平平平仄仄"格式。

【注釋】①門神：《燕京歲時記・門神》載："門神皆甲冑執戈，懸弧佩劍，或謂爲神荼、鬱壘，或謂爲秦瓊、敬德。其實皆非也。但謂之門神可矣。"（［清］富察敦崇，禮臣氏編：《燕京歲時記》，北京古籍出版社，1981 年，第 95 頁。）王充《論衡・訂鬼》引《山海經》："滄海之中，有度朔之山。上有大桃木，其屈蟠三千里，其枝間東北曰鬼門，萬鬼所出入也。上有二神人，一曰神荼，一曰鬱壘，主閱領萬鬼。惡害之鬼，執以葦索而以食虎。于是黄帝乃作禮以時驅之，立大桃人，門户畫神荼、鬱壘與虎，懸葦索以禦兇魅。有形，故執以食虎。”到了唐代，門神就變爲秦瓊和尉遲恭了。（［漢］王充撰：《論衡》，上海人民出版社，1974 年，第 344—345 頁。）

南鄉子

楹　聯[①]

遍賞若相逢。門映雲霞小院融。檐下小窗消息到，春風。千種温情夜夜中。

風起妒花容。弄樹颼颼葉落蹤。捲動月鈎聽雨漏，喧空。不抵明堂醉正濃。

【題考】《南鄉子》，周邦彦《片玉詞》注商調，《太和正音譜》注越調。此調爲唐教坊曲名。南鄉即南國，唐人稱南中，故有因咏南方風物而得調名之傳。王弈清《歷代詞話》卷五引《耆舊續聞》云：“崇寧四重九，山谷在宣城郡樓，聽邊人私語，今當鏖戰取封侯耳。因作《南鄉子》詞：‘花向美人頭上笑，羞羞。白髮簪花不解愁。’倚蘭高歌，若不勝情。”（［清］王奕清：《歷代詞話》，《詞話叢編》第二册，中華書局，1986 年。）“此調又名《好離鄉》、名《仙鄉子》《蕉葉怨》。”

【詞格】《南鄉子》，此調自《詞譜》卷一南唐馮延巳《南鄉子》（細雨濕流光）可校。此詞宋元人俱如此填。此調有單調、雙調。單調始自歐陽炯詞，雙調始自馮延巳詞。此調另有起句四字、五字者，李珣詞起句三字兩句，類似添字。

●●●○○（韵）。○●○○●●○（叶）。○●●○○●●（句），○○（叶）。○●○○●●○（叶）。

○●●○○（叶）。●●○○●●○（叶）。●●●○○●●（句），○○（叶）。●●○○●●○（叶）。

【作法】此格五十六字。雙調。上下闋各五句四平韵。本調上下闋平仄押韵句式同。此調爲七言四句律詩重疊而成。首句减去二字，第四句攤破二字成兩句。上下闋逢第一、二、四、五句押韵，均爲平聲韵。

【注釋】①楹聯：《燕京歲時記·春聯》載："春聯者，即桃符也。"（[清]富察敦崇，禮臣氏編：《燕京歲時記》，北京古籍出版社，1981 年，第 95 頁。）楹聯又稱對仗，是"源于古代達官貴人出行時的儀仗隊。儀仗隊分成二列縱隊向前行進，兩列人員在同一序列上所執的旗牌傘扇等儀仗都相同，兩兩相對。"（徐伯文、鄭慶篤著：《古典詩歌知識》，山東人民出版社，1980 年，第 45 頁。）對子的出句稱爲上聯，其對句稱爲下聯。其特點爲：字數相等，斷句一致；平仄結合，音調和諧；詞性相對，位置相同；内容相關，上下銜接。即"馬蹄韵"規則，按"平仄仄平平仄仄平平仄仄平平仄"或"仄仄平平仄仄平平仄仄平平仄仄"格式，聯句不管多少字，出句任意選其中一個格式，從後向前依次取一截。如一言：仄。二字言：平仄。三言：平平仄。四字言：仄平平仄。五字言：仄平平仄仄（變格：平平平仄仄）。六字言：平仄仄平平仄（變格：仄仄平平仄仄）。七言：平平仄仄平平仄（變格：仄仄平平平仄仄、平仄仄平平仄仄）格式。此例皆爲出句，不管出句字數多少，對句平仄相反。《聯律通則》第五條："平仄對立。"句中按節奏安排平仄交替，上下聯對應節奏點的用字平仄相反。單邊兩句及以上的多句聯，各句脚依順序連接，平仄規定要求形成音步梯换，傳統'平頂平，仄頂仄。'"及"上聯收于仄聲，下聯收于平聲。"第十條第三款"仄收句儘量避免尾三仄，平收句忌尾三平。"（《中國楹聯》第 55、56 期，中國楹聯學會，1988 年。）

醉花陰

餃　子[①]

搖落雪花多少片。猶作風雲捲。抬手下雲霄，偃月回溪[②]，沉魚翻身现。
照燈席暖家常宴。推酒花飛濺。思緒到關山，念到敲檐，依舊黄昏燕。

【題考】《醉花陰》，《中原音韵》和《太和正音譜》注黄鐘宫，《太平樂府》注中吕宫。此調始見于毛滂《東堂詞》。因其《醉花陰·孫守席上次會宗韵》詞有"人在翠陰中，欲覽春色，春在屏風曲"句，取以爲名。又伊世珍輯《琅環記》卷上引《外傳》云："易安以重陽《醉花陰》詞函致明誠，明誠嘆賞，自愢弗逮，務欲勝之。一切謝客，忘食忘寢者三日夜，得五十闋，雜易安作以示友人陸德夫。德夫玩之再三，曰：'衹三句絶佳。'明誠詰之，答曰：'莫道不消魂，帘捲西風，人似黄花瘦。'政易安作也。"（津逮秘書本。）

調名始自易安。此調來源還有一種説法，據楊慎《詞品·拾遺》之“平韵憶秦娥”條下云：“太學服膺齋上舍鄭文，秀州人。其妻寄以《憶秦娥》云：‘花深深。一勾羅襪行花陰。行花陰。閑將梅帶，細結同心。　　日邊消息空流泪，畫眉樓上愁登臨。愁登臨。海棠開後，望到如今。’此詞爲同舍見者傳播，酒樓妓館皆歌之。”（商務印書館，民國二十五年。）又名《九日》。

【詞格】《醉花陰》，此調《詞譜》卷九宋毛滂《醉花陰》（檀板一聲鶯起速）可校。此調以此詞爲正格。《詞譜》云：“此詞换頭句，‘客’（勸君對客杯須覆）字疑韵，如楊無咎詞之“撲人飛絮渾無數”，李清照詞之“東籬把酒黄昏後”，絮字、酒字俱韵。”此所謂藏短韵于句内者。

⊙◎◎⊙○○◎●（韵）。⊙◎○⊙●（韵）。⊙●●○○（句），◎●○○（句），⊙●○○●（韵）。

●○●●○○●（韵）。⊙●○○●（韵）。⊙●●○○（句），◎●○○（句），◎●○○●（韵）。

【作法】此格五十二字。雙調。毛詞入聲，諸家各异。上下闋各五句三仄韵。上下闋逢第一、二、五句押韵，均爲仄聲韵。上下闋第二句，用上二下三，或上一下四句式，第四、五句亦成爲九字句，但用上四下五句法，且注意文氣貫通。下闋首句爲平起仄韵七言句，第二句如改爲二三句式，第一字可用平聲。

【注釋】①餃子：團圓的象徵。　　②偃月：引《太平御覽·天部四》卷四引漢京房《易飛候》：“正月有偃月，必有嘉主。”（［宋］李昉，夏劍欽，巽齋校點：《太平御覽》第一册，河北教育出版社，1994年，第37頁。）段公路撰《北户録》卷二引注，談及“稼丸餅、渾沌餅《要術》書上字。《廣雅》曰：‘餛飩也。《字苑》作餫。’顔之推云：‘今之餛飩，形如偃月，天下通食也。’”

多麗

十二生肖[①]

子當頭[②]。向誰傾訴何謀。問貓咪、着情動怒，無名懊惱含羞。數天敵、任憑角落，于宵夜、讓爾難留。温謹流羊，寬容卧象[③]。説如尊貴但無求。最堪苦、風塵牛馬，討鬧屬金猴。稱毫猪、月中孤兔，蛇舞龍舟。

看流年、時光似水，莫須輕付東流。最關情、若爲好逑，比窈窕、恰似温柔。争鬥鷄鳴，厭驅犬吠，衹爲説法不回眸。妄説道、好争龍虎，不可信天游。捫心念，兩人衹要，情意相投。

【題考】《多麗》，此調爲唐教坊曲。杜甫《麗人行》："三月三日天氣新，長安水邊多麗人。"（金性堯注：《唐詩三百首新注》卷四，上海古籍出版社，1980年。）故"多麗"一詞來源于此。據《詞林紀事》卷三在聶冠卿《多麗・李良定席上賦》（想人生）詞下云："《复齊漫録》：'蔡君謨知泉州，寄良定公書云：新傳《多麗》詞，述宴游之娱。'"（［清］張宗橚輯：《詞林紀事》，成都古籍書店，1982年复印。）另據毛先舒《填詞名解・長調》卷三云："《多麗》，張均妓名多麗，善琵琶，詞采以名。"（木石居校本。）沈雄《古今詞話・詞辨》卷下云："胡元曰：'中秋詞自《水調歌頭》一出，餘詞盡廢，其後豈無佳詞。如晁次膺《鴨頭緑》殊爲清婉，樽俎間以其篇長憚唱，故無聞焉。'"又云："楊用修曰：'石次仲金穀遺音，有《西湖晚》一詞。按次仲于宋未著名，而清奇宕逸如此。宋之填詞，猶晋之字，唐之詩，不必名家而皆可傳也。'"（清康熙二十八年澄暉堂刻本。）

此調有平韵、仄韵兩體。平韵見晁補之詞，仄韵見曹勛《松隱樂府》。又名《多麗曲》《鴨頭緑》《緑頭鴨》《隴頭泉》《跨金鸞》。

【詞格】《多麗》，此調據元張翥《多麗・西湖》（晚山青）。此格自《白香詞譜》可校。此调《词谱》不载，此調亦有首句不押韵者，變格用仄韵者，押入聲韵。

●○○（韵）。●○⊙●○○（叶）。●○○（豆）、⊙○⊙●（句），⊙○⊙●○○（叶）。●○○（豆）、⊙○⊙●（句），⊙⊙●（豆）、⊙●○○（叶）。⊙●○○（句），⊙○⊙●（句），⊙○⊙●●○○（叶）●⊙●（豆）、⊙○⊙●（句），⊙●●○○（叶）。○○●（豆）、⊙○⊙●（句），⊙●○○（叶）。

●○○（豆）、⊙○⊙●（句），⊙○⊙●○○（叶）。●○○（豆）、⊙○⊙●（句），⊙⊙●（豆）、⊙●○○（叶）。⊙●○○（句），⊙○⊙●（句），⊙○⊙●●○○（叶）。●⊙●（豆）、⊙○⊙●（句），⊙●●○○（叶）。○○●（句），⊙○⊙●（句），⊙●○○（叶）。

【作法】此格一百三十九字。雙調。上闋十三句七平韵，下闋十二句五平韵。上闋逢第一、二、四、六、九、十一、十三句押韵，下闋逢第二、四、七、九、十二句押韵，均爲平聲韵。上闋第三、五、六、十、十二句，下闋第一、三、四、八句爲七字句，均用上三下四句式。上闋第七、八句宜用對句，爲“平仄平平，平平仄仄”格式。下闋第一句首字領兩句，以“仄平平、平平仄仄，仄平平仄平平”格式爲宜，第五、六句宜用對仗，爲“平仄平平，仄平仄仄”格式。

【注釋】①十二生肖：《論衡·物勢》：“寅，木也，其禽虎也；戌，土也，其禽犬也；丑、未，亦土也，丑禽牛，未禽羊也。木生土，故犬與牛羊爲虎所服也。亥水也，其禽豕也；巳，火也，其禽蛇也；子亦水也，其禽鼠也；午亦火也，其禽馬也。水勝火，故豕食蛇；火爲水所害，故馬食鼠屎而腹脹……午馬也，子鼠也，酉鷄也，卯兔也。水勝火，鼠何不逐馬？金勝木，鷄何不啄兔？亥豕也，未羊也，丑牛也。土勝水，牛羊何不殺豕？巳蛇也，申猴也。”據此，衹有十一種生肖，所缺者爲龍。（［漢］王充撰：《論衡》，上海人民出版社，1974年，第48頁。）對此，《言毒篇》又云：“辰爲龍，巳爲蛇，辰巳之位在東南。”這樣，十二生肖便齊全了。（［漢］王充撰：《論衡》，上海人民出版社，1974年，第350頁。）　②子當頭：有一種説法，遠古時期，軒轅皇帝要選十二個動物擔任宫庭侍衛，動物紛紛報名，貓托老鼠代爲報名，但老鼠忘了，所以十二生肖中没有貓，從此貓成了老鼠的天敵。　子：地支排首，屬鼠。　③寬容卧象：另有一種説法，老鼠鑽進了象鼻，弄得大象狼狽而逃，于是十二生肖中没有大象，老鼠占了第一。

卜算子

湯　圓①

使遣摘星來，夾道清湯煮。縈挂羊燈不了情②，説破偏思汝。
營里月圓時，瞅白枝頭處。攢動戎衣在風前，細認于凝伫。

【題考】《卜算子》，柳永《樂章集》注歇指調，元高拭詞注仙吕調。萬樹《詞律》卷三引毛氏云：“駱義烏（駱賓王）詩，用數名，人謂爲‘卜算子’，故牌名取之。”又云：“按山谷（黄庭堅）詞：‘似扶著，賣卜算’，蓋取義以今賣卜算命之人也。”（上海古籍出版社，1984年。）又沈雄《古今詞話·詞辨》上卷載：“《女紅餘志》曰：‘惠州温氏女超超，年及笄，不肯字人。東坡至，喜曰："我婿也。日徘徊窗外，聽公吟咏，覺則亟去。'東坡知之，乃曰：'吾呼王郎與子爲姻。'未幾東坡渡海歸，超超已卒，葬于沙際。因作詞云：'缺月掛疏桐，漏斷人初静。時見幽人獨往來，縹緲孤鴻影。　驚起却回頭，有恨無人省。揀盡寒枝不肯栖，寂寞沙洲冷。"（清康熙二十八年澄暉堂刻本。）因詞起句，得名《缺月掛疏桐》。另名《楚天遥》《眉峰碧》。

【詞格】《卜算子》，此調據《詞譜》卷五宋蘇軾《卜算子》（缺月掛疏桐）可校。此調以此詞爲正體。此調上下闋起句押韵者、添字，上闋結句作六字折腰句者，上下闋兩結句俱六字者，皆爲變格。

◎◎◎⊙○（句），◎●○○●（韵）。⊙●○○◎◎⊙（句），◎●○○●（韵）。

⊙◎◎⊙○（句），◎●○○●（韵）。◎●○○◎◎⊙（句），●●○○●（韵）。

【作法】此格四十四字。雙調。本調上下闋各四句二仄韵。上下闋平仄押韵句式同。上闋第一、二句法，俱爲五字句，惟第一句不用韵。第三句與《搗練子》第三句同。末句五字爲"仄仄平平仄"格式，與《雨霖鈴》末句同。下闋類推。

【注釋】①湯圓：又稱元宵。有諺語云："冬至餛飩夏至面。"（［清］潘榮陛編：《帝京歲時紀勝・冬至》，北京古籍出版社，1981 年，第 37 頁。）據《燕京歲時記・冬至》載："京師諺曰：'冬至餛飩，夏至面。'按，《漢書》：冬至陽氣起，君道長，故賀。夏至陰氣起，故不賀。又《演繁露》云：'夫世傳餛飩是塞外渾氏、屯氏爲之。言殊穿鑿。夫餛飩之形，有如鷄卵，頗似大地渾沌之象，故于冬至日食之。"（［清］富察敦崇，禮臣氏編：《燕京歲時記》，北京古籍出版社，1981 年，第 93 頁。）《程氏演繁録》，是宋代程大昌所著，故湯圓有可能始于宋代。

②羊燈：做成像羊的形狀的燈具，寓意吉祥。民間常在燈節懸掛。

蘇幕遮

風　箏①

碧雲邊，青草岸。飛鳥高天，教與追雲旋。吹老東風春又换。天上遲留，但入東風眼。

短亭臺，深閣院。不羨花前，作個雲中燕。牽綫能來輪着轉。説與春知，勿倚闌干遍。

【題考】《蘇幕遮》，周邦彦《片玉詞》和《金詞》注般涉調。此調爲唐教坊曲名。西域舞曲。蘇慕遮原爲胡婦帽名。唐釋慧琳《一切經音義》卷四十一云："'蘇幕遮'，西戎胡語也，正云'颯磨遮'。此戲本出西龜兹國，至今猶有此曲，此國渾脱、大面、撥頭之類也。或作獸面，或象鬼神，假作種種面具形狀。或以泥水沾灑行人；或持羂索搭鈎，捉人爲戲。每年七月初，公行此戲，七日乃停。土俗相傳云，常以此法攘厭，駈［驅］趁羅刹惡鬼食啖人民之災也。"（［唐］釋玄應：《一切經音義》，江蘇古籍出版社，1988 年。）唐《張説之文集》卷十有《蘇摩遮》詩五首，其一云："摩遮本出海西胡，琉璃百服紫髯須。聞道皇恩遍宇宙，來將歌舞助歡娱。"（龍池草堂本。）此調名本此。又名《蘇莫遮》《鬢雲松令》。

【詞格】《蘇幕遮》，此調自《詞譜》卷十四宋范仲淹《蘇幕遮・懷舊》（碧雲天）可校。此調衹有此體，宋元人俱如此填。

●○○（句），○●●（韵）。⊙●○○（句），⊙●○○●（韵）。⊙●⊙○○●●（韵）。⊙●○○（句），◎●○○●（韵）。

●○○（句），○●●（韵）。◎●○○（句），◎●○○●（韵）。⊙●⊙○○●●（韵）。◎●⊙○（句），◎●○○●（韵）。

【作法】此格六十二字。雙調。上下闋各七句四仄韵。上下闋平仄押韵句式同。上下闋逢第二、四、五、七句押韵，均爲仄聲韵。起首兩句對仗。第五句爲仄起仄韵之七言句。第七句爲上二下三句式。下闋與上闋同。

【注釋】①風箏：唐段安節《樂府雜録・箏》云："箏者，蒙恬所造也。元和至太和者，李青青及龍佐，大中以來，有常述本，亦妙手也；史從、李從周，皆能者也。從周，即青孫，亞其父之藝也。"（［唐］段安節：《樂府雜録》，中國戲劇出版社，1959 年，第 53 頁。）《燕京歲時記・風箏》："風箏即紙鳶，縛竹爲骨，以紙糊之，製成仙鶴、孔雀、沙雁、飛虎之類，繪畫極工。兒童放之空中，最能清目。有帶風琴鑼鼓者，更抑揚可聽，故謂之風箏也。"（［清］富察敦崇，禮臣氏編：《燕京歲時記》，北京古籍出版社，1981 年，第 85 頁。）

鳳簫吟

青欄杆

雨淋淋。浮雲細滴，檐下漏水含噙。托風翻薄意，串成珠漏，引碧落相臨。不禁簾遞暖，莫思量、撒地沉吟。漸日照椽頭，任無色印斑深①。

時霖。樹梢迷霧，指尖彈雨，撩水傳音。倦尋山水遠，對窗花草近，小隔難禁。竹籬香暗起，遍池東、游蝶來尋。待好看、千雲半落，山外重林。

【題考】《鳳簫吟》，此調以相傳秦穆公時期“吹簫引鳳”的典故衍變而來。此調又《芳草》名，即因韓縝《鳳簫吟》：“鎖離愁連綿無際”詞咏芳草得名。據沈雄《古今詞話》上卷載：“《樂府紀聞》曰：……韓作《芳草》詞别云：‘鎖離愁，連綿無際，來時陌上初薰。……向年年、芳草長新。遍綠野、嬉游醉眼，莫負青春。’此《鳳簫吟》咏芳草以留别，與《蘭陵王》咏柳以叙别同意。後人竟以《芳草》爲調名，則失《鳳簫吟》原唱意矣。”（清康熙二十八年澄暉堂刻本。）此調又名《芳草》。

【詞格】《鳳簫吟》，此調自《詞譜》卷二十八宋晁補之《鳳簫吟》（曉曈曨）可校。此調原名爲《芳草》，晁詞改名。此調起句用韵者，以此詞爲正體。此調起句不用韵者，以韓縝（鎖離愁）詞爲正體。

●○○（韵）。○○●●（句），○●●●○○（韵）。●○○●●（句），●○○●（句），●●●○○（韵）。●○○●●（句），●○○（豆）、○●○○（韵）。●●●○○（句），●○●●○○（韵）。

○○（韵）。●○○●（句），●○○●（句），○●○○（韵）。●○○●●（句），●○○●●（句），●●○○（韵）。●○○●●（句），●○○（豆）、○●○○（韵）。●●●（豆）、○○●●（句），○●○○（韵）。

【作法】此格一百零一字。雙調。上闋十句五平韵，下闋十一句五平韵。上闋逢第一、三、六、八、十句押韵，下闋逢第一、四、七、九、十一句押韵，均爲平聲韵；上闋第六、九句，均爲上一下四句式。第十句爲上一下五句式，其中下 5 字爲二一二句法；上闋第八句，下闋第九、十句爲七字句，均用上三下四句式；下闋第二、三句對仗。

【注釋】①印斑：《博物志·史補》卷之八："堯之二女，舜之二妃，曰湘夫人。舜崩，二妃啼，以涕揮竹，竹盡斑。"（［晋］張華撰：《博物志》，［宋］周日用等注，中華書局，1980年，第93頁。）

調笑令

種豆。種豆。廣種耕牛遍走。春風種在田頭。但願黄花候秋①。秋候。秋候。不肯相思餓瘦。

【題考】《調笑令》，《太和正音譜》注越調。此調創始于中唐。白居易《代書詩一百韵寄微之》詩自注："抛打曲有《調笑令》。"因其詩有"打嫌調笑易，飲訝捲波遲"句得名。（《全唐詩》卷436-1，中華書局，1962年。）同時，又在《江南喜逢蕭九徹，因話長安舊游，戲贈五十韵》詩中提到"舊曲翻調笑，新聲打義揚"的場景，（《全唐詩》卷462-6，揚州詩局本。）透露出在當時《調笑令》的創作是需要行酒令的條件環境。張德瀛《詞徵》卷一云："《調笑令》，創于唐天寶中，一名《宫中調笑》。戴容州謂之《轉應詞》，五代時謂之《轉應曲》，唯三十八字者，只名《調笑》，初無异稱，蓋轉踏曲也。詞前以儷語作引，附古詩八句，多集唐人句。詩繇平至側，詞起句即承詩末兩字。附以破子，音響同詞。不以詩作引，末以絶句賸焉。毛澤民謂之'遣隊'，洪景伯《盤洲集樂章》謂之'句隊'，或謂之'放隊'。兩宋時多尚此體，亦詞之《折楊皇荂》也。[其引子如古樂府之艷與和，破子如古樂府之趨與亂。]《調笑令》一名《三臺令》，并有《上皇三臺》《突厥三臺》《中宫三臺》之目。其後三體名則從同，而音響异矣。三臺之偁，李濟翁以爲鄴中三臺，即陸翽記中所述者。劉公嘉話言高洋築三臺，皆指地言。惟方密之《通雅》引《李涪刊誤》言榷酒三十，拍促曲名《三臺》。謂《三臺》者，作樂時部首拍版三聲，然後管色振作，乃曲名耳。此説近之。"（［清］張德瀛：《詞徵》，《詞話叢編》第五册，中華書局，1986年。）此調又名《古調笑》《調嘯詞》。

胡适《詞選·詞的起源》云："調笑之名可見此調本，原本是一種游戲的歌詞；《轉應》之名，可見此調的轉折，似是起于和答的歌詞；《三臺令》之名，可見此調是從六言的《三臺》變出來的。"（商務印書館，民國十六年。）

【詞格】《調笑令》，此調據唐王健《調笑令》(團扇)。此格自《詞譜指要》可校。此詞爲此調之一，《詞譜》有毛滂《調笑令》十一首、無名氏一首。

○●（韵)。○●（疊上句)。⊙◎⊙○◎●（叶仄)。⊙⊙◎●⊙○（換平韵)。◎●⊙⊙●○（叶平)。○●（轉應上兩字換仄韵)。○●（疊上句)，◎●⊙○◎●（叶三仄)。

【作法】此格三十二字。單調。平仄韵轉換格。八句六仄韵二平韵。第一句兩字起仄韵，第二句疊第一句，第三句叶仄韵，第四句換平韵，第五句叶平韵，第六句換仄韵，并與第七句倒轉第五句最後兩字而成；第八句叶仄韵。

【注釋】①黃花：宋王安石《黃花》："還家忽忽驚秋色，獨見黃花出短莎。"(傅璇琮等主編：《全宋詩》卷 570-33，北京大學出版社，1992 年，第 6733 頁。)

集賢賓

春　天

早間春色山如黛，雲委晨風。雨來淅淅屬意，直掛長虹。柳葉嘘聲悄悄，黃鶯暗影憧憧。日晴百鳥還争翠，覷枝軟、鬥艷花叢。引蜜蜂嗡嗡到，聽是小聲噥[①]。

曉來山染草間紅。晚照柳陰濃。萬重流霞水近，低樹天朦。堤上吟中來月，壟頭笛里歸鴻。燭光將捻烟難滅，于鄉國[②]、載了華濃。問有多少故事，人在笑聲中。

【題考】《集賢賓》，柳永《樂章集》注林鐘商調，《太和正音譜》及謝元淮《碎金詞譜》注商調。萬樹《詞律》卷九之"接賢賓"注："柳詞與前詞同調，衹前是單調，此以前調合爲一段而加後疊耳。調名接、集二字，北音相同，實一字也……自北曲相沿至南曲，皆有《集賢賓》，俱作'集'字。"(上海古籍出版社，1994 年。) 此調又名《接賢賓》。

此調又是曲牌名。南北曲均有，屬商調。北曲字句格律與詞牌不同，用在套曲中。南曲用作引子，與詞牌同；用作過曲，則與詞牌不同。此調有兩體，五十九字始于毛文錫詞，一百一七字者始于柳永詞。

【詞格】《集賢賓》，此調據《詞譜》卷十三宋柳永《集賢賓》（小樓深巷狂游遍）可校。此調雙調以此詞爲正體。此詞在毛文錫單調再加一疊。

●○○●○○●（句），○●○○（韵）。●○○○●●（句），●●○○（韵）。●●○○●●（句），○○●●○○（韵）。●○●●○○●（句），○○●（豆）、●●○○（韵）。●●○○○●（句），○●●○○（韵）。

●○○●●○○（韵）。●●●○○（韵）。●○○○●●（句），○●○○（韵）。○●○○○●（句），●○●●○○（韵）。●○○●○○●（句），○○●（豆）、●●○○（韵）。●●○●●●（句），○●●○○（韵）。

【作法】此格一百一十七字。雙調。上闋十句五平韵，下闋十句六平韵。本調除下闋起句用韵外，上下闋句式全同，逢第二、四、六、八、十句押韵，均爲平聲韵。第八句爲七字句，均用上三下四句式。上下闋第五、六句分别對仗。第九句爲上二下四句式。第十句爲上二下三句式。

【注釋】①噥（nóng）：指小聲説話，如“唧唧噥噥”。 ②鄉國：家鄉。唐杜儼《客中作》詩：“容顔歲歲愁邊改，鄉國時時夢里還。”（《全唐詩》卷203-1，揚州詩局本。）

唐多令

秋　憶

風草尚淹留。雲箏但蕩悠。若待留、衹望汀洲。説與小窗簾外影，風起處、雁還休。

尋覓遍山溝。最歡飛蝶悠。却彎瞅、寒雀回眸。轉影滿坡愁似織，相望處、一帘秋。

【題考】《唐多令》，《太和正音譜》注越調，亦入高平調。此調始見于宋代劉過《龍洲詞》。馮金伯《詞苑萃編》卷之十三引《詞苑》云：“劉改之過以詩名江左，放浪吴、楚間。……遂上武昌作《唐多令》云：‘蘆葉滿汀洲。寒沙帶淺流。二十年、重過南樓。……’劉此詞，楚中歌者競唱之。”（［清］

馮金伯：《詞苑翠編》，《詞話叢編》第二册，中華書局，1986 年。)

此調又名《南樓令》《箜篌曲》《糖多令》。

【詞格】《唐多令》，此調自《詞譜》卷十三宋劉過《唐多令》（蘆葉滿汀洲）可校。此調以此詞爲正體。吴文英詞與此詞同，唯上闋第三句多一襯字异，即“縱芭蕉、不雨也颼颼”句。周密詞亦與此詞同，唯上下闋第三句，各添一字异。

⊙●●○○（韵）。⊙○◎●○（叶）。●◎○（豆）、⊙●○○（叶）。◎●◎○○●●（句），⊙◎●（豆）、●○○（叶）。

⊙●●○○（叶）。◎○⊙●○（叶）。●⊙○（豆）、⊙●○○（叶）。◎●◎○○●●（句），⊙◎●（豆）、●○○（叶）。

【作法】此格六十字。雙調。上下闋各五句四平韵。上下闋逢第一、二、三、五句押韵，均爲平聲韵；上闋首二句對仗，爲“平仄仄平平。平平仄仄平”格式；上下闋第三句爲七字句，用上三下四句式。第五句爲六字加豆分句。

茶瓶兒

煤油燈[①]

火城新樓遥客館。映茅屋、浮光猶返。輕挑提燈捻。對窗生月，影動聽羌管[②]。

燈照人高摇不穩。房里影長思人遠。移影人移遠。静留簾捲。钩月迟留挽。

【題考】《茶瓶兒》，此調始見于宋代黄昇《花庵詞選》。自北宋李元膺，至南宋趙彦端、石孝友二家，又攤破兩結句法，减去兩起句字，自成新聲。釋惠洪《冷齋夜話·李元膺喪妻長短句》卷三：“許宏周曰：‘李元膺作南京教官，喪妻，作長短句曰：‘去年相逢深院宇。海棠下、曾歌金縷。歌罷花如雨，翠羅衫上，點點紅無數。　　今歲重尋携手處。空物是人非春暮。青門路，亂英飛絮，相逐東風去。’李元膺尋亦卒。”（《四庫全書·子部·雜家類》，商務印書館，民國二十四年。）據此後人認爲是詞人虚構了一個傳奇般的“人面桃花”式的故事，表達了對亡妻悼念的真情。

【詞格】《茶瓶兒》，此調據《詞譜》卷十二宋李元膺《茶瓶兒》（去年相逢深院宇）可校。此調以此詞爲正體。趙彦端、石孝友二詞，其源雖出于此詞，然句讀不同。

●○○○○●●（韵）。●○●（豆）、○○○●（韵）。○●○○●（韵）。●○○●（句），●●○○●（韵）。

○●○○○●●（韵）。○●●○○○●（韵）。○●○○●（韵）。●○○●（韵）。○●○○●（韵）。

【作法】此格五十六字。雙調。上闋五句四仄韵，下闋五句五仄韵。上闋逢第一、二、三、五句押韵，均爲仄聲韵。上闋第二句爲七言字句，用上三下四句式。下闋全五句押韵，均爲仄聲韵。

【注釋】①煤油燈：是由燈檯、燈柱、燈碗組成，在燈碗里盛上食油，後來是煤油。用棉花搓成一根繩子，叫捻子，置于燈碗沿口上，即燈芯，然後，用劃開的火柴点燃，昏黄色的光便静静地蔓開。　②羌管：一種古老的樂器。宋柳永《望海潮》："羌管弄晴，菱歌泛夜。"（《詞譜》卷三十四。）

江城子

游農家園

路上東園竹旋栽[1]。任蒼苔。净無埃。小飲春深、倦客卧亭臺。微雨無端催未斷，閑留景色，等雲開。

【題考】《江城子》，此調唐詞單調，以韋莊詞爲主，有三十六字、三十七字者。至宋人始作雙調。題考如前《江城子》同。

【詞格】《江城子》，此調自《詞譜》卷二五代歐陽炯《江城子》（晚日金陵岸草平）可校。此調有韋莊、牛嶠三十五字者。有此詞及尹鶚詞三十六者，第六句較韋詞多一字，衹此詞用襯字之法。有牛嶠詞三十七字者，第二句五字，較韋詞多二字，用添字之法。亦有蘇軾詞七十字者。

●●○○●●○（韵）。●○○（韵）。●○○（韵）。●●○○（豆）、

●●●○○（韵）。○●○○○●●（句），○○●●（句），●○○（韵）。

【作法】此格三十六字。單調。本調七句五平韵。逢第一、二、三、四、七句押韵，均爲平聲韵。首句爲仄起平韵之七言句。第四句爲九字句，用上四下五句法。

【注釋】①竹旋栽：引晁補之《摸魚兒》："買陂塘、旋栽楊柳。"（［清］朱彝尊、汪森編：《詞綜》，上海古籍出版社，1978 年，第 129 頁。）

醉翁操

看　戲[1]

臺前。誰先。名單。話臺沿。開篇。鳴鑼響鼓當場宣。始聞彈撥琴弦。皆舞旋。作樣稱明賢。走唱裝弄忙旨傳。

老生闊臉，昂首朝天。尊容不見，臺下頭斜看肩。翻轉摇旗潛穿。踵步挑夫癡顛[2]。思量無早年。遥知雲頭邊。約莫是飛仙。素娥離恨泪垂漣[3]。

【題考】《醉翁操》，此調原爲琴曲，謝元淮《碎金詞譜》注正宫。蘇軾爲之填詞。據沈雄《古今詞話·詞辨》卷下載："《古今詞譜》曰：琴調曲也。東坡序曰：郎琊山川奇麗，泉鳴空澗，若中音會。醉翁喜之，欣然忘歸。既去十餘年，而好奇之士沈遵聞之往游，以琴寫其聲曰《醉翁操》。節奏疏宕，而音韵和暢，知琴者以爲絶倫。然有其聲而無其詞，翁雖爲之作歌，與琴聲不合，又依楚辭作《醉翁引》。好事者亦倚其辭以制曲，粗合均度，而琴聲爲詞所繩縛，非大成也。後三十餘年，翁既捐館舍，遵亦歿久矣。有廬山玉澗道人，特妙于琴，恨此曲之無詞，乃譜其聲而請于東坡以補之。東坡遂援筆作此《醉翁操》琴曲云：'琅然。清圓。誰彈。響空山。無言。荷蕢過山前。曰有心也哉此賢。　醉翁嘯咏，聲和流泉。醉翁去後，空有朝吟夜怨。山有時而童顛。水有時而回川。思翁無歲年。翁今爲飛仙。此意在人間。試聽徽外兩三弦。'沈雄曰：按前解卒章曰'有心哉此賢'，作泛音怨字叶平聲。汪水雲謂不若朝禽夜猿也，曾改之。但辛稼軒送范先之琴曲，抑又不同耳。"（清康熙二十八年澄暉堂刻本。）沈遵作曲，廬山道士崔閑譜聲，蘇軾配歌。歌中"醉翁"指歐陽修。

此調又名《醉翁吟》《醉翁引》。

【詞格】《醉翁操》，此調據《詞譜》卷二十二宋蘇軾《醉翁操》（琅然）可校。《詞譜》注云："此本琴曲，所以蘇詞不載，自辛稼軒編入詞中，復遂沿爲詞調，在宋人中，亦祇有辛詞一首可校。"

○○（韵）。○○（韵）。○○（韵）。●○○（韵）。○○（韵）。○○●⊙○○○（韵）。●⊙○●○○（韵）。⊙●○（韵）。◎●●○○（韵），●◎○◎○●○（韵）。

●○●●（句），○●○○（韵）。●○●●（句），⊙●○○●○（韵）。⊙●○○○○（韵）。●●○○○○（韵）。⊙○○●○（韵）。○○○○○（韵）。◎●●○○（韵）。●○⊙●●○○（韵）。

【作法】此格九十一字。雙調。上闋十句十平韵，下闋十句八平韵。上闋十句全押韵，均爲平韵。下闋除首句、第三句外，其他八句全押韵，均爲平韵；上闋第十句拗句，爲"仄仄平仄平仄平"格式；下闋第十句拗句，爲"仄平平仄平仄平"格式。下闋第五、六句對仗，其中第五句爲"平仄平平平平"格式。

此調押韵，在萬樹《詞律》和《詞譜》中，下闋第四句均作平聲，龍榆生《唐宋詞格律·醉翁操》列平仄韵通叶格，即下闋第四句押仄韵，爲"⊙仄平平仄仄"格式，然對照辛弃疾《醉翁操》之"或一朝兮取封"句，脚韵"封"字，讀去聲，若按"封賞"理解，宋詞裏反映封賞意思者皆平聲，如彭元遜《徵招》下闋之"萬里封侯"句，楊澤民《西平樂》下闋之"縱解封侯"句等。以此，因所注宫調不明，故應仍爲平聲韵。下闋原詞結句末三字應爲"兩三聲"，故爲"仄平平"格式。

【注釋】①戲：《史記·高祖本紀》"兵罷戲下"句和《漢書·陳勝項籍傳》"戲下騎從者八百餘人"句，分别注爲"旗"之義。又據《漢書·刑法志第三》卷二十三載："春秋之後，滅弱吞小，并爲戰國，稍增講武之禮，以爲戲樂，用相誇視。而秦更名角抵，先王之禮没于淫樂中矣。"（［漢］班固撰，［唐］顔師古注：《漢書》第四册，中華書局，1962年，第1085頁。）又據《史記·李斯列傳》卷八十七裴駰《集解》："文穎曰：秦名此樂爲角觝，兩兩相當，角力，角伎藝射禦，故曰角觝也。"（［漢］司馬遷撰；［南朝宋］裴駰集解，［唐］司馬貞索隱，［唐］張守節正義：《史記》第八册，中華書局，1959年，第2560頁。）另據任昉《述异記》卷上云："秦漢間説，蚩尤氏耳鬢如劍戟，頭有角，與軒轅鬥，以角抵人，人不能向。今冀州有樂名蚩尤戲，其民兩兩三三，頭戴牛角而相抵。漢造牛角戲，蓋其遺制也。”（［清］馬駿良：《龍威秘書一集》第七册，日本早稻田大學藏本。）又據唐崔令欽《教坊記》卷一載：“《踏謡娘》，北齊有人姓蘇，鮈鼻，實不仕，而自號爲郎中，嗜飲酗酒，每醉輒毆其妻。妻銜悲，訴于鄰里。時人弄之。丈夫着婦人衣，徐行入場。行歌，每一疊，旁人齊聲和之云，‘踏謡和來，踏謡娘苦和來!’以其且步且歌，故謂之‘踏謡’；以其稱冤，故言苦。及至夫至，則作毆鬥之狀，以爲笑樂。”（［唐］崔令欽：《教坊記》，中國戲劇出版社，1959 年，第 16 頁。）又姚燮《今樂考證·緣起·戲之始》云：“涵虚子云：‘戲曲之隋始盛。在隋謂之‘康衢戲’，唐謂之‘梨園樂’，宋謂之‘華林戲’，元謂之‘升平樂’。’”（［清］姚燮：《今樂考證》，中國戲劇出版社，1959 年，第 5 頁。）②“翻轉揺旗潛穿。踵步挑夫癡顛”兩句：泛指唱戲跑龍套者。引沈從文《跑龍套》：“跑龍套在戲臺上像是個無固定任務角色，姓名通常不上海報，雖然每一出戲文中大將或寨主出場，他都得前臺露面打幾個轉，而且要嚴肅認真，不言不笑，凡事照規矩行動，隨後纔必恭必敬的分站兩旁，等待主角出場。……到作戰時，他雖然也可以持刀弄棒，在臺上砍殺一陣，腰腿勁實本領好的，還可以在前臺連翻幾個旋風跟鬥，或來個鯉魚打挺，鷂子翻身，赢得臺下觀衆連串掌聲。”（《沈從文文集·散文、詩》，花城出版社，1994 年，第 235—236 頁。）　　③素娥：嫦娥的别稱。

南歌子

爺孫倆

孫問難知處，爺稱莫耍奸。欲言又止幾多般。笑問夕陽西下月爬山。
待得聽其辯，幾番捋美髯①。作蹲復起話音歡。樂道月升仙女降人間。

【題考】《南歌子》，《金奩集》注仙吕宫。此調爲唐教坊曲名。據馮金伯《詞苑萃編》卷一引《樂府雜録》曰：“張衡《南都賦》云：‘坐南歌兮起鄭舞。’或作‘柯’，取淳于棼事。”（［清］馮金伯：《詞苑翠編》，《詞話叢編》第二册，中華書局，1986 年。）另據曹臣《舌華録·韵語》載：“大通禪師操律高潔，人非齋沐不敢登堂。東坡挾妓謁之，大通愠形于色。坡乃作《南柯子》一首，令妓齊歌之，大通亦爲解頤。公曰：‘今日參破老禪矣!’其詞云：‘師唱誰家曲，宗風嗣阿誰。借君拍板與門槌，我也逢場作戲、莫相疑。溪女方偷眼，山僧莫眨眉。却愁彌勒下生遲，不見老婆三五少年時。’”（廣益書局，民國三十一年。）此調見于《任半塘文集》敦煌歌辭中列爲邊塞詞調。

此詞有單調者，始自温庭筠詞。雙調平韵始自毛熙震詞。雙調仄韵始自宋代曾慥《樂府雅詞》，宜用入聲韵。又名《春宵曲》《水晶簾》《碧窗夢》《十愛詞》《南柯子》《望秦川》《風蝶令》《百寶妝》。

【詞格】《南歌子》，此調據自宋歐陽修《南歌子·閨情》（鳳髻金泥帶）。此格據《白香詞譜》可校。此調雙調平韵者，五十二字者，有此詞及毛熙震、辛弃疾、石孝友詞。五十三字者，有《花草粹編》無名氏詞。五十四字者，有周邦彦詞。

⊙●○○●（句），○○●●○（韵）。⊙○⊙●●○○（叶）。⊙●⊙○⊙●●○○（叶）。

⊙●○○●（句），○○●●○（叶）。⊙○⊙●●○○（叶）。⊙●⊙○⊙●●○○（叶）。

【作法】此格五十二字。雙調。上下闋各四句三平韵。上下闋同，上下闋起兩句對仗，上闋爲“仄仄平平仄，平平仄仄平”及“仄仄平平仄，仄平仄仄平”格式。第三句七字，爲平起平韵之七言句。本格式後句爲九字句，爲上二下七句式爲好，因爲下七字實爲七言詩句。可拆分成上四下五兩句，見辛弃疾詞。本格式後一句加一字，并拆分成上六下四兩句，可變格另體，見周邦彦詞。無論如何拆分，均前兩句爲一組句，後面諸句爲一組句，其爲“仄仄平平平仄仄平平”格式。

【注釋】①美髯：《三國志·關張馬黄趙傳第六》：“羽美須髯，故亮謂之髯。”（［晋］陳壽撰，［南朝宋］裴松之注：《三國志·蜀書》卷36-6，中華書局，2006年，第561頁。）

喜春來

春　梅

尋梅隐隐堆雲嶺[①]。欲雪霏霏落斗星。照人游遍倚樓青。映小廳。窗外更天晴。

【題考】《喜春來》，此調既是詞牌名，亦爲曲牌名，散曲小令。《太平樂府》注中吕宫；《太和正音譜》注正宫。此調又名《陽春曲》。

【詞格】《喜春來》，此調自《詞譜》卷二元张雨《喜春来》（江梅的的依茅舍）可校。此調以此詞爲正體。

⊙○◎●○○●（叶仄韵）。◎●○○●●○（平韵）。◎○⊙●●○○（叶平韵）。◎●○（叶平韵），⊙●●○○（叶平韵）。

【作法】此格二十九字。單調。五句一仄韵，四平韵。此調爲七言絶句，唯第四句采用添字攤破之法變爲兩句。第一、二句對仗，爲“仄平仄仄平平仄，仄仄平平仄仄平”格式。第四句用上一下二句法，爲“仄仄平”格式，首字去聲爲宜。

【注釋】①隱隱：茂盛的樣子。引［漢］班固《西都賦》：“粲乎隱隱，各得其所。”（［南朝梁］蕭統編：《昭明文選》卷第一，西苑出版社，2009 年，第 4 頁。）

桃源憶故人

對　弈①

雲屏漢旅連天水。楚岸兵戈興起②。方寸通幽差使。着手心懸揣。
對中更引傷情事。不似誰家游戲。縱酒難當密意。唯有言争地。

【題考】《桃源憶故人》，此調陸游（斜陽寂歷柴門閉）詞序曰：“三榮郡治之西，因子城作樓觀，曰高齋。下臨山村，蕭然如世外。予留七十日，被命參成都戎幕而去。臨行，徒倚竟日，作桃源憶故人一首。”（唐圭璋編纂：《全宋詞》第三册，中華書局，1999 年。）此調名本此。

此調又名《虞美人影》《胡搗練》《醉桃園》《杏花風》。

【詞格】《桃源憶故人》，此調自《詞譜》卷七宋·歐陽修《桃源憶故人》（梅梢弄粉香猶嫩）可校。此調以此詞爲正體。

⊙○◎●○○●（韵）。◎●⊙○⊙●（韵）。◎●⊙○⊙●（韵）。◎●○○●（韵）。

◎○◎●○○●（韵）。◎●⊙○◎●（韵）。⊙●◎○⊙●（韵）。◎●

○○●（韵）。

【作法】此格四十八字。雙調。上闋各四句四仄韵。此調句句押韵；上下闋起句俱爲平起仄韵七言句。第二、三句六言句。第四句爲五言句，上二下三句式。

【注釋】①弈：《博物記·佚文·〈藝文類聚〉引》：“堯造圍棋，而丹朱善圍棋。孔子曰：‘不有博弈者乎？爲之猶賢乎已。’案彈棋始自魏宫，文帝好之，每用手巾拂之，無不中者。”周日用注：“卷七十四。亦見《一切經音義》卷三十一《大薩遮尼乾子經》卷第一基博。《太平御覽》卷七百五十三引‘堯’作‘舜’。《通鑒》八十一《晋紀》三胡三省注引作‘堯造圍棋以教子丹朱，或曰舜以子商均愚，故作圍棋以教之，其法非智莫能也。’宋吕頤浩《忠穆集》卷八云：‘北京（忭梁）隆興寺佛殿西楹簾下有魏宫彈棋局，魏文帝時，欵識在焉。’又《廣韵》卷一上平聲‘棋’字下引作‘舜造圍棋，丹朱善之。’李壁《王荆文公詩箋注》卷三‘用前韵戲贈葉致遠直講’注‘舜造圍棋，丹朱善之。’”（［宋］周日用等注，［晋］張華撰：《博物志》，中華書局，1980年，第124頁。）象弈“南宋時對象棋的一種稱謂。南宋文天祥《文山全集》卷一：‘象弈各有等級。’劉克莊《象弈》詩，所描寫象弈亦指象棋。近代通常以‘弈’指圍棋，但有的象棋譜以‘弈’爲‘象’而題其譜名。故‘弈’亦爲象棋的同名詞。”棋盤“以九根直綫與十根横線交叉組成，共九十個交叉點，棋子擺于交叉點上。棋盤中間没有劃線的空白地帶，稱爲‘河界’，是雙方攻防的界限。……戰國《楚辭·招魂》即有‘菎蔽象棋’一語。唐寶應年間（762—763）出現寶應象棋，其體制已與現行體制接近。唐及北宋又有象戲、橘中戲、象弈等稱謂。南宋時，體制已與現行體制完全相同，詞人劉克莊《象弈》詩叙述了棋子的特點和戰略、戰術思想，陳元靚《事林廣記》并載有象棋圖譜。”（《體育辭典》，上海辭書出版社，1984年，第489—490頁。）　②兵戈興起：唐白居易《西凉伎刺封疆之臣也》：“自從天寶兵戈起，犬戎日夜吞西鄙。”（《全唐詩》卷427-5，揚州詩局本。）

鳳凰臺上憶吹簫

模　特[1]

天落銀河，望來月亮，良辰花影臺前[2]。照露華争白，出落花嫣。似水盈盈驚羡，雲橋步、裝束初穿。依蝴蝶，金風影轉，飛到雙肩。

流連。看車幾遍，争睹楚腰纖，雲里風鳶。料一絲雲縷，行客追牽。贏得伊人遥望，鳴汽笛、開道如烟。只聽曉，瑶臺月斜，今夜無眠。

【題考】《鳳凰臺上憶吹簫》，謝元淮《碎金詞譜》注仙吕宫。此調始見于宋代晁補之《晁氏琴趣外篇》。據《詞譜》卷二十五載："《列仙傳拾遺》云：蕭史善吹簫，作鸞鳳之聲，秦穆公有女弄玉，善吹簫，公以妻之，遂教弄玉作鳳鳴，居十數年，鳳凰來止，公爲作鳳臺，夫婦止其上，數年，弄玉乘鳳，蕭史乘龍去。"又據舒夢蘭《白香詞譜》云："《水經注》：'雍有鳳臺，鳳女祠，秦穆公女弄玉好吹簫，公爲築鳳臺以居之。'故事相傳，每入唐人詩什。李嶠詩：'鑾輅已辭烏鵲渚，簫聲猶繞鳳凰臺。'"（［清］舒夢蘭，胡山源：《詞準》，世界書局，民國二十年。）此調以爲名。又名《憶吹簫》。

【詞格】《鳳凰臺上憶吹簫》，此調據宋李清照《鳳凰臺上憶吹簫·别情》（香冷金猊）。此格據《白香詞譜》可校。此調以晁補之（千里相思）詞爲正體。此詞與晁詞同，唯上下闋第四句各減二字，换頭爲短句押韵，下闋結句添二字、作四字兩句异。

⊙●○○（句），⊙○⊙●（句），⊙○⊙●○○（韵）。●●○○●（句），⊙●○○（叶）。⊙●⊙○⊙●（句），○⊙●（豆）、⊙●○○（叶）。○○●（句），○○●●（句），⊙●○○（叶）。

○○（叶）。⊙○●●（句），⊙●●○○（句），⊙●○○（叶）。●⊙○○●（句），⊙●○○（叶）。⊙●⊙○⊙●（句），○⊙●（豆）、⊙●○○（叶）。○○●（句），○○●⊙（句），⊙●○○（叶）。

【作法】此格九十五字。雙調。上闋十句四平韵，下闋十一句五平韵。上闋逢第三、五、七、十句押韵，下闋逢第一、四、六、八、十一句押韵，均爲平聲韵；上闋第二句，作上一下三句式，爲"仄平仄仄"句法。上闋第四句，下闋第五句首字領格；上闋第七句，下闋第八句爲七字句，用上三下四句法；下闋第二句爲"仄平仄仄"格式，不能移易，第七句用上二下四句式。

【注釋】①模特：指服裝模特。模特兒是由英語的"model"音譯而來，不僅是一種職業，更是一種概念，是工作在T型臺上的工作者。模特的出現是與服裝聯係在一起的。關于服裝的起源，據《世本八種·茆泮林輯本·作篇》載："伯余作衣裳。"宋衷注："《淮南子·氾論訓》注、《路史·後紀五》注：

‘作俱作制。’、《玉海》八十一。案高誘注曰：‘伯余，黄帝臣也。’”同篇亦載：“胡曹作衣。”宋衷注：“《廣韵》八微注、《御覽》六百八十九、《路史·國名記六》。”胡曹，“宋衷注曰：黄帝臣”。（［漢］宋衷注，［清］秦嘉謨等輯：《世本八種》，上海：商務印書館，1957年，第112頁。）據《博物記·服飾考》卷六載：“漢末喪亂絶玉佩，始復作之。今之玉佩受于王粲。”“古者男子皆絲衣，有故乃素服。又有冠無幘，故雖兇，皆著冠也。”“漢中興，士人皆冠葛巾，魏武帝造白蛤，于是遂廢，惟二學書生猶著也。”（［宋］周日用等注，［晋］張華撰：《博物志》，中華書局，1980年，第75頁。） ②花影：引蘇軾《花影》詩名。

朝中措

小　廟

飛檐高啄且行宮①。新貌畫千重。錦帳折光塵迹，迎門不禁香風。
生茄疑作怪②，杯中倒影，莫惱驚弓。方坦蕩爲君子，無人遇事忡忡。

【題考】《朝中措》，此調係宋以前舊曲。《宋史·樂志》入黄鐘宫。據沈雄《古今詞話·詞辨》上卷載：“《藝苑雌黄》曰‘歐陽公送劉貢父守揚州，爲《朝中措》詞云：‘平山闌檻倚晴空。山色有無中。手種堂前楊柳，別來幾度春風。　文章太守，揮毫萬字，一飲千鍾。行樂直須年少，尊前看取衰翁。’平山堂望江左諸山甚近，或以公短視故云。東坡笑之，因賦快哉亭《水調歌頭》以道其事，有云：‘嘗記平山堂上，欹枕江南烟雨。杳杳没孤鴻。認取醉翁語，山色有無中。’蓋指烟雨而然也。”（清康熙二十八年澄暉堂刻本。）對此，《詞林紀事》卷四云：“《詞苑叢談》：‘劉原父出守揚州，公作《朝中措》餞之’云。”（［清］張宗橚輯：《詞林紀事》，成都古籍書店，1982年复印。）

此調又名《照江梅》《芙蓉曲》《梅月圓》。

【詞格】《朝中措》，此調自《詞譜》卷七宋蔡伸《朝中措》（章臺楊柳自依依）可校。此調以歐陽修（平山闌檻倚情空）詞爲正體，此詞亦爲歐詞體，唯後段起句添一字，作五字句异。

○○○●●○○（韵）。○●●○○（韵）。●●●○○●（句），○○●●○○（韵）。

○○○●●（句），○○●●（句），●●○○（韵）。○●●○○●（句），○○●●○○（韵）。

【作法】此格四十九字。雙調。上闋四句三平韵，下闋五句二平韵。上闋逢第一、二、四句押韵，下闋逢第三、五句押韵，均爲平聲韵。

【注釋】①飛檐：唐杜牧《阿房宫賦》："廊腰縵回，檐牙高啄。"（馮其庸等選注：《歷代文選》下册，中國青年出版社，1963 年，第 78 頁。）宫：據《世本八種・茆泮林輯本・作篇》載："禹作宫。"宋衷注：《廣韵》一東、《藝文類聚》六十二、《御覽》一百七十引'堯使禹作宫室。'、《玉海》一百五十五、又一條引'堯使禹作宫。'"（［漢］宋衷注，［清］秦嘉謨等輯：《世本八種》，上海：商務印書館，1957 年，第 118 頁。）　②生茄疑作怪：引宋代陳淳《北溪字義》："妖由人興。"并舉例："昔有僧入房將睡，暗中誤踏破一生茄，心疑爲蟾蜍之屬，卧中甚悔其枉害性命。到中宵，忽有扣門覓命者，僧約明日爲薦拔。及天明見之，乃茄也。此衹是自家心疑，便感召得游魂滯魄附會而來。"（［宋］陳淳著，熊國禎、高流水點校：《北溪字義》，中華書局，1983 年，第 66 頁。）

燕山亭

牛肉麵[①]

拉麵飄香，牛肉煮湯，問道蘭州而去[②]。顏色月縈。溢碗風清[③]，無奈撩人情緒。碧緑青苗，再添料、油紅相輔[④]。曾煮。恰面浸蓬灰，是天然補[⑤]。

毛細柔似春風，念千里相思，幾回應許。韭葉綿長，老者盤餐，流年總催來叙。大寬情份，君道遠、歸來聞處。思汝。緣是客、人家説與。

【題考】《燕山亭》，此調"燕"或作"宴"。李白《將進酒》詩，有"陳王昔時燕平樂，斗酒十千恣歡謔"句，（《全唐詩》卷 162-8，揚州詩局本。）陳思王曹植《名都篇》之"歸來宴平樂，美酒斗十千"句。（［宋］郭茂倩編：《樂府詩集・雜曲歌辭三》第三册，中華書局，1979 年，第 912 頁。）以此看，此詞與宴會有關。此調與《山亭宴》無涉。只此一體，有宋徽宗、王之道、張雨諸詞。又名《宴山亭》。

【詞格】《燕山亭》，此調自《詞譜》卷二十七［宋］曾覿《燕山亭》（河漢風清）可校。此調只此一體。

⊙●○○（句），⊙◎●⊙（句），◎●○○○●（韵）。○●●○（句），●●○○（句），⊙◎◎○○●（韵）。◎●○○（句），◎⊙●（豆）、◎○○●（韵）。○●（韵）。●◎◎⊙⊙（句），●○⊙●（韵）。

○◎⊙◎○⊙（句），●○◎⊙⊙（句），◎○○●（韵）。⊙●◎○（句），◎◎○⊙（句），⊙⊙●○○●（韵）。◎●○○（句），◎●●（豆）、⊙○○●（韵）。○●（韵）。○●●（豆）、○○◎●（韵）。

【作法】此格九十九字。雙調。上闋十一句五仄韵，下闋十句五仄韵。本調上下闋平仄格式同。上闋起首兩句對仗，爲“平仄平平，平仄仄平”格式。第四句押平韵，第五句叶平韵。第八句用上三下四句式。第九句二字，多爲感嘆詞語，第十句首字領格。下闋第二、三句爲“仄平仄平平，仄平平仄”格式，首字領兩句四字對。第九句多爲感嘆詞語。第八、十句爲七字句，用上三下四句式。

【注釋】①牛肉麵：又稱牛肉拉麵，是蘭州著名風味小吃。牛肉麵的來歷起源于麵條。據《齊民要術·雜説第三十》云：“夏至先後各十五日，薄滋味，勿多食肥醲；距立秋，無食煮餅及水引餅。”注曰：“夏月食水時，此二餅得水，即堅强難消，不幸便爲宿食傷寒病矣。試以此二餅置水中即見驗；唯酒引餅，入水即爛矣。”以及《齊民要術·餅法》卷九云：“以手臨鐺上挼令薄如韭葉。”（［北魏］賈思勰撰，繆啓愉校釋，繆桂龍參校：《齊民要術》，農業出版社，1982 年。）牛肉麵始于清光緒年間，係回族老人馬保子首創。後來形成了具有寬達二指的“大寬”、寬二指的“二寬”、形如草葉的“韭葉”、細如絲綫的“一窩絲”、呈三棱條狀的“蕎麥棱”等麵條種類。　②蘭州：古稱金城。據《史記·大宛列傳第六十三》載：“金城、河西並南山至鹽澤突無匈奴。”（［漢］司馬遷：《史記》，中華書局，1982 年，第 3167 頁。）另據《太平御覽·州郡部十一》卷一百六十五：“《十道志》曰：蘭州，金城郡。《禹貢》雍州之城。古西戎狄之地。秦并天下，爲隴西郡。《漢志》曰：金城郡，領縣十三。應劭曰：初築城得金，故曰金城。瓚曰：金，取其堅固也，故《墨子》曰‘金城湯也。’”（［宋］李昉等撰：《太平御覽》，河北教育出版社，1994 年，第 566 頁。）　③風清：指牛肉面具有一清（湯清）二白（蘿卜白）特點之一。　④“碧緑青苗，再添料、油紅相輔”三句：指牛肉面具有三紅（辣油紅）四緑（香菜、蒜苗緑）特點之一。

⑤蓬灰：蓬草灰。據《牛肉拉麵・拉麵添加劑》第二章介紹："傳統蘭州拉麵製作蓬灰所采用的蓬草……將堿蓬草在人工挖成的土灶中燃燒，當堿蓬草燃燒後產生的草灰積累到一定程度後，將挖灶時挖出的土和周圍的土將草灰連同整個土灶埋土密封，在高温密閉條件下使灰分成分凝結成塊。一般經過經過12—24小時後挖取出來的黑色塊狀物即是蓬灰。"（孟憲剛等編著：《蘭州拉麵》，甘肅人民出版社，2009年，第43—49頁。）

歸自謡

客　來

風點破。窗外一絲窗雨過。挑燈尋酒堪高卧[①]。
無眠夜裏圍四坐。風聲和[②]。此情共約誰能縛。

【題考】《歸自謡》，此調原爲唐教坊曲名，後用爲詞牌，始見于《花間集》。《詞譜》卷二在該調題考引曾慥《樂府雅詞》注道調宫。馬令《南唐書》卷二十一所引改爲《歸國謡》，萬樹《詞律》亦編入《歸國謡》。對此，《詞譜》卷二注認爲有誤。此調又名《風光子》。

【詞格】《歸自謡》，此調自《詞譜》卷二宋歐陽修《歸自謡》（春艷艷）可校。此調以此詞爲正體。

○●●（韵）。⊙●◎○○●●（韵）。◎○⊙●○○●（韵）。
⊙⊙◎◎○◎●（韵）。○⊙●（韵）。◎○●●○○●（韵）。

【作法】此格三十四字。雙調。上下闋各三句三仄韵。上下闋句句押韵，均爲仄聲。

【注釋】①高卧：悠閑地躺着。　　　②和（hè）：和諧地跟着唱。和詩。

竹馬兒

黄河水車①

游人看水車或許説“過靖遠”。少時幾度經過看到水車無聲無息地佇立在河邊，懷古欽崇之情頓起：蒼浪青于垂天青，苔色碧于溪水碧。後來再去蘭州水車園，顧影之處，亦有同感。

隨山道連雲，田坡起霧，幾番風雨。見雲翼浸漫，縈身濕透，斑痕無數。博得水溢汀洲，朝歌喜鵲，晚吟鸚鵡。促曉百川行，遍跟牛，人在耕聞宵鼓②。

乍見多贏得，雲陰煮茗，雨昏縫補。初晴弄暖還去。相續人家鄰女。顧喚戲水孩童，笑隨砧杵③，衣掛蔭凉樹。清波影裏，悄悄流霞處。

【題考】《竹馬兒》，柳永《樂章集》注仙吕調。毛先舒《填詞名解·補遺》卷四云：“竹馬子，取後漢郭細侯事。”（木石居校本。）據《後漢書·郭伋傳》卷三十一載：“伋（郭細侯）前在并州，素結恩德，及後入界，所到縣邑，老幼相携，逢迎道路。……始至行部，到西河美稷，有童兒數百，各騎竹馬，道次迎拜。”

民間歌舞有《竹馬》，表演者須身係竹馬形，或作“騎竹馬”狀。如《元刊雜劇三十種·蕭何月下追韓信》中：“蕭何竹馬兒上了。”（中華書局，1980年。）《承明殿霍光鬼諫》之“正末騎竹馬上”又作“蹦馬兒”“馬兒”，含義皆同。後來隨着表演藝術的提高，戲曲舞臺上逐步去掉馬形，加强了舞蹈性，演變爲通過手執馬鞭的虚擬動作來表現騎馬的表演程式。此調又名《竹馬子》。

【詞格】《竹馬兒》，此調自《詞譜》卷三十一宋·柳永《竹馬兒》（登孤壘荒凉）可校。此詞始自此格，爲正體。此調葉夢得詞句讀小异，爲變格。

○○●○○（句），○○●●（句），●○○●（韵）。●○◎●●（句），○⊙◎●（句），○○○●（韵）。●●◎●○○（句），○○●●（句），●○○●（韵）。◎●●○○（句），●○○（句），○●○○○●（韵）。

●●○○●（句），○○●●（句），●○○●（韵）。○○●◎○●（韵）。⊙●○○○●（韵）。●●●●○○（句），●○○●（句），○●

○○●（韵）。○○●●（句），●◎○○●（韵）。

【作法】此格一百零三字。雙調。上闋十二句四仄韵，下闋十句五仄韵。上闋逢第三、六、九、十二句押韵，下闋逢第三、四、五、八、十句押韵，均爲仄聲韵。上闋第一、二句，首字領兩句四字對句及四字一句。第四、五句首字領兩句四字對句及四字一句，其中對句爲“仄平仄仄仄，平平仄仄”格式。第七句首二字领四字三句，其中第八、九句对仗。下闋第一句首二字領三字一句，四字兩句，其中第一句用二一二句式，第二、三句對仗。

【注釋】①水車：蘭州、靖遠等少數地區黄河岸邊尚有保留。據《後漢書·宦者列傳第六十八·張讓》卷七十八：“又使掖廷令畢嵐……又作翻車渴烏，施于橋西，用灑南北郊路，以省百姓灑道之費。”李賢注：“翻車，設機車以引水；渴烏，爲曲筒，以氣引水上也。”（［唐］李賢等注，［南朝宋］范曄撰：《後漢書》，中華書局，1965 年，第 2537 頁。）到三國時，經馬鈞加以改進，成爲有效的戽水機械。據《三國志·方技傳·杜夔》卷二十九南朝宋裴松之注引傅玄曰：“時有扶風馬鈞，巧思絶世……居京都，城内有地，可以爲園，患無水以灌之，乃作翻車，令兒童轉之，而灌水自覆，更入列出，其巧百倍于常。”（［南朝宋］裴松之注，［晋］陳壽撰：《三國志》，中華書局，2006 年，第 480—481 頁。）據《宋史·河渠五》卷九十五載：“引曹河、鮑河、徐河、鷄距泉分注溝中，地高則用水車汲引，灌溉甚便。”（［元］脱脱等撰：《宋史》第七册，中華書局，1977 年，第 2360 頁。）另據《事物紀原 小學鉗珠》卷九載：“《魏略》曰：‘馬鈞居京都城内，有地可爲園，無水以灌之，乃作翻車，令童兒轉之，而灌水自覆。’今田家有水車，天旱時，引水溉田者，即此器也。”（［日］長澤規矩也編：《事物紀原，小學鉗珠》，和刻本類書集成第二輯，第 210 頁；上海古籍出版社，1990 年；［宋］高承撰，［明］胡文焕校：《事物紀原》；［宋］王應麟編，村瀬誨輔點：《小學鉗珠》）關于水車，有詩爲證。［宋］陳普《水車》：“種種田器中，衆美獨車擅。鳩集群朴樕，構以天絲綫。縱交合散雜，骨節不凌僭。相續同相生，如紐亦如辮。三十幅一轂，體用無迷眩。軋軋遠有聲，在田恍龍戰。吸吐皆自能，先後迭相禪。”（傅璇琮等主編：《全宋詩》卷三六四六，北京大學出版社，1998 年，第 43735 頁。）“水車傳入甘肅，大約在明代。據民國《靖遠縣新志》引房貴墓碑所載，曾經擔任蘭州衛指揮使的房貴，率先從南方引進水車。房貴是廬州（今安徽合肥）人，明英宗正統初年，他由漢中調任蘭州衛指揮使，旋即調任到新成立的靖遠虜衛（治今靖遠縣）擔任僉事（旋任守備）。正統三年（1438），房貴興修水利，在黄河邊築堤開渠引水，并從老家合肥引進了‘天車’，安置在靖遠縣城北，稱爲‘房家車’。人們紛紛仿效，水車便在黄河岸邊推廣開來。”（張克復主編：《甘肅史話》，甘肅文化出版社，2009年，第164頁。）蘭州水車，據《重修皋蘭縣志》載：“由明代蘭州段家灘人段續所創。‘續里居時，五年創翻車，倒挽河流，以灌田，致有巧思。’……水車上面横空架有木槽。水流推動刮板，驅使水車徐徐轉動，水斗則依次舀滿河水，緩緩上升，當升到輪子上方正中時，斗口翻轉向下，將水傾入木槽，由木槽導入水渠，再由水渠引入田間。”（程兆生編：《金城漫話》，甘肅人民出版社，1987年，第199—200頁。） ②鼓：據《世本八種·茆泮林輯本·作篇》載：“巫咸作鼓。”宋衷注：“《玉海》一百十。”（［漢］宋衷注，［清］秦嘉謨等輯：《世本八種》，上海：商務印書館，1957年，第116頁。）據《太平御覽·樂部二十》卷五百八十二：“《風俗通》曰：鼓，不知誰所造。鼓者，郭也。春風之音，萬物皆郭皮甲而出，故謂之鼓。”（［宋］李昉撰：《太平御覽》，河北教育出版社，1994年，第584頁。） ③砧杵（zhēn chǔ）擣衣石和棒槌。亦指擣衣。據《世本八種·茆泮林輯本·作篇》載：“雍父作舂（chōng）杵臼。”宋衷注：“《御覽》七百六十二。”（［漢］宋衷注，［清］秦嘉謨等輯：《世本八種》，上海：商務印書館，1957年，第113頁。）

好事近

左公柳①

驛道草亦荒，人與碧紗相約。當計客行多少，有三千商略②。
新栽樹小用情多，長條旅情托。密灑兩行誠意，縱情春風諾。

【題考】《好事近》，《張子野詞》入仙吕宫。舒夢蘭《白香詞譜》云：“唐宋時，民間所稱‘好事’一語，其義有二：一，本于《孟子》：‘好事者爲之也’，沿爲喜好事故之詞。好讀去聲，呼報切。如杜甫詩：‘舊來好事今能否？老去新詩傳與誰？’白居易詩：‘門以招賢盛，家因好事貧。’《圖畫寶鑒》載米元章謂：‘好事家與賞鑑家，自是兩等，家多資方，貪名好勝，遇物收置，不過聽聲，此謂好事。’皆是也。二，謂慈善事業曰好事。《五代史唐明宗紀》：‘穀帛賤，民無疾疫，則欣然曰：吾何以堪之？當與公等作好事以報上天。’《録异記》：‘嘉陵江側，有婦人，自稱十八姨，往來民家，不飲不食；每教諭于人，但作好事，莫違負神明。’本調調名取義，必居二者之一。至

‘近’字，在詞牌中，與‘今’‘引’‘慢’等相類，爲表曲類之區別，與節奏之不同，與調名本義，羌無關涉。乃後世稱男女愛戀之事曰好事。以李漁《蜃中樓傳奇》有‘可見從來好事，畢竟多磨’之句，于是以‘好事多磨’一成語中之‘好事’，訓《好事近》之‘近’爲遠近之近，義似‘佳期近矣’，貫非所本也。”（［清］舒夢蘭，胡山源：《詞準》，世界書局，民國二十年。）《詞林紀事》卷六在秦觀《好事近》（春露雨添花）詞下云：“《冷齋夜話》：少游既謫歸，嘗于夢中作《好事近》，有云：‘醉卧古藤花下，杳不知南北。’果至藤州，方醉起，以玉盂汲泉，笑逝而化。”（［清］張宗橚輯：《詞林紀事》，成都古籍書店，1982 年复印。）

此調又名《釣船笛》《翠圓枝》。

【詞格】《好事近》，此調自《詞譜》卷五宋宋祁《好事近》（睡起玉屏風）可校。此調以此詞爲正體。陸游詞上下闋第三句多押一韵，即爲變格。

◎●●○○（句），⊙●◎○○●（韵）。⊙●◎○⊙●（句），●⊙○⊙●（韵）。

⊙○◎●◎○⊙（句），⊙⊙◎○●（韵）。◎●◎○⊙●（句），●⊙○⊙●（韵）。

【作法】此格四十五字。雙調。上下闋各四句二仄韵。例用入聲韵。首句與《訴衷情》第二句同。次句與《昭君怨》首句同。第三句同次句，但不用韵。第四句五字，爲“仄平平平仄”格式，不可移易，宜句法爲上一下四，是定格。下闋换頭。首爲七言句，平起平收，次句五字叶韵，第一、二字可作平，爲“平平仄平仄”格式，形成拗句。末句句法與上闋同。

【注釋】①左公柳：左宗棠沿絲綢之路進軍收復新疆時帶領湘軍一路所植道柳。“僅在長武至會寧的三百里驛道上，就栽樹二十六萬四千多株。并在沿途張掛榜文，告誡人們‘勿剪勿伐。’”（程兆生：《金城漫話》，甘肅人民出版社，1987 年，第 196 頁。）　②三千：指左宗棠從西安到新疆行軍的路程，也是種樹的過程。對此，左宗棠的部下楊昌濬詩云：“新栽楊柳三千里，引得春風度玉關。”（程兆生：《金城漫話》，甘肅人民出版社，1987 年，第 196 頁。）　商略：估計。

夜半樂

敦　煌[1]

望關外九重隔，黄沙不盡，吹冷胡楊面。越歲月千年，箠開經卷。梵僧探得[2]，佛光映現。更聞男女虔心，捕靈垂眷。竞一折、翻花最相戀。

望中酒暖待飲，逐獵行沙，歷塵猶碾。經百度、陽關三疊來燕。玉琴新譜，羅裙後約，幾多倩女飛天，又思還遣。且來客、琵琶已彈遍[3]。

舊國回憶，草色淹沙，鹿群鳴倦。喚燕子、傳消息來見。最難禁、新月滴入清溪畔[4]。争雨後、乱语莺聽勸。這回猶唱江南岸。

【題考】《夜半樂》，此調爲唐教坊曲名。柳永《樂章集》注中吕調。王灼《碧鷄漫志》卷四云："《唐史》：'民間以明皇自潞州還京師，夜半舉兵誅韋后，制《夜半樂》《還京樂》二曲。'《樂府雜録》云：'明皇自潞州入平内難，半夜斬長樂門關，領兵入宫後，撰《夜半樂》曲。'今黄鐘宫有《三臺夜半樂》，中吕調有慢、有近拍、有序。"（［宋］王灼：《碧雞漫志》，《詞話叢編》第一册，中華書局，1986年。）此調又名《還京樂》。

【詞格】《夜半樂》，此調自《詞譜》卷三十八宋柳永《夜半樂》（凍雲黯淡天氣）可校。

●○●●○●（句），○○●●（句），○●○○●（韵）。●●●○○（句），●○○●（韵）。●○●●（句），○○●●（韵）。●○○●○○（句），●○○●（韵）。●●●（豆）、○○●○●（韵）。

●○●●●●（句），●●○○（句），●○○●（韵）。○●●（豆）、○○○○○●（韵）。●○○●（句），○○●●（句），●○●●○○（句），●○○●（韵）。●○●（豆）、○○●○●（韵）。

●●○●（句），●●○○（句），●○○●（韵）。●●●（豆）、○○●○●（韵）。●○○（豆）、○●●●○○●（韵）。○●●（豆）、●●○○●（韵）。●○○●○○●（韵）。

【作法】此格一百四十四字。三疊。第一段十句五仄韵，第二段九句四仄韵，第三段七句五仄韵。第一段逢第三、五、七、九、十句押韵，第二段逢三、四、八、九句押韵，第三段逢第三、四、五、六、七句押韵，均爲仄聲韵。第一段十句，第二段第九句，第三段第四、六句爲八字句，均用上三下五句式。第二段第四句爲九字，用上三下六句式。第三段第五句爲十字句，用上三下七句式。第一段第六、七句，第二段第五、六句，第三段第二、三句，均爲兩句四字對句。第三段第四句首字領格。第一段第八句，第二段第一句爲上二下四句式。全曲格局開展，中段雍容不迫，後段則聲拍促數。

【注釋】①敦煌：據《太平御覽·州郡部十一》卷一百六十五載："《十道志》曰：沙州，敦煌郡。《禹貢》雍州之城，古西戎狄地。秦屬西戎。漢置敦煌郡。"（［宋］李昉撰：《太平御覽》，河北教育出版社，1994 年，第 570 頁。）《甘肅古迹録》載：莫高窟"在縣（今甘肅省敦煌市）東南 30 里鳴沙山。其麓有三寺，曰上寺、中寺、下寺。上、中兩寺皆道觀，下寺乃僧刹也。寺左近有石室數百。唐人謂之莫高窟，俗名千佛洞。各洞皆有壁畫，上截爲佛像，下截爲造相人畫像，并記其人之姓名籍里。惟一洞藏書滿中，乃西夏兵革時所藏，壁外加一象飾，故不能知爲藏書所。清光緒庚子（1900）掃治石洞洞，鑿壁而書見，由是稍稍流落人間。丁未（1907）冬，法人伯希和至其地，遂購得十餘箱，居石室全書三分之一。四部全書及經卷精好者，率括囊去，藏之巴黎圖書館。"（李惠民、李愛伶著：《甘肅古迹録》，甘肅文化出版社，1996 年，第 371 頁。）　②梵僧：和尚，僧人。據説"在西元 366 年（前秦建元二年），一名叫樂僔的和尚游到此，這時正近黄昏，太陽平沉落在茫茫無際的沙漠中。驀一抬頭，在他的眼前出現了奇景：對面的三危山一派金光耀眼，好似有千萬個佛在金光中顯現。和尚被這奇景眩惑了，他想這真是一塊聖地。于是他就在這裏開鑿了第一個洞窟"。（聶鋒，祁淑虹著：《敦煌歷史文化藝術》，甘肅人民出版社，1996 年，第 9 頁。）據載："敦煌石窟從十六國時期的前秦元二年（366）開始修鑿，一直延續到元代。""由于佛教的傳播，河西地區出現了不少高僧，如凉州人雲寶、智嚴、竺道曼、道泰，酒泉人慧覽，張掖人沮渠京聲，金城人玄暢等，不辭艱辛，跋涉于冰天雪地和荒漠沙磧之中。西行求經，瞻仰聖地。"（劉進寶編著：《敦煌歷史文化》，甘肅人民出版社，2000 年，第 47 頁。）　③來客：泛指彙集朝拜而來的各國王子。引《絲路花雨·第六場·二十七國交誼會》上諸如"一個吹笛子的胡人突然闖入會場，請求獻藝并獲得節度使的准許。隨着笛聲的召喚，四胡男托盤而上，盤上站着一個蒙紗的姑娘，跳起新穎奇巧的盤上舞"等場景。（趙之洵執筆：《絲路花雨》，甘肅人民出版社，1980 年，第 44 頁。）　琵琶：莫高窟壁畫反彈琵琶圖畫。據《太平御覽·樂部二十一》卷五百八十三載："《釋名》曰：琵琶，本胡中馬上所鼓。推手前曰琵，引手却曰琶，因以爲名。"（［宋］

李昉撰：《太平御覽》，河北教育出版社，1994 年，第 593 頁。） ④新月：指月牙泉。

風入松

羊皮筏子[1]

曾高考落榜無緒，從事十里八鄉放映，逐月乘羊皮筏子渡黄河，往返于靖遠縣晉房灘與高崖之間。船公雙腿跪而划槳，風急浪緊，囑或蹲或坐無恙。余依自行車而立，水濺衣裳，身隨波動，心無悱惻。漂流一年半載後到軍營。憶想經年，凝成咏語。

大河飛雪鎖風烟。推浪去行船。但凝拍水飄摇過，縱受驚、人到河邊。何事汪洋輕别[2]，向來漂泊悠然。

長波吹破濕衣衫。何奈倚欄杆。今來輕渡天如水，論沉浮、來去輕便。輕撣風塵流水，漫遥鴻鵠高天[3]。

【題考】《風入松》，《宋史·樂志》注林鐘商。元高拭詞注仙吕調，又雙調。《太和正音譜》和蔣氏十三調注雙調。此調始見于晏幾道《小山詞》。據郭茂倩《樂府詩集》卷六十："《風入松歌》，《琴集》曰：'晋嵇康所作也。'"（中華書局，1986 年。）又據毛先舒《填詞名解·中調》卷二載："《風入松》，古琴曲。又李白《淮南卧病書懷寄蜀中趙徵君蕤》詩：'風入松下清，露出草間白。'按，《詞譜》云：'漢吴叔文善琴，隱居古壁山，山多松樹，嘗盛夏時撫琴于松下，遂作此操。'"（木石居校本。）

又名《風入松慢》《松風吟》《遠山横》《松風慢》《銷夏》。

【詞格】《風入松》，此調據《詞譜》卷十七宋吴文英《風入松》（畫船簾密不藏香）可校。此調以此詞及參見另首（聽風聽雨過清明）詞、晏幾道（柳陰庭院杏梢牆）詞爲正體。若遇减字者，皆變格。

●○○●●○○（韵）。○●●○○（叶）。●○●●○○●（句）。●●○（豆）、○●○○（叶）。○●○○○●（句），●○○●○○（叶）。

○○○●●○○（叶）。○●●○○（叶）。○○○●○○●（句），●○○（豆）、○●○○（叶）。○●○○○●（句），●○○●○○（叶）。

【作法】此格七十六字。雙調。上下闋各六句四平韵。上下闋平仄格式同。上下闋逢第一、二、四、六句押韵，均爲平聲韵。上下闋第四句爲七字句，均用上三下四句式。上下闋第五、六句對句，分别爲“平仄平平平仄，平平平仄平平”格式。

【注釋】①羊皮筏子俗稱“排子”。宋代曾公亮和丁度奉敕編纂《武經總要前集·水戰·濟水·浮囊》：“浮囊者，以渾脱羊皮吹氣令滿，係其空，束于腋，以人浮以渡。”同時又在《武經總要·水戰·濟水·皮船》介紹云：“皮船者，以生牛馬皮，以竹木緣之，如箱形，火乾之，浮于水。一皮船可乘一人，兩皮船合縫能乘三人，以竿繫木助之，可十餘返。”（影印明唐福春刻本。）羊皮筏子是由十幾個氣鼓鼓的山羊皮“渾脱”。蘭州羊皮筏子分大、小兩種。最大的皮筏用600多個羊皮袋紮成，長12米，寬7米，6把漿，載重量在20至30噸之間。　②汪洋：水流廣闊洪大貌。引漢·劉向《説苑·權謀》卷十三云：“孔子至河，臨水而觀曰：‘美哉水，洋洋乎！’”（［西漢］劉向著，盧元駿注譯，陳貽鈺訂正：《説苑今注今譯》，臺灣商務印書館，1957年，第421頁。）　③鴻鵠：引《管子·戒》：“今夫鴻鵠，春北而秋南，而不失其時。”（［春秋］管子，謝淡范，朱迎平譯注：《管子全譯》，貴州人民出版社，1996年，第378頁。）

賀聖朝

賀蘭行[①]

出營數點青如黛。望雪飄千態。流年南北蕩雲飛[②]，派晚霞流彩[③]。
征鞍人遠，烟塵壓塞。與黄昏相對。舊時明月幾時閒，看執戈人在。

【題考】《賀聖朝》，此調爲唐教坊曲名。以“聖朝”一詞爲崇仰朝廷之詞，多見唐人詩文中。如《舊唐書·志第三·禮儀三》：“冀聖朝垂則，永播于芳規。”杜審言《送和西蕃使》詩：“聖朝尚邊策，詔諭兵戈偃。”（《全唐詩》卷62-02，揚州詩局本。）張九齡《餞陳學士還江南同用徵字》詩：“聖朝岩穴選，應待鶴書徵。”（《全唐詩》卷48-36，揚州詩局本。）杜甫《諸將五首》詩之四：“炎風朔雪天王地，衹在忠臣翊聖朝。”（《全唐詩》卷230-4，揚州詩局本。）《賀聖朝》調名緣于此。又毛先舒《填詞名解·小令》卷一：“本教坊樂名，其第二體六十二字，亦名《賀明朝》。”（木石居校本。）入宋以來，遂改稱“熙朝”。此調又名《轉調賀聖朝》《賀熙朝》。

【詞格】《賀聖朝》，此調自《詞譜》卷六宋葉清臣《賀聖朝·留別》（滿斟緑醑留君住）可校。此調起始馮延巳（金絲帳暖牙床穩）詞，此詞亦爲馮詞體，唯上闋第二句添一字，下闋第三句添一字，且上闋第三、四、五句，下闋第四、五、六句，俱攤破句法，作七字一句、五字一句异。

◎○◎●⊙○●（韵），●⊙○○●（韵）。○○⊙●●○○，●●○○●（韵）。

○○○●（句），⊙○◎●（韵）。●○○○●（韵）。◎○⊙●●○○（句），●⊙○○●（韵）。

【作法】此格四十九字。雙調。上闋四句三仄韵，下闋五句三仄韵。首句七字，平起仄韵。次句五字，爲上一下四句式。第三句爲不叶韵之平起平收七言句。第四句與第二句同。下闋换頭，作四言兩句，多有作偶句，一不叶韵，一叶韵，亦有俱不叶韵者。以下三句均同上闋。本調上下闋五字句均爲上一下四句式。

【注釋】①賀蘭：即賀蘭山。據《太平御覽·地部九》卷四十四：“《涇陽圖經》曰：賀蘭山，在縣西九十三里，山上多有白草，遥望青白如駁，（比）［北］人呼駁馬爲賀蘭，鮮卑等類多依山谷爲氏族。今賀蘭姓者，皆因此山名。”（［宋］李昉撰：《太平御覽》，河北教育出版社，1994年，第387頁。）②南北：指賀蘭山是近南北走向。　③彩：同“采”。

留春令

憶雷峰塔①

曉聲方歇，燭光摇晃，月光如水。夜永誰人在牽心，念紅藥、多胭紙②。

夢斷魂橋回望泪③。塔鈴添孤意。携手千年故人知，應知道、西湖事④。

【題考】秦觀《木蘭花》詞，有“獨有春紅留醉臉”句；趙福元《沁園春》詞，有“留春醉，醉何須歸去”句；陳著《别龄叟八句》詩，有“尚留醉興寄春缸”等。晏幾道《留春令》：“畫屏天畔，夢回依約，十洲雲水。手捻紅箋寄人書，寫無限、傷春事。”此調是最早之作，詞名本此。

【詞格】《留春令》，此調自《詞譜》卷八宋晏幾道《留春令》（畫屏天畔）可校。此調以此詞爲正體。李之儀、沈端節及黄庭堅詞之攤破句法、添字者，即皆變體。

●○○●（句），●○⊙●（句），◎○○●（韵）。●●○○●○○（句），●⊙●（豆）、○○●（韵）。

●●○○○◎●（韵）。●⊙○○●（韵）。⊙●○○●○○（句），●⊙●（豆）、○○●（韵）。

【作法】此格五十字。雙調。上闋五句二仄韵，下闋四句三仄韵。上闋逢第三、五句押韵，下闋逢第一、二、四句押韵，均爲仄聲韵；上闋第五句，下闋第四句爲“六字折腰”句；上闋第四句，下闋第三句，例作拗句，如晏詞之“手捻紅箋寄人書”。

【注釋】①雷峰塔：指浙江杭州西湖雷峰塔。　②紅藥：紅色的芍藥花。　胭紙：古代女性化妝上色的紙。　③夢斷魂橋：據《詞林紀事》卷十四在陳允平《八聲甘州·曲院風荷》詞下云：“《武林舊事》：西湖六橋。第一橋港通赤山教場，名‘映波’；第二橋通赤山麥嶺路，名‘鎖瀾’；第三橋通花家山，名‘望山’；第四橋通茅家步港，名‘壓堤’，北新路第三橋；第五橋通曲浣港，名‘東浦’，北新路第二橋；第六橋通耿家步港，名‘跨虹’，北新路第一橋。”（［清］張宗橚輯《詞林紀事》，成都古籍書店，1982年复印，第396—397頁。）　④西湖事：相傳在峨眉山連環洞修煉的白雲仙估，原係白蛇化身，她羡人間繁華，在西湖與小青約爲主婢，在小青相助之下，與許仙結爲夫婦。金山寺的法海和尚將她鎮壓在雷峰塔下。（參見王季思主編《中國十大古典悲劇集》（［清］方成培：《雷峰塔》，上海文藝出版社，1981年，第949—1047頁。）

鳳凰閣

靖遠鐘鼓樓[①]

雲中天寵，此際清風點額。七盈高翅春工畫[②]。飛燕親來領客。滿城千索。守鐘鼓、星辰可摘。

烏蘭頻看[③]，更奈黄河水拍。四時登覽任尋覓[④]。山秀水秀人秀，依約今日。望鳴鹿、和風暖律⑤。

【題考】《鳳凰閣》，高拭詞注商調。此調見于明代陳耀文編《花草粹編》卷七引《天機餘錦》詞集。唐黄滔《經安州感故鄭郎中二首》："騰身飛上鳳凰閣，惆悵終乖吾黨情。"（《全唐詩》卷 705－13，揚州詩書本。）調名緣于此。張炎詞有"漸數花風第一"句，名《數花風》。

【詞格】《鳳凰閣》，此調自《詞譜》卷十五宋柳永《鳳凰閣》（匆匆相見）可校。此調以此詞爲正體。葉清臣詞與此詞同，唯上闋起句添一字，第二句减二字，下闋第四句作六字折腰句法异。趙師俠詞亦與此詞同，唯下闋第四句四字，第五句六字异。

⊙○○●（句），◎●○○●●（韵）。◎○○⊙●⊙○●（韵）。⊙●○○◎●句），⊙⊙○●（韵）。●◎●（豆）、○○●●（韵）。

⊙○○●（句），◎●○○●●（韵）。◎○○●⊙○●（韵）。○●●◎○●（句），⊙●○●（韵）。●⊙●（豆）。○○●●（韵）。

【作法】此格六十八字。雙調。上下闋六句三仄韵。此調例用入聲部韵。上下闋逢第一、三、五、六句押韵，均爲仄聲韵。上下闋第二句六字，爲上二下四領格句式，第四句爲六字拗句，第六句七字，爲上三下四句式，上三字又爲上一下二句式，首字領格。

【注釋】①靖遠鐘鼓樓：即靖遠縣城譙樓。唐彦謙《叙别》："譙樓夜促蓮花漏，樹陰摇月蛟螭走。"（《全唐詩》卷 671－79，揚州詩書本。）據金萬成云："據民國《靖遠縣志》載：'譙樓，在城中大街協鎮署前，基高三丈五尺，方週四十丈，樓三層七盈，高五丈五尺。爲明正統三年（1438）靖虜衛守備房貴築虜衛城時所建。弘治三年（1490）守備曹雄增修。'清穆宗同治五年（1866）因兵燹毁于一旦，僅存樓基。民國十四年（1925），縣知事張鶚命本縣木工徐生桂、李旺吉等采伐泰和山等處木料，對東西城樓進行了重修，爲現存五盈三層歇山式樓，樓基正面有拱形門洞，貫通南北。樓基拱門南額篆刻有隴上書畫家張雲錦所書'瑞豐'兩個大字，北額有靖遠知縣李志學于清宣宗道光三十二年（1842）題寫的'天樞'二字。隴上書法名家陳國鈞曾爲該樓撰聯贊曰'此亦天樞，衆星環拱；嚴然砥柱，萬壑朝宗。'樓上有數千斤重之巨鐘，爲明孝宗弘治十四年（1501）所鑄造。"（馮理忠主編：《白銀史話》，甘肅文化出版社，2009 年，第 95 頁。）　②七盈：七根柱子樓基。現五根，説七根爲溯源故。　　　　③烏蘭：即甘肅省靖遠縣城南烏蘭山，又名城南山。因山中多生烏蘭花而名，另有“駿馬”説、“紅旗”説。　　④四時：指春夏秋冬四季。也指一日的朝、晝、夕、夜。《尚書·堯典》：“以閏月定四時。”（［春秋］孔丘，王世舜譯注：《尚書譯注》，山東大學聊城分院，1979年，第24頁。）　　　⑤鳴鹿：即甘肅靖遠縣城中心鹿鳴園，位于鐘鼓樓北側。引《琴操》：“古琴曲有詩歌五首……一曰鹿鳴。《文選》注引《琴操》曰：‘鹿鳴者，周大臣之所作也。’”（吉連抗輯《琴操》，人民音樂出版社，1990年，第1—2頁。）　　　律：音律。引《吕氏春秋·古樂》云：“聽鳳皇之鳴，以别十二律。”（［戰國］吕不韦著，陳其猷校釋：《吕氏春秋新校釋》，上海古籍出版社，2002年，第288頁。）另據《韓詩外傳》卷八載：“唯鳳爲能通天祉、應地靈，律五音、覽九德。”（［漢］韓嬰，許維適：《韓氏外傳集釋》，中華書局，1980年，第278頁。）

憶王孫

獨石頭①

流水無情流萬古。身未老、憑闌誰主。砥行沿守請天休②，斷虀意③、中流處。

傳憶種成溪上樹。仍舊約、堪離黄土。宜人宜事問東君④，派幽燕、穿新户。

【題考】《憶王孫》，《太平樂府》注黄鐘宫，《太和正音譜》注仙吕宫。此調來源有三：一説創自李重元，取詞句“萋萋芳草憶王孫”末三字爲調名。二説根據《楚辭·淮南小山·招隱士》“王孫游兮不歸，春草生兮萋萋。歲暮兮不自聊，蟪蛄鳴兮啾啾”句，（《詩經楚辭鑑賞辭典》，四川辭書出版社1990年）杜甫《客居》詩“短畦帶碧草，悵望思王孫”句。（《全唐詩》卷221-2，揚州詩局本。）後來詩人多用“王孫”爲感景懷人之詞，衍變爲調名。另説據唐代孫棨《北里志·楊妙兒》載：“（天水）光遠嘗以長短名詩題萊兒室詩曰：‘魚鑰獸環斜掩門，萋萋芳草憶王孫。……’萊兒酬之曰：‘長者車塵每到門，長卿非慕卓王孫。’”（《舊小説乙稿》。）秦觀用其句，作《憶王孫·春閨》詞。徽宗北狩時，謝克家作《憶君王》詞，即其調。

此詞單調三十一字，創自秦觀；雙調五十四字，見《复雅歌詞》，或名《怨王孫》，與單調不同。又名《念王孫》《獨脚令》《豆葉黄》《畫蛾眉》《闌杆萬里心》。

【詞格】《憶王孫》，此調自《詞譜》卷二 引《复雅歌詞》無名氏《憶王孫》（湖上風來波浩渺）可校。此調雙調者共兩體，此詞與周紫芝詞同。

○●○○○●●（韵）。○●●（豆）、⊙○○●（韵）。●○○●●○○（句），●●●（豆）、○○●（韵）。

○◎◎⊙○○◎●（韵）。○●●（豆）、⊙○⊙●（韵）。⊙○⊙●●○○（句），●⊙●（豆）、○○●（韵）。

【作法】此格五十四字。雙調。上下闋各四句三仄韵。上下闋平仄押韵句式均同。前三句爲七言詩句。第二句爲七字句，均用上三下四句式。第四句爲六字折腰句式；第一、二句爲組合句，第三、四句爲組合句。

【注釋】①獨石頭：即甘肅省靖遠縣“中流砥柱”景觀，位于靖遠縣城西五公里的獨石頭村東北處。據康熙《靖遠衛志》載：“砥柱在城北五里黄河中，峭壁聳峙，屹立中流，方正如削，上有芳樹下垂，洪濤東注，激觸分流，俗名獨石頭，小卿昆田邢公爲之銘，參將李崇義爲刻‘中流砥柱’四字于其上。”明代詩人刑介有賦詩爲證，即：“獨立中流幾萬年，嶙峋怎肯著秦鞭。媧皇留此非無意，爲挽波瀾不補天。”此石占地約 100 平方米，高約 12 米，周長約 40 米，東北面有雙鈎陰刻楷書“西來鼇柱”四字，落款“蘭陵張口口（下部已城蝕脱落）”字樣；西南側有“黄河在中”横匾，雕刻龍鳳花紋。南側有雙鈎陰刻“静濤”二字，爲清康熙時舉人明威將軍馬騰遠、懷遠將軍房梓和員從龍三人合書。（馮理忠主編：《白銀史話》，甘肅文化出版社，2009 年，第 93 頁。） ②砥行：砥礪品行。這里指砥柱中流。引《史記·伯夷列傳》：“欲砥行立名者，非附青云之士。”（［漢］司馬遷：《史記》，中華書局，1982 年，第 2127 頁。）天休：天賜福佑。 ③斷鼇意：即引“西來鼇柱”之意。又引李白《竄夜郎于烏江留别宗十六璟》：“斬鼇翼媧皇，煉石補天維。”（《全唐詩》卷 174-21，揚州詩局本。） ④東君：司春之神。

憶漢月

秦長城遺址[①]

風草捲營前事。晝夜瞭臺常備。夢中劍影尚依稀，但今留、過雲猶記。
西風吹雁意。此索索、委蕭蕭地。總教飛雪壓征鞍，奈喚燕、帶回春裏[②]。

【題考】《憶漢月》，柳永《樂章集》注正平調。此調爲唐教坊曲名，是唐五代流行的邊塞樂曲。（見《敦煌寫卷》伯 3718 卷）屬“軍歌”或“邊聲”樂曲。據任半塘《教坊記箋訂·制度與從事·曲名》云：“七言四句聲詩，祇傳中唐李紳之作。白居易對酒令：‘合聲歌馮月，齊手拍吴歈。’周庾信《怨歌行》：‘胡塵幾日應盡，漢月何時更圓。’正此曲之義，語詳編首弁言‘我民呼聲’了。”（中華書局，1962 年。）又名《望漢月》。

【詞格】《憶漢月》，此調據《詞譜》卷八宋李遵勖《憶漢月》（黄菊一叢臨砌）可校。此調有兩體，五十字者一體，五十二字者一體，此詞與杜安世五十二字者詞同，唯後段起句押韵，第三句不押韵异。

○●●○○●（韵）。●●●○○●（韵）。●○●●●○○（句），●○○（豆）、●○○●（韵）。
○○○●●（韵）。●●●（豆）、●○○●（韵）。●○○●●○○（句），●●●（豆）、●○○●（韵）。

【作法】此格五十二字。雙調。上下闋四句三仄韵。上下闋逢第一、二、四句押韵，均爲仄聲韵。上闋第四句，下闋第二、四句爲七字句，用上三下四句法，均首字領格。

【注釋】①戰國秦長城遺址：在甘肅省臨挑縣城北 15 公里的新添鄉南坪村殺王坡。最西端在“縣城東 23 公里堯甸長城坡。”（文化部文物局主編：《中國名勝詞典》，上海辭書出版社，1986 年，第 1079 頁。）

一叢花

蓮花山[①]

洮河依畔看峰屏[②]。盤險幾雲亭。楊樺暗度松風碧，倚臺望、點石猶青。雲委幾回[③]，山吩九瓣[④]，依座落娉婷。

當年彭祖下天庭[⑤]。由此顯通靈。嫦娥掩笑偷靈藥[⑥]，怎游樂、一路叮嚀。傳語唱花[⑦]，呼來對舞，風弄是蜻蜓。

【題考】《一叢花》，此調始見于《張子野詞》。范公偁《過庭録》卷一云："張先子野郎中《一叢花》詞云：'懷高望遠幾時窮，無物似情濃。……不如桃杏，獨解嫁東風'，一時盛傳。歐陽永叔（歐陽修）尤愛之，恨未識其人。子夜家南地，以故至都謁永叔，閽者以通，永叔倒屣迎之曰：'此乃桃杏嫁東風'郎中。"（《過庭録》，稗海本。）《詞譜》卷十八認爲："此調見《東坡詞》，有歐陽修、晁補之、秦觀、程垓詞校。此調祇有此體，宋詞俱照此填，惟句中平仄小异。"此調又名《一叢花令》。

【詞格】《一叢花》，此調自《詞譜》卷十八宋蘇軾《一叢花》（今年春淺臘侵年）可校。此調祇有此一體，宋詞俱照此填。

⊙○⊙●●○○（韵）。○●●○○（韵）。○○●●○○●（句），●⊙◎（豆）、◎●○○（韵）。⊙◎◎⊙（句），⊙○◎●（句），○●●○○（韵）。

⊙○⊙●●○○（韵）。⊙●●○○（韵）。⊙○◎●○○●（句），●⊙◎（豆）、⊙●○○（韵）。⊙◎◎⊙（句），⊙○◎●（句），⊙●●○○（韵）。

【作法】此格七十八字。雙調。上下闋各七句四平韵。上下闋平仄格式同。逢第一、二、四、七句押韵，均爲平聲韵。第四句爲七字句，用上三下四句式；第五、六句對仗，爲"平仄仄平，平平仄仄"句式。豆分句前三字第二字不拘，但應避免三仄。

【注釋】①蓮花山：位于甘肅省南部三州（市）、五縣、四峽口的交界處。即：三州（市）：定西市、臨夏自治州、甘南自治州；五縣：臨洮、渭遠、康樂、臨潭、卓尼；四峽口：九甸峽、磨溝峽、冶木峽、黑奠峽。　②屏：《太平御覽·服用部三》卷七百一有云："《釋名》曰：屏風，以屏障風也。扆，在後所依倚也。《東觀漢記》曰：宋弘嘗燕見，御坐新施屏風，圖畫列女，帝數顧視之。弘正容言曰：'未見好德如好色者。'上即爲撤之。上姊湖陽公主新寡，上與共論朝臣，微觀其意。主曰：'宋公威容德器，群臣莫及。'上曰：'方圖之。'後弘見上，令主坐屏風後，因謂弘曰：'諺言'貴易交，富易妻'，人情乎？'弘曰：'臣聞：貧賤之交不可忘，糟糠之妻不下堂。'上顧謂主曰：'事不諧矣。'"（［宋］李昉撰：《太平御覽》，河北教育出版社，1994年，第493—494頁。）　③雲委幾回：指蓮花山狀貌簡約。④山吩九瓣：蓮花山酷似正在綻放的九瓣蓮花。　⑤彭祖：傳説彭祖在蓮花山修行成仙的。《史記·楚世家》："楚之先祖出自顓頊高陽。高陽者，黄帝之孫，昌意之子也……吴回生陸終。陸終生子六人，坼剖而産焉。其長一曰昆吾；二曰參胡；三曰彭祖；四曰會人；五曰曹姓；六曰季連，羋姓，楚之後也。昆吾氏，夏之時嘗爲侯伯，桀之時湯滅之。彭祖氏，殷之時嘗爲侯伯，殷之末世滅彭祖氏。"（［漢］司馬遷撰：《史記·楚世家第十》，中華書局，1991年，第1383頁。）據載："彭祖者，姓籛名鏗，帝顓頊之玄孫，至殷末世，年七百六十歲而不衰老。"（［晋］葛洪著：《神仙傳》，内蒙古人民出版社，2003年，第12頁。）另據《薛昭傳》載："彭祖喪四十九妻、五十四子。"（［唐］無名氏：《薛昭傳》，中華書局，1985年，第10頁。）關于彭祖流落去向，據《甘肅古迹録》載："商彭祖墓，在縣（今甘肅省正寧縣）東六十里。一云在宜君縣北三十里彭村。"（李惠民、李愛伶著：《甘肅古迹録》，甘肅文化出版社，1996年，第126頁。）　⑥偷靈藥：唐李商隱《常娥》："常娥應悔偷靈藥，碧海青天夜夜心。"　（《全唐詩》卷540－84，揚州詩局本。）⑦唱花：花兒會，是甘肅西南一帶流行的民間歌會。每年農曆六月初一至初六是蓮花山舉行。"河州花兒，也叫少年，這是因爲在河州，男子喜歡把心愛的女人稱作花兒，女人把心愛的男人稱作少年。"花兒也稱作少年。（郭正清著：《河州花兒》，甘肅人民出版，2007年，第3頁。）每到花兒會，"康樂、臨洮、渭遠、臨潭、岷縣、和政、卓尼等七縣的漢、回、藏、東鄉族男女歌手，穿着民族服裝，打傘摇扇，雲集蓮花山上，游山觀景，舉行對歌和聯歡活動，歌聲達旦。民間歌手往往出口成詩，妙語如珠。"（文化部文物局主編：《中國名勝詞典》，上海辭書出版社，1986年，第1078頁。）花兒分"臨夏花兒""洮岷花兒"。其中，"洮岷花兒"也叫"蓮花山令"。"臨夏花兒"開句是复句起韵，一般不對唱。唱詞結句一般有襯字，"花兒""少年"。如：

"燈盞放在燈檯上，燈花兒呀落在了櫃上。"即"上"字韵，接唱："相思病害在心肺上，雪茄磕在嘴上。”這種形式，即自娱自樂，無對唱，可在聚會場合下多人相互賽歌。

《蓮花山令》開句是單腔、單令，也叫對唱。唱詞結句一般有襯字，“花呀兩葉”。如熟悉的人相見：

甲問：“蓮花山你走啦，幾個廟廟你數啦（花呀兩葉）。”

乙答：“大風刮倒松樹呢，阿來的功夫數兀呢（花呀兩葉）。”兀：這，那。如：兀是誰（那是誰）。花兒會開始，人們自行用馬蓮草搓成繩子，把上山的人攔住，叫“馬蓮繩繩堵半截”。上山的人唱了方能繼續上山。

上山者：如起“一尺布，兩尺布”，即“布”字韵，接唱：“馬蓮繩繩咋攔路（呢），你攔我有啥緣故（呢）。（花呀兩葉。）”

攔花者：“風吹浪，浪打浪”，即“浪”字韵，接唱：“我想攔你對着唱，成不成時便思想（花呀兩葉）。”

形成默契後放行上山，或結伴上山，之後，可自選唱花形式：

組織形式的，叫“搭班子”。唱前要先稱呼對方，唱詞多爲吉祥、祝願的内容。如見某公司李經理就説，李經理你詳細聽：“紅心柳，兩張杈”，即“杈”字韵，接唱：“你的生意搞的大，方圓周圍壓天下（花呀兩葉）”。

自行約人唱，叫“串班子”。甲問：起“山一座，兩座山”，即“山”字韵，接唱：“我一天把你没行見，你在阿達落心閑（花呀兩葉）。”乙答：起“斧頭剁了白楊了”，即“了”字韵，接唱：“我把你没行見者迎上了，就像黑文里閃出月亮了（花呀兩葉）。”行：尋。黑文：雲彩。古有“石爲雲根，雲爲文彩”句。（參考采訪臨洮當地唱花趙丹老者）

夢游仙

黄河母親[1]

駐雲天。一座思念挂橋邊。説盡長虹，卧波争水架河沿。聽潺。過沙灘。朝陽夕落已時遷。寒中一棹流水，石上安坐盼人還。檻竹聲息，檐鈴風動，夢回景盡門闌。照低吟轉影，凝賞頻護，今夜無眠。

風弄近樹回旋。疏月斗影，觸目爲誰憐。堪人嘆、杳山春瘦，載渴無邊。道恭虔。九土借水[2]，千愁掩泪，直得青漣。傳渠問訊，宿草萋萋，染得春意行川。

最老王祥事[3]，殷勤此趣，孝母人傳。再探雲窩嚮曉，况烏鴉反哺竟留連[4]。方吩念大郎安，二郎怎的，歡溜烟兒遠。看三郎、浮想叮千萬。親老了、風燭殘年。暢户門，應享天延。再言説、岸上那神仙。值懸中月，千家共聚，萬户同圓。

【題考】《夢游仙》，柳永《樂章集·戚氏》注中吕調。此調始爲柳永自度慢調。據王灼《碧鷄漫志》卷二載："前輩云：'《離騷》寂寞千年後，《戚氏》凄凉一曲終。'《戚氏》，柳所作也。"（古典文學出版社，1957年。）《詞林紀事》卷五在蘇軾《戚氏》（玉龜山）詞下云："李端叔跋云：東波在山中，燕席間有歌《戚氏》調者，坐客言調美而詞不典，以請于公，公方觀《山海經》，即叙其事爲題，使妓再歌之，隨其聲填寫，歌竟篇就，纔點定五、六字而已。"（［清］張宗橚輯：《詞林紀事》，成都古籍書店，1982年复印。）此調又名《戚氏》。

【詞格】《夢游仙》，此調自《詞譜》卷三十九宋柳永《戚氏》（晚秋天）可校。此調雖以此詞爲正體，可平可仄可参蘇軾、丘處機二詞。

●○○（韵）。◎◎○●●○○（韵）。●●○○（句），●○⊙●●○○（韵）。○○（韵）。●○○（韵）。○○◎●●○○（韵）。○○●●○●（句），●◎○●●○○（韵）。◎◎○●（句），○○⊙●（句），●○◎●○○（韵）。●○○●●（句），○◎⊙●（句），⊙●○○（韵）。

○●●●○○（韵）。○◎●●（句），●●●○○（韵）。○○●（豆）、●○⊙●（句），●●○○（韵）。●○○（韵）。●●●●（句），○○●●（句），●●○○（韵）。●○●●（句），●●○○（句），◎●⊙●○○（韵）。

●●○○●（句），⊙○●●（句），●●○○（韵）。●●○○●●（句），●○○●●●○○（韵）。○○●●○○（句），●○●●（句），⊙●○○●（仄韵）。●●○（豆）、⊙●○○●（叶仄）。⊙◎◎（豆）、○●○○（韵）。●●⊙（句），◎●○○（韵）。●⊙◎（豆）、●●●○○（韵）。●○○●（句），○○●●（句），●●○○（韵）。

【作法】此格二百一十二字。三疊。平仄韵通叶格。第一段十五句九平韵，第二段十二句六平韵，第三段十六句六平韵二叶韵。第一段逢第一、二、四、五、六、七、九、十二、十五句押韵，第二段逢第一、三、五、六、九、十二句押韵，第三段逢第三、五、十、十二、十三、十六句均爲平聲韵。第三段第八、九句押叶仄，宜用三聲叶。第一段第十、十一句對偶，爲"仄仄平仄，平平平仄"格式，第十三、十四句爲"仄平平仄仄，平仄平仄"格式，首字領兩句四字對。第三段第四句首二字領格，第五句爲八字句一字豆句領拗句。第九句、第十三句前三字均首字領格，第十四句首字領格。第二段第四句，第三段第十句爲七字句，用上三下四句式。第三段第九、十三句爲八字句，用上三下五句式。

【注釋】①黄河母親：“黄河母親”雕塑，由甘肅著名的雕塑家何鄂女士創作，主體由“母親”和“嬰兒”組成。　②九土：杜牧《阿房宫賦》：“九土之城郭。”（馮其庸等選注：《歷代文選》，中國青年出版社，1963年，第80頁。）　③王祥：二十四孝之一。引《中國古代二十四孝圖·卧冰求鯉》：“晋王祥，字休徵。早喪母，繼母朱氏不慈，公前數譖（zèn）之，由是失愛于父。母嘗欲食生魚，時天寒冰凍，祥解衣卧冰求之，冰忽自解，雙鯉躍出持歸供母。”詩曰：“一片誠求願不虚，敢令繼母食無魚。堅冰可解心難解，雙鯉旋飛出凍餘。”（文寯齋藏書，日本早稻田大學藏本。）④哺：烏鴉亦能返哺。引《舌華録·諷語第十二》云：“漢武帝欲殺乳母，母告急于東方朔。曰：‘帝怒而謗人言，益死之速。而汝臨去，但屢顧我，當設奇以激之。’乳母如其言。朔在帝側曰：‘汝宜速去，帝今已大，豈念汝乳哺也？’帝愴然赦之。”（［明］曹臣撰；［清］郝懿行編纂：《舌華録》，岳麓書社，1985年，第110頁。）

應天長

讀吴家川岩畫①

白雲崖上風千繞。依徑清宵逢客擾。壁苔蒼，猶自表。恐是畫師還打稿。
走山巒，攀陡峭。衹看畫闌纔了②。惜别夕陽啼鳥。仰天飛影小。

【題考】《應天長》，柳永《樂章集》注林鐘商調，吴文英《夢窗詞》注夷則商，《太和正音譜》注商角調。此調令詞始于韋莊，又有顧敻、毛文錫兩體，毛幵詞名《應天長令》。九十四者始于柳永，九十八字者始于周邦彦，均係慢詞，多例用入聲韵。

【詞格】《應天長》，此調自《詞譜》卷八五代韋莊《應天長》（緑槐陰里黄鸝語）可校。此調始于此格。顧敻、馮延巳詞减字，毛文錫詞或添字、或减字，亦視爲正體。

◎⊙⊙◎○○⊙●（韵）。⊙●⊙○○●●（韵）。◎○⊙（句），⊙◎●（韵）。◎●◎○○●●（韵）。

●○○（句），○●●（韵）。⊙●◎○○●（韵）。◎●◎○⊙●（韵）。◎⊙⊙◎●（韵）。

【作法】此格五十字。雙調。上下闋各五句四仄韵。上闋逢第一、二、四、五句押韵，下闋逢第二、三、四、五句押韵，均爲仄聲韵。

【注釋】①岩畫：位于甘肅省靖遠縣劉川鄉境内的“吴家川岩畫”。岩畫刻于一座巨大的粗質山丘上部的紅砂斷面之上，分布較爲集中，品類豐富，形態各异，有大角羊、鹿、馬、狗等動物形象，亦有頭戴飾物、騎馬賓士，呈狩獵之狀的人體畫像，造型粗獷雄渾，栩栩如生。吴家川岩畫，經論證確認爲“與 1972 年在嘉峪關發現的黑山岩畫類型相似，爲春秋時期（公元前 770 年—公元前 476 年）的游牧民族文化遺存。”（馮理忠主編：《白銀史話》，甘肅文化出版社，2009 年，第 91 頁。）　②畫闌：宋周邦彦《玲瓏四犯》：“嘆畫闌玉砌都换，纔始有緣重見。”（唐圭璋編纂：《全宋詞》第二册，中華書局，1999 年，第 770 頁。）

浪淘沙

西夏王陵[①]

城堡舞婆娑。朝闕笙歌。人流車駕見頭駝。鬧市幾多心不動，囊飽收羅[②]。
鐵馬倚干戈。盈月流坡。宜兵無鐵怨宫娥。謀事過烟隨夢去，留下墳窠。

【題考】《浪陶沙》，柳永《樂章集》注歇指調，謝元淮《碎金詞譜》注越調。此調爲唐教坊曲名。唐人《浪淘沙》，本爲七言絶句體（或折腰體），二十八字，即七言絶句一首。唐劉禹錫、白居易、皇甫松并有此詞，且詞句即咏江淘沙。如皇甫松《浪淘沙》詞：“蠻歌豆蔻北人愁，浦雨杉風野艇秋。浪起鵁鶄眠不得，寒沙細雨入江流。”（[五代後蜀] 趙崇祚：《花間集》，貴州人民出版社，1997 年。）到南唐李煜以後，衍爲《浪淘沙令》，五十四字。沈雄《古今詞話 · 詞辨》上卷載：“《古今詞譜》曰：歇指調曲。《堯山堂外紀》曰：幼卿女史過龍門有詞，仍立名曰《過龍門》，又曰《賣花聲》。”（康熙二十八年澄暉堂刻本。）

此調有平韵、仄韵兩體。平韵體始見于李煜詞，仄韵體始見于宋祁、杜安世詞。此外，另有异體，有《浪淘沙慢》，一百三十三字。又名《賣花聲》，而《謝池春》亦名《賣花聲》，不可混淆。此調又名《曲入冥》《煉丹砂》。

【詞格】《浪淘沙》，此調此調自南唐李煜《浪淘沙·懷舊》（簾外雨潺潺）。此格自《詞譜指要》可校。此調單調爲七言絶句，創自劉禹錫、白居易，唯白詞六首皆拗體。此調雙調《詞譜》不載。

⊙●●○○（韵）。⊙●○○（叶）。⊙○◎●●○○（叶）。◎●◎○○●●（句），◎●○○（叶）。

◎●●○○（韵）。⊙●○○（叶）。◎○⊙●●○○（叶）。⊙●◎○○●●（句），⊙●○○（叶）。

【作法】此格五十四字。雙調。上下闋各五句四平韵。上下闋字句相同。第一句五字，與《憶江南》次句同。第二句四字，爲“平仄平平”格式。第三句爲平起平收之七言句。第四句爲仄起仄收之七言句。第五句與第二句同。

【注釋】①西夏王陵：西夏王國被成吉思汗消滅後，遺留在賀蘭山下荒漠中的王陵建築群。“西夏王陵是中國現存規模最大，地面遺迹保存最完整的帝王陵園之一，王陵建在約 50 平方公里的荒漠上，包括 9 座皇帝陵園和 250 多座達官貴人的墓葬。”（《中國國家地理》，2008 年 9 月，第 93 頁。）②收羅：唐李商隱《和張秀才落花有感》：“夢罷收羅薦，仙歸敕玉箱。”（《全唐詩》卷 540-112，揚州詩局本。）

夜游宫

“銅奔馬”隨想①

流落哀鴻細數。越千里、横空寰宇。驚破蓬蒿卧射虎。對營帳，裹青裘，飛白羽②。

望斷凉州路③。照關塞、瀟瀟弓弩。衹讓胡兒也知妒。金縷衣，鐵鞍蹬，戈指處。

【題考】《夜游宫》，《金詞》注般涉調。毛先舒《填詞名解·小令》卷一云：“古詩（古詩十九首·生年不滿百）：‘晝短苦夜長，何不秉燭游。’《拾遺記》：‘漢成帝于太液池旁起宵游宫。’又隋煬帝好以月夜從宫女數千騎游西苑，作《清夜游》曲，于馬上奏之。詞名蓋取諸此。”（木石居校本。）此調又名《新念别》。

【詞格】《夜游宫》，此調自《詞譜》卷十二宋毛滂《夜游宫》（長記勞君送遠）可校。此調以此詞爲正體。賀鑄詞與此詞同，唯上闋第二句不作上三下四句法异。

⊙●○○●●（韵），◎⊙●（豆）、⊙○⊙●（韵）。⊙●○○●◎●（韵）。◎⊙⊙（句），●○⊙（句），⊙◎●（韵）。

◎●○○●（韵）。●⊙◎（豆）、⊙○○●（韵）。⊙●○○◎⊙●（韵）。◎⊙⊙（句），●⊙⊙（句），⊙◎●（韵）。

【作法】此格五十七字。雙調。上下闋各六句四仄韵。上下闋第一、二、三句爲一組詞，第四、五、六句爲一組詞，注意語氣的遞進轉换。上下闋逢一、二、三、六句押韵，均爲仄聲韵；上下闋第二句用上三下四句式。

【注釋】①銅奔馬：現爲中國旅游的圖形標志。　②白羽：宋黄庭堅《水調歌頭》：“極目平沙千里，惟見雕弓白羽。”（唐圭璋編纂：《全宋詞》第一册，中華書局，1999年，第498頁。）　③凉州：據《太平御覽·州郡部十一》卷一百六十五：“《十道志》曰：凉州，武威郡。《禹貢》雍州之城。六國至秦，戎狄月支居焉。漢初，爲匈奴右地。”“《後漢書》……諺曰：‘關西出將，關東出相。’烈士武臣，多出凉州；風土壯猛，便習兵事。”（［宋］李昉等撰，夏劍欽等校點：《太平御覽》，河北教育出版社，1994年，第568—569頁。）凉州到唐時屬隴右道，轄管河西、隴右一帶。

憶秦娥

草　原

霜天碧。遥聞笛遠風聲迫[①]。風聲迫。蒼鷹縱放，牧羊隨策。
晚間呼犬西風急。雕弓掛帳雲霞息。雲霞息。傾杯遥指，月明今夕。

【題考】《憶秦娥》，元高拭詞、《太和正音譜》注商調。此調朱彝尊、汪森編《詞綜》卷一載唐昭宗《桂殿香》名兩首。其一：“仙女下，董雙成，漢殿夜凉吹玉笙。曲終却從仙官去，萬户千門惟月明。”（上海古籍出版社，1978年。）始見于黄昇《唐宋諸賢絶妙詞選》，題李白作。因詞有“秦娥夢斷秦樓月”句，故名《憶秦娥》，更名《秦樓月》。沈雄《古今詞話·詞辨》上卷云：“《樂府紀聞》曰：相傳文宗宫妓沈翹翹舞《何滿子》詞。文宗曰：‘浮雲蔽白日，此文選中，念君臣值奸邪所蔽，正是今日。’乃賜金玉環。翹翹泣曰：‘妾本吴元濟女，投入掖庭。’本藝方響，因奏《梁州》，音節殊妙。文宗選金吾秦誠聘之出宫，誠後使日本。翹翹制曲曰《憶秦郎》，即《憶秦娥》也。”（康熙二十八年澄暉堂刻本。）

此調又名《雙荷葉》《蓬萊閣》《碧雲深》《花深深》。

【詞格】《憶秦娥》，此調自《詞譜》卷五唐李白《憶秦娥·秋思》（簫聲咽）可校。此調押仄韵者，以此詞爲正體。晁補之詞與此詞同，唯不作疊句；石孝友詞亦與此詞同，少押一韵；秦觀詞爲此詞體，唯多口號四句，即以口號末句三字爲起句异，猶如《調笑令》例。［注］口號末句三字：“驢背吟詩清到骨，人間別是閑勛業。雲台烟閣久銷沉，千載人圖灞橋雪。”

⊙⊙●（韵）。⊙○◎●○○●（韵）。○○●（疊韵）。⊙⊙◎◎（句），◎⊙○●（韵）。

◎○⊙●⊙○●（韵）。⊙○◎●○○●（韵）。○○●（疊韵）。⊙○⊙●（句），◎⊙○●（韵）。

【作法】此格四十六字。雙調。上下闋各五句三仄韵一疊韵。宜用入聲部韵。上闋第一句爲“平平仄”，第二句爲轆轤體，第一字必須用平。第三疊句即上句之末三字，第四、五句均四字，爲“平平仄仄，仄平平仄”格式。下闋首句爲七字，句法與《菩薩蠻》同。第四、五句爲“平平平仄，仄平平仄”格式。其餘與上闋無异。

【注釋】①笛：段安節《樂府雜録·笛》：“笛者，羌樂也。古有《落梅花》曲。開元中有李謨，獨步于當時，後禄山亂，流落江東。越州刺史皇甫政月夜泛鏡湖，命謨吹笛，謨爲之盡妙。倏有一老父泛小舟來聽，風骨冷秀，政异之，進而問焉。老父曰：‘某少善此，令聞至音，輒來聽耳。’政即以謨笛授之。老父始奏一聲，鏡湖波浪摇動；數疊之後，笛遂中裂。即探懷中一笛，以畢其曲。政視舟下，見二龍翼舟而聽。老父曲終，以笛付謨，謨吹之，竟不能聲，即拜謝以求其法。頃刻，老父入小舟，遂失所在。”（［唐］段安節：《樂府雜録》，中國戲劇出版社，1959年，第54頁。）

憶江南

絲綢路[①]，山復盡重關。一路駝鈴摇斷雁，千行烟浪樹無蟬[②]。誰與念人還。

【題考】《憶江南》，《金奩集》注南吕宫。據王灼《碧鷄漫志》卷第五云："《望江南》，《樂府雜録》云，李衛公爲亡妓謝秋娘撰。《望江南》，亦名《夢江南》。白天樂作《憶江南》三首，第一《江南好》，第二第三《江南憶》。自注云：'此曲亦名《謝秋娘》，每首五句。'予考此曲，自唐至今，皆南吕宫，字句亦同。止是今曲兩段，蓋近世曲子無單遍者。"（古典文學出版社，1957 年。）另據沈雄《古今詞話·詞辨》上卷："《海山記》曰，隋煬帝開西苑，中鑿五胡北海，相通泛舟，令人歌《望江南》：'湖上花，天水浸靈芽。淺蕊水邊勾玉粉，濃苞天外剪明霞。清賞思何賒。……醉眼暗相看。'本無换頭，後强添之，終非六朝人語。"（清康熙二十八年澄暉堂刻本。）此調見于《任半塘文集》敦煌歌辭中列爲邊塞詞調。

此調唐詞始爲單調，名《春去也》《江南好》《望江樓》《夢江南》《望江南》《望江梅》。宋詞始爲雙調，名《安陽好》《夢仙游》《步虚聲》《壺山好》《望蓬萊》《歸塞北》。

【詞格】《憶江南》，此調自《詞譜》卷一唐白居易《憶江南》（江南好）可校。此調以此詞爲正體。此調有雙調詞，即單調詞加一疊，有歐陽修詞五十四字者，與單調詞同。有馮延巳詞五十九字者，與單調不同。

○⊙●（句），⊙●●○○（韵）。◎●⊙○○●●（句），⊙○○●●○○（叶）。○●●○○（韵）。

【作法】此格二十七字。單調。五句三平韵。首句三字句，第二句爲仄起平韵之五字句，句法上二下三。第三句爲仄起仄收七言句。第四句爲平起平韵七言。第五句法與第二句同。第三、四句，其句法與平起七言詩中頷聯無异，例用對偶，爲"仄仄平平平仄仄，平平平仄仄平平"格式。

【注釋】①絲綢路：據《隋—宋時期甘肅道路交通路線示意圖》：從長安出發到河西走廊有兩條路：一條是南線，經寶鷄、天水、蘭州到武威；另一條是北線，經寧縣、慶陽、環縣、靈武到武威。（伊國清，張國藩編著：《甘肅古代交通史話》，人民交通出版社，1993 年，第 82 頁。） ②樹無蟬：意引無名氏《孔雀東南飛》“行人駐足聽”句。（《古詩三百首鑑賞辭典》，上海辭書出版社，2007 年，第 94 頁。）

十六字令（三首）

棋[1]。山下行人步態遲。如攀級[2]，山上望無疑。

星。不盡風高月色明[3]。嫦娥冷，催織九天屏。

風。冬晚戚戚欲斷鴻。春呢燕，秋怨夏蟬瘋。

【題考】《十六字令》，沈雄《古今詞話·詞辨》上卷云：“按《詞統》，以《十六字令》始于周邦彦，《片玉集》中不載，見《天機餘錦》。句法多譌［訛］，讀不一體。《詞綜》曰：曾見宋人作《蒼梧謠》，張安國集中三首，蔡伸道集中一首。乃知刻本訛眠字爲明字，遂聯下文三字作句起，五字作句叶。或以五字作句起，三字作句叶。今讀《晴川集》，以一字作句起，七字作句叶，如云：‘眠。月影穿窗白玉錢。無人弄，移過枕函邊。’爲是。因考周玉晨爲邦彦從子，號晴川，有《晴川詞》，此乃周玉晨所作。元初程鉅夫曰：予于近代諸家樂府，惟《清真集》犁然當于心目，晴川殊有宗風。雨坐空山，試閱一解，便如輕衫俊騎，上下五陵，花發鶯啼，垂楊拂面時也。”（清康熙二十八年澄暉堂刻本。）

此調又名《歸字謡》《蒼梧謡》《歸梧謡》。

【詞格】《十六字令》，此調自《詞譜》卷一宋張孝祥《歸字謡》（歸。獵獵薰風捲綉旗）可校。此調以此詞爲正體。蔡伸詞以“天”字起韵，袁去華詞亦以“歸”字起韵。諸家皆一字句。

○（韵）。◎●○○◎●○（韵）。○○●（句），⊙●●○○（韵）。

【作法】此格十六字。單調。四句三平韵。逢第一、二、四句押韵，均爲平聲韵。一字句很少見，本詞第一句爲一字句，而且入韵。它同一字逗句是不一樣的，一字逗是詞的句法中常見的，如上一下三、上一下四，上一下七等，多用虛詞。

【注釋】①級：引《禮記·曲禮上》“拾級聚足，連步以上。”（宋元人注：《四書五經·禮記集説》中册，中國書店，1985 年。）　　③不盡：引王昌齡《送狄宗亨》：“送君歸去愁不盡，又惜空度凉風天。”（《全唐詩》卷143-41，揚州詩局本。）

甘州遍

時　風

枝頭月，清影伴風來。舞徘徊。移廳酒在，佳人抿笑[1]，傾壺去睹負空杯。

歌鼓瑟[2]，幾時催。來時係住曾惱，方幾曲雲回。又争似、未穩遇香腮[3]。夢中飛，樓斜宿霧，問影可依偎。

【題考】《甘州遍》，唐教坊大曲有《甘州》，雜凡大曲多遍，此則《甘州曲》之一遍，也是唐五代流行的邊塞樂曲，（《敦煌寫卷》伯 3718 卷。）因以邊塞地甘州爲名。《八聲甘州》是從大曲《甘州》截取一段改制的。因全詞前後片共八韵，故名八聲。慢詞，與《甘州遍》之曲破，《甘州子》之令詞不同。此調亦見于《任半塘文集》敦煌歌辭中的邊塞詞調。

此調又名《甘州》《瀟瀟雨》《宴瑶池》。

【詞格】《甘州遍》，此調自《詞譜》卷十四五代毛文錫《甘州遍》（春光好）可校。此調衹此一體，《花間集》毛詞别首，與此平仄如一。

○○●（句），○●●○○（韵），●○○（韵）。○○●●（句），○○●●（句），○○●●●○○（韵）。

○●●（句），●○○（韵），○○●●○●（句），⊙●●○○（韵）。●○●（豆）、●●●○○（韵）。●○○（韵）。⊙○●●（句），●●●○○（韵）。

【作法】此格六十三字。雙調。上闋六句三平韵，下闋八句五平韵。上闋第一句爲上二下一句式，第三句與下闋第四句，多用領句字。

【注釋】①佳人：引《太平御覽·人事部二十一·美婦人上》卷三百八十：“《漢書》曰：孝武李夫人，本以倡進。初，夫人兄延年性知音，善歌舞，侍上，起歌舞曰：‘北方有佳人，絶世而獨立。一顧傾人城，再顧傾人國。寧不知傾城傾國，佳人不可得！’上嘆息曰：‘善！世豈有此人乎？’平陽主因言延年有女弟。上乃召見之，實妙麗善舞。李夫人少而早卒，上憐湣焉。圖畫其形于甘泉宮。”（［宋］李昉等撰：《太平御覽》，河北教育出版社，1994 年，第 181—182 頁。）　②鼓：據《世本八種・茆泮林輯本・作篇》載：“夷作鼓。”宋衷注：“《山海經・海内經》注《玉海》一百十引《山海經》注同。”（［漢］宋衷注，［清］秦嘉謨等輯：《世本八種》，上海：商務印書館，1957 年，第 108 頁。）　瑟：據《世本八種・茆泮林輯本・作篇》載：“神農作瑟。”宋衷注：“《玉海》一百十引《玉海》一百十注。”（［漢］宋衷注，［清］秦嘉謨等輯：《世本八種》，上海：商務印書館，1957 年，第 114 頁。）③香腮：引宋・華岳《藕花》：“河伯借泥封玉婉，風神翻流沃香腮。”（傅璇琮等主編：《全宋詩》卷 2881，北京大學出版社，1998 年，第 34387 頁。）

虞美人

花　時

春風來約開花面。先探飛來燕。百家園子競華容[①]。春到户開香動數花紅。

窺園微雨花猶遂。抛了閑愁泪。千門衆望是佳期。人貴莫爲今事付明時。

【題考】《虞美人》，《詞譜》卷十二引《碧鷄漫志》卷四云：“《虞美人》舊曲三，其一屬中吕調，其一屬中吕宫，近世又轉入黄鐘宫；元高拭詞注南吕調。”此調爲唐教坊曲名。北宋陳師道有《虞美人草》詩：“幽草默通神，舊題虞美人。長言方度曲，應節若翻身。”（《全宋詩》卷 1119-6，北京大學出版社，1993 年。）王灼《碧鷄漫志》卷四云：“《虞美人》，脞説稱起于項藉《虞兮》之歌。予謂後世以命名可也，曲起于當時非也。曾子宣夫人魏氏作《虞美人草行》有云：‘三軍散盡旌旗倒，玉帳佳人坐中老。香魂夜逐劍光飛，輕血化爲原上草’……按益州草木記，雅州名山縣，出虞美人草，如鷄冠花，葉兩兩相對，爲唱《虞美人曲》，應拍而舞，他曲則否。《賈氏談録》：褒斜出谷中有美人草，狀如鷄冠大，葉相對，或唱《虞美人》，則兩葉如人拊掌之狀，頗中節拍。《酉陽雜俎》云：‘舞草出雅州，獨徑三葉，葉如决明，一時在莖端，兩葉居莖之半相對。人或近之歌，及抵掌謳曲，葉動如舞。’《益部方物圖贊》改‘虞’作‘娱’云。今世所傳《虞美人曲》，下音俚調，非楚虞姬作，意其爲草纖柔，爲歌氣所動，故其莖至小者，或若動摇，美人以爲娱耳。”（古典文學出版社，1957 年。）據此，《詞譜》卷十二云：“《虞美人》一名，在樂府中曰行，在植物曰草，在琴曲曰操。其源或許由項王虞兮之歌而得名。”另外，此調見于《任半塘文集》敦煌歌辭中列爲邊塞詞調。

此調又名《虞美人令》《玉壺冰》《憶柳曲》《一江春水》。

【詞格】《虞美人》，此調據南唐李煜《虞美人·感舊》（春花秋月何時了）。據《白香詞譜》可校。此調以此詞、毛文錫詞爲正體，而宋、元詞依李體填詞者尤多。

⊙○⊙●○○●（仄韵）。⊙●○○●（叶仄）。⊙○⊙●●○○（换平韵）。⊙●●○⊙●●○○（叶平）。

⊙○⊙●○○●（换仄韵）。⊙●○○●（叶仄）。⊙○⊙●●○○（再换平韵）。⊙●●○⊙●●○○（叶平）。

【作法】此格五十六字。雙調。平仄韵轉换格。上下闋各四句二仄韵二平韵。此調上下闋完全相同。第一句爲七言句，平起仄韵。第二句爲五言句，仄起仄韵。第三句亦七言句，换平韵平起平收。第四句九字協平韵，爲“仄仄仄平平仄仄平平”格式，句讀多種。

【注釋】①百家園子競華容：引白居易《春風》：“春風先發苑中梅，櫻杏桃梨次第開。”（《全唐詩》卷 450-27，揚州詩局本。）

定風波慢

送人歸

早春輕、燕子歸來，檐深好伴落座。且喜盈尊，逍遥燭影，争忍時光磨。數樓青，小庭卧。傾倒油瓶亦難做。雲過。任白衣蒼狗[1]，吹風攤破。

少年競吟和。問來時、十指伸開麽。向黄昏，昨夜秋風乍起，籬落迎風踩。顧幽歡，在花那。應趁輕衫馬鞍坐[2]。如果。去逐彩雲，時光如火。

【題考】《定風波慢》，柳永詞注雙調，又注林鐘商，張翥詞注商角調。此考《定風波》，中調，此調原爲唐教坊曲名，後用爲詞牌。有的認爲此調始見于五代後蜀歐陽炯詞；有的認爲此調爲柳永自創。據任半塘《教坊記箋訂·曲名表》載：“敦煌曲《定風波》曰：‘誰人敢去定風波。’可知‘風波’絶不能作‘風流’。《詞譜》因李珣之調訛作《定風流》，遂指爲此調之别名，未免不揣本義。敦煌曲辭二首，初探已定爲玄宗時作。元李冶《敬齋古今注》八，曾列《定風波》有五種，未知其尚有第六種在，即敦煌曲之二首是。此種句法所有，乃此調最早之體。前五種内，有一種爲宋《漁家傲》之前身，可注意。”（中華書局，1962 年。）《定風波》本義有平定風波變亂之意。

此調亦見于《任半塘文集》敦煌歌辭中列爲邊塞詞調。又名《捲春空》《醉瓊枝》《定風流》《定風波令》。

【詞格】《定風波漫》，此調自《詞譜》卷二十八宋柳永《定風波慢》（自春來）可校。此調創自此詞。柳永另有（佇立長亭）一體，與此詞宫調不同，其句讀亦别。《詞譜》云：“此《定風波》慢詞，雖押兩短韵，實與《定風波令》不同。”

●○○（豆）、◎●○○（句），⊙○●◎◎●（韵）。●●○○（句），○○●●（句），⊙●○○●（韵）。●○○（句），◎⊙●（韵）。⊙●○○●○●（韵）。○●（韵）。●◎⊙◎●，○○⊙●（韵）。

●○●○●（韵）。●○○（豆）、●●○○●（韵）。●○○（句），●●○○●●（句），○●○○●（韵）。●○○（句），◎⊙●（韵）。⊙●○○●⊙●（韵）。○●（韵）。●◎◎⊙（句），○○○●（韵）。

【作法】此格一百字。雙調。上闋十一句六仄韵，下闋十一句七仄韵。上闋除首句不押韵外，上下闋除下闋首句押韵外，均逢二、五、七、八、九、十一句押韵，均爲仄聲韵。上闋第一句爲七字句，用上三下四句式。第三、四句對仗。下闋第二句爲八字句，用上三下五句式。上闋第十句首字領格，下闋第三句首字領三句一組。

【注釋】①白衣蒼狗：本指比喻世事變幻無常。這裏比喻時間的流失。唐杜甫《可嘆》：“天上浮雲如白衣，斯須改變如蒼狗。”（《全唐詩》卷 222_10，揚州詩局本。）　②輕衫：唐白居易《秋日與張賓客舒著作同游龍門醉中狂歌凡二百三十八字》：“不寒不熱好時節，鞍馬穩快衣衫輕。”（《全唐詩》452-29，揚州詩局本。）馬鞍坐：宋曾幾《送秘丞羅庭揚（孝芬）將漕湖北》：“紅塵跨鞍馬，老矣殊少味。”（傅璇琮等主編：《全宋詩》卷一六五二，北京大學出版社，1995 年，第 18503 頁。）據《世本八種·茆泮林輯本·作篇》載：“相士作乘馬。”宋衷注：“《周禮·校人》注、《荀子解蔽篇》注、《玉海》七十六引荀子注同、《事物記原》七。”（［漢］宋衷注，［清］秦嘉謨等輯：《世本八種》，上海：商務印書館，1957 年，第 113 頁。）

花　犯

光陰歸

暑天來，追涼萬頃，何方踏風細。向園回睨。尋柳下蔭初，猶有新霽。恍然滿徑紅花砌。吹風池水裏。見倚遍、免教偷換，霜前歸雁事①。

清風樹陰好乘凉，閑瞄半是睡，攀枝摇曳。觀景色，才花眼、晚風傾桂。逢寒近、不堪雪夜，何不領、梅香清氣綴。莫等了、怕人尋問，東風堪抹泪。

【題考】《花犯》，此調爲周邦彦自度曲，注小石調。“犯”意爲“犯調”，是將不同的空調聲律合成一曲，使音樂更爲豐富。據周邦彦《清真樂府》，周密詞名《綉鸞鳳花犯》。

【詞格】《花犯》此調自《詞譜》卷三十宋周邦彦《花犯》（粉牆低，梅花照眼）可校。此調以此詞爲正體。吴文英詞或少押一韵、或多押一韵，周密詞之減字，即爲變格。

●○○（句），○○◎●（句），○○●○●（韵）。●○○●（韵）。⊙●●○○（句），⊙●○●（韵）。◎○●●○○●（韵），○○○●●（韵）。●●●（豆）、◎○⊙●（句），○○○●●（韵）。

○○●⊙●○○（句），○○●●●（句），○○○●（韵）。○●●（句），○○●（豆）、◎○○●（韵）。○○●（豆）、●○●●（句），⊙◎●（豆）、⊙○○●●（韵）。◎●●（豆）、◎○○●（句），⊙○○●●（韵）。

【作法】此格一百零二字。雙調。上闋十句六仄韵，下闋九句四平韵。上闋逢第三、四、六、七、八、十句押韵，下闋逢第三、五、七、九押韵，均爲仄聲韵。上闋第九句，下闋第五、六、八句爲七字句，均用上三下四句式，下闋第七句爲八字句，用上三下五句式；上闋第五句作上一下四句式，領兩句。下闋第九句爲二一二句式。

【注釋】①霜前歸雁：南宋潘希白《大有》：“故國蓴鱸，霜前雁後”句。（《詞譜》卷二十七。）

隔浦蓮近拍

駱　駝[①]

逍遥還問白鷺。本是長汀住。我自關山走，斜陽遠，沙洲路。呼渴烟裏誤。行如雨。蘸緑生凉樹。

苦行旅。風殘看盡，昏鴉驅雁堪數。一輪照朗，半晌涉沙横步[②]。能有豪言説幾句。托付。功微無意肯訴。

【題考】《隔浦蓮近拍》，此調始見于周邦彦《片玉詞》。吴文英《夢窗詞》注黄鐘商。白居易《白氏長慶集》有《隔浦蓮》曲："隔浦愛紅蓮，昨日看猶在。"調名本此。又名《隔浦蓮近》。

【詞格】《隔浦蓮近拍》，此調據《詞譜》卷十七宋周邦彦《隔浦蓮近拍》（新篁摇動翠葆）可校。此調以此詞及趙彦端詞爲正體，吴文英詞與此詞同，唯上闋第七句不押韵异。

⊙○⊙●●●（韵）。◎●○○●（韵）。●●⊙○●（句），○○◎（句），⊙⊙●（韵）。⊙●○●●（韵）。○○●（韵）。◎●○○●（韵）。◎○●（韵）。○○●●（句），⊙○⊙●○●（韵）。⊙○◎●（句），◎●◎○○●（韵）。⊙●○○●●●（韵）。⊙●（韵）。⊙○⊙●○●（韵）。

【作法】此格七十三字。雙調。上下闋八句六仄韵。上闋逢第一、二、五、六、七、八句押韵，均爲仄聲。下闋逢第一、三、五、六、七、八句押韵，均爲仄聲。

【注釋】①駱駝：駱駝有兩種，即單峰駱駝和雙峰駱駝。駱駝有“沙漠之舟”的美稱。　　②半晌：方言指半天。

眼兒媚

犬[①]

林下闌杆掩牆陰。窗隔翠幃深。倚風草動，斷雲花影，化作操心。

雨斜簾影聞鈴近，四望辯其音。小園韵響，空山風籟[②]，一向追尋。

【題考】《眼兒媚》，此調是宋代後起的詞調。《眼兒媚》原爲形容宋代名姝張濃嬌媚的丰姿。王明清《玉照新志》卷四云：“左與言，天臺之名士大夫也。其孫裒其樂章，求爲序其後……錢塘幕府樂籍，有名姝張足女名濃者，色藝妙天下，君頗顧之。如‘無所事，盈盈秋水，淡淡春山’與‘一段離愁堪畫處，横風斜雨摇衰柳’及‘幃雲剪水，滴粉搓酥’，皆爲濃而作。當時都人有‘曉風殘月柳三變，滴粉搓酥左與言’之對，其風流人物可以想象。”（上海古籍出版社，1991 年。）《詞林紀事》卷八在左譽《眼兒媚》（樓上黄昏杏花寒）詞下按曰：“《三朝北盟會編》：‘張浚妾張穠，錢塘名妓也。知書嘗代張文字，封榮國夫人。’”（［清］張宗橚輯：《詞林紀事》，成都古籍書店，1982 年复印。）又據舒夢蘭《白香詞譜》云：“白居易《長恨歌》：‘回眸一笑百媚生，六宫粉黛無顏色’，即所謂《眼兒媚》也。顧詞名所始，已無可考。惟‘眼兒’爲俗稱，在文詞有‘秋波’之喻，蘇軾詩：‘佳人未肯回秋波’，故又名《秋波媚》。”（胡山源：《詞準》，世界書局，民國二十年。）

此調又名《小闌杆》《東風寒》。

【詞格】《眼兒媚》，此調自《詞譜》卷七宋左譽（樓上黄昏杏花寒）可校。此調以此詞、賀鑄詞爲正體。趙長卿詞與此詞同，惟換頭句多押一韵异。

○●○○●○○（韵）。⊙●●○○（叶）。◎○◎●（句），◎○⊙●（句），◎●○○（叶）。

◎○⊙●○○●（句），◎●●○○（叶）。◎○◎●（句），⊙○⊙●（句），◎●○○（叶）。

【作法】此格四十八字。雙調。上闋五句三平韵，下闋五句二平韵。上下闋除下闋第一句不押韵外，其後四句平仄押韵句法均同。上下闋第三、四、五句，可前後自成對仗。上闋爲“仄平仄仄，仄平平仄，仄仄平平”格式。下闋爲“仄平仄仄，平平平仄，仄仄平平”格式。

【注釋】①犬：“犬就是狗，它是人類最早馴養的家畜。狗的遥遠祖先可以追溯到四千萬年前的始新世，家狗的最早出現，一般認爲是在一萬五千年的中石器時代，主要由狼和豺演變而來的。但犬和狼有明顯差别，犬的眼睛是平圓的，而狼的眼睛是尖斜的。”（王守勛主編：《萬事由來》，黑龍江科學技術出版社，1989 年，第 595 頁。）據《博物記・物名考》卷六載：“晋靈公有畜狗名獒。”“韓國有黑犬名盧。”“宋有駿犬曰鵲。”“犬四尺爲獒。”（［宋］周日用等注，［晋］張華撰：《博物志》，中華書局，1980 年，第 76 頁。）②風籟：宋王炎《和王右司游南岳得晴》：“笑披鶴氅上坡陀，風籟無聲日氣和。”（傅璇琮等主編：《全宋詩》卷二五六二，北京大學出版社，1998 年，第 29738 頁。）

八六子

虎[①]

遠山横。鎖關如削，風摇陣陣松鳴。探夜暮攀猿奔遁，曉來飛鳥盤旋，奈何避行。

山君曾記歸程。慢舞晃杯新約，謡歌促席加盟。望多少群雄，執旗摇動，鼓鸣時喊，緊鑼時走，那堪案上紅藍每演[②]，盤中濃淡皆烹[③]。看出名。猢猻掩襟笑聲[④]。

【題考】《八六子》，柳永《樂章集》注平調。此調始見于《尊前集》所收杜牧之作，秦觀等詞人亦填過此調。《尊前集》所收杜牧之作爲九十字，句讀與北宋諸家多有出入。又名《感黄鸝》。

【詞格】《八六子》，此調自《詞譜》卷二十二宋秦觀《八六子》（倚危亭）可校。此調六體，杜牧詞起始，因唐詞無别首可校，宋人中以晁補之詞（喜秋晴）爲正體，楊纘與晁詞同，李演詞、王沂孫詞與此詞同。

●○○（韵）。●○○●（句），○○●●○○（韵）。●●●○○●●（句），●○○●○○（句），●○●○（韵）。

○○○●○○（韵）。●●●○○●（句），○○●●○○（韵）。●○●○○（句），●○○●（句），●○○●（句），●○○●（句），●○●●○○●●（句），○○○●○○（韵）。●○○（韵）。○○●○●○（韵）。

【作法】此格八十八字。雙調。上闋六句三平韵，下闋十一句五平韵。上闋第四句以一去聲字領六言兩對句。下闋第二、三句對句，第四句首字領四言一組，其中第五、六、七句宜用互爲兩句對仗。第八句用上二下六句式，前兩字領句。

【注釋】①虎：引《説文》：“虎，山獸之君。”（［漢］許慎撰：《説文解字》，中華書局，1966 年，第 103 頁。）　　②紅藍：雙方裝扮不同作爲對手對抗。　　③烹：引《集韵》："烹，煮也。"（［宋］丁度等編：《集韵》卷四，上海古籍出版社，1985 年，第 230 頁。）　　④掩襟：［宋］劉有慶《效長吉體》："十萬獰君掩襟泣。"（傅璇琮等主編：《全宋詩》卷三六九八，北京大學出版社，1998 年，第 44375 頁。）

鶯啼序

梁　祝[①]

相呼粉郎閣外[②]，共拈書印記。照燭影、筆點春秋，寄與來日鄉試[③]。向尋處、花梢意氣，牽雲曳雨何來忌。但姿游，北往南來，携行同使。

三載同窗，别院探陌，會伴羞歡意。盼春小、切莫春忙，尚留花季商議。未同歡、蕭然此去，對長路、盈盈相倚。送斜陽，游影塵勞，佩珠垂累。

牽游影裏，悵望階前，待闌月熟視。甚趣味、覺來真個，楊柳新栽，燕子飛來，念人歸里。掀簾却見，横釵盈袖，晃然羅扇忙遮面，奈紅裝、此景初驚异。收回素手，知身已許人家，暗冲不隱清泪。

妝樓在望，鏡月歸來，慣斂眉懶避。最嬌軟、愁爲高燭。恐怕低頭，隱現清吟，黯消愁字。尋閑借酒，差凉頻舉，啼妝不住還歸去，遇胡橋、一酹傷心地。兩情依約重逢，蝴蝶加身，趁飛若比。

【題考】《鶯啼序》，此調始見于吴文英《夢窗詞集·乙稿》及趙聞禮《陽春白雪》所載徐鼎之詞，入何宫調，無考。此調是詞調中字數最長的。馮金伯《詞苑萃編》卷之十四引《武林舊事》載："豐樂樓在湧金門外，舊爲衆樂亭，又改聳翠樓，政和中改今名。淳祐間，趙京尹與［𥰭］重建，宏麗爲湖山冠。又甃月池，立秋千，梭門植花木，搆數亭，春時游人繁盛，舊爲酒肆，以學館致争，但爲朝紳同年會拜會之地。吴夢窗嘗大書所作《鶯啼序》于壁，一時爲人傳誦。"（［清］馮金伯：《詞苑粹編》，《詞話叢編》第二册，中華書局，1986 年。）此調又名《豐樂樓》。

【詞格】《鶯啼序》，此調據宋吴文英《鶯啼序·春晚感懷》（殘寒正欺病酒）。此格自《詞譜指要》可校。此調以此詞爲正體。

○○●○●●（句），●○○◎●（韵）。◎⊙●（豆）、⊙●○○（句），●◎⊙●○●（韵）。◎⊙●（豆）、○○●●（句），○○●●

○○●（韵）。●⊙○（句），⊙●⊙○（句），◎⊙○●（韵）。

◎●○○（句），◎◎◎●（句），●⊙○◎●（韵）。◎⊙●（豆）、⊙●○○（句），◎○○◎⊙●（韵）。●⊙○（豆）、⊙○●●（句），◎⊙●（豆）、⊙○○●（韵）。●⊙○（句），⊙●⊙○（句），●○○●（韵）。

⊙○◎●（句），◎●⊙○（句），◎⊙◎◎●（韵）。◎●●（豆）、◎⊙⊙●（句），◎●⊙⊙（句），●●○○（句），●⊙⊙●（韵）。○○●●（句），○○○●（句），⊙○⊙●⊙⊙●（句），●⊙⊙（豆）、◎●⊙⊙●（韵）。○○●●（句），⊙⊙◎●○○（句），◎○◎◎○●（韵）。

⊙○◎●（句），◎●○○（句），●●○◎●（韵）。●◎●（豆）、⊙○○●（句），●●○○（句），◎●○⊙（句），◎⊙⊙●（韵）。○○●●（句），○○○●（句），⊙○⊙●⊙⊙●（句），●○○（豆）、◎●○○●（韵）。⊙○⊙●○○（句），◎●○○（句），●○◎●（韵）。

【作法】此格二百四十字。四疊。一疊九句四仄韵，二疊十句四仄韵，三疊十四句四仄韵，四疊十四句四仄韵。第一疊逢第二、四、六、九句押韵。第二疊逢三、五、七、十句押韵。第三、四疊逢三、七、十一、十四句押韵，均爲仄聲韵。第一疊第七句首字領三句。第三、五句，第二疊第四、六、七句，第三疊第四句，第四疊第四句爲七字句，用上三下四句式。第三疊、第四疊第十一句爲八字句，均用上三下五句式。第一疊第二句爲五字句，用上一下四句式。第七句豆前三字，用上一下二句式。第二、三、四疊第三句爲五字句，用上一下四句式。第三疊首二句對仗，爲“平平仄仄，仄仄平平”格式。第四、十一句分句前首字領格，用上一下二句式。第二疊第九、十句對仗，爲“平仄平平，仄平平仄”格式。第四疊第三句爲上一下四句式，第四句豆句首字領四句，且豆句後四字與下句形成對仗，爲“平平平仄，仄仄平平”格式。第六、七句對仗，爲“仄仄平平，仄平平仄”格式。第八、九句對仗。第一疊第七、八、九句《詞譜》爲兩句，即前五後六句式，即“●⊙○○⊙●，⊙○◎⊙○●”。

【注釋】①梁祝：即梁山伯和祝英臺。《梁山伯與祝英臺·求學》：“故事發生的時代，可能是東晋與隋唐之間，距離現在已經有一千多年了。故事發生的地點是在浙江省的上虞縣和會稽。”（趙清閣著：《梁山伯與祝英臺》，上海文化出版社，1956 年，第 1 頁。）據“宋代張津《干道四明圖經》載：‘義婦塚，即梁山伯和祝英臺同葬之地也。在縣西十里接待院之後，有廟存焉。舊記謂二人少嘗同學，比及三年，而山伯初不知英臺之爲女也，其樸質如此。按

《十道四番志》云，義婦祝英臺與梁山伯同塚，即其事也。'”唐代張讀《宣室志》：“英臺，上虞祝氏女。僞爲男裝游學，與會稽梁山伯者，同肄業。山伯，字處仁。祝先歸。二年，山伯訪之，方知其爲女子，悵然如有所失。告其父母求聘，而祝已字馬氏子矣。山伯後爲鄞令，病死，葬鄮城西。祝適馬氏，舟過墓所，風濤不能進。問知有山伯墓。祝登號慟，地忽自裂陷，祝氏遂并埋焉。晋丞相謝安，奏表其墓曰‘義婦塚’。”（路工編：《梁祝故事説唱集》，古典文學出版社，1958年，第4頁。）　②粉郎：引《三國志·魏書九·何晏傳》卷九曰：“晏性自喜，動静粉白不去手，行步顧影。”（［晋］陳壽撰，［南朝宋］裴松之注：《三國志》，中華書局，2006年，第178頁。）③鄉試：科舉考試始于唐初年，唐以前以地方舉孝廉解决人才問題：據《太平御覽·治道部十·貢舉下》卷六百二十九載：“《唐書》曰：貞觀中，諸州所舉孝廉賜坐于御前，上問以皇王政術，及皇太子問以曾參説《孝經》，并不能答。太宗謂曰：‘昔楚莊王議事，君臣莫逮，退而有憂色，曰：‘諸侯能自得師者王，自謀而莫已若者亡。今不穀之不德，君臣莫吾逮，吾國幾于亡乎？’朕發詔徵天下俊异，才以淺近問之，咸不能答。海内賢哲，將無其人耶？朕甚憂之。’又曰：貞觀中，考功員外郎王師旦知舉。時冀州進士張昌齡、王公直并有俊才，聲振京邑。而師旦考其文策全下，舉朝不知所以。及奏等第，太宗怪無昌齡等名，因召師旦問之。曰：‘此輩誠有詞華，然其體性輕薄，文章浮艶，必不成令器。臣若擢之，恐後生相效，有變陛下風雅。’帝以爲名言。後并如其説。又曰：貞觀中，文皇帝嘗私幸端門，見進士綴行而出，喜曰：‘天下英雄入吾彀中矣。’”（［宋］李昉撰，夏劍欽校點：《太平御覽》，河北教育出版社，1994年，第920頁。）明清兩代科舉考試的一級，每三年一次，在各省省城舉行，由本省秀才與監生參加，考中者稱舉人，可參加會試。

沁園春

成吉思汗[①]

晨趕羔羊，夜逐梟狼，都付少年[②]。望草茫牽犬，弓張響徹，風馳乘馬[③]，鴻落哀憐。燭挑新營[④]，鷹揚舊里[⑤]，豈有空空垂手還。迢迢路，奈横流争水，笑傲揚鞭。

鐵音浩蕩無邊[⑥]。遍巡道、方逢九曲天[⑦]。看向東迎日，朝西送月，大天阡陌，問牧于欄[⑧]。人接長龍，風傳短笛，歐亞駝鈴摇大川[⑨]。當回首，道天涯座客，正論從前[⑩]。

【題考】《沁園春》，《金詞》注般涉調，《蔣氏十三調》注中吕調。此調始于《後漢書·竇融列傳》卷二十三載："竇恃宫掖聲執，遂以賤直請奪沁水公主園田"的記載。徐釚《詞苑叢談》卷十更進一步云："今世樂府傳《沁園春》詞，按《後漢書》竇憲女弟立爲皇后，憲恃宫掖，請奪沁水公主園，然則沁水園者，公主之園也，故唐人類用之。崔湜《長寧公主東莊侍宴》詩云：'歌舞平陽地，園池沁水林。'又李義府云：'平陽館外有仙家，沁水園中好物華。'世傳吕洞賓《沁園春》詞，所謂九返還丹者，乃知唐之中世，已有此音矣。"（［清］徐釚：《詞苑叢談》，《詞苑叢談》，上海古籍出版社，1981 年。）後沿襲以"沁園春"爲公主第宅之代詞，多見于唐人詩文，如儲光羲《玉真公主山居》詩："不言沁園好，獨癮武陵花。"（《全唐詩》卷 136-47，揚州詩局本。）還有吴頌《代郭令公謝男尚公主表》："開門魯館，地列沁園。"（《全唐文》卷四四六，中華書局，1983 年。）《詞譜》卷三十六云："《沁園春》，創始于初唐，且出自侯門，可知也。"近代曹焕猷《詞學詳詮·補録》卷二亦云："沁園春是古調，作者極盛，其名最顯。"（武漢古籍書店，1986 年。）可見此調由來已久。

此調又名《東仙》《壽星明》《洞庭春色》。另名《花發沁園春》，與本調無涉。

【詞格】《沁園春》，此調自《詞譜》卷三十六宋蘇軾《沁園春·赴密州早行馬上寄子由》（孤館燈青）可校。此調以此詞及賀鑄詞爲正體。葛長庚、林正大詞之添字，李劉詞之減字等，即爲變格。

⊙◎○○（句），◎◎⊙⊙（句），◎◎◎○（韵）。●◎○⊙●（句），⊙○◎●（句），⊙○⊙●（句），⊙●○○（韵）。◎●○○（句），⊙○◎●（句），◎●○○⊙●○（韵）。⊙○●（句），◎⊙○⊙●（句），◎●○○（韵）。

⊙○◎●○○（韵）。◎◎●（豆）、⊙○⊙●○（韵）。●◎○⊙●（句），⊙○◎●（句），◎○⊙●（句），◎●○○（韵）。○●○○（句），⊙○◎●（句），◎●○○⊙●○（韵）。⊙⊙●（句），●⊙○◎●（句），◎●○○（韵）。

【作法】此格一百一十四字。雙調。上闋十三句四平韵，下闋十二句五平韵。上闋逢第三、七、十、十三句押韵，下闋逢第一、二、六、九、十二句押韵，均爲平聲韵。上闋起二句對仗，爲"平仄平平，仄仄平平"格式。第三句起平韵，重在第三字，必須用仄，是爲拗句。第四句首字領下四言四句，爲“仄仄平平仄，平平仄仄，平平平仄，平仄平平”格式，且形成扇面對句，即隔句對。第八、九句爲四字對句，與《過秦樓》起二句同。第十句七字，爲“仄仄平平平仄平”拗句格式。第十一句三字，應作“平平仄”格式，是乃定格。第十二句爲“仄平平平仄，仄仄平平”格式，首字領四字兩句。下闋第二句八字，雖爲上三下五句式，實爲上一下七句式。第三、四句爲“仄仄平平仄，平平仄仄”格式，首字领格成對句，并以一字領下四言四句。第七、八句對仗，爲“平仄平平，平平仄仄”格式。上下闋結两句，以一字領下四言二句，宜用去聲字。

【注釋】①成吉思汗（1162—1227）：《元史・本紀第一》：“太祖法天啓運聖武皇帝，諱鐵木真，姓奇渥溫氏，蒙古部人。”（［明］宋濂等撰：《元史》，中華書局，1976 年，第 1 頁。）公元 1206 年，進位蒙古帝國大汗，統一蒙古各部落。在位期間，征服地域西達黑海海濱，東括幾乎整個東亞，爲世界歷史上著名的横跨歐亞兩洲的大帝國之一。　　②都付少年：意引《論語・陽貨》：“子曰：‘飽食終日，無所用心，難矣哉！不有博奕者乎？爲之，猶賢乎已。’”（宋元人注：《四書五經》上册，中國書店，1985 年，第 76 頁。）③“望草茫牽犬……風馳乘馬”兩句：牽犬：引《禮記・曲禮上》：“效犬者，左牽之。”（宋元人注：《四書五經・禮記集説》中册，中國書店，1985 年。）乘馬：單騎。引《管子・小問五十一》云：“桓公乘馬，虎望之而伏。……管仲對曰：‘意者君乘駮馬而洀桓，迎日而馳乎？’公曰：‘然。’管仲對曰：‘此駮象也。駮食虎豹，故虎疑焉。”（［春秋］管仲，謝浩範，朱迎平譯注：《管子全譯》，貴州人民出版社，1996 年，第 627 頁。）另據《博物志・物名考》卷六載：“周穆王有八駿：赤驥、飛黄、白蟻、華騮、騄耳、騧騟、渠黄、盗驪。”（［晋］張華著，祝鴻杰譯注：《博物志全譯》，貴州人民出版社，1992 年，第 162 頁。）　　④燭挑：夜讀。據南宋彭大雅撰、徐霆疏《黑韃事略》云：“韃人本無字書，……行于韃人本國者，則祇用小木，長三四寸，刻之四角，且如差十馬，則刻十刻，大率祇刻其數……此小木，即古木契也。行于回回者，則用回回字，鎮海主之。回回字祇有二十一個字母，其餘就偏旁上凑成。”“回回字”就是指的“畏兀字書”。（《續修四庫全書・史部・雜文類》，上海古籍出版社，2002 年，第 535 頁。）又據《元史・列傳十一・塔塔統阿》卷一百二十四載：“帝曰：‘汝深知本國文字乎？’塔塔統阿悉以所蕴封，稱旨，遂命教太子諸王以畏兀字書國言。”（［明］宋濂等撰：《元史》第十册，中華書局，1976 年，第 3048 頁。）從此以後，蒙古汗國有了自己文書，

“凡斷了的事，寫在青册上”。　新營：剛搭的軍帳。這裏指軍隊新的進程。成吉思汗十四年，親率大軍約二十萬分路西征，先後攻破訛答剌（在今錫爾河中游）、布哈拉及撒馬爾罕等地。遣哲别、速不臺率軍追擊花剌子模國王摩訶末，迫其逃至寬田吉思海（今里海）中小島。再命哲别、速不臺繼續西進，遠抵克里米亞半島；自率一軍追擊摩訶末之子札蘭丁至申河（印度河）。十九年，班師返漠北。　⑤鷹揚舊里：指凱旋而歸。引古詞《東飛伯勞歌》：“東飛伯勞西飛燕。”（［宋］郭茂倩：《樂府詩集·雜曲歌辭八》卷68-7，中華書局，1979年。）　⑥鐵音：馬蹄的聲音。一般指軍隊征戰。引清·陳錦《三衢道上》：“消磨不盡輪蹄鐵，化作鳴篙觸石聲。”（《孔府藏詩》九册，孔氏南宗家廟。）　⑦巡道：《周禮·遂師》：“賓客，則巡其道修，庀其委積。”（李學勤主編：《周禮注疏》上册，北京大學出版社，1999年，第397頁。）　⑧“看向東迎日，朝西送月，大天阡陌，問牧于欄”四句：成吉思汗曾説，太陽升起和太陽落下的地方，就是我放牧的地方。　問牧：即司牧。管理，統治。引唐太宗李世民《咏司馬彪續漢志》：“非惟樹司牧，固亦垂文字。”（《全唐詩》卷1—34，揚州詩局本。）⑨歐亞駝鈴摇大川：由于成吉思汗及其子孫們在四十多年時間里連續發動一係列西征，將東方和西方連爲一體，克服了東西方陸路交通的人爲障礙，伸進了文化經濟交流，推動了人類文明的進步。　大川：引《易·需》：“利涉大川。”（宋元人注：《四書五經·周易本義》上册，中國書店，1985年，第9頁。）　⑩正論從前：成吉思汗被美國《華盛頓郵報》1995年12月31日評選爲“千年風雲第一人。”（巴拉吉尼瑪等著：《千年風雲第一人——世界名人眼中的成吉思汗》，民族出版社，2003年，第31頁。）《元史·志十·地理一》載：“自封建變爲郡縣，有天下者，漢、隋、唐、宋爲盛，然幅員之廣，咸不逮元。漢梗于北狄，隋不能服東夷，唐患在西戎，宋患常在西北。若元，則起朔漠，并西域，平西夏，滅女真，臣高麗，定南詔，遂下江南，而天下爲一，故其地北逾陰山，西極流沙，東盡遼左，南越海表。蓋漢東西九千三百二里，南北一萬三千三百六十八里，唐東西九千五百一十一里，南北一萬六千九百一十八里，元東南所至不下漢、唐，而西北則過之，有難以里數限者矣。”（［明］宋濂等撰：《元史》第五册，中華書局，1976年，第1345頁。）

奪錦標

李劍英之歌[1]

衝浪呼鷹，翻雲織練，放眼長空如約。我自耕耘萬里，新種犁花，舊游天閣。倚長天擊劍[2]，射天狼[3]、消盡盈惡。好兒郎、焉懼山崩[4]，但仰巍巍山岳。

天有風雲不測。撞鳥須臾，好比結霜斑剥。哪管吹風凜冽，窺見山川，望中村落[5]。念生于跳傘[6]，那農家、驚魂離索。不容思、大義承恩，去意何以爲却。

【題考】《奪錦標》，此調始見于明人桂華《古山詞》。錦標，最早得因于競渡，南北朝多指紀念屈原爲目的水上活動，到了隋代就有了競賽的性質。到了唐朝，競渡便成爲一項獨具特色而又極爲隆重的競賽活動，競賽以争得第一名爲目的。賽前在水面的終點插上一根長竿，竿上纏上掛彩，稱之爲“錦標”，遂之成爲冠軍的代名詞。范慥《競渡賦》云：“爾其月維仲夏，節次端午，則大魁分曹，決勝河滸。飾畫舸以争麗，建彩而競取。”（《全唐文》卷957-04，中華書局，1983年。）符載《上巳日陪劉尚書宴集北池序》云：“爰掛錦彩，從風爲標，爛然長虹，橫拖空碧。乃計才力，量遠邇，一號令，雷鼓而飛。千橈動，萬夫呼，閃電流于目眥，羽翼生于肘下。觀者山立，陰助鬥志。肺腸爲之沸渭，草樹爲之偃悴。揭竿取勝，揚旌而旋。觀其猛厲之氣，騰陵之勢，崇山可破也，青天可登也。”（《全唐文》卷690-03，中華書局，1983年。）五代王定寶《唐摭言》卷三：“盧肇，袁州宜春人，與同郡黄頗齊名。頗富于産，肇幼貧乏。與頗赴舉，同日遵路，郡牧于離亭餞頗而已。時樂作酒酣，肇策蹇郵亭側而過，出郭十餘里，駐程俟頗爲侶。明年，肇狀元及第而歸，刺史以下接之，大慚恚。會延肇看競渡，于席上賦詩曰：‘向道是龍剛不信，果然銜得錦標歸。’”下注：“錦標，船頭所得。”（中華書局，1959年。）到了宋代，尤盛大龍舟競渡之戲，以得采爲得錦標。南宋孟元老《東京夢華録》卷七：“又一人上蹴鞦韆，將平架，筋斗擲身入水，謂之‘水鞦韆’。……又見旗招之，則兩面行舟鳴鼓并進，捷者得標，則山呼拜舞。并虎頭船之類，各三次争標而目。”（中華書局，1982年。）從文中描述的是争奪“第一錦標”的跳水競賽活動場面，可見當時的跳水活動不僅水準較高，而且具有一定的規模。調名本此。此調又名《清溪怨》。

【詞格】《奪錦標》，此調自《詞譜》卷三十五 元·張埜《奪錦標·七夕》（凉月横舟）可校。此調以此詞正體。白樸詞與此詞同，惟换頭句不押韵。滕應賓詞亦與此詞同，惟上闋第四句押韵，下闋第三句减二字，屬變格。

⊙●○○（句），⊙○◎●（句），●●○○○●（韵）。◎●⊙○◎●（句），○●○○（句），◎○○●（韵）。●○○◎●（句），●○◎（豆）、⊙○○●（韵）。●○○（豆）、◎●○○（句），●●○○○●（韵）。

⊙●○○◎●（韵）。◎●○○（句），◎◎◎⊙○●（韵。◎●⊙○⊙●（句），⊙●○○（句），◎○○●（韵）。●○○◎●（句），●○◎（豆）、○○○●（韵）。●○○（豆）、◎●⊙○（句），●●○○○●（韵）。

【作法】此格一百零八字。雙調。上闋十句四仄韵，下闋十句五仄韵。宜用入聲部韵。上闋逢第三、六、八、十句，下闋逢第一、三、六、八、十句押韵，均爲仄聲韵。上闋首二句對句，爲“平仄平平，平平仄仄”句法。第三句六字起韵。第五、六句爲四字對句，爲“平仄平平，仄平平仄”句法。第七句爲五字句，用上一下四句法，平仄不能易，同时首字領四字、七字兩句。第八、九句爲七字句，用上三下四句法。結句六字平仄不可變。下闋起句六字協韵，以下與上闋第四句以下同，其中第五、六句对仗，为“平仄平平，仄平平仄”句法。

【注釋】①李劍英：空軍航空兵某團飛行一大隊正團職一級飛行員，榮立二等功1次，三等功2次，追記一等功，榮獲空軍飛行員銀質獎章，追授功勛飛行員金質獎章。 ②擊劍：據《博物記·器名考》卷六載：“寶劍名：鈍鈎、湛盧、豪曹、魚腸、巨闕，五劍皆歐冶子所作。龍泉、太阿、工市，三劍皆楚王者。風鬍子因吴王請干將，歐冶子作。干將陽龍文，莫邪陰漫理，此二劍吴王使干將作。莫邪，干將妻也。”周日用注：“夫妻甚喜作劍也。”（［宋］周日用等注，［晋］張華撰：《博物志》，中華書局，1980年，第75頁。） ③射天狼：引《楚辭·九歌·東君》：“舉長矢兮射天狼。”朱熹注：“天狼，星名。《晋志》云：‘狼一星，在東井南，爲野將，主侵掠。’‘弧九星，在狼東南，天弓也，主備盜賊。’”（［宋］朱熹撰，蔣立甫校點：《楚辭集注》，上海古籍出版社，2001年，第43頁。） ④焉懼山崩：［宋］蘇洵《心術》：“泰山崩于前而色不變，麋鹿興于左而目不瞬。”（楊金鼎主編：《古文觀止全譯》，安徽教育出版社，1984年，第977頁。）

⑤村落：密集的村莊。2006 年 11 月 14 日，部隊組織晝間飛行，李劍英駕機實施空中巡邏游獵課題，返場着陸下滑遭遇鴿群撞機，導致發動機空中停車。李劍英向飛行指揮員報告跳傘，却看到飛機下方、兩側密集的村莊（著陸下滑線和兩側 680 米範圍内，分布着 7 個自然村，814 户村民；有一處高速公路收費站和一個磚瓦廠），毅然放弃跳傘，極力控制飛機狀態實施迫降，由于受到高出地面 3.5 米的水渠護坡阻擋，迫降不成功而壯烈犧牲。　⑥生于跳傘：按照《空軍飛行訓練大綱》規定，按當時情形可以跳傘自救。

瑣寒窗

孫　子[①]

種竹青睞，徵書探解，悄然留與。思量自老，個事説來何慮。最關情、糾糾陣行，此非玉殿吹花女。視宫娥斗帳，弱風無向，斷魂寒楚[②]。

兵譜。風雲序。勸馬上遲留，帳中少駐。朝鐘起舞[③]，暮鼓聲聲行旅。憶桃源、打水閑情，老槐樹下觀曳緒。倘無矛、徒設圍欄，問飯還能煮。

【題考】《瑣寒窗》，吴文英《夢窗詞》注無射商，俗名越調。此調始見于周邦彦《瑣寒窗》詞有“静鎖一庭愁雨”及“故人剪燭西窗雨”句得名。（《續修四庫全書·集部·調類》，上海古籍出版社，2002 年。）南朝宋鮑照《玩月城西門廨中》詩：“蛾眉蔽珠櫳，玉鈎隔瑣窗”。（［南朝梁］蕭統編：《昭明文選·雜詩下·雜擬上》卷三十）唐代獨孤及《和贈遠》詩：“憶得去年春風至，中庭桃李映瑣窗。”（《全唐詩》卷 247-7，揚州詩局本。）杜牧《村舍燕》詩：“漢宫一百四十五，多下珠簾閉瑣窗。”（《全唐詩》卷 522-1，揚州詩局本。）後來詩詞中將“瑣”始作“鎖”，故本調因之亦取名《鎖寒窗》。

【詞格】《瑣窗寒》，此調自《詞譜》卷二十七宋周邦彦《瑣窗寒》（暗柳啼鴉）可校。此調以此詞及張炎（亂雨敲春）詞爲正體。另外，張炎别首（斷碧分山）詞，上闋第四句、下闋第五句，多押一韵，第六句添一字，作上三下四句法。楊無咎詞下闋第二句添一字。程先詞换頭句不藏短韵，第二句减一字。此三者皆爲變體。

●●○○（句），○○●●（句），●○○●（韵）。○○●●（句），◎●◎○○●（韵）。●⊙○（豆）、⊙⊙◎⊙（句），◎○◎●○○●（韵）。

●◎○◎●（句），⊙○⊙●（句），●○○●（韵）。

○●（韵）。○○●（韵）。●◎●⊙⊙（句），●○◎●（韵）。○○◎●（句），●●⊙○○●（韵）。●⊙○（豆）、⊙●◎○（句），◎⊙●●○◎●（韵）。●⊙○（豆）、◎●○○（句），●◎○⊙●（韵）。

【作法】此格九十九字。雙調。上闋十句四仄韵，下闋十句六仄韵。上闋逢第三、五、七、十句押韵，下闋逢第一、二、四、六、八、十句押韵，均爲仄聲韵。上闋第六句，下闋七、九句爲七言字句，均用上三下四句式。上闋第一、二句對句，第八句首字領四字三句。下闋第三句首字領四字兩句對仗，爲“仄仄仄平平，平平仄仄”格式。第十句五字句，用上一下四句式。

【注釋】①孫子：名武，字長卿，春秋末期齊國樂安（今山東惠民縣）人，春秋末期軍事家。著有《孫子兵法》十三篇。　②斷魂寒楚：引“吴宫教戰斬美姬”的故事：“孫子武者，齊人也。以兵法見于吴王闔廬。闔廬曰：‘子之十三篇，吾盡觀之矣，可以小試勒兵乎？’對曰：‘可。’闔廬曰：‘可試以婦人乎？’曰：‘可。’于是許之，出宫中美女，得百八十人。孫子分爲二隊，以王之寵姬二人各爲隊長，皆令持戟……復三令五申而鼓之左，婦人復大笑。孫子曰：‘約束不明，申令不熟，將之罪也。既已明而不如法者，吏士之罪也。’乃欲斬左右隊長。吴王從臺上觀，見且斬愛姬，大駭。”（［漢］司馬遷撰：《史記·孫子吴起列傳第五》，中華書局，1999 年，第 1719 頁。）③鐘：據《世本八種·茆泮林輯本·作篇》載：“垂所鐘。”宋衷注：“《禮記·明堂》注、《風俗通義》《山海經·海内經》注、《廣韵》三鐘注、《初學記》十六、《爾雅·釋文》引：‘鐘，垂所作。’”（［漢］宋衷注，［清］秦嘉謨等輯：《世本八種》，上海：商務印書館，1957 年，第 117 頁。）

瑞鶴仙

孔　明[①]

欲知三國也。道武侯諸葛，琅琊人也[②]。聽梁父吟[③]也。算韜光養晦，在隆中也[④]。逍遥樂也。語未竟、書童道也。到歸時、衹等劉郎，拜謁再三來也。

逢也。説天下勢，北抵曹營，東聯吴也。勢如鼎也。當其稱，蜀國也。念天顔知遇[⑤]，托孤叮語，竭力北伐苦也[⑥]。念恩澤、孟獲七擒，稱臣拜也。

【題考】《瑞鶴仙》，吴文英《夢窗詞》注林鐘羽，即高平調。元高拭詞注正宫。此調一種認爲始見于周邦彦《片玉詞》，另一種認爲始于唐蘇頲《龍池樂章》："思魚不入孔明鈎，瑞鶴長如太液仙"句。(《全唐詩》卷073-50，揚州詩局本。）據《宋史・五行志》卷六十四載："政和三年九月，大饗明堂，有鶴回翔堂上，明日，又翔于上清宫。是時，所在言瑞鶴，宰臣等表賀不可勝紀。"《詞林紀事》卷七云："《玉照新志》：美成以待制提舉南京鴻慶宫，自杭徙居睦州，夢中作《瑞鶴仙》一闋，既覺，猶能全記，了不詳其所謂也。未幾，遇方臘之亂，欲還杭州舊居，而道路兵戈已滿，僅得脱免。入錢塘門，見杭人倉皇奔避，如蜂屯蟻沸。視落日在鼓角樓檐間，即詞中所謂'斜陽映山落。斂餘霞［紅］，猶戀孤城闌角'者，應矣。舊居既不可往，是日無處得食，忽稠人中有呼"待制何往"者，乃鄉人之侍兒，素所識也。且曰：'日昃必未食，能舍車過酒家乎？'美成從之。驚遽間，連引數杯，腹枵頓解。則詞中所謂"凌波步弱。過短亭、何用素約。有流鶯勸我，重解綉［雕］鞍，緩引春酌"之句，應矣。飲罷覺微醉，耳目惶惑，不敢少留，乃徑出城北，江漲橋斷，諸寺士女已盈滿，不能駐足。獨一小寺經閣，偶無人，遂宿其上。即詞中所謂"不計歸時早暮，上馬誰扶，醉眠朱閣"者，應矣。已聞兩浙盡爲賊據，因自計方領南京鴻慶宫，有齋廳可居，乃挈家往焉。則詞中所謂"念［嘆］西園、已是花深無地，東風何事又惡。任流光過了［却］，歸來［猶喜］洞天自樂"之句，又應矣。美成平生好作樂府，末年夢中得句，而字字俱應，豈偶然哉！"［注：文中引詞自《詞譜》卷三十一周邦彦《瑞鶴仙》詞校］(［清］張宗橚輯：《詞林紀事》，成都古籍書店，1982年复印。）又據《詞譜》卷三十一曰："（宋代洪邁）《夷堅志》云：'干道中，吴興周權知衢州西安縣，一日令術士沈延年，邀紫姑神，賦《鶴鶴仙》牡丹詞，有'睹嬌紅一捻'句，因名《一捻紅》。'"

【詞格】《瑞鶴仙》，此調據《詞譜》卷三十一宋史達祖《瑞鶴仙》（杏烟嬌濕鬢）可校。此調北宋以周邦彦（悄郊園帶郭）詞照填，南宋照此詞填悉同。

◎○⊙◎●（韵）。●◎◎⊙⊙（句），◎⊙⊙●（韵）。⊙○●○●（韵）。◎⊙⊙⊙●（句），◎○⊙●（韵）。⊙○◎●（韵）。◎◎◎（豆）、⊙⊙◎●（韵）。●⊙○（豆）、⊙◎⊙⊙（句），◎◎◎⊙○●（韵）。

○●（韵）。⊙⊙⊙◎（句），◎◎⊙⊙（句），◎⊙⊙●（韵）。⊙○◎●（韵）。⊙⊙◎（句），◎⊙●（韵）。●⊙○⊙●（句），⊙○⊙●（句），◎◎⊙⊙◎●（韵）。●⊙○（豆）、⊙◎⊙⊙（句），●○●●（韵）。

【作法】此格一百零二字。雙調。上闋十句七仄韵，下闋十二句六仄韵。上下闋十三韵，屬定格。上闋逢第一、三、四、六、七、八、十句押韵，下闋逢第一、四、五、七、十、十二句押韵，均爲仄聲韵；上闋第七句爲“平平仄仄”格式，不可移易，第八、九句，下闋第十一句爲七字句，用上三下四句式。上闋第二、五句，下闋第八句首字領格。（本格并非規定句首句尾用一字作韵，不易操作，宜用其他押韵方法。）

【注釋】①孔明：諸葛亮，字孔明，人稱卧龍，漢末徐州琅琊郡陽都縣（今山東沂南縣）人，三國形成後任蜀國丞相。　②琅琊：今山東沂南縣。　③梁父吟：據《三國志·蜀書·諸葛亮傳》云：“亮躬畊隴畝，好爲《梁父吟》，身長八尺，每自比于管仲、樂毅，時人莫之許也。”（［南朝宋］裴松之注，［晋］陳壽撰：《三國志》，中華書局，2006年，第543頁。）所謂《梁甫吟》，又叫《梁父吟》，是一首古歌謡。郭茂倩《樂府詩集》：“步出齊城門，遥望蕩陰里。裏中有三墳，累累正相似。問是誰家墓？田疆古冶子。力能排南山，又能絶地紀。一朝被讒言，二桃殺三士。誰能爲此謀？國相齊晏子！”（《古詩三百首鑑賞辭典》，上海辭書出版社，2007年，第89頁。）④隆中：諸葛亮曾在隆中（今湖北襄陽西）定居耕讀。　⑤知遇：引《舌華録·諷語第十二》載：“顔駟，漢文帝時爲郎。至武帝輦過郎署，見駟龐眉皓首，問曰：‘叟何時爲郎，何其老也？’答曰：‘臣文帝時爲郎，文帝好文而臣好武，景帝好美而臣貌醜，陛下好少而臣已老，是三世不遇。’帝擢爲會稽都尉。”（［清］郝懿行編纂，［明］曹臣撰：《舌華録》，岳麓書社，1985年，第112頁。）　⑥北伐：指諸葛亮先後給後主劉禪遞呈《出師表》，六次北伐曹操，史稱“六出祁山”。“祁山，位于（甘肅）禮縣城東23公里處，是在寬闊的河谷谷地上突起的一座孤峰，高數十丈，方圓一里許，四面如削，高峻奇拔。西漢水從南面由東向西流過，是下辨通往上邽的必經之地，戰略位置十份重要。因此，諸葛亮在攻魏期間，這裏成爲首攻之地。”（伊國清、張國藩編著：《甘肅古代交通史話》，人民交通出版社，1993年，第71頁。）

永遇樂

鍾　馗[1]

沙漏流光，鼓敲聲息，回望金殿[2]。暗眷高城，遥思故里，遍徙雲頭現。

曉鐘遞響，晴檐掛影，却似吾家幽燕。駕雲低、今來携劍，管教逞妖吞咽。

來因勝賞，何來情薄，引泪打圈流轉。笑有高調，争如低説，衹有愁難遣。月偏斜照，身隨對影，免有夜間行遍。况晴日、簾圍玉館③，奈何挑盞。

【題考】《永遇樂》，柳永《樂章集》注歇指調，吴文英《夢窗詞》注林鐘商，晁補之詞名《消息》，自注越調。此調始見于宋柳永《樂章集》。毛先舒《填詞名解·長調》："《永遇樂》，歇拍調也。唐杜密書工小詞，鄰家有小女，名酥香，凡才人歌曲悉能吟諷，尤喜杜詞，遂成逾牆之好。後爲僕所訴，杜竟流河朔。臨行，述《永遇樂》詞訣别，女持紙三唱而死。第未知此調，創自杜與否。"（木石居校本。）《詞林紀事》卷五在蘇軾《永遇樂》（明月如霜）詞下云："《獨醒雜志》：東坡守徐州，作'燕子樓'樂章，方具稿，人未知之。一日，忽哄傳于城中。東坡訝焉，詰其所從來，乃謂發端于邏卒。東坡召而問之，對曰：'某稍知音律，嘗夜宿張建封廟，聞有歌聲，細聽乃此詞也，記而傳之，初不知何謂。'東坡笑而遣之。"（張宗橚輯：《詞林紀事》，成都古籍書店，1982 年复印。）據四水潛夫輯《武林舊事·聖節》卷一載："《天基聖節排當樂次（正月五日）》："樂奏加夾鐘宫，觱篥起《萬壽永無疆》引子，王恩。上壽第一盞，觱篥起《聖壽齊天樂慢》，周潤。……第五盞，觱篥起《永遇樂漫》，楊茂。"（西湖書社，1981 年。）晁補之《晁氏琴趣外篇》卷一于《消息》詞附注："自過腔，即《越調永遇樂》。"　（上海古籍出版社，1991 年。）

此調仄韵者，始自北宋柳永。平韵者，南宋陳允平自創。

【詞格】《永遇樂》，此調自《詞譜》卷三十二宋·蘇軾《永遇樂》（明月如霜）可校。此調押仄韵者，以此詞爲正體，宋詞俱如此填。此調有陳允平押平聲韵一體，雖句讀與此詞仄韵詞同，但爲其自創一體。

⊙●○○（句），◎○⊙●（句），⊙◎○●（韵）。◎●○○（句），⊙○◎●（句），◎●○○●（韵）。◎○◎●（句），⊙○◎●（句），◎●◎○⊙●（韵）。◎○⊙（豆）、○○⊙●（句），◎⊙●⊙○●（韵）。

⊙○◎●（句），⊙⊙⊙●（句）。◎●◎○○●（韵）。◎●○○（句），⊙○⊙●（句），⊙●○○●（韵）。◎○⊙●（句），⊙⊙◎●（句），◎●◎○○●（韵）。◎○◎（豆）、⊙⊙◎●（句），◎○●●（韵）。

【作法】此格一百零四字。雙調。上下闋各十一句四仄韵。上下闋逢第

三、六、九、十一句押韵，均爲仄聲韵。上下闋第十句爲七字句，用上三下四句式；上闋第一、二句宜對仗，爲“平仄平平，仄平平仄”格式，第四、五句對仗，爲“仄仄平平，平平仄仄”格式，第七、八句對仗，爲“仄平仄仄，平平仄仄”格式，下闋第一、二句對仗，爲“平平仄仄，平平平仄”格式。第三、九句爲上二下四句式。

【注釋】①鍾馗，北宋鑒賞家郭若虛《圖畫見聞志》卷六《近事》云：“昔吴道子畫鍾馗，衣藍衫，鞹一足，眇一目，腰笏巾首而蓬髮，以左手捉鬼，以右手抉其鬼目。筆迹遒勁，實繪事之絶格也。” （根據叢刊散本。） ②回望金殿：據《唐・逸史》載：唐明皇登基那年，鍾馗赴長安應試，作《瀛州待宴》五首，取爲貢士之首。殿試時，奸相盧杞竟以貌取人，迭進讒言，從而使其狀元落選。鍾馗抗辯無果，激憤難當，怒撞殿柱而亡，驚天動地，泣鬼慟神。皇用狀元官職殯葬于終南福壽嶺。爲正妒賢之罪，發配盧杞至嶺外。關于鍾馗據的出處，《鍾馗傳》第一回講，他是唐德宗時期的人，故事情節類似。（［清］烟霞散人、雲中道人編纂：《鍾馗傳》，山東文藝出版社，1996 年，第 1—4 頁。）又據《事物紀原》卷八載：“開元中，明皇病痁，居小殿夢二鬼，一大一小，小者鞟一足，懸一履于腰間，竊太真紫香囊及拈玉笛吹之，頗喧擾［已而］。其大者曰：‘臣武舉所弃鍾馗也，將爲陛下煞之。’遂擒小者以右手，大指摘其目食之。至晝覺而疾愈。因命吴生如夢圖之，由是故今人以其像施于門帳中也。沈括《筆談》曰：‘歲首畫鍾馗，不知起自何時，皇佑中，金陵發一塚，有石志，乃宋宗慤母鄭夫人。云有妹馗，則知鍾馗之設亦遠矣。’”（［日］長澤規矩也編：《事物紀原》，和刻本類書集成第二輯；上海古籍出版社，1990 年，第 196 頁；［明］胡文焕校，［宋］高承撰：《事物紀原》。） ③簾圍玉館：［宋］方蒙仲《和劉後村梅花百咏》：“簾圍玉館愁吟盡，錦藉瑶瓶怕摘殘。”（傅璇琮等主編：《全宋詩》卷三三五一，北京大學出版社，1998 年，第 40054 頁。）

賀新郎

八仙過海[①]

白浪掀風怒。報花開、蓬萊閣島[②]，幾番難去。方顯通靈逍遥過，可爱柔腰妙舞。各自个、周環呼渡。笑煞騎驢橋上見，倒着騎、看他皆稱慕。闗不住，化蒼鷺。

何妨索水成佳趣。似翻歌、凝情捨此，此情堪苦。留也難留留無益，還好扁舟不誤。更短笛、泱泱聽雨。冷落來侵漂成葉，見來鷗、密意何人語。千古道，海潮處。

【題考】《賀新郎》，《太和正音譜》注南吕宫。龍榆生《唐宋詞格律》注：“大抵用入聲部韵者較激壯，用上、去聲部韵者較凄鬱。”（上海古籍出版社，1978 年。）此調始見于《東坡樂府》。宋曾季狸《艇齋詩話》云：“東坡《賀新郎》，在杭州萬頃寺作，寺有榴花樹，故詞中云石榴。又是日有歌者晝寢，故詞中云：‘漸困倚孤眠清熟。’其真本云‘乳燕栖華屋。’今本作‘飛’字非是。’”（光緒十四年會稽董氏取斯堂本。）又王弈清《歷代詞話》卷五云：“楊湜《詞話》：蘇子瞻守錢塘，有官妓秀蘭，天性黠慧，善于應對。一日，湖中有宴會，群妓畢集，唯秀蘭不至，督之良久方來。問其故，對以沐浴倦睡，忽聞扣門甚急，起而問之乃樂營將催督也，謹以實告。子瞻已怒之，坐中一倅怒其晚至，詰之不已。時榴花盛開，秀蘭折一枝藉手告倅，倅愈怒。子瞻作《賀新凉》，令歌以送酒，倅怒頓止。詞曰：‘乳燕飛華屋。悄無人、桐陰轉午，晚凉新浴。……又却是、風敲竹。……對酒不忍觸。共粉泪、兩簌簌。’”（［清］王奕清：《歷代詞話》，《詞話叢編》第二册，中華書局，1986 年。）故因蘇軾詞，有“乳燕飛華屋”句，名《乳燕飛》，有“晚凉新浴”句，名《賀新凉》，有“風敲竹”句，名《風敲竹》。又毛先舒《填詞名解·長調》：蘇軾《賀新郎》詞“‘晚凉新浴。’故名《賀新凉》，後誤爲‘郎’。”（木石居校本。）

此調又名《金縷歌》《金縷曲》《金縷詞》《貂裘換酒》《雪月江山夜》。

【詞格】《賀新郎》，此調據《詞譜》卷三十六宋葉夢得《賀新郎》（睡起流鶯語）可校。此調本始自蘇軾，因蘇詞下闋“花前對酒”句少一字，且格調未諧，故以此詞作譜。

◎●○○●（韵）。●○○（豆）、⊙○◎●（句），◎○○●（韵）。○●○○○○●（句），⊙●⊙○◎●（韵）。◎◎●（豆）、⊙○⊙●（韵）。◎●⊙○○●●（句），●⊙○（豆）、◎●○○●（韵）。⊙●●（句），◎○●（韵）。

⊙○◎●○○●（韵）。●⊙⊙（豆）、⊙⊙◎●（句），●○⊙●（韵）。○●○○○○●（句），⊙●⊙○◎●（韵）。●◎●（豆）、⊙○⊙●（韵）。◎●⊙○○○⊙●（句），●⊙○（豆）、◎●○○●（韵）。⊙●●（句），◎○●（韵）。

【作法】此格一百一十六字。雙調。上下各闋十句六仄韵。上下闋逢第一、三、五、六、八、十句押韵，均爲仄聲韵。上闋首句五字起韵，第二句爲折腰句式。第五句爲“平仄平平仄仄”格式叶韵，一字不可移易。第六句爲七字句，用上三下四句式，叶韵。第八句爲八字句，用上三下五句式。結句爲六字句，用前三後三句式，叶韵，依定格，必作“平仄仄，仄平仄”。下闋首句七字句叶韵，上下闋第四句爲拗句。其餘與上闋相同。

【注釋】①八仙：明代吴元泰《東游記》始定爲：鐵拐李、鍾離權、張果老、藍采和、何仙姑、吕洞賓、韓湘子、曹國舅八位。張果（張果老），隱于中條山，往來汾晋間。據《明皇雜録》卷下云：“果乘一白驢，日行數萬里，休則折疊之，其厚如紙，置于巾箱中；乘則以水噀之，還成驢矣。”（［唐］鄭處誨撰，田廷柱點校：《明皇雜録》，中華書局，1994 年，第 30 頁。）韓湘（韓汀子），是“唐宋八大家”之一韓愈之侄，一説是侄孫。字清夫。從純陽先生，登桃樹墜地，尸解成仙。唐段成式《酉陽雜俎前集 · 廣動植之四 · 草篇》卷十九載有韓愈貶官途遇韓湘，著名的“雲横秦嶺家何在，雪擁藍關馬不前”的詩句就是寫給他的。（清光緒三年，崇文書局刻本。）吕岩（吕洞賓），唐末詩人，其《呈鍾離雲房》詩：“生在儒家遇太平，懸纓重滯布衣輕。誰能世上争名利，臣事玉皇歸上清。”（《全唐詩》卷 856-1，揚州詩局本。）另據《能改齋漫録 · 神仙鬼怪 · 吕洞賓傳神仙之法》卷十八載：“吾乃京兆（今西安）人。唐末，累舉進士不第。因游華山，遇鍾離，傳授金丹大藥之方……吾得道年五十，風清月白，神仙聚會之時，常游兩浙、汴京、譙郡。嘗着白藍角帶，右眼下有一痣，如人間使者筋頭大。世言吾賣墨，飛劍取人頭，吾聞哂之。實有三劍：一斷煩惱，二斷貪嗔，三斷色欲，是吾之劍也。”（［宋］吴曾撰：《能改齋漫録》，上海古籍出版社，1979 年，第 504 頁。）鍾離（鍾離權），又稱漢鍾離，名黨覺，號寂道經陽子，又號雪房先生。唐代詩人，其詩列入《全唐詩》卷八百六十。據《宣和書譜》卷十九云：“神仙鍾離先生，名權，不知何時人。而間出接物，自謂生于漢。吕洞賓于先生執弟子禮，有問答語及詩成集。狀其貌者，作偉岸丈夫，或蛾冠紺衣，或虯髯蓬鬢，不冠巾而頂雙髻，文身跣足欣然而立，睥睨物表，真是眼高四海而游方之外者。自稱天下都散漢，又稱散人。嘗草其爲詩云：‘得道高僧不易逢，幾時歸去得相從？’其字畫飄然有凌雲之氣，非凡筆也。”（《欽定四庫全書 · 子部 · 宣和書譜》，上海人民出版社，迪志文化出版有限公司，2006 年，第 200 頁。）何仙姑，唐廣城縣何秦之女。生而頭有六根的細毛。年十四夢與神人會，説食雲母粉則身輕，并教伊以不老不死之術。覺而服雲母粉，終生不嫁，住于山谷之間，其行如飛，則天武后時遣使召之，即赴宫殿，但在途中遂失所在。景龍年中白日升天。（孫俍工編：《中國文藝辭典》，上海書店影印民智書局，1931年，第195頁。）北宋劉頒撰寫《中山詩話》載：“永州何仙姑，不飲食，無漏泄，世傳其神异。”又據《歷世真仙體道通鑒·後集》卷五云：“何仙姑，廣州增城縣何泰之女也。唐天后時，住雲母溪。年十四五，一夕夢神人教食雲母粉，可得輕身不死。因餌之，誓不嫁。常往來山頂，其行如飛。每朝去，暮則持山果歸，遺雲母。後遂辟穀，言語异常。天后遣使召赴闕，中路失之。《廣州會仙觀記》云：‘何仙姑居此食雲母，唐中宗景龍中，白日昇仙。”（盧國龍整理，［元］趙道一撰：《歷世真仙體道通鑒·後集》，江蘇廣陵古籍刻印社影印《道藏》底本，1253—1254頁。）曹國舅，原型爲宋朝國舅曹佾，是宋初名將曹彬之孫，宋仁宗（趙禎）曹後之弟。《宋史·列傳一百三》卷三百四十有載。他在宋代就已經被内丹道收編，成爲吕洞賓弟子，并在宋金元時期以固定的形象列于八仙之中。據《列仙全傳》卷七載：“曹國舅，宋曹太后之弟也，因其弟每不法殺人，後罔逃國憲，舅深以爲耻。遂隱迹山岩，精思慕道，得遇鍾離，純陽……遂引入仙班。”（［明］王世貞輯，［明］汪雲鵬補：《列仙全傳》，明萬歷間新都汪雲鵬刊本。）藍采和，據《歷世真仙體道通鑒》卷三十七載：“藍采和，不知何許人也。常衣破襤衫，六銙黑木，腰帶闊三寸餘，一脚著靴，一脚跣行。夏則衫内加絮，冬則卧于雪中，氣出如蒸。每行歌于市，乞索。持大拍板，長三尺餘。常醉……踏歌云：‘踏踏歌，藍采和，世界能幾何。紅顔一春樹，流光一擲梭。古人混混去不返，今人紛紛來更多。朝騎鸞鳳上碧落，暮見桑田自白波。長景明暉在空際，金銀宫闕高嵯峨。’歌詞多率爾而作，皆神仙意，人莫之測。”（盧國龍整理，［元］趙道一撰：《歷世真仙體道通鑒·後集》，江蘇廣陵古籍刻印社影印，《道藏》底本，第1125頁。）鐵拐李，或稱李鐵拐。據清褚人獲《堅瓠秘集》卷二引《仙縱》云：“鐵拐姓李，質本魁梧，早歲聞道，修真岩穴。時李老君，與宛丘先生常降山齋誨以道教。一日，李將赴老君之約于華山，屬其徒曰：‘吾魄在此，倘游魂七日而不返，若方可化吾魄也。’徒以母病迅歸，六日化之。李至七日果歸，失魄無依，乃附以餓莩之尸而起，故其形跛惡耳。”（長洲石農褚人獲學稼纂輯，散本）另據《古今圖書集成·神异典》卷二百四十云：“李鐵拐或云隋時峽人，名洪水，小字拐兒，又名鐵拐，常行丐于市，人皆賤之。後以鐵杖擲空，化爲龍，乘龍而去。”（《古今圖書集成》，中華書局影印，民國二十三年。）

②蓬萊：“古代傳説蓬萊、方丈、瀛洲爲海上三仙山，上有仙人及長生不老藥。史載秦皇、漢武都曾爲求仙覓藥先後來此。方士徐市（又名徐福）受始皇之

命求仙，傳即由此乘舟入海。神話‘八仙過海’也在這裏。”（文化部文物局主編：《中國名勝詞典》，上海辭書出版社，1986年，第602頁。）

國香

爲路海艇同窗“農家小院”“北京胡同”而賦①

風向村頭。舉炊烟霧起，闊野雲游。草亭下臨鷄鶩②，柳畔行舟。老屋籬笆藤蔓，倚天梯、檐下金秋。含珍挽香墜，碾子聽聲，童叟优悠。

四圍成小院，望紅牆碧瓦，疑是新樓。指歸何處，旗醒煮酒相留。似與桃花面逢，醉三份、别了新愁。花開自生意，描寫還誰，鐵畫銀鈎。

【題考】《國香》，周密詞，名《國香慢》，自注夷則商。《左傳·宣公三年》曰：“以蘭有國香，人服媚之如是。”（《十三經注疏·春秋左傳注疏》卷二十一，北京大學出版社，1999年。）據馮贄《雲仙雜記·蜂蝶慕香》卷十載：“都下名妓楚蓮者，國香無及，每出，則蜂蝶相隨慕其香。”（上海書店，民國二十年。）唐宋詩文中，有温庭筠《中書令裴公挽歌詞二》之二“國香荀令去，樓月庾公來”句；（全唐詩》卷577-65，揚州詩局本。）有顔真卿《河南府參軍贈秘書丞郭君神道碑銘》“粲粲門子，菲菲國香”句；（《全唐文》卷341-6，中華書局，1983年。）有蘇軾《再和楊公濟梅花十絶》之二“憑仗幽人收艾蒳，國香和雨入青苔”句等。（《全宋詩》卷816-33，北京大學出版社，1993年。）調名本此。《國香》亦有賦書畫的，如周密《國香慢》詞題序爲“賦子固凌波圖”，其中有“國香流落恨，正冰銷翠薄，誰念遺簪”句。其詞下《齊東野語》《樂郊私語》均載南宋畫家趙孟堅子固行舟從事書畫之事。（張宗橚輯：《詞林紀事》卷十五，成都古籍書店，1982年复印。）

【詞格】《國香》，自此格據《詞譜》卷二十七宋張炎《國香》（空谷幽人）可校。此調以此詞爲正體。此调曹勛亦有一词，雖字數、押韵與此詞同，唯上闋第四句四字，第五句六字异，且平仄有异，應爲變格。

⊙●○○（韵）。●⊙○◎●（句），◎●○○（韵）。◎○●○○●（句），●●○○（韵）。●●○○◎●（句），●○⊙（豆）、⊙●○○（韵）。○○●⊙●（句），●●○○（句），◎●○○（韵）。

◎○○●●（句），●○○●●（句），⊙●○○（韵）。◎○○●（句），⊙●◎●○○（韵）。●●○○⊙●（句），●⊙○（豆）、◎●

○○（韵）。○○●⊙●（句），●●○○（句），◎●○○（韵）。

【作法】此格九十九字。雙調。上闋十句五平韵，下闋十句四平韵。上闋逢第一、三、五、七、十句押韵，下闋逢三、五、七、十句押韵，均用平聲韵。下闋第二句爲五字句，首字領格。上下闋第七句爲上三下四句式，其中前三字爲上一下二句式。上下闋第八句均爲二一二句式。

【注釋】①路海艇：實力派畫家，集山水、花鳥于一體，以“農家小院”“北京胡同”畫爲特色。　　②鷄鶩：宋馬光《和吴仲庶寄吴瑛比部安道之子壯年致政歸隱蘄春》：“負米承親願已賒，恥隨鷄鶩啄泥沙”句。（傅璇琮等主編：《全宋詩》卷五〇七，北京大學出版社，1992 年，第 6167 頁。）

氐州第一

西　施①

清婉溪頭，紅手滚雪，遥聽浣練環佩。始向風清，争如水碧，羞那游魚欲墜。浮影依前，但向我、穿花相對。盡也叮嚀，儂家忍得，那堪違悖。

暗惜千枝芳草外。奈回首、綴花相配。隱隱歡情，幽幽感泪，盡害羞滋味。駕偏舟②、歌榭罷，方濃睡、閑花欲碎。夢過和風，伴雲歸、依稀向背③。

【題考】《氐州第一》，此調始于周邦彦《清真樂府》，係自創詞調，其詞爲旅途懷人之作。此調後來“方千里、趙文、邵享貞詞，俱照此填。惟陳（允平）詞句讀小异，故另列一體。”（《詞譜》卷三十一。）此調又名《熙州摘遍》。

【詞格】《氐州第一》，此調自《詞譜》卷三十一宋周邦彦《氐州第一》（波落寒汀）可校。此調創自此詞。方千里、趙文、邵享貞詞如此填，惟陳允平詞句讀小异，又是一體。

○●○○（句），○◎●●（句），○○●●○●（韵）。●●○○（句），○○◎●（句），○●○○◎●（韵）。○●○○（句），●●●（豆）、○○○●（韵）。◎●○○（句），⊙○◎●（句），●○○●（韵）。

●●⊙○○●●（韵）。◎⊙●（豆）、◎○○●（韵）。●●○○（句），○○●●（句），●●○○●（韵）。●○○（豆）、⊙●●

(句)，○○●（豆)、○○●●（韵)。●●○○（句)，●○○（豆)、○○●●（韵)。

【作法】此格一百零二字。雙調。上闋十一句四仄韵，下闋九句五仄韵。上闋逢第三、六、八、十一句押韵，下闋逢第一、二、五、七、九句押韵，均爲仄聲韵。上闋第八句，下闋第二、七句爲七字句，用上三下四句式，下闋第六句爲三三折腰句式，且除下闋第七句外，其餘前三字多用上一下二句式。上闋第四、五句爲“仄仄平平，平平仄仄”格式，形成對句。第六句後四字與隔句第七句對仗，爲“平平仄仄。平仄平平”格式。下闋第三、四句對句。第五句爲五字句，用上一下四句式。

【注釋】①西施：姓施名夷光，又稱西子，春秋戰國時期出生于浙江諸暨苎蘿村。中國四大美人之首。《越絶書・越絶内經九術第十四》：“越王勾踐問大夫種曰：‘我欲伐吴，奈何能有功乎？’大夫種對曰：‘伐吴有九術……四曰遺之好美，以爲功其志’……越乃飾美女西施、鄭旦，使大夫種獻之于吴王，曰：‘昔者，越王勾踐竊有天之遺西施、鄭旦，越邦洿下貧窮，不敢當，使下臣種再拜獻大王。’吴王大悦。”（［漢］袁康撰，吴平輯録，俞紀東譯注：《越絶書全譯》，貴州人民出版社，1996 年，第 228—231 頁。） ②駕偏舟：杜牧《杜秋娘詩》：“西施下姑蘇，一舸逐鴟夷。”（《全唐詩》卷 520-2，揚州詩局本。）鴟夷代指范蠡。《越絶書・越絶德序傳記第十八》：“范蠡恐懼，逃于五湖。”（［漢］袁康撰，吴平輯録，俞紀東譯注：《越絶書全譯》，貴州人民出版社，1996 年，第 270 頁。）《蕙風詞話》卷四云：“一日，讀《墨子》曰：‘吴起之裂，其功也。西施之沉，其美也。’……後檢《修文御覽》，見引《吴越春秋・逸篇》云：‘吴王亡後，越浮西施于江，令隨鴟夷以終。’”（［清］況周頤著，郭紹虞、羅根澤主編：《蕙風詞話》，人民文學出版社，1960 年，第 95 頁。）另據明司守謙撰《訓蒙駢句・六魚》“乘舟范蠡”注：“范蠡是春秋末越國大夫，晚年與西施駕偏舟，偕入五湖。”（徐梓、王雪梅編：《蒙學歌詩》，山西教育出版社，1991 年，第 184 頁。） 舟：船。據《世本八種・茆泮林輯本・作篇》載：“共鼓、貨狄作舟。”宋衷注：“《山海經・海内經》注《藝文類聚》七十一、《初學記》二十五、《一切經俱舍論》六音義、《廣韵》十八尤、《御覽》七百六十九。”（［漢］宋衷注，［清］秦嘉謨等輯：《世本八種》，上海：商務印書館，1957 年，第 113 頁。） ③依稀向背：李白《西施》：“一破夫差國，千秋竟不還。”（《全唐詩》卷 181-21，揚州詩局本。）

雙雙燕

楊貴妃[①]

畫眉黛淺，讓春盡香濃，六宮傾慕。游園幸得，解探牡丹争妒。游賞花容競顧。值立久、佳期若遇。教坊细写新詞[②]，對發清商天賦。

妝素。琵琶此趣。斷玉磬天音[③]，激揚衹許。乘凉窺樹，旋舞步莲留住。兹有携來不誤。似分與、斜陽都付。猶得解語花[④]開，勝似倦游望處。

【題考】《雙雙燕》，此調始見于史達祖《梅溪集》。其詞“過春社了，度簾幕中間，去年塵冷……翠尾分開紅影。”所咏雙燕，或爲詞調名。（上海古籍出版社，1988年。）又舒夢蘭《白香詞譜》：“從來詞人騷客，感物興懷，每以鴛鴦燕子，方喻伉儷人生。梁簡文帝《金閨思》詩：‘日移孤影動，羞睹燕雙飛。’盧照鄰《長安古意》詩：‘雙燕雙飛繞畫梁，羅幃翠被鬱金香。’李白《雙燕離》詩：‘雙燕復雙燕，雙飛令人羨。’元稹詩：‘各各人寧宇，雙雙燕賀巢。’是《雙雙燕》之調名，有所從來矣。考吴夢窗詞有：‘小桃謝後，雙雙燕飛來’句。《詞苑叢談》載衛氏姊妹，唱史邦卿《雙雙燕》詞，至入汪蛟門之夢，則本詞之膾炙一時，亦可知已。”（胡山源：《詞準》，世界書局，民國二十年。）

【詞格】《雙雙燕》，此調自《詞譜》卷二十六宋史達祖《雙雙燕・咏燕》（過春社了）可校。此調以此詞與吴文英詞悉爲同填。

●○●●（句），●○●○○（句），●○○●（韵）。○○●●（句），◎●●○○●（韵）。○●○○●●（韵）。●◎●（豆）、○○◎●（韵）。○○●●○○（句），●●○○○●（韵）。

○●（韵）。○○●●（韵）。●●●○○（句），●○○●（韵）。⊙○○●（句），●●●○○●（韵）。○●○○●●（韵）。●⊙●（豆）、○○○●（韵）。○◎●●⊙○（句），◎●●○◎●（韵）。

【作法】此格九十八字。雙調。上闋九句五仄韵，下闋十句七仄韵。上闋首句四字作“仄平仄仄”定格，用一二一句式。第二句爲五字句，首字領格。第三句四字起韵，語氣須與上句相貫，平仄一定。第五、六句雖然隔句，猶有對仗，爲“仄仄仄平平仄，平仄平平仄仄”格式，第七句爲七字句，用上三下四句式。結句爲六字兩句，上句平收下句仄叶，平仄一定。下闋换頭，起爲兩字句叶韵，第二句四字協韵爲“平平仄仄”定格。第三句首字領格，宜用去聲。第三句以下，與上闋相同。

【注釋】①楊貴妃：字玉環，號太真，原名楊芙蓉。中國古代四大美女之一。《舊唐書·列傳第一·后妃上》：“玄宗楊貴妃，高祖令本，金州刺史。父玄琰，蜀州司户。妃早孤，養于叔父河南府士曹玄璬。開元初，武惠妃特承寵遇，故王皇后廢黜。二十四年惠妃薨，帝悼惜久之，後庭數千，無可意者。或奏玄琰女姿色冠代，宜蒙召見。時妃衣道士服，號曰太真。既進見，玄宗大悦。不期歲，禮遇如惠妃。太真姿質豐艷，善歌舞，通音律，智算過人，每倩盼承迎，動如上意。宫中呼爲‘娘子’，禮數實同皇后。”（［後晋］劉昫等撰：《舊唐書》卷五十一，中華書局，1997 年，第 567 頁。）又《新唐書·列傳第一·后妃上》：“玄宗貴妃楊氏，隋梁郡通守汪四世孫。徙籍蒲州，遂爲永樂人。幼孤，養叔父家。始爲壽王妃。開元二十四年，武惠妃薨，後廷無當帝意者。或言妃姿質天挺，宜充掖廷，遂召内禁中，异之，即爲自出妃意者，丐籍女官，號‘太真’，更爲壽王聘韋昭訓女，而太真得幸。善歌舞，邃曉音律，且智算警穎，迎意輒悟。帝大悦，遂專房宴，宫中號‘娘子’，儀體與皇后等。”（［宋］歐陽修、宋祁等撰：《新唐書》卷七十六，中華書局，1997 年，第 901 頁。）白居易《長恨歌》：“漢皇重色思傾國，御宇多年求不得。楊家有女初長成，養在深閨人未識。天生麗質難自弃，一朝選在君王側。回眸一笑百媚生，六宫粉黛無顔色……”（［清］蘅塘居士編，陳婉俊補注，宋慧點校：《唐詩三百首》，中華書局，2003 年，第 104 頁。）　②教坊：唐代音樂機構，專門管理宫廷俗樂的教習和演出事宜。　③玉磬：善彈琵琶，尚擊磬。引《爾雅·釋樂》曰：“磬，樂器名也，以玉爲之。”（［晋］郭璞注，［宋］邢昺疏：《爾雅注疏》，北京大學出版社，1999 年，第 156 頁。）據《楊太真外傳上》載：“妃善擊磬，拊搏之音泠泠然，多新聲，雖太常梨園之妓，莫能及之。”（［宋］史官樂史撰，魯訊校録：《唐宋傳奇集》卷七：《楊太真外傳》，文學古籍刊行社，1956 年，第 260 頁。）　磬：據《世本八種·茆泮林輯本·作篇》載：“無句作磬。”宋衷注：“《禮記·明堂位》鄭注、《周禮·考工》疏、《風俗通義》、《山海經·海内經》注、《一切經四分律》十一音義、《初學記》十六、《御覽》五百七十六、《玉海》一百九。注云：‘無句，堯臣也。’《初學記》仝上。”（［漢］宋衷注，［清］秦嘉謨等輯：《世本八種》，上海：商務印書館，1957 年，第 116 頁。）又《博物記·樂考》載：“漢末喪亂無金石之樂，魏武帝至漢中得杜夔舊法，始後設軒懸鐘磬，至于今用之，于夔也。”（［晉］張華撰，［宋］周日用等注：《博物志》，中華書局，1980 年，第 74 頁。）　　　　④解語花：引《舌華録・韵語第十》云：“唐明皇秋八月，太液池有千葉白蓮數枝盛開，帝與貴妃宴賞焉。左右皆嘆羡久之，帝指貴妃示左右曰：‘争如我解語花。’”（［明］曹臣撰，［清］郝懿行編纂：《舌華録》，岳麓書社，1985 年，第 94 頁。）

昭君怨[①]

嬌面胡沙遍野。新月塵封天下。舉首望京華。念回家。
白髮憑闌亭榭。執念素琴難捨[②]。思老鏡分釵[③]。問天涯。

【題考】《昭君怨》，此調本琴曲名。舒夢蘭《白香詞譜》：“（宋代僧居月）《琴曲譜録》：“中古琴弄名，有《昭君怨》，明妃制。”（胡山源：《詞準》，世界書局，民國二十年。）又據漢代蔡邕《琴操》卷下載：“王昭君者，齊國王穰女也，顔色皎潔，聞于國中。獻于孝元帝，訖不幸納。……昭君恨帝始不見遇，乃作‘怨思之歌’。”（漢魏遺書鈔本。）故李商隱《戲題樞言草閣三十二韵》詩：“又彈明昭君，一去怨不回。”（晋人避司馬昭之諱，昭君後改明君。）至隋唐由樂府而入長短句，浸成樂曲名。又毛先舒《填詞名解・小令》卷一云：“漢王昭君作怨詩，人琴操，樂府咏嘆曲，有王明君，蓋石崇擬其意作之，以教緑珠，隋唐相沿有此曲。”（木石居校本。）

此調據沈雄《古今詞話・詞辨》上卷云：“明之陳繼儒，强爲一韵曰：‘水上奏琵琶。一痕沙。’遂名之爲《一痕沙》。”（清康熙二十八年澄暉堂刻本。）又名《洛妃怨》《宴西園》。

【詞格】《昭君怨》，此調自《詞譜》卷三宋万俟咏《昭君怨》（春到南樓雪盡）可校。此調均以六字句换頭者爲正體。此調蘇軾詞换頭“欲去又還不去”句，及秦觀、朱敦儒、侯寘等詞，俱作六字句。

⊙●⊙○◎●（仄韵）。⊙●⊙○⊙●（叶仄韵）。◎●●○○（换平韵）。●○○（叶平韵）。

◎●⊙○⊙●（换仄韵）。◎●◎○⊙●（叶仄韵）。⊙●●○○（换平韵）。●○○（叶平韵）。

【作法】此格四十字。雙調。平仄韵轉换格。上下闋各四句二仄韵二平韵。上下闋四换韵，兩仄兩平遞轉，上下闋同。上下闋第四句三字，即叶平韵，句法爲“仄平平”格式，不可移易。

【注釋】①昭君：王昭君，名嬙，中國古代四大美女之一。《漢書·元帝紀第九》：“竟寧元年春正月，匈奴呼韓邪單于來朝。詔曰：‘匈奴郅支單于背叛禮義，既伏其辜，呼韓邪單于不忘恩德，鄉慕禮義，復修朝賀之禮，願保塞傳之無窮，邊垂長無兵革之事。其改元爲竟寧，賜單于待詔掖庭王檣爲閼氏。’”（［漢］班固撰，［唐］顔師古注：《漢書》，中華書局，1962 年，第 297 頁。）又據《後漢書·南匈奴列傳第七十九》載：“初，元帝時，以良家子選入掖庭。時呼韓邪來朝，帝敕以宫女五人賜之。昭君入宫數歲，不得見御，積悲怨，乃請掖庭令求行。呼韓邪臨辭大會，帝召五女以示之。昭君丰容靚飾，光明漢宫，顧景裴回，竦動左右。帝見大驚，意欲留之，而難于失信，遂與匈奴。”（［南朝宋］范曄撰，［唐］李賢等注：《後漢書》，中華書局，1965 年，第 2941 頁。）《西京雜記·畫工弃市》：“元帝后宫既多，不得常見，乃使畫工圖其形，案圖召幸之。諸宫人皆賂畫工，多者十萬，少者亦不減五萬，獨王嬙不肯，遂不得見。匈奴入朝，求美人爲閼氏，于是上案圖以昭君行。及去，召見，貌爲后宫第一，善應對，舉止閑雅，帝悔之。而名籍已定，帝重信于外國，故不復更人。乃窮案其事，畫工皆弃市，籍其家，資皆巨萬。畫工有杜陵毛延壽，爲人形，醜好老少必得其真。安陵陳敞，新豐劉白、龔寬，并工爲牛馬飛鳥衆勢，人形好醜，不逮延壽。下杜陽望亦善畫，尤善布色。樊育亦善布色。同日弃市，京師畫師于是差稀。”（［晋］葛洪集，成林、程章燦譯注：《西京雜記》卷二，貴州人民出版社，1993 年，第 44— 45 頁。）②素琴：唐李白《古風》之五五：“安識紫霞客，瑶臺鳴素琴。”（《全唐詩》卷 161_ 1，揚州詩局本。）王昭君所用之琴爲會中阮，古琵琶的一種，係彈撥樂器。段安節《樂府雜録·琵琶》：“琵琶，始自烏孫公主造，馬上彈之。有直項者、曲項者。”（［唐］段安節：《樂府雜録》，中國戲劇出版社，1959 年，第 50 頁。） ③分釵：照在鏡子中的頭飾。引成語“破鏡分釵”。破鏡：據《太平御覽》卷七一七載：“（漢東方朔）《神异經》：‘昔有夫婦將别，破鏡，人執半以爲信。”後遂以喻夫婦分離。（［宋］李昉：《太平御覽》，河北教育出版社，1994 年，第 586 頁。）分釵：據《後漢紀·靈帝紀上》第二十二載：“元艾婦夏侯氏，有三子，便遣歸家，更索（郭）隗女也。夏侯氏父母曰：‘婦人見去，當分釵斷帶，請還之。’遂還。”（［晋］袁宏撰，周天游校：《後漢紀校注》，天津古籍出版社，1987 年，第 650 頁。）昭君“生二子。及呼韓邪死，其前閼氏子代立，欲妻之，昭君上書求歸，成帝敕令從胡俗，遂復爲後單于閼氏焉。”（［南朝宋］《後漢書》，中華書局，1965 年，第 2941 頁。）

最高樓

貂　蟬[1]

天知否，花唱到河川[2]。夜夜望貂蟬。水靈靈的環溪畔，月明明的躲雲邊[3]。正閨閣[4]，生笑靨，醉千年。

但守諾、采真香拜月[5]。也作罷、送行杯望闕。思輾側、惱驚眠。能諧白髮誰無夢，忍教俗事錯華年。沐春寒[6]，花宿霧，最堪憐。

【題考】《最高樓》，劉斧《青瑣高議》前集卷十：“會東都（今河南開封）人柳富，字潤卿，豪俊之士……翌日，富作詞別幼玉，名《醉高樓》。詞曰：‘人間最苦，最苦是分離。……兩心知，願伊家衷腸在，一雙飛。’”（上海古籍出版社，1998 年。）龍榆生《唐宋詞格律》云：辛詞此調“體勢輕鬆流美，漸開元人散曲先河。”（上海古籍出版社，1978 年。）按此説法，散曲有小令和套曲兩種形式，此調爲套曲，則表達諸多复雜之内容。對此，劉熙載《藝概·詞曲概》：“《太和正音譜》諸評，約之衹深情、豪曠、婉麗三品。”（劉熙載撰：《藝概》，上海古籍出版社，1978。）《詞譜》卷十九柳富《最高樓》（人間最苦）詞下注曰：“《情史》云：‘東都柳富，别王幼玉作，名《醉高春》。’”

【詞格】《最高樓》，此調自《詞譜》卷十九宋辛弃疾《最高樓》（花知否）可校。此調以此詞爲正體。此調方岳詞上下闋第四、五句各添一襯字，岳司馬昂父詞上下闋第二句、第四句各添一襯字，元好問詞下闋第二句減一字。此三者皆爲變格。

○⊙●（句），⊙●●○○（韵）。◎●●○○（韵）。◎○○●⊙○●（句），◎○○●●○○（韵）。●○○（句），○●◎（句），●○○（韵）。

◎◎●（豆）、◎○○●●（换仄韵）。●◎●（豆）、◎○○●●（叶仄韵）。⊙◎●（豆）、●○○（换平韵）。○○●●○○●（句），◎○◎●●○○（叶平韵）。●○○（句），○●●（句），●○○（叶平韵）。

【作法】此格八十一字。雙調。平仄韵錯叶格，即平韵與仄韵交替。上闋八句四平韵，下闋八句二仄韵三平韵。上闋逢第二、三、五、八句押韵，均爲平聲韵。下闋第一、二句押仄聲韵，第三、五、八句押平聲韵。下闋第一、二句爲八字句，用上三下五句式。第三句爲六字折腰句式。上闋第四、五句對仗，爲“仄平平仄平平仄，仄平平仄仄平平”格式。下闋第一、二句爲上三下五句式，形成扇面對，即隔句對，爲“仄仄仄、仄平平仄仄。仄仄仄、仄平平仄仄”格式，前三字爲上一下二句式，并呈遞進疊句。第三、四句對仗，爲“平仄仄、仄平平”格式。第五、六句用對仗，爲“平平仄仄平平仄，仄平仄仄仄平平”句式。

【注釋】①貂蟬（約 172—?）甘肅省臨洮縣人，中國古代四大美女之一。（詳見附録一） ②花唱：即唱花兒。流行于甘肅西南地區的一種民歌。臨洮也是唱花地區。見本集《一叢花・蓮花山》注。臨洮，狄道：甘肅省臨洮縣古稱。據《太平御覽・州郡部十一・蘭州》卷一百六十五：“《十道志》曰：狄道，屬隴西郡。以其地有狄種，故云狄道。”（［宋］李昉等撰，夏劍欽等校點：《太平御覽》，河北教育出版社，1994 年，第 566 頁。） ③月明明的躲雲邊：比喻貂蟬有“閉月”之容。引《牡丹亭・驚夢》：“不提防沉魚落雁鳥驚諠，則怕的羞花閉月花愁顫。”（［明］湯顯祖著：《牡丹亭》，人民文學出版社，1963 年，第 43 頁。）另據載：“貂蟬在花園里爲王允祈禱拜月，時值有一片彩雲遮月。王允見之曰：‘貂蟬美色使月亮躲到雲後面去了。’”（施宣圓等主編：《中國文化之謎》第一輯，學林出版社，1985 年，第 108 頁。） ④閨閣：引《太平御覽・居處十二》：“《爾雅》曰：闈小者謂之閨。《説文》曰：閨，持主户也。上圓下方，有似于圭。《文選》曰：閨中風暖。”“《廣雅》曰：棧。閣也。”（［宋］李昉等撰，夏劍欽校點：《太平御覽》，河北教育出版社，1994 年，第 738—739 頁。） ⑤拜月：王允設下連環計，先暗里把貂蟬許給吕布，明處再把貂蟬獻給董卓。引羅貫中《三國演義》第八回：“王司徒巧使連環計，董太師大鬧鳳儀亭。”（人民文學出版社，1973 年。） ⑥沐春寒：引《世本八種・茆泮林輯本・作篇》云：“秦穆公作沐。”宋衷注：“《御覽》三百九十五。”（［漢］宋衷注，［清］秦嘉謨等輯：《世本八種》，商務印書館，1957 年，第 121 頁。）

高陽臺

唐　僧[①]

花眼遥天，縈身倚杖，吹衣拂碎人單。問宿星稀，曉霜滴水游禪。今逢百慮憑肩過，莫倚危、已是悠然。往西頭，到曬經書，在外經年。

陽關過後依初約，念雌黄訓發[②]，廣采徵言。誤落妖嬈，幾分仙影慈憐。可堪燭映無端泪，那垂簾、這不同眠。憶年時，猶數人家，休訴因緣。

【題考】《高陽臺》，高拭詞注商調。此調爲宋後起的詞調，始見于蔣捷《竹山詞》。毛先舒《填詞名解·長調》云：調名“取宋玉賦神女事。又漢習郁于峴山作養魚池，中築釣魚臺，是燕游名處。山簡爲荆州，每臨此池，輒大醉，曰：‘此吾高陽臺池也。’”（木石居校本。）戰國時宋玉《高唐賦》：“（婦人）去而辭曰：‘妾在巫山之陽，高丘之阻，旦爲行雲，暮爲行雨，朝朝暮暮，陽臺之下。’”（《宋玉集》，岳麓書社，2001年。）調名本此。

此調又名《慶春澤慢》《慶春宫》。

【詞格】《高陽臺》，此調據《詞譜》卷二十八宋劉鎮《高陽臺》（燈火烘春）可校。此調以此詞爲正體。此調張炎詞上下闋第八句皆押韵爲變格。

⊙●○○（句），⊙○●●（句），⊙○◎●○○（韵）。◎●○○（句），◎⊙◎●○○（韵）。⊙⊙◎●○○●（句），●◎○（豆）、◎●○○（韵）。●○○（句），◎●○○（句），◎●○○（韵）。

⊙○◎●○○●（句），●⊙○⊙●（句），⊙●○○（韵）。◎●○○（句），◎⊙⊙●○○（韵）。◎⊙◎●○○●（句），●⊙○（豆）、◎●○○（句），●○○（韵）。⊙●○○（句）⊙●○○（韵）。

【作法】此格一百字。雙調。上下闋各十句四平韵。上下闋逢第三、五、七、十押韵，均爲平聲韵。上闋第一、二句爲四字對仗，爲“平仄平平，平平仄仄”格式。第七句爲七字句，用上三下四句式。下闋第二句爲一字豆句領兩句，以下各句，與上闋第四句以下相同。

【注釋】①唐僧：明代吴承恩所著《西游記》文學中心人物。原型爲唐朝三藏法師——玄奘。玄奘《大唐西域記·秘書著作佐郎敬播序》：“以貞觀三年，杖錫遵路。資皇靈而抵殊俗，冒重險其若夷；假冥助而踐畏途，幾必危而已濟。暄寒驟徙，輾轉方達……周流多載，方始旋返，十九年正月，届于長安。所獲經論六百五十七部，有詔譯焉。親踐者一百一十國，傳聞者二十八國。……名爲《大唐西域記》，一帙，十二卷。”（［唐］玄奘撰，辨機編次，芮傳明譯注：《大唐西域記》，貴州人民出版社，1995 年，第 9—10 頁。）

②“雌黄訓發，廣采征言”兩句：玄奘《大唐西域記·尚書左僕射燕公于志寧序》：“于是詞發雌黄，飛英天竺；文傳貝葉，聿歸振旦。”（辨機編次，芮傳明譯注，［唐］玄奘撰：《大唐西域記》，貴州人民出版社，1995 年，第 28 頁。）

齊天樂

孫悟空①

五行山下曾凝佇②。而今挺身羈旅。此意請纓③，誰人揣擬，須信雲鴻相與。西游過處。任妖怎喬裝，定睛教汝。怒棒臨空，蕩平孽障已無阻。

回花果山小住。望雲天一綫，臨水消暑。未晚差涼，初晴軟緑，料也和花私語。還將遠馭。縱飛躍西天，奈何離去。但走黄昏，照清霜一路。

【題考】《齊天樂》，姜夔《白石道人歌曲》、吴文英《夢窗詞》注黄鐘宫，俗名正宫，《太和正音譜》注中吕宫。此調爲宋大晟府樂曲。始見于周邦彦《片玉詞》。南朝宋虞和《明君大雅》有“黄勛冠帝側，萬壽永齊天”句，（《樂府詩集·舞曲歌辭五》卷五十六。）後取意曲譜，成爲曲調之名。《宋史·志第九十五·樂十七》：“所奏凡十八調、四十大曲：一曰正宫調，其曲三，曰《梁州》《瀛府》《齊天樂》。”宋太宗時，《齊天樂》曲調專用來爲皇家祝壽。後傳入民間，成爲南宋詞人常用的詞調。宋代四水潛夫輯《武林舊事·聖節》：“《天基聖節排當樂次（正月五日）》：“樂奏加夾鐘宫，觱篥起《萬壽永無疆》引子，王恩。上壽第一盞，觱篥起《聖壽齊天樂慢》，周潤。”（西湖書社，1981 年。）

此調又名《臺城路》《如此江山》《五福降中天》。

【詞格】《齊天樂》，此調據《詞譜》卷三十一宋姜夔《齊天樂》（庾郎先自吟愁賦）可校。此調以周邦彦（緑蕪凋盡台城路）詞爲正體，周詞别首（疏疏幾點黄梅雨）詞及吴文英詞、姜夔詞體，宋人亦間爲之。

●○○●○○●（韵）。○○●○○●（韵）。●●○○（句），○○●●（句），○●○○○●（韵）。○○●●（韵）。●○●○○（句），●○○●（韵）。●●○○（句），●○●●●○●（韵）。

○○●○●●（韵）。●○○●●（句），○●○●（韵）。●●○○（句），○○●●（句），●●○○○●（韵）。○○●●（韵）。●○●○○（句），●○○●（韵），●●○○（句），●○○●●（韵）。

【作法】雙調。此格一百零二字。上闋十句六仄韵，下闋十一句六仄韵。上闋逢第一、二、五、六、八、十押韵，下闋逢一、三、六、七、九、十一句押韵，均爲仄聲韵。上闋第三、四句，下闋第四、五句爲四字對仗。下闋第六句爲六字句，語氣承上兩句而叶韵。第十一句爲五字句，用上一下四句式。上闋第七句，下闋第八句首字領格，例用去聲，與下句四字句協韵形成語氣呼應。此調緊連兩字仄聲押韵處宜用“去上”聲。

【注釋】①孫悟空：明代吴承恩所著《西游記》文學人物之一。法號行者。　　②五行山：即巴掌山。　　③請纓：《漢書·終軍傳》：“軍自請，願受長纓，必羈南越王而致之闕下。”（許嘉璐主編：《二十四史全譯》，漢語大詞典出版社，2004年，第1340頁。）

八聲甘州

猪八戒[1]

望黄沙大漠向西天，暮投晚風吹。記曾時邀月[2]，而今别闕[3]，鴻斷難窺。又似沙鷗渺渺，照坐夢酣時。誰唤隨伊去，淘气頑皮。

路遠天高人矮，看步颠擔杖，還笑嘻嘻。嘆流年花季，芳債變花癡。夢佳人、當花和尚，見幾回、差點被花欺。教恩怨、抹斜陽處，笑裏相隨。

【題考】《八聲甘州》，柳永《樂章集》注仙吕調；《太和正音譜》注仙吕宫。《詞譜》卷二十五引云：“《碧鷄漫志·甘州》載仙吕調，有曲破，有八聲，有慢，有令。”此調爲唐教坊大曲名。原爲《甘州》，雜曲有《甘州子》，是唐邊塞曲，因以邊塞地甘州爲名，後用作詞牌。據《宋史·志第八十四·樂六》載：“《伊州》《石州》《甘州》《婆羅門》者，胡曲。”又王灼《碧鷄漫志》卷第三：“甘州，世不見，今仙吕調有曲破，有八聲慢，有令，而中吕調有象甘州八聲，他宫調不見矣。”（中華書局，1986 年。）《詞譜》卷二十五曰，“此調前後段八韵，故名《八聲》，乃慢詞也，與《甘州遍》之曲破，《甘州子》之令詞不同。”

此調亦有單調兩體，一體二十九字，一體三十三字，都是五平韵。又名《甘州》《蕭蕭雨》《宴瑶池》。

【詞格】《八聲甘州》，此調據《詞譜》卷二十五宋柳永《八聲甘州》（對瀟瀟暮雨灑江天）可校。此調以此詞爲正體。此調凡與此詞相較，句式有异、押韵易句，添字、减字者，均爲變格。此調吴元可詞上闋第四、五句，作六字一句、四字一句。鄭覺齋詞上闋結句作五字一句、六字一句。此二者句讀與此詞有异，即爲變格。

●⊙○◎●●○○（句），◎⊙●○○（韵）。●⊙○⊙●（句），⊙○◎●（句），⊙●○○（韵）。◎●⊙○◎●（句），◎●●○○（韵）。⊙●⊙○●（句），⊙●○○（韵）。

◎●⊙○⊙●（句），●◎○◎●（句），⊙●○○（韵）。●⊙○⊙●（句），⊙●●○○（韵）。●⊙⊙（豆）、⊙○⊙●（句），●◎○（豆）、⊙●●○○（韵）。○○●（豆）、◎○⊙●（句），◎●○○（韵）。

【作法】此格九十七字。雙調。上下闋各九句四平韵。上闋逢第二、五、七、九句押韵，下闋逢三、五、七、九句押韵，均爲平聲韵。上闋第一句爲八字句，一字點豆領七字一句，下句五字一句。第三句爲五字句，首字點豆，領四字對仗兩句，爲“仄平平平仄，平平仄仄”格式，及四字一句。下闋第六、八句爲七字句，用上三下四句式，第七句爲八字句，用上三下五句式。第二、四句首字領格，第八句是特殊句法，中間二字多相連屬，并後四字爲一二一句法。

【注釋】①猪八戒：吴承恩所著《西游記》文學人物之一。唐僧爲讓他繼續戒五葷三厭，起名“八戒”。《萬事由來》説依據有三：一説是吴承恩家鄉淮安有個二流子名朱八，吴覺得這種人應該戒懶、戒饞、戒偷摸；二是傳説吴在創作時聽人講述過野猪精的故事，便塑造了這個人格化的野猪精形象；三是依據現秘藏于大英國博物館内的，由當年斯坦因盗走的敦煌唐人繪畫圖像《大摩里支菩薩圖》上繪有大摩里支菩薩，菩薩脚踝前有只小金猪，猪頭人身，傳説是猪八戒的最早雛形。另外，《佛説大摩里支菩薩經》，經中的猪是供菩薩騎乘的，而唐三藏所譯的《佛説摩里支天菩薩羅尼經》中述及種種厄難，也是《西游記》中種種厄難的張本。（王守勛主編：《萬事由來》，黑龍江科學技術出版社，1980 年，第 63 頁。）　　②曾時邀月：猪八戒前身是天蓬元帥，因調戲嫦娥被降生人間。　　③闕：這裏指宫殿。宫殿、皇陵、官衙大門前兩側個立一座建築，形如門樓而中缺門扇，故叫作闕。

揚州慢

沙和尚①

初洗山青，晚吹風老，暗塵不誤行僧。趟人間混水，鏟世道無情。自相憶、流沙水影，挽留孤負，羞説妖精。算從頭、懸月雲移，碎影隨行。

白沙斗帳，待高眠、留月纏縈。縱浪迹離愁，逍遥别夢，人在歸程。莫説幾回憔悴，寧抛却、往事休評。念流年猶唱，蓑蓑烟雨人生。

【題考】《揚州慢》，此調爲姜夔自度曲，注中吕宫。其詞序曰："淳熙丙申至日，予過維揚。夜雪初霽，薺麥彌望。入其城，則四顧蕭條，寒水自碧，暮色漸起，戍角悲吟。予懷愴然，感慨今昔，因自度此曲。千岩老人以爲有'黍離'之悲也。"調名本此。（唐圭璋編：《全宋詞》第三册，中華書局，1999 年。）

【詞格】《揚州慢》，此調據《詞譜》卷二十六宋姜夔《揚州慢》（淮左名都）可校。此詞創自姜夔，應以此詞爲正體。

⊙●○○（句），◎○⊙●（句），◎○◎●○○（韵）。●○○◎●（句），◎◎●○○（韵）。●⊙●（豆）、○○◎●（句），◎○⊙●（句），⊙●○○（韵）。●○○（豆）、⊙◎○⊙（句），○●○○（韵）。

◎○◎●（句），●○○（豆）、⊙●○○（韵）。●◎●○○（句），⊙○◎●（句），⊙●○○（韵）。●●◎○○●（句），○○●（豆）、◎●○○（韵）。●⊙○○●（句），⊙○⊙●○○（韵）。

【作法】此格九十八字。雙調。上闋十句四平韵，下闋九句四平韵。上闋逢第三、五、八、十句押韵，下闋逢第二、五、七、九句押韵，均爲平聲韵。上闋第六、九句，下闋第二、七句爲七字句，用上三下四句法。上闋起兩句對仗，爲"平仄平平，仄平平仄"格式。第四、五句爲五字句，分别用上一下四句式。下闋第三、四句爲"仄仄仄平平，平平仄仄"格式，首字領兩句四字對句。第八句首字領兩句。

【注釋】①沙和尚：又名沙悟净。吴承恩所著《西游記》文學人物之一。原爲天宫中的捲簾大將，因在蟠桃會上打碎了琉璃盞，惹怒王母娘娘，被貶入人間，在流沙河畔當妖怪（塘虱精），後被唐僧師徒收服，負責挑擔，使用的兵器是月牙鏟。

雨霖鈴

《紅樓夢》①

通靈容説。望含羞草，奄奄如絶。尋常飲水消了，愁腸百結，依稀扶跌。恰似紅樓寄住，正多了添設。笑去處、何事春來，又派西風道離別。

紅塵踏石還尋覓②。更相知、泪灑先相滴。東風儘是春色，尋意趣、暮秋烟寂。可奈觀園，應景欄杆，照樣多陌。竟暗語、正是桃夭③，弄得紅花摘。

【題考】《雨霖鈴》，此調爲唐教坊大曲名。後用爲詞調，始見于柳永《樂章集》，注雙調。此調名的‘霖’，一作“淋”。王灼《碧鷄漫志》卷五《雨淋鈴》條：“《明皇雜録》及《楊妃外傳》云：‘帝幸蜀，初入斜谷，霖雨彌旬。棧道中聞鈴聲，帝方悼念貴妃，采其聲爲《雨淋鈴》曲以寄恨。時梨園弟子惟張野狐一人善篳篥，因吹之，遂傳于世。’予考史及諸家説，明皇自陳倉入散關，出河池，初不由斜谷路。今劍州梓桐縣地名上亭，有古今詩刻，記明皇聞鈴之地，庶幾是也。羅隱詩云：‘細雨霏微宿上亭，雨中因感雨淋鈴……’世傳明皇宿上亭，雨中聞牛鐸聲，悵然而起。問黄幡綽鈴作何語，曰：‘謂陛下特郎當。’特郎當，俗稱不整治也。明皇一笑，遂作此曲。《楊妃外傳》又載上皇還京後，復幸華清，從宫嬪御多舊人。于望京樓下，命張野狐秦《雨淋鈴》曲，上四顧凄然。自是聖懷耿耿，但吟‘刻木牽絲作老翁。鷄皮鶴髮與真同。須臾弄罷寂無事，還似人生一世中。’……今雙調《雨淋鈴慢》，頗極哀怨，真本曲遺聲。”（［宋］王灼：《碧雞漫志》，《詞話叢編》第一册，中華書局，1986 年。）《詞譜》卷三十一云：“宋詞蓋借舊曲名，另倚新聲也。”此調又名《雨霖鈴慢》。

【詞格】《雨霖鈴》，此調自《詞譜》卷三十一宋柳永《雨霖鈴·秋别》（寒蟬凄切）可校。此調以此詞爲正體。此調王庭珪詞與此詞同，惟上闋第

二、三句，作八字一句，即上三下五句式；黄裳詞與王詞較，上闋第六句四字，第七句、第八句、結句俱作上三下四七字句。此二者句讀有异，即爲變格。

○○⊙●（韵）。●○○●（句），●●○●（韵），○○◎◎⊙●（句）○○●●（句），○○○●（韵）。●●○○◎●（句），●○◎○●（韵）。●●◎（豆）、○●○○（句），●●○○●○●（韵）。

⊙○●●○○●（韵）。●○○（豆）、●●○○●（韵）。⊙○●◎⊙●（句），⊙●●（豆）、●○○●（韵）。●●○○（句），○●○○（句），●◎○●（韵）。●●●（豆）、⊙●○○（句），●●○○●（韵）。

【作法】此格一百零三字。雙調。上闋十句五仄韵，下闋九句五仄韵。例用入聲韵。拗句多，歷來作者，平仄率依此詞爲準，不敢稍有出入。本調多關聯詞語，注意語氣轉折。上闋首句四字起韵。第二句四字務用“仄平平仄”格式，首字領格，爲“一二一”句式。第三句四字叶韵。第四句四字句，用上二下四句式。第八句五字，用上一下四句式，首字必用去音。第九句七字句，用上三下四句式。結句七字多作上四下三句法。下闋首句七字仄句叶韵，用上二下五句法。第二句八字句，用上三下五句式。第四句七字句，用上三下四句式，第五、六句對仗，其中第六、七句，應爲雙字音節。第八句爲七字句，用上三下四句式，首字领兩句，其中結句五字，用上二下三句式。

【注釋】①《紅樓夢》：此書手抄本流傳期間叫《石頭記》，乾隆五十六年的一百二十回活字印行問世後，改名爲《紅樓夢》。這部古典小説還有《風月寶鑒》《金陵十二釵》等書名。（參見王守勛主編：《萬事由來》，黑龍江科學技術出版社，1989 年，第 332 頁。）　②踏石：借用《淮南子》里女媧氏“煉石補天”的故事，説女媧補天之時，留下半塊未用，弃在青埂峰下。該石自經鍛煉之後，通了靈性，可大可小。一僧一道見後，便在石上鎸刻上“通靈寶玉”幾個字，投宅入世，成爲賈政與王夫人的次子——賈寶玉。《紅樓夢》第一回即爲“甄士隱夢幻識通靈，賈雨村風塵懷閨秀”。（［清］曹雪芹著：《紅樓夢》，人民文學出版社，1982 年。）　③桃夭：《詩經・周南・桃夭》：“桃之夭夭，灼灼其華。”（程俊英撰：《詩經譯注》，上海古籍出版社，2004 年，第 10 頁。）

東風第一枝

林黛玉[①]

［引言］《紅樓夢》是一座博物館，收藏了人世間的風風雨雨，是一首悲歡離合的歌，訴説了縈繞人們心頭的不了之情。以林黛玉爲代表的金陵十二釵[②]，當初春風化世，恍若柳緑，應染人間花翠。

嗟！或燭泪掩袖，或倚門歸盼，或抱志難酬，却得日薄西山之歸宿。

惜！春色難覓，衷情漂泊，游魂夢歸，當朱筆標點，當引頸咏唱。

曰：幾回娘勸夜凉時，堪繼臨窗望月移。本是抛球風色好，奈何看鏡掩門悲。琴揚寄在簪花舞，簫起附于細雨吹。落盡紅消塘柳冷，明年都付約鶯期。

走近心靈，携盤碧玉，風來滚動清透[③]。頓成流轉聽音[④]，解向静閑等候。何人饋與，信無猜[⑤]、兩人依舊。縱使得、待到西風，道個冷秋消瘦。

花怒放，小園獨厚。枝打結，細條盤糾[⑥]。幾回紅葉消魂，一向折花接受[⑦]。聽知雨打[⑧]，便摇落、吹花飄走。弄幾瓣、葬下相思[⑨]，莫問尚留多久。

［綴語］林黛玉的愛情是純潔的，就象天上的白雲在陽光的折射下，給人以温暖；她的心靈是透明的，就象山泉的流水，在滴噠聲中，給人以甘甜；她的心緒是飛揚的，就象楊絮花夢，在微風習習下，給人以纏綿。她的愛情是苦澀和無奈的，是心曲自吟，是夕陽墜紅，是在星夜下的佇立，是在孤燈下的嘆息！

追求自己的愛情，珍惜自己的愛情，是林黛玉的精神所在！

【題考】《東風第一枝》，吴文英《夢窗詞》注黄鐘商，蔣孝《舊編南九宫譜》注大石調。此調爲宋後起的詞調。計有功《唐詩紀事·袁皓》："皓《及第後作》云：'金榜高懸姓字真，分明折得一枝春。'"（上海古籍出版社，1987年。）又據趙師岈在吕謂老《聖求詞·跋》中云："世謂少游詩似曲，子瞻曲似詩，其然乎？至荆公《桂枝香》詞，子瞻稱之：此老真野狐精也。"（［明］毛晋《宋六十名家詞》，上海古典文學出版社，1989年。）據毛子晋在吕謂老《聖求詞·跋》中云："吕聖求，名渭老，或云濱老，檇李人，有聲宣和間。其咏梅詞寄調《東風第一枝》，先輩與坡仙《西江月》并稱，兹集中不載，不知何故。"（上海古典文學出版社，1958年。）戰國時宋玉《登徒子好色賦》云："寤春風兮發鮮榮，潔齋俟兮惠音聲。"春風競來，第一枝頭，當屬梅花先放，故爲"東風第一枝"。（《中華活頁文選》合訂本一，上海古籍出版社，1962 年。）詞名本此。此調又名《瓊林第一枝》。

【詞格】《東風第一枝》，此調據宋史達祖《東風第一枝・春雪》（巧沁蘭心）。此格自《詞譜指要》可校。本調以史達祖“草脚愁蘇”詞爲正體，此詞高觀國、王之道、張翥、張雨詞可校。另有吴文英及無名氏二詞，押韵、句讀不同，應爲變格。

◎●○○（句），⊙○◎●（句），⊙○◎●○●（韵）。◎○⊙●○○（句），●◎◎○◎●（韵）。⊙○◎●（句），◎◎●（豆）、⊙○○●（韵）。●●◎（豆）、◎●○○（句），◎●●○○●（韵）。

⊙◎◎（句），◎⊙●●（韵）。⊙●◎（句），●○⊙●（韵）。◎○⊙●○○（句），●◎◎○◎●（韵）。⊙○⊙●（句），◎◎●（豆）、⊙○○●（叶韵）。●●◎（豆）、◎●○○（句），◎●◎○○●（韵）。

【作法】此格一百字。雙調。上闋九句四仄韵，下闋十句五仄韵。上闋首二句對仗，爲“仄仄平平，平平仄仄”格式。第四、五句宜對仗，第七、八句均爲上三下四句式。下闋起四句爲扇對，即“平仄仄，仄平仄仄。平仄仄，仄平平仄”格式，句法俱上三下四句式，第五、六句對仗，爲“仄平平仄平平，仄仄仄平仄仄”格式，第八、九句均爲上三下四句式。上下闋後六句平仄格式同。

【注釋】　①林黛玉：《紅樓夢》金陵十二釵之一，賈母的外孫女。②金陵十二釵：“金陵，古邑名，楚威王七年（公元前 333 年）置，在今南京市。　釵：本爲婦女的頭飾。舊稱女子爲‘裙釵’或‘金釵’。十二釵，語本《古樂詩》：‘頭上金釵十二行’，原言髻高叉釵之多。唐代白居易《酬牛思黯》詩則用‘金釵十行’借指女子排列之衆。至宋人沈立《海棠百韵》：‘金釵人十二，珠履客三千。’明指十二個女子。”《紅樓夢》“題曰‘《金陵十二釵》’通常認爲是由第五回‘册子’上所寫的十二個女子得名。”（引《紅樓夢》上册第一回注脚，人民文學出版社，1982 年，第 6 頁。）　③携盤碧玉，風來滚動清透：引劉勰《文心雕龍・聲律》卷三十三：“玲玲如振玉。”（［南朝梁］劉勰著，周振甫譯：《文心雕龍今譯》，中華書局，1986 年，第 302 頁。）　④聽音：引《紅樓夢》第二十三回，賈寶玉趁機向她表示：“我就是個‘多愁多病身’，你就是那‘傾國傾城貌’。”林黛玉却氣得“帶腮臉耳通紅，登時直竪起兩道似蹙非蹙的眉，瞪了兩隻似睜非睜的眼，微腮帶怒，薄面含嗔，指寶玉道：‘你這該死的胡説，好好的把這淫詞艷曲弄來了，還學了這些混帳話來欺負我。我告訴舅舅舅媽去。’” ⑤信無猜：引《紅樓夢》第三十四回，賈寶玉勇敢地表明對林黛玉的愛心，派晴雯送去定情的信物——兩條舊手絹。 ⑥細條盤糾：在大觀園“脉脉温情”下的冷酷，在林黛玉病重期間，除了李紈看望之外，再没有人理會她的存在。⑦折花接受：曾經一度視黛玉爲掌上明珠的賈母，却明確表示不能將她許配給寶玉，王熙鳳在賈母的授意下，便使出了“偷梁换柱”之計。 ⑧聽知雨打：引《紅樓夢》第二十七回《葬花吟》：“一年三百六十日，風刀霜劍嚴相逼。” ⑨葬下相思：《紅樓夢》第二十七回里，林黛玉《葬花吟》：“花謝花飛花滿天，紅消香斷有誰憐”，其“質本潔來還潔去，强于污淖陷渠溝”。

女冠子

薛寶釵[①]

［引言］“任是無情也動人”。薛寶釵選擇了與院落人群的默契和投機，而忽視了與發生愛情的心靈沟通。憑藉自己的智商是可以取悦旁人的，但始終得不到真正的愛。

“女子無才便是德。”此話就整體所指而言，是否有男人們自覺聰明反而罵了自己的話不講，就針對個體而言，也就是單指薛寶釵而言，她的爲人是八面玲瓏的，但心緒是自累的，累得連獨處都不知怎樣擺放自己的手足。如果這些都是她追求完美所造成的話，倒不如説是她選擇了有“才”，而没有選擇“野”一點造成的。如果是這樣，她的所做所爲，就没有那麽多的繁文縟節。

“事不關己不開口，一問摇頭三不知”的明哲保身的處世哲學，雖然保住了自己的既定“陣地”，但她營造的愛情却是虚幻的。

當晴着甚生千影，所許穿帘莫出門。壁月移閑唯有韵，愁腸惱亂自傷魂。

曉來初贊。續寒梅小身段。春風香徑，捋飛紅杏，恐染眉頭，拈巾微汗。頻相搔首看[②]。幾處近前歡計，念園催粲。奈天長、迎笑未露[③]，花下逢人空嘆。

誰家風景東厢院。想西園依舊，一笑東風面[④]。賞臺猶見。囑緑葉配好[⑤]，牡丹纔羡。何堪容小倦。莫錯院中風景，暗風香遣[⑥]。待化妝秋色，一簾幽雨，幾時游倦。

［綴語］薛寶釵的愛情是執着的，却少了點瞻望和嚮往。她本身没有錯，錯就錯在受傳統地狹隘思維層層包圍，以及祖祖輩輩所尊崇地陳腐觀念的薰陶，使得她的視野看不到

遥遥天際外還有一片青草地，聽不到高聳入雲的山崖上，還有淙淙的溪流聲……

愛情不僅僅是從物質上來詮釋，或者是一種權衡力量上的合作，而更多是依賴精神上所派生出來的心靈寄托；當精神貧窮到衹剩下帛衣玉食的時候，愛情的軀體衹能是一堆白森森的骨頭而已。

當我們爲薛寶釵的愛情扼腕嘆息時，應當還要欣賞她的聰慧、内賢和機敏的一面，以企喚醒她的死亡愛情，把在陽光下尚存的一絲氣息，待到春風化雨時得到復蘇！

【題考】《女冠子》，柳永《樂章集》“淡烟飄薄”詞注仙吕調，“斷烟殘雨”詞注大石調，元高拭詞、《太和正音譜》注黄鐘宫。此調爲唐教坊曲名。此調原爲小令雙調，始于温庭筠，至柳永衍爲長調。又説薛昭藴始撰此調，云：“求仙去也，翠鈿金篦盡舍。入岩巒，霧捲黄羅帔，雲雕白玉冠。”（［清］朱彝尊、汪森：《詞綜》上册，上海古籍出版社，1978年。）女冠，即女道士，此調原來即以寫女道士的神態，詞意與調名一致，如温庭筠《女冠子》詞“雪肌鸞鏡里，琪樹鳳樓前。寄語青娥伴，早求仙。”宋以後所咏題材逐漸擴及其他。清代葉申薌《本事詞》卷下云：“《女冠子》小令，唐人多咏本意。南渡後，《女冠》尤以風流自賞，而題贈者亦復不少。如吴夢窗丁稿中，《醉落魄》題藕花洲女道士扇云：‘春温紅玉，織衣學剪嬌鴉緑。’”（上海古典文學出版社，1957年。）

此調又名《女冠子慢》。

【詞格】《女冠子》，此調據《詞譜》卷四宋蔣捷《女冠子·元夕》（蕙風香也）可校。此調自温庭筠小令起始，有長調六體。此詞作爲長調體之一，李邴詞一體。此詞與李邴詞同，唯下闋第八句多兩字。還有柳永詞二體，康與之及無名氏詞一體。

●○○●（韵），◎○○●○●（韵）。○○○●（句），●○○●（句），●●○○（句），○○○●（韵）。○○○●●（韵），●●●○⊙●（句），●○⊙●（韵）。●⊙○（豆）、○●●●（句），○●○○⊙●（韵）。

○○⊙●○○●（韵），●⊙○○●（句），●●○○●（韵）。●○○●（韵）。●●●●●（句），◎○○●（韵）。⊙○○●●（韵），●●●○○●（句），●○○●（韵）。●●○○●（句），●○○●（句），●○○●（韵）。

【作法】此格一百一十二字。雙調。上闋十一句六仄韵，下闋十二句七仄韵。上闋逢第一、二、六、七、九、十一句押韵，下闋逢一、三、四、六、七、九、十二句押韵，均爲仄聲韵。上闋第十句爲七字句，用上三下四句式。下闋首句拗句，爲“平平平仄平平仄”格式。第二、五、十句首字領格，且第五句拗句，平仄不可移易。上下闋第八句爲六字句，均用上二下四句式。

【注釋】①薛寶釵：《紅樓夢》金陵十二釵之一，薛姨媽的女兒。②頻相搔首看：引《紅樓夢》第八回，她對和尚道士所説的“金玉良緣”不以爲然，却寶玉來了，却拿着他的玉“重新翻過來細看”又“念了兩遍”，并將本來戴着無趣的金鎖從裹面的大紅襖上掏將出來。　　③迎笑未露：引《紅樓夢》第六十七回，薛蟠從南回來，帶回些土儀。寶釵分送各人，連人人都討厭的賈環都送到了。　　④東風面”三句：引《紅樓夢》第四十二回，薛寶釵推心置腹地勸導黛玉説：“你我祇該做些針黹紡織之事纔是，偏又認得了字，既認得了字，不過揀那正經的看也罷，最怕見了些雜書，移了性情，就不可救了。”　　⑤綠葉配好：引《紅樓夢》第二十八回，“薛寶釵因往日母親對王夫人等曾提過‘金鎖是個和尚給的，等日後有玉的方可結爲婚姻’等語，所以總遠着寶玉。”　　⑥暗風香遣：薛寶釵在適當的時機，會不露任何痕迹地奉迎賈母，討好王夫人，并了若指掌地掌握了老太太賈母的一切脾性和愛好。

玉蝴蝶

王熙鳳[①]

［引言］誰言女子不如男？王熙鳳雖是粉妝出場的，好似彩綉輝煌，恍若神妃仙子，却在隨處留香的背後，隱藏着一股森然的冷氣，叫人不寒而慄。偌大觀園，其“殺伐决斷”，任是縱横捭闔。

當没有人情，没有親情，没有愛情的時候，庭階相遇，擦肩而過，猶如北風盡吹枯葉；闔家傾杯，四徒無景，好似案上無顧忌；枕衾相寢，合拳之間，比如逢場而作戲。

床前冷綉掛流蘇，花懶盈盈聽響珠。唯有多情多宛轉，方爲幾筆幾人輸。

甚爲好？“利”字好，蠅頭必争，人人長口爲誰留？

甚爲妙？“算”字妙，十指撥珠，大盤小盤爲我赢！

甚爲重？“管”字重，大任所賜，小僂羅小厮們讓爾看神勇！

誰舞東風説笑，熙攘門外，聞到其聲。眉上于飛，解落秋葉零丁[②]。鬧春光、偷傳密意，弄月影、争唱幽情[3]。挨門行。移花接木[4]，還笑盈盈。

伊行。誰家玉色，競春仙姿[5]，似水牽縈。照影堪羞，下堂喝令任經營[6]。但凝目、紅樓莫屬，更直观、朱閣誰能[7]。許佳名。過庭曾誤，背後人評。

［綴語］童叟不可欺，人心不可違。倘若王熙鳳知道此理，憑其聰明，盡可既大顯身手，又能得到四鄰之溢語。才能的表現要體現一種人文關懷的，其人格的力量，將默默無言，顯示出力量的巨變。爲人是“爲”出來的，是自然狀況下的自覺行動。如果爲人把聰明發揮得淋漓盡致的話，聰明就不復存在了。

王熙鳳是犯了忌諱的。“忌”猶如下山猛虎，吞噬掉的將是良心，其理性就蕩然無存了。“恨”是生冤的，當用恨撫其愛，愛的根莖非但不能紮深，而生長出來的枝葉是蔫頭蔫腦的，根本没有結出花果的希望。“毒”是罌粟花，美麗的背後是生長孽障的，其報應不僅僅是自己個人。

播種什麼就收割什麼。愛人將得到人愛，恨人將得到人恨，這是亘古不變的道理！

王熙鳳是無奈的。她是有才華的，應當欣賞她的管理能力，如果她懂點行爲科學，那就從“裏”和“面”上讓人看不出來了。同時指出的是，世間的事情往往是乾事越多，出的亂子亦多。如果大觀園裏若能有個章程，搞點监督機制，也不會造成讓她的權力大得具有生殺之能力那樣嚴重。弄好了也將周全她的行事，保護她的名聲，也能成全她的事業。

【題考】《玉蝴蝶》，柳永《樂章集》及《金奩集》注仙吕調，吴文英《夢窗詞》注夷則商，謝元淮《碎金詞譜》汴越調。原爲唐代名曲，名始于五代孫光憲咏蝶詞：“春欲盡，景仍長，滿園花正黄。粉翅兩悠揚，翩翩過短牆。鮮飆暖，牽游伴，飛去立殘陽。無語對蕭娘，舞衫沉麝香。”（《詞譜》卷四）又據許昂霄《詞綜偶評·宋詞》載：“《玉蝴蝶》，與《雪梅香》《八聲甘州》數首，溪徑仿佛。”（中華書局，1986 年。）

此調小令始于唐代温庭筠《金奩集》，宋代衍爲慢曲，始見于柳永《樂章集》。又名《玉蝴蝶慢》。

【詞格】《玉蝴蝶》，此調自《詞譜》卷四宋柳永《玉蝴蝶》（望處雨收雲斷）可校。長調始于此詞，王安中、史達祖、高觀國、陸游皆照此詞填。

◎●◎○⊙●（句），⊙⊙◎●（句），◎●○○（韵）。◎●○○（句），⊙●◎●○○（韵）。◎○⊙（豆）、⊙○◎●（句），◎◎●（豆）、⊙●○○（叶韵）。●○○（韵）。◎○⊙●（句），⊙●○○（韵）。

⊙○（韵）。⊙○◎●（句），◎○⊙●（句），◎●○○（韵）。●●○○（句），◎○⊙●●○○（韵）。●⊙◎（豆）、⊙○◎●（句），◎◎

⊙（豆）、⊙●○○（韵）。●○○（韵）。◎○⊙●（句），◎●○○（韵）。

【作法】此格九十九字。雙調。上闋十句五平韵，下闋十一句六平韵。上闋逢第三、五、七、八、十句押韵，下闋逢一、四、六、八、九、十一句押韵，均爲平聲韵。上闋第六、七句，下闋第七、八句爲七字句，均用上三下四句式；上闋第六、七句形成扇面對，爲“仄平平、平平仄仄，仄仄仄、平仄平平”格式。下闋第七、八、九、十句形成鼎足對，爲“仄平仄、平平仄仄，仄仄平、平仄平平。仄平平。仄平平仄”格式。

【注釋】①王熙鳳：《紅樓夢》金陵十二釵之一，賈璉之妻，王夫人的内侄女。　　②眉上于飛：王熙鳳掌管寧榮二府的内務大權，她能够處理極其复雜的人事關係，也衹有她能東借西挪，應付入不敷出的浩繁開支。她對付賈府的種種弊端及危機，處處表現出辦大事的魄力和本領。　　③争唱幽情：采用克扣月錢放債生息方式，不單是把下人的錢拿來克扣，她連老太太和太太的都敢挪用，都先克扣住不發，而且即便是“十兩八兩零碎”錢，她也要把它攢到一起放出去。　　④移花接木：《紅樓夢》第九十七回，“‘鳳姐笑道：給你娶林妹妹過來好不好？’寶玉却大笑起來。”暗里却張羅寶釵的事。　　⑤仙姿：唐鄭嵎《津陽門》：“鳴鞭後騎何躞蹀，宫妝禁袖皆仙姿。”（《全唐詩》卷567-1，揚州詩局本。）　　⑥下堂喝令任經營：引《紅樓夢》第十四回：“既托了我，我就説不得要討你們嫌了。我可比不得你們奶奶好性兒，由着你們去。再不要説你們‘這府里原是這樣’的話，如今可要依着我行，錯我半點兒，管不得誰是有臉的，誰是没臉的，一例現清白處理。……如今都有定規，以後那一行亂了，衹和那一行説話。”　　⑦“但凝目、紅樓莫屬，更直观、朱閣誰能”兩句：引《紅樓夢》十四回：鳳姐便説道：“明兒他也睡迷了，後兒我也睡迷了，將來都没了人了。本來要饒你，衹是我頭一次寬了，下次人就難管，不如現開發的好。”登時放下臉來，喝命：“帶出去，打二十板子！”一面又擲下寧國府對牌：“出去説與來升，革他一月銀米！”

綺羅香

李　紈①

［引言］朝迎雲霞，天朗逐目開，風華觸發起，衹見“青青河畔草，鬱鬱園中柳”，

真是一派好生機，怎奈攘袖掩映素手；晚送夕陽，時光牆頭過，心地半山明，有意“瘦影寫微月，疏枝横夕烟”，恰是一幅好景色，衹是垂簾獨占孤燈。

時光日復一日。李紈的日子是麻木的，被牢牢地囚禁在深宅大院，儘管也有一盆幽蘭，因爲没有春風吹打，衹象一珠麻木的草。于是，她觸覺不到田野里的清香，看不到歸巢倦鳥的留連，聽不到尋常巷陌，還有幾聲歌鼓，想不到，也不願想人與人之間還有幾多曾往……

紫陌風斜吹面老，東籬月冷護梢寒。重門怨處權聞笛，若管花聲且夢蘭。

依舊風光，如今景色，紛競蘭兒模樣。喜上新添，消得影兒輕帳。方快樂、拜帖清吟[2]，使悶氣、約心謡唱。最難容、幽怨秋聲，降霜月冷遇風謗[3]。

天晴心境敞亮，猶放風箏望去[4]，隨風方向。覓得桃花，争奈避秦無狀[5]。説甚麽、消去韶華，却换回、錦衣披上。最歡鬧、還是當年，燭堂人兩兩。

［綴語］乘凉樹下，微風習習，聽不到嘩嘩樹葉響；踏步山道，小溪彎彎，聽不到潺潺流水聲。李紈的生活是索然寡味的，平静里潛伏着苦澀，思緒中深藏着無奈。没有愛情的滋潤，使得她的精神生活乾涸地將無語任歲月打磨。

李紈是慷慨的。她對親情、友情的理解，以及她的厚道行爲，使得她的形象是完美的。李紈是高尚的。其忍辱負重的品質，讓人能够想像她對愛情的回憶是那樣一如既往。李紈是堅貞的。從她望子成龍的期盼中，進一步驗證了愛情是有諾言的，將愛情的生命延續下去，就象傳接力棒一樣，拼命地往下傳，直到終點。

李紈的生活處境是不可指責的，當你没有回到那個時空的時候，也就是當你没有能力解救她的時候，最好多點道義上的理解！如果她除了得到“氣昂昂，頭戴簪纓，光燦燦，胸懸金印，威赫赫，爵禄高登”外，她還能得到什麽呢？

【題考】《綺羅香》，此調始于《梅溪詞》，史達祖自度曲。綺羅香用喻豪華旖旎之境，唐宋人多用于詩詞。如唐代秦韜玉《貧女》詩：“蓬門未識綺羅香，擬托良媒益自傷。”（《全唐詩》卷670-5，揚州詩局本。）歐陽修《西湖泛舟呈運使學士張掞》詩：“綺羅香里留佳客，弦管聲來颺晚風。”（《全宋詩》卷301-20，北京大學出版社，1993年。）詞調取以爲名。

【詞格】《綺羅香》，此調自《詞譜》卷三十三宋史達祖《綺羅香》（做冷欺花）可校。此調以此詞爲正體。宋元詞家俱如此填，張炎二詞雖與此詞同，唯或過片押韵，或下闋第二句减一字，應爲變格。

○●○○（句），○○●●（句），⊙●○○○●（韵）。◎●○○（句），⊙●●●○○●（韵）。⊙◎●（豆）、◎●○○（句），●⊙●

(豆)、◎○○●(韵)。●⊙⊙(豆)、⊙●○○(句),◎○◎●●○●(韵)。

○○○●◎●(句),○●○○◎●(句),⊙⊙○●(韵)。●●○○(句),⊙●●○○●(韵)。⊙◎◎(豆)、⊙●○○(句),◎◎⊙(豆)、●○○●(韵)。◎⊙◎(豆)、⊙●○○(句),●○○●●(韵)。

【作法】此格一百零四字。雙調。上下闋九句四仄韵。上下闋逢第三、五、七、九句押韵,均爲仄聲韵。上闋第一、二句對仗,平仄相反,不能移易,結句七字句,爲“仄平平仄仄平仄”格式。上闋第六、七、八句爲鼎足對,即“平仄仄、仄仄平平,仄平仄、仄平平仄。平仄仄、平仄平平”格式,且三句爲七字句,均用上三下四句式,且上三句首字領格。下闋第六、七、八句作法與上闋同,爲“平仄仄,平仄平平,仄仄平、仄平平仄。仄平仄、平仄平平”格式。結句五字句,爲上二下三句式,平仄不能移易。

【注釋】①李紈:字宫裁,《紅樓夢》金陵十二釵之一。李守中女,賈珠妻,賈蘭母。　　②拜帖清吟:引《紅樓夢》第三十七回,探春下帖子與衆人欲起詩社,“李紈也來了,進門笑道:‘雅的緊!要起詩社,我自薦我掌壇。’”自號“稻香老農”。　　③最難容……遇風謗:指弱勢群體遇到的不公平。黛玉病篤,人人都爲寶玉、寶釵辦喜事去了,獨有李紈流着泪趕去看視。王熙鳳與鴛鴦取笑劉姥姥,厚道的李紈看不慣,但也祇能笑勸她們:“你們一點好事也不做,又不是小孩兒,還這麽淘氣,仔細老太太説。”④放風箏:引《紅樓夢》第七十回,林黛玉放風箏時,不忍放去,李紈體貼地開導黛玉:“放風箏圖的是這一樂,所以又説放晦氣,你更該多放些,把你這病根兒都帶了去就好了。”　　⑤避秦:引《紅樓夢》第一百八回:“尋得桃花好避秦”句。這裹指李紈恪守禮法、與世無争,從來安份順時,不肯捲入矛盾鬥争的旋渦。[釋引]“尋得桃花好避秦”句引宋代謝枋得《桃》詩:“尋得桃源好避秦。”(傅璇琮等主編:《全宋詩》卷三四七七,北京大學出版社,1998版,第41402頁。)《四庫全書》作《慶全庵桃花》。

感皇恩

賈元春①

［引言］紅牆碧瓦，蜿蜒亭榭，金釵高髻，舉步飄帶仙生慕；雕床綉衾，高燭紗幔，蛾黛粉妝，占盡群芳蝶當愧。我身尊不尊？萬人我任我使。我體貴不貴？大道我任我輦。我家榮不榮？田園我任我牧……

懸匾飛檐邀碧天，玉牆畫棟是觀園。久離衹爲須時省，流淌白銀萬萬千。親情不過紅頂羡，不抵深宫有其煩。天賦我身誰知道，心期愁悴獨自憐。

真是：

甜不甜？玉液無味，人情世故，哪有闔家相聚知自在！

苦不苦？紅燭唳血，强作歡笑，儘是日夜空寂盼人歸！

樂不樂？憑欄消日，心中苦澀，衹有春往秋來雁知道！

九闕隱重門②，烟鎖户閉。吹到春風諒無幾。客思不盡，轉首花稀無意。枉教雲雁過，閑飛累。

尋閣香凝，觀園題字③。卧榻流金淌銀第。又還離去，依舊夢多鄉里。那堪空獨倚，催年歲。

［綴語］賈元春的婚姻不過是趨于婚姻與政治結合的模式而已，達到和取得權力的一種手段。她是按照家族的要求履行使命的，來完成政治生命的延續，實現家大、業大的目的。表面上看，是賈元春的榮幸，實際上她衹是個替身，其受享的榮華富貴不過是一種榮譽而已，而得到真正的實惠，纔是她的家族所需要的。至于她個人所體味到的酸甜苦辣又有幾人知曉，也没有必要知曉！

大觀園的興旺與衰敗，以及演繹出來的悲歡離合，進一步驗證了姻緣政治所賦與的生命力是脆弱的和不穩定的。同時，也注定了賈府必然是“故向爹娘夢里相尋告：兒命已入黄泉，天倫呵，須要退步抽身早”的結局。

【題考】《感皇恩》，此調爲唐教坊曲名。《金詞》注大石調，《中原音韵》和《太和正音譜》注南吕宫。《詞譜》卷十五云：“陳暘《樂書》：祥符中，諸工請增龜兹部如教坊，其曲有雙調《感皇恩》。”舒夢蘭《白香詞譜》：“《南部新書》云：‘天寶十三載，始改金鳳調《蘇幕遮》。’按，張説《蘇幕遮》詩：‘摩遮本出西海胡，琉璃寶殿紫髯鬍。聞道皇恩遍宇宙，來將歌舞助歡娛。’中有‘皇恩’語，而《蘇幕遮》又爲胡語，名未雅馴，因取張詞改爲

《感皇恩》。”（［清］舒夢蘭，胡山源編：《詞準》，世界書局，民國二十年。）對此，任半塘《教坊記箋訂·曲名》云：“敦煌曲本調四首，初探已證明爲玄宗時作。天寶十三年載，《蘇幕遮》有改名爲《感皇恩》詳該詞則非清樂。唐調《感皇恩》平韵，有敦煌曲可證。至五代改叶韵仄韵，而名《小重山》。《詞律》據張先詞，列《感皇恩》平韵，本不誤，是北宋得唐音也。《詞譜》據宋之《感皇恩》，別無用平韵者，反以《詞律》有誤。杜文瀾遵《詞譜》以校《詞律》，入歧遂遠。《文獻通考》‘夷部樂’載石蕃國之曲，有本調。”（中華書局，1962 年。）

此調又名《疊蘿花》。日本曾名《感王恩》。

【詞格】《感皇恩》，此格自《詞譜》卷十五宋毛滂《感皇恩》（緑水小河亭）可校。此調以此詞爲正體。若偷聲、添字和減字，皆變體。

◎●●○○（句），⊙○◎●（韵）。⊙●○○●○●（叶），◎○◎●（句），◎●⊙○○●（叶）。◎○○●●（句），○○●（叶）。

⊙●⊙○（句），⊙○◎●（叶）。◎●○○●○●（叶），●○⊙●（句），⊙●◎○○●（叶）。◎○⊙●◎（句），⊙⊙●（叶）。

【作法】此格六十七字。雙調。上下闋七句四仄韵。上下闋逢第二、三、五、七句押韵，均爲仄聲韵。上闋第三句例作拗體“平仄平平仄平仄”格式。下闋第三句爲“仄仄平平仄平仄”格式。上下闋第六、七句俱作“仄平平仄仄，平平仄”格式，且三字句爲上一下二句法。下闋首二句對仗，爲“平仄平平，平平仄仄”格式。

【注釋】①賈元春：《紅樓夢》金陵十二釵之一，榮府大小姐。賈政的長女，生于正月初一故名爲元春，因“賢孝才德”選入宮中，起初掌管王后的禮職，充任女史。不久封爲鳳藻宮尚書，加封賢德妃。 ②九闕隱重門：指皇城。引唐·李白《大獵賦》：“乃使神兵出于九闕，天仗羅于四野。”（《李太白全集·古賦八首》，中華書局，1977 年，第 57 頁。）《紅樓夢》第十七回至十八回省親時，她把皇宮大内説成是“終無意趣”的“不得見人的去處”。 ③觀園題字：指大觀園（賈元春省親的別墅）。其匾額“園中所有亭臺軒館，皆係寶玉所題”，諸如“蓼汀花漵”“梨花春雨”“荻蘆夜雪”等。觀園大體是：園内亭臺樓榭，回廊曲折，湖波蕩漾，花木扶疏。怡紅院雍容華貴，富麗堂皇；瀟湘館清溪灣灣，翠竹掩映；櫳翠庵妙音香界，白雪紅梅；稻香村黄泥矮牆，分畦列畝；蘅蕪院中秀石玲瓏，室内白壁素幔。

剪牡丹

賈迎春[1]

［引言］春風吹罷，眼里風景，瑟瑟草木欲染花；密雲聚會，心思放睛，朵朵如絮好心閑；溪水蕩漾，好知趣味，點點波紋猶入夢。贊曰：可惜園中鳥鳴脆，祇爲院里春韵回。誰睹秋葉千片落，盼揚雪風一場飛。

我生有幸，知之寒去暑來，觸物可當自珍，祇爲一個“念”字；我生有心，懂得人來人往，萬念不存自想，祇因一個“情”字；我生有思，知道誰冷誰暖？朝夕相互倚傍，祇因一個“緣”字！

真是：

一個人一棵樹，隨風枝葉心又寬，我把“煩”字任風丢；

一件事一個勁，事無大小用心做，世上祇怕是“真”字；

一隻手一支筆，滿紙點滴血斑斑，唯獨祇寫一個“慘”字！

一晌曾歡，三春游想，念碎千結隨性。閑探窗花[2]，駐凝睇花鏡。經時霧鬢分垂，多愁落盡，姿容乍看無病[3]。應下階臺，免教总清净[4]。

看花蔭下移景[5]。剩北風、奈何相碰。空使怨清宵，依樣幾番吟賞花屏[6]。月窗未央倚風冷[7]。小酌初晃，簾捲照清影[8]。當省。憶故居好在，安安静静[9]。

［綴語］賈迎春是大度的。深居簡出，并没有隔開她與人的交往，心情是陽光的；不委大任，并没有減弱她干好每一件事的决心，做事是認真的；平易近人，并没有失去自己的威信，待人是寬厚的。

賈迎春是嚮往美好愛情的。“窈窕淑女，君子好逑”，祇是没有權力選擇的。雖説貴似金枝玉葉，猶如草蒿一般，任狂風肆虐，任秋雨吹打。自己所憧憬的春風細雨，花香鳥語，祇是兒時的一種回憶而已。

賈迎春是無辜的。她所面對的是一個没有公平、没有人權保障，僅僅依靠道德做規範的社會，以及處在一個連親情都不顧忌她的生命存在的家庭。這樣一個無望的現實，任她再如何善良，祇有選擇默然，獨自撫慰自己，求得人身自由和思想解放祇能是一厢情願。

【題考】《剪牡丹》，《宋史·志第九十五·樂十七》：“女弟子隊凡一百五十三人：……四曰佳人剪牡丹隊，衣紅生色砌衣，戴金冠，剪牡丹花。”調名本此。

【詞格】《剪牡丹》，此調自《詞譜》卷二十九宋張先《剪牡丹》（野緑連空）可校。此調以此詞爲正體。此調李致遠有九十八詞，係此調別體。

●●○○（句），○○○●（句），●●○●○●（韵）。○●○○（句），●○●○●（韵）。○○●●○○（句），○○●●（句），●○●●○●（韵）。○●○○（句），●○●○●（韵）。

●○○●○●（韵）。●●○（豆）、●○○●（韵）。○●●○○（句），○●●○○●○●（韵）。●○●●●○●（韵）。●●○●（句），○●●○●（韵）。○●（韵）。●●○●●（句），○○●●（韵）。

【作法】此格一百零一字。雙調。上闋十句四仄韵，下闋十句七仄韵。上闋逢第三、五、八、十句押韵，下闋逢一、二、四、五、七、八、十句押韵，均爲仄聲。上闋第一、二句對仗。第五句爲五字句，用上一下四句式。下闋第二句爲七字句，用上三下四句式，第四句爲八字拗句，第九句首字領格。

【注釋】①賈迎春：《紅樓夢》金陵十二釵之一，榮府二小姐。②閑探窗花：比喻迎春雖然生在侯門，但從不飛揚跋扈，觀之温柔可親，處之平易近人。雖然不是嫡出，但從不自卑自憐，一切均能淡然處之。③姿容乍看無病：《紅樓夢》第三回寫她的外貌是“肌膚微豐，合中身材，腮凝新荔，鼻膩鵝脂，温柔沉默，觀之可親”，但她不矯揉，心里陽光。④免教总清净：引《論語·雍也》：“居敬而行簡。”（《國學名篇鑑賞辭典·論語》，上海辭書出版社，2009年，第120頁。） ⑤看花蔭下移景：引《紅樓夢》第六十五回，興兒向尤二姐介紹說“姑娘的渾名是‘二木頭’，戳一針也不知噯喲一聲”的人。 ⑥吟賞花屏：如在海棠結社時，給她也安排了一個“出題限韵”的工作，但就這個工作，她也很認真地去做。⑦未央：未盡，没完。夜未央。 ⑧清影：月光。正如《金陵十二釵》正册的判詞寫迎春：“子係中山狼，得志便倡狂”讖言所應的生活寫照。⑨安安静静：出嫁未回娘家，曾說“在自己的舊房子住得三五日，死也甘心。”

漢宫春

賈探春[1]

［引言］游君園庭，不將空游無所依；摇扇借風，唤來無依勢作威；羅衫斗帳，恨不

劍寒照曉月。

顧以天蓋地當床，橫看夕陽山水傍。天涯海角執子手，明月潮生思家鄉。

真是：

親不親？冰肌玉骨，倘若親友如相問，一片冰心在玉壺！

累不累？屈屈一隅，十指撥珠何其功，羽葆花旌敢中軍！

嫁不嫁？紅樓有女，幾人能聞巷陌聲，寄奴曾住獨我厚？

笑傲玫瑰[②]，探佳期寓賞，花季方時。邀來翠微暗裏，尤厭閑欺[③]。因循唱賦[④]，引芬芳、萬莫推移。争骨氣、游園遍是，橫枝照掛威儀[⑤]。

依允褪還脂粉，問抖衫弄影，倚劍争馳[⑥]。聽聞曉鶯唤柳，喜鵲登枝。釵頭繞鳳，朝南飛、銜萼啼離[⑦]。今日去、天涯海角，何時盼到歸期。

［綴語］行走雲摇聲自歸，心晴雪洗隙相窺。猶自杏紅去如許，不唯呼酒來買遲。

賈探春的爲人是敞亮的，不是幽谷，也不是鳴澗，給人的是一幅四時不同的風景；賈探春的心境是豁達的，不是車轡，也不是馬喧，給人的是一種掩細柳而撫劍的用心；賈探春的胸襟是寬曠的，不是藏袖，也不是遮掩，給人的是一種勢拔五岳的赤誠。

假如到了眼睛不容沙子的時候，便是追求到了極處。當她的理想不能乘帆遠行時，便是把一種無可奈何，寄于天外的飄雲，傾耳于潮起潮落和海鷗聲……

【題考】《漢宫春》，吴文英《夢窗詞》注夾鐘商，謝元淮《碎金詞譜》注高大石調。據沈雄《古今詞話·詞辨》：“《苕溪漁隱》曰：晁叔用《漢宫春》咏梅‘問玉堂何似，茅舍疏籬’，謂引用薛維翰‘白玉堂前一樹梅’事。或云，玉堂瓊樹之玉堂非也。《端伯雅編》《玉林詞選》，俱以爲李邴作，訛矣。政和年間，晁叔用以此曲獻蔡攸，攸呈父京，京善之曰：‘我于樂府得一人焉。’即日除大晟府丞。詞云：‘瀟灑江梅，向竹梢深處，……空自倚、清香未減，風流不在人知。’”（清康熙二十八年澄暉堂刻本。）張先此調咏梅，有“奇葩异卉，漢家宫額塗黄”句。（《詞譜》卷二十四。）調名本此。

此調平韵始見于晁補之《晁叔用詞》；仄韵始見于康與之詞。此調又名《慶千秋》《漢宫春慢》。

【詞格】《漢宫春》，此調據《詞譜》卷二十四宋晁冲之《漢宫春》（黯黯離懷）可校。此調上下闋起句不用韵者，以此詞及《梅苑》無名氏“點點江梅”詞爲正體。兩起句用韵者，以張先詞爲正體；此調有仄聲韵，以康與之詞爲正體，《樂府雅詞》無名氏詞與康詞押韵不同，且减字，應爲别格。

⊙●○○（句），●⊙○◎仄（句），⊙●○○（韵）。○○◎⊙◎仄

(句)，⊙●○○（韵）。○○◎●（句），●⊙⊙（豆）、◎●○○（韵）。⊙●●（豆）、⊙○◎◎（句），⊙○◎●○○（韵）。

⊙●◎○⊙●（句），●◎○●●（句），◎●○○（韵）。⊙○◎⊙◎●（句），◎●○○（韵）。○○◎●（句），⊙⊙⊙（豆）、⊙●○○（韵）。○●●（豆）、⊙○◎●（句），⊙○⊙●○○（韵）。

【作法】此格九十六字。雙調。上下闋各九句四平韵。上下闋除换頭句多兩字外外，其餘平仄格式均同。上闋第二、三句爲“仄平平仄仄，平仄平平”格式，下闋第二、三句爲“仄仄平仄仄，仄仄平平”格式，均首字領兩句四字對句。第四、五句爲“平平仄平仄仄，仄仄平平”格式，首兩字領兩句四字對句。此爲跌宕摇曳處。上下闋第七句、八句爲七字句，均爲上三下四句式。

【注釋】①賈探春：《紅樓夢》金陵十二釵之一，榮府三小姐。②笑傲玫瑰：指探春精明能幹，有心機，能決斷，在四姊妹中可算是佼佼者，素有“玫瑰花”之諢名。　③尤厭閑欺：引《紅樓夢》第七十四回，在王夫人授意下，王熙鳳等人抄檢大觀園時，她爲了在婢僕面前維護作主子的威嚴，“令丫環秉燭開門而待”，衹許别人搜自己的箱櫃，不許人動一下她丫頭的東西。　④因循唱賦：引《紅樓夢》第三十七回，她發起大觀園的詩社，吟唱作賦。　⑤花有骨：引《紅樓夢》第五十六回的興利除弊讓人看到了她的精明强幹。　⑥倚劍争馳：引《紅樓夢》第五十五回里，探春發自肺腑地説：“我但凡是個男人，可以出得去，我必早走了，立一番事業，那時自有我一番道理。”　⑦啼離：引《紅樓夢》第五回金陵十二釵正册中的判詞，對探春的判詞寫到“才自精明志自高，生于末世運偏消。清明涕送江邊望，千里東風一夢遥。”後面又畫着兩人放風箏，一片大海，一只大船，船中有一個女子，掩面泣涕之狀。

迷神引

賈惜春[①]

［引言］深院月明人静，隔牆傾耳，不聞稚女吟月聲；低窗燭光影從，步庭屏吸，唯見入畫裝扮春。曰：斗傾東向山麗來，窗牖俱開道珍惜。耽書圍屏千里風，閒事遮掩一枝筆。一生歲月堪未知，萬捲風雲我猶識。能做拭泪如弃芥，不如皈依念朝夕。

真是：
“温”字不如“冷”字，面帶愠色，心里歡笑，也是做人！
“情”字不如“狠”字，真心愛人，給個好心，不做笑虎！
“嫁”字不如“袈”字，紅蓋蒙羞，敲魚心静，换個活法！

浮動荷池連臺館。捋得一枝遮面②。何如小約，采紅芳贊。幾回紅，歌金縷，倚聲惋。無奈閑中冷③，對書案。值注神捉筆④，畫中看。

欲話春來，漠漠秋風遣⑤。對晚吹凉，難言喘⑥。細思尚好，到如今、陰晴辨⑦。去西園，花扶處，落紅淺。當絲髮輕掠，久凝眄。移來青燈影，待落剪⑧。

［綴語］桃李杏梅初夜醒，衡寒暖誰看東風。我勸人人一場笑，安能草草輕此生。

人生的意義大于活着本身，其精神生活是活著的靈魂，而愛情是人生精神生活的重要組成部分，而恰恰這一部份，是任何權力、財富不可替代的，且是不可彌補的。自然給予人的生命的權利和愛情的權利，應當好好地珍惜和享受自己的權利。

賈惜春的選擇，從名義上，雖然看似一種不失明智的舉動，但從理性上，她無法説服自己的。假如能給她一個公平的社會環境，還有誰人還敢説，她就是在枯燈竭油下，不會説出“人間烟火”一個“好”字的？

【題考】《迷神引》，此調始見于柳永《樂章集》“一葉扁舟”詞，注仙吕調，“紅板橋頭”詞，注中吕調。詞人宦游各地，本詞從“紅板橋頭秋光暮……重分飛，携纖手，泪如雨。波急隋堤遠，片帆舉。倏忽年華改，向期阻”，到“……洞房閑掩，小屏空、無心覰。指歸雲，仙鄉杳，在何處。遥夜香衾暖，算誰與。知他深深約，記得否”，講的是一種漂泊與失意，説的是一種苦悶與不滿。

【詞格】《迷神引》，此格自《詞譜》卷二十五宋柳永《迷神引》（紅板橋頭秋光暮）可校。此調以此詞爲正體。此調朱雍詞與此同，惟上闋第六句、第八句押韵异，應爲另一體。

⊙●○○○○●（韵）。●●◎○○●（韵）。○○●●（句），●○○●（韵）。●○○（句），○○●（句），●○●（韵）。⊙●○○●（句），◎⊙●（韵）。◎●○○●（句），●○●（韵）。

●●○○（句），●●○○●（韵）。●●○○（句），○○●（韵）。●○⊙●（句），●○⊙（豆）、○○●（韵）。●○○（句），○○●（句），◎○●（韵）。○●○○●（句），◎⊙●（韵）。○○○○●（句），●◎●

(韵)。

【詞格】此格九十七字。雙調。上闋十一句六仄韵，下闋十三句六仄韵。上闋逢第一、二、四、七、九、十一句押韵，下闋逢第二、四、六、九、十一、十三句押韵，均爲仄聲韵。上闋第四句，下闋第三句，均用上一下三句法。下闋第六句爲六字折腰句式。上下闋第十句首字領四字、三字兩句。

【注釋】①賈惜春：《紅樓夢》金陵十二釵之一，賈珍之妹。 ②捋得一枝遮面：比喻惜春無意争寵。 ③無奈閑中冷：引《紅樓夢》第七十四回，王熙鳳等人抄檢大觀園時，當查抄到她的丫環入畫時，惜春先責怪尤氏“管教不嚴”；接着是要尤氏把人帶走。最後表示，“或打，或殺，或賣，我一概不管”。 ④注神捉筆：指惜春所想所看到的畫到紙上，曾受賈母之命，畫《大觀園行樂圖》。她雖不工詩，但也參加詩社，雅號“藕榭”。 ⑤漠漠秋風遣：賈政爲了政治和金錢上的需要，把迎春嫁給惡人孫紹祖，等于送進虎穴狼窩。 ⑥難言喘：惜春無可奈何。⑦陰晴辨：引《紅樓夢》第四十回：劉姥姥説了笑話，“老劉，老劉，食量大如牛，吃一個老母猪不抬頭。”衆人都笑了，“惜春離了座位，拉着她奶姆，叫揉一揉腸子。地下的無一個不彎腰屈背，也有躲出去蹲着笑的。”⑧待落剪：指惜春剃髮爲尼。

離亭宴

秦可卿[①]

［引言］驕其嬌兒浸入花，天性少年孰能主。輕足提羅旁聲疏，當理紅妝寄小户。赴會花風尚能何，肩墻市肆傳話語。良言入山如從風，惡語出口勝于虎。

真是：

誰之苦？衣帛比數，困乏鎖心，方知幸福憶春風。

甚麼好？裘衾車馬，坐而假寐，不如草色入簾青。

何方休？喋喋利口，刺背奪命，依依不捨先早行。

燕燕于歸初嫁[②]。誰曉鈿車鸞駕[③]。不鎖踏門游幻境[④]，讓榻歇些還罵。大夢預將來，且莫倚身檐下。

風弄髮簪愁怕。花染袖巾驚詫。你往我來家常事，怎信瘋人瘋話[⑤]。此地向誰言，香墜樓空皆罷⑥。

［綴語］黄花掩薄烟渚伸，暮色沉沉草風巡。風靡雲旋誰當舞，不教蝶飛笑死人！

青春的意義在于花季就得綻放，而不是藏着掖着，如果百花皆如斯，春天在哪里？秦可卿的心思是飛揚的，但她没有給自己插上飛翔的翅膀；秦可卿的性情是斯文的，但她没有給自己增添足够的信心；秦可卿的爲人是坦蕩的，但她没有給自己穿上防箭的衣裳。所以，太在乎别人的看法，實際上是不自覺地把自己的腦袋搬到别人的肩膀上去了，那麼，剩下的衹能是自己那個孤苦伶仃的影子。

青春的意義在于歌行，而不是帶着哭腔去尋找什麼開心良藥。覓藥病携，歌行病去，方稱是健康之人！

【題考】《離亭宴》，關于此調的來源有兩：一説，據尤袤《全唐詩話・黄頗》卷四："（黄）頗，宜春人，與（盧）肇同鄉，頗富而肇貧。同日遵路赴舉，郡牧餞頗離亭，肇駐蹇十里以俟。"（津逮秘書本。）唐人喜取科舉故事入詞，（"燕"同"宴"）因取以爲調名。另一説，據《詞譜》卷十八云："調始張先，因詞中有'隨處是離亭别宴'句，取以爲名。"

此調七十二字者居多，張先詞七十七字。另名《離亭燕》。

【詞格】《離亭宴》，此調據《詞譜》卷十八宋張昇《離亭宴・懷古》（一帶江山如畫）可校。此調共兩體，較張先詞，前段起句添一字，前後段第二句、第四、五句各减一字异。

◎●○○○⊙●（韵）。⊙◎●○○●（韵）。◎仄◎○○◎●（句），●●◎○○●（韵）。●●●○○（句），◎◎●○○●（韵）。

○●◎○○●（韵）。⊙◎●○○●（韵）。⊙●◎○○◎●（句），●●○○○●（韵）。●●●○○（句），○◎⊙○○●（韵）。

【作法】此格七十二字。雙調。上下闋六句四仄韵。上下闋逢第一、二、四、六句押韵，均爲仄聲韵。上闋起首兩個六字句，衹須叶韵，不必對偶，惟黄山谷詞，第二句首二字作"平平"。第三句爲仄起仄收七言句。第四句六字叶韵。第五句爲五字句，用上二下三句式。結句與與第二句同；下闋句法概與前同，惟起首二句須用對偶，爲"平仄仄平平仄，平仄仄平平仄"格式。

【注釋】　①秦可卿：《紅樓夢》金陵十二釵之一，賈蓉的妻子。②燕燕于歸：引《詩經・邶風・燕燕》："燕燕于飛，差池其羽。之子于歸，遠送于野。”（程俊遠撰：《詩經譯注》，上海古籍出版社，2004 年，第 40 頁。）引《紅樓夢》第八回里，在提到秦氏家世的時候，言其“父親秦業，現任營繕郎。”　③誰曉鈿車鸞駕：引《紅樓夢》第五回，寶玉看到了滿屋子“案上設着武則天當日鏡室中設的寶鏡，一邊擺着飛燕立著舞過的金盤，盤内盛着安禄山擲過傷了太真乳的木瓜，上面設着壽昌公主于含章殿下卧的榻，懸的是同昌公主制的聯珠帳。”　④幻境：即太虚幻境。《紅樓夢》第五回，寶玉困乏，在秦可卿的床上睡覺進入太虚幻境，而且在太虚幻境里很奇怪，警幻仙姑説她的妹妹就是可卿，也看到了許多未知的事。　⑤瘋人瘋話：引《紅樓夢》第七回，焦大大罵寧府中“爬灰的爬灰，養小叔子的養小叔子”的話。　⑥香墜樓空皆罷：太虚幻境中金陵十二釵的判詞以及《紅樓夢》十二曲預示着書中人物的命運以及歸宿。

黃鶯兒

賈巧姐[1]

[引言] 晨鐘暮鼓，香爐紫烟，高門鼎貴，念鄉客往皆美辭，攜來霧罩是彩雲，疏然間，大難來臨各相忙；知寵之門，樹木方盛，紅嘴藍鵲，繞樹三匝報吉祥，揮之不去若鳳鳴，不經日，金枝玉葉落紛紛。

任是慈帷本事高，奴身落地亦嗷嗷。難來入眼今夜月，但若投胎是門豪。無意瓢勺水可贈，有緣舟馬乘浮橋。面對倉房相聚集，避風小屋勝鑾巢。

真是：

閨門嬌不嬌？清風徐來，長橋卧波，扶欄盡看柳挽風。

做事靈不靈？德施于人，徒留有地，危難之時有其親。

鄉間好不好？茅檐低小，路邊青草，朝露晚霜洗風塵。

弱風依柳争春煦[2]。與拂鵝黄，及底樓青，留心欄杆[3]，化爲幽素。觀造景拾浮雲，弄粉催殘雨。旋成花影隨流，脉脉離人，妝點誰顧[4]。

誰誤。正想畫蛾眉，又恐鶯窺户。留連蹤影，却被寒鴉[5]，盤枝欲催天暮。逢虎狼扮尊親[6]，鬼怪裝知遇。有情總是鄉間，嫁個郎君護[7]。

[綴語] 狐裘紫綬各錦袍，望盡回廊耳嘈嘈。知心莫過人世故，總算留情遇難逃。

賈巧姐的人情變遷，正好應了“投我以桃，授之以李”的古語，其母王熙鳳當年向可憐巴巴的劉姥姥贈了二十兩銀子，沒想到其回報可謂天高地厚，是不可再用那二十兩銀子所能衡量的。此例也正好向人説明了一個做人的道理：既醉以酒，有人飢餓；恃輦而行，有人徒步。擇行在身，存撫良善便是爲人的根本。

賈巧姐的故事，也説明了一個不爭的事實：人人不該是孤獨的。危難之時，連親情都靠不住時，友情的力量是不可限量的。所以，要好好的珍惜屬于自己的緣分！收藏好屬于自己的那一份來之不易的感情！

【題考】《黄鶯兒》，此調《太和正音譜》注商角調。始見于柳永《樂章集》，注正宫。其詞云："……暖律潛催，幽谷暄和，黄鸝翩翩，乍遷芳樹。觀露濕縷金衣，葉映如簧語。曉來枝上綿蠻，似把芳心，深意低訴……"（［宋］柳永，薛瑞生校注：《樂章集校注》，中華書局，1994。）即咏黄鶯兒，取以爲名。

【詞格】《黄鶯兒》，此調自《詞譜》卷二十四宋柳永《黄鶯兒》（園林晴晝誰爲主）可校。此調以此詞爲正體。王詵、陳允平詞如此填。晁補之詞上闋第三、四、五句添一字，作七字一句、六字一句。《梅苑》無名氏下闋第七句減一字。此二詞應爲變格。

⊙○○●○○●（韵）。◎●○○（句），○●○○（句），⊙⊙○○（句），◎⊙○●（韵）。○●●●○○（句），●●○○●（韵）。●○○●○○（句），●●○○（句），○●○●（韵）。

○●（韵），●●●○○（句），●●○○●（韵）。●○○◎（句），●●○○（句），○○◎⊙○●（韵）。○●●●○○（句），●●○○●（韵）。●◎◎●○○（句），⊙●○○●（韵）。

【詞格】此格九十六字。雙調。上闋十句四仄韵，下闋十句五仄韵。上闋逢第一、五、七、十句押韵，下闋逢一、三、六、八、十句押韵，均爲仄聲韵；上下闋各以一平聲字領五言對句，即上闋第六句首字領兩句五字對句，下闋第七句首字領兩句五字對句。上闋第二、三句爲"仄仄平平，平仄平平"格式，下闋第二、三句對仗。下闋第九句爲上二下四句式，第十句爲二二一句式。

【注釋】①賈巧姐：《紅樓夢》金陵十二釵之一，賈璉和王熙鳳的女兒。②弱風：這裏比喻賈巧姐幼年多病。　③留心欄杆：指賈巧姐享受福蔭下的優越條件，以及過着排除不了的封閉生活圈子的事實。唐·杜甫《舟前小鵝兒》："鵝兒黄似酒，對酒愛新鵝。"（《全唐詩》卷228-36，揚州詩局本。）④妝點誰顧：引《紅樓夢》第六回劉姥姥來到榮國府，臨走時，王熙鳳送給她二十兩銀子和一些物品。正如《紅樓夢曲·留余慶》所云："留余慶，留余慶，忽遇恩人；幸娘親，幸娘親，積得陰功。勸人生，濟困扶窮。休似俺那愛銀錢、忘骨肉的狠舅奸兄！正是乘除加減，上有蒼穹。" ⑤寒鴉：元馬致遠《天净沙·秋思》："枯藤老樹昏鴉。"（陳緒萬，李德身主編：《唐宋元小令鑑賞辭典》，華岳文藝出版社，1990年，第766頁。） ⑥虎狼扮尊親：引《紅樓夢》第一一八回，指在賈府"勢敗""家亡"後，巧姐最後無依無靠被她的"狠舅（王仁）奸兄（賈環）"勾通，企圖把她賣入王府充當丫環。 ⑦嫁個郎君護：當巧姐被人拐賣時，碰巧遇上了受鳳姐救濟過的劉姥姥把她招入家裏，嫁給當地的一個秀才靠勤勞紡織在荒村裏過着自食其力的安定生活。

倦尋芳

史湘雲[①]

［引言］顧盼兮兮，母撫含乳，曾享夜里兒醒無啼聲；髮結枝椏，逐笑顔開，誰疑我是春來不花紅；高燭夜長，黼衣綉裳，不見華貴惹香綴衣襟；心晴而出，當石卧酣，恐是園柳風清夢香濃；心有餘力，囊中羞澀，借得廣袖酬願歌當行；清音貫耳，依然形貌，不知逢迎取悦忘嫵媚。

真是：

誰人親？還望燕巢于飛，交口含乳，還是知疼爹娘親！

何心閑？莫管東風西風，聊當放心，儘是晴天白雲閑！

什麽長？難爲喋喋利口，兒女之情，何必緣愁似個長！

點額落豆，梳辮飛花，夢里阿母[②]。此夜闌珊，燈下綉花消受[③]。石邊酣，風中卧[④]，醉時芍藥凝脂誘。若鬟眉[⑤]，正風流倜儻，乘風而走。

會時節、麒麟説與[⑥]，喜笑姻緣，安問知否。記早先來，未許眼前相偶。記得留杯人去後。四徒孤影無回首[⑦]。點高燈，照紅妝，説了出口。

［綴語］偷期曲徑香睡濃，衹度斜陽石叢中。癡頑是醉君莫笑，比看對飛抹胭紅。月盈夜中夢相似，榆柳蔭下人不同。知道塘風飄影亂，信言不得心忡忡。

史湘雲是按照"德以處事"的要求，保存了自己不能泯滅的心志，而且裹得嚴嚴的，讓人看不出一點縫隙，盡管囿于狹小的生活圈裏。她把自個的顔面塗了又塗，讓人看不一點"俊模樣"來，于是乎纔换來了較爲寬松的生活空間。其利刃游心之苦，被强裝的"傻態"掩蓋了，是不被人所知曉的。假如她是薛寶釵的身份，有誰還能知道她是個什麽樣子呢？

有“理”未必有“情”，有“情”必然有“理”。情理交融纔是再美好不過的！

【題考】《倦尋芳》，此調王雱詞注中吕宫，吴文英《夢窗詞》注林鐘羽，謝元淮《碎金詞譜》注仙吕宫。因王雱詞中從“倚危闌，登高榭，海棠著雨胭脂透。算韶華，又因循過了，清明時候”，到“倦游燕、風光滿目，好景良辰，誰共携手……憶得高陽人散後。落花流水仍依舊。這情懷，對東風，盡成消瘦”都説“尋”，故名。此調又名《倦尋芳慢》。

【詞格】《倦尋芳》，此調據《詞譜》卷二十四宋王雱《倦尋芳》（露晞向曉）可校。此詞爲此調一體，另有潘元質九十七字者。

●○●●（句），○●○○（句），●●○●（韵）。●●○○（句），○●●○○●（韵）。●○○（句），○○●（句），●○●●○○●（韵）。●○○（句），●○○●●（句），○○○●（韵）。

●○●（豆）、○○●●（句），●●○○（句），○●○●（韵）。●●○○（句），●●●○○●（韵）。●●○○○●●（韵）。●○○●○○●（韵）。●○○（句），●○○（句），●○○●（韵）。

【作法】此格九十六字。雙調。上闋十一句四仄韵，下闋十句五仄韵。上闋逢第三、五、八、十一句，下闋逢第三、五、六、七、十句押韵，均爲仄聲韵。上闋第九句首字領格。上闋前三個四字句當中，或前後一聯對仗句爲宜。第六、七句對仗，爲“仄平平，平平仄”格式。下闋首句爲上三下四句式。第五句爲上一下三句式。

【注釋】①史湘雲：《紅樓夢》金陵十二釵之一，賈母的侄孫女。②夢里阿母：指史湘雲從小失取父母。引唐李商隱《驕兒詩》：“衮師我驕兒，美秀乃無匹。文葆未周晬，固已知六七。四歲知名姓，眼不視梨栗。交朋頗窺覷，謂是丹穴物。”（《全唐詩》卷 541-85，揚州詩局本。）　③燈下綉花消受：指史湘雲生活在叔叔家，她的嬸子對她不甚好，且不時做針綫活至三更，她的經濟很拮据，每月里的幾吊錢還不够路上來回的盤纏，連起詩社做東的錢都是寶釵爲她墊的。　④“石邊酣，風中卧”兩句：指《紅樓夢》第六十二回“憨湘雲醉眠芍藥圃”中描述史湘雲醉卧石頭的一種無拘無束狀態。　⑤若鬚眉：指性格豪爽。引《紅樓夢》第三十一回的陰陽之辨中，翠縷的喋喋不休、史湘雲的循循解答，使主僕間彌漫著一片宛如姐妹師生的平等氣息。　　　⑥麒麟説與：引《紅樓夢》第十七回大觀園試才題對額的時候張道士向賈母給寶玉更親，托出了一個盤子，裏面有一個赤金點翠的麒麟，賈母一見就説好像見誰也有這樣一個麒麟，誰有？史湘雲有一個，張道士是在暗示賈母，賈母説：“你看着辦吧！衹要模樣配得上就好。”⑦四徒孤影無回首：史湘雲留下的衹是對亡夫衛若蘭的回憶。

玲瓏四犯

妙　玉①

［引言］風雨晨昏，羈魂有伴，當不孤寂，百丈懸崖一幽蘭；雪飄霏霏，心思落落，無塵當染，風清氣爽飲梅雪；珊瑚幽光，翡翠玲瓏，百裏挑一，除非奇珍不可玩；言笑晏晏，信誓旦旦，不由抽離，一顆孤寂悲其心；弦月斜掛，無眠夜晚，布滿霜華，佛門空寂尤自憐！

真是：

我居何不同？清門無聲，仙子行蹤，荷衣蕙帶溢清香。

我身寄何處？皈依佛門，審容膝之，留我寄命鶴家鄉。

我心念其飛？一叢淡色，花開花落，初秋不寒即飛雪。

對影照斜，孤情摇瘦②，輕風凉面平素。念珠猶字數，每把心兒訴。教傳曲池遍遇。對吹寒、笛横吟苦③。畫閣蘭風，煮茶梅雪④，唯此有人妒。

于臺榭、纖纖步⑤。度紅塵檻倚⑥，清影花駐。想來明月照，又懼花兒怒。何堪燕子簾前去，記初定、春風無慕。纔與顧。種蘭去⑦、多時小圃。

［綴語］情稀好不稠與僧，怯冷遥相似無情。白玉泥淖何處覓，青青子佩落無聲。

妙玉是一場風。不過是庵門把她從這個院子與那個院子截然分開了，雖然借來了春風吹雨，枝條發芽，但她衹能隔牆看到百花爛漫；妙玉是一束蘭。不過是她的一塵不染的性情把自己擱置在孤僻的懸崖上，獨自芬芳，崖下的人衹能駐足仰視而已，不曾帶走一絲幽香，儘管自己認爲是委屈的，可不知道别人的尷尬；妙玉是一枚玉。不過是玉的品質是不可玷污的，除了粉身碎骨，凡夫俗子的手伸得再長，充其量衹能撕去一角衣襟，却不能奪其志的。

堅持自己情感追求，禁錮的衹能是身體；放弃自己的信念，封鎖了的纔是自己的思想。没有靈魂，要才情干什麽？這就是妙玉一顆年輕正常的心所决定的！

【題考】《玲瓏四犯》，此調始見于周邦彦《清真集》。夏承燾《姜白石詞編年箋校》卷四注："陸本調下有'此曲雙調，世别有大石調一曲十二字。'絶妙好詞箋調下注黄鐘商三字，清吟堂本絶妙好詞同。"所謂犯調，是樂曲轉調的名稱。即曲調中宫調相犯，還有一種是各個詞調之間的句法相犯，如《詞譜》卷二十三之《四犯剪梅花》注云："此調前後段第一、二句，即《解連環》之第一、二、三句；第三、四句，即《醉蓬萊》之第四、五句；第五、六句，即《雪獅兒》之第六、七句；第七、八、九句，即《醉蓬萊》之第九、第十、第十一句。後段第一、二、三句，即《解連環》之第一、二、三句；第四、五句，即《醉蓬萊》之第五、六句；第六、七句，即《雪獅兒》之第六、七句；第八、九、十句，即《醉蓬萊》之第十、第十一、第十二句。凡集四調，故曰'四犯'，本屬三調，故又曰'三犯'"據此，《玲瓏四犯》亦如。

【詞格】《玲瓏四犯》，此調據《詞譜》卷二十七自宋姜夔《玲瓏四犯》(疊鼓夜寒）可校。词家多照周邦彦九十九字词填。若较周词有添字、減字者，应视为变体。

●●●○（句），○○○●（句），○○○●○●（韵）。●○○●●（句），●●○○●（韵）。○○●○●●（韵），●○○（豆）、●○○●（韵）。●●○○（句），●○○●（句），○●●○●（韵）。

○○●（豆）、○○●（韵），●○○●●（句），○●○●（韵）。●○○●●（句），●●○○●（韵）。○○●●○○●（句），●○●（豆）、○○○●（韵）。○●●（韵），○○●（豆）、○○●●（韵）。

【作法】此格九十九字。雙調。上闋十句五仄韵，下闋九句六仄韵。上闋逢第三、五、六、七、十句押韵，下闋逢一、三、五、七、八、九句押韵，均爲仄聲韵。上闋第七句，下闋第七、九句爲七字句，用上三下四句式。下闋第一句爲三三折腰句式。上闋第一、二句及第八、九句，分别對句。下闋第二句首字領兩句四字對句。

【注釋】①妙玉：《紅樓夢》金陵十二釵之一，被賈家帶入櫳翠庵帶髮修行。　②孤情摇瘦：《紅樓夢》第十八回：妙玉"祖上也是讀書仕宦之家。因生了這位姑娘自小多病，買了許多替身兒皆不中用，到底這位姑娘親自入了空門，方纔好了，所以帶髮修行，今年纔十八歲，法名妙玉。"③笛横：引《紅樓夢》第七十六回當黛玉、湘雲倚欄賞月聯詩之際，妙玉的梅花笛幽幽地穿過泱泱水文，低訴而來。　④煮茶梅雪：《紅樓夢》第四十一回，“櫳翠庵茶品梅花雪”，妙玉請黛玉吃茶，問她：“這也是舊年的雨水?”她冷笑道：“你這麼個人，竟是大俗人，連水也嘗不出來。這是五年前我在玄墓蟠香寺住着，收的梅花上的雪，共得了那一鬼臉青的花甕一甕，總捨不得吃，埋在地下，今年夏天纔開了。我衹吃過一回，這是第二回了。你怎麼嘗不出來?來年蠲的雨水那有這樣輕浮，如何吃得。” ⑤纖纖步：引無名氏《孔雀東南飛》：“纖纖作細步，精妙世無雙。”（《古詩三百首鑑賞辭典》，上海辭書出版社，2007年，第92頁。） ⑥檻倚：即檻外。妙玉自稱是“檻外人”。 ⑦種蘭：引《紅樓夢》第五回有關涉及妙玉的《世難容》曲里，描寫她“氣質美如蘭，才華阜比仙。”又引《樂府詩集·琴曲歌辭二》卷五十八云：“《猗蘭操》，一曰《幽蘭操》。‘《古今樂録》曰：孔子自衛反魯，見香蘭而作此歌。’《琴操》曰：‘《猗蘭操》，孔子所作也。’孔子歷聘諸侯，諸侯莫能任。自衛反魯，隱谷之中，見香蘭獨茂，喟然曰：‘蘭當爲王者香，今乃獨茂，與衆草爲伍。’乃止車，援琴鼓之，自傷不逢時，讬辭于香蘭雲。’《集琴》曰：‘《幽蘭操》，孔子所作也。’”即：“習習谷風，以陰以雨。之子于歸，遠送于野。何彼蒼天，不得其所。逍遥九州，無所定處。時人闇蔽，不知賢者。年紀逝邁，一身將老。”（［宋］郭茂倩：《樂府詩集》第三册，中華書局，1979年，第839頁。）對此，韓愈《猗蘭操》：“蘭之猗猗，揚揚其香。不采而佩，于蘭何傷。今天之旋，其曷爲然。我行四方，以日以年。雪霜貿貿，薺麥之茂。子如不傷，我不爾覯。薺麥之茂，薺麥之有。君子之傷，君子之守。”（［宋］郭茂倩：《樂府詩集》第三册，中華書局，1979年，第840頁。）

踏青游

咏中國洮硯[1]

曲水池邊，緑净不羞黄膘[2]。近對賞、好圍争道。着朝衣[3]，鴨頭緑[4]，弄春猶小。楊柳裊。鸜哥意濃歌妙[5]。頻顧玉容還好。

雲鎖洮河，崖上雨吹曾惱[6]。寄河下、硯工探早[7]。説朝來，歸照月，凌波來到[8]。浮想杳。占墨盡吟不了。揮毫題香清曉。

【題考】《踏青游》，此調始見于蘇軾詞：“踏青游，拾翠惜，襪羅弓小。”因詞有“踏青游”句，取以爲名。朱彝尊、汪森編《詞綜》卷二十四所録無名氏《踏青游·贈妓崔念四》注曰：“吴虎臣云：‘政和年間士人作，都下盛傳。’”詞云：“識個人人，恰止二年歡會。似賭賽六隻渾四。向巫山重重去，如魚水。兩情美，同倚畫樓十二，倚了又還重倚。兩日不來，時時在人心里。擬問卜常占歸計。拚三八清齋，望永同鴛被。到夢里，驀然被人驚覺，夢也有頭無尾。”（上海古籍出版社，1978 年。）

【詞格】《踏青游》，此調據《詞譜》卷二十一宋蘇軾《踏青游》（改火初晴）可校。此調以此詞爲正體。王詵詞上下闋第七、八句俱不押韵。陳濟翁詞上下闋第八句，俱不押韵，此二詞應歸于各爲一體。《詞譜》注“猶爲正體”，説不通。

◎●○○（句），◎◎●○○●（韵）。●●◎（豆）、◎○○●（韵）。●○○（句），◎◎●（句），◎○⊙●（韵）。⊙◎●（韵）。⊙⊙●○⊙●（韵）。⊙●●○○●（韵）。

⊙●○○（句），⊙◎●○○●（韵）。●⊙●（豆）、◎○⊙●（韵）。●○○（句），○◎●（句），○○○●（韵）。⊙◎●（韵）。⊙⊙◎○◎●（韵）⊙⊙●◎○●（韵）。

【作法】此格八十四字。雙調。上下闋各九句六仄韵。上下闋逢第二、三、六、七、八、九句押韵，均爲仄聲。上下闋第三句爲八字句，上三下四句式，且上三句爲上一下二句法。上闋第四句首字領三句。

【注釋】①洮硯：即洮河石硯。自中國中古以來三大名硯之一。洮硯出産于現甘肅省卓尼縣洮硯鄉境内喇嘛崖。洮硯，從唐宋時開采者，名“老坑”，石之邊沿布滿黄色膘狀。唐時名“唐坑”，紋如細浪，直綫相隨斷裂易位狀，亦有夾雜白徑綫者。觀之肌理細膩，扶摸犹童肌膚；倘用呵之如珠，尚能發墨且快；研其汁顯膠粘狀，倘存天熱而不腐，久存而不滲。此石料自 20 世紀末枯竭，加之現今采礦處被九甸峽水電站水庫所淹没。故其價抵金，善書者得之不易。次外，宋時名“宋坑”，亦名“水泉灣”者，徒見稀少。石之水紋如波濤，少白徑綫、斷痕，其餘與唐坑并無二致。亦有石之開采處，謂“近坑”者，其地不變，石之類似。據清代吴蘭修《端溪硯史·論硯》卷二引明王世貞《宛委餘編》云：“柳公權蓄硯，以青州爲第一，絳州次之，後始重端、歙、臨洮（今甘肅卓尼一帶），及好事者用未央宫銅雀臺瓦。”注云“柳公權用青州石末而次絳州，後始重端、歙、臨洮。”（［清］吴蘭修撰：《端溪硯史·論硯》卷三，中國書店影印，1992 年，第 98 頁。）按，即蘇軾排硯名次爲端、歙、洮三者。蘇軾《魯直所惠洮河石硯銘》曰：“洗之礪，發金鐵。琢而泓，堅密澤。郡洮岷，至中國。弃于劍，參筆墨。歲丙寅，斗南北。歸予者，黄魯直。”（《蘇東坡全集·續集》第九卷，北京中國書店，1986 年影印，世界書局，第 310 頁。）又北宋晁補之《贈戴嗣良歌時罷洪府監兵過廣陵爲東坡公出所獲西夏刀劍東坡公命作》詩云：“東坡喜爲出好礪，洮鴨緑石如堅銅。收藏入匣人意定，蛾眉稍進琉璃鐘。……從公請礪歸作硯，聞公嘗諫求邊功。”（傅璇琮等主編：《全宋詩》卷 1128－8，北京大學出版社，1995 年，第 12803—12804 頁。） ②黄膘：洮河緑石的天然防僞標志。 ③着朝衣：北宋米芾《硯史·通遠軍漞石硯》：“石理澀可礪刃，緑色如朝衣，深者亦可愛。又則水波紋，間有墨小點，土人謂之‘湔墨點’。有緊甚妙而硬者，與墨鬬而慢甚者，滲墨無光，其中者甚佳。在洮河緑石上，自朝庭開熙河，始爲中國有。亦有赤紫石，色斑爲硯，發墨過于緑者，而不匀凈，又有墨者，戎人以礪刃，而鐵色光肥，亦可作硯，而堅不發墨。”（［宋］米芾：《硯史》，中華書局，1985 年，第 3—4 頁。） ④鴨頭緑：洮硯的一種顔色，喻之緑漪石。北宋黄庭堅《劉晦叔許洮河緑石硯》詩云：“久聞岷石鴨頭緑，可磨桂溪龍文刀。莫嫌文吏不知武，要試飽霜秋兔毫”。（傅璇琮等主編：《全宋詩》卷 984－6，北京大學出版社，1995 年，第 11361 頁。） ⑤鸜哥：即純色鸜哥的顔色喻之緑漪石，即鸜哥緑。 ⑥崖上：指卓尼縣臨硯鄉喇嘛崖，是洮硯石料所産地。 ⑦硯工：泛指洮硯石料開采者、洮硯工藝製造者和洮硯經營傳播者。洮硯工藝製造者，以國家非物質文化遺産傳承人李茂棣大師爲代表，涌現出了包述吉、包新民、張建才、張建華、杜寶濤、盧保林、張克俊等大師。同時産生了像“寶硯斋”“緑净軒”等洮硯經營傳播的老字號。 ⑧凌波來到：喻硯之石料從大河深處而來。引據北宋收藏鑑賞家趙希鵠《洞天清禄集·古硯辯》云：“除端、歙二石外，惟洮河緑石，北方最貴重。緑如藍，潤如玉，發墨不减端溪下岩。然石在臨洮大河深水之底，非人力所致，得之爲無價之寶。耆舊相傳，雖知有洮研，然目所未睹，今有緑石硯名爲洮者，多是潫石之表，或長沙山谷石，潫石潤而光，不受墨，堪作砥礪耳。”（［宋］趙希鵠：《洞天清禄集》，中華書局，1985 年，第 10 頁。）明代謝肇淛《五雜俎·物部四》卷十二云：“洮河緑石，貞潤堅致，其價在端上，以不易得也。”（［明］謝肇淛撰，傅成校點：《五雜組·物部四》卷十二，明如韋軒刻本。） 凌波：踏波。

附詞一：

永遇樂

次韵蘇軾明月如霜詞

壬辰年季春，闊别上海二十載，恰同學重逢，然正應隴上幹部“聯村聯户”不能成行，故遥想填詞以紀。

春上雲鴻，暖風花絮，歸來期限。北客沏茶①，東鄰唤酒②，黄浦灘頭見。記得如許，風塵顧慮，濟濟一朝咏斷。院深深③、匆匆覓處，咋來影兒尋遍。

天涯行旅，鐵音摇醒，儘是執戈眉眼。縱寫征裘，清塞長路，風踩雲中燕。况今幽歲，識是故里，豈有管愁人怨。自呼名、任風拂檻，老了咏嘆④。

【注釋】①沏茶：煮茗。引李白《陪族叔當塗宰游化城寺升公清風亭》：“茗酌待幽客，珍盤薦凋梅。”（《全唐詩》卷 179－44，揚州詩局本。）　②唤酒：宋强至《庭前梨桃二花方盛爲暴風所吹感事成篇》：“提壺有口衹唤酒，鳴鴃何心專妒花。九陌樂游非往昔，五陵豪氣漫塵沙。清樽倒盡却興感，席上餘春天畔家。”（傅璇琮等主編：《全宋詩》卷 596－10，北京大學出版社，1992 年，第 7022 頁。）　③院深深：指原空軍政治學院，現南京政治學院上海分院。　④“自呼名、任風拂檻，老了咏嘆”兩句：宋易時敏《顧王遺址》：“當代貔貅誰削迹，芳春杜宇自呼名。黍離行邁應相似，倍感詩家咏嘆情。”（傅璇琮等主編：《全宋詩》卷三七七六，北京大學出版社，1998 年，第 45570—45571 頁。）　拂檻：拂，拭、揮去；檻，欄杆。

附詞二：

念奴嬌

天佑之聲①

登高憑遠，望黄河打浪，滔滔不息②。伴我桃花飛似雪③，遍落小樓聽得。覓句輕敲，依窗明月，方讀書時刻。重尋清曉，向園桃李春色④。

極目送去清秋，京唐傳習，隴上重飛翼⑤。但叫乳名聽母唤，走向東西南北⑥。默寫藍圖⑦，乘風踏去，天路通中國。報春芳信，天涯聽到鳴笛。

（2010年應蘭州交通大學面向全國征集校歌而創作。見《蘭州交通大學報》，總第481期，2015年6月18日。）

【注釋】①天佑之聲：即蘭州交通大學之歌。　②“登高憑遠，望黄河打浪，滔滔不息”三句：即蘭州交通大學北倚仁壽山脉，南瀕濤濤黄河。仁壽山：“仁壽山安寧堡之主山。據《皋山縣志》載：該山‘草木野卉俱佳，堡中人多高八十九者。康熙十五年，王進寶領兵流河時，有朱某者率鄉人練筏濟之。其人百有六歲乃終。或謂得此山敦凝之氣’，故將此山稱之爲仁壽山。”（《安寧文史資料選輯》第一輯，政協蘭州市安寧區委員會主辦，2001年。）　③桃花：校址在蘭州市安寧區十里桃園當中。　④桃李：以林達美、胡春農、沈智揚、孫祺荫、張殿执等爲代表的一批著名學者由京、唐兩院成建制地調入蘭州交大進行教學、科研工作，傳承至今。　⑤“極目送去清秋，京唐傳習，隴上重飛翼”三句：校史可追溯到1896年建于山海關的北洋鐵路官學堂時期，與唐山鐵道學院、北京鐵道學院同根。1958年5月，（鐵人教專滕［58］字第224號）鐵道部决定：“先設鐵道建築、鐵道橋梁及隧道、鐵道運輸、機械、電信信號等五個系”，成建制成立蘭州鐵道學院。　傳習：引《論語·學而》：“吾日三省吾身：爲人謀而不忠乎？與朋友交而不信乎？傳不習乎？”（金良年撰：《論語譯注》，上海古籍出版社，2004年，第3頁。）　⑥“但叫乳名聽母唤，走向東西南北”兩句：指堅持特色辦學，突出優勢學科，致力搭建教學科研平臺，積極參加國家和地方經濟社會建設。　乳名：乳名，小名。一則喻爲山海關北洋鐵路官學堂，另一則指一代又一代的學子。　⑦藍圖：據《世本八種·茆泮林輯本·作篇》載：“史皇作圖。”宋衷注：“《文選·貴妃誄》注、《御覽》七百五十。”（［漢］宋衷注，［清］秦嘉謨等輯：《世本八種》，上海：商務印書館，1957年，第111頁。）

卷下

詞品

辛、詞的音樂歷程

清人趙翼在《論詩》中云："江山代有才人出，各領風騷數百年。"① 詞的誕生，是與音樂相伴而行的，同時作爲文學的一種體裁，在中國古典文學史上占有一席之位，亦因社會變遷、文化融合、生活激蕩、移風易俗等因素的作用下，産生了風格、形式、内容的演變。不管是"歌唱的詞""詩人的詞"，還是"詞匠的詞"②，在不同的時代開創出光輝璀璨的一頁。

子、唐五代入調

20 世紀初，在敦煌莫高窟藏經洞中發現了敦煌曲子詞。

未發現敦煌石窟之前，歷代有關詞的研究大都鎖定在《花間集》③《尊前集》④ 等作品中，而它的發現證明了在文人詞創作之前，民間的創作群體已經十分活躍了。從王重民所整理編輯《敦煌曲子詞集》⑤ 所收 161 首詞，其中抄卷《雲謡集雜曲子》共 30 首，并非全是文人的作品，除唐昭宗、温庭筠《更

---

① 季鎮淮：《歷代詩歌選》，中國青年出版社，1980 年，第 1252 頁。

② 胡适：《詞選・序》，河北人民出版社，1999 年，第 4 頁。胡适首創的唐宋詞三段論，即："蘇東坡以前是教坊樂工與娼家妓女歌唱的詞；東坡到稼軒、後村，是詩人的詞；白石以後，直到宋末元初，是詞匠的詞。"

③ 《花間集》："《花間集》，詞總集名，凡十卷，五代後蜀趙崇祚編。選録晚唐五代温庭筠、韋莊及蜀中詞人十八家所作詞五百首，是最早的一部詞集"之一。見［宋］胡寅：《題酒邊詞》，《中國歷代文論選》，上海古籍出版社，2001 年，第 361 頁。

④ 《尊前集》：即"尊前，詞總集名，凡二卷，大約是五代或宋初人所編輯。選録李白、温庭筠、李煜等唐五代人詞。作家三十餘人，詞二百餘首。名叫《尊前集》，在當時可能是一種唱本，供樂工歌伎在酒席上選唱。"見《詞源》注［5］郭紹虞，王文生：《中國歷代文論選》，上海古籍出版社，2001 年，第 469 頁。

⑤ 王重民：《敦煌曲子詞集》，上海：商務印書館，1957 年。

漏長（子）》，歐陽炯《菩薩蠻》等幾人作品外，幾乎是清一色的民間作者，没有留下姓氏，詞調有令詞、中調和慢詞一應俱全。從詞中諸如“皇帝持刀强，一一上秦王”等内容看，大都作于唐五代時期的作品，形式非常自由，没有體制限制，且題材十分廣泛，或反映情感世界方面的，或反映戰場及將士感情生活的，或記載民間傳説和歷史事件的等，從各个角度反映出唐代生活的狀態，尤其是顯現了中國傳統民間文化的元素。如《搗練子》：

孟美女。杞梁妻。一去烟（燕）山更不歸。造得寒衣無人送。不免自家送征衣。　長城路。實難行。乳酪山下雪雰雰（紛紛）。吃酒則爲隔飯病。願身强健早還歸。①

此詞是借咏孟姜女的故事來反映唐代民間徭役征戍之苦。語言樸實無華，没有比擬，没有排場；感情真摯，没有委婉，没有遮擋。還有《雲謡集雜曲子》里反映情感世界的《漁歌子》：

覩顔多，思夢誤。花枝一現恨無門路。心哽噎，泪如雨。見便不能移步。　五陵兒，戀嬌態女。莫阻來情從過與。暢平生，兩風醋。若得丘山不負。②

此詞通俗淺近，猶如“見便不能移步”的直白，絲毫没有一點刻意裝飾。以其叙事的語言風格來看，與漢樂府鐃歌《上邪》有着异曲同工之妙，説明詞的傳承淵源之久：

上邪！我欲與君相知，長命無絶衰。山無陵，江水爲竭，冬雷震震，夏雨雪，天地合，乃得與君絶！③

與《敦煌曲子詞集》下卷相比較，其中《龍州詞》一首，《水調詞》一首，《樂世詞》一首，《鄭郎子詞》一首，《鬥百草詞》四首，《阿曹婆詞》三首，《何滿子詞》四首，《劍器詞》三首及《蘇莫遮・五臺山曲子詞》六首作品來看，有和聲、襯字，咏調名即本意等特點，但字數不定，平仄不拘，叶韵不

① 王重民：《敦煌曲子詞集》，上海：商務印書館，1957年，第59頁。

② 王重民：《敦煌曲子詞集》，上海：商務印書館，1957年，第82頁。

③ 季鎮淮：《歷代詩歌選》，中國青年出版社，1980年，第109頁。

嚴，恰説明了那時不論在語言形式上還是内容風格上，都保留了自然樸素，感情真摯，洋溢着濃郁生活氣息的民間文學的真實形態。這樣以來，對于探討唐五代詞、文人詞兩方面的面貌，以及詞的起源和詞與音樂的關係等，提供了不可缺少的研究依據。

從詩歌的發展流變來看，敦煌曲子詞繼承了《詩經》、漢樂府、南北朝民歌的傳統，又爲唐五代及宋代的文人詞開了先河。

一、唐代邊調

自唐開國以來，經過百年的發展，到開元、天寶年間，國力强盛，人們滿懷希望，情緒樂觀，游宦從軍，見多識廣，反映到詩壇上，浪漫主義詞調便十分繁榮了。劉大杰《中國文學發展史》① 論證已十分詳備。從張思岩所輯《詞林紀事》卷一中就可以看到唐玄宗、楊貴妃亦在宫中帶頭倚曲填詞。如唐玄宗《好時光》：

> 寶髻偏宜宫樣，蓮臉嫩，體紅香。眉黛不須張敞畫，天教入鬢長。莫倚傾國貌，嫁取個有情郎。彼此當年少，莫負好時光。②

宗橚在此詞下注云：“開元軼事，明皇諳音律，善度曲。嘗臨軒縱擊，制一曲曰《好時光》。方奏時，桃李俱發。又制一曲曰《秋風高》，奏之，風雨颯然。帝曰：‘此事不唤我作天公可乎。’詞俱失傳，唯《好時光》一闋云云。”此詞《尊前集》《全唐詩》俱收録。楊貴妃《阿那曲》：

> 羅袖動香香不已，紅蕖裊裊秋烟里。輕雲嶺上乍摇風，嫩柳池塘初拂水。③

宗橚按：“《詞統》作贈善舞張雲容，未知何據。”有人懷疑此首詞是僞作，暫且不管。另外，唐昭宗有《菩薩蠻·登華州城樓》等，雖是被困所作，但已經足够説明在宫庭里一直延續對詞的偏愛。從唐崔令欽《教坊記·曲名表》記載的開元、天寶時期教坊里的一些曲名中可以分析，像《漁父引》《撥棹子》等曲調是來自于水鄉；像《卧沙堆》《怨胡天》等來自于邊關軍營。像

---

① 劉大杰：《中國文學發展史》中册，復旦大學出版社，2006 年，第 119—120 頁。
② ［清］張宗橚：《詞林紀事》，成都古籍書店，1982 年，第 10 頁。
③ ［清］張宗橚：《詞林紀事》，成都古籍書店，1982 年，第 28 頁。

《章臺柳》《竹枝詞》和《楊柳枝詞》等曲調在那時已廣爲流行。這些曲子被引進宫廷教坊演奏，增加了傳播的管道，加速了傳播的深度和廣度，從而致使一些文人們也紛紛來參加到曲調的創作隊伍中，推動了文人詞的發展。而在衆多依曲填詞人當中，最杰出的當推李白了，從《菩薩蠻》《憶秦娥》的形成，標志以詩入詞時代已經開始。如《憶秦娥》：

簫聲咽。秦娥夢斷秦樓月。秦樓月。年年柳色，灞陵傷别。
樂游原上清秋節。咸陽古道音塵絶。音塵絶。西風殘照，漢家陵闕。①

其傷今懷古之咏唱，以長安爲載體，聯想自己當年做翰林時的感觸，寫出了時間的悠遠和空間的廣漠，充滿着對時光易逝的感嘆。憂慮家國沉浮，追思功業成敗等复雜心理交織而成的悲壯情緒。抒寫的是氣象萬千的景象，迎來的却是一派空寂；表達的是一腔家國的豪情，面對的却是一種無奈。其詞調帶有鮮明的個性，首開了文人倚聲填詞的風氣，被後人譽之爲“百代詞曲之祖”。繼而曾經舉進士的張志和與之相應，其《玄真子集》，《全唐詩》録有九首詞作。如《漁歌子》：

西塞山前白鷺飛，桃花流水鱖魚肥。青箬笠，緑蓑衣，斜風細雨不須歸。②

這首詞是張志和回應兄長張松齡《漁歌子》而作的，即：

樂在風波釣是閑，草堂松檜已勝攀。太湖水，洞庭山，狂風浪里且須還。③

張志和，本名龜齡，字志同，金華人。他的詞給兄長表明“不復仕，居江湖”的决心。正是這首詞引起名流唱和，名聲遠播。這位由唐肅宗賜名“志和”，命“待詔翰林”，又因事受貶，遂而自稱“烟波釣徒”的藝術大師，給我們描繪了一幅景物優美、色彩鮮明的詞中有畫，畫中有人，人中有思的江南水鄉圖，渾然天成。這首詞，千百年來，膾炙人口。其時，他與李白一道被尊爲

① 潘慎：《唐五代詞鑑賞辭典》，北京燕山出版社，1997 年，第 40 頁。
② 潘慎：《唐五代詞鑑賞辭典》，北京燕山出版社，1997 年，第 68 頁。
③ ［清］張宗橚：《詞林紀事》卷一，成都古籍書店，1982 年，第 10 頁。

“千古綱領”①。其後有韓翃、戴叔倫、韋應物、王建、劉禹錫、白居易諸家，均在吟詩之餘，依“胡夷里巷之曲”嘗試填詞。他們當中，以劉禹錫和白居易成就最大。如劉禹錫《楊柳枝》：

楊柳青青江水平。聞郎江上唱歌聲。東邊日頭西邊雨，道是無晴却有晴。②

白居易《憶江南》：

江南好，風景舊曾諳。日出江花紅勝火，春來江水綠如藍。能不憶江南。③

這些詞都成爲婦孺皆知的名篇。從那個時候文人詞作品的體式來看，已經具備詞的雛形。如韓翃有《章臺柳・寄柳氏》，戴叔倫有《轉應曲》《調笑令》，韋應物有《三臺》《古調笑》，王建有《三臺令》《調笑令》，顧況有《漁父引》，劉長卿有《謫仙怨》等。這些人當中，王建是以作宫詞而得名的，詞的風格偏向替美人哀怨。這股流轉于盛唐、中唐的詩壇的小令細流，待到晚唐之際，由温庭筠、皇甫松、司空圖等人推波助瀾，逐漸形成與詩分流的小河。尤其是温庭筠宣導“香而軟”的詞風，以頗具專業詞人的身份，加之精通音律，其詞通過歌樓亭臺，在各類人群中間進行廣泛的傳唱，加之抄本的大量出現，對温庭筠詞的傳播起到了至關重要的作用。他的詩與李商隱齊名，時有“温李”之稱。

二、五代宴調

經過有唐一代的勃興期之後，進入五代，詞之小河在西蜀和南唐二水分流，以徵歌宴舞爲時尚。這一時期，詞人大都是由晚唐而來的，温庭筠獨當稱冠，并作爲花間的開山鼻祖。温庭筠，本名歧，字飛卿。因遇唐宣帝微行不識，并譏之非司馬、長史，非大參、簿、尉，故而謫爲方城縣尉，後官至國子助教。孫光憲《北夢瑣言》卷四云：

---

① ［清］陳廷焯：《詞壇叢話》，《詞話叢編》，中華書局，2005年，第3719頁。
② 潘慎：《唐五代詞鑑賞辭典》，北京燕山出版社，1997年，第126頁。
③ 潘慎：《唐五代詞鑑賞辭典》，北京燕山出版社，1997年，第138頁。

才思艷麗，工于小賦，每入試，押宫韵作賦，凡八叉手而八韵成。多爲鄰鋪假手，號曰“救數人”也。①

繼而遂有“温八叉”之稱。又因其貌醜，稱“温鍾馗”。由于官場不順，每走于歌樓，殷勤花下同携手，更盡杯中酒。如《菩薩蠻》：

小山重疊金明滅，鬢雲欲度香腮雪。懶起畫蛾眉，弄妝梳洗遲。照花前後鏡，花面交相映。新貼綉羅襦，雙雙金鷓鴣。②

其代表作還有《更漏子》《夢江南》等。他共有六十多首詞流傳下來，在同時詞家中，他的詞存世數量是最多的。因他熟悉底層生活，詞的創作題材大多反映在婦女世界中，描寫安逸和濃艷色彩居多。爲適應一些人的身份要求，詞的風格自然就傾向于婉轉、隱約。他的詞，上承南朝宫體③之傳統，下開花間之先河。因此遂被奉爲婉約正宗，花間派的鼻祖。因他在詞壇中享有不可替代的影響力，以致後來《花間集》的出版，首先列入他的作品六十首。縱觀其詞，風格整體上婉麗質誠，含蕴寓辭。其追隨者有韋莊、歐陽炯、孫光憲等。其中，獨樹一幟的是韋莊，他善以白描手法創作疏淡清秀的詞作，爲詞的創作開闢了一條蹊徑，後人常以“温韋”并稱。韋莊，字端己，生在唐帝國由衰弱到滅亡及五代十國分裂混亂的時代，一生飽受離亂漂泊之苦，雖然晚年成就了王建成爲前蜀皇帝，但“好景”并不長，平生基本上過着漂泊的生活。與民間的接觸，受到了民間作品的影響，終以“疏而顯”的詞風而定格。如《菩薩蠻》：

人人盡説江南好，游人衹合江南老。春水碧于天，畫船聽雨眠。 壚邊人似月，皓腕凝霜雪。未老莫還鄉，還鄉須斷腸。④

他把文人詞帶回到民間作品的鄉土氣息中來，開李煜、蘇軾、辛弃疾之先

① ［五代］孫光憲：《北夢瑣言》，中華書局，2002 年，第 89 頁。

② ［清］張宗橚：《詞林紀事》卷一，成都古籍書店，1982 年，第 19 頁。

③ 宫體：即宫體詩。指南朝梁簡文帝蕭綱時的一種文體。蕭綱做晋安王時，侍讀徐摛把沈約的永明體推向律化，内容大都描寫私情。因蕭綱入住太子宫，所以稱爲宫體詩。參見周振甫《什麽是“宫體詩”》，《文史知識》第七期，中華書局，1984 年，第 12 頁。

④ 潘慎：《唐五代詞鑒賞辭典》，北京燕山出版社，1997 年，第 453 頁。

河。歐陽炯，曾爲後蜀王衍時中書舍人，《宣和畫譜》傳説，後事孟昶，任翰林學士。詞作見于《花間集》四十餘首，曾爲《花間集》作序，其詞風博麗莘香，纏綿悱惻。如《南鄉子》：

畫舸停橈。槿花籬外竹横橋。水上游人沙上女。回顧。笑指芭蕉林裏住。①

孫光憲，字孟文，任荆南高從誨時書記、御史大夫，入宋爲黄州刺史。著有《北夢瑣言》。他在花間派中是富有成就的詞人，詞作較有鮮明的個性，風神疏朗，聲姿高暢。如《浣溪沙》：

蓼岸風多橘柚香。江邊一望楚天長。片帆烟際閃孤光。　目送征鴻飛杳杳，思隨流水去茫茫。蘭紅波碧憶瀟湘。②

其代表作還有《菩薩蠻》《虞美人》《清平樂》《上行杯》等。他的詞極力克服花間的艷麗傾向，爲後來人填詞取捨、提煉題材提供了範例。張泌，字子澄，曾任南唐監察御史等職，入宋任虞部郎中。他也是個不可小覷的人物，其詩《寄人》後來入選《唐詩三百首》，著有小説《韋安道傳》和《妝樓記》，因詞出衆而成爲名家。其詞字句工巧，章理有序，用語流暢。如《浣溪沙》：

獨立寒階望月華。露濃香泛小庭花。綉屏愁背一燈斜。　雲雨自從分散後，人間無路到仙家。但憑魂夢訪天涯。③

這是一首懷人之作，現實中無法辦到的事，寄以夢中。詞語自然，没有嬌作之氣。在這個期間花蕊夫人的詞也很有才情。《詞林紀事》卷二載："夫人，姓徐氏，蜀之青城人，以才色入蜀宫，後主嬖之，號花蕊夫人。效王建作宫詞百首。國亡入宋，備后宫。"録其《采桑子・題葭萌驛壁》一首：

初離蜀道心將碎，離恨綿綿。春日如年。馬上時時聞杜鵑。　三千宫

① ［清］張宗橚：《詞林紀事》卷二，成都古籍書店，1982 年，第 52 頁。
② ［清］張橚輯：《詞林紀事》卷二，成都古籍書店，1982 年，第 52 頁。
③ ［清］張宗橚：《詞林紀事》卷二，成都古籍書店，1982 年，第 55 頁。

女如花面，妾最娟娟。此去朝天。衹恐君王寵愛偏。①

此詞與趙匡胤之間演繹出多少故事，已經風吹雲散，可其才情仍頗爲人稱道。還有牛嶠的《望江南》、毛文錫的《巫山一段雲》、薛昭蘊的《浣溪沙》、毛熙震的《清平樂》、李珣的《南鄉子》等，各有其長，都對詞的發展起過一定的影響。當詞發展到這個階段，韋莊等開闢的西蜀詞壇便達到了獨領風騷地位，由後蜀人趙崇祚所編的所謂《花間集》，就是填詞題材以描寫社會階層尤其是上層社會的貴婦美人的生活、容貌、穿着、裝飾和思想情感爲主，緣于文學作品中常常把女子比作花，故得名“花間集”《花間集》就能證明這一點。所謂《花間集》，就是填詞題材以描寫社會階層尤其上層社會的貴婦美人的生活、容貌、穿着、裝飾和思想情感爲主，緣于文學作品中常常把女子比作花，故得名“花間集”。該集是詞史上的一件大事情，它不僅僅是一本詞的彙集，而且是集中了西蜀詞的代表，爲詞的創作起到了推波助瀾的作用。該集子由後蜀趙崇祚于廣政三年（940）編成十卷，選録的作品以文人學士花間尊前的吟唱爲主，作者中除温庭筠、皇甫松、孫光憲、和凝外，韋莊、薛昭蘊、牛嶠、毛文錫等十二名作者外都在西蜀供職，由此可見當時蜀中文事之盛。集子在詞的格律上做了進一步的規範，在詞性特徵上，進一步地做了些諸如文辭、意境等方面的探討。《花間集》不僅是一部詞的彙集，更是詞的文本範例，爲以後詞的發展奠定了基礎，被現代學者胡雲翼稱爲“宋詞的先聲”②。

與西蜀并峙的南唐詞代表人物是馮延巳，又名延嗣，字正中。他在南唐做過宰相，生活過得很優裕、舒適。其詞雖然仍以相思離别、花柳風蝶爲題材，但不再側重于寫女子的容貌服飾，也不拘限于具體的情節，而是着力表現人物的心情意緒，引起多方面的啓示與聯想。如《謁金門》：

風乍起。吹縐一池春水。閑引鴛鴦香徑里。手挼紅杏蕊。　鬥鴨闌杆獨倚。碧玉搔頭斜墜。終日望君君不至。舉頭聞鵲喜。③

又如《鵲踏枝·誰道閑情抛擲久》，通篇隻字未提具體事情，衹是表達一種心境。是他開啓了南唐詞風，而且影響了宋代晏殊、歐陽修等詞家。王國維在

① ［清］張宗橚：《詞林紀事》卷二，成都古籍書店，1982年，第58—59頁。
② 胡雲翼：《宋詞研究》，上海：中華書局，民國十七年，第19頁。
③ 潘慎：《唐五代詞鑑賞辭典》，北京燕山出版社，1997年，第339頁。

《人間詞話》中稱其爲“是不失五代風格，而堂廡特大，開北宋一代風氣”①的大家。以帝王之尊的中主李璟、後主李煜猶唱後庭花，李煜在《虞美人》中的“問君能有幾多愁。恰似一江春水向東流”② 的句子，可謂千古留有餘音，其詞將唐五代詞推向高峰，影響了一代詞人。可以説，詞至五代已經比較成熟了。

五、宋代時調

按照宋詞的歷史沿革而分，一般可分爲北宋、南宋兩個時期，即一豎兩横形態，狀若一河兩橋。若再細分，當然也可以一豎五横或更多，但與詞本身并没有發生關係，也不影響兩宋成就一代文學的實質。大抵沿五代一路下來，到宋朝開國開始，詞的狀貌已基本形成了。晏殊、歐陽修、張先、晏幾道、柳永等承襲“花間”餘緒，進而擴大詞境，開拓詞的題材，爲北宋初期詞的發展鋪墊了基礎；蘇軾、秦觀、趙令畤、賀鑄、周邦彦等，詞的題材進而廣泛，風格趨于多樣，内容得到充實和豐富，呈現出一派繁榮的景象。南宋初期，李清照、朱敦儒、陳與義、張元幹、張孝祥等，這個時期的詞是由北向南相隨而來的，承載着承上啓下的“橋梁”作用，而這一批詞人從時間上分是相對的，并非北南截然分開。真正能够稱之爲成熟的南宋詞的，是到了辛弃疾、陳亮、劉過、陸游、姜夔、史達祖等那一群詞人的時候，詞的題材愈加廣闊，詞體變革擴大，風格多樣，内容形式得以伸展，使詞的發展相對處在一個“中興”時期；接着吴文英、史達祖、周密、王沂孫、劉克莊、劉辰翁、張炎等，繼承辛弃疾和姜夔的餘緒，使詞的創作處于衹有“顧後”，没有“瞻前”的徘徊狀態。

一、北宋翻調

1. 初期起調

北宋初立還是沿襲唐代的坊市制和宵禁制，文化娱樂活動受限，因此，詞壇還是比較寂静的。後來隨着這些制度的廢馳，接着商業發達起來，市民文化崛起，加之夜市繁榮，專業娱樂場所應用而生，同時一些演唱活動的跟進，爲詞的生存發展營造了社會生活環境。這樣詞仍然承襲唐五代“花間”餘緒，

① ［清］王國維：《人間詞話》卷上，上海古籍出版社，1998 年，第 5 頁。
② ［清］朱彝尊、汪森：《詞綜》，上海古籍出版社，1978 年，第 25 頁。

"聲色大開，八音俱備"①。這一時期的主要代表有晏殊、歐陽修、張先、晏幾道、柳永等。"無可奈何花落去，似曾相識燕歸來。"② 晏殊的一曲《浣溪沙》把人們帶入了中國的宋詞時代。承平之世，就不能這樣平平淡淡的走過，把自己的天賦及創造溶入到自己的情感世界里。晏殊，字同叔，是宋仁宗時期的大學士，一生富貴優游，所作多吟于亭臺游園之間，對酒月明之時。詞語清麗，聲調諧適，寫景賦于自然而傳神，爲當時詞壇耆宿，在北宋文壇上享有很高的地位。有《珠玉詞》一卷。其詞擅長小令，多爲設宴把酒的情致。語言清新婉麗，其"緑楊芳草長亭路，年少抛人容易去"一句，被贊爲"詞不作婦人語"③。歐陽修，字永叔，有《六一居士集》。他是宋仁宗時期的翰林學士，宋英宗時期以太子少師致仕，他在政治和文學方面都有革新的訴求，在宋仁宗慶歷年間進行的革新當中，一方面積極支援范仲淹推行新政，另一方面宣導和發動繼唐代古文運動而起的文學革新運動，與寇萊公、宋景文、范蜀公等朝庭重臣一道有心爲詞。蘇軾兄弟及曾鞏、王安石皆出其門下，詩文爲一時之冠。其詞深婉清麗，但主要內容仍是囿于傳統的羈旅愁懷、相思愛戀、嘆春悲秋之類，以暢叙幽懷的筆調寫景爲長。晏、歐二人在南唐馮延巳的基礎上進一步開拓詞境，脱去了脂粉氣味，以清雅雋永定格。當宋詞發展到晏幾道擔當領軍時，在繼承"花間"之"造語""造境"中而開張新的面目。柳永所走的道路與晏、歐完全不同。晏、歐是政界、文壇的顯要人物，柳永却是個以"白衣卿相"自許的人。他仕途坎坷、生活潦倒，在"倚紅偎翠""淺斟低唱"④ 中尋找寄托。正因爲如此，柳永纔有機會深入社會底層接觸了地氣，于無形中克服

---

① ［清］陳廷焯：《詞壇叢話》，《詞話叢編》，中華書局，2005年，第3720頁。

② ［清］上彊村民：《宋詞三百首》，崇文書局，2007年，第13頁。

③ ［清］王弈清：《歷代詞話》卷四，《詞話叢編》，中華書局，2005年，第1142頁。

④ 淺斟低唱：據《古今詞話·柳永》載：'柳耆卿祝仁宗皇帝壽，作《醉蓬萊》一曲云：'漸亭皋葉下，隴首雲飛，素秋新霽。華闕中天，鎖葱葱佳氣。嫩菊黄深，拒霜紅淺，近寶階香砌。玉宇無塵，金莖有露，碧天如水。 正值昇平，萬幾多暇，夜色澄鮮，漏聲迢遞。南極星中，有老人呈瑞。此際宸游，鳳輦何處，度管弦清脆。太液波翻，披香簾卷，月明風細。'此詞一傳，天下皆稱妙絶。蓋中間誤使宸游鳳輦挽章句，耆卿作此詞，惟務鈎摘好語，却不參考出處。仁宗皇帝覽而惡之。及御注差注至耆卿，抹其名曰：'此人不可仕宦，盡從他花下淺斟低唱。'由是淪落貧窘。"（［宋］楊湜：《古今詞話》，《詞話叢編》，中華書局，2005年，第25頁。）［釋引］柳永：字耆卿，原名三變，字景莊。後改名永，字耆卿。排行第七，又稱柳七。宋仁宗朝進士，官至屯田員外郎，故世稱柳屯田。他自稱"奉旨填詞柳三變"，以畢生精力作詞。

了士大夫們一貫居高臨下的態度，以平等的人與人的關係相處，可以説他的創作來源于社會現實。他的詞作除了寫些人情冷暖、世事滄桑的内容外，還寫了不少反映人群當中的方方面面心態的作品，從而使創作獲得了廣泛的社會生活題材。對此，時人説他是“世間有井水飲處，即能歌柳詞”①。北宋開國不久，商品經濟發達，市場交易不受時間和空間的限制，主要體現在夜市通宵達旦，坊市自由貿易，這樣就促使了市井文化的繁榮，爲詞的創作和發展提供了土壤和養分。像柳永詞風的轉變，從某種程度上講，是適應了城市文化生活的需要。由于柳永從生活中采集到了第一手創作素材，衹要是人們喜歡的，就不拘泥于它是來自窮鄉僻壤，還是來自勾欄瓦社，勢必視爲不情之請而采納，積極吸收精華入詞，大量地創作慢詞，有效的擴大了詞的體制，改變了詞在書寫内容上的觀念，于無形中變革了詞的創作方向。其詞風纏綿悱惻、縱横開合，語言通俗流暢，具有雅俗共賞之效，從而使詞從臺面走向人群的視野之中。有《樂章集》。如《雨霖鈴》：

寒蟬凄切。對長亭晚，驟雨初歇。都門帳飲無緒，方留戀處，蘭舟催發。執手相看泪眼，竟無語凝噎。念去去、千里烟波，暮靄沉沉楚天闊。
多情自古傷離别。更那堪、冷落清秋節。今宵酒醒何處，楊柳岸、曉風殘月。此去經年，應是良辰、好景虚設。便縱有、千種風情，更與何人説。②

在創作方法上，柳永善于運用鋪叙手法，促進了詞的語言表達變化，做到既要解决曲式結構的技術性問題，又要使抒情吻合人們的傳統欣賞習慣。從實際效果來看，不但突破了長期以小令配樂的局面，而且還得到了人們普遍的認同和贊揚，尤其是他自度的一些新腔，像《戚氏》這樣長達二百餘字的長篇作品，發乎内，形于外，何足道“一曲凄涼終”呢！柳永一生致力于詞的創作，對宋詞的發展起到了奠基的作用。張先在平元年以尚書都官郎中致仕，他的詞與柳永齊名，擅長小令，亦作慢詞。有《安陸集》。其詞含蓄工巧，情韵濃郁。起初以《行香子》的“心中事，眼中泪，意中人”句，人稱爲“張三

① ［清］王弈清：《歷代詞話》卷四，《詞話叢編》，中華書局，2005 年，第 1162 頁。

② ［清］王奕清：《欽定詞譜》卷三十一。柳永《雨霖鈴》此格應一百零三字，屬定格。此引詞上闋第五句“留戀處”少“方”字。（見《宋詞三百首鑑賞辭典》，上海辭書出版社，2009 年，第 12 頁。）

中”，後又自舉平生所得意之三詞：《天仙子》之“沙上并禽池上暝，雲破月來花弄影”，《歸朝歡》之“嬌柔懶起，簾押殘花影”，《剪牡丹》之“柔柳搖搖，墜輕絮無影”句，世稱“張三影”。[①] 他一生爲詞，其特點是風發顯露，意韵興味，造語工巧，委婉含蓄，對于慢詞的推進起到了汗馬加鞭的作用，可謂是“上結晏、歐之局，下開蘇、秦之先”[②] 的不可忽視的人物，難怪陳廷焯在評其詞發出了“古今一大轉移也”[③] 的結論。晏幾道，字叔原，號小山，是晏殊的幼子，一生疏狂磊落，縱弛不羈，不爲世俗所容，在宋神宗時期衹做了個開封府的小判官。有《小山詞》。其詞風深幽婉妙，發于言情，却“仕宦連蹇，而不能一傍貴人之門，此一癡也；論文自有體，不肯一作新進士語，此又一癡也”[④]。像他這樣不依靠權貴，又不撰寫時髦文字，疏于人情世故，無疑其詞成爲“古之傷心人”[⑤] 的代言者。整體而言，雖囿于獨處，却“不蹈襲人語”，藝術造詣頗高，在北宋可稱爲一代詞人。其《臨江仙》《鷓鴣天》等詞，都是歷來傳誦的名篇。如《鷓鴣天》：

> 彩袖殷勤捧玉鍾。當年拚却醉顔紅。舞低楊柳樓心月，歌盡桃花扇底風。　從别後，憶相逢。幾回魂夢與君同。今宵剩把銀釭照，猶恐相逢是夢中。[⑥]

又如《臨江仙》之“落花人獨立，微雨燕雙飛”美妙句子，不能不令人嘆爲觀止。在藝術創作形式上，雖仍爲“花間”式的令詞小曲，雖通俗，但不失大雅。總覽其創作，能够緊緊圍繞合樂的要求，通過用意淡簡的藝術筆觸，進而推演了詞體的變革。

2. 中期興調

這段含稍後一段時間，北宋社會面臨着難以承接的冗官、冗兵、冗費現象，當矛盾集中到此時，必將引起社會進行變革，隨機也是詞的一個發展機遇

① “張三影已膀稱人口矣，尚有一詞云：‘無數楊花過無影。’合之應名四影。”見［清］李調元：《雨村詞話》卷一，《詞話叢編》，中華書局，2005年，第1391頁。

② ［清］吴梅：《詞學通論·概論二·兩宋》第七章，上海古籍出版社，2006年，第51頁。

③ ［清］陳廷焯：《白雨齋詞話》卷一，上海古籍出版社，2009年，第14頁。

④ ［宋］晏幾道：《小山詞·例言》引黄庭堅《小山詞序》，上海古籍出版社，1988年，第2頁。

⑤ ［清］馮煦：《宋六十一家詞選·序例》，清宣統二年石印本。

⑥ ［清］上彊村民：《宋詞三百首》，崇文書局，2007年，第60頁。

期，湧現出了一批詞人。蘇軾、秦觀、趙令時、賀鑄、周邦彦等是杰出的代表，使詞的創作達到了一個前所未有的高度。

蘇軾，字子瞻，又字和仲，號“東坡居士”，世人稱其爲“蘇東坡”。有《東坡樂府》。蘇軾本來上馬可征戰，坐帳可運籌，并非無所作为，但宦海無常，致使他祇能在文學上成爲一代風騷人物，與辛弃疾并稱爲“蘇辛”。他在詞壇上的出場亮相，一方面，借鑒了柳永詞舊調變新聲的體制而“有餘”，另一方面，進一步彌補“不足”，以文相輔，委以詩中，詩之精髓，委以詞中，拓展了詞境而開宗立派，爲詞的發展開創出了新的局面。雖然詞的風格與柳永不同，但在抒情方面，仍然繼承了自我化的一面，“不必兒女離別，不必鴛衾雁字，凡是情感，凡是思想，都可以作詩，就都可以作詞。”① 對此，通過創造性思維，開創出屬于自己的風格面貌，積極克服了當時詞壇創作所面臨的纖歌雲遏、花羞月隱和炫舞徘徊的現象，改變了“詞爲艷科”的習慣説法，打破了詞爲單純應歌娱樂的局面。從描繪田園風光、出游遐想、憑吊懷古，到相逢惜别，藉以談禪説理，抒發感情，幾乎無所不包，可以説是浩瀚如大海，繁多如星辰。其詞風激朗豪放、引領風騷，詞韵之間，雄姿逸氣，宛若神仙出世，爲豪放派的開山祖。如他的代表之一《水調歌頭》：

> 明月幾時有，把酒問青天。不知天上宫闕，今夕是何年。我欲乘風歸去，又恐瓊樓玉宇，高處不勝寒。起舞弄清影，何似在人間。　轉朱閣，低綺户，照無眠。不應有恨，何事常向别時圓。人有悲歡離合，月有陰晴圓缺，此事古難全。但願人長久，千里共嬋娟。②

題爲中秋對月，兼懷子由，實爲不與世俯仰，個中懷抱何排遣，“此詞前半，自是天仙化人之筆”③，充盈着奇特的想像和浪漫氣息。還有《江城子》的“老夫聊發少年狂”句和《念奴嬌》的“大江東去”句等膾炙人口的篇章，爲北宋詞壇增添了异彩。因此，《四庫總目提要》論及其詞云：

---

① 胡适：《詞選》，河北人民出版社，1999 年，第 92 頁。

② ［清］王奕清：《欽定詞譜》卷二十三。此詞上闋第六句第一字是“惟”字，下闋第五句第三字是“長”字。見［清］上彊村民：《宋詞三百首》，崇文書局，2007 年，第 72 頁。

③ ［清］先著、程洪：《詞潔輯評》卷三，《詞話叢編》，中華書局，2005 年，第 1356 頁。子由：蘇軾之弟蘇轍，字子由。

> 詞至晚唐、五代以來，以清切婉麗爲宗。至柳永而一變，如詩家有白居易；至軾而又一變，如詩家有韓愈，遂開南宋辛弃疾一派。①

縱觀北宋詞的發展軌迹，蘇軾對詞的貢獻，集中表現在使詞轉變爲相對獨立于音樂的一種文學體裁，爲詞贏得了地位。

在這一階段中，秦觀、趙令畤、賀鑄等人的藝術創造，也爲北宋詞的發展起了一定的推進作用。秦觀，字少游，由于蘇軾推薦，立于朝堂，爲太學博士，秘書省正字，兼國史院編修官等職。他爲官尚能出以公心，不牽强，不附會，在黨同伐异的政治形勢下，顯得不合時宜，在宋哲宗時幾曾受貶。有《淮海詞》三卷。他與黄庭堅、晁補之、張耒號稱爲“蘇門四學士”，頗得蘇軾賞識。他是北宋後期著名婉約派詞人，受花間、尊前影響，詞作還是以描寫男歡女愛而意在排解消遣，仕途不遇而鍾情于酒杯釋懷者居多。其内容不尚空談，説理透徹，構思精巧，音律和諧，富于情而顯者才，透視出清新雋永之韵味，爲詞贏利了很高的聲譽。代表作有《鵲橋仙》（纖雲弄巧）、《望海潮》（梅英疏淡）、《滿庭芳》（山抹微雲）等。其《滿庭芳》之“斜陽外，寒鴉數點，流水繞孤村”句，被南宋吴曾《能改齋詞話》引作晁補之語，稱作是“天生好言語”②。雖然他出于蘇軾門下，但他自辟蹊徑，形成了緣情婉轉、氣骨出群之詞風，如被蘇軾看重的《踏莎行》：

> 霧失樓臺，月迷津渡。桃源望斷無尋處。可堪孤館閉春寒，杜鵑聲里斜陽暮。　　驛寄梅花，魚傳尺素。砌成此恨無重數。郴江幸自繞郴山，爲誰流下瀟湘去。③

此詞題爲“郴州旅舍”，開句就運用烘托手法，以景結情，抒寫謫居後盡可排解孤獨的心緒，以及想到朋友書信往來的安慰。追往昔看當下，無不感慨係之。對此，張炎在《詞源》評其詞云：“秦少游詞體制淡雅，氣骨不衰。清麗中不斷意脉，咀嚼無滓，久而知味。”④

趙令畤，初字景貺，自號聊復翁，是宋太祖次子燕王德昭玄孫，蘇軾見其

① ［清］紀昀、永瑢：《四庫總目提要·集部·詞》卷198-51，上海古籍出版社，1994年，第1541頁。

② ［清］吴曾：《能改齋詞話》卷一，《詞話叢編》，中華書局，1986年，第125頁。

③ ［宋］秦觀著，楊世明注：《淮海詩箋注》，四川人民出版社，1984年，第67頁。

④ ［宋］張炎：《詞源》卷下，《詞話叢編》，中華書局，2005年，第267頁。

才，推薦于朝庭。因曾是“元祐黨人”被廢十年，後襲封安定郡王。他詞學蘇軾，詞風轉盤傾玉、激揚清濁。如《蝶戀花》：

> 欲减羅衣寒未去。不卷珠簾，人在深深處。紅杏枝頭花幾許。啼痕止恨清明雨。　盡日沉烟香一縷。宿酒醒遲，惱破春情緒。飛燕又將歸信誤。小屏風上西江路。①

他將歷史上許多愛情故事譜入歌詞，爲北宋詞之體裁添了品種。

賀鑄，字方回，號慶湖遺老，是宋太祖賀皇后族孫，是唐賀知章後裔，曾任右班殿直。有《東山寓聲樂府》。他因尚氣使酒，終生不得美官，悒悒不得志。因壯貌奇醜，俗稱“賀鬼頭”，亦因有“梅子黄時雨”之句，人們稱他爲“賀梅子”。其詞善于融化中晚唐詩句入詞，就像陳廷焯《白雨齋詞話》卷二所贊：“平睨方回，紛紛三變行輩，不足比數，非虚言也。”② 如其傾心得意之作《青玉案》：

> 凌波不過横塘路，但目送、芳塵去。錦瑟華年誰與度。月橋花院，綺窗朱户。惟有春知處。　碧雲冉冉蘅皋暮，彩筆空題斷腸句。試問閑愁知幾許？一川烟草，滿城風絮，梅子黄時雨。③

就其作品風格而言，高曠出塵、雍容妙麗，可謂另闢蹊徑，自成一體，并不恪守師承而爲蘇軾所囿。他的詞豪氣與柔情并存，美與善相諧，時如劍語盤空，時如輕風呢喃，同樣也爲發展中的北宋詞展現了姿態。

3. 晚期更調

此階段詞的主導風格呈現多樣化，受歐、晏與柳、蘇詞的影響，因愛好取捨不同而各有側重。周邦彦兼采衆家之所長，促進了詞體的成熟。周邦彦，字美成，號清真居士，他在宋神宗時爲太學生，因歌頌新法被擢爲太學正，累官廬州教授、知溧水縣等。有《清真詞》二卷，補遺一卷，又名《片玉詞》。他

---

① ［清］上彊村民《宋詞三百首》，崇文書局，2007 年，第 101 頁。此詞一説爲小晏詞。小晏上闋歇拍作“啼紅正恨清明雨”。

② ［清］陳廷焯：《白雨齋詞話》卷二，上海古籍出版社，2009 年，第 32 頁。

③ ［清］王奕清：《欽定詞譜》卷二十九。此詞上闋第五句第一字是“瑣”字，第六句第一字是“祇”字，下闋第二句第三字是“新”字。見［清］上彊村民：《宋詞三百首》，崇文書局，2007 年，第 143 頁。

精通音律，能自度曲調。作品多哀婉如訴，擅長羈旅、繪景的新興慢詞，爲後來格律派詞人所宗。其詞以嚴謹縝密、典麗精雅的風格而標格，善于鋪叙，寫景融抒情、述事于一體，營造詞境于迭蕩起伏之間，形成陰陽頓挫之勢，發展了柳永、張先的慢詞，如《解語花·上元》：

> 風銷絳蠟，露浥紅蓮，燈市光相射。桂華流瓦。纖雲散、耿耿素娥欲下。衣裳淡雅。看楚女、纖腰一把。簫鼓喧、人影參差，滿路飄香麝。因念都城放夜。望千門如晝，嬉笑游冶。鈿車羅帕。相逢處、自有暗塵隨馬。年光是也。惟祇有、舊情衰謝。清漏移、飛蓋歸來，從舞休歌罷。①

此詞妙就妙在諸如“風銷絳蠟”語，看似爲平常景色，而却能“莫爲浮雲遮望眼，風物長宜放眼量”，喻之人家宴樂如斯相同，堪稱措辭精粹。從“記愁横淺黛”到“舊巢更有新燕”，是他《憶舊游》的句子，筆意觸處，“如琴曲泛音，盡而不盡”②。他精通音律，詞作聲音諧美，順口悦耳，“以樂府獨步，學士、貴人、市儈、妓女皆知美成詞爲可愛”③，怪不得時人傳“曲有誤，周郎顧”④ 的成語。他的代表作還有《蘭陵王》（柳陰直）、《滿庭芳》（風老鶯雛）等，并常常以唐人詩句入詞，如“低鬟蟬影動，私語口脂香”等，在增强詞的“體質”和詞調的規範上都有建樹。此時的周邦彦是詞的集大成者，主要表現爲，既有考據上的集成和創制，筆力上的言情體物、多于描繪、善入詩句和煉字妥帖，又有在風格上的兼收并采之特點。因其詞法度井然，使人有門徑可依，被稱之爲“作詞者多效其體制”⑤ 而另開一派，同時被譽爲“前收蘇、秦之終，後開姜、史之始”⑥，書寫了宋詞史上兼備多種風格的歷史。還有黄庭堅、晁補之二人作爲蘇門中堅詞人，師法其詞而自成面目。詞到蘇軾、黄庭堅、晏幾道、秦觀和周邦彦等人時達到了全盛期，其中以蘇軾、周邦彦的貢獻最爲突出。

---

① ［清］舒夢蘭：《白香詞譜箋》，文學古籍刊行社，1957 年，第 80 頁。

② ［清］先著：《詞潔輯評》卷五，《詞話叢編》，中華書局，2005 年，第 1366 頁。

③ ［宋］陳郁藏：《藏一話腴·外編》卷上，江西教育出版社，2002 年。

④ 曲有誤，周郎顧：出自《三國志·吴志書九·周瑜》卷五十四：“瑜少精意于音樂，雖三爵之後，其有闕誤，瑜必知之，知之必顧，故時人謡曰：‘曲有誤，周郎顧。’”（［晋］陳壽：《三國志》，中華書局，2006 年，第 750 頁。）

⑤ ［宋］張炎：《詞源·疏證》卷下，北京中國書店，1985 年，第 4 頁。

⑥ ［清］吴梅：《詞學通論·概論二·兩宋》第七章，上海古籍出版社，2006 年，第 55 頁。

二、南宋律調

1. 初期復調

由北到南這一時期是詞的變化期，確切地説是蜕變期。詞的創作代表人有朱敦儒、陳與義、張元幹、張孝祥、李清照等，而成就最高當推女詞人李清照。由北入南，出現了新的“樂種、曲種、劇種”①，尤其是作爲諸宫調和雜劇的曲調來源于“北曲”② 的發展，致使文藝重心轉移，势必影响传统詞的创作。南宋初期，社會動盪不安，給政壇、文壇，以及文學創作帶來巨大變化，对于词的创作来说，安定环境的改变，社会救危扶倾的心态而将集中体现出来，反映到叙事作品将相对不及其他文艺形式的影响力，经过一般时间的调整，雖江左偏安，但一些固有的抒情排遣情調，還需仍在一定場合恢復和再現，因而唱詞之風仍然盛行。作爲此時的詞人們，推宗格律，講究實用，平易靈活，以詩入詞，使之意象、意脉、意境能够清晰地反映出來，爲詞的繼續發展及蜕變做了鋪墊準備。

朱敦儒，字希真，早年不願做官，後來還是當了官。有《樵歌》詞集。他的作品很大一部份反映閑適的生活，被稱爲“天資曠逸，有神仙風致”③ 的詞人。他的詞以隱逸表現的如《好事近》之“摇首出紅塵，醒醉更無時節”句，表現憂傷的如《念奴嬌》之“除却清風并皓月，脉脉此情誰識”句，以及《水龍吟》之“錦帆衝浪，孫郎良苦”句，講的是做人的本分。

陳與義，字去非，號簡齋，在北宋做過地方府學教授、太學博士，在南宋是朝廷重臣，又是一位愛國詩人。著有《簡齋集》十六卷附《無住詞》一卷。其詞推崇蘇軾和黄庭堅、陳師道，但并不墨守成規，而能參合各家融會貫通，創造出自己的風格。如《臨江仙》：

> 高咏楚辞酬午日，天涯節序匆匆。榴花不似舞裙紅，無人知此意，歌罷滿簾風。　萬事一身傷老矣，戎葵凝笑牆東。酒杯深淺去年同，試澆橋

---

① 樂種：嘌唱、唱賺、賺等樂種；曲種：主要指説唱的鼓子詞，諸宫調等曲種；劇種：指雜劇、院本、南戲等劇種。據《世本八種・茆泮林輯本・作篇》載：“夔作樂。”宋衷注：“《通曲・樂四》《初學記》。”［漢］宋衷，［清］秦嘉謨：《世本八種》，上海：商務印書館，1957 年，第 117 頁。

② 北曲：“近世北曲，雖皆鄭衛之音，然猶古者總章北里之韵，梨園教坊之調，是可證也。”［明］楊慎：《詞品》卷一，上海古籍出版社，2009 年，第 24 頁。

③ ［清］王奕清：《歷代詞話》卷七，《詞話叢編》，中華書局，2005 年，第 1223 頁。

下水，今夕到湘中。①

他與陳師道、黄庭堅一道被後人尊稱爲江西詩派的“三宗”。

張元幹，字仲宗，號蘆川居士、隱山人，太學上舍生，做過縣丞，仕途多遭貶。有《蘆川歸來集》十卷，詞三卷。他的詞以南渡爲界，明顯地分爲前後兩期。北宋時的前期詞，以言情來説事，風格趨于婉約綺麗的特點。後期的詞，另闢蹊徑，作品落花觸情，感事惆悵，慷慨悲凉，成爲辛弃疾、陸游詞的先聲。如《石州慢》之“寒水依痕，春意漸回，沙際烟闊”句，彌漫着强烈的悲憤之情。這種情緒的宣洩，僅有勇氣是不够的，是要靠藝術的表現能力來支撑的。還有《賀新郎·寄李伯紀丞相》，將“氣吞驕虜”鞭笞“欲息干戈”和盤托出，慷慨悲凉，感人至深。

張孝祥，字安國，號于湖居士，狀元出身，官至撫州知州，有《于湖詞》。因廷試第一，居秦檜孫子秦塤之上，及第後即上書爲岳飛叫屈，秦檜指使黨羽誣告張孝祥謀反，將其父子投入監獄，秦檜死後獲釋。其詞學蘇軾，風格豪邁。如《念奴嬌·離思》，通過對江上“大江東去，處處風波惡”的描繪，表達了自己“不盡山川，無窮烟浪，辜負秦樓約”的無奈和感慨。他的詞上承蘇軾，下開辛弃疾愛國詞派的先河，以忠貞愛國詞爲世所稱。

李清照，號易安居士，有《易安居士文集》《易安詞》，後人輯有《漱玉集》，她的詞稱“易安體”。其父李格非，北宋齊魯著名學者。母王氏，知書善文。夫趙明誠，爲吏部侍郎趙挺之子，金石考據家。她是跨北宋、南宋兩個時代的人，親身經歷了由北而南的社會變革。在北宋所遇之事，情何以堪？“用世説入妙”② 的筆觸，更多地抒發了自己的苦悶與惆悵，千種心情不放。這個時期，她的詞主要描寫傷春怨别和閨閣生活的題材，表現了女詞人多情善感的個性，如《如夢令》等。後期的詞是對“人道山長山又斷”真實生活的寫照，物似人非，何堪不傷情，從而表達了她對故國、舊事的深情眷戀，如《聲聲慢》等。楊慎《詞品》卷二評她是“宋人中填詞，李易安亦稱冠絶”③。流落南方後，詞中多抒身世飄零之感，凄苦動人。其詞不僅僅出于聰明，而更是出于情真意切。何以伸委屈？掖着何道清！何以表其心？詞中道個明！其心其情，非常真切，由此改變了以往的婉約詞人替代女子説話的風氣。概言之，

---

① ［清］上彊村民：《宋詞三百首》，崇文書局，2007 年，第 169 頁。

② ［清］王奕清：《歷代詞話》卷六，《詞話叢編》，中華書局，2005 年，第 1211 頁。

③ ［明］楊慎：《詞品》卷二，上海古籍出版社，2009 年，第 40 頁。

其詞生活氣息濃，語境清新，形成了嫻雅婉轉、姿態横生的獨具風格。如《武陵春》：

> 風住塵香花已盡，日晚倦梳頭。物是人非事事休，欲語泪先流。聞説雙溪春尚好，也擬泛輕舟。祇恐雙溪舴艋舟，載不動、許多愁。①

“憂愁”，是看不見摸不着的東西，可是在詞人筆下，不但有了重量，而且能把小船壓翻，這是多麽新奇的想象！她的詞“能于蘇豪柳俗與周律之外别樹一幟”，使之質樸之風娓娓道來，能爲後來人的治詞起到提示性作用。

説到宋詞，不得不説一個人，那是因爲自北宋開國到金兵擄走徽、欽二帝算起長達一個半世紀之久時，“垂髫之童，但習鼓舞，班白之老，不識干戈”，國之將亡，“舉目則青樓畫閣，綉户朱簾，雕車競駐于天街，寶馬争馳于御路”②，若問將如何，言言皆主和，唯其振臂一呼，高亢詞聲，却得到家喻户曉。岳飛，字鵬舉，精忠報國之人，著名軍事家、抗金名將。其工詩善詞，雖留傳極少，但他在出師北伐、壯志未酬的悲憤心情下寫的《滿江紅》，至今仍是令人振奮的佳作，可謂千古絶唱。

> 怒髮衝冠，憑闌處、瀟瀟雨歇。抬望眼，仰天長嘯，壯懷激烈。三十功名塵與土，八千里路雲和月。莫等閑、白了少年頭，空悲切。　靖康恥，猶未雪。臣子恨，何時滅。駕長車踏破，賀蘭山缺。壯志飢餐胡虜肉，笑談渴飲匈奴血。待從頭、收拾舊山河，朝天闕。③

這首詞英勇而悲壯，深爲人們所喜愛，它真實地反映了岳飛精忠報國的英雄氣概。他的詞作還有《小重山》《滿江紅・登黄鶴樓有感》等，留有《岳武穆集》。

2. 中期正調

這個期間也叫“中興期”。從詞家流派及詞家創作的理念而講，大有爲詞正本清源之勢。經過南渡初期的相對低落，到了這一時期，辛弃疾的出現，以豪放風格成爲時尚，于無形中而開宗立派。其詞風雄壯豪邁、激蕩澎湃，反映時代生活，體現時代精神。陳亮、劉過作爲辛之羽翼。陸游豪情萬丈，興然寫

---

① 《宋詞三百首鑑賞辭典》，上海辭書出版社，2006 年，第 337 頁。

② ［宋］孟元老：《東京夢華録・序》，古典文學出版社，1956 年，第 1 頁。

③ 《中華宋詞鑑賞辭典》，中華書局，2008 年，第 323 頁。

下很多的詞，爲之推波助瀾，遂使宋詞的創作掀起空前的高潮。另外，以姜夔、史達祖等爲代表的詞人，注重音律、意境和用字，風格婉約，側應了詞體的發展，對于詞的藝術表現進行了探討與嘗試，基本上表現了這一時期詞的創作成就與風貌。

辛弃疾，號稼軒，自號“稼軒居士”，歷任授承務郎，湖北、江西、湖南、福建、浙東安撫使等職。著有《稼軒長短句》十二卷。他一生雖有委任，且多建樹，却屢不得志。他處身于國家蒙難之時，作爲軍人出身的他，本方顯英雄本色，無意倚案挑燭填詞，可由于命運的不可窺探性，衹能到“建康賞心亭”上，在“落日樓頭，斷鴻聲里”，“把吴鈎看了，闌杆拍遍，無人會、登臨意”①。其心若寂，其心若鏡，其心若説：任“蛾兒雪柳黄金縷。笑語盈盈暗香去”，“衆裏尋他千百度。驀然回首，那人却在，燈火闌珊處”②。他追求的不同凡俗、自甘寂寞的“美人”，刻畫出的是風清自當獨立的真實寫照。憂慮國家風雨飄摇，他衹能撫按刀鞘，讓時光静静地流淌，可案臺上任其縱横馳騁，在詞壇上創造輝煌。進一步講，在整個宋詞世界里，他是把對世事的感悟，對生活的洞察和體驗，以及對精神生活的追求，完全融注在詞作中的一位詞人，振憾人心的是其不老的精神，造就了宋詞的一流水準。如《永遇樂・京口北固亭懷古》：

千古江山，英雄無覓，孫仲謀處。舞榭歌臺，風流總被，雨打風吹去。斜陽草樹，尋常巷陌，人道寄奴曾住。想當年，金戈鐵馬，氣吞萬里如虎。　元嘉草草，封狼居胥，赢得倉皇北顧。四十三年，望中猶記，烽火揚州路。可堪回首，佛狸祠下，一片神鴉社鼓。憑誰問，廉頗老矣，尚能飯否？③

此詞使人仿佛聽到一陣鐵音之響，漸漸地被房檐的鈴鐺和暮雨的交響聲中所掩蓋。這不是抗争，也不是一種低迷狀態下的自言自語，是心中太陽折射出的光芒，發出了自我創造一幅闊大的英雄詞的宣示。在詞的創作上，他秉承蘇軾的抒情範式，沿着南渡志士詞人的創作方向，以飽滿的熱情，豐富的想像，運用誇張

① ［宋］辛弃疾：《水龍吟・登建康賞心亭》。（［清］上彊村民：《宋詞三百首》，崇文書局，2007 年，第 227 頁。）

② ［宋］辛弃疾：《青玉安・元夕》。（唐圭璋：《全宋詞》第四册，中華書局，1965 年，第 1884 頁。）

③ ［清］朱彝尊、汪森编：《詞綜》，上海古籍出版社，1978 年，第 285 頁。

和比興等手法，襯托出浪漫主義情調，義不返顧地向慷慨豪邁的風格邁進。從整體上講，他的詞既遵守傳統詞調的形式和格律要求，又排除了思想内容上的固有觀念程式，表現出大膽的創新精神，從而解放了詞體，增强了詞作的藝術表現力，爲詞赢得了既與詩相依共存，又相背不相離的歌詩地位。綜觀其詳，其形成的蘇、辛詞派，無疑爲南北宋詞壇風氣如何轉向樹立了風向標。

作爲著名的詩人，陸游在詞的創作上也作了不少的嘗試和努力。陸游，字務觀，賜進士出身。歷任安撫使、參議官、知州等職。乾道七年（1171）投身軍旅，有過親臨抗金前線的經歷，也有坐帳運籌之才，曾幾次獻策出師北伐，又却因仗義執言而受謫貶。有《劍南集》，詞二卷。他的詞猶如他的詩，創作體裁不拘一格，詞風雄渾慷慨、衷情知表，抒發報國之心與不遇之悲。如《訴衷情》：

> 當年萬里覓封侯。匹馬戍梁州。關河夢斷何處，塵暗舊貂裘。　胡未滅，鬢先秋。泪空流。此生誰料，心在天山，身老滄州。①

當年長期堅持抗金的軍旅生涯，與其在仕途上不斷受到當權派的排斥打擊終究無所作爲形成了强烈的對比，失意之情溢于言表。他的《釵頭鳳》②，記述的是愛情悲歌。正因爲詞人親身經歷了這千古傷心之事，所以纔有這千古絶唱之詞。後來有人評論這首詞是“無一字不天成”的。還有《烏夜啼》之“冷落鞦韆伴侣，闌珊打馬心情”③ 句，道出了一種清閑和無奈。《滿江紅·多景樓》

---

① 《中華宋詞鑑賞辭典》，中華書局，2008 年，第 378 頁。

② 《釵頭鳳》：清代馮金伯《詞苑萃編》卷十三引《耆舊續聞》云：“放翁娶唐氏女，伉儷相得，而弗獲于姑，陸出之。後改適同郡趙士程，春日出游，相遇于禹迹寺南之沈園，唐語其夫爲致酒肴。陸悵然賦《釵頭鳳》詞云：‘紅酥手。黄藤酒。滿城春色宫牆柳。東風惡。歡情薄。一懷愁緒，幾年離索。錯錯錯。　春如舊。人空瘦。泪痕紅浥鮫綃透。桃花落。閑池閣。山盟雖在，錦書難托。莫莫莫。”唐亦和之，未幾，怏怏卒。放翁復過沈園賦詩云：‘落日城頭畫角哀。沈園非復舊池臺。傷心橋下春波緑，曾見驚鴻照影來。’”見［清］馮金伯：《詞苑萃編》，《詞話叢編》，中華書局，2005 年，第 2053 頁。

③ 唐圭璋：《全宋詞》第三册，中華書局，1999 年，第 2055 頁。［釋引］打馬：是宋代婦女閨房中的一種游戲。關于“打馬”博戲之名，清代張德瀛《詞徵》卷五“打馬世有二種：一種一將十馬，謂之關西馬；一種無將，二十四馬者，謂之依經馬。宣和間人取二種馬參雜加減，又謂之宣和馬。李易安《打馬賦》及所著圖經，言其情狀甚悉。”見［清］張德瀛：《詞徵》，《詞話叢編》，中華書局 2005 年，第 4162 頁。

之“鼓角臨風悲壯，烽火連空明滅”句，仿佛聽到拔劍聲。對此，楊慎《詞品》卷五評價其“詞纖麗處似淮海，雄慨處似東坡。”陳亮和劉過是辛弃疾的好友，在詞的創作上也深受辛弃疾的影響。

陳亮，字同甫，原名汝能，後改名陳亮，號龍川，人稱龍川先生。宋光宗時期策進士，擢爲第一，授建康軍節度判官廳公事，未到任而卒。有《龍川集》，詞三卷。他的詞在内容上主要是表達對家國、軍情的擔憂，以及抒發强烈的民族情感。如《水調歌頭·送章德茂大卿使虜》之“不見南師久，謾説北群空。當場只手，畢竟還我萬夫雄。自笑堂堂漢使，得似洋洋河水，依舊祇流東”句，還有《賀新郎·酬辛幼安再用韵見寄》詞，痛快酣暢，且叙且議，注意用典。

劉過，字改之，號龍洲道人。屢試不第，漫游江、浙等地，依人作客，與陸游、陳亮、辛弃疾等時常交游，每引以爲知己。後布衣終身，去世于昆山。有《龍洲詞》一卷。他的詞與陳亮詞類似，側重于情感的表達。他通過對英雄人物的贊嘆，來排解自己懷才不遇的苦悶心情，寄托出自己的美好理想世界，以致詞于無形中帶有一股英俠之氣。如：《六州歌頭·題岳鄂王廟》之“身草莽，人雖死，氣填膺，尚如生”句，贊美的是岳飛；《沁園春·寄辛稼軒》之“坡謂西湖正如西子，濃抹淡妝臨照臺”到“自言天竺去來，圖畫里崢嶸樓閣開”句，稱贊的是辛弃疾。通過贊美他們，寄托了一種對瞭望關山明月的至深情懷。對于陸游、陳亮、劉過的詞，像劉熙載在《藝概·詞曲概》中所説的“人才相若，詞亦相似”①。

姜夔，字堯章，自號白石道人，世稱姜白石。有《白石詩》一卷、詞五卷。他曾屢試不第，過着幕僚清客的生活，一度支持辛弃疾抗擊金朝。其作品素以空靈含蓄、精工天成而著稱，且精通音律，能自度曲調。如《揚州慢》小序云：

> 淳熙丙申至日，予過維揚，夜雪初霽，薺麥彌望。入其城則四顧蕭條，寒水自碧。暮色漸起，戍角悲吟。予懷愴然，感慨今昔，因自度此曲，千岩老人以爲有黍離之悲也。②

其詞云：

---

① ［清］劉熙載：《藝概》，上海古籍出版社，1978 年，第 111 頁。

② 《宋詞三百首鑑賞辭典》，上海辭書出版社，2006 年，第 484 頁。

淮左名都，竹西佳處，解鞍少駐初程。過春風十里，盡薺麥青青。自胡馬窺江去後，廢池喬木，猶厭言兵。漸黄昏，清角吹寒，都在空城。杜郎俊賞，算而今、重到須驚。縱豆蔻詞工，青樓夢好，難賦深情。二十四橋仍在，波心蕩、冷月無聲。念橋邊紅藥，年年知爲誰生！

還如《暗香》，從首句“舊時月色”四字襯托，到咏梅喻作“紅萼”，用字之高，練句之密，可謂千古用筆不易。想像其風致，可用其“自製新腔韵最嬌，小紅低唱我吹簫”① 來自況。姜夔登上詞壇，正面臨着詞體的蜕變問題。他是清空騷雅的江湖詞派的集大成者，歷代詞家評論其詞總不離一個“清”字。以“清空”爲特色的，見于張炎《詞源》② 所説“如野雲孤飛，去留無迹”；以“清净”爲特色的，見于沈義父《樂府指迷》③ 所説“姜白石清勁知音，亦未免有生硬處”；以“清剛”爲特色的，見于周濟《宋四家詞選》④ 所説“白石脱胎稼軒，變雄健爲清剛”；以“清虚”爲特色的，見于陳廷焯《白雨齋詞話》⑤ 所説“姜堯章詞清虚騷雅”；以“清綺”爲特色的，見于郭麐《靈芬館詞話》⑥ 所説“姜、張諸子，一洗華靡，獨標清綺”風尚。從風格流向來説，他的詞還是屬于清空、騷雅一路。這種清新的追求是對内心聲音的傾聽，是對藝術風格走向的探視，聽久了探多了便自覺成了習性，便成了風格。蘇辛都是無意爲詞的，而姜夔爲詞儘管在創作理念上與蘇辛是相同的，但是屬于有意爲詞，以琴邀梅，以詩濟詞，并將詞的音律、創作手法和審美情趣，完美的融入到一定的尺度之中，隨之較好地將“清空”與“騷雅”二者相容，形成一種新的詞風。

3. 晚期滑調

這一時期的詞總體上是沿着辛弃疾和姜夔的餘緒，向“搏搦義理，劫剥經傳”的義理化傾響發展。以吴文英、史達祖、周密、王沂孫、張炎爲代表，張揚姜夔空靈含蓄的之風，在内容上通過咏物來表達感情；劉克莊、劉辰翁等人，傳承辛弃疾的詞風，以文爲詞，追求豪放的風格。史達祖、周密、王沂孫、張炎等，以律爲準，注意遣詞造句，借物抒情爲長；吴文英試圖换個思維

① ［清］胡薇元：《歲寒居詞話》，《詞話叢編》，中華書局，2005 年，第 4034 頁。
② ［宋］張炎：《詞源》卷下，《詞話叢編》，中華書局，2005 年，第 259 頁。
③ ［宋］沈義父：《樂府指迷》，《詞話叢編》，中華書局，2005 年，第 278 頁。
④ ［清］周濟：《介存齋論詞雜著》，人民文學出版社，1959 年。
⑤ ［清］陳廷焯：《詞話叢編・白雨齋詞話》卷二，第 3797 頁。
⑥ ［清］郭麐：《靈芬館詞話》卷一，民國二十三年，出版社不祥。

習慣而創作，以及還有一批人對詞的藝術表現進行了探討與嘗試。雖然這一時期不泛有名的詞人，但在詞體的發展上未能取得較大的突破，就詞的流變而言，相對處于一種徘徊或下滑的狀態。

劉克莊，字潛夫，號後村，官至龍圖閣學士。有《後村別調》一卷。他是辛派詞人中年壽最長、官位最高，成就也最大的。他的詞以愛國思想內容與豪放的藝術風格著稱于世，是辛派詞人有名的“三劉”（劉克莊、劉過、劉辰翁）中成就最大，馮煦在《宋六十一家詞選例言》中認爲“與放翁、稼軒，猶鼎三足。”① 《賀新郎》《沁園春》《玉樓春》等，是他的代表作，或企望“北望神州路。試平章、這場公事，怎生分付”，或遥想“金甲雕戈，記當日、猿門初立”，或慨嘆“男兒西北有神州，莫滴水西橋畔泪”。從中可以看出，詞人愛國情深，言之命至，却是一場沉鬱，求報心切，情之所至，却是一種蒼凉。他的《憶秦娥》詞，是回顧年輕生活之作，不無感懷：

春醒薄。夢中球馬豪如昨。豪如昨。月明横笛，曉寒吹角。古來成敗難描摸。而今却悔當時錯。當時錯。鐵衣猶在，不堪重着。②

還有《清平樂》之“貪與蕭郎眉語，不知舞錯伊州”句，情意款款，被稱之爲“妙語”。另一首《清平樂》之“除是無身方了，有身常有閑愁”句，心思落落，被稱爲“悟語”③。他詞也不乏清切婉麗之作，如咏海棠的《卜算子》，咏舞女的《清平樂》等，難怪楊慎在《詞品》中發出了“壯語亦可起懦”的感嘆。④ 其詞風格多樣，但詞的語言存在平鋪直叙的問題在所難免。

劉辰翁，字會孟，别號須溪，進士出身。他對專權誤國不滿，後來堅决不肯擔任官職。宋亡後，埋頭著書，他的詞反映愛國思想是比較强烈的。如《柳梢青・春感》：

鐵馬蒙氈，銀花灑泪，春入愁城。笛里番腔，街頭戲鼓，不是歌聲。

① 《介存齋論詞雜著，复堂詞話，蒿庵論詞》，人民文學出版社，1959年，第70頁。

② 陳緒萬，李德身：《唐宋元小令鑑賞辭典》，華岳文藝出版社，1990年，第651頁。

③ “貪與蕭郎”“除是無身”兩句。（［清］馮金伯：《詞苑萃編》卷五，《詞話叢編》，中華書局，2005年，第1883頁。）

④ ［明］楊慎：《詩品・詞品》，萬卷出版公司，2009年，第270頁。

那堪獨坐青燈。想故國、高臺月明。輦下風光，山中歲月，海上心情。①

其詞承繼蘇辛，多慷慨之音，更淒愴沉痛。劉克莊和劉辰翁，詞學辛弃疾，在南宋詞壇上，發揮了承上啓下的作用。

史達祖，字邦卿，號梅溪，一生未中第，早年任過幕僚。有《梅溪詞》。詞以咏物見長，身世之感隱于其間。詞以奇秀比清逸，興情可探春相擬。代表作有《綺羅香》《東風第一枝》《喜遷鶯》等。如《東風第一枝·咏春雪》：

巧沁蘭心，偷粘草甲，東風欲障新暖。漫凝碧瓦難留，信知暮寒猶淺。行天入鏡，做弄出、輕鬆纖軟。料故園、不捲重簾，誤了乍來雙燕。
青未了，柳回白眼。紅欲斷、杏開素面。舊游憶着山陰，厚盟遂妨上苑。寒爐重熨，便放漫春衫針綫。怕鳳靴、挑菜歸來，萬一灞橋相見。②

姜、史二人同處一個時代，詞相似不如説心相通。在藝術創造上，史詞“辭情俱到”，“妥帖輕圓”，張鎡在《題梅溪詞》對其詞作給予充分的肯定。

姜夔之後，南宋詞壇的另一巨擘當推吴文英。吴文英，字君特，號夢窗，晚年又號覺翁。有《夢窗甲乙丙丁稿》四卷。他一生未第，游幕終身，游蹤所至，每有題咏。陳廷焯《白雨齋詞話》卷二云：“若《夢窗詞》，合觀通篇，固多警策。即分摘數語，亦自入妙，何嘗不成片段耶？”③ 如《唐多令》：

何處合成愁。離人心上秋。縱芭蕉、不雨也颼颼。都道晚凉天氣好，有明月、怕登樓。　年事夢中休。花空烟水流。燕辭歸、客尚淹留。垂柳不縈裙帶住，漫長是、繫行舟。④

吴文英是最具富有創造個性的詞人，詞風造思隱約、覽勝疊映。在藝術思維方式上，徹底改變正常人的思維習慣，將現實中的實景與生活中本是虛無的東西顛倒開來，通過奇特的藝術想像，造成一種“似花不是飛花，夜來落到人家”的藝術效果；在章法結構上，常常打破時空變化的正常次序，把不同的時

① 《宋詞三百首鑑賞辭典》，上海辭書出版社，2006 年，第 567 頁。
② ［清］上彊村民：《宋詞三百首》，崇文書局，2007 年，第 425 頁。
③ ［清］陳廷焯：《白雨齋詞話》卷二，上海古籍出版社，2009 年，第 35 頁。
④ ［清］朱彝尊、汪森编：《詞綜》，上海古籍出版社，1978 年，第 285 頁。

空場景置于同一畫面内，通過虚與實的交叉襯托，使意境具有撲朔迷離之感。但因其詞的結構往往是突變性的，起承轉合不受理性和邏輯次序的約束，就連用虚字轉折或用實詞提示，也尚無線索可尋，導致其詞語言隱晦，難爲人曉。同時也無疑爲南宋詞的下滑起到了推波助瀾的作用。

在南宋這一時期還出現了不少的女詞人。朱淑真，自號幽栖居士。祖籍歙州，生于仕宦之家。其詞相傳爲其父母焚毁，後人補輯《斷腸詞》一卷及《璇璣圖記》。其詞幽婉，流于感傷，故後人稱之爲“紅艷詩人”。

吴淑姬，湖州人，家貧，貌美，嫁士人楊子治。有《陽春白雪詞》五卷。其詞晴朗明麗，引興比喻。如《小重山》之“無多花片子，綴枝頭”句，《長相思令》之“雪向梅花枝上堆，春從何處回”句等，可謂“筆甚輕倩，能以致勝”之稱。

張玉娘，字若瓊，自號一貞居士，自幼喜好文墨，尤其擅長詩詞。有《蘭雪集》一卷，存詞十六餘首，有人稱之爲李清照《漱玉集》後第一詞集。其詞表現出的情獨于一，訴説的是真切實意的愛情，咏唱的是滿懷豪邁的愛國情懷。如她通過寫景，寄托相思之情，即《法曲獻仙音·夏夜》[①] 之“天捲殘雲，漏傳高閣，數點螢流花徑”句，在柔思綺冤中，時挾東坡之清氣，故與李清照、朱淑真、吴淑姬并稱爲宋代四大女詞人。她們僅僅是個代表，而詞整個溢于香閣之中，爲宋詞增添了色彩。

宋元之間，號稱“樂笑翁”的張炎[②]，字叔夏，號玉田，晚年號樂笑翁，是一位兼擅樂律的詞學家，有《山中白雲詞》《詞源》。他是由宋代活到了元代初年的詞人，善于立論總結，且多所采摘，又能潛心研究聲律，量音清濁，遣詞造句，輯雲排遣，詞亦自成一家。如《暗香》上闋：

猗蘭聲歇。抱孤琴思遠，幾番彈徹。洗耳無人，寂寂行歌古時月。一笑東風又急。黯消凝、恨聽啼鴂。想少陵、還嘆飄零，遣興在吟篋。愁絶。更離别。待款語遲留，賦歸心切。故園夢接。花影閑門掩春蝶。重訪山中舊隱，有羈懷、未須輕説。莫相忘、堤上柳，此時共折。[③]

---

① 錢仲聯、陳邦炎：《元明清詞鑑賞辭典》，上海辭書出版社，2002 年，第 97 頁。

② 張炎：所著的《山中白雲詞》，又名《玉田詞》八卷，存詞約三百首。後人把他和另一著名詞人姜夔并 稱爲“姜張”。他與宋末著名詞人蔣捷、王沂孫、周密并 稱“宋末四大家”。

③ ［宋］張炎：《山中白雲詞》卷四，中華書局，1983 年，第 75 頁。

《暗香》調原先是姜夔原咏梅花，張炎以此調咏荷花，更名《紅情》。其詞以“清空”，“騷雅”爲意趣，細緻入微。將抱琴雖能彈，却“洗耳無人”聽的感嘆寄于閑門之中，山林之外。然而，總結他的命運及連帶宋詞的命運，正如他在《八聲甘州》里的感嘆“空懷感，有斜陽處，却怕登樓”一樣，終究無法挽回其高潮而落下帷幕。至此，宋詞的時代已告結束。

寅、元代别調

元代承接兩宋餘緒的詞，區别于曲祗是一種别調。詞是隨着蒙古鐵騎的南下，就漸漸地演變成曲詞了，也叫元曲，是元朝的時代文學，就象唐詩宋詞一樣響亮。不過，詞到了元代時期，并非想像的“宋之後無詞”那樣嚴重，就宋後的元詞而言，雖無宋詞那樣輝煌炫目，但其創作成就也頗爲可觀，有着不同于宋詞的獨特風貌，一些名作置于宋詞中也并不遜色。

元詞是金、宋詞學傳統在大一統的特定環境中的延續，可以説金詞是起過宋詞與元詞的中介作用。歷史上的金朝，立國略與南宋相當，其統治地區爲淮河以北廣大的北中國，在時間上前後達一百二十年之久，雖屬于一個獨立的王朝，但“自與宋通和，宋使被留者，以文化開其國”，[①] 尤其到了南宋時，北方先後被金元所據，朝耕坡上田，暮飲溪水邊，而詞同樣也被延續下去了，詞脉綿綿不息。目前《全金元詞》[②] 收録了282位作者的7293首詞，其中金代就有70位入元作者的3572首作品，其成就值得稱道。金詞除本土生長的詞人金章宗完顔璟、金密國公完顔璹、完顔亮、完顔雍和耶律履等一批内學外，像最早入金的“國初文士如宇文大學、蔡丞相、吴深州之等，不可不謂之豪杰之士，然皆宋儒”[③]，還有高士談、劉著、劉仲尹、王庭筠、趙可、李獻能、趙秉文、元好問等一大批致力于詞學者，他們的詞聲雖爲宋人所掩，却“間有操翰倚聲，亦目爲習詩餘技”[④]，其文化直接傳承唐、五代、北宋而又有所發展，對元詞的影響是直接的。

完顔璟，金大定二十九年（1189）嗣位，改元三（明昌、承安、泰和），

① 劉毓盤：《詞史》第七章，上海書店，1985年，第129頁。

② 唐圭璋：《全金元詞・出版説明》，中華書局，1979年，第1頁。

③ ［金元］元好問：《中州集・蔡珪圭小傳》，中華書局上海編輯所，1959年，第33頁。

④ ［清］吴梅：《詞學通論・概論三・金元》，上海古籍出版社，2006年，第78頁。

博學二詩。《歸潛志》所載二首，如《蝶戀花・聚骨扇》：

幾股湘江龍骨瘦。巧樣翻騰，疊作湘波皺。金縷小鈿花草鬥。翠條更結同心扣［綬］。　　金殿日長承宴久。招來暫喜清風透。忽聽傳宣須急奏。輕輕褪入香羅袖。①

所咏之物“聚骨扇”，也叫折疊扇。對此，《歸潛志》云：“章宗天資聰悟，詩詞多有可稱者。”

完顔璹，字子瑜，自號樗軒老人。興陵之孫，越王完顔永功長子。其詞多寫依韵緣循、蕭散淡泊的意緒，諸如像他在《臨江仙》結句中所述“倚闌凝思久，漁笛起烟波”一樣，被元好問譽爲“百年以來，宗室中第一流人也”②。完顔亮有《昭君怨》之“錦帳美人貪睡，不覺天孫剪水，驚問是楊花，是蘆花”句和《鵲橋仙》之“一揮截斷紫雲腰，仔細看、常娥體態”句。完顔雍有《减字木蘭花》之“佛若休心也是塵”句，耶律履有《虞美人》之“料得水邊石上不勝寒”③ 句等，經得起讀，經得起品，皆可稱之爲警句。其他詞人都是金初宋儒，對于金朝詞的發展具有開創性意義，其中吴激、蔡松年兩之作被稱爲“吴蔡體”。吴激，字彦高，自號東山散人，北宋宰相吴栻之子，書畫家米芾之婿，所作之詞風格清婉，多家園故國之思。他的《人月圓・宴北人張侍御家有感》詞④，詩語嫣嫣，清歡落落，借境抒情，婉而不約：

南朝千古傷心事，猶唱《後庭花》。舊時王榭，堂前燕子，飛向誰家。　　恍然一夢，仙肌勝雪，宫髻堆鴉。江州司馬，青衫泪濕，同是天涯。

這是他爲北宋被虜宫人寫的一首詞，宇文虚中看後自愧不如，“是後人有求作樂府者，叔通即批云：‘吴郎近以樂府名天下，可往求之。’”⑤ 還有《滿庭

① ［金末元初］劉祁：《歸潛志》卷一，知不足齋叢書本，出版年月不詳。

② ［金］元好問：《中州集》卷五，中華書局上海編輯所，1959 年，第 272 頁。

③ 完顔亮、完顔雍、耶律履之詞，見自唐圭璋：《全金元詞》，中華書局，1979 年，第 26—28 頁。

④ ［金］元好問：《中州集・樂府》卷五，中華書局上海編輯所，1959 年，第 539 頁。

⑤ ［金］元好問：《中州集・樂府〈人月圓〉》注，中華書局上海編輯所，1959 年，第 539 頁。

芳》之“誰挽銀河”句等，語境清幽，藴涵深至，一時被人廣爲傳誦。蔡松年，字伯堅，自號蕭閑老人。宋宣和末從父守燕山府，隨父降金，辟爲令史。天會年間授真定府判官。完顔宗弼攻宋，後官至右丞相，封衛國公，卒謚“文簡”。其詞作《蕭閑老人明秀集》原爲六卷，有魏道明注本，今存三卷，補遺一卷，有《九金人集》本。其詞以酬謝贈和、寄情縱意爲多，常常夾雜着受而不安，去而不恭的兩難心緒。如《鷓鴣天》：①

秀樾横塘十里香，水花晚色静年芳。胭脂雪瘦熏沉水，翡翠盤高走夜光。　山黛遠，月波長。暮雲秋影蘸瀟湘。醉魂應逐凌波夢，份付西風此夜凉。

從詞中是否看他出仕金之後的复雜心情且不管，就論詞來説可謂滴水金石，掬而發音。

宇文虚中，初名黄中，宋徽宗親改其名爲虚中，字叔通，别號龍溪居士。宋徽宗大觀三年進士，官至資政殿大學士，在南宋時受命出使金國被扣押，受到頗高的禮遇，被逼還是當上了大官，後來因圖謀逃跑被殺害。從其詞《念奴嬌》結句中的“一酌春風都滅……古今同致，永和徒記年月”句，直接地抒發了出塞、思鄉之情。

元詞是隨着金元交替至入住中原漸次由北向南發展而興起的，主要由金初宋儒、金朝遺民和入住中原後的“南士”詞人群組成。詞是以文學的體裁而出現，具體到個人而表現出種種思想傾嚮性，但消除不了時空對其的承載性和接受力，尽管作爲文學的詞是非物質性的。所以不管是由宋入元，還是由金入元的詞人，其影響力從不同地域和方位擴展延伸，都自覺或不自覺地對後來詞的傳播和發展起着重要作用。東平②地區主要以杜仁杰、王惲、曹伯啓和王旭等爲代表，真定地區的李治、楊果、曹民一白朴等爲代表，廬陵地區以文天祥、尹濟翁、彭元遜和趙文等爲代表；杭越地區以周密、王沂孫、張炎、仇遠、曹良史、趙與仁、范晞和汪元量等爲代表，大都以耶律楚材、耶律鑄、劉

① ［金］元好問：《中州集·樂府》，中華書局上海編輯所，1959年，第543頁。

② 東平：今山東東平，北宋時稱爲鄆州，元時爲東平路。　真定：元時爲真定路，轄境相當于今之河北阜平、靈壽、新樂、定州、蠡縣等市縣以南（除安國市、深澤縣、辛集市外），沙河、廣宗、南宫等市縣以北，饒陽、武邑、棗强等縣以西地區。廬陵：即今江西吉安，位于江西中部。　杭越：今浙江杭州、會稽一帶。大都：今北京，元朝首都。（参譚其驤：《中國歷史大辭典·歷史地理卷》，上海辭書出版社，1996年。）

秉忠和張弘范等爲代表，還有其他地區構成的詞人群體，他們的詞作成就，基本上反映了元詞的面貌。從總體上看，元詞還是具有一定規模的創作隊伍，雖然像文天祥不仕元而殉國，汪元量等以遺民的身份出現，但没有削弱對詞的傳承所發揮的作用，并直接或間接的影响着后人。由于南北詞風交匯，词人的创作還是沿着南宋婉約與豪放的風格方向發展，儘管從作品的内容、語言、格調上體現得并非那樣涇渭分明，但足以顯示出當時詞人在整部詞史中所起的傳承作用，以致纔有後來元代的百年詞運。

文化淵源爲元詞奠定了基礎，雖世事沧桑，但還是有衆多的由金入元或由宋入元的詞人執着如初，像元好問、段克已、段成已、李俊民、楊弘道、李治、劉秉忠、王惲、白朴、耶律楚材、耶律鑄、汪元量、仇遠等人作品多故國千般慨動，身世飄零之感，但其中大多數人并不凄凄慘慘，而是彰顯北方豪健方剛的稟性，直面現實。但詞人對題材的選擇，往往會受到社會背景的影響，以文壇領軍人物元好問爲代表的一些不仕新朝者，詞的題材由緬懷故國之情與悲憫人生兩種情感交織在一起，凡拈管所趨，使作品或沉鬱淡雅，或哀婉深沉。元好問，字裕之，號遺山，世稱遺山先生。金興定三年進士，官至行尚書省左司員外郎，金亡不仕。有《遺山樂府》。他是金元之際在文學上承前啓後的橋梁，被尊爲“北方文雄”“一代文宗”。在元代前期，他一度唱響詞壇招攬了不少詞人，也自然當上了名符其實的盟主。從詞的群體創作實踐來看，不僅影響了一代詞人，也造就了詞在元代的聲譽。其詞可比蘇辛，縱筆先聲，康壯允穆，基本囊括金元時期詞之經典，可以説與兩宋名家媲美，深受時人及後世的推崇，被認爲是元明之後無與頡頏。他在《摸魚兒》里講述的是他十六歲時，在赴并州（今山西太原）應試途中，所看到一隻大雁殉情的故事：

問世間、情爲何物，祇教生死相許。天南地北雙飛客，老翅兒［幾］回寒暑。歡樂趣，離别苦。就中更有癡兒女。君應有語。渺萬里層雲，千山暮雪，隻影向誰去。　　横汾路。寂寞當年簫鼓。荒烟依舊平楚。招魂楚些何嗟及，山鬼暗啼風雨。天也妒。未信與、鶯兒燕子俱黄土。千秋萬古。爲留待騷人，狂歌痛飲，來訪雁丘處。①

詞中緊緊圍繞“情”字，以雁擬人，譜寫了一曲凄惻動人的戀情悲歌。又在

① ［清］張宗橚：《詞林紀事》卷二十，成都古籍書店复印，1982年，第559—560頁。

另一首《摸魚兒》① 里講述自己在大名開州（今河北省大名縣）的一座池塘邊上，“雙花脉脉嬌相向”，悼念那一對因愛情不幸而投水殉情的民間“舊家兒女”，慶倖他們“幽恨不埋黄土”，又悲傷“流年度、無端又被西風誤”，使得他們的化身花兒“紅衣半落”。從中可以看到詞人心境的平静與波瀾，也看到了這一個時期文人們所顯現的心靈與軌迹，同時也看到了從地域上所形成的南北文化的分流與匯合，也可領略到了詞在元代綿綿不斷的特有風采。他奔走于大片中國北部地方，拜謁過朝庭顯達貴族，同時接觸了一些漢人世侯和遺老故臣等社會名流，較好地發揮了文化傳播的紐帶作用，無疑也爲草創之際的新朝文化奠定了基礎，使蒙元統治地區的人們直抵中原文化底脉。從他的作品看，工于詞律，巧思敏捷，以情屬意，坦蕩如砥，才氣壓人，形成了無與倫比的優勢，不愧稱之爲有獨具風格的詞人。怪不得陳廷焯稱“元遺山之詞，爲倚金人之冠。疏中的密，極風騷之趣，窮高邁之致，自不在玉田下”②。一統以後的北方詞人白朴、王惲、魏初、劉敏中、郝經等人，都曾經受到元好問的教誨。

李俊民，字用章，别號鶴鳴老人，唐高祖李淵第二十二子韓王元嘉的後裔。有《莊靖集》。曾經在金代舉經義進士第一，金亡後，忽必烈念其才，對他頗具禮遇，但仍推辭高官而隱居。他早年學習二程理學博得名望，其詞多爲借景咏物，舉觴應唱，排解愁悶也在其中，如在《謁金門·探梅》③ 中借咏梅，抒寫落寞之情：

> 誰知道。昨夜雪中開了。次第不將消息報。探芳人草草。　宜在嫩寒清曉。與比孤山更好。籬落逢花須醉倒。惜花人易老。

此詞把自己所思所想移情于梅花，説是梅花骨，非要臨寒時，花期不更早，怕是風來識。其矛盾心情在詞中體現出了人、物、情三者的相融。其詞還有《感皇恩·出京門有感》《鷓鴣天·題七真洞》等，集中反映現實生活，具有真情實感。

段克己，字復之，號遁庵，别號菊莊。他爲河汾詩派作者，與弟成己一道，素負才名，并在哀宗時兄弟倆先後考中進士，但入仕無門，在山村過着閑居生活。金亡，避亂龍門山中。其詞内聚質感，造思淡定。如《漁家傲》（詩句一春渾漫賦）中記録了他“惟有閑愁將不去，依舊住，伴人直到黄昏雨”，

---

① 韓路：《四庫全書薈要》卷五，天津古籍出版社，1998 年，第 110 頁。
② ［清］陳廷焯：《詞壇叢話》，中華書局，1986 年，第 3727 頁。
③ ［清］朱彝尊，杠森：《詞綜》，上海古籍出版社，1978 年，第 759 頁。

安于孤寂生活中的一個片段。其弟段成己，字誠之，號菊軒，元吏部尚書孫段輔將他們兄弟倆的詩詞合刻爲《二妙集》，另有《菊軒集》。詞的風格與其兄相近，如《江城子》之“花底風來，吹亂讀殘書”句，仍然寫的是一種茫然的情緒。而此時汪元量的詞，却別有一番風味。其字大有，號水雲，曾在宋度宗時期以詞章給事宫廷，又爲宫廷琴師。有《水雲詞》。他在《傳言玉女・錢塘元夕》中，寫宋亡後“離愁聊寄，畫樓哀角”的感嘆。他代表着一些南士的心態，儘是些絮絮叨叨，看到的感到的此地無景明，樹上盡寒鴉而已。此時，有些人的詞調恰恰相反，像王惲《水龍吟》之“春流兩岸桃花，驚濤極目吞天去”句，看到的景象則是人面桃花依樣好，一點空明賦春潮。

王惲，字仲謀，號秋澗，三朝爲官，安于清貧，勤于守職，致力攻學。有《秋澗集》詞四卷。在元詞前期，他是一個重要的詞人，且詞之數量居元人之冠。他的詞着巧博麗，造境遠旨，隨意清新，題材廣泛，可以説他爲成就元詞做了重要貢獻。反映不同心態的還有湖廣行中書省右丞燕公楠《摸魚兒・答程樓見壽》之“且細酌盱泉，酣歌郢雪，風致美無度”句，翰林學士程鉅夫《摸魚兒・次韵盧疏齋題歲寒亭》之“江南江北尋芳路，共看碧雲來去”句等，都是另有一番心情。由此看出，詞是受倫理、文化和觀念諸多因素而制約的，同時代的詞人，因所處的地位、經歷、感受不同，集中反映在詞中的境界也有差异。

白朴、仇遠的詞則更多爲藉以咏物，寄情感慨。白朴，原名恒，字仁甫，後改名朴，字太素，號蘭谷。他的詞以慢詞取勝。由于遭遇黍離之悲，其的《天籟集》里往往藉懷古題，抒發故國之思。這些作品，名爲吊古，實爲傷今。如《清平樂》之“桃里春風渾過了。留得桑榆殘照”一詞，從詞風上看猶如蘇辛一路，豪放沉鬱，高曠健撥，不失爲元詞大家。仇遠，字仁近，一字仁父，自號山村、山村民，人稱山村先生。有《金淵集》六卷，詞集《無弦琴譜》，另有《山村遺集》等，多是寫景咏物之作。其詞風類似周邦彦和姜夔，知巧妙剪，風行清剛。如《齊天樂・蟬》上闋：

> 夕陽門巷荒城曲，清音早鳴秋樹。薄剪綃衣，凉生鬢影，獨飲天邊風露。朝朝暮暮。奈一度凄吟，一番凄楚。尚有殘聲，驀然飛過別枝去。①

---

① ［清］朱彝尊，枉森：《詞綜》下册，上海古籍出版社，1978年，第619頁。

其詞被王奕清《歷代詞話》卷九評爲“極可誦”①。

耶律楚材、耶律鑄是契丹人，他們父子，或寫人事茫茫常有，心事悠悠多感；或寫尋常流水有迹，等閒風雲無形。

趙孟頫，字子昂，號松雪，松雪道人，又號水精宫道人、鷗波。著名畫家、書法家。趙孟頫并不是專力填詞的詞人，詞的數量僅有三十七首，加之“爲書畫所掩”，其詞鮮爲人知。其詞不拘于法度，却超逸會意而有神韵。如《蝶戀花》：

> 儂是江南游冶子。烏帽青鞋，行樂東風里。落盡楊花春滿地。萋萋芳草愁千里。　　扶上蘭舟人欲醉。日暮青山，相映雙蛾翠。萬頃湖光歌扇底。一聲催下相思泪。②

還有《水調歌頭》《蘇武慢》等，多抒寫故國之思和黍離之悲。對此，陳廷焯評其詞云：“余雅不喜元詞，以爲倚聲衰于元也。所愛者惟趙松雪、虞伯生、張仲舉三家。”③

元代前期詞人以及他們的作品，深刻地影響着有元一代詞風。從大德、延祐後近五十年中，雖然改朝换代，社會現實衹能重新排列組合，使其個中因素得到改變，但不能改變文學風格的實質，詞的文化精神仍然自然延續着。隨着奇渥温氏④兼并天下，歐亞大陸無不暢通，中外經濟文化交流頻繁，使得元代的社會經濟在短期内得到了恢復，一些大都市呈現出了空前的繁榮，甚至超越了宋金時代。經濟的繁榮不僅帶來了商品發達和市民階層的富庶，而且生活娱樂方式也相應改變，聚集活動也伴隨着大都巷陌、歌樓酒肆、青樓瓦舍的興起而日益活躍。文學是受到政治、經濟、文化等發展變化大背景的影響，因而作爲詞人群體，也不可能在完全封閉自給的狀況下獨立創作，必然接受社會環境、思想潮流與文壇風氣相互重疊的影響，故而這一時期還是出了一批詞人。虞集，字伯生，號道園，人稱邵庵先生。少受家學，曾隨從吴澄游學。成宗大

① ［清］王奕清：《歷代詞話》卷九，《詞話坐編》，中華書局，2005 年，第 1288 頁。

② 唐圭璋：《全金元詞》，中華書局，1979 年，第 803 頁。

③ ［清］陳廷焯：《詞壇叢話》，中華書局，1986 年，第 3727 頁。

④ 奇渥温氏：是元太祖成吉思汗一族的蒙古人的姓。據《元史・太祖本紀第一》云：“太祖法天啓運聖武皇帝，諱鐵木真，姓奇渥温氏，蒙古部人。”見［明］宋濂等：《元史》第一册，中華書局，1976 年，第 1 頁。

德初，當過儒學教授、李國子助教、博士。有《道園學古録》《道園類稿》《虞文靖公詩集》。其詩與楊載、范梈、揭傒斯稱爲“元詩四家”，其詞大都叙述個人閒愁情思，但亦引人注目。如《風入松·寄柯敬仲》：

> 畫堂紅袖倚清酣。華髮不勝簪。幾回晚值金鑾殿，東風軟、花里停驂。書詔許傳宫燭，香羅初剪朝衫。　　御溝冰泮水挪藍。飛燕又呢喃。重重簾幕寒猶在，憑誰寄、銀字泥緘。爲報先生歸也，杏花春雨江南。①

其詞諸如《浣溪沙》之“病骨不禁湘簟冷，夢魂猶似玉堂清”句，《一剪梅·春别》之“别時容易見時難，怕唱陽關，莫唱陽關”句，好似填詞調不如寫心思，寫心思不如説世事，這些無疑爲元詞添了風景。楊載，字仲弘。先祖楊建爲浦城人，生于元世祖至元八年（1271），遷居杭州，到了四十歲時還没當上官，經人推薦以布衣身份參與編修《武宗實録》。延祐二年考入進士，官至寧國路總管府推官。有《楊仲弘詩》八卷。他融詩入詞，如《水龍吟》起句“鴻溝定約東歸，又誰遣赤龍回指”到結句“但黄蘆古木，夕陽回照，有漁歌起”，煉字鍛句，意境空靈。

張翥，字仲舉，官至翰林學士承旨。有《蜕岩集》三卷。他早年隨父調官杭州師從仇遠，後來以他爲代表的一批人前赴後繼，一心致力于詞。其詞風格精深婉麗，詞藻雅麗，意境空靈，在字句、意境上與姜夔、吴文英、張炎有相似之處。如《聲聲慢》（九日泛湖游壽樂園賞菊，時海棠花開）：

> 西風墜緑。唤起春嬌，嫣然困倚修竹。落帽人來，花艷乍驚郎目。相思尚帶舊恨，甚凄凉、未忺妝束。吟鬢底，俾寒香一朵，并簪黄菊。却待金盤華屋。園林静、多情怎禁幽獨。蛺蝶應愁，明日落紅難觸。那堪雁霜漸重，怕黄昏、欲睡未足。翠袖冷，且莫辭、花下秉燭。②

他的詞爛漫不失天真，清逸不失豪放，清人頗爲推崇。《詞譜》把他的詞作爲範本，由此可知其才情非同一般。至此，由他爲元詞譜寫了一曲回蕩無間的歌調。與張翥同時期或較晚一些的詞家還有許有壬、李齊賢、倪瓚、邵亨貞、鮮于樞、薩都剌等。許有壬，字可用，元仁宗時期進士及第，後來官中書左司員

---

① 唐圭璋：《全金元詞》，中華書局，1979 年，第 862 頁。

② ［清］王奕清：《欽定詞譜》卷二十七。

外郎。有《圭塘樂府》。其詞風具有“長槍大戟”氣度，風蒿挺勁，清影獨邁。如《滿江紅·次湯碧山清溪》：

木落霜清，水底見、金陵城郭。都莫問、南朝興廢，人生哀樂。載酒時時尋伴侶，倚闌處處皆樓閣。對溪雲、試放醉時狂，渾如昨。　沙洲外，輕鷗落。風簾下，扁舟泊。更寒波摇漾，緑蓑青箬。爲向九原江總道，繁華何似今凉薄。怕素衣、京洛染緇塵，從新濯。①

況周頤《蕙風詞話》卷三評曰：“元詞中上駟也。”② 還有與張翥、許有壬同時的李齊賢，字仲思，朝鮮詞人。他在元生活甚久，有《益齋集》。其詞依風清越，不覊不絆。如《太常引·暮行》：

栖鴉去盡遠山青。看暝色、入林坰。燈火小于螢。人不見、苔扉半扃。　照鞍凉月，滿衣白露，係馬睡寒廳。今夜候明星。又何處、長亭短亭？③

況周頤《蕙風詞話》卷三評“《益齋集》寫景極工。”又云：《益齋集》中的某些句子“署之兩宋名家詞中，亦庶幾無愧色。”④ 倪瓚是元代著名畫家，有《雲林詞》一卷，他的《人月圓》説的是“傷心莫問前朝事”，被陳延焯在《白雨齋詞話》里認爲是“南宋諸巨手爲之亦無以過”⑤。

薩都剌，字天錫，號直齋，先世是回回族人，蒙古人，元泰定四年（1327）進士。有《雁門集》。從元入明，記事托意，每每悲壯。如《滿江紅·金陵懷古》：

六代繁華，春去也、更無消息。空悵望、山川形勝，已非疇昔。王謝堂前雙燕子，烏衣巷口曾相識。聽夜深、寂寞打孤城，春潮急。　思往事，愁如織。懷故國，空陳迹。但荒烟衰草，亂鴉斜日。玉樹歌殘秋露

---

① 錢仲聯、陳邦炎：《元明清詞鑑賞辭典》，上海辭書出版社，2002 年，第 139 頁。
② ［清］況周頤：《蕙風詞話》，上海古籍出版社，2009 年，第 94 頁。
③ 錢仲聯、陳邦炎：《元明清詞鑑賞辭典》，上海辭書出版社，2002 年，第 149 頁。
④ ［清］］況周頤：《蕙風詞話》，人民文學出版社，1960 年，第 80 頁。
⑤ ［清］陳廷焯：《白雨齋詞話》卷三，上海古籍出版社，2009 年，第 59 頁。

冷，胭脂井壞寒螿泣。到如今，惟有蔣山青，秦淮碧。①

詞中景、情、事和諧統一，描寫了眼前金陵之變，抒發了人事代謝的滄桑之感。鮮于樞、邵亨貞等，都是詞創作隊伍中的骨幹力量，其中鮮于樞的代表作《念奴嬌·八咏樓》，話説"長溪西注，似延平雙劍，千年初合"②，邵亨貞的代表作《虞美人·謝張芳遠惠杏花》，講的是"閉門日日聽風雨，不道春如許"③。另外，還有一些道人爲元詞中後期作了補充，如張雨，號句曲外史，道名嗣真，道號貞居子。他曾求學于大儒虞集門下，學識廣博，經世以理。二十歲時弃家爲道士，後來又幾番進京求官居怏怏不得美意。有《句曲外史集》三卷，補遺三卷，集外詩一卷等。其詞多是與世俗朋友之間的唱和贈答之作，如《木蘭花慢·和黄一峰聞筝》，寫的是"哀音暮年多感，奈對花對酒更聞鵑"，流露出他對流年似水、落花成土的世俗情緒；在《朝中措·早春書易玄九曲新居壁》中寫的是"説與定巢新燕，杏花開了重來"，道出了山間的爛漫、田園的恬淡，表現出了對生活的樂觀情懷。還有顧阿瑛、華幼武、凌雲翰、歐陽玄等，有的雖接觸到了詞樂，却在曲樂中成績斐然，但他們都爲元詞添了色彩。像貝瓊、陶安、劉基、楊基等，雖然人數量并不算多，但能携詞的成就和創作的欲望，由元入明過渡。

詞盛在宋代，元詞除繼承了"花間"造語、造境外，其創作題材還是得到了擴充，内容涉獵面更加廣泛，整體而言，繼承遠遠大于創新，從某種意義上講就是發展。另外，元代在詞作收集和詞集編纂，以及詞理論研究上也頗有成效。自宋代趙萬里的詞學理論《時賢本事曲子集》問世以來，金人魏道明注蔡松年《明秀集》，元代緊步其後塵，張炎《詞源》，陸輔之《詞旨》，王若虛《滹南詩話》，吴師道《吴禮部詩話》、元好問《中州樂府》、戴表元《餘景游樂府編序》、劉將孫《新城繞克明集詞序》、虞集《葉宋英自度曲譜序》、楊維楨《沈生樂府序》等文獻，針對當時的詞壇現狀，都提出了自己的詞學主張，且分析得據理命詞，細緻精微，頗得要領。其中張炎的《詞源》最爲重要，主張詞律合音、字句吟咏、形容獨清是詞的必備要素，并提出了"清

① 錢仲聯、陳邦炎：《元明清詞鑑賞辭典》，上海辭書出版社，2002年，第171頁。《玉樹》：即南朝陳叔寶《玉樹後庭花》："麗宇芳林對高閣，新裝艷質本傾城。映户凝嬌乍不進，出帷含態笑相迎。妖姬臉似花含露，玉樹流光照後庭。"見［宋］郭茂倩：《樂府詩集·清商曲辭四》卷四十七，中華書局，1979年，第680頁。

② 錢仲聯、陳邦炎：《元明清詞鑑賞辭典》，上海辭書出版社，2002年，第88頁。

③ 錢仲聯、陳邦炎：《元明清詞鑑賞辭典》，上海辭書出版社，2002年，第206頁。

空”“雅正”是詞的標準，至今啓示于人。還有元好問的《中州樂府》作爲一部金詞總集，使一代創作主要賴以傳世示人，功不可没。

元代是詞曲并存的時代，彼此相互滲透。較唐詩宋詞，元代以曲——雜劇爲時代文學而彪炳。它的産生和發展，緣于傳統的競唱燕樂自南宋隨之衍生，被民間流行的各種新興的嘌唱、小唱、叫聲和唱賺[①]等小調所改造，從而南曲戲文街市盛行，加之以遼金流行音樂——北曲，吸收了傳統燕樂的成分而一度成爲主流，因此在兩處音樂交匯下，就形成了通俗易唱、新鮮活潑的南北曲樂，占居了元代的市井而競相傳唱。另外，城市發展超越史前，文人們放下架子走進戲曲園地，致使金末元初之際活躍于詞壇的詞人，到了元代中期後他們就很少接觸到詞樂，而更多地接觸到了曲樂，故而詞體之一的小令在元代得到發展。不過這時的小令已經是保留詞原有的“雅”，又增添了新的“俗”的文學樣式了，按照明代凌蒙初《譚曲雜札》[②] 云：“元曲源流古樂府之體，故方言、常語，遝而成章，着不得一毫故實；即有用者，亦其本色事，如藍橋、襖廟、陽臺、巫山之類”，形成了一種新興的合樂歌唱的短小抒情詩體。曲之小令與詞之小令一樣，都是一種合樂的的歌詞，也都是講究字聲平仄格律、句式

---

① 嘌唱：據南宋·灌圃耐得翁《都城紀勝·瓦舍衆伎》載：“謂上鼓面唱令曲小詞，驅駕虚聲，縱弄宫調，與叫果子、唱曲兒爲一體，本只街市，今宅院往往有之。”見［宋］孟元老：《都城紀勝》，商業出版社，1982 年，第 9 頁。另據載：嘌唱是“就原有歌曲婉轉其聲，‘或添字’。”見馬興榮：《中國詞學大辭典》，浙江教育出版社，1996 年，第 466 頁。小唱：樂曲體裁之一，由管樂伴奏；後演變成爲民間曲藝。宋·張炎《詞源·音譜》卷下：“名曰小唱，須得聲字清圓，以啞觱篥合之，其音甚正，簫則弗及也。”見［宋］張炎：《詞源》，《詞話叢書》，中華書局，2005 年，第 256 頁。　叫聲：據南宋·灌圃耐得翁《都城紀勝·瓦舍衆伎》載：“自京師起撰，因市井諸色歌吟賣物之聲，采合宫調而成也。若加以嘌唱爲引子，次用四句就入者，謂之‘下影帶’。無影帶者，名散叫。若不上鼓面，衹敲盞者，謂之打拍。”見［宋］孟元老：《都城紀勝》，商業出版社，1982 年，第 9 頁。　唱賺：中國宋代民間流行的歌唱伎藝。是最早用同一宫調中的若干支曲子組成一個套數來歌唱的藝術形式。其早期形式爲纏令、纏達，即王國維在《宋元戲曲考》一書中所稱的傳踏（或作轉踏），流傳于北宋末年，爲歌舞相兼之曲。　纏令、纏達：據南宋·灌圃耐得翁《都城紀勝·瓦舍衆伎》載：“唱賺在京師日，有纏令、纏達：有引子、尾聲爲‘纏令’；引子後衹以兩腔互迎，迴圈間用者，爲‘纏達’。中興後，張五牛大夫因聽動鼓板中，又有四片太平令，或賺鼓板，遂撰‘賺’。賺者，誤賺之義也，令人正堪美聽，不覺已至尾聲，是不宜爲片序也。”見［宋］孟元老：《都城紀勝》，商業出版社 1982 年，第 9 頁。

② ［明］凌濛初：《譚曲雜札》，《中國歷代文論選》，上海古籍出版社，2001 年，第 100 頁。

參差的新型詩體。馬致遠、關漢卿、白朴和鄭光祖代表不同時期不同流派雜劇創作的成就，因此被稱爲“元曲四大家”。另外在曲詞創作中也不乏張可久、喬吉、徐再思、曹明善、趙善慶、錢霖、張養浩等佼佼者。他們的作品給元代的文學增添了色彩，創造了輝煌。

評論元詞，上不及宋，下不逮清。繼承與創新結伴而行，相依共存，詞的成就并没有被新興的具有明顯的時代特徵文學——曲詞所淹没。總而言之，仍可以説代有才人，不乏詞之佳作。

卯、明清意調

一、明代屬調

詞到明代，整體而言是一種寄托的情调。説明詞主要是從開國到明英宗這個時期。由元入明，隨着去元化運動的實施，標志着時代的變遷，社會一切都將處在轉型當中，而處于這一時期的詞人，先是帶着元代晚期詞壇小而艷的抒情格局和語言風味而來，各具特色，尚存宋元遺風，詞壇還能自成家數，接着詞林异幟，與世偃仰。從明詞不同時期風格的流向上看，以楊基、張肯、張綖、陳子龍等代表婉約派；以劉基、陳霆、楊慎、王世貞等代表豪放派。明初詞創作的帶頭人主要有劉基、高啓、楊基、瞿佑等人，他們是沿着元代後期張翥的路子走來的，作品雖然不多，但體制高雅，猶存風雅餘韵。

劉基，字伯温，曾佐朱元璋定天下，但宦海難猜，中途遭遇譭謗憂憤而西歸。有《覆瓿集》《犁眉公集》。他的詞感喟激昂、寄意凄婉，具有强烈的感情色彩，最著名的是《沁園春·和鄭德章〈暮春感懷〉呈石抹元帥》①，從起句“萬里封侯，八珍鼎食，何如故鄉”揚起，接着過片“不須矚目凉凉，蓋世功名百戰場”，煮酒問英雄，到結句“桑榆外，有輕陰乍起，未是斜陽”，還是鋭氣不减當年。他的詞或體現經邦濟世的夙願，如《八六子·晚思》；或表達感時憂世的情懷，如《水龍吟》（鷄鳴風雨瀟瀟）；或尋求蕴涵深刻的寓意，如《如夢令·題畫》；或設計獨特角度的風格，如《眼兒媚》（烟草萋萋小樓西）等，包涵了多彩紛呈的題材。如《千秋歲·送别》：

淡烟平楚。又送王孫去。花有泪，鶯無語。芭蕉心一寸，楊柳絲千

---

① 饒宗頤、張璋：《全明詞》一册，中華書局，2004年，第73頁。

縷。今夜雨。定應化作相思樹。　憶昔歡游處。觸目成千古。良會知何許。百杯桑落酒，三疊陽關句。情未了，月明潮上迷津渚。①

此詞觸景生情，聊表一腔愁緒。人生如詞，其《水龍吟》之“但侵階莎草，滿庭緑樹，不知昏曉”句，也一并總結了他的歸宿。劉基的詞，可謂開明三百年風氣，在詞林中而獨標异幟。

高啓，字季迪，號槎軒，又號青丘子。這位被朱元璋擬委任爲户部右侍郎不任，被賜金放還的高人，在明初文壇上，與楊基、張羽、徐賁齊名，被稱爲“吴中四杰”。有《扣舷詞》一卷，另有詩集《高太史大全集》，文集《鳧藻集》。他的詞與劉基頗爲相近，如《念奴嬌・自述》之“策勛萬里，笑書生、骨相有誰曾許。壯志平生還自負，羞比紛紛兒女。酒發雄談，劍增奇氣，詩吐驚人語”一詞，② 頗具南宋辛詞之風。高啓平生衹作了三年的官，後期隱于鄉里，故其詞多述志感懷、游賞賦閑和依韵答謝之作。如《卜算子・有懷》：

帶得片情來，留下多愁去。不繫羅裙帶上詩，知向誰家住。　離程渺渺山，别意重重樹。須信江東日暮雲，自古相思處。③

沈雄在《古今詞話》里評價其《青丘樂府》時説他的詞“以疏曠見長”④，後來詩評家都對他給予了極高的評價。

楊基，字孟載，號眉庵，做過知縣，官至山西按察使，後被讒言所困。有《眉庵集》。他是一個多面手，工于書畫，尤爲山水竹石最爲上心，而他的詞作與劉基、高啓相比，更加工秀綿麗。如《摸魚兒・感秋》：

問黄花、爲誰開晚，青青猶繞西圃。秋光賴有芙蓉好，那更薄霜輕霧。江遠處。但衹見、寒烟衰草山無數。憑欄不語。恨一點飛鴻，數聲柔櫓，都不帶愁去。　當時夢，空憶邯鄲故步。山陽笛里曾賦。黄金散盡英

---

① 饒宗頤、張璋：《全明詞》一册，中華書局，2004 年，第 102 頁。

② 錢仲聯、陳邦炎：《元明清詞三百首鑑賞辭典》，上海辭書出版社，2002 年，第 230 頁。高啓：“啓嘗賦詩有所諷刺，帝嗛之未發也。及歸，居青丘，授書自給。知府魏觀爲移其家郡中，旦夕延見，甚歡。觀以改修府治獲譴。帝見啓所作上梁文，因發怒，腰斬于市，年三十有九。”［清］張廷玉：《明史・高啓傳》卷二八五。

③ 饒宗頤、張璋：《全明詞》一册，中華書局，2004 年，第 164 頁。

④ ［清］沈雄：《古今詞話》，上海古籍出版社，2009 年，第 344 頁。

雄老，莫倚善題鸚鵡。君看取。且信提携，如意樽前舞。浮名浪許。要插柳當門，種桃臨水，歸老舊游路。①

詞作比較著名的還有《清平樂·折柳》《蝶戀花·春閨怨》等，所感甚深，詞品高雅。或咏風清幽，色彩委麗；或神韵靈秀，托意閨闈。對此，清人沈雄《古今詞話》稱其“饒有新致”②。初期詞人當中的翟佑、聶大年、馬洪等，亦爲明詞增添了色彩。馬洪，字浩瀾，號鶴窗。有《花影集》三卷。布衣出身的他被稱爲是詞壇荒漠中的小名家，專心致志地進行創作，以傳統婉約的詞風爲主調，如《行香子·紅遍櫻桃》之詞，春思濃郁、意境欣動。還創作出了像《東風第一枝·餌玉餐香》那樣形神兼備、清空絶塵的咏物詞，同時還創作出了像《金菊對芙蓉·過燕行低》的豪放詞。他的代表作《昭君怨·題上景》一詞，如晴空萬里，猶如身心透明一體，通見赤子之心。

遠路危峰斜照。瘦馬風塵衣帽。此去向蕭關。向長安。　便坐紫微花底。祇是黄梁夢里。三徑易生苔。早歸來。③

馬洪詞尊蘇軾與柳永。楊慎在《詞品》里評價他是“善詩咏而詞調尤工。皓首韋布，而含吐珠玉，錦綉胸腸，褒然若貴介王孫也。”④ 翟佑，字宗吉，號存齋，又號山陽道人。洪武中以薦授官，做過周王府右長史。有《樂府遺音》五卷，《餘情詞》一卷。他的詞内容豐富，詞風疏俊，如《木蘭花慢·記前朝舊事》等。

聶大年，字壽卿，幼失怙，母撫育成人。曾在明代宗時期徵旨翰林院任職。其詞清俊有致，代表作有《卜算子》(楊柳小彎腰)、《臨江仙·半道春紅》等。

張肯，字繼孟，明初詞壇上的一個功力很深却被忽略的人物，他推崇南宋姜張，長于慢詞，詞作題材廣泛，或藉物抒志，或感悟人生。有《夢庵詞》。

① 饒宗頤、張璋：《全明詞》一册，中華書局，2004年，第120頁。

② ［清］沈雄：《古今詞話·詞詳》卷下補，康熙二十八年澄輝堂刻本，第45—355頁。

③ 饒宗頤、張璋：《全明詞》第一册，中華書局，2004年，第250頁。［注］此詞上闋第二句爲“瘦馬塵衣風帽”异。(見錢仲聯、陳邦炎：《元明清詞三百首鑑賞辭典》，上海辭書出版社，2002年，第252頁。)

④ ［明］楊慎：《詞品》，上海古籍出版社，2009年，第139頁。

如《浪陶沙·咏莎灘》：

> 雨過碧雲秋。月占斷灘頭。滄浪翻處濕纖柔。誰展翠茵平似剪，宿鷺眠鷗。　沙尾遠凝眸。雨慘烟愁。萋萋不共水東流。幾度漁人來傍宿，緑映孤舟。①

還有《聲聲慢》（雪晴山鄔）、《如夢令·咏石》等詞也不失詞的本色。

明代中葉以後，詞的發展進入低潮期。那些以八股取士②，使熱衷于功名的文人將精力放在八股而非詩詞上，這在客觀上造成了詞的回落。加之臺閣體、打油體、理學體等不同文體的出現，對詞的影響是難免的。以楊士奇、楊榮、朱有燉爲代表的臺閣體，内容大多爲“頌聖德、歌太平”，藝術上講究雍容典麗，集中表現在格式化過多，活潑性不足，這樣的文風不可能不滲透到的詞的創作上。以葉盛、邱浚爲代表的打油詞，最大特點是多用白話俚語，反映在詞上便是鄙言累句，詞不逮意。從一個側面看，明代打油體詞風的盛行，反映了明人對詞的游戲態度。以姚綬、周瑛爲代表的理學體，這裏所説的理學體詞，是指談釋論道，流于陳腐，作品往往缺少情感的傳達，致使藝術的表現力和感染力回落。應當説，明代民俗文化的發展在一定程度上加速了固有的文體自身的蜕變，以致脱離了雅文化的母體，結果使詞體的地位自覺不自覺地得到下降，隨之詞樂發展變化也偏離了原曲調的本旨。這些現象是客觀存在的，但從另一個側面來看不乏詞人，也不乏好詞。這一時期主要代表人物是楊慎、王世貞、湯顯祖、李東陽等。

楊慎，字用修，號昇庵，楊廷和之子，明正德年間，殿試第一，授翰林院修撰，與徐渭、解縉一起被稱爲“明朝三大才子”。有《詞品》一書，對詞體

① 饒宗頤、張璋：《全明詞》第一册，中華書局，2004年，第203頁。

② 八股取士：即用科舉考試的一種録用人才制度。唐代科舉，以進士和明經爲重要科目；宋朝主要以士各占治《易》《書》《周禮》一經，兼《論語》、《孟子》。每試四場：初大經，次兼經大義凡十道，次論一首，次策三道；元朝實行科舉條制，分蒙古色目人：第一場經問五條，《大學》《論語》《孟子》《中庸》内設問，用朱煮《章句集注》。中選的標準是：“義理精明，文辭典雅。”漢人和南人：第一場明經經疑二問，《大學》《論語》《孟子》《中庸》内出題，并用朱煮《章句集注》，復以已意結之，限三百字以上。經義一道，各治一經。真正八股取士，是指明朝的事，八股文專講形式、没有内容，文章的每個段落死守在固定的格式裏面，連字數都有一定的限制，人們衹是按照題目的字義敷衍成文。即：破題、承題、起講、入手、起股、中股、後股、束股等程式。清朝延續了這一考試模式。

的起源提出了自己的觀點并加以詳細論證，同時還考證了詞調與内容的關係等，以“時有妙會”而著稱。他是詩人，詩作二千多首，其詞以詩入句，使得其詞風伉儷情篤，清新豪邁。如《臨江仙・廿一史彈詞第三段説秦漢開場詞》：

> 滚滚長江東逝水，浪花淘盡英雄。是非成敗轉頭空。青山依舊在，幾度夕陽紅。　白髮漁樵江渚上，慣看秋月春風。一壺濁酒喜相逢。古今多少事，都付笑談中。①

這是一首讓人耳熟能詳的詞，後來毛宗崗父子評刻《三國演義》時將其放在卷首②，時至今日又被作爲電視連續劇《三國演義》的主題歌詞，而成了婦孺皆知的名篇。而陳廷焯在《白雨詞話》卷三里却説“詞至昇庵輩，句琢字煉，枝枝葉葉爲之，益難語于大雅”③，未免失之偏頗。

王世貞，字元美，號鳳洲，又號弇州山人，進士出身，官至南京刑部尚書。有《弇山堂别集》《弇州四部稿》等。他繼承“前七子”之“衣缽”，宣導復古，是後七子④首領，領導了浩浩蕩蕩的文學復古運動。在詞學方面，尊崇蘇軾，創作以恬淡爲宗。如《望江南・夢故鄉作》：⑤

> 無個事，湘枕睡初酣。青織晚潮縈似帶，碧攢春樹小于簪。遮莫是江南。

從這些名篇中，至少能看到明代無詞的説法還是有失偏頗的，但這些作品

---

① 饒宗頤、張璋：《全明詞》第二册，中華書局，2004 年，第 823 頁。

② ［元末明初］羅貫中：《三國演義》，人民文學出版社，1973 年，第 1 頁。

③ ［清］陳廷焯：《白雨齋詞話》卷三 ，上海古籍出版社，2009 年，第 60 頁。

④ 後七子：是一個比較嚴密的文學宗派。在嘉靖年間（1522—1566），由進士出身任職于京師的李攀龍、王世貞相結交討論文學，反對王慎中之一輩的平淡放遠的文學，决定重啓李夢陽、何景明等“前七子”的風尚，“文必秦漢，詩必盛唐。”後二年，徐中行、梁有譽、宗臣中進士，與李、王結成詩社，遂有“五子”之稱。後又增謝榛、吴國倫，這就是通常所説的“後七子”。前七子：明孝宗弘治至武宗正德年間（1488—1521）的文學流派。成員包括李夢陽、何景明、徐禎卿、邊貢、康海、王九思和王廷相七人，主張復古。其文學主張概括爲“雄奇高古，濟以葩艷；氣魄宏大，籠罩群賢。”參見孫俍工：《中國文藝辭典》，1985 年，第 376—392 頁。

⑤ 饒宗頤、張璋：《全明詞》第三册，中華書局，2004 年，第 1084 頁。

也遮蓋不住群體創作不濟的普遍現象。原因是多方面的，間接的是受世風和價值取向等因素所趨，直接的影響是由于明代中期商品經濟的發展，促使城市繁榮，市民階層得到壯大。所謂“勾欄瓦舍”劇增，戲劇、説唱、小説、話本等空前繁榮，文學樣式呈多樣化出現。以雜劇及南戲①爲例，易爲里巷歌謡，會自覺不自覺地影響人們將提出對詞的創作要適應新音樂形式和民間通俗化的要求，這樣使得詞的格律、語言和風格發生了變化，詞的曲化成了一種普遍現象，集中表现在有人以曲爲詞，也有人以詞爲曲，詞的曲化與曲的詞化同時并存。正如謝章鋌《賭棋山莊詞話》卷九所云：“自劉誠意、高季迪數君而後，師傳既失，鄙風斯煽，誤以編曲爲填詞，故焦弱侯經籍志備采百家，下及二氏，而倚聲一道缺焉。蓋以鄙事視詞久矣。”② 本來詞與曲是兩種不同的文學體裁，由于文體觀念的變化，客觀上爲試圖改變詞體成爲現實，以致于到了中後期每况愈下，曾一度出現過把詞作爲專門答謝的文體，甚至出現了填詞内容低俗的現象，充满着淫哇習氣。其實，雖然文化的反彈與回落是有其規律可循的，但導向的作用有其直接的一面。後來的事實也證明了這一點，以李東陽爲首的“茶陵派”，宣導“文必秦漢，詩必盛唐”③ 之風，復古文學運動取代了以“臺閣體”爲主要傾向性文體，詞又開始回到傳統，以北宋爲法，追求典雅流麗，崇尚杜甫格律，主張擬古樂府填詞。這些有效的文化干預，從效果上看是已開前後七子創作趨向之先河，對于詞領域創作發展方向的影響也是深遠的。這時期出現了一批著名的詞人，被時人推崇爲“詞宗”。有被清人看作是“明人第一”的楊慎，猶有蘇、辛遺風的陳霆，有被况周頤譽爲“全明不能有二”的陳鐸，還有專門研究秦觀的張綖等。就詞學構建來説，明人有詞話、詞選、詞譜皆始于這個時期，如楊慎《詞品》、陳霆《渚山堂詞話》、張綖《詩餘圖譜》等。在整個詞史上，張綖在其《詩餘圖譜凡例》後附的按語中，首先明確提出詞分“婉約”“豪放”④ 二派的經典説法。

在明代詞壇上，還活躍着一群女詞人。其中，影響最大、名氣最大的，當數沈宜修母女。沈宜修，字婉君，副都御使沈琉之女，成長于一個“一門風

① 南戲：北宋末年産生于浙江温州一帶，是我國戲曲史上第一種較爲成熟的戲曲形式。南戲這一名稱是隨著元滅南宋後，其政治、軍事勢力的南下，與北曲雜劇相區別而得名。參見《文史知識·南戲、雜劇、傳奇的區别》第八期，中華書局，1986 年，第 114 頁。

② ［清］謝章鋌：《賭棋山莊詞話》，《詞話叢編》，中華書局，2005 年，第 3433 頁。

③ ［明］楊慎：《詞品》，上海古籍出版社，2009 年，第 6 頁。

④ ［明］楊慎：《詞品》，上海古籍出版社，2009 年，第 10 頁。

雅，人才濟濟”的大家族中。沈宜修除了父母偶爾教讀外，并未去過學館，有時衹能通過家中的女性長輩那里獲得識字斷文，加上自己勤奮好學，常能“得一知十，遍誦書史。”其夫葉紹袁，字仲韶，别號天寥，天啓進士，官工部主事。生五男三女，後皆有成就。尤其三女，皆蘭心惠質，工于吟咏。後紹袁厭弃仕官，跌宕文史，夫婦偕隱汾湖，以山水詩詞自娱終。她的詞蓄意雅致，意境清迥。如《蝶戀花·感懷》：

猶見寒梅枝上小。昨夜東風，又向庭前繞。夢破紗窗啼曙鳥，無端不斷閑煩惱。　却恨疏簾簾外渺。愁里光陰，脉脉誰知道？心緒一砧空自搗，沿階依舊生芳草。①

還有《憶王孫》(天涯隨夢草青青)、《踏莎行》(粉籜初成)等。

她的長女紈紈，次女小紈，三女小鸞皆詞工，尤以小鸞最著名。葉紈紈，字昭齊。她相貌端麗，在母親的薰陶下，少小初顯才華，聰明過人，博聞强識，三歲就能背誦白居易的《長恨歌》，十三歲已能作詩填詞，頗有端莊秀雅的氣質。她的詞，一類是在閨中與姐妹的唱和之作，洋溢着純良歡樂的少女心緒；另一類是充滿着憂愁和怨恨之情，反映地是出嫁後不幸的生活寫照。如《蝶戀花》：

盡日重簾垂不捲。庭院蕭條，已是秋光半。一片閑愁難自遣，空憐鏡里年華换！　寂寞香殘門半掩。脉脉無端，往事思量遍。正是銷魂腸欲斷，數聲新雁南樓晚。②

沈宜修的二女兒葉小紈，字蕙綢，與葉紈紈同出于母親的教誨，其詩詞柔美清麗，韵律通範，而一粗之中，尤精于曲律，是一位難能可貴的女戲曲家，開女子創作戲曲之先例。其詞代表作《踏莎行·過芳雪軒憶昭齊先姐》：

芳草雨乾，垂楊烟結。鵑聲又過清明節。空梁燕子不歸來，梨花零落如殘雪。　春事闌珊，春愁重疊。篆烟一縷銷金鴨。憑闌寂寂對東風，十年離恨和天説。③

① 錢仲聯、陳邦炎：《元明清詞鑑賞辭典》，上海辭書出版社，2002年，第320頁。
② 錢仲聯、陳邦炎：《元明清詞鑑賞辭典》，上海辭書出版社，2002年，第348頁。
③ 錢仲聯、陳邦炎：《元明清詞鑑賞辭典》，上海辭書出版社，2002年，第353頁。

其小妹、大姐相繼去世，“吴江三葉”，衹剩她孤零零的一個人！這是一篇“傷逝”之作。“芳雪軒”原是姐姐昭齊（紈紈字）的住處，紈紈有詩集名《芳雪軒遺集》。

葉小鸞，字瓊章，一字瑶期，是沈宜修的小女兒。長得端莊秀美，詩詞皆通。四歲時能背誦《楚辭》，十歲時能起結聯對，十二歲時已經長得修長的身材，秀髮如雲，好似近月，望之如玉。受父親教咏，每每吟詩多有佳句，十四歲時懂搏弈，十六歲好彈琴，猶如“英聲發越，采采粲粲”一般。後來許配給昆山張氏，婚前五日，未嫁而卒，時年僅虚歲十七歲。清人張貴勝《遺愁集》卷十三“集風集”篇載有詞作者葉小鸞的一段軼事：“晨起，未及梳妝，往候其母。母尚未起，揭帳問安，因見其貌美甚，乃笑語之曰：‘我見猶憐，未識畫眉人道爾何如也。’”① 有詩集名《返生香》，一名《疏香閣遺集》。她工詩，長于詞。代表作《虞美人·看花》：

闌杆曲護閑庭小。猶恐春寒悄。隔牆影繞一枝紅。却是杏花消瘦舊東風。　海棠睡去梨花褪。欲語渾難問。衹知婀娜共争妍。不道有人爲伊惜流年。②

還有《踏莎行·閨情》《蝶戀花·立秋》《蝶戀花·春愁》等。其詞體質穩健，蘭香清幽，哀惻動人，韵味雋永，人以爲深于宋朱淑貞，可爲宋李清照、清徐燦之亞。陳廷焯在《白雨齋詞話》卷三稱“葉小鸞詞筆哀艷，不減朱淑真，求諸明代作者，尤不易覯也。”③ 另外，還有沈宜修的表妹張倩倩也是一個女才子，如《蝶戀花》詞附題“丙寅寒夜，與宛君話君庸作”，講述的是“漠漠輕陰籠竹院，細雨無情，泪濕桃花面”的思夫情懷。雖情緒怨抑，却清澈剔透，没有半點遮掩和隱諱。還有楊慎之妻黄娥，自幼博覽經史，擅長書法，亦能填詞，如因楊慎流放滇南而寫的《黄鶯兒》詞，其“寄書難，無情征雁，飛不到滇南”之叙，情亦真，意亦切。這些衹是代表明代女詞人的一個分支，

① 錢仲聯、陳邦炎：《元明清詞鑑賞辭典》，（葉小鸞《虞美人·看花》詞解注釋《遺愁集》卷十三），上海辭書出版，2002 年，第 355 頁。

② 錢仲聯、陳邦炎：《元明清詞鑑賞辭典》，上海辭書出版，2002 年，第 355 頁。海棠睡去：據《華舌録·韵語第十》載：“明皇從沉香亭，詔妃子，妃子時卯未醒，命力士使侍兒扶掖而至。妃子醉顔殘妝，鬢亂釵横，不能再拜。上笑曰：‘是妃子醉，真海棠未足耳！’”見［明］曹臣：《華舌録》，岳麓書社，1985 年，第 95—96 頁。

③ ［清］陳廷焯：《白雨齋詞話》卷三，上海古籍出版社，2009 年，第 61 頁。

還有柳如是、謝小淐、王修微等，都默默地成就了明代詞的發展。

到了明末，社會發生巨變，人們衝破傳統，尋求個性解放，同時給詞的創作帶來了一線生機，以陳子龍爲代表的“雲間詞派”的出現，改變了通俗文學的繁盛取代傳統雅文學的被動地位，使詞没有因此而成爲絶響，爲三百年的明詞做了一個新的注解，且在整個詞史的延伸上有着長足的影響。陳子龍，字臥子，號大樽。祖上務農，唯其父在朝庭做官。他六歲入學，勤學經史，攻讀四書章句，十六歲參加科考名居第二。有《湘真閣存稿》等。他一生博覽群書，尤其致力于詩詞，後因反清投江犧牲。陳子龍早期詞作幽静委婉，剛健游刃于纖秀之中，爲人所愛，後期所作悲惻動人，神韵天出，風味回蕩。如《點絳唇・春日風雨有感》：

> 滿眼韶華，東風慣是吹紅去。幾番烟霧。衹有花難護。　夢里相思，故國王孫路。春無主。杜鵑啼處。泪染胭脂雨。①

陳子龍被譽爲轉變詞風的第一人，就連蔑視明詞的清代陳廷焯在《白雨齋詞話》卷三里不得不承認陳子龍“明末陳人中，能以穠艷之筆，傳凄婉之神，在明代便算高手”②。

與陳子龍同時，入清後猶有創作活動的夏完淳、屈大均、王夫之、宋徵輿等人也同樣活躍在詞壇上。夏完淳，字存古，號小隱，從陳子龍爲師，又受學于复社領袖張溥，在文章氣節方面深受二人薰陶。他是雲間詞派的天才詞人，其《玉樊堂詞》，兼具多種體裁于一體，既有對失去多年故國的懷念，又有抒寫清風如語的嬋娟。詞風遒勁鬱勃，慷慨悲凉。如《卜算子・斷腸》：

> 秋色到空閨，夜掃梧桐葉。誰料同心結不成，翻就相思結。　十二玉闌杆，風有燈明滅。立盡黄昏泪幾行，一片鴉啼月。③

《玉樊堂詞》集，在詞之體式、韵律及調式選擇等方面作了可貴的探索，爲明詞注入了清新劑。况周頤《惠風詞話》稱其詞“以靈均辭筆爲長短句，烏有不工者乎。”④ 屈大均，字翁山，又字介子，號萊圃。後人輯有《翁山詩外》

① 龍榆生：《近三百年名家詞選》，上海古籍出版社，1979 年，第 1 頁。
② ［清］陳廷焯：《白雨齋詞話》卷三，上海古籍出版社，2009 年，第 60 頁。
③ 錢仲聯、陳邦炎：《元明清詞鑑賞辭典》，上海辭書出版社，2002 年，第 363 頁。
④ ［清］况周頤：《蕙風詞話》，人民文學出版社，1960 年，第 114 頁。

《翁山文外》《翁山易外》《廣東新語》及《四朝成仁録》，合稱“屈沱五書”。他在詞上的成就，屬于自成一家的“翁山派”。如《浣溪沙》：

一片花含一片愁，愁隨江水不東流。飛飛長傍景陽樓。　六代衹餘芳草在，三園空有乳鶯留。白門容易白人頭。①

其詞風絢麗多彩、沉穆雍容、意象壯闊，他將豐富的情感融入詞里，在理念之中形成一種無形的力量。

王夫之，字而農，號湏齋，别號一壺道人，晚年居衡陽之石船山，世稱“船山先生”，與方以智、顧炎武和黄宗羲同稱明末四大學者。有《張子正蒙注》《姜齋詩話》等，有後人所編《船山遺書》。在藝術與創作的問題上，他有着自己獨到的見解，認爲“情景雖有在心、在物之分，而景生情，情生景”②，二者相輔相成，不可割裂。他的詞以意格爲主，襯托物象，“雖音律多疏，而芳菲纏綿，愴懷故國，風格遒上。”③ 如《青玉案・憶舊》：

桃花春水湘江渡。縱一艇，迢迢去。落日頳光摇遠浦。風中飛絮，雲邊歸雁，盡指天涯路。　故人知我年華暮。唱徹灞陵回首句。花落風狂春不住。如今更老，佳期逾杳，誰倩啼鵑訴？④

還有《更漏子・本意》《清平樂・咏雨》等，無不表明“天下事，少年心”的情懷。宋徵輿，順治進士，官至副都御史。有《林屋文稿》。他是雲間詞派中最先填詞者，對促進雲間詞派形成有重大影響。《四庫全書總目提要》云：“徵輿爲諸生時，與陳子龍、李雯等以古學相砥礪，所作以博贍見長，其才氣睥睨一世，而精練不及子龍，故聲譽亦稍亞之云。”⑤ 他們的出現，一改“批風抹露者”風氣，使得明末詞壇煥發光彩，不僅挽回了明詞的面子，而且也爲清詞興旺迎來了清醒的空氣。

縱觀明詞，猶沿宋元。一波三折，朝夕顧照。榛蕪隱現秀枝，疾風醖釀風

---

① 錢仲聯、陳邦炎：《元明清詞鑑賞辭典》，上海辭書出版社，2002 年，第 603 頁。
② ［清］王夫之：《姜齋詩話箋注》卷一，人民文學出版社，198 年，第 33 頁。
③ 龍榆生：《近三百年名家詞選》，上海古籍出版社，1979 年，第 23—24 頁。
④ 龍榆生：《近三百年名家詞選》，上海古籍出版社，1979 年，第 19 頁。
⑤ ［清］紀昀、永瑢：《四庫全書總目提要・集部三十四・别集類存目八》卷一百八十，海古籍出版社，1994 年，第 1387 頁。

雅，總算不失爲有詞的時代。

二、清代歸調

詞興于唐，盛于宋，衰于元明，復興于清。清初，儘管采取了“清因明制”的策略，但社會仍然還是處在一個重大的變革期，民族矛盾必然引起文化的碰撞，伊始，“輦轂諸公，尊前酒邊，借長短句以吐其胸中之氣”①，漸漸地，人們的思想開始活躍起來，文人們紛紛登場，詞調之聲重新不絶于耳。這一時期的詞人主要是由明入清的文壇耆舊，如吴偉業、龔鼎孳、梁清標、曹溶、宋徵輿等，宣導風氣，扶植後進。他們的作品中既有慷慨的壯歌，也有低沉的悲吟，以借咏柳巷聲色和市井傳聞來傳遞思想，表達心緒，從一個側面爲詞壇的發展起到了催化作用。

被稱爲“江左三大家”的吴偉業與錢謙益、龔鼎孳在詞壇表現活躍，詞法蘇軾、陸游。吴偉業，字駿公，號梅村，别署鹿樵生、灌隱主人、大雲道人。崇禎四年（1631）中進士，授翰林編修，後任東宫講讀官、南京國子監司業等職。有《梅村家藏稿》等，如《浣溪沙・閨情》：

> 斷頰微紅半醒，遝人騫地下階行，摘花高處賭身輕。　細撥熏爐香繚繞，嫩塗吟紙墨攲傾。慣猜閑事爲聰明。②

陳廷焯在《白雨齋詞話》卷三評論：“梅村高者，有與老坡神僊處，可作此後勁。”③ 其詞風格與詩近似，典雅别致，清新自然。如《滿江紅》《蒜山懷古》等，聲情相依，悲壯感人，在詞壇廣爲傳誦，爲開創婁東詩派注入了鮮活的能量。著名的《圓圓曲》就是出自他之手。

錢謙益，字受之，號牧齋，又號虞山蒙叟，東澗老人，學者稱虞山先生。明萬歷年間一甲三名進士，東林黨的領袖之一，官至禮部侍郎，因與温體仁争權失敗而被革職，復起官至禮部尚書，後爲清禮部侍郎，但很快告病隱退，傾向反清。有《初學集》《有學集》等。其詞如《永遇樂・十七夜》：

> 白髮盈頭，清光照眼，老顛思裂。折簡徵歌，醵錢置酒，漫浪從他

---

① ［清］吴梅：《詞學通論・概論四・明清》第九章，上海古籍出版社，2006年，第109頁。［釋引］輦轂（niǎn gǔ）：皇帝的車輿。代指京城。

② 龍榆生：《近三百年名家詞選》，上海古籍出版社，1979年，第8頁。

③ ［清］陳庭焯：《白雨齋詞話》卷三，上海古籍出版社，2009年，第62頁。

說。銀箏畫鼓，翠眉檀板，恰稱合歡佳節。隔船窗、暗笑低顰，一縷歌喉如發。　生公石上，周遭雲樹，遮掩一份殘闕。天上霓裳，人間桂樹，曲調都清切。干戈滿地，烏驚鵲繞，一寸此時心折。憑誰把、青天净洗，長留皓月。①

此詞從叙寫游宴經過，到寓情于景，轉抒感慨，將國事、身世寄于其中。龔鼎孳，字孝昇，號芝麓，崇禎七年（1634）進士，兵科任職，授直指使。入清，歷官禮科給事中、太常寺少卿、左都御史、刑部尚書。有《定山堂集》等。早年詞作以“艷宗”爲風尚，繼而“綺懺”，晚年成于“豪放”。其文思敏捷，好用擬人，工于詞藻，但神聚而形不亂。

還有黄宗羲、王夫之、屈大均等的創作，都起到了擔當復興的重任。隨後，突出表現爲詞的流派紛呈，被稱爲“清初三大家”的陳維崧、朱彝尊和納蘭性德，以不同流派和風格出現。首先出現的是以陳維松爲首的陽羡詞派，主要成員有陳維岳、任繩隗、徐喈鳳、蔣景祁、萬樹和史惟圓等，他們把詞的地位抬到與經、史等同，力辟詞爲“小道”之説。

陳維崧，字其年，號迦陵，复社重要成員陳貞慧之子，晚舉博學鴻詞科，授檢討。有《迦陵詞》，又名《湖海樓詞集》。以他爲代表的“陽羨派”，師法蘇、辛。其詞豪放蒼凉，氣魄闊大，無所羈絆。如《醉落魂·咏鷹》：

寒山幾堵。風低削碎中原路。秋空一碧無古今。醉袒貂襲，略記尋呼處。　男兒身手和誰賭。老來猛氣還軒舉。人間多少閑狐兔。月黑沙黄，此際偏思汝。②

其詞題材涉獵廣泛，形式無所拘束。對此，沈雄《古今詞話》説他“其能開疆辟宇，曠古絶今，一至此耶”③。

以朱彝尊爲首的浙西派，風行于康熙、雍正、乾隆三朝，爲詞壇崇尚醇雅，標舉清空，開闢了一片寄寓心靈的場地。主要成員有初期的李良年、李符、沈皞日、沈岸登、龔翔鱗、汪森和中期的領袖人物厲鶚，以及晚期的吴錫麒、郭麐等。朱彝尊，字錫鬯，號竹垞。康熙時舉博學鴻詞科，授檢討，曾參加編纂《明史》。他博學工詩，詞學姜夔、張炎，自成一家，與汪森一道編有

① 錢仲聯、陳邦炎：《元明清詞鑑賞辭典》，上海辭書出版社，2002 年，第 371 頁。
② 龍榆生：《近三百年名家詞選》，上海古籍出版社，1979 年，第 34 頁。
③ ［清］沈雄：《古今詞話·詞品》卷下，上海古籍出版社，2009 年，第 373 頁。

《詞綜》。朱彝尊所創建浙西詞派，對改變明代詞壇遺留之風氣，匡正“俚俗粗陋”之弊病，蕩除“纖靡淫哇”之頽風，起到了一定的效果。他與同里詞人李良年、李符、沈皞日、沈登岸、龔翔麟等，同氣相求，互相唱和，備受浙西六家之稱，刻有《浙西六家詞》。朱彝尊的詞，以性情爲重，以委婉深摯爲要，字字珠璣，細工綉羽，聲調和諧，藝術成就較高。陳廷焯《白雨齋詞話》卷三云：“疏中有密，獨出冠時。”[①] 同時又在《詞壇叢話》中大加褒贊爲“千古僅見，會于一時。十餘年而生一太鴻。又十餘年而生一位存。又數十年而生一璞函。一代詞手，先後而生，天若有意于其間也。”[②] 他的詞，在出仕清之前，以羈旅和叙情居多，如《桂殿秋・思往事》之“共眠一舸聽秋雨，小簟輕衾各自寒”句、《西江月》之“殷勤臨别爲披衣，軟語蟲飛聲里”句等。之後，由于在复雜心理支配下，故而轉爲多爲咏物，心力所及，藉以寄托，且題材廣泛，爲清詞開了好頭。正如他在《解佩令・自題詞集》所云：

> 十年磨劍，五陵結客，把平生涕泪都飄盡。老去填詞，一半是、空中傳恨。幾曾圍、燕釵蟬鬢。　不師秦七，不師黄九，倚新聲、玉田差近。落拓江湖，且份付、歌筵紅粉。料封侯、白頭無分。[③]

這首詞，是在他衆多的詞作中最具代表性的作品，包含了他對自己生平有意爲詞的總結。他選輯唐至元人詞爲《詞綜》，藉以推衍其主張。

詞派的發展爲詞的開拓起到了推波助瀾作用。此時的王士禎的神韵説，顧炎武的古韵學，其影響的輻射面也是相當廣闊而深遠的。以陳子龍、李雯、宋徵輿在明代末年發起的雲間派，入清後其餘韵流響仍然未絶，在離雲間（今上海松江市）不遠的浙江嘉善（今嘉興市）又出現了以曹爾堪爲首的“柳州詞派”。杭州則有以沈謙、毛先舒爲代表的“西泠十子”，他們在清初詞壇上也十份活躍。回頭看，雲間派宣導的回歸晚唐北宋詞的傳統起到了先導作用，以及他們三人的《雲間三子詩合稿》在詞壇影響頗大，大力振作詞風，使得明詞弱風無向的傾向有所改變。

清詞的復興，從明代中葉以後，一直沉寂的狀態就開始得到改變，這一歷

---

① ［清］陳廷焯：《白雨齋詞話》卷三，上海古籍出版社，2009年，第71頁。

② ［清］陳廷焯：《詞壇叢話》，《詞話叢書》，中華書局，2005年，第3737頁。［釋引］璞函：人名。其名趙文哲，字損之，一字昇之，號璞函，一號璞庵，趙紳次子。其詞與朱彝尊并 驅爭先。被陳廷焯《詞壇叢話》稱爲“著詞最富”者。

③ 龍榆生：《近三百年名家詞選》，上海古籍出版社，1979年，第51頁。

史過程同時也伴隨詞的漸變過程。當生活在清初的詞人面對戲曲和小説等文學體裁迅猛發展的壓力時，又歷史地把注意力轉向被冷落已久的詞，在審慎的繼承態度支配下進行了學習研究和挖掘，結果找回的不僅僅是施展才華的機會，同時也爲詞的復興起了一定的積極作用。

清中葉以後，浙西派、常州派各領風騷，左右詞壇。浙派詞人厲鶚，字太鴻，又字雄飛，號樊榭、南湖花隱。康熙時期舉人，乾隆元年（1736）薦舉鴻博。有《樊榭山房詞》二卷，續集二卷。他崛起于“清初六大家”之後，“乾隆三大家”之前，在清詩史上有獨特的地位。以他領銜形成的浙派盛極一時，著書頗豐，詞筆所行，疏朗有致，意境空幽，頗得姜夔之長。如：《眼兒媚》：

一寸横波惹春留。何止最宜秋。妝殘粉薄，矜嚴消盡，祇有温柔。當時底事匆匆去，悔不載扁舟。分明記得，吹花小徑，聽雨高樓。①

此詞假借物象，似是説景，又似擬人，措詞十分高雅。怪不得陳廷焯在《白雨齋詞話》卷四評其詞：“幽秀冷艷，如萬花谷中，雜以芳蘭。”② 他獨具推崇南宋詞，在“清”與“雅”的聲律詞藻里，以一介寒士，主持江、浙吟社三十餘年。其後有吴錫麟、郭麐等推波助瀾，爲詞的發展保持着一支重要的創作隊伍。與此同時，陽羡詞派却日漸落伍，祇有黄景仁、洪亮吉，還有與袁枚、趙翼合稱爲“乾隆三大家”的蔣士銓保留其餘韵流風，詞作明白曉暢，長于白描。

嘉慶、道光年間，以張惠言、張琦兄弟爲代表的常州詞派异軍突起，使得詞學思潮再度盛于文壇。他們尊詞體、重寄托，把詞的創作與理論結合起來，使清詞中興發展到一個新的重要階段。張惠言，原名一鳴，字皋文，嘉慶時期翰林院編修。他是個詞學理論家，編有《詞選》，詞數量不多，但不乏上乘之作。如《水調歌頭·春日賦示楊生子掞》五首其五：

長鑱白木柄，劚破一庭寒。三枝兩枝生緑，位置小窗前。要使花顔四面，和着草心千朵，向我十分妍。何必蘭與菊，生意總欣然。　曉來風，夜來雨，晚來烟。是他釀就春色，又斷送流年。便欲誅茅江上，祇恐空林

① 錢仲聯、陳邦炎：《元明清詞鑑賞辭典》，上海辭書出版社，2002 年，第 759 頁。
② ［清］陳廷焯：《白雨齋詞話》卷四，上海古籍出版社，2009 年，第 92 頁。

衰草，憔悴不堪憐。歌罷且更酌，與子繞花間。①

此詞抓住“三枝兩枝生緑”景色，感慨係之，寄寓于春，又嘆于春，可謂借景抒懷，快于情思，寫得既遒蒼，又明快，引喻“稱名也小，取類也大”。陳廷焯《白雨齋詞話》卷五評爲“熱腸鬱思，若斷仍連，全是風、騷變出。”②他的詞婉曲沉摯，委寄天來，衍繹出了常州詞派論“比興寄托”“意内而言外”的主張。

另外，此時的鄭燮、趙翼、蔣士銓、黄景仁、項鴻祚、蔣春霖等不爲某種主張限制，也寫了不少好作品。鄭燮，字克柔，號理庵，又號板橋，人稱板橋先生。他對待授學有自己的看法，主張“學一半，撇一半”，“師其意不在迹象間”，給自己所創作的作品賦予了一種道德的力量。如《沁園春·恨》：

花亦無知，月亦無聊，酒亦無靈。把夭桃斫斷，煞他風情；鸚哥煮熟，佐我杯羹。焚硯燒書，椎琴裂畫，毁盡文章抹盡名。滎陽鄭，有慕歌家世，乞食風情。　單寒骨相難更，笑席帽青衫太瘦生。看蓬門秋草，年年破巷。疏窗細雨，夜夜孤燈。難道天公，還鉗恨口，不許長籲一兩聲？癲狂甚，取烏絲百幅，細寫凄清。③

不管是趙翼、蔣士銓的性靈觀，還是黄景仁、項鴻祚、蔣春霖的性情説，他們各就歷史陳迹、自然景色、社會現實中所見所聞，抒發感慨，饒有深意。還有一個名氣大，更兼才氣大的納蘭性德，他是大學士明珠之子，進士出身，康熙皇帝的一等侍衛。有《飲水詞》等。他平時善交朋友，與朱彝尊、陳維崧、顧貞觀、姜宸英、嚴繩孫等名士一起探討詞律。通過文化交流活動，從一個側面爲清廷籠絡知識分子起到了親和作用。他的詞學南唐二主，長于抒情，表意凄婉，格調清麗。如《金縷曲·亡婦忌日有感》：

此恨何時已。滴空階、寒更雨歇，葬花天氣。三載悠悠魂夢杳，是夢久應醒矣。料也覺、人間無味。不及夜臺塵土隔，冷清清、一片埋愁地。釵鈿約，竟抛弃。　重泉若有雙魚寄。好知他、年來苦樂，與誰相倚。我自終宵成轉側，忍聽湘弦重理。待結個、他生知己。還怕兩人俱薄命，再

① 錢仲聯、陳邦炎：《元明清詞鑑賞辭典》，上海辭書出版社，2002年，第865頁。
② ［清］陳廷焯：《白雨齋詞話》卷五，上海古籍出版社，2009年，第114頁。
③ 錢仲聯、陳邦炎：《元明清詞鑑賞辭典》，上海辭書出版社，2002年，第776頁。

> 綠慳、剩月零風里。清泪盡，紙灰起。①

此詞以“清泪盡，紙灰起”結句，舒暢而又隱約，真情變出。其才其情，二百年後，王國維纔在《人間詞話》中評價：“若以自然之眼觀物，以自然之舌言情……北宋以來，一人而已。”②

在清朝將近三百年的時間里，湧現出一批女詞人，除前期《百家閨秀詞》未録者，竟《閨秀詞鈔》十六卷得人五百二十一家，得詞一千五百九十一首，由此足見女詞人的創作之盛。比較具有代表性的有清初期的徐燦，中期的賀雙卿，晚期的的吴藻、顧春、秋瑾等，她們的詞不讓鬚眉，營造意境，敢講真情，嚴守詞律，尤其是换頭詞之起句、過片和結句，對應銜接，無可挑剔。

徐燦，字湘蘋，是明朝光禄丞徐子懋的次女，其丈夫陳之遴是崇禎十年進士及第，被崇禎皇帝“永不敘用”，明亡後出仕新朝，故其心情是矛盾而抑鬱的。有《拙政園詩餘》三卷。由于身經改朝换代，徐燦詞中假以境中疊影，掩藏人在浮塵的不得已，使人尤感蒼凉，其意境非一般叙述性操作所能爲的。其流年嘆舊的情懷，浸透于筆墨，深隱于詞韵中。她的詞清麗婉轉，多世事變遷之感、思故憂人之情。如《永遇樂·病中》：

> 翠帳春寒，玉墀雨細，病懷如許。永晝懨懨，黄昏悄悄，金博添愁炷。薄幸楊花，多情燕子，時向瑣窗細語。怨東風、一夕無端，狼藉幾番紅雨。　曲曲闌杆，沉沉簾幕，嫩草王孫歸路。短夢飛雲，冷香侵佩，别有傷心處。半暖微寒，欲晴還雨，消得許多愁否。春來也，愁隨春長，肯放春歸去。③

此作是寫她身遭國變，家事隱情難以言狀，又加之在病中，其境其心其情，歷歷在目。她的詞作還有《永遇樂·舟中感舊》《滿江紅·示四妹》《虞美人》等。對此，陳庭焯《白雨齋詞話》有“閨秀工爲詞者，前則李易安，後則徐湘蘋”之評價。④

賀雙卿，康熙、雍正或乾隆年間人，初名卿卿，一名莊青，字秋碧，爲家中第二個女兒，故名雙卿。她自幼天資聰慧，容貌秀美，出嫁後却遭姑惡夫

① 錢仲聯、陳邦炎：《元明清詞鑑賞辭典》，上海辭書出版社，2002 年，第 739 頁。
② ［清］王國維：《人間詞話》，上海古籍出版社，2008 年，第 13 頁。
③ 錢仲聯、陳邦炎：《元明清詞鑑賞辭典》，上海辭書出版社，2002 年，第 460 頁。
④ ［清］陳廷焯：《白雨齋詞話》卷七，上海古籍出版社，2009 年，第 163 頁。

虐，勞瘁而死。生前平日所寫詩詞悉不留稿，以筆沾粉書蘆葉上，不想傳于世。其詞多寫凄苦悲切之情，樸素自然，真摯感人。如《黄花慢·孤雁》：

> 碧盡遥天。但暮霞散綺，碎剪紅鮮。聽時愁近，望時怕遠，孤鴻一個，去向誰邊。素霜已冷蘆花渚，更休倩、鷗鷺相憐。暗自眠。鳳凰縱好，寧是姻緣。　凄凉勸你無言。趁一沙半水，且度流年。稻梁初盡，網羅正苦，夢魂易警，幾處寒烟。斷腸可是嬋娟意，寸心里、多少纏綿。夜未闌，倦飛便宿平田。①

陳廷焯《白雨詞話》評曰："雙卿詞怨而不怒，可感可泣。"② 後人輯其詞爲《雪壓軒詞》。

吴藻，字蘋香，自號玉岑子。她出身在一個經商的家庭，娘家、婆家兩家無一讀書的人。婚後無聊，鬱鬱寡歡，以詩詞爲消遣。有《花簾詞》《香南雪北詞》。其詞豪俊敏妙。如《乳燕飛·讀〈紅樓夢〉》：

> 欲補天何用。盡銷魂、紅樓深處，翠帷香擁。駭女癡兒愁未醒，日日苦將情種。問誰個、是真情種。頑石有靈仙有恨，只蠶絲、燭泪三生共。勾却了，太虚夢。　喁喁語向蒼苔空。似依依、玉釵頭上，桐花小鳳。黄土茜紗成語讖，消得美人心痛。何處吊、埋香姑塚。花落花開人不見，哭春風、有泪和花慟。花不語，泪如湧。③

她是性情中的詞人，在丈夫去世後皈依佛門。"人爲傷心纔學佛"，她是傷心人，作傷心詞，自然非愁不言，唯愁是言。

顧春，滿洲鑲藍旗人，本爲西林覺羅氏，後改姓顧，名春，道號太清。她是乾隆玄孫貝勒奕繪的側室，顧影之間，夫唱婦隨。她的名字緣于祖父牽入一宗文字獄案，後被淪爲待罪之身，爲了掩人耳目遂改爲姓顧，一直延襲了下來。她有詞集《東海漁歌》六卷。其詞深穩沉着，氣格尤貴。如《早春怨·春夜》：

> 楊柳風斜，黄昏人静，睡穩栖鴉。短燭燒殘，長更坐盡，小篆添些。

---

① 錢仲聯、陳邦炎：《元明清詞鑑賞辭典》，上海辭書出版社，2002年，第795頁。

② ［清］陳廷焯：《白雨齋詞話》卷九，上海古籍出版社，2009年，第220頁。

③ 錢仲聯、陳邦炎：《元明清詞鑑賞辭典》，上海辭書出版社，2002年，第986頁。

紅樓不閉窗紗，被一縷、春痕暗遮。淡淡輕烟，溶溶院落，月在梨花。①

對于她的詞，論者素有“男中成容若，女中顧太清”之評語。

秋瑾，字璇卿，一字競雄，號鑑湖女俠。光緒三十年（1904）赴日本留學，參加光復會、同盟會。回國後任潯溪女學教員，旋至滬創辦《中國女報》。又在紹興任大通學堂督辦。因密謀參加起義，事泄被捕，從容就義。秋瑾幼年時與兄長一起在家塾讀書，愛好文史，工于詩詞。其詞意蕴積聚，朗麗高亢，頗具高漸離②擊築之風，一往三嘆，音節瀏亮，又若公孫大娘舞劍，柔中帶剛，游刃有餘。如《鷓鴣天》：

祖國沉淪感不禁。閑來海外覓知音。金甌已缺總須補，爲國犧牲敢惜身。　嗟險阻，嘆飄零。關山萬里作雄行。休言女子非英物，夜夜龍泉壁上鳴。③

她的詞還有代表作《滿江紅》，抒發出“良玉勛名襟上泪，雲英事業心頭血”的巨大愛國熱情，爲後來革命者詞之先導。

詞到晚清，浩浩蕩蕩的創作群體呈現出數路并進之態勢。詞人之衆，流派之多，詞論之響，無疑確立了詞在清代文學上的地位。從嘉慶到同治時期，以常州詞派的繼承者周濟爲代表，率領詞人們繼承了以言志與比興的傳統，提出“詞非寄托不入，專寄托不出”的理論，宣導渾化之境，試圖糾正詞壇空疏繁碎之風，擴展詞境，爲詞的創作探得了一條蹊徑，但由于過分强調以“比興寄托”説詞，使詞的創作有一股暗流不自覺的朝着“詞涉隱晦，如索枯謎”④ 的傾向流變，後來愈顯突出。其主要成員還有張琦、惲敬、左輔、錢季重、李兆洛等。

周濟，字保緒，號末齋，又號止庵、介存居士，嘉慶時期進士，授淮安教授，後隱居南京春水園，專心著作，代表作有《介存齋論詞雜著》《止庵詞》等。他的詞精密純正，如《垂楊·立冬前七日聞蟬和叔安》：

---

① 錢仲聯、陳邦炎：《元明清詞鑑賞辭典》，上海辭書出版社，2002 年，第 989 頁。

② 高漸離，戰國末燕人，與荆軻關係很好，擅長擊築（一種擊絃樂器，頸細肩圓，中空，十三弦）。荆軻刺秦王時，高漸離與太子丹送之于易水河畔，高漸離擊築并歌：“風蕭蕭兮易水寒，壯士一去兮不復還。”

③ 錢仲聯、陳邦炎：《元明清詞鑑賞辭典》，上海辭書出版社，2002 年，第 1236 頁。

④ ［清］吴梅：《詞學通論·概論四·周濟》，上海古籍出版社，2006 年，第 124 頁。

秋懷漸遠。聽蒼黄病柳，一聲凄婉。曳入西風，可應還似秋前滿。分明凝絶重低轉，替人説、嫩涼池館。被連番、青女無情，把露華偷剪。知否吟蛩乍緩。便户下床頭，不成濃暖。漫立高枝，夕陽偏向疏林展。誰留鬢影誰紈扇。但赢得、琴絲題怨。宵來霜月孤行，魂亦斷。①

他在“詞史”觀點的基礎上，提出推重“詞體”的理念，有效地促使了詞的創作。他的跟隨者也有不同的創作，彼此鼓吹相應。他們之所以能够勁立于詞壇，詞學回歸傳統被人認同是其中的一個原因。與王鵬運、鄭文焯、朱孝臧并稱爲“晚清四大詞人”的况周頤，原名周儀，改名周頤。字夔笙，一字揆孫，别號玉梅詞人、玉梅詞隱，晚號蕙風詞隱。其詞學思想脱胎于常州詞派，詞學論著《蕙風詞話》强化“詞心”，突出靈性，强調思想内容與精神寄托的統一，在傳承常州詞派詞學理論的基礎上而又有所發揮。他的詞受朱孝臧影響，恪守詞律，詞工于體，多是抒寫孤獨索寞情懷。如《蘇武慢·寒夜聞角》：

愁入雲遥，寒禁霜重，紅燭泪深人倦。情高轉抑，思往難回，凄咽不成清變。風際斷時，迢遞天涯，但聞更點。枉教人回首，少年絲竹，玉容歌管。　憑作出、百緒凄凉，凄凉惟有，花冷月閑庭院。珠簾綉幕，可有人聽，聽也可曾腸斷。除却塞鴻，遮莫城烏，替人驚慣。料南枝明月，應减紅香一半。②

王鵬運、鄭文焯、朱孝臧諸家詞的内容多涉及清末時事，寄興深微，風格柔弱，繼承了常州詞派的傳統。他們論詞，還是常州詞派的基本觀點，襲蹈前聲餘波，未能别開庭户，獨樹一幟。其繼承者還有顧春、蔣敦復、謝章鋌、王闓運，他們均是對晚清詞發展有較大影響的詞人。此時的浙西派，在依然保持“婉約”詞風的同時，吸納其他詞派之長，使得“清空”留有一分天地。實際上，浙西詞派一開始也包涵了一些創作傾向與之相同的他籍詞人，如桐鄉（今安徽桐城北）汪森、華亭（今上海松江縣）等地的詞人，後來的發展更是隨着其影響漸漸地放大而走開了地域，無形中形成了與前期有着顯明的分水嶺，使得與其他詞派得到融合。蔣春霖詞的創作不爲地域所囿，詞的風格是屬于浙西派的。他是江蘇江陰人，字鹿潭，做過六、七年的小鹽官。喜好納蘭性德的《飲水詞》和項鴻祚的《憶雲詞》，因自署“水雲樓”，并用名《水雲樓詞》。

① 錢仲聯、陳邦炎：《元明清詞鑑賞辭典》，上海辭書出版社，2002年，第920頁。
② 龍榆生：《近三百年名家詞選》，上海古籍出版社，1979年，第184頁。

其詞既嚴以韵律，意境融徹，又有沉鬱悲愴之感。如《卜算子》：

> 燕子不曾來，小院陰陰雨。一角闌杆聚落華，此是春歸處。彈泪别東風，把酒澆飛絮。化了浮萍也是愁，莫向天涯去。①

譚獻《復堂詞話》贊云："閲蔣鹿潭水雲樓詞，婉約深至，時造虚渾，要爲第一流矣。"②

項廷紀，原名項鴻祚，字蓮生，道光時期的舉人。他與蔣春霖同爲這一時期的詞壇兩大家。他的詞清新婉麗，哀惻動人。如《太常引·客中聞歌》：

> 杏花開了燕飛忙。正是好春光。偏是好春光。者幾日、風凄雨凉。楊枝飄泊，桃根嬌小，獨自個思量。剛待不思量。吹一片、簫聲過牆。③

對此，譚獻在《篋中詞》④ 中認爲項鴻祚、蔣春霖與納蘭性德"三家是詞人之詞"，"二百年中，分鼎三足"，對他們的評價極高。而這一時期，納蘭性德的感傷憂鬱詞風也有爲數不少的同調，陽羡派也有餘響。嶺南詞、閩中詞、湖湘詞以其鮮明的地方色彩給人以异軍突起之感。還有一批與時俱進的詞人，他們大多爲維新派人士或民主共和運動的參與者，他們也通過詞來抒發胸襟，展示新的時代精神。一言以蔽之，晚清詞以常州詞派爲先鋒，以浙西詞派爲中軍，同時多種詞論和詞風共生多元。

辰、近現代遺調

一、近代筆調

從鴉片戰争到五四運動前夕，隨着社會性質的急巨轉變，進步思想隨潮而來，人們的視野也將放大和延伸，日益面臨着重新考量詞學的傳承與創新問題，正等待着人們從不同的角度去思索去考察。至此，標志着詞的發展進入了

① 龍榆生：《近三百年名家詞選》，上海古籍出版社，1979 年，第 128 頁。
② ［清］譚獻：《復堂詞話》，人民文學出版社，1959 年，第 29 頁。
③ 龍榆生：《近三百年名家詞選》，上海古籍出版社，1979 年，第 115 頁。
④ ［清］譚獻：《复堂詞話·篋中詞》，人民文學出版社，1959 年，第 47—48 頁。

近代時期。從實踐來看，由于出現了那麼一批詞人，在推尊詞體的基礎上，沿着改善體裁方向，使得詞的案頭文學創作呈現出繁榮景象，表現在詞的創作領域更加寬泛，形式内容更加豐富多彩，思想境界更加進步前衛。

龔自珍，字爾玉，號定盦。出身于世代官宦學者家庭。道光時期進士，官至禮部主事。後弃官南歸。他是我國近代資産階級改良主義啓蒙思想家，同時也是一位詞家。有《定庵文集》。其詞清麗縱放。如《鵲踏枝·過人家廢園作》：

> 漠漠春蕪春不住，藤刺牽衣，礙却行人路。偏是無情偏解舞，濛濛撲面皆飛絮。　　綉院深沈誰是主。一朵孤花，牆角明如許。莫怨無人來折取，花開不合陽春暮。①

還有《浪淘沙·寫夢》《百字令·投袁大琴南》等。譚獻《復堂日記》評曰："意欲合周、辛而一之。"② 在這一時期還有一些憂思國家安危的詞人，雖不是專業操手，却寫下了許多充滿愛國主義激情的詞篇，光彩如星閃耀。林則徐與鄧廷楨二人詞被人譽爲"大臣詞"中"雙璧"。如林詞《高陽臺·和嶰筠前輩韵》：

> 玉粟收餘，金絲種後，番航别有蠻烟。雙管横陳，何人對擁無眠。不知呼吸成滋味，愛挑燈、夜永如年。最堪憐、是一丸泥，損萬緡錢。　　春雷欻破零丁穴，笑蜃樓氣盡，無復灰燃。沙角臺高，亂帆收向天邊。浮槎漫許陪霓節，看澄波、似鏡長圓。更應傳、絶島重洋，取次回舷。③

林詞通篇洋溢着憂國憂民的情懷，展示了崇高的道德品格和精神風貌。鄧廷楨，不僅僅是個禁烟英雄，他的詞也是文采照耀江左。如《酷相思·寄懷少穆》：

> 百五芳期過也未。但笳吹、催千騎。看珠澥盈盈分兩地。君住也，緣何意。儂去也，緣何意。　　召緩徵和醫并至，眼前病、肩頭事。怕愁重如

① 龍榆生：《近三百年名家詞選》，上海古籍出版社，1979年，第110頁。

② ［清］譚獻：《復堂詞話》，人民文學出版社，1959年，第30頁。

③ 《元明清詞三百首鑑賞辭典》，上海古籍出版社，2008年，第440頁。

春擔不起。儂去也，心應碎。君住也，心應碎。①

鄧詞鮮活的表達出自己肩負的責任和對現實的憂心。他們的作品表達出對國事的關切與擔憂，以及禁絶鴉片、抵抗侵略的决心。總體上説，林詞豪情壯語、氣勢磅礴，而鄧詞雍容典雅、婉委幽念。這些作品形成了當時詞壇的進步潮流。

在資産階級改良主義運動時期，詩歌成爲政治改良運動的一個有機組成部分。戊戌變法前夕，梁啟啓超等提出"詩界革命"的口號，提出"以舊風格含新意境"的主張，梁啓超、譚嗣同、嚴復、蔣智等在變法前生也寫了以"异境"和"新聲"的作品，無不給詞的發揚廣大樹立了一個新的里程碑。如梁啓超的《金縷曲》（丁未五月歸國，旋復東渡，却寄滬上諸子）：

瀚海飄流燕。乍歸來、依依難認，舊家庭院。惟有年時芳儔在，一例差池雙剪。相對向、斜陽凄怨。欲訴奇愁無可訴，算興亡、已慣司空見。忍拋得，泪如綫。　故巢似與人留戀。最多情、欲粘還墜，落泥片片。我自殷勤銜來補，珍重斷紅猶軟。又生恐、重簾不捲。十二曲闌春寂寂，隔蓬山、何處窺人面。休更問，恨深淺。②

他們試圖解决詩歌爲政治服務的問題，這對詞創作的影響是深遠的。突出的詞人有張景祁、黄遵憲、文廷式、秋瑾、章炳麟、柳亞子和南社諸詞人。他們大多是維新運動或民主革命的積極參加者，宣導民主主義革命，他們的創作，開拓了詞的表現領域，擴大了詞的體裁，爲詞壇輸入了新的血液。譚獻、馮煦、王國維等，他們詞的創作各具特色。如王國維的《蝶戀花》：

窗外緑蔭添幾許。剩有朱櫻，尚係殘春住。老盡鶯雛無一語，飛來銜得櫻桃去。　坐看畫梁雙燕乳。燕語呢喃，似惜人遲莫。自是思量渠不與，人間總被思量誤！③

同時在詞的理論、詞籍校刻、詞律和詞樂的研究等方面，做出了卓越的成績，影響深廣。如陳廷焯的《白雨齋詞話》、况周頤的《蕙風詞話》、王國維的

① 錢仲聯、陳邦炎：《元明清詞鑑賞辭典》，上海辭書出版社，2002 年，第 903 頁。
② 《元明清詞三百首鑑賞辭典》，上海古籍出版社，2008 年，第 563 頁。
③ 龍榆生：《近三百年名家詞選》，上海古籍出版社，1979 年，第 212 頁。

《人間詞話》和吴梅的《詞學通論》等。尤其是王國維的《人間詞話》，將中國傳統文論與西方文藝理論結合起來，運用新興美學理念，構成了較爲完整的詞學理論體係，積極探索前進方向，對“五四”以前的文壇産生了重要的影響。

千年詞運猶如天上之雲捲雲舒，庭前花開花落。近代詞是中國詞史上的一個重要階段。

二、現代支調

進入20世紀，新文化運動的到來，新詩出世。“悄悄的我走了，正如我悄悄的來；我揮一揮衣袖，不帶走一片雲彩。”① 這時携風踏着遥遠的“昔我往矣，楊柳依依；今我來思，雨雪霏霏”② 的歌調而閃亮登場的，既顯得年輕又古老，既趨于通俗，又不受格律的束縛，起到了解放詩歌表現力的作用。但後來的朦朧化、夢語化和俚語化現象，人們又不得不思考重新找回詩歌本該有的藝術元素。這説明了中國傳統詩詞所具有强烈的歷史傳承性和鮮活的現實性，無時無刻的影響着今天的中國人，爲我們開創新文化提供歷史的根據和現實的基礎。因此，作爲中國傳統文化——古典詩詞并没有像倒洗澡水把小孩一起而倒掉，這是文化根基的因素起作用，是國人文化主食的必然需求，以及中國傳統詩詞本身具有的生生不息的活力，就像黄河長江一樣魅力永存，流淌了千百萬年而不停歇。文學的樣式不是根本，其藴含的思維方式、價值觀念、審美習慣，纔賦予了中國詩詞深刻的思想内涵。正因這樣纔有越來越多的人喜歡它，并在協調社會關係、造就文化人格和增强民族凝聚力上發揮着重要的作用，但從整體而言，詞已經是一種排遣的文學了。

當代論詞，可上溯20世紀初，不管是朱古微、况夔笙主張側重音律，還是王國維、胡适主張側重意境；不管是“南派詞學”也好，還是“北派詞學”也罷，衹能證明一個事實，詞學活動與詞學研究從來就没有停止過，以及後來對詞學的傳承、變革與格局建構是否有直接的影響，詞流傳的廣度和深度是最有説服力的。像朱古微校刻的唐、宋、金、元人詞百六十餘家的《彊村叢書》《湖州詞徵》《滄海遺音集》，况夔笙的《第一生修梅華館詞》，王鵬運、朱祖謀、劉福姚、宋育仁等合輯的《庚子秋詞》，還有胡雲翼的《宋詞研究》等，對後來詞壇的影響是直接的，被後人奉爲詞學寶典。長期以來，以龍榆生、唐圭璋等一批學者致力于詞的整理、校核、編纂工作，如《全宋詞》等，也有

① 徐志摩：《静物·再别康橋》，内蒙古人民出版社，2003年，第347頁。

② 程俊英：《詩經譯注·小雅·采薇》，上海古籍出版社，2004年，第260頁。

一批學者撰寫詞論詞綱，如吴熊和的《唐宋詞通論》等，還有一批學者主編詞學雜志，如夏承燾主編的《詞學》等，以及大量出版歷代詩詞欣賞辭典，如陳萬緒等主編的《唐宋元小令鑑賞辭典》等。在詞的創作上，主要體現在運用詞的意象和營造詞的意境，再加上配樂演繹，流行之曲，時聞于大街小巷和阡陌之間，真正的雅詞同樣也出現在一些專業刊物和私下吟弄之中。總之，詞至今日，雖不言"輝煌"，也不致于"哀鳴"，在"百花齊放，百家争鳴"方針的引領下，一批詞人的榜樣作用無不昭示着我們這個時代還是有詞的時代。當代説詞，必説到毛潤之先生的詞，從最初的《賀新郎》到後來的《念奴嬌·鳥兒問答》等，與詞的創作伴隨一生，儘管他"怕謬種流傳，貽害青年"①，但他的詞既富有民族的傳統文化情趣，又具有獨特的藝術風格，可謂上承古韵，下開先河，融貫古今，成就了一代豪放詞。如《賀新郎》：

揮手從兹去。更那堪、凄然相向，苦情重訴。眼角眉稍都似恨，熱泪欲零還住。知誤會、前番書語。過眼滔滔雲共霧，算人間、知己吾和汝。人有病，天知否。　　今朝霜重東門路，照横塘、半天殘月，凄清如許。汽笛一聲腸已斷，從此天涯孤旅。憑割斷、愁絲恨縷。要似昆侖崩絶壁，又恰象、颱風掃寰宇。重比翼，和雲翥。②

從此詞作法上看，上闋起句、結句，到下闋過片到結句，彼此相互照應，猶如金絲穿珠，雖有風吹而不零亂；從述懷上看，上闋"眼角眉稍都似恨，熱泪欲零還住"説的是"情"，下闋"憑割斷、愁絲恨縷"説的是"理"。整體看，通過非凡的語言和文字駕馭能力，以及高超的藝術表現手法，使詞集思想性和藝術性于一體。《沁園春·長沙》之"恰同學少年，風華正茂，書生意氣，揮斥方遒"句，表現的是任俠少年，散浪塵寰；《憶秦娥·婁山關》之"雄關漫道真如鐵，而今邁步從頭越"句，彰顯的是霜浸衣襟，錚錚鐵骨；《清平樂·六盤山》之"不到長城非好漢"句，宣示的是盤山鼓響，笑傲蒼穹。還有《浪淘沙·北戴河》《水調歌頭·游泳》《采桑子·重陽》《卜算子·咏梅》等，或師古不擬古，天涯自行人，或擊水問鷗，大浪淘沙，或春秋一色，風骨興寄，或咏物寄意，以表心志。這些詞都是當代詞的典範。對此，要研究其詞的聲韵，鑽摩其詞的藝術手法，領會其包涵的精神風範。

---

① 《毛澤東詩詞選》，人民文學出版社，1991 年，第 163—164 頁。

② 《毛澤東詩詞選》，人民文學出版社，1991 年，第 1 頁。［注］凡豆句參照《欽定詞譜》卷三十六之葉夢得《賀新郎》添加。

胡适，原名嗣穈，學名洪騂，字希疆，後改名胡适，字適之，筆名天風、藏暉等。安徽績溪人。早年留學美國，獲哥倫比亞大學哲學博士學位。歷任北京大學教授、校長等。提倡文學革命而成爲新文化運動的領袖之一。有《嘗試集》《中國哲學大綱》《胡适文存》《白話文學史》等，且文博古今，尚能吟詩填詞。如《水調歌頭》：

執手真難放，一别又經年，歸來三萬里外，相見大江邊。更與同車北去，行遍兩千里路，細細話從前。此樂大難得，高興遂忘眠。　家國事，《羅馬史》，不須言。眼中人物，算來值得幾文錢。應念赫貞江上，有個同心朋友，相望尚依然。夜半罷清話，圓月正中天。①

這首詞是寫給他的女友韋蓮司的，還有《臨江仙》的上下闋結句“我和君拾葚，君替我簪花”“此時君和我，何處更容他”② 也别有一番趣味。其詞通曉流暢，清新坦然，却不如白話《蝴蝶》詩③寫得好，造心中語，説心中話，領心中情。然欣賞他的《滿庭芳》上闋，亦有類似感覺：

楓翼敲簾，榆錢鋪地，柳棉飛上春衣。落花時節，隨地亂鶯啼。枝上紅襟軟語，商量定、掠地雙飛。何須待、魂銷杜宇，勸我不如歸。④

此詞寫的是他在异鄉“十年作客”的感想，就此詞而論頗有宋意，而非不能雅，且讓人頓生領受之感。正如他給徐嘉瑞的《中古文學概論》序所云：

從前的人，把詞看作“詩餘”，已瞧不上眼了……近三十年中，不知不覺的起了一種反動。臨桂王氏和湖州朱氏提倡翻刻宋元的詞集，……市上詞集和戲劇的價錢漸漸高起來了，近來更昂貴了。……這種風氣的轉移，竟給文學史家增添了無數難得的史料。詞集的易得，使我們對于宋代

① 《詩詞曲賦知識手册》，商務印書館，2009 年，第 304 頁。

② 胡适：《嘗試集》，人民文學出版社，2000 年，第 114 頁。

③ 《蝴蝶》：“兩個黄蝴蝶，雙雙飛上天。不知爲什麽，一個忽飛還。剩下那一個，孤單怪可憐；也無心上天，天上太孤單。”見胡适：《嘗試集》，人民文學出版，2000 年，第 9 頁。

④ 胡适：《嘗試集》，人民文學出版社，2000 年，第 113 頁。

的詞的價值格外明了。①

坦言之，他的這種説法或意見是中肯的，同時又是矛盾的，從他有些趨于俚話的詞就説明這一點，無論就思想内容和藝術技巧上來看，使詞在他的整個文學當中没有凸顯出應有的地位。

柳亞子，原名慰高，字安如，後改名弃疾，又號稼軒，改字亞子。同盟會會員，清末革命文學團體——南社的領導者，民革的創始人之一，是我國近現代有影響的革命者，也是研究南明史的專家，詩詞家。由他創辦并主持的南社，人才濟濟，其成員有後來的于右任、宋教仁、沈鈞儒、何香凝、馬叙倫、沈尹默、沈雁冰等政壇要人和文壇巨匠。詞學研究成果顯著，湧現出了像王蘊章、陳匪石、陳去病、汪東、吴梅等詞學專家，如陳匪石的《宋詞學》《聲執》，吴梅的《詞學通論》，壽石工的《詞學講義》，以及于右任的《剥果詞話》，易大廠的《韋齋雜説》，馬湯楹的《西泠新詞萃》等詞學論著。由他主編的《南社詞集》推出了像丁以布、王漢章、古直、白炎、吴梅等一大批詞人，同時還有像吕碧城、鄭佩宜、張默君、談月色等一批女詞人活躍于詞壇，她們也寫下了不少好作品。他們應和"詩界革命"節拍，創作意識空前，詞境也爲之拓展，運用新題材，將新思想、新意境、新感情納入詞中，爲詞開出了新的境界。柳亞子詩詞兼擅，有《磨劍室詞集》《柳亞子文集》等。他在《南社紀略·我和南社的關係》一文中講述了《南社》第一集出版後，在杭州西湖附近的唐莊與17位社友聚會，"我們曾通過了南社條例十條，……在我的《磨劍室詞集》中，有這樣的一首詞，《金縷曲·三月朔日，南社同人會子武林，泛舟西湖，醉而有作》：

> 賓主東南美。集群英，哀絲豪竹，酒徒沉醉。指點湖山形勝地，剩有趙家荒壘。祇此事，從何説起。王氣金陵猶在否。問座中誰是青田子。微管業，付青史。　　大言子敬原非戲，論英雄安知非僕，狂奴未死。鐵騎長驅河溯靖，勒石燕然山里，算才了平生素志。長揖功成歸去日，便西湖好作逃名地。重料理，鴟夷計。

用了劉青田'王氣金陵'的典子不算，還要用劉文叙'安知非僕'的典子，真是一腔熱血，無地可灑，寫到舊小説上面去，便是宋公明潯陽樓的反詩

① 徐嘉瑞：《中古文學概論·序》，上海亞東圖書館，1924年，第1頁。

了。”① 接着又講到給玉麒麟盧員外寫了一首《蝶戀花》詞：

> 越水吴山芳訊阻。是汝來時，是我歸時路。刻意尋春春已暮，人生能幾華年誤。　省披蘭姨凉姊妒。便不重逢，也勝重逢處。一瞥驚鴻人又去，墜歡終竟無憑據。②

此詞獨立于世，鑄造神魂。比如千帆過遍，憑欄自有景致，不怕颶風吹墮；猶如披甲枕戈，静觀天下風雲變幻，敢請長纓。真是詞器識明達，意志堅定而又才氣發越，激情與浪漫而邂逅。

郭沫若，原名郭開貞，字鼎堂，號尚武，筆名沫若。是繼魯迅之後革命文化界公認的領袖，他是我國新詩的奠基人，也是甲骨學四堂③之一。郭沫若同志雖長于白話詩，但對格律詩詞也彼有研究。如《念奴嬌・參觀北京市聾啞治療語言訓練班》：

> 銀針度穴，使聾童、進入有聲世界。萬動原來非默默，翻捲舌端自在。大海航行，東方紅頌，歌唱出天籟。驚人奇迹，聯翩輝映時代。　高舉偉大紅旗，深入農村，手腦相連帶。甘與群兒共呼吸，同種稻梁瓜菜。入耳聲聲，爺爺你好，怎不令人愛。東風萬里，心潮海洋澎湃。④

其詞豪情壯語，直抒胸臆，然“入耳聲聲，爺爺你好”句，道是情真意切，没有大家派頭，聞是聊天語，不領宋人意。還有三首和韵《念奴嬌》、三首《十六字令・題國畫插圖版〈百花齊放〉》和幾首《滿江紅》等，雅如宋詞競相似，味同散詩更自由。

夏承燾，字瞿禪，晚年改字瞿髯，别號夢栩生，室名月輪樓、天風閣、玉鄰堂、朝陽樓。浙江温州人。1918 年畢業于温州師範學校。歷任浙江大學教授。曾任《文學研究》雜志編委、《詞學》雜志主編等。有《唐宋詞人年譜》,《唐宋詞論叢》,《姜白石詞編年箋校》《夏承燾詞集》等。他在温州師範學校學習期間，課目甚多，但他却潛心于古籍經典的研讀。在校期間，他嘗試賦詩

---

① 柳無忌：《柳亞子文體・南社紀略》，上海人民出版社，1983 年，第 18—19 頁。

② 柳無忌：《柳亞子文體・南社紀略》，上海人民出版社，1983 年，第 19 頁。

③ 四堂：自雪堂（羅振玉）導夫先路，觀堂（王國維）繼以考史，彦堂（董作賓）區其時代，鼎堂（郭沫若）發其辭例。

④ 郭沫若：《沫若詩詞選》，人民文學出版社，1977 年，第 367 頁。

填詞，“予年十四五，始解爲詩。偶于學侣處見《白香詞譜》，假歸過録，試填小令，張震軒師嘗垂賞《調笑令》結句：‘鸚鵡。鸚鵡。知否夢中言語’二句，以朱筆加圈。”① 他畢生致力于詞學研究和教學，是現代詞學的開拓者和奠基人。他的詞如《浪淘沙·過七里瀧》：

萬象掛空明。秋欲三更。短篷摇夢過江城。可惜層樓無鐵笛，負我詩成。　杯酒勸長庚。高咏誰聽。當頭河漢任縱横。一雁不飛鐘未動，衹有灘聲。②

此詞寄情于物，托感于景，工巧奪語，消于痕迹。又品其詞，有寧做揚花語，不爲浮草清萍之感，可謂啓動天氣晴朗。還有《臨江仙》的“黄金臺上月，酒面比人黄”句，《憶秦娥·嚴州西湖》的“晚寒驟覺春衫薄，啼鶯解惜桃花落”句，《菩薩蠻·有寄》的“辛苦説相思，年年笛一枝”句等，都是“僧推月下門”而煉字、煉句、煉意得來的，頗見功底。

唐圭璋，字季特，滿族人，江蘇南京市人，生于 1901 年，滿族，專治詞學。曾任民國中央大學、金陵大學中文係教授，後任南京大學、東北師範大學中文係教授。編著有《全宋詞》《全金元詞》《詞話叢編》《宋詞鑑賞辭典》《宋詞三百首箋注》《南唐二主辭彙箋》《宋詞四考》《元人小令格律》《詞苑叢談校注》《宋詞紀事》《詞學論叢》等。他 22 歲起跟吴梅先生學習詞曲，從詞韵、平仄、音律、作法等學起，春秋佳日，星期有暇，師生們常常一起游覽南京名勝古迹，每到一處作詞賦詩，擊節唱和，其樂融融。他在《我學詞的經歷》一文中回憶説：“1934 年，前輩詞家雲集南京，吴先生組織‘如社’，約廖竹庵、林鐵尊、仇述庵、石雲軒、陳匪石、喬大壯、汪旭初、蔡嵩雲諸先生和我參加，每月集會作詞。詞調由各人輪流出，詞題、詞韵不限，但詞調以依四聲爲主，取名家創制爲準則，如《傾杯》依柳永‘鶩落霜洲’體，《换巢鸞鳳》依梅溪四聲，《綺寮怨》依清真四聲，《水調歌頭》依東山四聲，《泛清波摘遍》依小山四聲，一詞作成，雖經苦思，但也有樂趣。猶記我檃括陶潛《桃花源記》作過一首依東山四聲的《水調歌頭》：

① 夏承燾：《夏承燾集·天風閣詞集前編》第四册，浙江古籍出版社，浙江教育出版社，1997 年，第 113 頁。

② 夏承燾：《夏承燾集·天風閣詞集前編》第四册，浙江古籍出版社，浙江教育出版社，1997 年，第 126 頁。

舟逐古津遠，緑樹蘸波圓。緗桃紅淺，一川相映落英繁。花外雲山新換，忽入千家庭院，男婦笑聲喧。斟酒初開宴，不計是何年。　掩松蘿，尋碧蘚，樂幽閑。太平鷄犬，渾疑靈境住神仙。歸去繽紛兩岸，猶記當時人面，啼損隔林鵑。回首溪如練，樵徑散風烟。

此詞平仄通葉，衹有過片三字不葉，其餘句句叶韵，可見東山深通音律，能够自設新腔。"[①] 其詞還有《踏莎行》《鷓鴣天》《采桑子》等，由本人輯爲《南雲小稿》，收入到楊公庶《雍園詞鈔》。唐圭璋之詞，謙謙和衆之軀，詞不獵奇，如游賞蘭亭，留雲隨唱，寓静于動，摇盪性情，可謂持壺傾注，一舉十觴。唯知言知語，方尊大家。

另外，與他同期的龍榆生，其名沐勛，别號忍寒居士、風雨龍吟室主、荒鷄警夢室主。他是清末詞學家朱彊村的門生，其詞學成就與夏承燾和唐圭璋并稱爲詞學家。自 1928 年起，龍榆生任上海音樂專學校語文老師十年有餘，爲適應社會和民衆需要而創作新歌，1931 年 7 月，與葉遐庵、蕭友梅、易大廠等倡議創立歌社。"將一洗以前奄奄一息之氣，融合古今中處之特長，藉收聲詞合一之效，以表泱泱大國之風。"[②] 從此先後撰寫了大量的詞學研究文章，探討"應對詞曲之聲韵組織，加以融通變化，以創制富有新思想、新體裁，而能表現我國國民性之歌詞。"[③] 龍榆生有《東坡樂府箋》《唐宋名家詞選》《唐宋名家詞論》《唐宋詞格律》等。其詞作有《風雨龍吟室詞》《忍寒廬詞》。如他在 1937 年所填的《采桑子》一詞：

春工費盡閑妝點，纔自均紅。暗自啼紅。盡日冥迷細雨中。　爲憐薄命知何似，不嫁東風。便嫁西風。畢竟飄零一笑同。[④]

還有《齊天樂·秋感和清真》《六州歌頭·感憤無端，長歌當哭，以東山體寫之》《八聲甘州·九日鷄鳴寺分韵"沙"字》等。詞之研求聲韵，辨析格調。對詞的音樂性研究，對平仄四聲、句讀長短、韵位安排等做了極其深入的探討，爲後來填詞者指了門徑。

---

① 《文史知識》第二期，中華書局，1985 年，第 3 頁。

② 龍榆生：《龍榆生詞學論文集·後記》，上海古籍出版社，1997 年，第 597 頁。

③ 龍榆生：《龍榆生詞學論文集·後記》，上海古籍出版社，1997 年，第 597 頁。

④ 龍榆生：《龍榆生詞學論文集·忍寒詞選》，上海古籍出版社，1997 年，第 665 頁。

沈祖棻，字子苾，別署紫曼，筆名絳燕。祖籍浙江海鹽。1934 年畢業于南京中央大學中國文學係，1936 年畢業于金陵大學國學特別研究班。歷主金陵大學、華西大學、江蘇師範學院、武漢大學講席，垂三十載，成就甚衆。有《宋詞賞析》《唐人七絕淺釋》等。她對宋詞有深入研究，填詞頗豐。其詞風敲琢砥磨，句句珠磯，蘊奥典雅，寓意深遂，可謂千年之詞響；可否“易安之後，再無易安”，雖尚無定論，但言不讓鬚眉無妨。如《瑣寒窗》：

照壁昏燈，敲窗亂雨，閉寒孤館。誰魂一縷，欲共藥烟飄斷。最凄凉、夢回漏殘，影扶病骨衾重展。甚爐灰燭泪，銷磨不盡，故歡新怨。雙燕，歸來晚。更莫問當年，酒邊春感。前游縱續，早是心情都换。任秦箏、零落雁行，賦愁慚覺如今懶。奈吹殘、笛里梅花，極目江南遠。①

還有《蝶戀花》之“别後關河秋與暮，枕障熏爐，都是相思處”，《踏莎行》之“昨夜星辰，今日花信，陰晴明日渾無准”句，《喜遷鶯》之“更愁謝堂雙燕，忘了天涯芳字”句，還有《洞仙歌》之“縱一樣梅邊舊東風，早冷透花前，去年心意”等，真是“誰謂傷心畫不成。畫人心逐世人情”如此。她的詞多作于戰亂年代，正如汪東給其詞集序中所言：

聲音之道，與政相通；情感之生，與物相應。彼處成周之盛世者，必不得懷黍離之思；睹褒妲之淫亂者，又豈能咏關雎之什。彼其憂歡欣戚，有不期然而然者，非作者所能自主也。②

其詞“量體裁衣”，婉若雲錦，逸然得體，端然不失巾幗之色。對此，儒學大宗們給她身後的《涉江詞》③ 集題咏，章士釗詩曰：“東吴文學汪夫子，詞律先傳沈祖棻”；沈尹默詩贊：“漱玉清詞萬古情，新編到眼更分明”，并填了《高陽臺・題〈涉江詞〉乙稿》一詞：“小字簪花，清詞戛玉，芳馨乍展銀箋”，還有餘賢勛、汪東、夏承燾等寫詩填詞以紀。

吴世昌，字子臧，浙江海寧人，1928 年考入燕京大學，分别在西北聯合大學、中山大學、重慶中央大學任教。1948 年 8 月，任英國牛津大學高級講師兼導師，用英語講授中國文學史、中國詩及甲骨文等課。1962 年回國，先後

① 沈祖棻：《涉江詞》，湖南人民出版社，1982 年，第 25 頁。
② 沈祖棻：《涉江詞・序》，湖南人民出版社，1982 年，第 2 頁。
③ 沈祖棻：《涉江詞・序》，湖南人民出版社，1982 年，第 179—180 頁。

在上海古籍出版社和中國社會科學院工作，從事詞學研究和教學。有《羅音室詩詞存稿》《詞學論叢》等。他上初中時就喜歡讀詞，而且從張惠言《詞選》中甄别出對馮延巳《鵲踏枝》一詞評價的不公。隨後在上大學期間，以《清真詞》和《宋六十名家詞》爲啓蒙，找出韵脚，學會斷句。初學填詞，與其四兄吴其昌一道磋商。或和韵，或聯句。在七年的本科和研究生學習時間里，雖未專學詩詞，但一直對詞的研究興趣有增無减，撰寫有關詞的文章。始從任教以來，就對詞結下了不解之緣，繼而成爲詞學理論家和詞人。其詞如風神疏朗，聲姿高暢，意寄清新。如和沅君夫人原韵《點絳唇》四首之一：

離亂天涯，此生幾見春江水。竭來胸際。千古興亡是。
極目中原，難制肝腸沸。天心醉。十方悲喜。多少征夫泪。①

此詞寫于國難時期，感念國家興亡于胸，内發鏗鏘于隱約之中。他在詞學研究上，嚴謹開放，不囿于舊説。撰寫了《有關蘇詞的若干問題》《宋詞中的"豪放派"與"婉約派"》等文章，主張填詞"真言語，真性情"；强調詞的風格以詞之題材可分豪放、婉約，不可以作者的作品風格而論。這些觀點，可謂見地獨到，爲詞學向縱深研究指明了路徑。

葉嘉瑩，號迦陵，著名學者。她幼承庭學，1941 年，年僅七歲的葉嘉瑩以優异的成績考入輔仁大學國文係，專攻古典文學專業。長期致力于中國古典詩詞創作、教學、研究，在當代詞壇上，真正成爲既見樹又見林的詞人。關于她的詞，繆鉞給她的《迦陵詩詞稿》的序言上所説"兼工詩詞，而詞尤勝，蓋要眇宜修之商榷前藻，含其咀華，各取其所長體，幽微錦邈之思，固其才性之所近也……至于填詞，則以爲己用，而時序之遷移，内涵之歧异，已常有更新。"② 她的詞里藴含着自己人生經歷、修養、學問和品格，就像她自己在《學詞自述・序》中所説："詞之特質何？則善于感發也。"如其年輕時的詞代表作《蝶戀花》：

愛向高樓凝望眼。海闊天瑶，一片滄波遠。仿佛神仙如可見。孤帆便擬追尋遍。　明月多情來枕畔。九畹滋蘭，難忘芳菲願。消息故園春意晚。花期日日心頭算。③

① 《文史知識・我的學詞經歷》第七期，中華書局，1987 年，第 3—7 頁。
② 葉嘉瑩：《迦陵詩詞稿・序言》，中華書局，2007 年，第 3 頁。
③ 葉嘉瑩：《迦陵詩詞稿・學詞自述（代序）》，中華書局，2007 年，第 232 頁。

覽其詞集，頗感其叙事含蓄，狀物雅致，取向理趣，清空幽秀。應該説是詞人群中的一簇奇葩。還有施蟄存、傅璇琮、朱德才、周汝昌和吴熊和等一批詞學者致力于詞的創作和詞學研究。另外一些社會名流和作家學者也填了不少詞。胡喬木同志《詞十六首》，經毛澤東修改後更好看，如《水調歌頭·國慶夜記事》：

今夕復何夕，四海共光輝。十里長安道上，火樹映風旗。萬朵心花齊放，一片歌潮直上，化作彩星馳。白日羞光景，明月掩重帷。　天外客，今不舞，欲何時？還我青春年少，達旦不須辭。樂土人間信有，舉世飢寒携手，前路復奚疑？萬里風雲會，衹用一戎衣。①

此調擬似蘇軾體。上闋之“十里長安道上，火樹映風旗”句，“風旗”，原爲“紅旗”；結句“衹用一戎衣”，原爲“不用百年期”，經改後，顯得更有詩意。又如《沁園春·杭州感事》：

穆穆秋山，娓娓秋湖，蕩蕩秋江。正一年好景，蓮舟采月，四方佳氣，桂國飄香。雪裏棉鈴，金翻稻浪，秋意偏于隴畝長。最堪喜、有射潮人健，不怕瀾狂。　天堂。一向喧揚。笑今古、雲泥怎比量。算繁華千載，長埋碧血，工農此際，初試鋒芒。土偶欺山，妖骸禍水，西子羞污半面妝。誰共我、舞倚天長劍，掃此荒唐。

下闋“長埋碧血”與“西子羞污半面妝”句，原分别爲“長埋泪血”與“西子猶污半面妝”等。此調擬似賀鑄體，句式作法算是講究，押韵合乎要求。其詞風語氣凝重，氣質剛毅，詩情迭蕩。雖然没有追求詞句的盡善盡美，但對古典文化追求和傳承的精神是顯而易見的，較好地傳達了詞的元素和能量，爲現代詞的創作帶了頭便是功勞。無獨有偶，當讀到江澤民同志一闋詞時，頗感“遵古之意甚嚴，救弊之心頗切。”② 如《滿江紅·江上青百年誕辰祭》：

自古英雄，憑蒼宇、江山點索。酬壯志、鐵窗寒徹，泮池磅礴。史嶺紅梅花瀝血，蘆溝曉月天飛鶴。擎玉虹，魑魅冷相看，驚魂魄。歌頴上，旗旆爍。驅穢寇，飆塵惡。訴聲聲杜宇，孛星凋落。春水緑楊風

① 《隨筆》第六期，花城出版社，1998 年，第 119—121 頁。
② ［清］万樹：《詞律·發凡》，上海古籍出版社，1984，第 14 頁。

曼暖，秋山紅葉日彰灼。清明日、持酒告先靈，神州躍。①

此詞爲岳飛體。從句式作法上講，合于定格，守于規範，如下闋第五句“訴聲聲杜宇”，深諳領格字去聲之法，使得上一下四句式未見阻礙，形成前後句子語氣連貫，自然流暢；平仄雖然偶見有出入（上、入聲可代平，如“看”“日”字），可未見硬傷，即使可平可仄之處，亦原聲填寫；上下闋對偶工整，更顯其化用典故②之功力；押韵入聲十藥，一韵到底，未肯借叶，足見押韵之講究。從整體上看，其詞取法乎上，氣象跌盪。縈懷之情于真處，引領之效于無形。

另外，像趙朴初《何滿子》之“花事綢繆風和雨，更兼蜂妒鶯讒”句、啓功《踏莎行》之“開門撒手逐風飛，由人頂禮由人罵”句，皆可謂簡約如風、不羈不絆。金庸在《少年游・本意》中的“誰家子弟誰家院，無計悔多情”句，像在寬敞院子里坦背説話不瞞人，真是雪肌精蕴，輾轉達意，騷人雅興，情懷激蕩。雖然這些詞句都是散見的，還看不到整體作品風貌，但同樣也能體味其美，感受其性情。在書攤偶得《當代詩詞》③ 詞作47首，西北除青海省外四省（區）文史館員《絲路清韵》④ 詞作62首，《深圳詩詞作品選》⑤詞作170首，還有有一本由甘肅省詩詞學會主編的《甘肅青年詩詞選集》，⑥選録了五十歲以下十八位元作者的詩詞作品，其中詞有近三百首，等等。這些作品，儘管有的還不是盡善盡美，但也不乏可讀之作。

詞學在港澳臺也有縱深研究，尤其是臺灣地區的詞學研究，在當今中國更有濃郁的人文内涵和傳承文化底蕴，從詞學研究博士論文索引中，就可見一斑：如臺灣大學梁榮基《詞學研究理論綜考》，導師鄭騫；中國文化大學洪瑀欽《蘇東坡文學之研究》，導師林尹、潘重規、李殿魁；臺灣大學林攻儀《晚請詞論研究》，導師鄭騫、張敬；東吴大學林聰明《敦煌俗文學研究》，導師臺静農、潘重規；臺灣師範大學柳明熙（韓國）《唐五代敦煌民歌研究》，導師邱燮友；清華大學洪若蘭《温庭筠與晚唐五代文人詞之定

① 《人民日報》，2011年4月11日，第2版。

② 典故：《滿江紅・江上青百年誕辰祭》一詞同時所附“1939年江上青贈江樹峰七律：“春水緑楊思故里，秋山紅葉走征途”句；1938年王者蘭贈江上青七絶：“天涯奔走風塵客，杜宇聲聲可憶歸”句。（《人民日報》，2011年4月11日，第2版。）

③ 《當代詩詞》第二集，華城出版社，1982年6月。

④ 《絲路清韵》，寧夏人民出版社，1991年。

⑤ 《深圳詩詞作品選》，深圳報業集團出版社，2010年。

⑥ 袁第鋭：《甘肅青年詩詞選集》，甘肅文化出版社，1995年。

型》，導師施逢雨，等等。近年來研究詞學領域，涉及唐宋元明清及近現代整個時期，研究成果除詞學專著外，期刊論文、研討論文及學位論文相當可觀。研究唐五代時期詞的，如張淑香《男性情色幻想的美典——温庭筠詞的女性再現》①，林淑華《韋莊詩詞中的夕陽意識》（《東方人文字志》卷 2 期 2，2003 年 6 月，頁 133—170）等；研究北宋時期詞的，如劉少雄《會通與適變-東坡以詩爲詞論題新詮》②，越桂芬《晏殊咏花詞審美特徵試析》③等；研究南宋時期詞的，如王岫林《張炎“清空之旨”所反映的宋代文化特質》④，徐淑娟《陳與義〈無助詞〉内容分期和特色析論》⑤等；研究金元時期詞的，如陶子珍《金代詞選-元好問〈中州樂府〉析論》⑥，王偉賓《〈遺山樂府〉四闋“仿擬體”作品考述》⑦等；研究明代時期詞的，如黄文吉《黄文吉詞學論集》⑧有《三機餘錦》等篇，林玖儀《明郎瑛詞話輯校》⑨等；研究清代時代詞的，如蘇淑芬《湖海樓詞研究》⑩有《詞學的醖釀過程》等篇，王偉勇《詩詞越界研究》⑪等；研究近現代詞的，如蘇珊玉《〈人間詞話〉之審美觀》⑫，侯雅文《梁啓超的“詞學”在文學批評史上的意義》⑬等等。這些僅僅是從一個側面反映臺灣地區在詞學研究領域中的縮影，其研究的深度和廣度，不僅有詞學泰斗引領詞壇，發揮着重要的貢獻，而且在民間的創作活動也十分活躍。

綜上所述，他們僅僅是從一個側面反映着不同層面詞人群當中的一個縮影，同時又是反映着一個時代詞的現狀。詞之今日，仍以獨有的文化大餐，深受人們的青睞。詞學研究日盛，國家成立專門的詩詞學機構。無獨有偶，海内

---

① 《中國文哲研究集刊》期 17，2000 年 9 月，第 69—138 頁。

② 臺北：里仁書局，2006 年。

③ 《臺南科大學報》（人文管理）期 26，2007 年 9 月，第 23—42 頁。

④ 《孔孟月刊》卷 44 期 9，2006 年 6 月，第 23—30 頁。

⑤ 《修平人文社會學報》期 11，2008 年 9 月，第 35—53 頁。

⑥ 《國文學志》期 12，2006 年 6 月，第 255—281 頁。

⑦ 《詞學》第二十三輯，上海：華東師範大學出版社，2010 年 6 月，第 155—171 頁。

⑧ 臺北：臺北學生書局，2003 年。

⑨ 《中國文哲研究通訊》，卷 13 期 3，2003 年 9 月，第 139—155 頁。

⑩ 臺北：里仁書局，2005 年。

⑪ 臺北：里仁書局，2009 年。

⑫ （臺北）臺灣學生書局，2003 年。

⑬ 第六届中國學術研討會，國立中央大學中國文學係，2000 年 3 月。

外大批詩詞的愛好者，自發成立的衆多業餘創作團體，出版發行大量的相關讀物，建立了爲數衆多的詩詞網站。在這種變革的大潮流中，必將湧現一批致力于詞的創作生力軍，從單純的考據學和文獻學走出，運用新的理論、新的觀念和新的研究方法創作出應用而生的時代文學。

附　録

附録一：《最高樓·貂蟬》注釋

貂蟬其人考略

貂蟬，姓任，（約 172—?），與西施、楊玉環、王昭君并稱中國古代四大美女。她的名字來源于文學作品，在民間廣泛流傳，而正史中并没有記載。其實不難理解，董卓與吕布爲“父子”，貂蟬施計于公公和丈夫之間，并致其“父子”反目成仇而斃命其一。雖然《三國演義》爲她及王允在内囊括了正義的名分，亦從普世的角度上看，她的不幸經歷值得同情，但反映在民衆的文化心理和家庭的倫理觀念上，談及諱莫如深，纔使其淡出正史視線而成爲民間傳聞人物的。那麽，提出歷史上到底有没有這個人，有没有蛛絲馬迹可尋？

一、貂蟬名字的由來及出身化出

（一）“貂蟬”始之稱謂

“貂蟬”之稱始于何處？從《戰國策·齊策》之“貂勃使楚，楚王受而觴之”句；東漢班固所撰的《漢書·劉向傳》卷三十六提到“青紫貂蟬，充盈幄内”句，可以得知有“貂蟬”之稱。又據《後漢書·志第三十輿服下》卷九十載：

> 侍中、中常侍加黄金璫，附蟬爲文，貂尾爲飾，謂之“趙惠文冠”。劉昭注：“應劭《漢官》曰：‘説者以金取堅剛，百煉不耗。蟬居高飲絜，口在掖下，貂内勁捍而外温潤。’此因物生義也。’……《胡廣》又曰：‘意謂北方寒凉，本以貂皮暖額，附施于冠，因遂變成首飾。’”①

① 中華書局，1997 年。

文中衹是指以貂尾和附蟬爲飾的冠冕，或泛稱顯貴者，還没有特指某一個人的記載。從漢獻帝初平元年（190）算起，經魏、晋南北朝、隋朝，到唐憲宗元和年間，跨越七百多年，文學題材中雖有涉及貂蟬内容，也往往另有所指。如西晋時期的左思《咏史》之“七葉珥漢貂”句；（《魏晋詩選》下卷）《昭明文選・任昉》之“華貂深不足之嘆”句，唐代李善注引虞預《晋録》曰：

> 趙王倫篡位，時侍中常侍九十七人。每朝，小人滿庭，貂蟬半坐。時人謡曰：“貂不足，狗尾續。”①

文中此“貂蟬”泛指嬪妃，且含有貶意。又唐代李延壽所撰《南史・列傳第四十九・江淹傳》卷五十九載：

> 初，淹年十三時，孤貧，常采薪以養母，曾于樵所得貂蟬一具，將鬻以供養。其母曰：“此故汝之休徵也，汝才行若此，豈長貧賤也，可留待得侍中著之。”②

文中的“貂蟬”指皮具而已。在唐詩中，如王昌齡《留别岑參兄弟》之“貂蟬七葉貴，鴻鵠萬里游”句；（《全唐詩》卷140–32）高適《信安王幕府詩》之“國章榮印綬，公服貴貂蟬”句；（《全唐詩》卷214–52）王維《故太子太師徐公挽歌四首》之二“劍履昇前殿，貂蟬托後車”句；（《全唐詩》卷126–89）戎昱《苦哉行五首・寳應中過滑州洛陽後同王季友作》之三“妾家清河邊，七葉承貂蟬”句；（《全唐詩》卷270–2）柳宗元《弘農公》之“龜虎休前寄，貂蟬冠舊行”句，（《全唐詩》卷351–1）此“貂蟬”衹是服飾，“七葉”指七葉珥貂，没有别的意思。戴叔倫《和李相公勉晦日蓬池游宴》之“貂蟬臨野水，旌旆引春風”句，此“貂蟬”指動物。陳陶《續古二十九首》寫得更爲形象具體：

> 秦家捲衣貴，本是倡家子。金殿一承恩，貂蟬滿鄉里。③

---

① ［南朝梁］蕭統：《昭明文選・爲范尚書讓吏部封侯第一表》卷三十八，第四册，上海古籍出版社，1986年，1737頁。

② 中華書局，1975年版。

③ 《全唐詩》卷746–28。

宋詞中，如陸游《漢宫春》結句“幅巾莫换貂蟬”、辛弃疾《水調歌頭》之“頭上貂蟬貴客，花外麒麟高塚，人世竟誰雄”句等，所描寫的“貂蟬”，大都也是指服飾一類，唯劉過《八聲甘州》上闋之“問紫岩去後漢公卿，不知幾貂蟬。誰能借留侯箸，著祖生鞭”① 句，從“借留侯箸［筷子］”陪着用餐，而致“着祖生鞭”詞中，可以斷定出這裏的“貂蟬”含意，至少是美女的代名詞了。以此説明，從唐代的白居易、崔顥，到南宋的劉過的詩詞中，已經把“貂蟬”暗指人和特指人。那麽，真正所指傳説中的貂蟬，爲什麽歷經1000多年後纔在元代的平話中有姓名、有籍貫而登場現身的呢？這絶對不是一種巧合。

（二）貂蟬的出身化出

怎麽纔能使“貂蟬”所指人呢？以及身世如何？衹能從有限的相關文獻記載中找到綫索。最早的《三國志·魏書七·吕布》卷七載：

> 卓以布爲騎都尉，甚愛信之，誓爲父子……卓自以遇人無禮，恐人謀己，行止常以布自衛。然卓性剛而褊，忿不思難，以嘗小失意，拔手戟擲布。布拳捷避之，爲卓顧謝，卓意亦解。由是陰怨卓。卓常使布守中合，布與卓侍婢私通，恐事發覺，益不自安。
>
> 《英雄記》曰：“布見備，甚敬之……請備于帳中坐婦床上，令婦向拜，酌酒飲食。”
>
> 《英雄記》曰：“布水陸東下……建安元年六月夜半時，布將河内郝萌反……布不知反將爲誰，直牽婦，科頭袒衣，相將從溷上排壁出。”
>
> 《英雄記》曰：“布欲令陳宫、高順守城，自將騎斷太祖糧道。布妻謂曰：‘將軍自出斷曹公糧道是也。宫、順素不和，將軍一出，宫、順必不同心共守城也，如有蹉跌，將軍當于何自立乎？……妾昔在長安，已爲將軍所弃，賴得龐舒私藏妾身耳，今不須顧妾也。’布得妻言，愁悶不能自决。”②

另據《三國志·關雲長傳》卷三十六注引《蜀記》曰：

① 著祖生鞭：此典來源于《晋書·劉琨列傳第三十二》卷六十二云：“琨少負志氣，有縱横之才，善交勝己，而頗浮誇。與范陽祖逖爲友，聞逖被用，與親故書曰：‘吾枕戈待旦，志梟逆虜，常恐祖生先吾著鞭。’（常常擔心祖逖會先我一步拿到率軍出征的馬鞭。）其意氣相期如此。”

② ［晋］陳壽：《三國志·魏書七》卷七，中華書局2006年，第133—138頁。

曹公與劉備圍布于下邳，雲長啓公：‘布使秦宜禄行求救，乞娶其妻。’公許之。臨破，又屢啓于公，公疑其有异色，先遣迎看，因自留之。雲長心不自安。①

又據《後漢書·王允傳第五十六》卷六六載：

潛結卓將吕布，使爲内應。②

從幾則記載看，可以得到確信的是：一是董卓與吕布是“誓爲父子”。二是董卓與吕布中間的“侍婢”，是否是“内應”的楔子？對此有一線索，即《後漢書·董卓傳》卷七十二之“其少妻止之，卓不從，遂行”一語中的“少妻”是誰？三是“令婦向拜”“直牽婦”“布得妻言”語。其中吕布妻勸不得“斷曹公糧道”一事與《三國演義》第十九回“下邳城曹操鏖兵，白門樓吕布殞命”中，貂蟬勸誡吕布“將軍與妾作主，勿輕身自出”情節相一致。“内應”一事，與《三國演義》第八回“王司徒巧使連環計，董太師大鬧鳳儀亭”内容相一致。四是“布使秦宜禄行求救，乞娶其妻”于關羽，令一向坐懷不亂的他“啓公”此事，“又屢啓于公”，却被曹操“自留之”。由此引出問題有六：一是“勢如父子”變成“奪妻之恨”，關鍵角色不是天仙，也是“傾城”，非貂蟬莫屬。二是“侍婢”與“少妻”，屬不同時空出現。前者與吕布交織一起，後者如果作爲楔子，不可能“止之”董卓，可以排除是貂蟬。三是“令婦向拜”“直牽婦”“布得妻言”語，應該是吕布與貂蟬之間的事。四是曹操對關羽曾經“上馬金，下馬銀”都在所不惜？爲何爲一女子讓“雲長心不自安”？可想此女非一般女子。五是董卓之“侍婢”及“令婦向拜”“直牽婦”之婦，“布得妻言”之妻是否貂蟬？答案是與不是。六是“乞娶其妻”事，可以聯想元人雜劇《關公月下斬貂蟬》的原始創作是否來源于此？如果是，編劇内容雖説附會，却恰恰説明是吕布之妻貂蟬，原因是讓關公那麽上心的明星女子，豈有定斬之情理。又李賀在《吕將軍歌》中也仿佛説到貂蟬：

吕將軍，騎赤兔。……榼榼銀龜摇白馬，傅粉女郎火旗下。(《全唐詩》卷393-36，揚州詩局本。)

---

① ［晋］陳壽：《三國志·魏書七》卷三十六，中華書局，2006年，第560頁。
② ［南朝宋］范曄：《後漢書》第八册，中華書局，1965年，第2175頁。

詩中之“銀龜”指銀印。王琦注曰：“《漢官儀》曰：‘王公侯金印，二千石銀印，皆龜鈕。’”[①] 由此看來，貂蟬這個人物歷史上確有其人，衹是用“侍婢”“其婦”等字眼替代貂蟬而已。不過按夫貴妻榮理解，再説畢竟是大事件中的人物，想必另有隱情而遮掩。

（三）貂蟬的出身化出之辨

任何發現不是單一程式完成的，或因某事而引起方向的轉變，終歸“青山遮不住，畢竟東流去”。唐代詩人白居易的《澗底松，念寒俊也》詩，能够佐證貂蟬的存在，并隱隱約約地走出：

> 有松百尺大十圍，生在澗底寒且卑。澗深山險人路絶，老死不逢工度之。天子明堂欠梁木，此求彼有兩不知。誰喻蒼蒼造物意，但與之材不與地。金張世禄原憲貧，牛衣寒賤貂蟬貴。貂蟬與牛衣，高下雖有殊。高者未必賢，下者未必愚。君不見沉沉海底生珊瑚。歷歷天上種白榆。[②]

此詩作于元和四年（809）。元和三年詩人由翰林學士轉任左拾遺，即監察官，職位不高，實屬受貶，却依然“夫位足惜，恩不忍負；然後能有闕必規，有違必諫。朝廷得失無不察，天下利病無不言”[③]。不管詩人怎樣解釋，但明眼的人一看就是一首諷喻詩。此詩中的“貂蟬”未必指人，如果有貂蟬其人就是“隱喻”。問題是詩人之前四大美人俱全了，拉誰不行，偏偏拉上“貂蟬與牛衣”做陪襯？何爲“牛衣”？《漢書·王章傳》卷七十六記載有王章這樣一個人，“爲諸生學長安，獨與妻居。章疾病，無被，卧牛衣中，與妻決滋泣。”[④] 由此説明貂蟬出身的確貧寒。但詩人平生并不樂于挖苦窮人，也許另有暗指。其時當朝天子祖上係隴西郡所在地（現臨洮）人，按當時形成的倫理觀念，談“貂蟬”猶如“談虎”，不得不令人“色變”。事實是不得忽略這種地域文化心理，它是客觀存在的。白居易受貶是否與寫“貂蟬”詩有關，没有明確的證據，但從他的生平來看，元和十年（815 年）又受貶江西，雖然是權貴們怒其越職，奏事造謡中傷所致，但與他寫下大量諷諭詩，“難于指言者，輒咏

---

① ［唐］李賀，［清］王琦：《李賀詩歌集注》卷四，上海古籍出版社，1978 年，第 308—310 頁。

② 《全唐詩》卷 427-7，揚州詩局本。

③ ［清］傅雲龍，吴可：《唐宋唐宋明清文集·唐人文集·白居易》卷三第一輯，天津古籍出版社，2000 年，第 1492 頁。

④ ［漢］班超：《漢書》卷七十六，中華書局，1962 年，第 3238 頁。

歌之”（《與元九書》）不無關係。另外，白居易還有《奉和晋公侍中蒙除留守行及洛師感悦發中斐然成咏之作》之“鸞鳳翱翔在寥廓，貂蟬瀟灑出埃塵”句，（《全唐詩》卷454–75）此詩是從正面寫貂蟬的，但從“出埃塵”理解，似乎是動物之“貂蟬”；《題崔常侍濟源莊》之“主人何處去，蘿薜换貂蟬”句，（《全唐詩》卷448–91）“蘿薜”是草對“貂蟬”，衹是此物對照另物；《裴侍中晋公以集賢林亭即事詩三十六韵見贈…以伸酬獻》之“貂蟬雖未脱，鸞皇已不羈”句，（《全唐詩》卷452–34）與《題裴晋公女幾山刻石詩後》之“公今在何官，被衮珥貂蟬”句，（《全唐詩》卷453–1）提及“貂蟬”指服飾，没有比作“貂蟬”人。崔顥《奉和許給事夜直簡諸公》：

西掖黄樞近，東曹紫禁連。地因才子拜，人用省郎遷。夜直千門静，河明萬象懸。建章宵漏急，閶闔曉鐘傳。寵列貂蟬位，恩深侍從年。九重初起草，五夜即成篇。顧己無官次，循涯但自憐。遠陪蘭署作，空此仰神仙。（《全唐詩》卷130–35，揚州詩局本。）

崔顥詩中的“貂蟬”，衹是一種“傾城”的比擬，没有涉及到更多資訊。但所指“貂蟬”，以美女形象而出現，同時説明貂蟬不僅僅是民間傳説，歷史上確有這個人。直到元末明初人羅貫中《三國演義》第八回“王司徒巧使連環計，董太師大鬧鳳儀亭”詞贊，使得貂蟬的身份撲朔迷離起來：

原是昭陽宫里人，驚鴻宛轉掌中身，衹疑飛過洞庭春。按徹《梁州》蓮步穩，好花風裊一枝新，畫堂香暖不勝春。

“原是昭陽宫里人”典故，來源于漢成帝寵妃趙飛燕而建的昭陽宫，以此比擬或隱喻貂蟬宫女出身，與蓮步《梁州》聯係，倒也貼切，不過《梁州曲》即《凉州曲》。據《樂府詩集·近代曲辭一》卷七十九載：“《樂苑》曰：‘《凉州》，宫調曲。開元中，西凉府都督郭知運進。’”① 據此不可能有時空隧道穿越另有《梁州》曲。作爲地名的梁州，始于曹魏元帝景元四年（263）將蜀漢故地爲益、梁二州，各領八郡。梁州初治沔陽（今勉縣舊州）。以此兩者相聯係，衹是作者的一種借喻和唱贊而已，不能代表貂蟬一定是宫里人。

① ［宋］郭茂倩：《樂府詩集》第四册，中華書局，1979年，第1117頁。

二、貂蟬的史籍實録及身後戲曲演繹

（一）貂蟬的現身由來

經歷了民間傳聞的貂蟬素以“閉月”而概，形成了一個精彩故事而成爲典故。關于“月亮”的描寫，可以説，中國文學離不開“月亮”。從一家喻指團圓，從個體代表相思，這樣詩歌中也就避免不了一個“月”字。從《詩經》的“日居月諸”，到曹操《短歌行》的“月明星稀”，還有蘇軾《水調歌頭》的“明月幾時有”等，數不勝數。其實，最亮的“月”，還是關山之“月”。臨洮是秦長城之地，據《史記·蒙恬傳第二十八》卷八十八載：“始皇二十六年……築長城，因地形，用險制塞，起臨洮，至遼東，延袤萬餘里。”故“秦時明月漢時關”正好照應此地。當時吕布在臨洮“築城”，由于戰亂，與貂蟬分離。所以從後來文學所描寫的文字記載看，都有貂蟬夜香“拜月”的情形，正是遥望邊關之月，以祈與丈夫團圓。以此説明貂蟬之“閉月”，没有《三國演義》所講的“月亮躲到雲裏面”那樣簡單和直觀。正如西施是“沉魚”，是“宰嚭亡吴國，西施陷惡名。浣紗春水急，似有不平聲”,[1] 因爲漂亮，“吴王亡後，越浮西施于江，令隨鴟夷以終”[2] 之故；楊貴妃“羞花”，衹是“不惟萱草忘憂，此花（牡丹）香艷，尤能醒酒,”[3] 因明皇自以爲是，後來人們加以敷演其説；王昭君是“落雁”，是“寄聲欲問塞南事，衹有年年鴻雁飛,”雁落好捎帶信物。[4] 一定文化内涵，有着其特定的象徵符號意義不假，但文化習慣涵蓋着人與人，人與自然和人與社會的關係。據此“閉月”之謂，一定與關山有關，關山與地域有關。關于貂蟬，民間有種種説法和議論。説貂蟬是臨洮人，最早源于元英宗至治説書本子刊本《三國志平話》卷上云：

王允歸宅下馬，信步到後花園内，小庭悶坐。獨言獻帝懦弱，董卓弄權，天下危矣。忽見一婦人燒香，自言不得歸鄉，故家長不能見面。焚香再拜。王允自言，吾憂國事，此婦人因甚禱祝？王允不免出庭問曰：“你爲甚燒香？對我實説。”唬得貂蟬連忙跪下，不敢抵諱，實訴其由：“賤

---

① 崔道融：《西施灘》。

② ［漢］趙曄，周生春：《吴越春秋輯校彙考·佚文輯録》引《吴越春秋·逸文》見《繹史》卷九十六下引《修文御覽》所引《吴越春秋》），上海古籍出版社，1997 年，第 270 頁。

③ 《開元天寶遺事·醒酒花》卷下。

④ 王安石《明妃曲》。

妾本姓任，小字貂蟬，家長是吕布，自臨洮府相失，至今不曾見面，因此燒香。”丞相大喜：“安漢天下，此婦人也！”丞相歸堂，叫貂蟬：“吾看你如親女一般看待。”即將金珠緞疋與貂蟬，謝而去之。①

又據元代無名氏《錦雲堂暗定連環計》第二折載：

（旦兒云）池畔分開并蒂蓮，可堪間阻又經年。鶼鶼比翼難成就，一炷清香禱告天。妾身貂蟬，本吕布之妻，自從臨洮府與夫主失散，妾身流落司徒府中，幸得老爺將我如親女相待。争柰夫主吕布不知下落。我如今在後花園中燒一炷夜香，對天禱告，願俺夫妻每早早的完聚咱。

貂蟬（旦兒應科）（吕布云）妻也！你怎生却在這裏？

（旦兒云）自從俺臨洮失散，流落在司徒府中，不想今日纔得相見。②

對此，到了明代，據楊慎《昇庵全集》卷四十八載：

世傳吕布妻貂蟬，史傳不載，唐李長吉《將軍歌》：“磕磕銀龜摇白馬，傅粉女郎大旗下。”似有其人也。③

後來胡應麟在《少室山房筆叢·莊岳委談下》卷四十一中談及元代雜劇歷史人物真實性時確切地説：

《羽傳》注稱：羽欲娶布妻，啓曹公。公疑布妻有殊色，因自留之。則非全無所自也。④

① ［元］無名氏：《新全相三國志平話》影印本，建安虞氏新刊，香港：中外出版社，1976年，第21頁。

② ［元］無名氏，徐徵，張月中，奚海：《金元曲·錦雲堂暗定連環計》卷八，河北教育出版社，1998年，第6025—6031頁。

③ ［明］楊慎：《昇庵集》，上海古籍出版社，1993年，第1270頁。

④ ［明］胡應麟：《少室山房筆叢·莊岳委談下》卷四十一，中華書局，1958年，第566頁。

胡應麟肯定了貂蟬的存在，并非是元代雜劇的杜撰。又清代梁章鉅在《浪迹續談·貂蟬》卷六云：

黄右原告余曰："《開元占經》卷三十三'熒惑犯須女'占注云：'《漢書通志》："曹操未得志，先誘董卓進刁蟬，以惑其君。'此事异同不可考，而刁蟬之即貂蟬，則確有其人矣。"《漢書通志》今亦不傳，無以斷之。①

隨後，晚清文史大家平步青在《霞外攟屑》中進一步强調云：

鄂按《開元占經》卷三十三"熒惑犯須女"……是蟬固實有此人，特非《布傳》之傳婢，亦未聖帝斬。《漢書通志》，不知何人所撰，《隋書·經典志》無之，蓋《七録》所未收。羅氏演義易刁爲貂，則不知何本。天池謂秉燭達旦事烏有，足證陽節潘氏（榮）總論之輕信小説，刁蟬則非無其人。②

對此，魯迅《小説舊聞鈔》中也有同樣的轉載。晚清蔡東藩在《後漢通俗演義》③ 第六十九回夾批中亦云：

貂蟬不見史傳，但證諸稗史，傳聞鑿鑿，諒非無稽。

從元代的説書本子和清代的戲曲本子看，説貂蟬是臨洮府人是可信的。説書可追溯到六朝的志怪小説，如東方朔記録地理博物的《神异經》，托名班固記述歷史傳聞的《漢武故事》及如東晋干寶講述鬼怪故事的《搜神記》等爲内容；唐人以傳奇、寺院俗講和變文爲主，如沈既濟《枕中記》傳述奇事的等；宋代説書擴展到勾欄瓦舍等場所，尤其南宋有説話四家興起，如孟元老《東京夢華録·京瓦伎藝》卷五就有"霍四究，説'三分'"的記載，説書藝術表現得到發展；到了元代，一直居于正統地位的詩詞、散文，像鼓子詞、諸

① ［清］梁章鉅，劉葉秋，苑育新：《浪迹續談》，福建人民出版社，1983 年，第 110 頁。

② 曲徑、王偉：《三國人物古今談》，遼海出版社，2003 年，第 436 頁。

③ ［清］蔡東藩：《後漢通俗演義》第三册，上海會文堂新記書局，1936 年，第 453 頁。

宫調等相對匿聲了，反而俗文學，特别是戲曲文學興盛起來，像講史、小説演義等却發達起來，并隨着低層文化需求如雨後新筍應用而生，表現出與以往時代不同的文學顯著特徵。這樣一些零星的民間傳説素材經文人加工完善後刻本，像《三國志平話》把貂蟬作爲文學人物，豐富説書情節，作爲史傳之外被賦予了生動的内容，進而推導了説書的普及作用。以此説明貂蟬這個人不是空穴來風，也不是一時半會能形成傳聞的。首先，從天時上講，元代在思想文化領域上還是比較寬鬆、開放的，少數民族與漢人文化交流和融合日益緊密，使得俗文學以及雜劇得到發展。正因爲這樣一個契機的到來，文學創作來源于現實生活這樣一個最基本的標準、最樸素的準則得以實現，貂蟬必然性地跨越歷史的長河出現了。其次，從地理上講，臨洮史上一度爲歷代兵家必争之地，軍隊調動及商旅來往，不僅僅是資金的輸入而致經濟繁榮，而文化互動貫穿于傳統與時下，涵蓋和滲透着南北思想觀念方方面面。基于這樣一個文化積澱非一日之功之地，必將提供文學創作素材，猶如唐代西鄙人的邊關詩，即《哥舒歌》之“北斗七星高，哥舒夜帶刀。至今窺牧馬，不敢過臨洮”詩，（《全唐詩》卷784-13）就是從哪兒産生的。以此説明，貂蟬其人，或是隨旅文人在没有更多因素支配下的原貌原描。再次，從人和上講，貂蟬，原本身貴而不尊，雖是名播而不雅，衹是與發生的時間久遠了，“忌諱”也不是那樣與某某或誰誰聯係太緊，故漸漸把貂蟬作爲説書内容在勾欄瓦舍進行開講。經過一段時間，也没有人出來反對，已經被世俗默認，以後索性成了文學作品里的角色。

（二）貂蟬出生的遥想

臨洮，古稱狄道。是馬家窯文化、寺窪文化和辛店文化的發源地。自秦昭王二十七年（公元前280年）始設隴西郡以來，臨洮就長期是郡、府、州、縣治所在地，歷史文化遺迹星羅棋布，人才輩出，群英會萃。所謂人杰地靈，想必自有其説，關于貂蟬傳説，一代一代，衆説紛紜。據《臨洮史話·瑰麗傳説》中講：

> 在臨洮縣衙下集鎮的西南邊，有一條神奇峻秀的山谷，它便是聞名遐邇的貂崖溝，傳説是我國四大美女之一貂蟬的出生地……在東漢末年，有一個樵夫經常在這裏打柴。有一天樵夫正在溝底下砍柴，忽然看見從對面石崖上的一個岩洞裏射出一道明亮的光。他又驚奇又納悶，心想在這杳無人烟的荒山野嶺怎麽會有如此明亮的光芒呢？强烈的好奇心促使著他手足并用地爬向洞口去看，這一看驚得他目瞪口呆，衹見一個十五六歲的年輕

女子正在石洞中對鏡梳妝，鏡子反射的光芒把貂崖溝照得一片通亮。樵夫被少女美麗的容貌吸引住，一時看呆了，不小心踩翻了脚下的一塊石頭。女子警覺過來，見無法躲避，便起身相見，説她名叫貂蟬，在此修煉，并一再請求樵夫保密。但樵夫回去後還是告訴了鄰居，人們跑來看時，衹見半山崖上的石洞口放著一面大鏡子，還有一堆貂蟬用于化妝的胭脂石，而貂蟬不知去向。①

演繹緣于材料，這些文字，是采擷民間流傳的説法。接着《臨洮史話·瑰麗傳説》繼續從掌握的材料中尋找貂蟬的下落：

貂崖溝一梁之隔的胭脂川馬家集東街口有貂蟬拴馬的胭脂馬樹，旁有青石一塊。相傳當年貂蟬曾踩此石上馬入蜀離開故里臨洮。

此記載與成都北郊發現有關碑文的情形大致吻合，其碑文云：

……夫人乃貂蟬之長女也，隨先夫人入蜀……貂蟬，王允歌伎也，是因董卓猖獗，爲國捐軀……隨炎帝入蜀。②

貂蟬出生于古爲狄道府而今的臨洮縣，本與董卓同鄉，不管是被曹操還是被司徒王允授意，借機與董卓接近，從情理上説是成立的。從地緣關係上説，有佐證兩：一是乾隆二十八年《臨洮州志·拾遺》卷十六載：

州西有胭脂川，相傳吕布赤兔馬産于此。

對此，《三國志·吕布傳》之“布有良馬曰赤兔”句注引《曹瞞傳》云：時人語曰：“人中有吕布，馬中有赤兔。”③ 二是《臨洮縣志·文物古迹》卷二十六載：

吕布城遺址，據州、府、縣志載：‘吕布城在臨洮府西二里洮水東岸，

① 陳維山：《臨洮史話》，甘肅人民出版社，2005 年，第 90 頁。

② 趙木南：《中外名人之謎》，中央編譯出版社，2010 年，第 296 頁。

③ ［晋］陳壽：《三國志·吕布（張邈）臧洪傳第七》卷七，中華書局，2006 年，第 134 頁。

相傳吕布所築，今遺址尚存。’據考：‘吕布爲漢末董卓部將，董卓漢臨洮人，獻帝時從凉州入長安，專擅朝政，……吕布掌管朝庭築城事。’”①

一説貂蟬是臨洮人是可能的，從吕布在臨洮“築城”，與“赤兔馬”相聯係，自然是順理成章的事，緣于當時臨洮郡轄管今天的省會蘭州地區，包括近鄰康樂、渭遠、岷縣和隴西等縣，自古是唐蕃古道之要衝、各民族“茶馬互市”的活躍區；二説董卓是臨洮人（現岷縣，祇是現在的行政區域規劃）、吕布是臨洮駐軍將領，貂蟬是臨洮民女，這樣三者相遇不能不説是一種巧合；再説吕布作爲守軍，娶駐地女貂蟬爲妻，也是再自然不過的事。綜上所述，得出的結論是貂蟬確有其人，係現甘肅省臨洮縣人。

（三）貂蟬身後的戲曲演繹

自《三國演義》第二十回“曹阿瞞許田打圍，董國舅内閣受詔”中以一句“將吕布妻女載回許都”作結，至此貂蟬身後的戲曲演繹出諸多故事。自説書本子刊本《三國志平話》將貂蟬顯身以來，就元代時期演繹出的説書本子及戲曲有四十多種之多，隨後纔有《三國演義》。應當指出，按時間優先原則，《三國志平話》是貂蟬“出生”的母體，是以後演繹百般故事的摇籃。關于貂蟬的下落，自《三國演義》第十九回交待白門樓吕布被擒後就不知去向。後來有昆劇、粵劇《斬貂》，還有《關公月下斬貂蟬》劇碼，大都描述吕布在白門樓被曹操斬首，或貂蟬被張飛轉送給了關羽斬。劇碼“［斬貂］見于《綴白裘》第十一集，又有《摘錦録》。燕京本無名氏《花部劇碼》著録，事見《斬貂蟬》雜劇。《綴白裘》所收劇本唱［亂彈腔］②。”如《綴白裘》之《斬貂》：

十指尖尖捧茶湯走上前來王帳。我見他煞氣如山重，低頭無語拜大王。

（净）下面跪着者何人？（貼）小女子貂蟬。（净）爲何不抬頭？（貼）有罪不敢抬頭！

（净）恕你無罪抬起頭來呀！

……

貂蟬可知俺家此劍否？（貼）小女子不知。（净）此劍乃周文王所造，菩薩所贈，倘有不平不德便響。（貼）響過幾次了？（净）響過三次。

① 《臨洮縣志》，甘肅人民出版社，2001 年，第 678 頁。

② 金登才：《清代花部戲研究》，中國戲劇出版社，2006 年，第 105 頁。

（貼）第一？（净）斬了顔良文丑。（貼）第二？（净）你丈夫吕布。（貼）第三？（净）你可知第三響，眼前没别人，就出在你自上！你走！吃我一劍！（貼）呀！①

對此，明代胡應麟在《少室山房筆叢·莊岳委談下》卷四十一云：

《斬貂蟬》事不經見，自是委巷之談。②

清人俞樾也在《論斬貂蟬》時説：

有《關公月下斬貂蟬》一劇。信乎？否乎？予曰：否。貂蟬無可責之罪，吕布亦非可責貂蟬之人。何以言之？貂蟬，奇女子也。犧牲一身以抒［紓］主憂，而救國難者也。惡可以尋常女子繩之哉？又惡可以尋常女子名節二字繩之哉？③

另外，《斬貂蟬》，《河北民間古樂工尺譜集成》收録。有明劇、蒲劇《關公與貂蟬》中貂蟬自刎；有《錦雲堂暗定連環計》及大鼓《關公送貂蟬出家》，交待最終在尼姑庵裏壽終正寢。關于對貂蟬的評價，清人俞樾在《論斬貂蟬》時高呼：

即此以觀，此種女子，功在十八路諸侯之上，即便再爲孟德所污，亦必念大功而恕小眚。彼三姓家奴，人品去貂蟬遠甚，貂蟬不罵布足矣，布有何辭責罵貂蟬乎？若關公者，熟讀《春秋》者也。西子奉勾踐命，志在沼吴，與貂蟬奉司徒命，志在卓、布父子，同一轍也。關公不責西施，而乃月下斬貂蟬。余敢謂關公聖人，必不爲此殺風景事。常女子繩之哉？又惡可以尋常女子名節二字繩之哉？④

關于貂蟬的去向，人們衹顧猜測，没有念及她也有子女作依靠。據《三國

① 錢德蒼：《綴白裘》第六册，中華書局，2005 年，第 148—152 頁。

② ［明］胡應麟：《少室山房筆叢·莊岳委談下》卷四十一，中華書局，1958 年，第 566 頁。

③ 曲徑、王偉：《三國人物古今談》，遼海出版社，2003 年，第 437 頁。

④ 曲徑、王偉：《三國人物古今談》，遼海出版社，2003 年，第 438 頁。

志·魏書七·吕布傳》卷七載：

> 术欲結布爲援，乃爲子索布女，布許之。术遣使韓胤以僭號議告布，并求迎婦。①

既如此，從《吕布傳》及相關紀聞看，吕布之女，即貂蟬之女。就算她窮途末路，既然有女，就有依靠，故不管是所謂的《關公月下斬貂蟬》也好，還是《關公送貂蟬出家》也罷，都是没有按照正常的人倫習慣考量，僅此觀點不足爲憑。正如毛倫、毛宗崗在《三國演義》第九回“除暴兇吕布助司徒，犯長安李傕聽賈詡”，對貂蟬的結局評論如此説：

> 吕布去後，貂蟬竟不知下落，何也？曰：成功者退。神龍見首不見尾，正妙在不知下落。若必欲問他下落，則范大夫泛湖之後，又誰知西子蹤迹乎？②

此論正合巴蜀文化學者李殿元先生談起成都北郊發現相關貂蟬墓碑文時所説：

> 貂蟬既然作爲歷史人物可能存在，史料記載中又無確切下落，流落四川不是没有可能的。如果她是吕布之妻，吕布被殺後，她不可能在中原再待下去，最大可能就是找個隱蔽的地方埋名隱姓，當時的四川應是最理想的地方。③

貂蟬的去向，隨着身後不同的戲劇和劇情而改變。或許是她的名字存在异時同名的問題，此一貂蟬，彼一貂蟬；或典籍歷經口傳手抄，雜後人僞作。隨着人們的情感需要、場所要求和經營利益所趨摇擺，以致招攬出她出生而來的命途多舛，或被“關公送貂蟬出家”，或被“關公月下斬貂蟬”等，不一而足。

緣于上述引用材料可推斷出貂蟬生于何年。以袁术“爲子索布女”，“并

---

① ［晋］陳壽：《三國志·魏書七·吕布傳》卷七十六，中華書局，2006年，第136頁。

② ［明］羅貫中著，［清］毛宗崗批評：《三國演義》上，鳳凰出版社，2010年，第51頁。

③ 張晶晶：《北京青年報》2002年11月26日。

求迎婦”之事爲線索，此事是發生在興平二年（195）“備東擊术，布襲取小邳，備還歸布。布遣備屯小沛。布自稱徐州刺史……《英雄記》曰：布初入徐州，書與袁術。”① 也就是此時袁术爲了與吕布聯姻以保其局。據此，以漢代規定女子出嫁十五歲到三十歲爲界線，袁术爲子“迎婦”時，吕布女至少是十五歲，那麽貂蟬生此女時，應該至少是十五歲，儘管古代女子一般生育年齡是十五歲，但當年結婚生育概率不高，按十六歲生育，據此推算，貂蟬大約生于漢靈帝建寧五年（172）。

貂蟬的誕生，背負着歷史的責任，承受民族文化的評判，傳載着中國悠久的記憶。若出于公心，自會寵辱不驚！

---

① ［晋］陳壽：《三國志・魏書七・吕布傳》卷七十六，中華書局，2006 年，第 135 頁。

附録二：平水韵

上平聲

【一東】東同銅桐筒僮瞳箭中衷忠蟲冲終戎崇嵩菘弓躬宫融雄熊穹窮馮風楓豐充隆空公功工攻蒙濛籠聾櫳瓏洪紅鴻虹叢翁葱聰驄駿通蓬篷烘潼蒙朦藭悤［匆］［聰］礱峒罿螽狨灃癃幪夢潨訌葼緵㚇豵涷曈鮦狆忡崧肜芃酆豐釭饛霿瞢璁烘恫鬉總㚇［嵸］椶［棕］逢蝀侗絧艟犝氄爞瀜窿悾曚朦罞懵嚨曨礲龐洪艐艟衕戙穜詷盅嵕漴茙駥芎渢蘴［葑］汎①悾琉䨴倥玒塜髼朦懵襱洚稯豵堫猣諳鬃菶塳蓊螉峒巄峒絨洚‖童攏朧櫳攏蘢仝［同］棕瘋矓蚣崆嗡

【二冬】冬農宗鍾鐘龍舂松衝容蓉庸封胸雍濃重從逢縫蹤［踪］茸峰蜂鋒烽蛩筇慵恭供琮悰淙儂鬆蘢凶墉鏞傭溶鎔醲穠蛬邛共憧墉顒喁邕壅癰饔縱龔樅賨膿淞忪㕼惷冲瑢葑匈［胸］兇洶詾禺②䶑噰廱丰鱅鏦銎憹［悰］蚣㨖踳穜蹱榕䂬跫恟灉襛蝩棒苰蛩彤褣瞛橦‖噥功忷鬆

【三江】江杠矼釭扛厖［尨］龙［龍］哤駹窗樅鏦邦缸降瀧雙艭龐逄腔撞幢樁淙洚腔撞茳橦娏惷崆谾瑽漎豇蛖垹梆跫悾䉶椌玒‖摐控肛樁

【四支】支枝移爲癡垂吹陂碑奇宜直儀皮兒離施知馳池規危夷師姿遲龜眉悲之芝時詩棋旗辭詞期祠基疑姬絲司葵醫帷思滋持隨癡維卮［梔］麋螭麾墀

---

① 汎（féng）：《正韵》扶中切，音“馮”，東韵。亦浮也。《史記・司馬相如傳》：“汎淫泛濫，隨風澹淡。”［備考］汎（fàn）：《集韵》孚梵切，音“泛”，梵韵。泛，聲微小貌。一曰波急聲。《玉篇》：“同渢，今爲氾濫字，通作‘泛’。”《詩・邶風・柏舟》：“彼柏舟，亦汎其流水。”又，汎（fá）：扶法切，乏韵。

② 禺（yóng）：亦爲魚容切，鍾韵。《文選・漢・司馬相如・上林賦》：“禺禺魼鰨。”［備考］禺（yù）：牛具切，遇韵。《説文》：“禺，母猴屬，頭似鬼。”亦通“寓”。又，禺（yú）：遇俱切，虞韵。《管子・侈靡》：“言重本，是爲十禺。”又，禺（ǒu）：《字彙》語口切，同“偶”。《管子・海王》：“禺筴之，商日二百萬。”

彌慈遺肌脂雌披嬉尸狸炊湄籬兹差①疲茨卑辭虧蕤陲騎曦歧岐誰斯私窺欹熙欺疵貲［資］笞羈彝髭頤資縻飢衰錐姨楣夔衹涯伊蓍追緇箕椎羆罳篪厘萎匙凘脾坻嶷治驪媯颸尸綦怡尼漪累匜犧飴而鴟推糜璃祁綏逵咿巇酏絺羲羸肢騏訾獅奇嗤毗咨隓萁其其②醨粢睢睢漓蠡噫騅馗［逵］菑輜褵邳錡胝綏鰭迤栭池蛇陴淇蜊扅檾媸淄麗犛彌篩纚朞廝氏痍樜娭壝齍［粢］蘼犧脽蘄蘄耏［而］嫠貔比椑僖虪貽祺葹嘻撝鸝瓷鴜鈹琦骴洏疷洟騤髶唲詑嵋怩欙駓熹孜臺蚩［嗤］［媸］羅禆禆虒魑荽紕椸倕丕琪僛耆衰惟猗劑絁羇伭薺鴜偲潍提醿塒魌犛犛鰤蓰衹觜禧峗庳居資髻［鰭］梔凘踦蠵戲鎚［錘］蚳畸雖戣劘褫椅胹楮埤跜銔［鈹］磁腄栘崥錍嗺郿暆痿醨椄離梩誃貤［迤］貾孋矜佳簃錙陑雖蚑摫郫巇鍦秄仔鸃嘻寅鄑蓷鮬麒玼委鍉鴯秠蜞頯蘼軝剞桋䙪摛箠［棰］崎嵫鬐褷隋箄眵黐邿齝蜲嗚縻蛦娸姼觶樆姼柅椅肅虆旎皲觜錤緦凥誃趍鳲虆桐欔萑蕤秜秮［枱］豨怟泜菭濱惰踦黟瓻恞峓郱溈逶秛蘢魄蘲［虆］踟踑諆圯瓻覗洢倭鑴［觿］怟爔椃劙穲宧嵯罙③禕籭詖玼檥觭徛橉兹鬄禔黎犁漓蓁酈禗‖楣呢妮藟［蕾］衹孖［滋］潍

【五微】微薇暉輝徽揮翬韋圍幃闈違霏菲妃騑緋飛非扉肥腓威祈旂［旗］畿機幾譏磯鞿璣饑稀希晞衣依沂巍歸禕誹淝痱欷豨溦徾［徽］楎餥騑屝蜚葳斪鐖刏［刏］檅嘰鵗譩［噫］溰犩䨽蜚頎碕圻睎餽‖蜚喂祈浠

【六魚】魚漁初書舒居裾車④渠蕖余予譽輿餘胥狙鋤疏蔬梳虛嘘徐豬閭廬

---

① 差（cī）：亦爲楚宜切。次第，等級。《後漢書・顯宗孝明帝紀第二》卷二："輕用人力，繕修宫宇，出入無節，喜怒過差。"［備考］差（chā）：初牙切，麻韵。《荀子・榮辱》："使有貴賤之等，長幼之差。"又，差（chà）：楚嫁切，禡韵。《梁書・劉顯傳》："陸倕聞之，嘆曰：'劉郎可謂差人！'"又，差（chāi）：楚皆切，皆韵。《詩・小雅・吉日》："吉日庚午，既差我馬。"又，差（chài）：楚懈切，卦韵。《方言・三》："差，愈也。"

② 其（jī）：亦爲居之切，音"姬"。《詩經・豳風・七月》："亟其乘屋，其始播百穀。"［備考］其（qí）：渠之切，之韵。《詩・周南・桃夭》："桃之夭夭，灼灼其華。"又，其（qì）：《集韵》居吏切，志韵，音："記"。

③ 罙（mí）《集韵》民卑切，音"彌"，支韵。《詩・商頌・殷武》："奮伐荆楚，罙入其阻。"［備考］音"深"（shēn）。《詩・商頌・殷武》："罙入其阻。"《毛詩》："罙，深。"

④ 車（jū）：亦爲九魚切。音"居"，魚韵。中國象棋棋子的一種。宋劉克莊《象弈》詩："昆陽以象奔，陳濤以車敗。"［備考］音"車（chē）"。車子。《説文》："車，輿輪之總名。"

𧕮諸除儲如墟菹琚旟璵與畬疽苴櫖攄于箊茹蛆且①沮袪祛蜍挐櫚臚糈砠淤瀦阹胠妤帤篨雎諝蘧腒鐻鶋梠紓䘳躇蘗趄璩駑滁屠筡蘆紻歔鋤磲醵據璖齬蠩［蝫］唹驉摴蝑雜籧櫧駼呿䲇蒘鋙疋懙咀蒘蒢湑衙塗閭狳泇藷慮‖梠滁諸

【七虞】虞愚娛隅芻無蕪巫于盂臛衢儒濡襦須鬚株誅蛛殊銖瑜榆諛愉腴區驅軀朱珠趨扶符鳧雛敷夫膚紆輸樞廚俱駒模謨蒲胡湖瑚乎壺狐弧孤辜姑觚菰徒途塗荼圖屠奴呼吾梧吳租盧鱸爐蘆蘇酥烏污枯麤［粗］都鋪禺嵎誣竽雩籲盱瞿劬朐［朐］絇軥鴝繻需貙殳俞逾窬覦揄萸臾歈［愉］渝嶇蔞鏤婁夫苻莩孚桴郛俘柎趺鈇迂姝蹰拘毹摹酺蒱醐糊餬鶘酤鴣沽呱蛄菟駼砮膴憮鼯篘鴽逋艫壚徂孥瀘櫨餔晡玗嚅鸆蚨諏娵扶玞裯跔毋軱罛瘏部菰痡毋杅邘籲芙嵍喁齵顱轤矑紆盱［旭］尋句戳醹邾洙褕羭瘉［愈］蝓慺膢稃泭罦麩枹隃膜嫫葫瓠箛樗虖鋘菹惡刳髃漊躍瑜杸夸壚芓姁欨嘔騶嬃咮趎毾闍喻睮纑鰅枸欋鸕瑦鍝臑獳跦牏蕍侏齬葫憋［怤］憮鴸濾裯狗瓳颰嫮菇陓捄［救］柧駼翕篚痀穌杇于誧侉鮬怤懦帑楰稌麌嫫拊‖匍呱符猢孺迂

【八齊】齊蠐臍黎犁藜梨蠡璨［璃］黧妻萋淒凄隄［堤］羝緹低氐詆磾稊題提荑蹏［蹄］嗁［啼］締銻綈騠堤鮧禔鵜媞鶗緹罤折②篦鎞［篦］［鈚］［錍］鷄稽笄枅兮奚嵇蹊傒徯騱谿鼷鷖黳倪齯霓猊鯢輗醯西栖犀澌嘶撕嘶撕梯鼙椑膍批躋齏烓蘩驪鸝緀淒梜睼禔卟緊兒③蜺榼鷈暌聧巂鑴［觿］鄬霋笓錍粞‖閨娘咪啼蹄擠迷泥溪圭睽奎

【九佳】佳街鞋牌柴釵靫差厓［崖］［涯］［睚］涯階偕諧骸排乖懷淮豺儕埋霾齋媧蝸娃哇皆荄喈揩膎蛙湝楷痎櫰槐鮭廲緺騧啀俳篺‖篩崽捱窪唉挨叉杈崖涯睚抓歪牌

【十灰】灰恢魁隈回徊槐枚梅媒煤瑰雷罍［檑］隤催摧堆陪杯醅嵬推開哀埃臺苔該才材財裁來萊栽哉災猜胎台顋［腮］孩㕡虺悝莓禖縗崔裴培壞駘垓陔騋徠毸皚鋂傀焞蓷欸絯崍郲詼煨脢塺錘頧胚桅唉鮐㒸荄纔邰頦能椳茴脢魺儓薹晐侅峐偎漼隗捼咍抬磓獃［呆］鮠咳‖呆玫頹僶盔搥腮挼鎧洄啡坯

---

① 且（jū）：亦爲子魚切。魚韵。《詩・鄭風・褰裳》："狂童之狂也且。"［備考］音"且（qiě）"。《詩・小雅・魚麗》："君子有酒，旨且多。"

② 折（tí）：亦爲杜奚切，音"提"。齊韵。《禮記・檀弓上》："喪事欲其縱縱爾，吉事欲其折折爾。"［備考］音"折（zhē）"，旨熟切。入，薛韵。《詩・鄭風・將仲子》："無折我樹杞。"

③ 兒：亦爲五稽切，讀"ní"。姓。漢有御史大夫兒寬。《佩文詩韵釋要》："通作倪"。亦有認爲"汝移切"。［備考］音"兒（ér）"，汝移切，支韵。《一切經音義》引《三蒼》："女曰嬰，男曰兒。"

【十一真】真因茵辛新薪晨辰臣人仁神親申伸紳身賓濱鄰鱗麟珍瞋［嗔］塵陳春津秦頻蘋蘋颦嚬銀垠筠巾困民瑉緡貧淳醇蓴純脣倫綸輪淪匀旬巡馴鈞均臻榛姻闉［堙］宸寅嬪齗［齦］旻彬鶉皴遵循振甄禋岷諄椿詢恂峋湑莘堙屯駰呻粼磷轔璘瀕嚚罠筤閩豳逡踆昀侁歅［湮］填誾狺泯旼［旻］忞洵溱詵駪棖湮儐驎燐夤荀郇錞迍竣紃蓁輑礩侲帳篔諲農娠神璡蜄紉蠙鄞縜獝麇箘鷐珣掄蜦窀櫄僎鶉袀姺甡墐畛潾嶙瞵眴斌兟氤‖繽椿俊肫裀洇

【十二文】文聞紋蟁［蚊］雲氛分紛芬焚墳群裙君軍勤斤筋勛薰曛熏醺纁葷耘云芸棼汾濆枌雰［氛］氳員①欣芹殷沄昕麖緼翁熅幩蕡賁焄［熏］［葷］炘紜郧縜豶妘羵蕡朌［頒］饙宭臐獯麇鞁帉蒑磤慇懃［勤］慬廑瘽堇垠齦狺鄖誾閿雯菎衯蝹鴆涓篔澐橒魵羒轒颁蘄‖蚊拚巡辛莘棼葷閩

【十三元】元原源黿園猨［猿］轅垣煩繁蕃樊翻旛暄萱喧冤言軒藩魂渾褌温孫門尊罇［樽］存蹲敦墩噋屯豚村盆奔論坤昏婚閽痕根恩吞騵沅嫄湲媛援膰蹯燔爰蕡蘩袢礬幡墦翻轓番璠反諼貆哼焞塤鶱鴛宛掀鞬昆琨鯤緼捫蓀飧惇芚賁侖髡惛［昏］［悶］譍跟垠楄蹇豧鶤驐弴掄軘榬蕴報緷甗犍靬杬瀪芫蚖榞邧阮袁洹鐢笲晅咺眢鵷怨蜿樠韗沄溷昆瑥輼璊虋亹嶟繜燉蜳飩臀庉溢楯噴抿純‖囤餛門猻瘟猿藴樽

【十四寒】寒韓翰丹殫單安鞍難餐灘壇檀彈殘干肝竿乾闌欄瀾蘭看刊丸桓紈端湍酸團摶攢官觀冠鸞鑾欒巒歡寬盤蟠漫榦汗鄲嘆攤姍珊玕奸貆刓剜溥慱棺驩［歡］讙［歡］鑽磐［盤］鞶瘢鏝鬗謾瞞潘嘽跚豲剬胖弁［覍］豻簞癉攔籣［襴］完瓛岏莞貛髖般磻拌撣驙萑②汍芄綄巑攢積敦③倌繁曼饅鰻疹禪懺籣讕貒峘洹狻智涫灣灤纝樠‖杆跚彈簾蔓

【十五删】删潸闗癏［瘝］彎灣闤還環鐶鬟鍰寰圜［圓］班斑頒般蠻顔姦

---

① 員（yún）：亦爲王分切，音“雲”，文韵。《廣雅·釋詁一》：“或、員、雲，有也。”又《詩·小雅·正月》：“無弃爾輔，員于爾輻”。［備考］員（yuán），王權切，仙韵。《周禮·夏官·庾人》：“正校人員選。”

② 萑（huán）：亦爲胡官切，音“桓”，桓韵。《詩·小雅·小弁》：“有漼者淵，萑葦淠淠”。［備考］萑（zhuī），職追切，音“錐”，脂韵。《説文》：“萑，艸（草）多皃。”又《管子·地員》：“薜下于萑，萑下于茅。”

③ 敦（tuán）：度官切，音“團”。《詩·豳風·東山》：“有敦瓜苦。”［備考］敦（dūn），都昆切，魂韵。敦（duī），都回切，音“堆”，灰韵。敦（duì），都内切，音“對”。

［奸］菅攀頑豻山鰥閒蕑艱閑嫻閅鷳慳孱潺殷①媥斕湲綸皈憪擐轘跧扳瞯鬘姍黰訕澴軒患獌虥贅‖閂拴汕

下平聲

【一先】先前千阡箋韉天堅肩賢弦絃烟燕蓮憐田填鈿年顛巔牽妍研眠淵涓蠲［涓］邊籩編玄縣泉遷仙鮮錢煎然延筵氈旃［氈］饘饘［饘］禪蟬纏廛［纏］躔連聯漣篇偏便綿全宣鐫穿川緣鳶鉛捐旋娟船涎鞭銓筌專磚圓員乾虔愆騫權拳椽傳焉蹮芊濺舷咽零②駢闐軿鵑綖埏饘甄邅挻梴鋋嗎瀍翩扁平③櫋牷朘儇翾嬛瑞沿還悁鯿詮痊佺悛荃篿遄卷顴鬈攣弮棬燀戔豜玕千純④袄蜎媥仟湔枅蚿畋［佃］佃磌蹎滇汧胼蠙鼘諓蜓潺孱嬋儃梴瑄蠉懁騆撋蝝漩璇［璇］篞顓篅跧［蜷］湲犍褰搴蔫嫣禤琁鶣歏瘨岍縺骿癬郔莚驢澶單佡［仙］譞駩絟竣韆鄢籛沺楄焆鋗蠡［鮮］秈鬋［剪］涎鸇扇揎堧琁猭鍵踡［蜷］蜷棉鰱櫞鯾‖癲煽漩阡扁

【二蕭】蕭簫挑貂刁凋彫［雕］雕迢條髫跳蜩苕調梟澆聊遼寥撩僚寮［僚］堯嶢幺宵消霄綃銷超朝潮囂樵譙驕嬌焦蕉椒燋饒橈蕘燒遥傜姚摇謠軺瑶韶昭招飆標杓鑣瓢苗描貓要腰邀鴞喬橋僑妖夭漂飄翹翛祧佻恌徼脋鷂漻僥嘵哨藠枵熇獢穚膲噍嬈飆鰩愮陶佋［昭］幖熛麃儦瀌葽喓弨趫橇劭瀟鰷驍飂獠憀料橑簝膮痟硝蛸魈歊鐎鷯鴞繇摽窯珧銚鷂猺蘇褕釗髟膘蔈篻蟯嶠轎髟菽蕎彇儵

---

① 殷（yān）：烏閑切，音“烟”，山（刪）韵。《左傳·成公二年》：“左輪朱殷。”杜預注：“今人謂赤黑色爲殷。”［備考］殷（yīn），于斤切，欣韵。《説文》：“殷，作樂之盛。稱殷。”按，殷者，舞之容；殳者，舞之器。又《公羊傳·文公二年》：“五年而殷祭。”

② 零（lián）：《廣韵》落賢切，《集韵》《韵會》《正韵》靈年切，音“蓮”。《廣韵》先零，西羌也。《漢書·趙充國傳》：“先零豪言，願時渡湟水北。”《注》：“零，音憐。”［備考］零（líng）：《唐韵》《集韵》《韵會》：郎丁切，音“靈”。《説文》：“餘雨也。從雨令聲。”《玉篇》：“徐雨也。”《廣韵》：“落也。”《詩·墉風·定之方中》：“靈雨既零，命彼倌人。”

③ 平（pián）：房連切，《集韵》毗連切，仙韵。《書·洪範》：“無党無偏，王道平平。”［備考］平（píng）：符兵切，《集韵》庚韵。《易·泰》：“無平不陂，無往不復。”

④ 純（quán）：《集韵》徒緣切，音“全”，仙韵。《儀禮·鄉射禮》：“二筭爲純。”鄭玄注：“純，猶全也。耦陰陽。”［備考］純（chún）：常倫切，諄韵。《説文》：“純，絲也。”又，純（zhǔn）：之尹切，准韵。《荀子·正論》：“赭衣而不純。”又，純（tún）：《集韵》 徒魂切，魂韵。《詩·召南·野有死麕》：“野有死鹿，白茅純束。”又，純（zī）：《集韵》莊持切，之韵。同“緇”。《周禮·地官·媒氏》：“凡嫁子取妻，入幣純帛，無過五兩。”

傲敹鐐繆嘹垚［堯］恘道嚳怊燎礬憔嗂鉊驍剽緢紗鍬鍫［鍬］窾幧翲僄‖嫖洮怊晁肖吆

【三肴】肴巢交郊茅嘲鈔包膠爻苞梢蛟庖匏坳敲胞拋鮫崤鐃骹炮髾筲哮呶捎譊麃茭淆虓蛸弰泡烋媌礉怓旓跑磽墝聱筊咬啁教咆犛鞘罺漅詨勦［剿］轈刨罞髇嗃佼抓①鵁姣樔謷嘐掊硇瓟［匏］藻訬窌鄛脬颮［飆］鴝枹部洨庨莦艽［芁］俙摎勹［包］捊顟嵺鞄涍轇僇娋姣嘮‖凹艄抄綃

【四豪】豪毫操條髦刀萄猱褒桃槽漕旄袍撓蒿濤皋號

陶鼇翱鼇敖曹韜遭餻［糕］篙羔高嘈搔毛艘滔騷韜繅膏牢醪逃槽濠綯勞簩艚魛洮慅叨綢慆醄颾［颼］璈犛毛舠螬裯忉饕鷔獒熬臊槄檮祹匋槮澇弢［韜］螃翺洶尻鼛謷咷［啕］挑槔囂臑撈嗥嶅［嗷］蜪嶆嶹橐咎秏謟騊猺溞螬‖壕嚎耗啕糟洮遨嗷癆

【五歌】歌多羅河戈阿和波科柯陀娥蛾鵝蘿荷何過磨

螺禾窠哥娑駝佗沱鼉峨佗那苛訶珂軻痾莎蓑梭婆摩魔訛贏韡［鞾］訛坡頗瑳紽酡鮀迱［迤］瘥莪俄哦拕［拖］儺呵皤麽薖渦窩茄迦伽牁［柯］磋傞跎鹺詑番②䂵菏蹉搓馱驒醝緺獻③囮覶皤蝌捼睋濄踒籮鍋倭囉髿堝嵯劘硪枷矬薖牠鑼鑼堶‖他它陀靴倭峨挪吪唆瘸婆唆

【六麻】麻花霞家茶華沙車牙蛇瓜斜邪芽嘉瑕紗鴉遮叉葩奢楂琶衙賒涯誇巴加耶嗟遐笳差蟆蛙譁［嘩］蝦拏豭葭髽茄撾檛呀罝④闍⑤枷啞媧爬杷蝸騧爺

---

① 抓（zhāo）：《唐韵》側巧切，《集韵》《正韵》側絞切，音“蚤”。《博雅》搔也。又掐也。《莊子·徐無鬼》：“有一狙焉，委蛇攫抓，見巧乎王。”《杜甫·詩注》：“玉搔頭，今之抓頭也。”又，《唐韵》《廣韵》側交切，《集韵》《類篇》莊交切，音“摷”，義同。《唐韵》《韵會》《正韵》側教切，《集韵》阻教切，音“笊”。亦爪刺也。［備考］抓（zhuā）：抓撓，抓取。

② 番（bō）：亦爲博禾切，音“波”，戈韵，歌部。《詩·大雅·崧高》：“申伯番番。”［備考］番（pò）：蒲波切，戈韵，歌部。地名。又，番（fán）：附袁切，音“煩”，元韵，元部。《説文》：“獸足謂番。”又，番（fān）：孚袁切，音“翻”，元韵，元部。《北史·賀弼傳》：“頓兵一萬，番代往來。”

③ 獻（suō）：亦爲素何切，歌韵，歌部。一種濾酒法。《周禮·春官·司尊彝》：“齊獻酌，”鄭玄注：“獻讀爲摩莎之莎，齊語，聲之誤也。”［備考］獻（xiàn）：許建切，元部。《説文》：“獻，宗廟犬，名羹獻。犬肥者以獻之。”另有進獻、慶賀、賢人的意思。

④ 罝（jiē）：《廣韵》子邪切，《集韵》《韵會》《正韵》咨邪切，“音嗟”。《説文》：“兔罔也。”［備考］罝（jū）：《集韵》子餘切，音“苴”，義同。

⑤ 闍（shé）：《正韵》石遮切，音“蛇”。《詩·鄭風·闉闍釋文》音“蛇”。又，《集韵》之奢切，音“遮”。［備考］罝（dū）：《正韵》東徒切，音“都”。

芭鯊宨豝緺珈騢谺枒釾騂椵娃哇窪窪霢窪畬丫苴艖污①駕笯髿蕸羓鉈鉈舥誇裟瘕些跏塗椏杈樝痂姱岈鋘蚆溠衺秅夸哆碬奓梛皻吒吒砑齖煆鞎齖煆蕐奓幏鞎笆樺琊颬划椵迦揶鍜吾②婼䔾鎈摩鷨葅涾呱鋜硨祖③佘鈀柒哶‖搽疤痂哆枷拿莎奓查渣抓袈茬

【七陽】陽楊揚香鄉光昌堂章張王房芳長塘妝常涼霜藏場央泱鴦秧嬙狼床方漿觴梁娘莊黄倉皇裝肪殤襄驤相湘緗箱廂創忘芒望嘗償鱨檣槍坊囊郎唐狂强腸康岡蒼匡荒遑行妨棠翔良航颺［揚］倡倀羌慶④姜僵薑韁橿疆萇糧穰將牆桑剛祥詳洋暘徉佯粱量羊傷湯魴樟彰漳麞璋猖鋿商防筐煌篁隍凰徨蝗惶璜榔廊浪簹襠滄綱亢吭鋼喪糠［糠］肓潢篢忙茫傍汪臧琅蜋當瑺庠裳昂鶇［鷬］鄣障餹［糖］瘍鏘餹湯鏜尪硠桁杭頏邙贓牂湟滂粮溏碭將驌筤禳攘蹌鶬鼈瀼瓤枋螗搶戕螳踉宗眶煬鍚稂莒鐺洸閶蜣瑲蹡勷纕彭［旁］薆蔣斨亡殃薌堈嫜鯧礓瓖薔喤瑒敭［揚］慞鑲鬤汸邡鈁孀將洭搪莨芄趪餭汒［茫］枊儣硭滄彷艡劻膷眻盁鴹綡恇蚄蒊鉠橅傏瑭鋃鱑胱雱雱磅膀螃‖娼糖莊夯邙穰

【八庚】庚更羹秔［粳］阬［坑］盲横觥彭棚亨鎗英瑛烹平評枰京驚荆明盟鳴榮瑩兵兄卿生甥笙牲檠擎鯨黥迎行衡耕萌氓甍紘宏閎莖罌罃鶯櫻泓橙争箏清情晴精睛菁旌晶旌盈楹瀛嬴贏營嬰纓貞成盛城誠呈程酲聲征正鉦輕名令并傾縈錫瓊鶊賡蝱鬢鍠喤祊輣搒撐瞠槍譻霙傖崢蘋麖棖猩鼪勍珩蘅桁鏗硜牼栩皪丁嚶鸚儜鬇錚琤砰怦繃伻弸轟訇鏳瞪蜻鶄黌瑩瓔楨攖禎赬樫蟶偵郕珵禔鯖頃惸［甇］嫇騂榜洺觪栟獰抨絣趟掁嫇鐄嫇甍蠑磐瀯巆坪泙鶊禜紭浤吰搫娙請‖猙睜諍坑婧頸怔惇

① 污（wā）：《集韻》烏瓜切，音“蛙”，麻韻。《禮記·禮運》：“污尊而抔飲。”鄭玄注：“污尊，鑿地爲尊也。抔飲，用手掬也。”［備考］污（wū）：哀都切，模韻。亦作“汚”。又，污（yū）：羽俱切，虞韻。通“紆”。

② 吾（yá）：《廣韻》五牙切，《集韻》牛加切，音“牙”。又《漢書·地理志》：“金城郡允吾縣。”注：應劭曰：“允吾，音鉛牙。”［備考］吾（wū）：吾乎切，模韻。《論語·學而》：“吾日三省吾身。”又，吾（wū）：《集韻》牛居切，音“魚”，魚韻。

③ 祖（zā）：《集韻》咨邪切。又，《漢書·地理志》安定郡有祖厲縣。又神名。《山海經》：“祖狀之尸。”《注》：“音如柤（zhā）梨之柤。”［備考］祖（zǔ）：則古切，姥韻。《説文》：“祖，始廟也。”段注：“始兼二義，新廟爲始，遠廟亦爲始。”亦有效法、承襲之義。

④ 慶（qiáng）：《集韻》墟羊切。音“羌”。《漢書·叙傳·幽通賦》：“恐罔魎之責景兮，慶未得其雲已。”李賢注：“慶，發語詞，讀與羌同。”［備考］慶（qìng）：丘敬切，映韻。《廣雅·釋言》：“慶，賀也。”

【九青】青經涇形刑邢硎鉶型陘娙亭庭廷霆莛蜓渟楟停丁寧釘玎仃馨星腥鯹醒惺篂俜娉靈欞蠕醽齡鈴苓伶泠零玲舲翎鴒瓴囹聆聽廳汀冥溟蓂螟銘瓶屏軿萍熒螢滎扃坰駉葶鼮町軡酃聹桯瞑暝嫇濙［瀅］絅侀鈃綎娗筳鷹峾‖猩叮嚀婷蜻令帲帡

【十蒸】蒸烝承丞懲瀓［澄］陵凌綾淩［菱］冰膺鷹應膺［應］蠅繩澠乘塍昇升勝興繒憑仍兢矜徵凝稱偁登簦豋［登］燈僧鬙崩增曾憎罾矰橧層曾嶒能棱朋鵬堋弘鞃肱薨騰滕藤縢恒緪胥憕鯪崚輘凴馮憴鱦陾艿症鄫驓僜［登］噌磳曹蕄掤幐縢搄鼟箯凌殑夌淜謳騬礽扔竲庱砅鬅弦膯漰‖楞秤棱疼

【十一尤】尤郵優憂流斿旒留［留］榴騮劉由油游猷悠攸牛修脩［修］羞秋楸周州洲舟酬讎［酬］柔儔疇籌稠邱［丘］抽瘳湫遒收鳩不搜騶愁休囚輈求裘毬［球］球仇浮謀牟眸侔矛侯猴喉謳漚鷗甌樓婁陬偷頭投鈎溝韝幽虯彪疣訧櫌麀綢台嘎鏐遛飅瀏鶹瘤鰍鞦［鞧］鶖蝣檽猶猶輶啾揫［揪］酋犨賙售湫蹂揉捄蒐叟廋溲鄒搊篘猴鬏庥咻泅紬裯幬儵啁球逑絿銶觩俅賕蜉桴罦罘螤蛑鍪篌餱鍭歐膢慺摟寠彄摳牏軥裒鬮髏螻璆兜句①妯惆菆瞜褠篝抔呦緱嘔媮［偷］繆諏繇藴睺僂枹樛艛劉鯫掫哹齁逌琈烰粰簍蔞鄹噍鶖碻紑鵂摎脙褠鞻螻髟楢秾扰蘇冘蚰卣廇耿觩鍒鞣腬涑調鵃椒謅鍮篼怮龜瀌晉區②緅骰瀏鮋俘頄艽茮鄬貜‖妞惆稠丟丘

【十二侵】侵尋潯林霖臨針箴斟沈碪深淫心琴禽擒欽衾吟今襟金音陰岑簪駸鐔鸞琳琛椹諶忱壬任紝霪蟫愔黔嶔崟［崯］歆禁喑瘖［喑］森參蔘涔篸芩灊燖淋郴鵟妊檎紟［衿］鱏霃黔槮綅祲綝湛‖滲噙浸芯

【十三覃】覃潭譚驔曇參驂南柟男諳庵含涵函嵐蠶篸探貪眈耽湛龕堪戡弇談惔甘三酣籃柑慙［慚］聃坩藍錟擔唅郯谽妉［媅］泔邯醃蜬儋盦鬖蚶憨顄毿鐔淦痰戡婪嵁甔蕁渰闇［暗］菴［庵］頷傪慘諵酖襤倓澹苷鐕唵䎃壜餤橝蟫婒蟫婒醰‖囡楠喑簪

【十四鹽】鹽檐廉簾嫌嚴占髯謙奩纖籤［簽］瞻蟾炎添兼縑霑［沾］尖潛閻鐮幨黏淹箝甜恬拈砭銛暹詹襜漸殲黔鈐懕猒［厭］蒹鯰蕲痁䋬［燖］忺阽

---

① 句（dòu）：亦爲徒候切。音“逗”，候韵。古代稱文詞停頓的地方爲“句”或“讀”。［備考］句（jù）：亦爲九遇切，遇韵。宋胡仔《苕溪漁隱叢話》：“驢上得句。”又，句（gōu）：古候切，音“够”，候韵。《詩·大雅·行葦》：“敦弓既句，既挾四鍭。”又，句（gōu）：古候切，音“鈎”，候韵。《禮記·月令》：“句者畢出，萌者盡達。”

② 區（ǒu）：亦爲五口切。音“偶”。《左傳·昭公三年》：“齊舊四量：豆、區、釜、鍾。”［備考］區（qū）：豈俱切，虞韵。《左傳·昭公七年》：“作仆區之法。”服虔注：“仆，隱也。區，匿也。”又，區（gōu）：《集韵》居候切，候韵。《管子·五行》：“然則冰解而凍釋，草木區萌。”又，區（gòu）：《集韵》丘堠切，音“寇”，候韵。

鵮磏覘簾沾僉蘞綅①憸噡苫杴蚺湉撏占蠊薕襳詀鬑鑶枏崦閹醃熸瀸瀐鰜噞枯磼砭‖掂漸拈簽慊苫

【十五咸】咸鹹函緘嵒［岩］讒銜岩帆衫杉監凡饞巉鑱芟喃嵌摻瑊劖碞［岩］諴儳欃攙毚颿椷巖詀黬鴿髟縿獑杴嚴‖黯尷銜岩嶄

上聲

【一董】董動孔總籠澒汞桶蠓空摠［傯］滃琫偬懵蓊攏唪洞挏矇［蒙］幪玤憁菶搼懂硐塕鬷［總］埲侗嗊蔥‖侗桶筒曚疃捅

【二腫】腫種踵寵隴壟擁壅宂［冗］茸氄重塚奉捧悥勇湧踴甬俑慂蛹恐尰拱珙栱蚻［蛩］鞏竦悚聳洶詾湩拲溶恟駷鮦軵輁‖慫蘢跫茸冗邕朧捧

【三講】講港棒蚌項銗玤傋耩‖棓

【四紙】紙只咫諟是軹枳砥抵氏靡彼毀燬［毀］委詭傀髓瀡絫［累］妓掎綺躲此泚蘂［蕊］豸褫徙屣蓰髀爾邇弭瀰彌婢庳侈弛豕紫捶箠［棰］揣企旨指視美眥否否兕几姊匕比妣軌水藟［蕾］豁唯止市恃徵喜已紀跪技蟻螘［蟻］池［迤］酏俾鄙麀簋晷匭宄子梓矢菌洧鮪雉死履壘誄揆癸沚趾芷時［庤］［蒔］以已苡似耜汜姒巳祀史使駛耳珥騏里理裏李俚鯉枲起芑杞屺跂士仕柹俟涘佌始峙痔齒矣擬薿恥祉滓笫胇骪垝嶲艤錡蔿薳玼鳫璽邐釃纚鞞敉芉哆姼呰弭［舐］庀跬頍秕機氿欙圮痞痔儗坻禔庋［庋］巇藹陁［陀］旎址阯［址］悝娌嗺佹壝匜剞踦秄仳篪譌［誄］秭秠倚被厎［砥］痏歸縈［蕊］你伃‖似椅旨峙仔第紫嘴

【五尾】尾鬼葦扆螘［蟻］卉虺幾亹偉韙篚朏煒豬豨顗韡斐誹菲悱棐蟣榧豈偯暐［煒］匪瑋蜚飄颷蜚蕼唏‖匯雎磈尾娓蟻

【六語】語圄圉禦齬敔呂侶旅膂紵苧抒寧②杼伫［竚］羜與予渚煮汝茹暑鼠黍杵處貯褚楮醑糈諝湑女敉許拒距炬怚虡鋸秬苣所③楚礎阻俎沮舉莒筥敘序

---

① 綅（xiān）：亦爲息廉切，鹽韵。《禮記·雜記下》："朝服。"鄭玄注："朝服，綅冠。"《説文》："黑經白緯曰綅。"［備考］綅（qīn）：七林切，侵韵。《説文》："綅，絳綫也。"

② 寧（zhù）：亦爲直吕切，語韵。《文選·孫綽·游天臺山賦》："惠風伫芳于陽林，醴泉湧溜于陰渠。"唐·李善注："'伫'與'寧'同。"又《爾雅·釋宫》："門屏之間謂之寧。"李注："正門内兩塾間。"孫注："門内屏外君視朝所寧立處也。"

③ 所（shǔ）：《唐韵》疏舉切。《集韵》《韵會》爽阻切，數上聲。《説文》："伐木聲也。從斤，户聲。"今讀"所"（suǒ）。

緒鱮蕍嶼墅衙①峿櫓袓梠癙著稰巨駏岠詎鐻澽齷咀跙苴欅詎櫃潊紓去儢 ‖ 咀胥詛

【七麌】麌雨羽禹宇舞父府鼓鼔虎古股羖賈蠱土吐圃譜庾户樹麈煦貐琥怙嶁蒟旿［晤］仵咻醹楰珇簍滷［鹵］謱努弣罟肚嫵滬齬枸斞尋鄔郙嚧膴蘆輔組乳弩補魯櫓艣覩豎腐鹵數簿姥普拊侮五廡斧聚午伍鬴［釜］縷部柱矩武脯苦取撫浦主杜隖［塢］祖堵愈祜扈雇虜父甫黼莆甒腑俯憮簠膴估詁鹽牯瞽酤怒俁瑀栩煦踽窶楛稌滸詡栩寙炷拄剖②鷠岵溥砮睹瘉［愈］籔傴僂蔞莽滏 ‖ 粗睹賭杜沽嫣母姆迕愈

【八薺】薺禮體米啓醴陛洗邸底詆抵牴［抵］柢坻弟悌娣遞涕濟蠡澧欐鱧泚綮稽棨髀禰徯媞鮆癠眯瀰醍緹 ‖ 氏砥擠莉觝

【九蟹】蟹解觧［懈］［邂］駭買灑邐楷獬廌澥騃妳［奶］鍇躧駴［駭］擺罷枴［拐］矮蕒夥 ‖ 挨捭拐奶灑矖

【十賄】賄悔改采彩彩海在辠［罪］宰醢載餧鎧愷待怠殆倍猥隗磈嵬崥磥蕾瘣儡礧［礌］櫑［擂］錞腇骽［腿］寀茝紿詒蓓鼐頦駘欸琲塏廆浼皠頠匯瘣漼璀每磈亥乃 ‖ 睬隊刻傀腿崽罪

【十一軫】軫敏允引尹盡忍准隼筍盾楯閔憫泯菌箘蚓靷紖診昣畛胗縝哂腎脤臏牝矉賑窘蜃隕殞蠢惷緊狁簨縝袗踳［舛］純偆［蠢］賔［隕］湣［憫］眹稛吮朕稹困黽嶙 ‖ 抿疹臏鬢

【十二吻】吻粉藴憤隱謹近惲忿槿堇坋弅墳巹聽齔刎抆蚡殷 ‖ 扮搵癮惲緼醖

【十三阮】阮遠本③晚苑返反阪損飯偃堰衮遯穩蹇幰巘楗揵婉菀蜿踠晼宛畹琬闒捆壼［閫］鯀［鮌］悃捆輥緄鱒撙很懇墾畚圈盾刌綣鄢混沌鼴鰋蝘庉噂娩烜晅焜棍鰥 ‖ 笨忖囤遁滾狠渾圈挽遜

① 衙（yǔ）：《廣韵》語居切，音“魚”。《集韵》偶舉切，音“語”。義同。　又牛據切，音“御”。同“禦”，止也。［備考］衙（yá）：《唐韵》五加切。《集韵》、《韵會》牛加切，音“牙”。《廣韵》：“衙府。”《類篇》：“古者軍行有衙，尊者所在，後人因以所治爲衙。”

② 剖（fǔ）：《唐韵》方武切，《集韵》斐父切，音“撫”。［備考］剖（pōu）：普後切，厚韵。《説文》：“剖，判也。”《廣雅》：“剖，分也。”又，《左傳・襄公十四年》：“我先君惠公有不腆之田，與女剖分而食之。”

③ 本（biǎn）：葉方典切，音“匾”。班婕妤《擣素賦》：“調非常律，聲無定本。”［備考］本（bēn）：《集韵》《類篇》逋昆切。同“奔”。又，本（běn）：《韵會》補衮切，奔上聲。《説文》：“木下曰本。從木，一在其下，草木之根柢也。”《佩文詩韵釋要》注：音“叨”。

【十四旱】旱煖［暖］管琯滿短館盥緩盌款懶［懶］繖［傘］卵散伴誕罕澣［浣］瓚斷笴侃算疃纘暵蜑但鄼衎癉脘坦袒亶稈窾粄悍澸纂蓁篹痯悹饊趲‖攤但蛋趕焊暖碗攢纘

【十五潸】潸眼簡版戔産限睅撰棧綰轡赧戁潹嵃醆刬孱弗僝晥柬揀莞僩蝂皈鈑憪輚‖阪板鏟晥盞

【十六銑】銑善遣淺典轉衍犬選冕輦免展繭辯辨篆勉剪卷顯餞踐餞眄喘蘚輭［軟］巘蹇謇演峴棧舛荈扁辮讞闡兖孌跣腆鮮戩鉉吮①辮件筧璉愞②蝡［蠕］碝捻泫墠鱔墡單畎褊惼艑瑑蜓殄靦甗蜆贊俛［勉］緬沔湎趼鍵羂獮瀰黽蕆輾搴蜎琄晛睍垷勔愐洗鬜鬋戭豵筅癬狷燀鄟諓錢趁③掾僤韅毨雋揃歂繾涊嵃幝讙撰剸臾鞬諞匾譔宴娩碥俴‖剪峴展圳碾捲

【十七篠】篠小表鳥了曉少擾繞遶嬈紹杪秒沼眇矯蓼皦皎瞭朓篠杳窅窈嬲梟裹［梟］梟皛窕挑掉湫肈旐駣鮡慓摽麨縹醥篻渺緲訬藐淼［渺］佋袑蟜撟嬌譑蹻褾標殍溔鷕悄愀鈔繚僚麃昭夭佻燎趙兆‖缴矯燎舀膘

【十八巧】巧飽卯昴狡爪鮑撓攪絞拗茆佼姣齩炒泖媌鉸筊狕瑤‖拗吵紋咬稍找笊抓

【十九皓】皓寶藻早棗老好道稻造腦惱島倒懤擣抱討考燥埽嫂槁潦保葆堡裸鴇稾［槁］草皞昊浩顥鎬鄗懆滈繰璪皁［皂］襖繅駣蚤澡薧灝栲蓩媼蝹夭杲鄗縞橑轑夰恅芺草蕂栳磝套璪皓媢澇燠‖佬掃燥皂瑙

【二十哿】哿火笴舸瑳彈哆柁［舵］拕［拖］沱［沲］我硪娜儺荷可坷軻左果裹蜾朵鎖瑣墮垛惰妥坐麽裸贏蓏跛簸頗叵禍夥輠顆砢鬌癉堁那卵騀婿嫷娑脞埵爹惈婐橢陊隓峨閜揣隋‖爸舵跺墮婀嗩瑣

【二一馬】馬下者野雅瓦寡社寫瀉夏冶也鮓把賈假捨［舍］赭罜厦碬檟惹若踝姐哆啞灺且瘕銙撦疋［雅］奼閜髁踦謑庌厊輠痄灑‖姹扯碼嗎喏惹傻這

【二二養】養癢鞅怏泱像象橡仰朗獎槳敞昶氅枉迋顙彊［强］穰沆崵蕩篡惘磢昉放仿駔蠁兩緉帑讜儻囊杖響掌黨想榜爽廣享丈仗幌晃莽漭緵緵紡蔣攘盎蛧羕坱欓潒髒蒼跣長上網蕩壤瀁賞往倣［仿］罔輞蟒滉吭榥瀼蚢甥［强］鑲駚磉魍蟒搶怳慌蛘廠慷獷向鎏瓬曭椰蒡奘‖綁惝敞愴彷恍倆嚷嗓漲

---

① 吮（chuǎn）：《集韵》豎兖（yǎn）切。音“歂”義同。［備考］吮（shǔn）：食尹切，准韵，文部。李白《蜀道難》：“磨牙吮血，殺人如麻。”又，《史記·吴起傳》：“卒有病，疽者起爲吮之。”

② 愞（ruǎn）：“愞”與“偄”音義皆同。《廣韵》而兖切，《集韵》乳兖切，音“軟”。《説文》：“偄，弱也。”《唐韵》《正韵》奴亂切。

③ 趁（niǎn）：《廣韵》《集韵》尼展切，音“碾”“踐”，亦作“碾”。

【二三梗】梗影景井嶺領境警請屏餅永騁逞穎穎頃整静省省幸眚頸郢猛炳癭杏丙邴打①哽綆秉鯁耿璟憬荇獷獷併［并］皿冏［炯］哭靚礦［礦］艋蜢黽怲蛃窉鯁箵冷靖悜檠奣悜睛裎‖町埂榮硬

【二四迥】迥炯茗挺梃艇鋌町頲醒溟酊嫇奵脡謦褧娗洗庱珽剄莛竝［并］等鼎頂泂詗婞［悻］侹脛肯熲濘拯涬酩‖并訂啨聹省葶

【二五有】有酒首手口母後柳友婦斗狗久負厚叟走守綬右否醜受牖偶耦阜九后咎藪［搜］吼帚垢畝舅紐藕朽臼肘韭剖誘牡缶酉扣歐笱甌黝蔀蹂取②鈕狃掊耇秀丑苟糗某玖拇紂糾嗾卣罶杻槱枸塿忸瀏郈赳蚪籔懰茆培滫瞉甋醙擻嶁釦莕掫姓蓰蒷鞋綹眑廇溇溇簍趣陡科羑楺鯫琇珣蟉壽毆‖抖垢咎簍妞扭揉幽肘

【二六寢】寢飲錦品枕審甚廩衽飪稔稟葚沈凜懍噤瀋諗［審］淰脸踸矃朕荏恁訦澿唫［吟］鋟嬸‖荏恁諗

【二七感】感覽擥欖膽澹憺噉坎慘噆敢頷闇禫窞黮萏歜椹撼毯荾紞槧黮晻槮菡莟默喊揞黲澉錟韐眈寁噴醰髧昝轗頗衴顑橄罯鏨嵌欿［坎］‖慘耽啖攬忐咱贛灨

【二八儉】儉琰焰斂險檢臉染掩點簟貶冉苒陜諂奄漸玷忝剡瀲颭芡閃嗛歉慊溓隒广③獫黶檿魘儼店湶‖淡舔淹崦姌閹弇嶄

【二九豏】豏檻範減艦犯湛斬黯范帆鬑摻闞喊淰嵁轞笵濫黤歁瀺嚵‖臉斬

去聲

【一送】送夢鳳洞衆甕弄貢凍痛棟仲中糉諷慟鞚空控哢湩閧［哄］恫贛④瞢幪鶵霿哄羾瞢［懵］偬詷［同］絧衷涷緵凇蕻‖銃峒哄虹哢總粽

【二宋】宋重用頌誦統縱訟種綜俸共供從縫葑壅雍封雺惷恐瘲‖邕湏

---

① 打（dǐng）：《唐韵》《集韵》《韵會》都挺切，音“頂”，梗韵。《説文》：“打，擊也。從手丁聲。”按，“打”與“撻”同義。［備考］打：今讀：“dǎ”。

② 取（qiū）：《集韵》雌由切，音“秋”。《前漢地理志》陳留浚義《注》：“師古曰取，慮縣名音秋。”［備考］取（qǔ）：七庾切，虞韵。《説文》：“取，捕取也。”又，通“聚”；通“趨”。

③ 广（yǎn）：《廣韵》魚掩切，音“隒”義同。旁邊，山邊。［備考］《唐韵》《集韵》魚檢切，《韵會》疑檢切，醃上聲。《説文》：“因广爲屋。”亦同“庵”。

④ 贛（gòng）：亦爲古送切，音“貢”，送韵。《説文》：“贛，賜也。”又《淮南子·要略》：“一朝用三千鍾贛。”高誘注：“鍾，十斛也；贛，賜也。一朝賜群臣之費三萬斛也。”［備考］贛（gàn）古暗切，勘韵。水名。如贛江。又，贛（zhuàng）：《集韵》陟降切，絳韵。《墨子·非儒下》：“其親死，列尸弗斂，登堂窺井，挑鼠穴，探滌器，而求其人矣，以爲實在，則贛愚甚矣。”

【三絳】絳降巷惷撞虹洚閧憧幢艟漴胖淙‖戇

【四寘】寘［置］置事地意志治思泪吏賜字義利器位戲至次累僞寺瑞智記异致備［備］肆翠騎使試類弃餌媚鼻易轡墜醉議翅避笥幟粹侍誼帥廁寄睡忌貳萃穗帔臂嗣吹遂恣四驥季刺駟柶泗識痣志寐魅邃燧隧穟襚璲檖繸睟領謚牸植熾織飼食積忮被芰懿悸覬冀暨懻惎洎穊蔇媿匱鐀饋簣蕢恚比庇畀痹弊詖毖閟泌秘鷙贄摯觶胾躓漬穉遲埴祟豉珥衈咡刵示伺嗜自眥骴詈莅痢莉緻［致］輊譬彗篲肄眙惴儗懟縊贔屭餧劓啻饎企矖勩眊膇爲責糒膩施鄭遺跂槌旞柲邲轞［犕］鴜傺哆誋潩詒值柴樲髮出萎凘垝輢髊硾腄蠘蚑踶鍦掎瀡樻縋雌蠔䏙累廙殣坒［陛］熹其异誶屣錘佽歸施庳孳睢鷙憒司諉臮陂壓甀佂咥幾近始術①裹欬蹕瑟德蒔杫‖陂備亟槌悴粹稚

【五未】未味氣貴費沸尉畏慰蔚魏緯胃渭彙謂諱卉毅溉既機暨旡蔇衣餼黀［饕］熂熈愾氣欷塈摡誹芾痱黂洓屝疿蜚翡罻緭靉气‖誹狒佛汽熨唏咥

【六御】御處去慮礜署據馭曙助絮著豫翥箸恕與遽疏庶詛預倨茹語踞鋸狙沮勮［劇］洳澦飫淤蕷胠醵除鐻瘀覷［覰］楚鐻呿怚悆藇礜如鸒櫖悇椐稬廜女詎歟楚嘘忬‖渠輿癒

【七遇】遇路潞輅賂璐露鷺樹度渡賦布步固痼錮素具數怒務霧鶩騖附兔故顧雇句墓暮慕募注注澍駐炷胙祚阼裕誤悟寤晤住戍庫護頀濩屨訴蠹妒懼趣娶鑄絝胯傅付諭嫗芋捕哺污忤厝措錯醋鮒祔仆賻赴酺惡［烏］互孺怖煦寓冱酤瓠輸吐鋪謼泝屢嗉塑跗斆捂簬呴瞿驅訃菟鉒彔姁嫯柘籲籲屬作②嫭酗雨霔獲坿秅鍍涸傃圃戽傴駙足捬苦餔蚹蒟味姹擭‖醋咐訃沽聚颸僂莫輸愫迕

【八霽】霽制計勢世麗歲衛濟第藝惠慧幣桂滯際厲涕契弊斃帝蔽敝髻鋭戾裔袂擊祭隸閉逝綴翳制替砌細稅婿例誓筮蕙偈詣礪勵瘞噬繼脃［脆］諦係叡毳劑曳蔕［蒂］睇憩彗睨垷醊貰疐穧柢沴梩逮禘芮掣傺獩薊穄妻擠眥禊弟墆嘒［嘒］遾鈦達③鶩璏蹛槸呭寱栔題砅蠣潎瞖禲睥笙嚏盭竁枘篲遞遰愒［憩］

① 術（zhì）:《唐韵》《集韵》《正韵》亦作直律切，讀若“秩”。［備考］術（shù）莫卜切，屋韵。《詩·周南·漢廣》：“南有喬木，不可休思。”另有或質樸、或五行之一，或八音之一等義。

② 作（zǔ）:《韵補》葉總古切，音“詛”。宋辛弃疾《破陣子·爲陳同甫賦壯詞以寄之》詞：“馬作的盧飛快，弓如霹靂弦驚。”又，《管子·輕重己》曰：“作之地，上作之天。”俞樾云：“兩作字讀爲詛，古字通用。”［備考］作（zuò）則洛切，鐸韵。《説文》：“作，起也。”又，《詩·秦風·無衣》：“與子偕作。”

③ 達（tì）:《廣韵》《集韵》他計切，音“替”。《字林》：“足滑也。”［備考］達（tà）:《集韵》他達切，音“闥”。《博雅》：“逃也。”一曰行不相遇。又，達（dá）：陁葛切，音“達”。

猘鱖糲癘嬖蹶齊棣説毙噎離荔汭泥蜕贅儷揭帨唳薙泄殪娣澨嚌劑薛澧轊懠袦囈濞捩蠣羿髢謎軑杕憓蜧欐蘻瘌綟箅啜締鯷甈悷涖［涖］蛃噬淛嫕晢幫梯湃怢切①踶螮螊醫橇鯯襒楷‖蔕汨浰眯糸媲契婿盻

【九泰】泰會帶外蓋大旆瀨賴籟蔡害最貝靄藹沛艾兑柰奈繪檜膾澮獪會［會］儈襘旝鄶禬癐薈磕壒太汰汱鈦軑癩糲霈蜕濊翽噦酹憎狽茷祋藾愒餲娧眛‖哎嗳唄丐怪嗐沫

【十卦】卦挂懈廨隘賣畫瘥派債怪壞誡戒界介芥械薤拜快邁話敗粺曬噫瘵届疥玠瀣湃聵憊鍛鎩夬噲噧蠆喝解祭齘蒯蕢韝犗餲繲絓粺眥魪價喟獪褹砦註勱繣簣唄欬［咳］寨‖嘎扒衩尬塊邂睚

【十一隊】隊内塞愛輩佩代退載碎態背背穊菜對廢誨晦昧礙戴貸配妹喙潰黛賚吠逮概岱俗埭肺溉耒慨愾嘅［慨］塊繢乂碓賽刈耐悖曖倅晬淬敦憒闠鎧磑纇焙在再欸孛鄁瑁痗茷薉柹憝礧［礧］酹簺瀣薆靉鐓睞徠裁襶隸磧儗采回纇焠栽誖北拔綷對劾瑇誶脢棌［采］悔瘵鼐眛朏擂［擂］‖嫒焙袋怫溉概閡萊擂沫珮限

【十二震】震信印進潤陣鎮填［鎮］刃順慎鬢晋駿閏峻釁振儁［俊］舜吝悋燼訊胤仞軔殯儐迅瞬櫬儭諄藎慭殣饉藺浚徇殉賑覲畯餕擯瑨璡酳僅牣認遴贐襯晙鬊瑾趁齔蕣韌訒侲汛轞蹸粦驎浚墐縉搢娠靷引濥瞵麐袗診蜃瑱疢親揗‖陳堇盡粼藺

【十三問】問聞運暈韵訓糞奮忿醞郡分紊汶僨愠焮靳近斤拉絻鄆餫員緼璺拚攟［捃］隱薀坋隠［隱］藴［蕴］坋‖郡捃温訊圓

【十四願】願論怨恨萬飯獻健寸困頓遯建憲勸蔓券鈍悶遜嫩販愿溷遠巽濮曼噴艮敦坌慁綣郾裩畹楦堰圈‖奔遁棍諢俊搵苑

【十五翰】翰岸漢難斷斷亂嘆幹觀散畔旦筭［算］玩爛貫半案按炭汗贊贊［贊］漫冠灌爨竄幔粲燦璨换焕唤悍扞彈憚段看判叛腕涣奂絆惋藋偄鑽縵鍛旰閈瀚釬［焊］骭豻胖暵讕騂蒜鑵爟瓘酇漸喭衎泮泮逭祼漶墁彖瘢鳱罕榦盰矸謾灡碫垾［岸］攛褖攤侃膢悹館灘晏盌‖犴傘拌妲憚杆棺讕捍歡

【十六諫】諫雁患澗閒宦晏慢辦盼豢鷃棧慣贗轘串轘莧綻幻訕丱綰骭縵嫚謾汕疝瓣亂擐篡鏟槵暥襉戲栅孿粯扮襻‖諫潸涮綻雁

【十七霰】霰殿殿面縣變箭戰扇煽膳傳傳見見［現］硯選院練煉醼［宴］燕宴卷賤電簨［饌］［撰］薦絹彦掾甸便眷麪線倦羡堰奠徧［遍］戀囀眩釧蒨

① 切（qì）：《唐韵》《集韵》《韵會》《正韵》七計切，音“砌”。衆也。又一切，大凡也。《前漢・平帝紀》：“一切滿秩如眞。”［備考］切（qiē）：《唐韵》《集韵》《韵會》《正韵》千結切，音“竊”。《説文》：“刌也。從刀，七聲。”

倩卞汴弁拚［拼］忭嚥片襌譴絢諺緣顫擅援嫚瑗佃鈿溅瀊繕鄯狷罥睊煎旋漩瑱［填］喧穿竄茜甗濺楝揀纏牽先剸衒袨炫眴善繾遣研嬿豩瞑汧填敮踠洊栫蜆晛贊跰娗孌鄄昪［忭］莚俔譔［撰］髺眄諓衍櫁輾轉綪縓偭涀楗餞‖遍薦卷變碾煸闐現渲堰

【十八嘯】嘯笑照廟竅妙詔召劭邵要曜耀燿［耀］調釣吊叫訆［叫］燎嶠少徼眺陗［峭］誚料肖尿剽掉鞘鷂糶藋噭轎窔朓僬燒療釂嘸漂醮銚驃蔦爝趭慓繞摽嬈頫［眺］獥摇窱葽鷮顤敫訆哨約僄艞嘹勡［剽］釥嬥璙裱俵趒‖裱撩嫽妙瞟票俏峭鞘跳喲

【十九效】效教貌校挍孝橈鬧淖豹齣儤爆罩踔趠拗窖酵嗃袎稍樂①傚［效］較鈔礮［炮］麭敲恔笊磝棹覺珓靿穿膠‖趵鈔杪鉸踔酵炮泡

【二十號】號帽報導盜操譟［噪］噪灶奥隩告誥暴好到蹈勞傲秏眊耄躁澇漕造冒悼纛翿倒鶩瑁媢翺縞懊澳慥嫪

【二一個】箇個賀佐作邏坷軻馱大餓奈那些過和挫課堁唾播簸剉莝磨懦［懦］稬［糯］座坐破卧貨磋涴左剆銼惰媠［惰］癉譒‖磋剁髁摞摩懦糯駝做

【二二禡】禡駕夜下謝榭罷夏暇霸灞嫁赦借藉炙蔗假化舍價射射罵稼架詐亞婭罅跨麝吒怕訝詫嗄［啊］秅欛迓蜡胯杷柘崋［華］奼［姹］卸貰弝瀉醡砑靶乍樺杷坬‖把爸灞壩汊姹差話胯耙帕偌沙啥寫婭吒啞話呀杈衩搾榨蔗嗻

【二三漾】漾上望相將狀帳浪唱讓曠壯放向向仗暢量葬匠障謗尚漲餉様藏舫訪貺養醬嶂抗當釀亢况髒瘴王纊鬯［暢］諒亮妄愴㧅［創］喪悵兩壙宕伉忘傍碭恙吭煬颺張閬脹行廣悢湯炕韔長創誑桁緉羕踼閌鬤［向］頏醠彷掠②妨搒旺迋珦蕩潢防怏償盪［蕩］盎仰瀁［漾］饟擋儻‖磅愴慷吭壙莨踉晾旁嗆淌往恙怏颺賬

【二四敬】敬命正令政性鏡盛行聖咏姓慶映病柄鄭勁競凈竟孟迸聘穽

---

① 樂（yào）：《集韵》《韵會》《正韵》魚教切，音“要”。《論語·雍也第六》：“知者樂水，仁者樂山。”又，樂（liáo）：《集韵》力照切。《正韵》力召切，音“療”。《詩·陳風·衡門》：“可以樂饑。”［備考］樂（lè）：則洛切，鐸韵。《論語·學而》：“有朋自遠方來，不亦樂乎。”又，樂（yuè）：《唐韵》五角切，覺韵。《集韵》、《韵會》、《正韵》逆角切，音“岳“。《説文》：“五聲八音之總名。”

② 掠（liàng）：《廣韵》《集韵》《韵會》力讓切。《正韵》力仗切，音“亮”。《左傳·襄十一年》：“禁侵掠。”［備考］：掠（lüè）：《唐韵》離灼切。《集韵》《韵會》《正韵》力灼切，音“略”，藥韵。《説文》：“奪取也。”

［阱］諍泳請倩①禜硬清靚檠晟獍怲更横醟榜迎娉敻輕并儆評邴證詗偵并遉［偵］盟‖阱婧膨碰娉枰掙症幀

【二五徑】徑定聽勝罄應乘賸贈佞稱罄鄧甑脛瑩證孕興經濘濘［濘］寧［寧］醒廷錠庭頲［定］矴飣釘艴暝瀅烝賸［剩］剩憑凝嶝鐙隥橙磴墱凳蹬儚堋亘‖蹭秤瞪訂碇逕另懵擰馮扔嵊瀅

【二六宥】宥候堠就授售壽秀綉宿奏富獸鬪［鬥］漏陋守狩晝寇茂楙舊胄胄宙袖褎［袖］岫柚覆復救廄臭齅［嗅］幼佑祐右侑囿豆脰竇逗溜［溜］溜霤［溜］瘤廇留構遘［構］媾覯冓［構］［遘］購透瘦漱瘷咒鏤貿鶩走副狖詬糅酎究凑謬繆籀疚灸彀［够］畜槈［耨］雊鷇樞繇驟甃首皺縐戊句袤鼬僦脊味窌蹂姆漚姤廖膆蔟又鬻餾鷚輳逅蔻伏簉［萃］雌檛收狃嗾鍑猶餖瘺後油霿［霧］仆韖后佃［胄］厚扣琇譳酭［侑］椟愁殴擩熘鍭吼慦輮綬菖讀［逗］幬椆輻飂櫾輶睺篾［箱］鄮楙務護僂‖肉溱鬥佝够逑僦叩揉釉

【二七沁】沁飲禁任蔭讖浸祲譖鴆枕衽賃臨滲暗揕窨［熏］紝闖僸僜妊噤紟吟罧深甚僸沈［沉］‖妗撳恁滲窨妗

【二八勘】勘暗濫啖擔憾纜瞰琀憺紺闞三暫荅［菡］甔磡灡參澹淡憨瞰壍淦攢尷爁賧‖贛闇［暗］淡纜探暫

【二九艷】艷劍念驗贍壍［塹］店占斂厭灩爓［焰］瀲墊欠槧窆僭釅坫韂幨砭曆噞獫殮苫姑［閃］掞磹痁鹽沾diverse［鹼］兼唸［念］稴僉脅嬱埶趁俺潛爁壓忝嬱傔［兼］‖擔談阽惦瀲塹苫燄

【三十陷】陷鑑監泛梵帆懺賺儳蘸韽闞讒鑱劍欠淹站‖愋歉餡

入聲

【一屋】屋木竹目服福禄穀熟穀肉②族鹿腹菊陸軸逐牧伏宿讀犢牘瀆牘櫝

---

① 倩（qing）：《集韵》《韵會》《正韵》七正切，勁韵。《揚子·方言》："東齊之閑，婿謂之倩。"又，倩（qìng）：請人做某事。《三國志·魏書·陳思王傳》："太祖嘗視其文，謂植曰：'汝倩人邪。'"又，倩（qìng）：舊稱女婿，女兒的丈夫。明楊基《懷萬郎中伯玉》："倩可承家如有子，俸能給祭勝無官。"［備考］倩（qiàn）：《集韵》《韵會》《正韵》倉甸切，霰韵。《詩·衛風·碩人》："巧笑倩兮。"

② 肉：《集韵》《韵會》《正韵》而六切，音"衄"。《說文》："胾肉，象形。"又，《集韵》儒遇切，音"孺"。肌肉也。又，《正字通》："音腴。"《周禮·地官·大司徒》："其民豐肉而庳。劉昌宗讀。"［備考］肉：《集韵》《韵會》《正韵》如又切，音"糅"。《爾雅·釋器》："肉倍好謂之璧。"

黷讟轂復粥肅育六①縮哭幅斛戮僕畜蓄叔淑菽獨卜②馥沐速祝麓鏃蹙築穆睦啄覆鶩麴［曲］禿縠撲衄鷟燠澳輻瀑漉蔌恧洑鵬竺築簇蔟暴掬箙濮鞫鞠匊鬱矗複簏蓿塾樸蹴煜謖碌娽琭盝［簏］踘［鞠］醭鞨毓舳柚蝠楅昱菔轆朒慉踧楸稑夙蹜蝮彧餗柷匐涫餗鱐霂僇殰俶摵繆輹蠦蓼倏熇鵏顣澓槲鷇剭莤蓫囿楝薁葍罭桼纀苜毱［鞠］儵噈［蹙］槭茯涑睩磚髑鳿袱瘯偪蕻副勠埶摝縠‖拗懊葡搐蹙幅戮沐牧噗曝簌稯妯族驌

【二沃】沃俗玉足曲粟燭屬録籙辱獄緑毒局欲束鵠蜀促觸續督贖篤浴酷縟矚躅褥旭蓐慾［欲］頊梏襆纛蠋歜裻溽劚瘃跼［局］挶蕃勖酥渌逯騄譽牿襮鄏鵠告鋈熇僕‖碌噗峪嚗鐲

【三覺】覺角桷捔嶨玨較榷搉岳樂鷟浞濁汋鷟捉穱穛斮娖朔數稍［槊］箾欶斲［斫］卓諑涿啄倬琢嶨椓剥趵爆駁駮邈瞀皃旄雹撲礐爆鰒瓝胞縠璞樸墣颮［飆］殻確慤埆觳硞鋜濁擢鷟鐲棹鸐濯幄喔偓楃藥握渥搦踔晫逴犖學鷽豿齺‖捏嘲喔桌浞啄濯薛戳

【四質】質日筆出室實疾術一乙壹吉秩密率律逸佚失桼［漆］漆栗畢恤卹［恤］蜜橘溢瑟膝匹述栗黜蹕弼七叱卒虱悉謐朮③軼詰帙戌佶馹櫛暱［昵］窒必姪［侄］蛭泌鎰秫苾蟀嫉喞篳遹鷸筆肸鷺佾怵繂珌鑕帥崒潏礩聿姞抶馹郅桎庢銍銍挃晊耴泆沕繘踤茁紩罼［畢］佖秷熚駜櫍鉍鷸鷅麜蛣槩溧袓咥汨蜜驈瑟獝飶尼垔［疾］柣蒺饆潷馻拮‖逼怵溧昵柒捽

【五物】物佛拂屈鬱乞掘訖吃紱黻［韍］韍紼弗茀髴袚詘崛勿熨欻厥沕仡釳迄汔怫艴刜不屹肸芴岉馝菀弟咈倔泼尉蔚‖芾怫疙契柿

---

① 六（liù）：力竹切，屋韵。《管子・五行》："人道以六制。"［備考］六（lù）：《唐韵》、《集韵》、《韵會》力竹切，《正韵》盧穀切，音"陸"。《説文》："易之數，陰變于六，正于八。"

② 卜：《唐韵》《集韵》《韵會》、《正韵》博木切，音"樸"，屋韵。《周禮・春官・大卜注》："問龜曰卜。"［備考］卜（bo）：蘿卜。

③ 朮（zhì）：《唐韵》《集韵》《韵會》直律切，讀若"秩"，術韵。《説文》："或省草，山薊。"［備考］朮（shù）：《唐韵》食聿切，《集韵》《韵會》《正韵》食律切，音"術"，術韵。藥名。《説文》："秫或省禾，稷之黏者。"《本草・陶弘景・别録》："朮有兩種，白朮甜而少膏，赤朮苦而多膏。"

【六月】月骨髮闕越謁没伐罰卒①竭窟笏鉞歇發突忽韈［襪］勃蹶鶻筏厥蕨掘閥訥歿粤悖兀碣卒［猝］猝樾橛羯汨窣咄惚捽渤凸齕蠍滑刖軏劂崒［萃］腯朗孛紇浡暍矻淈鷢核麧餑垡蕨蘚搰壓柮梲稡抈蚏撅鱖闕厖杌硉抇矹屼榾榾誖潫嗢泏堀朏椊扢抇狘猲愲馡挨曰堨訐钁崫‖脖咄汩囫嚱揭訐孑掘厥窟

【七曷】曷［盍］達達末闊活活缽脱奪褐割沫拔葛闥渴撥豁括聒抹秣遏撻柭［蘖］薩掇喝跋魃獺撮怛闒剌粹［辣］桰筈鈸潑鶡軷茇頞栘［拶］越斡劖辥捋鞨鶡鶡毼喝鱍嚝襪蘖適②掇擦襏襏鬠韍猲濊佸萿犮［拔］［跋］奎笪鷞泧眓苋堨呾咄妭［魃］餲汱糲妲‖靄啐噠怛歹裰奪筏害盍捺磕垃喇辣瘌妹撒

【八黠】黠札拔猾鶻八察殺刹軋羍［轄］刖蛪菝劼鬝偣蛶恥嗗貀朒鴰蔡戛秸嘎扴磍圠揠蔱汃樧疱圿茁矴鬠榾鶡瞎獺刮窡錣鶢帕妠擖帓唽刷鎩頡滑‖叭捌煞喇獺挖膃鎋楔揠婠

【九屑】屑節雪絶列烈結穴説血舌潔别缺裂熱决鐵滅折折拙切悦轍訣泄咽噎杰徹別哲鱉設齧劣碣掣譎玦截竊纈蹩［孽］綴閱埒訐餮瞥擎茢蛚臬闑鴂媟趹鵕鍥耋抉挈［鍥］洌捩楔蹩褻颲襭絰蔑蠛嵲隉揑篞醊茁竭契蘗鐍讞臲瘸齕巀涅頡擷撤跌蔑浙鷩潎威趹瞲篾蕝揲澈蛭揭垤孑孽凸閉蒯闃櫱［蘖］鍔齛辥［薛］絏寨瀎沉渫偈啜孽［蘖］榍蛥軼蜺桀［杰］［揭］茶刷輟爇晢迭歠吶咥覈惙娙［侄］洌颲辥掇呹［啜］畷颲准棁［梲］拮蛣批橇絜觖‖憋徹啜鞊桔偈洌撇沏薛頁拽

【十藥】藥薄惡略作樂落閣鶴爵弱約脚雀幕洛壑索郭博錯躍若縛酌托削鐸灼鑿却絡鵲度諾蕚橐漠鑰著著虐掠獲泊搏籥崿鍔藿嚼杓勺簙酪謔廓綽霍爍鑊莫

---

① 卒（zú）：《唐韻》《集韻》《韻會》《正韻》藏没切，尊入聲，没韵。《周禮・地官・小司徒》："乃會萬民之卒伍而用之。五人爲伍，五伍爲兩，四兩爲卒。"又，卒（cuì）：《唐韻》子律切，《集韻》、《韻會》即聿切，《正韻》即律切，音"啐"。《爾雅・釋詁》："盡也。"又，《韻補》葉將遂切，音"翠"。左思《吴都賦》："雕題之士，鏤身之卒。比飾虯龍，蛟螭與對。"又，卒（cè）：葉昌悦切，音"測"。蘇轍《功臣寺詩》："流傳後世人，談笑資口舌。是非亦已矣，興廢何倉卒。"

② 釋（shì）：《韻會》《正韻》施祇切，音"釋"，昔韵。《説文》："之也。"又，適（dì）：《廣韻》都歷切，《集韻》《韻會》丁歷切，音"的"，與"嫡"同。《禮・檀弓》："扶適子，南面而立。"又適（dì）：《集韻》《韻會》亭歷切，《正韻》杜歷切，音"狄"。與"敵"同。《禮・燕義》："君獨升立席上，西面特立，莫敢適之義也。"又，適（zhài）：《集韻》陟革切，音"摘"。與"讁"同。《詩・商頌》："勿予禍適。"又《集韵》他歷切，音"惕"。《莊子・秋水篇》："適適然驚。"又，《集韻》之石切，音"祇"。又，葉式吏切，音"世"。又，葉式列切，音"設"。又，葉施灼切，音"爍"。又，《字彙補》：羊益切，音"譯"，通"懌"。喜悦。

籊鑠皦謌鄂亳愘箔攫涸汋彴鷟瘧爚钁鸖龠袔郝髆屩駱膜粕鏌魠霩遻妁礴溹濼襮蹝拓蠖鎛鰐格昨柝［拓］酢臛醵檡蹻斫摸蘯貉貈臒珞愕怍鞹柞堊寞筰玃膊鏄膆靳［斫］鑿噱瘼爝簭蒻魄烙濼藥墧焯擢鄗謞嗃籆熇厝噩咢澤臯碏矍硌各皵玂嫭瞙昔矐躇芍婼躩鑿踖蹉沰袼靃［藿］敫剫懪峉鮥郄燋迮逴澤鶴彉欂貜皭魠‖鉑髆蕚擱格擢酪摞咯雒惹昨

【十一陌】陌石客白澤伯迹宅席策碧籍格役帛戟璧驛麥額柏魄積脉夕液册尺隙逆畫百辟赤易革脊獲翮屐適幘劇戹［厄］磧隔益栅窄核覈舄擲責惜僻癖辟辟掖腋釋舶拍索擇礫軶［軛］摘射襗懌斥奕弈帟迫疫譯昔瘠赫炙謫虢腊簀碩賾奭螫藉翟檗嗌穸砉祏亦鬲擗踖貘愬觡骼隻鯽珀謚借膈嘖搤躑埸蜴幗摑踖婳搣［槭］峄斁綌席貊擘檗跖擿鹹陒汐堉碣割渍檓啞柞摭醳唶霢齚咋嚇却甓刺百①莫舄驀襋幱覛蟈襗䨲藉厝霸霹‖佰舶拆坼厄呃扼胳墒劃帕啞液繹咋衹炙

【十二錫】錫壁曆歷櫪擊績笛敵滴鏑檄激寂翟覿逖糴析晳溺覓摘狄荻冪鷊戚鏚［戚］慼［戚］滌的菂吃甓霹瀝靂蘼鬄惕裼踢剔緆礫櫟轢皪鬲汨砉適適嫡啇靮闃鬩焱鶪蹢迪覡鄺踧菥淅蜥皕籊鷁吊霓鷁澼趯獥鷁倜轂愵塓臭殈赦駒樀艗‖嫡汩癖慽慼逖晰晳

【十三職】職國德食蝕色力翼墨極息直得北黑側飾賊刻則塞式軾域殖植敕飭棘惑默織匿億臆憶特勒劾慝昃仄稷識逼克剋［克］蜮唧即拭弋陟測冒翊抑惻扐泐［勒］肋亟殛忒湜緎棫減罭嫛萴膱葥鶩閾嶷僰纆襋洫踣熄寔［實］穡嗇埴菔匐釴芅䧴黓瀷艻犆恧轖鯽繶檍阞功腷湢楅赩餩螺魆鱡［鰂］奭樴幅褔杙愊副仂或蟚愎醷翌伷杙堲［疾］堿稄蠹薏鷊琙濇‖稙愎卜覆嘿或忑萬媳

【十四緝】緝輯戢立集邑急入②泣濕習給十拾什襲及級蹈［澀］粒揖汁笈蟄笠執隰汲吸唈縶葺褶潗苙伋岌翕歙濈裛浥熠槢揖湁霫悒卄［廿］挹皛［縶］岦鈒蕺霵‖圾芨澀嘩挹煜縶摯

【十五合】合合塔答納榻閤雜臘蠟匝闔蛤衲遝榼鴿踏颯搨拉遝搭韐漯盍欱蓋鞳唈鞁鈒馺趿噆闒譗軜溘嗑荅［答］蹹［踏］姶涾鞳噝咅嗒磕‖硶奄嗒褡苔蛤哈盒搕瞌啦遢喊妠塌遢呾砸

【十六葉】葉帖貼牒接獵妾蝶疊篋涉鬣捷頰楫攝躡諜堞協俠荚曄厭愜氎䯫

---

① 百：《唐韻》《集韻》《正韻》博陌切，音“伯”。《説文》：“十十也。從一白。數十十爲一百。百，白也。十百爲一貫。貫，章也。”又，百（mò）：《韻會》、《正韻》莫白切，音“陌”。《左傳・僖二十八年》：“距躍三百，曲踴三百。”又，葉伯各切，音“博”。又葉畢吉切，音“必”。

② 入：《唐韻》人執切，緝韵。《集韵》、《韻會》日汁切，《正韵》日執切，任入聲。《説文》：“内也。”《玉篇》：“進也。”《禮・少儀》：“事君，量而後入。”

［協］睫浹笈懾懾慴蹀挾鋏屧喋箑燮褶鑷靨楪韘葉熚燁讋摺裛讘饁跕歙歙霅欇魘褋厴怗躐艓攝睫輒緁萐謵捻躞茶惵鍱灄衱婕聶籋鍂梜椄萎［翣］獦倢浃鯜霎蛺‖艓怗疌［捷］墊擛碟砝劫諾慊拾俠削渫醃

【十七洽】洽狹峽硤法甲業鄴匣壓鴨乏怯劫蝴脅懵［脅］插鍤歃牐押狎袷祫帢翣掐鄴啑夾筴恰眨呷胛萐箑柙郟鴢霅霎扱喋箚擖揭跲噆欱［喝］喢［歃］圔渫哺鉀韐‖凹哈掐啑

根據《佩文詩韵釋要》① 整理，補充字于《詩詞韵律合編·平水韵》② 收入。

① ［清］周兆基：《佩文詩韵釋要》，清光緒十二年陸潤庠刻本。
② 趙京戰：《詩詞韵律合編》，中華書局，2006 年。

附録三：詞韵叶法

部數	聲調及叶法	半叶用韵字
第一部		
	平聲：一東二冬通用	
	仄聲：上聲 一董二腫	
	去聲 一送二宋通用	
第二部		
	平聲：三江七陽通用	
	仄聲：上聲 三講二十二養	
	去聲 三絳二十三漾通用	
第三部		
	平聲：四支五微八齊	
	十灰［半］通用	灰恢魁隈回徊槐［佳韵同］梅枚玫媒煤雷頹崔催摧堆陪杯醅嵬推［支韵同］詼裴培盔偎煨瑰茴追胚徘坯桅傀儡［賄韵同］莓
	仄聲：上聲 四紙五尾八薺	
	十賄［半］	賄悔罪餒每塊匯［匯合］猥璀磊蕾傀儡腿
	去聲 四寘五未八霽	
	九泰［半］	會旆最貝沛霈繪膾薈狽儈檜蜕酹外兑
	十一隊［半］通用	隊内輩佩退碎背穢對廢悔誨晦昧配妹喙潰吠肺耒塊碓刈悖焙淬敦

第四部

平聲：六魚七虞通用

仄聲：上聲 六語七麌

去聲 六御七遇通用

第五部

平聲：九佳［半］	佳街鞋牌柴釵差［差使］崖涯［支麻韵同］偕階皆諧骸排乖懷淮豺儕埋霾齋槐［灰韵同］睚崽楷秸揩挨俳
十灰［半］通用	開哀埃台苔抬該才材財裁栽哉來萊災猜孩徠駘胎唉垓挨皚呆腮
仄聲：上聲 九蟹十賄［半］	海改采彩在宰醢鎧愷待殆怠乃載［歳也］凱［門豈］倍蓓迨亥
去聲 九泰［半］	泰太帶外蓋大［箇韵同］瀨賴籟蔡害藹艾丐奈柰汰癩靄
十卦［半］	懈廨邂隘賣派債怪壞誡戒界介芥械薤拜快邁敗稗曬瀣湃寨疥屆蒯簣蕢喟聵塊憊
十一隊［半］通用	塞［邊塞］愛代載［載運］態菜礙戴貸黛概岱溉慨耐在［所在］鼐玳再袋逮埭賚賽愾曖咳噯睞

第六部

平聲：十一真十二文	
十三元［半］通用	魂渾温孫門尊［樽］存敦墩燉暾蹲豚村屯囤［囤積］盆奔論［動詞］昏痕根恩吞蓀捫褌昆鯤坤崙婚閽髡餛噴猻飩臀跟瘟飧
仄聲：上聲 十一軫十二吻	
十三阮［半］通用	混棍閫悃捆衮滾鯀穩本畚笨損忖囤遁很沌懇墾齦
去聲 十二震十三問	
十四願［半］通用	論［名詞］恨寸困頓遁［阮韵同］鈍悶遜嫩溷諢巽褪噴［元韵同］艮揾

第七部

平聲：十三元（半）　元原源沅鼋園袁猿垣煩蕃樊喧萱暄冤言軒藩媛援轅番繁翻幡璠鴛鵷蜿湲爰掀燔圈諼

十四寒十五刪一先通用

仄聲：上聲 十三阮［半］　阮遠［遠近］晚苑返反飯［動詞］偃蹇琬沅宛婉畹菀蜿綣巘挽堰

十四旱十五潸十六銑

去聲 十四願［半］　願怨萬飯［名詞］獻健建憲勸蔓券遠［動詞］侃鍵販畈曼挽［挽聯］瑗媛圈［猪圈］

十五翰十六諫十七霰通用

第八部

平聲：二蕭三肴四豪通用

仄聲：上聲 十七篠十八巧十九皓

去聲 十八嘯十九效二十號通用

第九部

平聲：五歌［獨用］

仄聲：上聲 二十哿

去聲 二十一箇通用

第十部

平聲：九佳［半］　佳涯［支麻韵同］娲蝸蛙娃哇

六麻通用

仄聲：上聲 二十一馬

去聲 十卦［半］　卦掛畫［圖畫］

二十二禡通用

第十一部

平聲：八庚九青十蒸通用

仄聲：上聲 二十三梗二十四迥

去聲 二十四敬二十五徑通用

第十二部

平聲：十一尤［獨用］

仄聲：上聲 二十五有

去聲 二十六宥通用

第十三部

平聲：十二侵［獨用］

仄聲：上聲 二十六寝

去聲 二十七沁通用

第十四部

平聲：十三覃十四鹽十五鹹通用

仄聲：上聲 二十七感二十八儉二十九豏

去聲 二十八勘二十九艷三十陷通用

第十五部

入聲：一屋二沃通用

第十六部

入聲：三覺十藥通用

第十七部

入聲：四質十一陌十二錫十三職十四緝通用

第十八部

入聲：五物六月七曷八黠九屑十六葉通用

第十九部

入聲：十五合十七洽通用

（根據《詞林正韵》① 整理）

① ［清］戈載編：《詞林正韵》，上海古籍出版社，2009 年。

參考文獻

［宋］丁度等編：《集韵》，第 1 版，上海：上海古籍出版社，1985 年 5 月。

［清］萬樹著：《詞律》，第 1 版，上海：上海古籍出版社，1984 年版（據清光緒二年本影印）。

［清］王奕清等編纂：《欽定詞譜》，第 1 版，北京：學苑出版社，208 年版（影印康熙五十四年内府刻本影印底本）。

［清］戈載撰：《詞林正韵》，第 2 版，上海：上海古籍出版社，2009 年（清道光元年翠薇花館刻本影印）。

舒夢蘭著：《白香詞譜》，胡山源編，上海：世界書局，民國二十六年。

［清］許遯翁撰：《韵史》，第 1 版，北京：北京市中國書店影印，1988 年版。

劉永濟著：《詞論》，第 1 版，上海：上海古籍出版社，1981 年 3 月。

《詩韵新編》，第 1 版，上海古籍出版社，1989 年 10 月。

劉公坡著：《學詩百法》《學詞百法》，第 1 版，上海：上海古籍出版社，1982 年 9 月。

徐敬修著：《詞學常識》，第 8 版，上海：上海大東書局，民國二十二年五月。

王力著：《詩詞格律》，新 1 版，北京：中華書局，2000 年 4 月。

郭芹納著：《詩律》，第 1 版，北京：商務印书馆，2004 年 9 月。

席金友著：《填詞指要》，第 1 版，呼和浩特：内蒙古教育出版社，1996 年 10 月。

《龍威秘書》第三集，《古今詩話集雋》，大酉山房。

［清］吴梅著：《詞學通論》，第 1 版，上海：上海古籍出版社，2006 年。

胡雲翼著：《宋詞研究》，第 3 版，上海：中華書局，民國十七年版。

周振甫著：《詩詞例話》，第 2 版，北京：中國青年出版社，1979 年 5 月。

羅芳洲編：《詞學研究》，第 2 版，上海：上海教育書店，民國三十六年五月勝利後。

夏承燾、吴熊和著：《讀詞常識》，新 1 版，北京：中華書局，1962 年 9 月。

姜書閣著：《詩學廣論》，第 1 版，北京：中國社會科學出版社，1982 年 6 月。

夏承燾、唐圭璋等主編：《詞學》第四輯，華東師範大學出版社，1986 年。

唐圭璋、施蟄存等主編：《詞學》第七輯，第 1 版，上海：華東師範大學出版社，1989 年 2 月。

唐圭璋編：《詞話叢編》1—5 册，第 2 版，北京：中華書局，2005 年 1 月。

龍榆生著：《詞學十講》，第 1 版，北京：北京出版社，2005 年 5 月。

吴熊和著：《唐宋詞通論》，第 1 版，杭州：浙江古籍出版社，1985 年。

謝桃坊著：《詞學辯》，第 1 版，上海：上海古籍出版社，2007 年。

葉嘉瑩著：《清詞叢論》，第 1 版，北京：北京大學出版社，2008 年 4 月。

《詩詞曲賦知識手册》，第 1 版，北京：商務印書館，2009 年 1 月。

尹占華著：《詩詞曲格律學》，第 1 版，北京：中國科學文化出版社，2002 年 12 月。

趙京戰編：《詩詞韵律合編》，第 1 版，北京：中華書局，2006 年 11 月。

陶然著：《金元詞通論》，第 1 版，上海：上海古籍出版社，2010 年 8 月。

陶爾夫著：《北宋詞史》，第 1 版，哈爾濱：黑龍江人民出版社，2002 年 12 月。

徐北文、鄭慶篤著：《古典詩歌知識》，第 1 版，濟南：山東人民出版社，1980 年 10 月。

陳振寰著：《讀詞常識》，第 1 版，上海：上海古籍出版社，1982 年 12 月。

程鬱綴著：《唐詩宋詞》，第 1 版，北京：北京大學出版社，2002 年 11 月。

柳無忌、段安如著：《南社人物傳》，第 1 版，北京：社會科學文獻出版社，2002 年 6 月。

卓清芬：《臺灣近十年（2000—2010）詞學研究概況》，臺北：中央大學中文系。

高振鐸主編：《古籍知識手册・古漢語知識》（2），初版，臺北：萬卷樓圖書股份有限公司，1997 年版。

楊蔭瀏著:《工尺譜淺説》, 第 1 版, 北京: 音樂出版社, 1962 年 9 月。
丘瓊蓀著:《白石道人歌曲通考》, 北京: 第 1 版, 音樂出版社, 1959 年 6 月。
洛地著:《曲樂風唱》, 第 1 版, 北京: 人民音樂出版社, 1995 年 8 月。
[五代] 王仁裕等撰:《開元天寶遺事十種》, 第 1 版, 丁如明輯校, 上海: 上海古籍出版社, 1985 年 1 月。
張舜徽著:《四庫提要叙講疏》, 第 1 版, 臺北: 臺灣學生書局, 2002 年。
孫俍工編:《中國文藝辭典》, 第 1 版, 上海: 上海書店, 1985 年 1 月(根據民智書局 1931 年初版本复印)。
李亞農著:《欣然齋史論集》, 第 1 版, 上海: 上海人民出版社, 1962 年 9 月。
[宋] 李清照著:《漱玉詞注》, 第 1 版, 王遷梯注, 濟南: 山東文藝出版社, 1984 年 1 月。
嚴羽著, 郭紹虞校釋:《滄浪詩話校釋》, 第 2 版, 北京: 人民文學出版社, 1983 年 8 月。
《古詩三百首鑑賞辭典》, 第 1 版, 上海: 上海辭書出版社, 2007 年 12 月。
《國學名篇鑑賞辭典》, 第 1 版, 上海: 上海辭書出版社, 2009 年 8 月。
陳萬緒、李德身主編:《唐宋元小令鑑賞辭典》, 第 1 版, 西安: 華岳文藝出版社, 1990 年 3 月。
《元明清詞三百首鑑賞辭典》, 第 1 版, 上海: 上海辭書出版社, 2008 年 8 月。
徐調孚著:《中國文學名著講話》, 第 1 版, 北京: 中華書局, 1981 年 5 月。
王運熙、顧易生主編:《中國文學批評史新編》, 第 1 版, 上海: 復旦大學出版社, 2005 年 3 月。
郭預衡主編:《中國古代文學史》, 第 1 版, 上海: 上海古籍出版社, 1998 年 7 月。
褚斌杰著:《中國古代文體概論》, 第 1 版, 北京: 北京大學出版社, 1984 年 6 月。
王國維, 蔡元培著:《紅樓夢評論 · 石頭記索記》第 1 版, 上海: 上海古籍出版社, 2005 年 7 月。
袁行霈主編:《中國文學史》, 第 1 版, 北京: 高等教育出版社, 1999 年 8 月。

馮其庸著：《論庚辰本》，第 1 版，上海：上海文藝出版社，1978 年 4 月。

《語文基礎知識》，第 1 版，北京：解放軍出版社，1987 年 9 月。

丁廣惠撰稿，王伯英等增訂：《〈紅樓夢〉詩詞評注》，第 1 版，哈爾濱：黑龍江人民出版社，1979 年月。

錢鍾書集：《管錐編》，第 1 版，北京：生活·讀書·新知三聯書店，2001 年 1 月。

《藝林名著叢刊·第一種》，第 1 版，北京：北京市中國書店，1983 年 3 月（根據世界書局 1936 年版影印）。

《閱讀和欣賞·古典文學部份（四）》，第 1 版，北京：北京出版社，1982 年 7 月。

《康熙字典》，第 1 版，北京：中華書局，1958 年 1 月（影印康熙五十五年同文書局版。

《王力古漢語字典》，第 1 版，北京：中華書局，2000 年。

楊子怡著：《宋代文學講義》，網路“資源分享” http://ishare.iask.sina.com.cn/f/13050282.html

《詞的流變》——專題報告·史觀的建構與闡釋 http://dns.whjhs.tyc.edu.tw/-test23/chinese.htm

後　記

詞，一揮而就者，非天資聰穎者莫屬。量吾猶如手握一木，腰佩三把錐刀而刻未必成器；再如攀崖而躍，生恐避而都不及，安得直上，唯繞道小心翼翼而攀行。況古人填詞，尚能懸掛習作于壁而經久脩改不已。蓋言之，若爲詞備嘗之艱難。誠然天道有成人之美，應驗于“九層之臺，起于累土”之説。集中收録的作品是經篩選而來的，至于文中所反映的人和事，衹是一家之言，且不論觀點于對錯；所表達之意，或爲本無其字，依聲托事；或爲一時心迹之流露，且不論是是非非，但願能爲有志于填詞創作者帶來一點思路足矣。

無意爲詞，爲好而爲詞者。年幼嘗翻古籍，喜歡臨帖寫字。後來到部隊，就讀于空軍政治學院文藝骨幹班，于海上開眼界而致視力將遠。在 20 世紀 80 年代及 90 年代初期，書法上，在部隊得過蘭空書賽之冠、空軍書賽次之，及“全軍書畫兩用人才優秀作品展”等；參加過甘肅省首届書法新人展，及入選第四届中青展等；多次參加國字展，主要的一次是參加了國家文聯主辦的“世界華人藝術展”佳作獎，另外的一次是全國第二届正書展，回函説有“遺珠之憾”，可到天津藝術節展出云云。作品曾被《人民畫報》社、中國文化藝術城、湖南“雷鋒紀念館”、山東曲阜“孔子故里博物館”等單位收藏。此後，雖然每日臨池不綴，但幾乎不參加賽事了，把主要精力放在一線帶兵上，投入工作當中，面向了基層，面向了官兵，面向了大衆。回報是不薄的，擔任電影組組長期間，一次榮立集體三等功，後來四次榮立個人三等功，榮獲軍委空軍“空軍基層文化建設先進個人”榮譽稱號，成長爲一名團職軍官，是部隊給了我一個肯定，是軍魂引領了我一個方向！

回想若“窮追不捨”的繼續參加賽事，爲寫字掙點潤筆費若何，可達到以文養文之目的。然而恍然填詞，不言消耗精力多少，光説投資亦不菲。何爲？愛好所趨。竊以爲詞是以音樂爲載體，集“詩、詞”于一體，兼楹聯、騷賦、駢文諸體之大成者，最具中國文學殿堂瑰寶之稱，是當之無愧的“國粹”，爲此行事而無枉；竊以爲不可沽名枉作，文藝之行術，既然擠身于一道，不因業餘而恕之，亦不因專業而縱之；竊以爲研墨臨池，不讀書而草草爲書法之事難行矣！或許有那麼一天，未曾料到能爲詞在“申請世界非物質文化遺産”前做了些微不足道的準備，那時余將感到非常之欣慰！

且論詞之題材，歷覽多少詞綜，或尊前花間，一時興起歌之；或夜話閨闈，描寫燭影摇曳；或覽勝懷古，憑吊感慨係之；或相逢離别，頓時一場感傷；或車輦出行，盡述幾道風景；或再現場面，使人鄰近感物。總而言之，林林總總，千年不易。雖有薄發，却難覽縱横。而吾爲詞似乎亦有親受之感，進而試圖擴其題材，凡耳聞目睹者皆收于筆下，盡嘗試而已。又説詞論與詞品，可謂好學也已矣，丙戌年春由作家出版社出版過一本《陽光之戀》詩集，因没有附帶寫詩常識，也没帶一個注解。對此，戰友們建議這本集子能有所改變，于是就這麼附上了，其實醞釀稿論早矣。至于注釋又加考證，常常每到一地想辦法找書查核，有時不賺車馬勞頓去查閲地方志，且經常光顧地攤淘寶，如此費力耗時，在于爲讀者提供之方便。

此稿可與“駑馬十駕”相比，創作的時間久了，剛開始時没有詞譜，照葫蘆畫瓢，半道弄得一本書照填亦出了亂子，相當一部分詞是後來有了詞譜纔糾正過來的。從準備材料，到零星創作，再到今日結集，可謂經年累月。在中期的創作之時，偶有示人，承蒙戰友們關注，猶如拓寬填詞題材之建議，可謂茅塞頓開，于戊子之春初稿完成，適逢王國祥先生來蘭州，登機之前茶座小憩交于審閲，匆忙瀏覽之餘，殷勤于出版之事云云。看我執意不肯草率，轉而期望諄然，後來多有激勵。期間，枝枝節節，依賴于妻女費力校正。其時至于當人問前景如何？噫！五百年後能有一個“粉絲”足矣！

戊子之春之後，在打印彙集的基礎上，勤于修改，共繼前不同版本不下十種。期間電話聯係過若干家出版社，在没有看到書稿梗概，只聽到口頭介紹個大概的前提下立刻回話：諸如祇出民國之前書者；不出“外面”書者；祇出專家之書者等，凡此種種，不細説也罷。還好，亦電話與商務印書館聯係，容我發了書稿梗概數周後，并給予正式回復：經開會認真研究，因選題重複，加之錯過當年選題時間云云。這已經讓我感動涕零了！其實，真正讓我動容的還是中國書店及其編輯們，更多的是對我如此“旁門左道”之書稿，以一種包容和接納的態度待之。甲午之春，自從電話裹與杭玫編輯聯係發了書稿梗概始，到正式投稿後，提出了諸多的修改意見，至年底榮幸通過了出版選題，直感幸甚至哉！隨後與責編袁瀛先生打了近兩年之交道，領教其敦促改稿，雖覺“難纏”，却猶有欽佩！

自從撰稿到準備出版期間，得到過諸多幫助者，還有諸多鼓勵建議者，在此一并致謝！